KB179044

한국 문단 작가 연구 총서

作家研究

3

작가연구 편

국학자료원

작가연구 제5호

김수영 문학의 재인식

제1부

1998년 상반기

제2부

제3부

작가연구

제5호

새미

온고지신의 자세로 새로운 시대를 준비하자

6.25 이래 최대의 국가적 위기라는 이른바 'IMF시대'로 접어든 지도 어느덧 반년이 되었다. 위기란 매우 감각적인 것이어서 금방 피부에 와 닿는 것인데도, 그것을 넘어서려는 실질적이고도 가시적인 변화의 움직임은 별반 눈에 띄지 않는다. 겨우 고용조정이란 이름 하에 서민 대중들을 길거리로 내모는 대량실업만이 뚜렷이 체감될 뿐이다. 고물가와 고금리 또한 실감나는 고통이고, 도시의 구석구석에 실업자와 홈리스들이 급증하고 있다. 새로운 밀레니엄 시대를 눈 앞에 두고서 우리는 대환란을 온몸으로 앓고 있는 것이다.

한 가지 다행스럽다면 다행스러운 것은 그 사이에 역사상 처음으로 여야가 바뀌는 이른바 수평적 정권교체의 위업(?)을 우리 국민이 이루어냈다는 점이다. 단순히 상대적으로 합리적인 정치집단에 의한 집권이라는 사실이 중요한 것이 아니다. 정권교체 그 자체가 우리에겐 하나의 정치적 민주주의의 실현과정이라는 점이 중요한 것이다. 그러나 여전히 정치권은 정치적 이권에 집착하여 정쟁만을 거듭하고, 관료사회는 복지부동의 구태로 일관하고 있으며, 이번 금융대란의 주범의 하나인 재벌을 위시한 대기업들은 구조조정에 소극적인 채 어떠한 자발적 실천 의지를 보여주지 않고 있는 형편이다. 결국 가엾은 서민 대중들만 이래저래 죽을 팔자이지 않을 수 없다.

이런 판국에 내적 모순의 격화 말고도 국제사회의 외압이 점증할 것은 정한 이치다. 외교적 · 경제적 · 문화적, 그 어느 면에서나 우리는 스스로를 방어할 아무런 현실적 힘도 가지지 못하고 있는 것이다. 사정이 이러할진대, 삶의 질이라든가 사회적 진보라는 가치는 더 이상 기대하기 어렵다. 상황에 걸맞는 자기조정이 아울러 긴히 요청되지 않을 수 없다. IMF시대인지라 과거 60-70년대처럼 허리끈을 졸라맬 필요는 분명 있지만, 그러나 이런 틈새를 뚫어 되살아오려는 지난 군사독재 시절의 망령은 마땅히 경계되어야 한다. 막연한 복고주의로는 더 이상 곤란하다. 지금은 오히려 옛날을 잊지 않고 그것을 거울삼아 오늘을 새롭게 자기조정하는 '온고지신'의 정신이 더 필요한 시대인 것이다.

따라서 막연한 진보주의적 자세보다는 폭넓게 인간 정신을 포용하고 퇴락해가는 인문학적 전통을 중흥하는 것이 오늘날 시대적 난관을 돌파하는 데 더 큰 힘이 될 것이라고 믿는다. 그렇다고 개방적이고 진취적인 태도마저 포기되어서는 안되지만, 다양한 관점과 포괄적인 시야 또한 잃지 말아야 하는 것이다. 아울러 정신주의적 편향을 경계하고 언제나 사태의 본질을 직시하는 실사구시의 정신은 견지되어야 할 것이다.

올해는 낡은 전통을 재조정하고 우리 사회의 현대성을 실현하고자 누구보다도 애썼던 김수영 시인이 불의의 교통사고로 불귀의 객이 된 지 30년이 되는 해이다. 해방 이후 지금까지 우리 현대시의 향방을 가늠하는 데 김수영만한 인물도 없다는 점은 대개 동의할 것이다. 30여년 전 김수영이 가졌던 문제의식을 오늘에 되살려보고 새롭게 그의 문학사적 위상을 점검함으로써, 우리 현대시와 현대시 연구가 앞으로 나아갈 길을 모색해보자는 것이 편집진의 생각이었다. 근자에 우리 학계에서 가장 중심 주제가 되어온 것도 역시 김수영이 줄기차게 추구했던 '근대성(현대성)'에 관한 담론들이다. 우리는 이번 호의 김수영 특집을 통해 근대성 연구에 작으나마 기여할 수 있게 되길 바라마지 않는다.

이번 호의 구성은 크게 3부로 나누었다. 이전 호들에 있었던 대담, 이 작가 이 작품, 오늘의 문화이론, 시론 및 쟁점, 일반 논문, 서평 등의 코너들은 과감히 없애고 아예 온전한 하나의 작가론으로 집중한 것이다. 김수영의 30주기를 기념한다는 의미에서 특별히 배려된 것이다. 편집진은 이번 호가 김수영 연구에 있어서 뿐만 아니라, 김수영이란 한 시인이 우리 현대문학사에서 가졌던 영향력을 고려해볼 때 우리 시문학 연구 전반에 걸쳐서도 하나의 전환점이 될 것이라고 믿는다. 그에 부응했는가의 판단은 이제 독자의 몫이다.

제 1부는 일반론적인 글을 묶었다. 먼저 총론격인 최동호 교수의 글은 김수영 문학이 가지는 우리 문학사에서의 의미를 재점검하는 글이다. 이 글은 김수영이 반전통주의자라는 기존의 대체적인 평가를 넘어서서 전통의 부정을 통한 새로운 전통의 창조라는 점에 주목하고 있다. 그리고 '일상성'이란 개념을 가지고 김수영 시에 접근하고 있는 한수영의 글은 난해하기로 정평이 나있는 김수영 시를 '새롭게' '꼼꼼히 읽기'의 한 방식을 보여준다. 특히 논란이 많았던 「공자의 생활난」에 대한 꼼꼼한 읽기를 통해 일상성 탐색의 일보를 내던졌다. 이건제는 김수영 시에 편재해 있는 '죽음'의식에 대하여 여러 층위에서 검토함으로써 김수영 시의 근대성을 발견해내고 있다. 논문적 구성이라고 하기에는 다소 거리가 있지만, 상당히 흥미로운 분석이라고 본다. 조현일의 글은 이 분야에서 처음 시도되는 접근이다. 김수영의 문학적 관점에 대한 비교문학적 고찰에서 일본의 『시와 시론』지, 오든그룹(Auden Group), 하이데거 등과의 영향관계는 이미 부분적으로 지적된 바 있었지만, 뉴욕지성인학파의 『파르티잔 리뷰』, 그중에서도 특히 리오넬 트릴링과의 관계는 아직 자세히 검토된 적이 없는 것으로 안다. 김수영의 '현대성'론이 트릴링을 통한 독서라는 점을 정밀하게 밝혀낸 조현일의 글은 그 점에서 주목할 만하다. 그리고 이와 연관하여 김수영의 시론 및 시비평과 정치·사회·문화적 산문을 분석한 황정산과 김명인의 글을 아울러 읽는다면 김수영의 지적·정신적 궤적과 계보를 쉬이 더듬을 수 있을 것이다.

제 2부는 작품론 위주의 글들이다. 김춘식은 「달나라의 장난」과 「헬

리콥터」를 중심으로 초기시에 나타난 시적 자의식의 세계를 다루었고, 이기성은 「푸른 하늘을」과 「그 방을 생각하며」를 중심으로 4.19혁명 이후 비판적 주체의 확립과정을 밝혀내고 있다. 또 유성호는 「거대한 뿌리」 「어느 날 고궁을 나오면서」 「사랑의 변주곡」 등 후기시에 엿보인 전통과 역사에 대한 재인식을 점검해냈다. 한편 최현식의 「'곧은 소리'의 요구와 각성」과 문혜원의 「아내와 가족, 내 안의 적과의 싸움」은 김수영 시에 나타난 시의식을, 성적 · 일상적 자의식을 통해 김수영 시 이해의 지평을 넓히려고 하였다.

제 3부는 연구사 정리 및 관련 자료목록, 생애와 작품 연보를 실었다. 최근의 논문 및 평론들을 망라하였으며, 특히 대학의 연구실에서 나오는 석 · 박사 학위논문도 일일이 조사하였는 바, 이 분야 연구자들에게 적잖은 도움이 될 것이다. 아울러 강웅식의 김수영 문학 연구사 30년을 정리한 글은 연구의 흐름을 살피고 차후 연구 방향을 시사하는 중요성을 지닌다.

애초 계획했던 것보다 이러저러한 사정으로 인해 출간이 늦어졌다. 요즘 경제 사정이 극도로 나쁘다는 거야 삼척동자도 다 아는 일이지만, 그 중에서도 출판가의 형편은 최악의 지경이라 아니할 수 없다. 그 극도로 열악한 상황은 이미 수 차례의 언론 보도를 통해서도 알려진 바이지만, 실제 속사정을 들여다 보면 알려진 것 이상의 형편임을 필자, 그리고 독자 여러분들께서 깊이 양해하여 주셨으면 하는 것이 저희 편집진이나 출판사 측의 간곡한 마음이다. 일찍이 원고를 보내주신 필자 여러분들에게는 송구스러운 마음 그지없으며, 아울러 몇몇 필자들의 개인사정으로 I 부가 상대적으로 빈약해졌음을 사과드린다. 덧붙이건대, 『작가연구』는 지난 3호부터 학술진흥재단에 정식 등록된 학술지임을 다시 밝혀두면서, 연구자 및 독자 여러분들의 애정과 성원을 더욱 기대하고 있다. (김 윤 태)

김수영

문학의 재인식

제 1 부

김수영의 문학사적 위치

최 동 호*

급진적 자유주의의 산문적 실천—
'흙은 모든 나의 마음의 때를 씻겨 준다. 흙에 비하면 나의 문학까지도 범죄에 속한다'(「반시론」에서)

1. 전통의 부정과 혁명

조금이라도 시에 관심이 있는 사람들은 누구나 김수영의 시를 읽지 않고 70년대 중반을 보내기 어려웠다. 그가 시인으로서 맹활약을 하던 60년대가 아닌 70년대 중반부터 그의 시가 널리 읽히기 시작했다는 것은 30년이 지난 오늘 이를 돌이켜 보면, 그 자체가 매우 반어적인 것으로 느껴진다. 사후 6년만에 간행된 시선집 『거대한 뿌리』(1974)가 김현의 해설 「자유와 꿈」과 함께 독자에게 선보였을 때, 그것은 김수영이 문단의 변방이 아닌 중심권으로 돌입함을 예고하는 선언이었으며, 문단의 중심에서 다시 신화적 인물로 부각되기 시작하는 단초를 열었던 것이다.

70년대 중반 이후 김수영에 바쳐진 당대 최고 수준의 수많은 평문들은 순수파와 참여파를 막론하고 그 누구도 그의 시적 업적을 전적으로

* 고려대 국문과 교수, 저서로 『하나의 도(道)에 이르는 시학』 외 다수.

폄하할 수 없었다. 여기에는 밖으로부터 가해지는 정치적 억압이 작용하여 그를 60년대를 대표하는 시인으로 격상시켰음은 물론이지만, 단순히 여기서 끝나는 것이 아니라 70년대를 넘어서서 그의 시적 영향력을 독재의 그림자가 드리운 80년대 후반까지도 강력하게 파급시키는 비평적 출발점이 되었다.

시각의 편차가 없는 것은 아니지만 그들에게 공통적으로 지적된 것은 우선 혁명가로서 전통의 파괴자로서 그의 부정의 정신이었으며, 모더니즘과 리얼리즘 시의 종합으로서의 시적 성과였다. 김수영이 50년대에 모더니즘을 추구했다면, 60년대는 이를 극복하고 리얼리즘에 근거한 참여시로 나아갔다는 대비적 논법이 김현승의 「김수영의 시사적 위치와 업적」(1968) 이후 어느 정도 통용되고 있었다.

김수영의 시적 주제를 '자유'라고 명명한 김현은 그의 파격성을 논하면서 김기림의 모더니즘에서 한 걸음 나아가 '그는 모더니즘을 하나의 문학적 조류로 이해한 것이 아니라, 세계를 이해하고 관찰하는 한 정신의 태도'로 받아들였음을 지적하고 '그의 반시론은 박용철의 생명시론이 그 현대성을 획득한 것'이라고 하여 그 문학사적 의미를 설정해 놓았다.

이에 비해 염무웅은 「김수영론」(『창작과 비평』, 1976 · 봄)에서 반전통주의 시각에서 김수영의 시를 밀도 있게 논하면서 다음과 같이 비판적 시각을 개진해 놓았다.

> 1950년대에 있어서의 김수영의 문학활동은 문예운동으로서의 모더니즘과는 언제나 일정한 비판적인 거리를 유지하면서도 동시에 언제나 모더니즘의 테두리 안에서 전개되었다. 그는 일생 동안 김소월이나 김영랑 혹은 서정주와 같은 개념에서의 서정시를 단 한편도 쓰지 않았다. 아마도 그는 자연을 자체로 완상하는 시를 쓰지 않은 드문 시인 중의 하나일 것이다. 이런 뜻에서도 그는 철저한 반전통주의자이다.

이러한 염무웅의 시각은 그 문맥 자체로 볼 때 일견 타당성을 가진 것이 사실이다. 그러나 과연 김수영을 모더니즘의 테두리 안에서의 반전통론자로 규정지을 수 있는가에 대해서는 의문이 남는다. 김수영 스스로 파괴적 과격성을 내세웠고, 전위적 불온성의 정당성을 주장하기도 했던 것이 사실이다. 기성 문단과 기성시를 매도하고 부정하는 데 누구보다도 거침없었던 것이 그이기도 하다. 그는 '지금 우리 나라에는 시인다운 시인이나 문인다운 문인이 없다'고 공개적으로 말할 수 있었던 거의 유일한 시인이었다. 그가

> 진정한 시인이란 선천적인 혁명가인 것이다. (「시의 <뉴 프런티어>」)

라고 말했을 때, '혁명가'라는 말만 가지고, 그를 불온하게 보거나 전통부정론자라고 단정할 필요는 없다. '진정한 시인'이란 주어에 더 깊이 관심을 갖고 음미하는 것이 그의 의도를 제대로 파악하는 것이 아닐까. '선천적'이란 수사 또한 '진정한'과 어울릴 때만이 시인이 시인으로 값한다는 뜻일 것이다. 물론 김수영은 염무웅의 지적대로 김소월이나 김영랑 또는 서정주와 같은 개념에서의 서정시를 쓰지 않았다. 그점에서 그의 시적 혁명성을 높이 평가할 수도 있다.

그러나, 김수영은 반전통론자로서 일관하였다기보다는 전통의 부정을 통해 새로운 전통의 창조자로서 자신의 시적 위치를 확고하게 하였다고 보는 것이 문학사적으로 그를 평가하는 더욱 적절한 시각이 아닐까 한다. 김수영이 표나게 전통을 부정하고자 하였다는 것은 그만큼 강하게 어떤 전통을 의식하고 있었다는 증거이기도 하다는 것이다.

2. 거대한 뿌리와 사랑의 인식

김수영에게 있어서 전통의 부정은 초기에는 희화적으로, 그리고 그의 시가 혼란스러운 현실에 밀착할수록 과격하게 나타난다. 초기의 난해시로 지목되는 「孔子의 生活難」에서 우리는 그의 희극적 태도를 엿볼 수 있다.

꽃이 열매의 上部에 피었을 때
너는 줄넘기 作亂을 한다

나는 發散한 形象을 求하였으나
그것은 作戰같은 것이기에 어려웁다

국수— 伊太利語로는 마카로니라고
먹기 쉬운 나의 叛亂性일까

동무여 이제 나는 바로 보마
事物과 事物의 生理와
事物의 水量과 限度와
事物의 愚昧와 事物의 明晰性을

그리고 나는 죽을 것이다
— 「孔子의 生活難」, 전문

「아메리카 타임誌」와 함께 사화집 『새로운 都市와 市民들의 合唱』(1949.4)에 수록된 위의 시는 김수영 자신이 '히야까시같은 시'라고 말하고 있지만, 그 난삽성으로 인해 독자들 또한 어리둥절하게 만든다. 그럼에도 김수영이 흘낏 넘겨버릴 수 없는 김수영적 자의식의 축도가 담겨 있다. 그 이유는 제 4연과 마지막 한 행으로 처리된 제 5연 때문이다.

'작란'하듯이 쓰여진 제 1~3연의 시행들이 더 이상 전개할 수 없는 지점에서 심각하게 서술된 것이 제 4연이고, 자기도 모르게 의식의 심층부에 깊이 박힌 말을 토로한 것이 제 5연이다. 제 4연에서 우선 주목되는 것은 '나는 바로 보마'이다. 하나의 약속이자 선언이다. 그 대상이 관념적 어구로 나열되어 있지만 두드러지는 것은 마지막 행의 '명석성'이다. 어쩌면 이 '명석성'이야말로 김수영이 끝까지 추구한 시적 명제인 동시에 구태의연한 전통과 자신의 시법을 확연하게 구별짓는 단서가 되는 것이기도 하다.

마지막 "그리고 나는 죽을 것이다"는 심상하게 던져진 종결 같지만 결코 그런 것은 아니다. 유종호의 지적처럼 이는 『논어』에 나오는 공자의 말 '아침에 도를 들으면 저녁에 죽어도 좋다(朝聞道 夕死可矣)'를 변형시킨 것임을 떠올리지 않을 수 없다.

제목에서 이미 '공자'를 말하고 있다는 점에서 더욱 그러하다. 공자를 야유·풍자하면서 희화적으로 쓴 시라고 말할 수도 있다. 그러나, 그 전거가 되는 것이 공자의 말이라는 점에서 김수영이 도처에서 서양의 지식을 과시하고 전통을 타박하고 있다 하더라도 그의 지적 교양의 밑바탕은 『논어』, 『맹자』를 중심으로 한 한학임에 틀림없다는 단서를 발견할 수 있다. 전기적 사실로 보면, 그가 유년시절 초등학교를 졸업할 즈음에 질병에 의해 학업을 일시 중단하고 일정 기간 한학을 공부했다는 것은 이와 동떨어진 우연한 일이 아니다. (최하림, 『김수영평전』, 문학세계사, 1981. 참조)

그러나 그가 살았던 시대는 전통유학의 공부만으로 살아갈 수 없는 일제말의 격변의 시대였고, 상당한 지주였던 그의 가계 또한 기울기 시작하여 아버지의 강권으로 상업학교로 진학하는 등 날쌔게 새로운 변신을 해야만 하는 상황이었다. 남에게 뒤쳐질 수 없다는 것과 새로운 것을 추구한다는 것은 그에게 전존재를 거는 모험과 다름없는 일이었

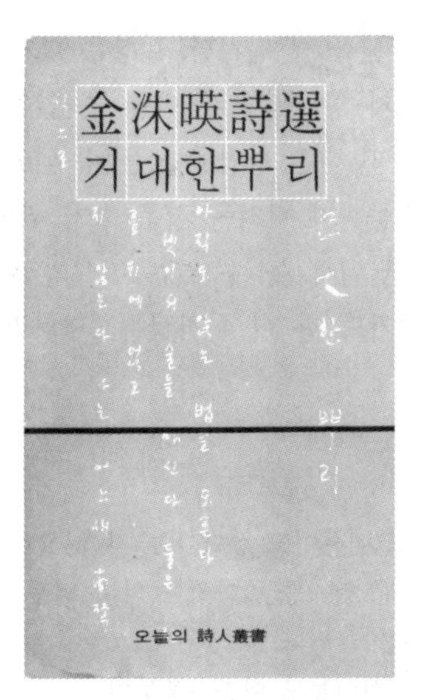

▲ 김수영 시선『거대한 뿌리』

을 터이며, 모더니스트로 그의 시적 행로가 시작되었다는 것은 이 점에서 시사적이다.

과거를 부정하고 새로운 것을 받아들여야 한다는 점에서 해방과 6·25 동란은 결정적 계기를 마련해 주었을 것이며, 그의 뛰어난 영어 실력은 이 혼란의 격동기에 새로운 시대의 선두주자가 되는 중요한 수단이 되었을 것이다. 그럼에도 그는 몰락한 지주의 후예답게 영어를 출세의 도구나 생활의 방편으로 삼지 않고, 부업처럼 영어 번역을 하면서 새로운 지식을 새로운 세계로 나아가는 지적 원천으로 삼고 있다는 사실을 우리는 눈여겨볼 필요가 있다. 어쩌면 이 점에서 그는 생래적으로 자유인 기질을 가진 것처럼 여겨지기도 한다. 자유인에게는 기존의 관습이나 부당한 권위에 대해 순종하고 복종하는 것이 죄악인지도 모른다. 반항하고 파괴하는 자유인이 그 순수성을 더럽히지 않고 살아 나가고자 할 때, 그가 택할 수 있는 것은 시인의 길밖에 없을 것이다. 혼돈의 시대일수록 선택의 폭이 넓을 것 같지만, 실상은 그가 자유인으로서 진실과 양심을 굳게 지키고자 할 때 그가 택할 수 있는 유일한 길은 정직한 시인의 길 이외에 어떤 다른 방법이 있을 수 없었을 것이다.

다만 현실의 정면돌파가 어려운 경우 그가 취할 수 있는 하나의 태도는 「공자의 생활난」에서 볼 수 있는 진실의 희화적 왜곡일 것이다. 반란성의 다른 면이기도 한 이 희화성은 「달나라의 장난」에서도 나타난다.

> 팽이가 돈다
> 어린아이이고 어른이고 살아가는 것이 신기로워
> 물끄러미 보고 있기를 좋아하는 나의 너무 큰 눈 앞에서
> 아이가 팽이를 돌린다.
> 살림을 사는 아이들도 아름다웁듯이
> 노는 아이도 아름다워 보인다고 생각하면서
> 손님으로 온 나는 이집 주인과의 이야기도 잊어버리고
> 또한번 팽이를 돌려주었으면 하고 원하는 것이다
> 都會안에서 쫓겨다니는 듯이 사는
> 나의 일이며
> 어느 小說보다도 신기로운 나의 生活이며
>
> — 「달나라의 장난」, 부분

화자는 속임 없는 눈으로 팽이가 도는 것을 바라본다. 자신의 처지와 다른 사람들을 비교해 본다. 팽이가 도는 것이 달나라의 장난 같다고 생각하고, 소설보다 신기롭게 사는 자신의 삶을 떠올리며 팽이처럼 돌고 있는 자신을 발견한다. 그럼에도 울어서는 안된다고 다짐하면서 자신의 운명과 사명을 자각한다. 사물을 명석하게 바라보겠다는 이성적 통찰의 눈이 있기 때문이다.

한 직장에 정착하지 못한 그가 겪어야 했던 고단한 삶의 비애감을 떨쳐버리고, 그는 시인의 길로 나아가 「병풍」(1956)과 「폭포」(1957) 등

의 현대적 이성의 시를 쓴다. 「병풍」에서 그는 '무엇보다 먼저 끊어야 할 것이 설움'이라고 언명하면서 삶과 주검의 경계선을 바라본다. 「폭포」에서 그는 이 경계선을 더 밀고 나아가 두려움을 밀어젖히고 "곧은 소리는 곧은/소리를 부른다"고 공포를 두려워하지 않는 결의를 다진다. 여기서 그의 시적 목표가 또한 곧은 소리를 내는 '고매한 정신'의 인식에 이르고자 하고 있음을 보여준다.

그러나 「序詩」(1957)에서 그는 또한 다음과 같이 자기반성을 하기도 한다.

> 나는 너무나 많은 尖端의 노래만을 불러왔다
> 나는 停止의 美에 너무나 等閑하였다.
>
> — 「序詩」, 제1~2행

다른 한편으로 시대에 뒤떨어지지 않으려던 그는 다음과 같이 자기를 발견하기도 한다.

> 이제 나는 曠野에 드러누워도
> 時代에 뒤떨어지지 않는 나를 發見하였다.
>
> — 「曠野」, 제1~2행

대체로 이 시기에 그는 자신을 새롭게 발견하고, 시대를 앞서가려고만 하던 모더니즘 취향에서 어느 정도 벗어나는 자기조정의 계기를 마련하는 것 같다. 이 때가 6 · 25동란의 격동이 어느 정도 가라앉기 시작하는 1957년의 일이고, 30대 후반의 가장으로서 짐이 무거워진 시기이기도 하다. 1958년 11월 38세인 시인으로서 그는 제1회 한국시인협회상을 수상하여, 자신의 입지를 굳힌다. 모더니즘적인 것을 추구하던 그에게 보수적 성향의 시인 단체에서 제1회 문학상을 수여했다는 것은 이채로운 일이기도 할뿐 아니라, 앞으로 그의 시적 방향성에 깊은 시사를 던지는 일이기도 하다. 이 시기에 그는 '움직이는 悲哀를 알고 있느냐'(「비」, 1958)고 아내에게 반문하기도 하고, '生活은 孤絶이며／悲哀이었다'(「生活」, 1959)고 고백하기도 한다. 또한 그는 '우스워라 나의 靈은 죽어 있는 것이 아니냐'(「死靈」, 1959)고 스스로에게 힐난하기도 하면서, 1960년 4 · 19를 맞이한다. 4 · 19직전 그가 '얻는다는 것은 곧 잃는 것이다.'(「파밭가에서」, 1959)와 같은 교훈적 언명을 하고 있다는 것도 흥미로운 일이다. 4 · 19혁명이라는 광휘의 순간, 실상 그는 혁명시인으로서는 역설적이라고 할 수밖에 없는 격한 외침의 시 이상을 쓸 수 없었다. 역사 현장의 힘이 압도적으로 강력했기 때문이다.

"우리는 우리가 찾은 革命을 마지막까지 이룩하자"(「祈禱」, 1960.5)던 그가 불과 한달 후에는 "푸른 하늘을 制壓하는／노고지리가 자유로왔다고／부러워하던／어느 詩人의 말은 修正되어야 한다"(「푸른 하늘을」, 1960.6.)고 토로하게 된다. 혁명의 고독을 알아차리고 자유에서 피의 냄새를 느끼면서 한편으로 그의 시는 강경해지고, 다른 한편으로 깊이 침잠하기도 한다.

여기에 있는 것은 中庸이 아니라
踏步다 죽은 平和다 懶惰다 無爲다
(但 '中庸이 아니라'의 다음에 '反動이다'라는
말은 지워져있다
끝으로 '모두 適當히 假面을 쓰고 있다'라는
한 줄도 빼어놓기로 한다)

담배를 피워물지 않으면 아니된다고 하였지만
나는 사실은 담배를 피울 겨를이 없이
여기까지 내리썼고
日記의 原文은 日本語로 쓰여져있다
글씨가 가다가다 몹시 떨린 漢字가 있는데
그것은 물론 現政府가 그만큼 惡毒하고 反動的이고

假面을 쓰고 있기 때문이다

—「中庸에 대하여」, 제4~5연

혁명의 신화가 깨지면서 혼란의 와중으로 빠져드는 순간 혁명의 신성함에 고무되었던 그가 할 수 있는 것은 양계장에서 닭들의 알 곁는 소리를 들으며 자신을 달래는 길 외에는 다른 방법이 없었다. 끝까지 성취할 수 없는 혁명의 변질을 눈앞에 두고 모두가 적당히 가면을 쓰고 진실을 외면하고 살고 있다는 것이 화자가 그의 일기에나 적어둘 수밖에 없는 진실이다. 그들이 중용을 취한다고 하지만, 모두가 나타나 무위로서 진실을 호도한다. 그가 하고 싶은 말은 "여기에 있는 것은 中庸이 아니라 反動이다."라는 것이다. 그러나, 그는 '반동'이란 말은 지울 수밖에 없었다.

자신의 감정이 격해지는 순간 그는 한글로 쓰지 못하고 일어로 시를 쓴다. 일어란 청소년기 김수영의 감수성의 심층에 자리잡고 있는 언어로서 자기검열의 보호막을 갖고 있는 언어이다. 거기에 떨리면서 한자로 쓰여진 부분이 있는데, 그것이 이 시의 마지막에 나타난 "현정부가 그만큼 악독하고 반동적이고 가면을 쓰고 있기 때문이다"는 진술이다.

혼란을 민주주의라는 이름 하에 방치한 당시 민주당정권의 무능과 모순을 질타한 것이 위의 시이다. 특히 소비에트에는 중용이 있지만, 혁명 후의 혼란을 겪고 있는 한국에는 중용이 아니라 가면과 반동이 있다는 진술은 상당히 위험한 발언이다. 그 자신 또한 자기 검열을 가해 이를 지우거나 일어 속에 감추고 진실을 토로할 수밖에 없다.

혼란을 외면하고, 가면을 쓴 중용은 중용이 아니다. 여기서 김수영이 말하고 있는 중용은 사이비 중용이 아니라 공자가 말한 중용이라는 점에서 매우 역설적이다. 공자는 다음과 같이 말했다.

천하와 나라와 집안은 잘 다스릴 수 있다. 爵祿은 사퇴할 수 있다. 시퍼런 칼날은 밟을 수 있다. 그러나 중용은 해낼 수 없다.

天下國家可均也, 爵祿可辭也, 白刃可蹈也, 中庸不可能也. (『中庸』, 제9장)

시퍼런 칼날을 밟을 수 있지만, 중용을 실천하기 어렵다는 것은 적당주의를 내세워 중용이라는 탈을 쓴 것과는 완전히 다른 것이다. 안일과 나태에 빠져 있으면서 중용이라 말하는 것은 김수영의 말대로 가면을 쓴 반동에 지나지 않는다.

중용은 무능한 자의 것이 아니라 용기 있는 자의 것이다. 공자는 '강력한 용기'가 무엇인가를 묻는 자로(子路)에게 다음과 같이 답했다.

참다운 군자는 평화를 주장하면서도 한편으로 치우치지 않고 의(義)를 조절하오. 이것이 바로 강력하고 씩씩한 중용의 용기이지요. 중립(中立)을 주장하면서도 한쪽으로 기울어지지 않는 것이 바로 강력하고 씩씩한 중용의 용기이지요. 나라에 도덕이 있을 때에는 자기 몸에 충만하여 있는 의기(義氣)를 변치 않는 것이 중용의 용기이지요. 나라에 도덕이 없을 때에는 정의(正義)를 위하여 죽는 한이 있더라도 지조를 변치 않는 것이 바로 중용의 용기이지요.

君子和而不流, 强哉矯, 中立不倚, 强哉矯! 國有道, 不變塞焉, 强哉矯! 國無道, 至死不變, 强哉矯! (『中庸』, 제 10장)

나라에 도덕이 실행되지 않을 때 지조를 변치 않는 것이 중용의 용기라는 공자의 말은 여러 모로 「中庸에 대하여」를 쓰던 당시의 김수영의 심금을 울리는 말이었을 것이다. 가면을 쓴 중용으로는 혼란만이 있을 뿐이다. 따라서 그는 "革命은 안되고 나는 방만 바꾸어버렸다"(「그 방을 생각하며」, 1960.10.30)라고 하거나, "民衆은 영원히 앞서 있소이다／요 詩人／勇敢한 錯誤야／그대의 抵抗은 無用／抵抗詩는 더욱 無用"(「눈」, 1961.1.3)라고 쓴다. 그가 비록 경구처럼

어둠 속에서도 불빛 속에서도 변치않는

사랑을 배웠다 너로해서

— 「사랑」, 제1연

라고 어둠에서 불빛으로 넘어가는 그 찰나에 꺼졌다 살아나는 얼굴을 말하지만 이 짧은 통찰은 언제나 번개처럼 금간 얼굴로 제시되고 있는 것이다. 저항시 무용론에 빠진 그는 「쌀난리」(1961.128)에서 대구에서 쌀난리가 난 것을 풍자적으로 왜곡시켜 쌀난리가 났으니 "이만하면 아직도／革命은／살아 있는 셈이지"라고 희화화시켜 보기도 한다. 이 시기 그는 모든 것을 버리고, 도봉산 양계장으로 가 연작시 「新歸去來」를 쓰게 된다. "農夫의 몸차림으로 갈아입고／석경을 보니／땅이 편편하고／집이 편편하고／하늘이 편편하고"(「新歸去來 2 檄文」)라고 하거나 야유적인 뜻으로 중용을 "너도 나도 취하는／中庸의 술잔"(「新歸去來 4 술과 어린 고양이」)이라고 말하기도 한다. 모두 아홉 편이 계속된 「新歸去來」에서의 압권은 풍자와 해탈을 뒤섞은 7번째 「누이야 장하고나!」이다.

누이야
諷刺가 아니면 解脫이다
너는 이 말의 뜻을 아느냐
너의 방에 걸어놓은 오빠의 寫眞
나에게는 '동생의 寫眞'을 보고도
나는 몇번이나 그의 鎭魂歌를 피해왔다
그전에 돌아간 아버지의 鎭魂歌가 우스꽝스러웠던 것을 생각하고
그래서 가는 그 寫眞을 十년만에 곰곰이 正視하면서
이내 거북해서 너의 방을 뛰쳐오고 말았다
十년이란 한 사람이 준 傷處를 다스리기에는 너무나 짧은 歲月이다

— 「누이야 장하고나!」, 제1연

우연히 누이동생의 방에 들어간다. 화자는 6·25동란 중에 행방불명이 된 남동생의 사진이 걸려 있는 것을 본다. 여동생에게는 오빠가 되지만 나에게는 동생이 되는 그의 사진이 걸려 있는 것을 보고, 화자는 그것이 풍자가 아니면 해탈이라고 자조한다.

10년이란 한 사람이 준 상처를 다스리기에는 너무나 짧은 세월이므로, 그 오빠의 사진을 걸어 놓고 있다는 것이 풍자가 아니면 해탈이라는 것이다. 사진을 바라보지만, 그를 위해 진혼가 하나 제대로 부르지 못한 화자는 그로 인해 거북함을 느끼는 동시에, 이렇게 사진을 걸어 놓고 있는 것이 풍자가 아니면 해탈이라고 말하고 있는 것이다.

실종된 동생이 가족들에게 준 상처를 잊기에 10년은 너무나 짧은 세월이기도 하지만, 문득 그를 떠올리게 만드는 사진을 보니 그를 잊고 있었던 자신에게 어떤 자책감이 드는 것도 사실이었을 것이다. 여동생만 그를 잊지 않고 사진을 걸어 놓고 있다니! 분명 그것은 풍자가 아니면 해탈일 것이다.

> '누이야 장하고나!'
> 나는 쾌활한 마음으로 말할 수 있다
> 이 광대한 여름날의 착잡한 숲속에서
> 홀로 서서
> 나는 突風처럼 너한테 말할 수 있다
> 모든 산봉우리를 걸쳐온 突風처럼
> 당돌하고 시원하게
> 都會에서 달아나온 나는 말할 수 있다
> '누이야 장하고나!'
>
> — 「누이야 장하고나!」, 마지막 제4연

마지막에서 읽을 수 있는 것처럼, 도시에서 도망쳐 온 화자가 모든 산봉우리를 걸쳐 온 돌풍처럼 "누이야 장하고나!"라고 쾌활하게 말하는 것은 누이의 말없는 행동이 어떤 깨우침을 주었기 때문이다. 물론 이 시의 근간이 되는 것은 제3연에서 보이는 바, "모르는 것은 숭배하는 것이 나의 습관"과 "(네가) 숭배하고 마는 것을 숭배할 줄 아는 것은 나의 인생"이다. 모르는 것을 알려고 하는 것은 그의 지적 탐구욕을 나타내는 것이요, 상처를 잊어버리지 않고 숭배하는 누이까지 숭배하는 것은 견디기 어려운 시절을 감내하는 인고의 정신을 뜻한다. 물론 여기서는 새로운 것에 대한 탐구보다는 실종을 잊지 않은 인고의 정신이 강조된다.

이렇게 본다면 '해탈'을 '자살'로 오독하고 '풍자'만을 강조하는 김지하의 '풍자냐 자살이냐'(『시인』, 1970, 6·7월호)는 지나치게 자의적인 해석임에 틀림없다. '풍자'만의 강조는 어디까지나 김지하만의 독법일 뿐이다. '해탈'의 의미까지를 여기서 읽어 내지 못한다면 김수영의 이 시를 제대로 읽었다고 할 수 없다. 풍자에서 해탈에의 길이, 그것이 비록 진정한 해탈이라고까지 말할 수는 없다고 하더라도, 이후 김수영의 시적 방향성을 나타낸다는 점에서 더욱 그러하다. 이 시기에 김수영은 "아픈 몸이／아프지 않을 때까지 가자／나의 발은 絶望의 소리／저 말(馬)도 絶望의 소리"(「아픈 몸이」)라고 하거나 "더러운 日記는 찢어버려도／짜장 재주를 부릴 줄 아는 나이와 詩／배짱도 생겨가는 나이와 詩／정말 무서운 나이와 詩는／동그랗게 되어가는 나이와 詩"(「詩」)라고 쓴다. '무서운 나이'를 공자가 말한 '四十不惑'으로 해석한다면 지나치게 강박적이라고 말할지도 모르겠다. 나이와 더불어 안이해지지 않으려는 노력, 나이와 더불어 타협하지 않으려는 노력 속에서 그는 이후 중요한 시적 주제가 되는 자신의 적을 발견한다.

> 더운 날
> 敵이란 海綿같다

나의 良心과 毒氣를 빨아먹는
문어발같다

— 「敵」, 제1연

적은 어디에도 없다. 어제의 적은 없고, 오늘의 적만이 있다. 적은 정체가 없지만 음흉하게 그 자신 속에서 자기를 키운다. 적이 어디에 있느냐. 과거와 미래가 숨바꼭질한다. 바로 그 자신이 적이다. 이 내부의 적을 느끼는 순간 그는 자신에게 절망한다.

나날이 새로워지는 怪奇한 청년
때로는 일본에서
때로는 以北에서
때로는 三浪津에서
말하자면 세계의 도처에서 나타날 수 있는 千手千足獸
美人, 詩人, 事務家, 농사꾼, 商人, 耶蘇이기도 한
나날이 새로워지는 괴기한 인물

— 「絶望」, 제1연

그로테스크한 자기를 본다는 것은 자신에게 절망하고 있다는 뜻이다. 이 시의 마지막에서 그가 "나의 詩는 영원한 未完成"이라고 했을 때 그의 절망은 점점 더 기괴한 것이 된다. 파자마 바람으로 우는 아이를 데리러 나갔다가 동네 지서 순경에게 망신을 당하기도 하고, 18년전에 만주에서 만났던 여자를 막걸리집에서 다시 만나기도 하면서, 장시를 써보려고 시도하기도 한다. 그러나 언제나 미완성인 시처럼 뜻대로 되는 일은 별로 없다.

"겨자씨같이 조그맣게 살면서／長詩만 長詩만 안 쓰면 돼"(「長詩(一)」)라고 다짐하거나 "나에게 彷徨할 시간을 다오／不滿足의 物象을 다오"(「長詩(二)」)라고 호소하기도 한다. 김수영같은 직정적 시인에게 장시가 쉽게 쓰여질 리가 없다. 곧은 소리를 곧은 소리를 부를 뿐이다.

이렇게 생활의 어려움을 호소하고 있지만 1963년경부터, 주로 생활전선에 나선 부인의 덕이라고 생각되지만, 그에게 약간의 경제적 여유가 생기는 것 같다. 스스로 과외공부 선생이 되기도 하고, 여유 돈도 생기고, 집에는 당시로서는 매우 귀한 피아노가 들어오기도 한다. 움직이는 비애를 아느냐고 말하던 그는 이제 아내가 거짓말을 해도 반대하지 않고(「반달」, 1963.9), 「죄와벌」(1963.10)에서처럼 공개적으로 아내를 구타하기도 한다. 아마도 이러한 일련의 행동들은 아내에게서 느끼는 속물근성이 자신에게서도 서서히 자라나고 있음에 대한 타협과 반발이라는 이중적 반응의 표현이었을 것이다. 그러므로 "참음은 어제를 생각하게 하고／어제의 얼음을 생각하게 하고"(「잠음은」, 1963.12), 여기서 나아가 "죽은 기적을 산 기적으로 울리게 한다"(「참음은」)고 인내의 미덕을 떠올린다.

이 견인의 과정에서 그가 참으로 깨달은 것은 무엇일까. 아마 반항적·파괴적·혁명적 시적 경향을 줄기차게 밀고 나온 그에게는 아주 이색적인 일대전환이라고 할만큼 전통을 긍정하는 「巨大한 뿌리」가 쓰여진다는 것은 김수영의 가장 김수영적 측면을 드러낸다는 점에서 놀랍다고 하지 않을 수 없다.

> 傳統은 아무리 더러운 전통이라도 좋다 나는 光化門
> 네거리에서 시구문의 진창을 연상하고 寅煥네
> 처갓집 옆의 지금은 埋立한 개울에서 아낙네들이
> 양잿물 솥에 불을 지피며 빨래하던 시절을 생각하고
> 이 우울한 시대를 패러다이스처럼 생각한다
> 버드 비숍女史를 안 뒤부터는 썩어빠진 대한민국이
> 괴롭지 않다 오히려 황송하다 歷史는 아무리
> 더러운 歷史라도 좋다
> 진창은 아무리 더러운 진창이라도 좋다
> 나에게 놋주발보다도 더 쨍쨍 울리는 追憶이

있는 한 人間은 영원하고 사랑도 그렇다

—「거대한 뿌리」, 제3연

영국 왕립지학협회 회원으로 1894년 조선을 처음 방문한 이사벨 버드 비숍의 방문기 『KOREA AND HER NEIGHBOURS』(1898)을 읽고 쓴 것으로 여겨지는 위의 시에서 우리는 김수영의 새로운 인식전환에 내재되어 있는 그의 부정과 긍정 그리고 파괴와 생성의 역동적 상관성을 파악할 수 있다. 자신이 살고 있는 우울한 시대를 패러다이스처럼 생각한다는 것은 '전통은 아무리 더러운 전통이라도 좋다'는 명제에 대응한다.

서구 취향의 모더니스트로서 하기 어려운 대담한 발상전환은, 비록 외국인의 눈을 통한 자기 발견이라 할지라도 인용의 후반에서 보이는 것처럼 '쨍쨍 울리는 追憶'을 통해 인간의 영원성과 사랑의 영원성에 대한 확신을 얻었기 때문에 가능했을 것이다. 물론 이러한 시적 인식이 아직 산만하게 드러나고 있는 것도 사실이다. 뒤이은 제4연의 진술이 시적 긴축이 약화된 한국적 풍물들의 나열이라는 점에서 그렇다. 그럼에도 이 땅에 발 붙이기 위해서는 무수한 반동들을 받아들이고, 그들과 함께 깊게 뿌리내릴 때만이 쨍쨍 울리는 추억의 역사를 만들 수 있다는 확신에 이르게 되었다는 것은 김수영의 시적 전개에서 중요한 전환점을 마련해 준다.

제3인도교의 철근 기둥도 "내가 내 땅에 박는 거대한 뿌리에 비하면" 좀벌레 솜털에 지나지 않는다는 선언은 자신의 시적 동력을 부정과 파괴에서 긍정과 생성의 방향으로 전환시키는 계기를 만든다.

그러나 이 뿌리내리기란 쉽게 이루어지는 일이 아니다. 자책과 번민과 방황이 따르기 마련이다.

이런 사람을 보면 세상 사람들이 다 그처럼 살고 있는 것 같다
나같이 사는 것은 나밖에 없는 것 같다

나는 이렇게도 가련한 놈 어느사이에
자꾸자꾸 소심해져만간다
동요도 없이 반성도 없이
자꾸자꾸 小人이 돼간다
俗돼간다 俗돼간다
끝없이 끝없이 동요도 없이

— 「강가에서」, 마지막 4연

가난하고 늙어 보이지만, 자기보다 여유가 있고 힘이 있는 사람에 대한 자괴감으로 쓰여진 위의 시는 일단 「거대한 뿌리」와 대조적인 것처럼 보인다. 그러나, 이 양극이 김수영의 시적 공간이다. 거대한 뿌리와 소인의 속물 의식과의 대비에서 우리는 김수영의 고뇌와 자기 반성의 진폭을 목격한다. 소심하고 속물적이며 무력한 자신에 대한 반성이 그의 시적 원동력이었다면 이러한 인간적 이상은 양심을 지키고 진실을 말하려는 시인적 사명감으로 드러난다는 점에서 그의 시적 지향성의 깊은 충동 속에는 전인성을 추구하는 군자지도(君子之道)가 담겨 있다고 할 것이다.

회고주의자가 된 그는 「現代式 橋梁」(1964.11)에서 젊은 사람들의 비판을 받으면서 오히려 그 젊은이들에 대한 사랑을 느끼는 역설을 통해 역사성을 배운다. 제국주의자들이 만든 현대식 교량에서 그 교량의 역사를 모르는 젊은이들과 이야기하던 그는 '젊음과 늙음이 엇갈리는 순간'을 경험하고 새로운 역사가 무엇인가를 생각한다. 적을 형제로 만드는 실증으로서 다리를 본다. 그는 새 역사란 적을 형제로 만들면서 사랑을 배우는 과정이라고 인식한다. "미역국 위에 뜨는 기름이／우리의 歷史를 가르쳐준다"(「미역국」)이라고 하기도 하고 "詩는 歡樂의 개울가에 바늘 돋친 숲에／버려진 우산"(「敵(二)」)이라고도 한다. 때로는 "絶望은 끝까지 그 자신을 반성하지 않는다"(「絶望」) 하면서 절망에 빠지기도 하고, "모래야 나는 얼만큼 적으냐"(「어느날 古宮을 나오면서」)고

자책하기도 한다. 반성에 반성을 거듭하면서, 반성하지 않는 자아를 질타한 그는 이 시기에 다시 시시하지만 새로운 자기발견의 즐거움을 갖는다. 김수영 특유의 자학과 질책만이 시시하지만 어쩌면 시시하기 때문에 더욱 귀중한 자기 발견에 이르게 만든 것이다.

> 지극히 시시한 발견이 나를 즐겁게 하는 야밤이 있다
> 오늘밤 우리의 現代文學史의 변명을 얻었다
> 이것은 위대한 힌트가 아니니만큼 좋다
> 또 내가 <시시한> 발견의 偏執狂이라는 것도 안다
> 중요한 것은 야밤이다
>
> 오리는 여지껏 희생하지 않는 오늘의 문학자들에 관해서
> 너무나 많이 고민해왔다
> 金東仁, 朴勝喜같은 이들처럼 私財를 털어놓고
> 文化에 헌신하지 않았다
> 金裕貞처럼 그밖의 위대한 선배들처럼 거지짓을 하면서
> 소설에 골몰한 사람도 없다……
>
> —「이 韓國文學史」, 제1~2연

한국문학에 대한 자기 긍정의 모습은 비참한 현실에 대한 자기 부정으로부터 도출된다. 자신의 주변에 너무나 많은 순교자들이 살아 있고, 거지짓을 하면서 문학에 헌신한 선배들을 확인하면서 그는 자기 존재의 정당성을 찾은 것이다. 빈약한 한국문학에 대한 변명의 근거를 찾았다는 것은 「거대한 뿌리」에 대한 인식과 더불어 그의 삶이 그리고 그의 문학이 당시의 현실에 깊게 뿌리내리기 시작했음을 뜻한다. 부정에 부정을 거듭하던 그가 변명의 근거를 찾고 긍정의 실마리를 풀었다는 것은 그의 어법대로 지극히 반어적인 일이다.

물론 이러한 과정은 일직선으로 뻗어 나가지 않는다. 김수영의 괴팍

성 그대로 뒤틀리고 엇나가기를 거듭한다. "H는 그전하고 달라졌어"(「H」)라고 하거나 이혼을 결정했다 취소하면서 "善이 아닌 모든 것은 惡이다 神의 地帶에는／中立이 없다"(「離婚取消」)고 단언하기도 하는 동시에 "그녀는 盜癖이 발견되었을 때 완성된다"(「식모」)고 선언하기도 한다. 악에서 선을 보고, 도벽에서 인간성을 투시하는 그의 시각이 더 깊고 넓게 퍼져 가면서, 힘없고 약한 것들에 대한 인식 또한 다음의 시처럼 그에게 깊이 각인된다.

> 봄이 오기 전에 속옷을 벗고 너무 시원해서 설워지듯이
> 성급한 우리들은 이 발견과 실감 앞에 서럽기까지도 하다
> 전아시아의 후진국 전아프리카의 후진국
> 그 섬조각 반도조각 대륙조각이
> 이 발견의 봄이 오기 전에 옷을 벗으려고
> 뚜껑이 열렸다 닫히는 소리
>
> 라디오의 時鐘을 고하는 소리 대신에 西道歌와
> 牧使의 열띤 설교소리와 심포니가 나오지만
> 이 소음들은 나의 푸른 울의 가냘픈
> 影像을 꺽지 못하고
> 그 影像의 전후의 苦憫의 歡喜를 지우지 못한다
>
> —「풀의 影像」, 제3~4연

봄이 오면, 사람들은 속옷을 벗고, 풀들은 새롭게 푸르러진다. 벗어버림으로 인한 시원함과 서러움의 엇갈림에서 우리는 소멸과 탄생이 교차되는 생명력을 실감한다. 대륙에 붙어 있는 한반도 또한 봄의 생기로 푸르러진다. '뚜껑이 열렸다 닫히는 소리'는 하나의 세상이 뒤바뀌는 소리인 동시에 한 편의 시가 완성되는 소리이며, 그리고 '발견의 봄'이 새봄으로 이행을 알리는 소리이다. 여기서 화자의 인식에서 지울 수 없는 것은 '푸른 풀의 가냘픈 影像'이다. 약한 것들의 영상이 새롭게 태어

난 것들의 영상이 가냘프게 떠올려지면서 화자에게는 엉클 샘에게 학살당하는 월남인들의 영상이 거기에 겹쳐지는 것이다. 겨울이 가고 새봄이 올 때 떠올리는 연약한 풀들의 영상은 그의 시적 감수성의 깊은 영역을 가볍게 건드린다. 이것이 1966년 새봄의 일이다.

이 해 그는 사설적인 시들인 「엔카운터誌」, 「電話이야기」, 「설사의 알리바이」, 「도적」 등 시시한 변설을 넘어서지 못하는 작품을 썼을 뿐이다. 「풀의 명상」에서 조금 더 나아간 「사랑의 變奏曲」(1967.2.)을 쓰기 위해서 그에게는 1년여의 답보가 필요했다. 「사랑의 變奏曲」에서도 그의 사설적 수다는 지워지고 있지 않지만, 그의 시는 이제 한국의 현실에 더 깊게 뿌리내리는 사랑의 고요함에 도달한다.

욕망이여 입을 열어라 그 속에서
사랑을 발견하겠다 都市의 끝에
사그러져가는 라디오의 재갈거리는 소리가
사랑처럼 들리고 그 소리가 지워지는
강이 흐르고 그 강건너에 사랑하는
암흑이 있고 三월을 바라보는 마른나무들이
사랑의 봉오리를 준비하고 그 봉오리의
속삭임이 안개처럼 이는 저쪽에 쪽빛
산이

사랑의 기차가 지나갈 때마다 우리들의
슬픔처럼 자라나고 도야지우리의 밥찌끼
같은 서울의 등불을 무시한다
이제 가시밭, 덩쿨장미의 기나긴 가시가지
까지도 사랑이다

— 「사랑의 變奏曲」, 제1~2연

삼월을 준비하는 마른나무들의 푸르러지는 봉오리들에서 감지되는 생명력에서 화자는 사랑을 발견한다. 생명이란 사랑이다. 바꾸어 말해도 같다. 사랑은 생명이다. 사랑으로 인해 만물이 소생한다. 서울의 등불이란 '도야지우리의 밥찌꺼기'같이 조야한 것이지만 사랑의 속삭임이 안개처럼 일어나는 쪽빛 산이 새 봄을 맞이하여 슬픔처럼 자라나고 있는 것이다. 도시의 삶은 피로하고 조야한 것이지만 이 삶을 가능케 하는 것은 사랑이고, 그로 인해 사랑을 느끼는 자에게 삶은 슬픔을 통해 성숙하는 것이다.

4·19의 좌절에서 깊은 고뇌를 통해 배운 것처럼 사랑은 소리치는 것이 아니다. 사랑은 단란함이며 고요함이다. 폭풍을 통해 성숙하는 것이다. 복사씨나 살구씨처럼 폭풍을 이겨낸 고요함과 단단함으로 결실된 것이 사랑이다. 3월을 바라보며, 그가 떠올릴 수 있는 것은 지난 여러 해 동안의 4월의 잔인함이 아니었을까. 아니 비애와 고절을 경험케 한 4월들의 잔인함을 통해 소리내어 외치지 않는 씨의 시학을 터득했을 것이며, 그것은 어떤 시련에도 불구하고 사랑으로 생명의 약동을 예감케 하는 봄의 기류들이었을 것이다. 부드러운 봄의 기류들이 폭풍을 견디고 씨앗으로 뭉쳐지는 삶의 과정이야말로 사랑의 변주곡이 아니고 그 무엇이 될 것인가.

아들아 너에게 狂信을 가르치기 위한 것이 아니다
사랑을 알 때까지 자라라
人類의 종언의 날에
너의 술을 다 마시고 난 날에
美大陸에서 石油가 고갈되는 날에
그렇게 먼 날까지 가기 전에 너의 가슴에
새겨둘 말을 너는 都市의 疲勞에서
배울 거다
이 단단한 고요함을 배울 거다
복사씨가 사랑으로 만들어진 것이 아닌가 하고

의심할 거다!
복사씨와 살구씨가
한번은 이렇게
사랑에 미쳐 날뛸 날이 올 거다!
그리고 그것은 아버지같은 잘못된 시간의
그릇된 冥想이 아닐 거다

— 「사랑의 變奏曲」, 마지막 제7연

복사씨는 폭풍을 다 머금은 단단한 고요함이다. 폭풍을 이기는 힘은 사랑의 역동성에 의해 소리내어 외치는 것을 넘어선다. 이 사랑에는 비애가 담겨 있다. 좌절과 시련이 있기 때문이다. 도시의 등불이 도야지 우리의 밥찌꺼기로 비유될 때 삶의 비애감이 얼마나 구체적으로 인식된 것인가를 우리들은 확인한다. 복사씨와 살구씨는 한방에서 도인, 행인이라 부르는 약재로 해소, 치질 등에 효험이 있는 것이다. 김수영 또한 이러한 지병을 가지고 있었으며 복사씨와 살구씨에서 질병을 치료하는 사랑의 씨가 담겨있음을 체험했을 것이다. 김인환이 여기서 (「한 정직한 인간의 성숙 과정」, 『신동아』, 1981.11) 맹자의 '인자인야(仁者人也)'(『중용』, 제 20장)을 떠올려 보는 것 또한 우연한 일이 아니다. 인(仁)이란 사람다움이고, 사람다움의 참뜻은 복사씨와 살구씨 같은 사랑을 뜻하기 때문이다.

아들아, 너의 가슴에 새겨두라. 복사씨가 사랑으로 만들어진 것이며, 이렇게 사랑에 대한 신념을 가질 때 우리는 사랑에 환희하는 날을 맞이할 것이다. 이 사랑을 알 때까지 성숙하라. 이 사랑은 4 · 19의 실패를 전환시키는 진정한 혁명이다. 아버지의 그릇된 명상이 아니다. 3월을 맞이하는 나무들과 산봉오리에서 사랑의 속삭임을 배우라. 『맹자』의 <부자유친>을 연상시키는 깊은 사랑을 가지고 아들에게 속삭이고 있는 이 시는 김수영의 인간에 대한 친화력을 대표하는 시로서 기록될 뿐 아니라, 삶의 서러움을 넘어서는 사랑의 혁명이 무엇인가를 깨닫게 해준다는 점에서 또한 한국현대시사에서 기념비적이다.

이러한 사랑의 발견에도 불구하고, 그는 "사람들은 내 말을 믿지 않는다"(「거짓말의 여운 속에서」)고 정치의견의 불신을 경험하고, '누구한테 머리숙일까'(「꽃잎(一)」)나 '꽃을 주세요 우리의 苦惱를 위해서'(「꽃잎(二)」)와 같은 반복적인 어구들의 시를 쓰거나 '너무 쉬운 하얀 풀의 아우성'(「꽃잎」(三))을 듣기도 한다. 전진로가 열리지 않을 수록 그는 더욱 날카로워지고, 과격해진다. "창문을 부수고 여편네를 때리고／地獄의 詩까지"(「世界一周」) 쓰거나 '속아서 사는 憐憫의 순간'을 경험하면서 속임의 반어적 변증법을 깨닫는다.

1968년 그는 「反詩論」을 쓰고 「詩여 침을 뱉어라」를 발표한다. 이 시론들은 그의 시적 전진을 한단계 드높이는 동시에 타성적인 한국시단에 경종을 울리는 중요한 돌파구가 된다. 이어령과의 <불온성> 논쟁으로 더욱 적극적인 무게가 실린 이 글들을 통해 우리는 그가 엘리엇이나 하이데거 등의 시론을 숙독하며 혈투하듯 한국시의 새로운 돌파구를 찾고 있었음을 알게 된다.

그러나 논리의 차원에서가 아닌 나름대로 새로운 시적 극복을 입증하는 작품을 통해 그 성취를 보여주는 시가 유고작 「풀」(1968.5.29)이다.

> 풀이 눕는다
> 비를 몰아오는 동풍에 나부껴
> 풀은 눕고
> 드디어 울었다
> 날이 흐려서 더 울다가
> 다시 누웠다
>
> 풀이 눕는다
> 바람보다도 더 빨리 눕는다
> 바람보다도 더 빨리 울고

바람보다 먼저 일어난다

날이 흐리고 풀이 눕는다
발목까지
발밑까지 눕는다
바람보다 늦게 누워도
바람보다 먼저 일어나고
바람보다 늦게 울어도
바람보다 먼저 웃는다
날이 흐리고 풀뿌리가 눕는다

— 「풀」, 전문

이 작품의 성가는 되풀이 말할 필요가 없을 정도이다. 그러나, 이 작품의 명성이 유고작이기 때문만은 아니다. 비극적 죽음이 시적 울림의 배경음을 만들어주는 것은 틀림없지만, 김수영이 시인으로서 자신을 투척한 이래 방황과 충돌, 그리고 환희와 좌절을 경험하면서도 끝내 쓰러지지 않는 시적 성취를 집약하고 있다는 점에서 이 시의 문학적 가치가 설정된다.

이 시에서 크게 주목되는 것은 다음 세 가지이다. 첫째는 반복의 운동성이 불러일으키는 생명감이다. 그것은 동일한 시어의 반복을 통해 말의 역동성이 살아나고 주술적 마력까지 발휘하여 '눕고／일어서는' 풀에 생명력을 불어넣고 있다는 것을 말한다. 김수영이 「詩여 침을 뱉어라」에서 지적한대로 이것은 시의 '노래의 유보성, 즉 예술성'의 '무의식적이고 隱性的' 측면으로 시적 언어의 '은폐'가 드러난 예이다. 김수영이 하이데거의 「릴케論」에서 배운 것은 무엇일까. 그가 「反詩論」에 인용하고 있는 <올페우스에게 바치는 頌歌 · 제13장>에서 두드러지는 것은 다음 부분이다.

젊은이들이여, 그것은 뜨거운 첫사랑을 하면서 그대의 다문 입

에

정열적인 목소리가 복받쳐오를 때가 아니다. 배워라

그대의 격한 노래를 잊어버리는 법을. 그것은 아무 짝에도 쓸데 없는 것이다.

이 구절에서 김수영이 깊이 음미하였을 부분은 시의 예술적 본질이 '노래'라는 것이었으리라. 세계의 '개진'이 아니라 '은폐'란 시의 본질적 속성이라 해도 과언이 아니다. 그러나 현실의 복잡한 얼크러짐으로 인해 김수영에게는 노래를 부를 만한 여유와 시간이 허락되어 있지 않았다. 그가 초기에 추종하던 슈르나 모더니즘의 기법들 또한 시의 노래적 특성을 강조한 것은 아니었을 뿐더러 그의 기질 또한 직정적이어서 현실에서의 체험을 노래로 여과시킬 수 없었던 것이다. 노래보다는 속도감이 그의 취향에 더 잘 맞았던 것 같고, 이 속도감이야말로 날쌔게 자기변신을 거듭해야 하는 그가 갖고 있는 현대적 속성에 더 적절한 것이었을 것이다. 그러나 풀에 이르러 그는 단순한 반복이나 속도감을 넘어서서 말의 생략과 여운까지 고려한 시적 행간의 배치를 구사한다. 반복을 통해 속도감을 획득하고 거기에서 파생되는 시적 동력이 풀에 생명력을 불어넣는 단계까지 나아갔다고 할 것이다. 연약한 풀에서 굽히지 않는 동적 풀의 시학을 성립케 하는 것이다.

두번째로 「풀」에서 말할 수 있는 것은 '웃음의 미학'이다. 마지막 제3연에서 볼 수 있는 '울어도／웃는다'라는 명제는 '누워도／일어난다'라는 명제에 그대로 대응된다. 이 시의 모든 행간에서 '눕고／울고／일어난다'가 반복되고 있지만, '웃는다'는 마지막 행의 바로 직전에 한 번 등장할 뿐이다. 이 시의 동력학은 실상 "바람보다 먼저 웃는다"에 집약되는 것이라 해도 과언이 아니다. 이 웃음은 패자의 미소이면서 동시에 그 패배를 딛고 일어서는 '비애의 웃음'이다. 서러움은 김수영의 시적 출발부터 줄곧 따라다닌 하나의 강박감이었다. 이 서러움 또는 패배의 고뇌를 웃음으로 승화시키기 위해 온갖 시적·인간적 격투가 필요했던 것이다. 풀이 바람보다 늦게 울어도, 바람보다 먼저 웃을 수 있음으로 인해 마지막 시행 "날이 흐리고 풀뿌리가 눕는다"가 파동을 일으키며 일어나는 풀이 될 수 있는 것이다. 눕고 울기만 하는 풀은 웃을 수 없다. 어쩌면 이것은 '눕고/일어남'을 '울고/웃음'으로 깨달은 자가 터득한 지혜의 웃음이기도 하다. 그 웃음은 피상적 관찰로 얻어진 것이 아니다. 발목까지 발밑까지 눕고/울고/일어났기 때문에 과거는 물론 앞으로 닥친 어떤 시련이나 좌절도 끝내 극복할 수 있는 힘을 얻는다고 할 것이다. '빨리'와 '먼저'의 되풀이는 끝내 체념으로 자신을 함몰시키는 것이 아니라 운명을 거부하고 웃음을 찾은 자의 것이며, 이 '서러움에서 비애의 웃음'에 이르는 과정에 작동하고 있는 것이 바로 김수영의 사랑의 변증법이라는 사실이다. 「敵」에 대한 증오, 「풀의 影像」에서의 연약한 생명의 기류, 「사랑의 變奏曲」에서의 사랑의 환희는 「이 韓國文學史」나 「巨大한 뿌리」에 이어지고 풍자와 해탈을 동시에 껴안은 「누이야 장하고나!」의 시련을 거슬러 올라가는 것이다. 「中庸에 대하여」에서 그가 가면 쓴 중용을 '반동'이라고 명명할 때 그의 직정성은 「瀑布」로 이어지고, 그의 풍자성은 「屛風」을 매개로 하여 「孔子의 生活難」으로 회귀한다고 할 수 있다. 그러므로 다시 거슬러 내려와 「풀」에 이르러 역동성을 얻은 웃음은 초기의 희화적 왜곡을 뛰어넘어 풍자와 해탈을 동시에 포용하는 해탈의 웃음이다.

세번째로 「풀」에 대해 말하고 싶은 것은 이 해탈의 웃음의 미학적 근거가 무엇인가 하는 점이다. 지금까지 거의 모든 평자들은 김수영의 혁명성·전위성·불온성·참신성 등으로 그의 시를 모더니즘시나 참여시의 테두리에서 논해 왔다. 그러나 김수영의 시를 유심히 읽어본 사람은 공통적으로 확인할 수 있는 사실이지만, 김수영을 강하게 속박하고 있었던 것은 공자와 맹자로 대변되는 동양적 유가의 논리이자 시학이라는 점이다.

그가 「反詩論」 서두에 '恒産이 恒心'이라고 말하거나, 「生活의 克服」에서 '슬퍼하되 상처를 입지 말고, 즐거워하되 음탕에 흐르지 말라(哀而不傷 樂而不淫— 『論語』, 제3장 八佾)'는 공자의 경구를 떠올리는 것은 단편적이기는 하지만 그냥 지나칠 수 없는 부분이다. 특히 「풀」에서 제시된 시적 이미지의 기본적 설정이 『논어』와 『맹자』에 되풀이 나온다는 것은 결코 심상한 일이 아니다.

도둑에 시달리던 계강자(季康子)가 공자에게 정치에 관해 물었을 때 공자는 다음과 같이 대답했다.

> 선생께서 정치를 하실 것이지 죽이는 일을 해서 무엇하시렵니까? 선생께서 善한 일을 원하신다면 백성들은 善해집니다. 君子의 德은 바람이라 하겠고, 小人의 덕은 풀이라 하겠습니다. 풀은 위로 바람이 지나가면 반드시 눕습니다.
>
> 子爲政, 焉用殺? 子慾善, 而民善矣. 君子之德風, 小人之德草, 草上之風必偃.
>
> — 『論語』, 제12장 「顏淵」

이와 같이 공자가 말한 바람과 풀의 비유는 다시 『맹자』의 제 5장 「滕文公」에서도 인용된다. 공자는 치자의 덕을 강조하여 바람과 풀에 비유하여 선정을 베풀라고 권하고 있는데, 김수영의 「풀」에서는 바람이 아니라 풀에 강조점이 주어지고, 풀의 속성 중에서도 '일어나는 풀'의 역동성에 초점이 맞추어져 있다.

그러나 이 눕고/일어나는 상관성을 벗어버릴 수 없으므로 울고/웃음이 연상된다. 바로 이 점에서 전통적인 공맹의 사상과 논리에서 한걸음 나아간 참여시의 상징으로서 「풀」이 탄생한 것이다. 강자와 치자가 덕을 베풀지 않음으로 인해 성립된 반전통의 시학인 것이다. 이것이야말로 전통을 파괴하고 부정한 시인만이 도달할 수 있는 새로운 전통의 창조라고 할 수 있는 것이다. 전통의 부정이란 깊이 생각해보면, 더 깊은 전통에 자리잡고자 하는 파괴적 생성의 논리하고 할 것이다.

당시로서는 다른 어느 누구보다 김수영이 서구 문학의 세례를 깊이 받았고 본인 자신도 그것을 도처에서 강조하고 있다고 하더라도, 그의 시적 의식의 더 깊은 심층에는 유년시절부터 그의 삶의 저변을 지배해온 유가철학이 강력하게 자리잡고 있었다고 여겨지며, 이런 점에서 「풀」을 통해 자신의 시적 역정의 대미를 장식했다는 것은 매우 시사적이라고 하지 않을 수 없다. 돌이켜 보면 그의 시적 창작의 에너지는 거짓을 부정하는 인간의 진실이었으며, 지식인으로서 인간의 양심이었는데, 이 모두는 유가철학에서 말하는 인간의 '본연지성(本然之性)'에서 우러나온 것들이다.

> 나는 미숙한 것을 탓하지 않는다. 또한 환상시도 좋고 抽象詩도 좋고 환상적 시론도 좋고 技術詩論도 좋다. 몇번이고 말하는 것이지만 기술의 우열이나 경향 여하가 문제가 아니라 사인의 양심이 문제다. 시의 기술은 양심을 통한 기술인데 작금의 시나 시론에는 양심은 보이지 않고 기술만이 보인다. 아니 그들은 양심이 없는 기술만을 구사하는 시를 主知的이고 현대적인 시라고 생각하고 있는 모양이다.
>
> —「'難解'의 帳幕」

기술이 아니라 양심이 문제라고 했을 때 그는 인간으로서 시인의 진실을 강조했던 것이다. 김수영의 양심을 서구의 지식인이나 퓨리탄의 전매특허로 이해하는 것은 그가 쏟아내는 서구적 지식의 표층을 말하는 것일 뿐이다. 그 심층에는 유가철학의 인간적 도덕률이 배어 있다는 사실은 결코 간과할 수 없다는 것이다. 그의 시적 분노와 질타 속에는 서구 지식인들의 항의와 비판의 목소리가 담겨 있기도 하지만 어디까지나 그 기반으로서 유가적 지사의 목소리를 배제시킬 수 없다는 것이다.

그럼에도 불구하고 고루한 유가의 틀을 부수고 새롭게 자신을 일신시킨 것은 다음과 같은 혁명적 진취성이 있었기 때문이다.

> 시를 쓴다는 것이 무엇인지를 알면 다음시를 못 쓰게 된다. 다음시를 쓰기 위해서는 여직까지의 시에 대한 思辨을 모조리 파산을 시켜야 한다. 혹은 파산을 시켰다고 생각해야 한다. 말을 바꾸어 하자면, 詩作은 <머리>로 하는 것이 아니고, <심장>으로 하는 것도 아니고, <온몸>으로 하는 것이다. <온몸>으로 밀고 나가는 것이다. 정확하게 말하자면, 온몸으로 동시에 밀고 나가는 것이다.
>
> —「시여, 침을 뱉어라」

기존의 사변을 모조리 파산시켰을 때 새로운 전통이 탄생된다. 머리도 아니고, 심장도 아니고 온 몸으로 시를 쓸 때 관념도 아니고 지배자도 아니고 모든 민중이 하나가 되고, 이 때 쓰여진 시가 「풀」이라는 사실이다. 역설적으로 말하자면 전통에 더 철저히 근거하고자 할 때 우리는 전통을 파괴하고 새로운 전통을 확립할 힘을 얻을 수 있는 것이다. 김수영의 풀의 시학은 반전통의 혁명성을 통해 새로운 전통을 수립한 당대로서는 물론이고 오늘에 이르러서도 쉽게 찾을 수 없는 시적 성취를 기록했다고 주저하지 않고 말할 수 있는 이유가 바로 그것이다.

3. 풀의 생명력과 새로운 시적 전통

4·19혁명의 실패와 좌절을 경험한 1960년대 중반에 가서야 김수영은 거대한 전통의 뿌리를 긍정했다. 그가 '전통은 아무리 더러운 전통이라도 좋다'고 했을 때 이는 거대한 뿌리로서 역사성에 대한 깨달음을 선언적으로 진술한 것이라 여겨진다. 공자의 생활난을 왜곡하고 희화화하던 초기의 시와 다른 시적 전회가 이루어졌던 것이다. 이보다 몇 년 전인 60년대초 그는 다음과 같은 시작노트를 남기고 있다.

> 내가 써온 시어는 지극히 평범한 일상어뿐이다. 혹은 서적어와 속어의 중간쯤 되는 말들이라 보아도 될 것이다. 古語도 연구해 본 일이 없고, 時調에 대한 취미도 없다. 어느 서구 시인이 시어는 15歲까지 배운 말이 시어가 될 것이라 한 말을 기억하고 있는데, 나의 시어는 어머니한테서 배운 말과 신문에서 배운 時事語의 범위 안에 제한되고 있다. 「詩作노트 2」

어머니한테서 배운 것이 어찌 말뿐이겠는가. 시상과 감정의 기율까지도 어머니에게 배우지 않을 수 없는 것이다. 그 누구도 어머니의 모성으로부터 자유로울 수 없다. 그것을 표출하는 방식은 달라진다 하더라도 그의 인간적 태도로부터 벗어날 수 없다는 것은 인간의 숙명이라고 하지 않을 수 없다. 김수영의 경우 아마도 과격성은 아닐지 몰라도 결벽증의 어떤 측면은 어머니로부터 우러나온 것인지도 모른다.

김우창이 김수영의 산문을 논하는 자리에서

> 그의 산문들은 아마 근대의 산문 가운데서, 하나의 빌려온 이상으로서가 아니라 자신의 삶의 내면의 깊이에서 절실한 요구로서 자유를 이야기한 가장 웅변적 문체가 된다고 할 것이다. (김우창, 「예술가의 良心과 自由」)

라고 했을 때 '내면의 깊이'란 단순히 인간적 체험의 진실이라는 뜻을 넘어서서 인간의 양심을 규율하는 전통적 규범에 비추어 정당성을 획득한 진실이란 뜻으로 해석된다. 김수영이 가짜나 거짓을 가장 혐오했다는 것은 그의 개인적 기질이기도 했지만 깊은 의미에서 그가 강조한 양심이라는 것이 전통적 가치규범에서 확고하게 자리잡고 있었기 때문일 것이며, 그의 시적 추진력 또한 이로부터 동적 에너지를 얻을 수 있었다는 것이다.

그렇다면, 김수영의 시학을 반전통의 혁명성에 의한 새로운 전통의 확립으로만 규정할 것인가 하는 문제가 제기된다. 김수영이 자신의 시어가 어머니한테 배운 말과 신문에서 배운 '시사어'에 한정된다고 했을 때, 신문기사는 그에게 특별한 당대의 현실적 사건들을 제공하였을 것이다. 현실을 통해 진실에 도달한다는 것은 그의 시적 목표였을 것이다. 날로 새로워지려는 그였기 때문에 구라파나 미국이나 일본 등 그가 신문이나 잡지를 통해 보고 들었던 모든 것들을 기준으로 하여 그는 추악하고 왜곡된 당대 한국의 현실에 대한 자신의 전의(戰意)를 가다듬었을 것이다. 비교 대상과의 격차가 클수록 서러움의 감정도 컸을 것이며, 다른 한편으로는 이 단절감으로 지사적 사명감을 불태울 수 있었을 것이다. 과연 한국적 상황의 특수성과 싸우면서 그가 도달하고자 하는 이상이 서구적인 것이었을까. 아니면 그에게 더 넓고 큰 이상이 있었던 것일까.

> 시는 온몸으로, 바로 온몸으로 밀고나가는 것이다. 그것은 그림자를 의식하지 않는다. 그림자에조차도 의지하지 않는다. 시의 형식은 내용에 의지하지 않고 그 내용은 형식에 의지하지 않는다. 시는 그림자에조차도 의지하지 않는다. 시는 문화를 염두에 두지 않고, 민족을 염두에 두지 않고, 인류를 염두에 두지 않는다. 그러면서도 그것은 문화와 민족과 인류에 공헌하고 평화에 공헌한다. 바로 그처럼 형식은 내용이 되고, 내용이 형식이 된다. 시는 온몸으로, 바로 온몸으로 밀고나가는 것이다.
>
> —「詩여, 침을 뱉어라」

그림자를 의식하지 않는 온몸의 시학은 내용과 형식을 구별하지 않는다. 위와 아래가 없고, 서로 다른 민족과 문화도 없다. 그럼에도 불구하고, 그것은 인류에 공헌하고 평화에 공헌한다. 형식이 내용으로, 내용이 형식으로 순일하게 전화되는 온몸의 시학은 모든 개별적 특수한 체험을 토양으로 하여, 인류가 도달하고자 하는 보편적 이상에로의 도약을 준비한다. 반시론의 반어로서의 시에 도달하려는 그의 시적 이상은 구체에서 추상으로, 개별에서 일반으로, 특수에서 보편으로의 도약이라는 인간적 열망을 담고 있다.

그 변경에 자리잡고 있는 것이 그의 명시 「풀」이다. 풀에는 그림자가 없다. 잡박한 관념의 찌꺼기도, 과다한 수사도 말끔히 절제된다. 그럼에도 그것은 변경에 자리잡고 더 이상 나아가지 못한다. 김수영이 체득한 비애의 웃음은 보편적 차원으로 도약하려 하지만, 단숨에 뛰어넘지 못하는 비애감에 감싸여 있기 때문이다. '눕고／울고／일어나는' 풀을 바라보며 비애의 웃음을 인식한 자는 그 나름으로 시적 해탈의 깨달음에 도달한 것이다. 여기서 우리는 김수영이 떨쳐버리지 못한 운명의 속박도 감지한다.

「풀」에 이르러 발밑까지 발목까지 바르게 바라보았다는 것은 「孔子의 生活難」에서 "明晳하게 바로 보겠다"는 시적 선언의 종착점이다. 혼란 속에서 그가 명석하게 바로 보려고 하면 할수록 좌절하고 방황했을 터이며, 다른 한편으로는 더러운 전통속에 깊게 뿌리내렸을 것이다. 분노와 자학이 강화될수록 그의 시들은 지사적 비분강개에 휩싸이기도 했다.

그러나 복받쳐 오르는 격한 외침과 신의 입김과 같은 노래 사이에서 절망을 딛고 일어서려는 시적 열망을 비애의 웃음으로 전화시키면서 푸르게 파동치는 김수영의 풀이 생명력을 얻는다. 풀뿌리가 순결한 대지 속에 뿌리박고 있듯이, 김수영의 시적 이상 또한 전통 속에 깊이 뿌리박음으로 인해 우리는 추상적 보편주의에의 유혹을 뿌리치고, 언제나 살아 있는 현실 속에서 누구도 쉽게 깨뜨리지 못하는 하나의 시적 전범으로서 그의 시를 떠올리지 않을 수 없는 것이다. 김수영의 시가 이 변경에 시들지 않는 풀로 뿌리내림으로 인해 그의 시적 파장력은 70년대와 80년대 폭넓게 퍼져나갈 수 있었으며, 또한 90년대 중반인 오늘에도 그의 시는 복잡하게 얼크러진 현실에서 우리가 무엇을 어떻게 배울 것인가를 깨닫게 해주는 살아 있는 정신이 된다. 새미

'일상성'을 중심으로 본 김수영 시의 사유와 방법(1)

한 수 영*

1. 서론—하나의 문제 제기

이 글은, 제목이 가리키는 바 그대로, '일상성'의 범주를 중심으로 하여 김수영 시에 나타난 시적 사유와 방법의 일단을 살펴 보는 것을 근본 목적으로 하고 있다. 그러나 글의 머리에서 미리 밝혀 둘 것은, 이 글은 일종의 미완인 상태로 머물게 되며, '일상성'을 중심으로 김수영 시의 전체적인 사유와 방법을 이해하기 위한 하나의 도정에서 첫단계에 해당한다는 사실이다. 그 까닭은, '일상성'이란 범주 자체가 결코 간단하지 않아 그 범주를 밝히고 그것과 김수영 시의 연관을 고찰하는 것만으로도 하나의 단위 논문이 감당해 낼 수 있는 양과 질의 범위를 넘어서는 것이거니와, 그 연관이 김수영 시의 전체적인 전개과정에서 어떻게 나타나는가를 살피는 일은 좀더 지난한 일에 속한다. 더욱이 '일상성'을 중심으로 한 김수영 시의 사유과정의 변모를 밝혀 내기 위해서는, 그 근거가 되는 시 한 편 한 편에 대한 매우 섬세하고 정치(精緻)한 해석 작업이 뒷받침되어야 하는데, 그 것 역시 단위 논문 한 편

* 연세대 강사, 저서로 『문학과 현실의 변증법』이 있고, 논문으로 「1950년대 한국 문예비평론 연구」 등이 있음.

에서 제대로 해내기가 어렵기 때문이다. 그러므로, 이 글은 '일상성'의 범주를 중심으로 하여 김수영 시의 사유와 방법에 대한 하나의 입론(立論) 시도하는 것으로 일단 만족하고자 한다.

그럼에도 불구하고, 김수영 시 해석을 위해 중심적인 범주로 설정한 '일상성'은, 김수영 시의 해석을 위해 우리가 동원할 수 있는 여러 가지의 가능한 매개 범주나 다양한 주제 변용들 중의 하나가 아니라, 김수영 시를 바르게 읽기 위해(혹은 최소한 '잘못 읽기'나 '한쪽으로만 읽기'를 피하기 위해서라도) 반드시 검토하지 않으면 안될 중요한 범주라는 믿음은 분명히 밝혀 두려 한다.

김수영의 시는 수용하는 쪽의 미학적 관점이나 정치적 입장에 따라 상당히 이질적인 수용의 역사를 만들어 내왔다. 그러한 수용의 과정에서 대개 김수영의 시는 전체적으로 읽히기보다는 수용 주체의 미학적 관점과 정치적 태도를 담아 내기에 알맞는 시들이 주로 선택되어 읽혀졌고, 경우에 따라서는 같은 작품에 대한 해석의 내용이 서로 엇갈리는 일도 많았다. 최근의 가장 흥미로운 사례는, 민족문학의 연장선상에서 그동안 김수영 시에 내려져 있던 일단의 부정적인 평가를 전면적으로 비판하고, 다시 김수영의 시를 탁월한 '민족문학의 역사적 귀감'으로 평가절상하려는 일련의 시도들이다.[1] 이 최근의 시도를 포함해서, 김수영의 시를 모더니즘의 자장(磁場) 안에서 읽을 것이냐 리얼리즘의 자장

1) 김재용의 「김수영 문학과 분단 극복의 현재성」(『역사비평』, 1997, 가을)과 하정일의 「김수영, 근대성 그리고 민족문학」(『실천문학』, 1998, 봄)이 김수영 재평가의 최근 사례에 해당한다. 필자가 이해한 범위 안에서 이 시도가 의도하는 바에 대해 좀더 부연하여 말한다면, 김재용의 글은 백낙청이 「역사적 인간과 시적 인간」(1977)에서 김수영의 시적 성과를 민족문학의 영역 안에서 적극적으로 인정하면서도 그의 분단현실에 대한 상대적인 안이함과 추상성을 그의 한계로 인정한 사실을 염두에 두고, 김수영이 얼마나 분단 극복에 민감하고 실천적이었는가를 재확인하는 데 역점을 두고 있으며, 하정일은 김수영의 실험과 시적 사유를 포스트모더니즘에 의거하여 전유(專有)하려는 90년대의 경향에 대한 경계와 비판에 역점을 두고 있다고 하겠다.

안에서 읽을 것인가 하는 – 매우 진부하지만 여전히 많은 논자들이 매력을 떨어내지 못하는 – 이원적인 논쟁을 비롯하여 김수영 시의 문학사적 가치나 그 현재성을 평가하는 이질적인 스펙트럼은 그것만으로도 족히 하나의 연구 주제가 되고도 남을 만큼 어렵고 복잡한 대목이라고 할 수 있다.

한 사람의 시인이 이토록 다양한 해석의 파장과 수용의 변주를 형성한다는 것은, 역설적으로 그만큼 그 시인이 펼친 예술의 세계가 폭넓고 풍성함을 반증하는 것이기도 하지만, 한 시인의 작품 세계의 성격이 아무리 다양하고 이질적인 것이 뒤섞여 있다고 하더라도, 무언가 끝내 일관되는 하나의 예술적 수원지(水源池)가 그 시인의 심층에 있을 것이라고 믿는 사람들에게는, 일관된 해석의 체계로 포섭해야만 하는 지난한 연구의 대상이자 과제에 해당한다. 이런 어려움 때문에, 김수영의 경우는 그가 한국문학사에서 어느 누구보다도 널리 알려진 시인이지만, 그 유명세에 비해 정작 사람들의 입에 오르내리고 명료한 해석의 세례를 받은 작품은 사실상 몇 개가 되지 않는, 다소 기이한 상황을 빚어낸다.

그 첫째 이유는 김수영의 시에서 해석이 어려운 이른바 난해시가 상당수에 이르기 때문이며, 두번째로는 앞에서 언급했듯이 연구자나 비평가가 자신의 입장과 논리에 부합하는 시들만을 즐겨 선택하고 그렇지 않은 시들은 해석을 포기하거나 언급의 대상에서 빼버리기 때문이다. 김수영의 문학사적 가치나 현재적 의의를 부각시키는 데 가장 큰 공헌을 세웠다고 인정할 만한 어느 비평가조차, 그의 시가 지닌 난해성의 질곡을 인정하는 한편, '시의 문맥을 축자적으로 다 이해하지 못하더라도 전체적으로 풍겨오는 의미의 울림이 중요할 수도 있지 않겠는가'하고 한 발 뒤로 물러서지 않을 수 없는 어려움이, 바로 김수영의 시가 지닌 해석과 평가에서 일정한 편향을 낳을 수밖에 없는 저간의 사정을 말해 준다고 할 수 있다.

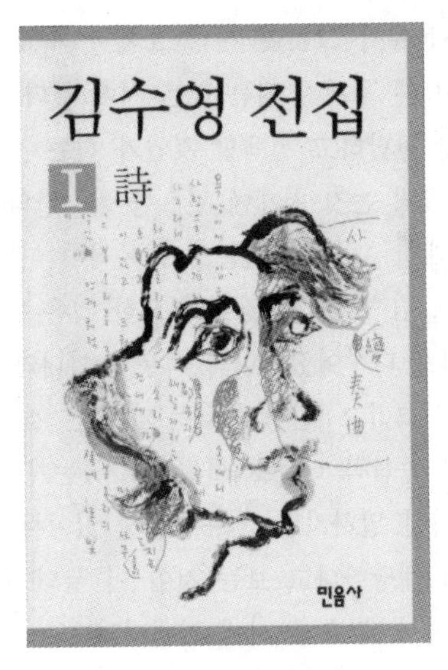

▲『김수영 전집(I)』

김수영의 시에서 '일상'의 문제가 어떻게 다루어지는가를 살펴 보려는 것은, 바로 그러한 김수영 시의 해석과 평가에서 생기는 일정한 편향과 자기중심적인 선택적 해석의 한계를 조금이라도 벗어 나보기 위함이다. 물론 '일상' 혹은 '일상성'에 대한 고찰이 다른 모든 해석의 지평보다 더 우위에 선다는 뜻은 결코 아니다. 예술 작품의 해석에서는 바로 그러한 배타적 권위에 대한 맹신이야야말로 예술을 예술답게 만들지 못하는 어리석은 태도임을 우리는 잘 알고 있다. 그러므로, '일상'의 문제를 중심으로 김수영 시를 읽어보고자 하는 이 글의 시도는, 그렇게 읽지 않았을 때 생겨날 수 있는 다양한 해석의 지평을 부정하거나 무시하는 것이 아니라, 오히려 한데 감싸안으면서 그 해석의 부분적 진실과 타당성이 김수영 시의 전체적인 면모를 이해하는 데 어떻게 이바지할 것인가를 고민하면서 시작된 것이다.

해석을 위한 매개 범주로 '일상성'을 설정하는 가장 큰 이유는 김수영 시의 많은 부분에서 그것이 시의 소재나 주제로 다루어지고 있기 때문이다. 물론 이 때 문제가 되는 것은 시에서 다루어지고 있는 '일상'의 범위를 어떻게 판단하고 선택할 것인가 하는 점이다. 이 점에 대해서는, 앞으로 이 글의 논지 전개에 필요한 최소한의(이 글은 '일상'이나 '일상성' 범주에 대한 고찰 자체가 중요 목적이 아니므로) 원론적 고찰을 하게 되겠지만, 김수영에게 있어 중요한 것은 단지 '일상'이 하나의 시적 소재나 주제로 다루어졌느냐의 여부가 아니라, '주체와 일상의 관계', '소외된 일상' 그리고 '일상의 극복'과 같은 것이 온전히 시 창작의 전체 부면에 걸친 중심적 화두로 설정되고 있는가 아닌가 하는 문제라고 할 수 있다. 다시 말하자면, 김수영에게 있어서는 '일상'이 매우 중요한 시적 화두에 해당한다고 보는 것이 이 글의 중요 논점이다. 그러므로 우선 이 점에서, 김수영 시에 있어서의 '일상'이란 '일상'이 시의 이곳저곳에서 이러저러한 모습으로 반영되거나 투사되는 것과는 다소 층위가 다른 문제가 된다. 그리고, 김수영의 시에서 가장 커다란 원경(遠景)을 이루는 '일상'이나 '일상성'이란, 그저 우리가 쉽게 이야기하는 '다사다난한 생활 잡사(雜事)의 총체'에 머무는 수준도 아니다. 김수영에게 '일상'이란 그런 것을 포함하면서도 그보다 훨씬 근본적인 물음의 바탕을 이루는 것이다. 따라서, 이 글의 많은 부분은 김수영 시의 가장 커다란 원경이자 물음의 근본 밑자리를 이루고 있는 그 '일상'의 정체와 의미가 무엇인지를 밝히는 데 집중될 것이다.

그러한 관점에서 김수영 문학을 검토하는 것이 중요하면서 동시에 필요한 또다른 이유는, 김수영의 시적 정신과 방법을 그 나름으로 전유하여 시창작 활동의 중요한 밑거름으로 삼고 있는 현대 시인들의 상당수가, 정작 '일상'의 문제를 인식하는 김수영의 사유와 방법을 충분히 이해하거나 검토하지 못한 채, 일상 자체를 물신화하거나 하나의 추상적 관념으로 만드는 최근의 경향들[2]과 관련된다. '일상'의 문제가 시의

2) 이 점에 대한 필자의 소론으로 「소통 · 일상성 · 생태학적 상상력」(『실천문

중심에 놓이게 된 최근의 경향이 반드시 김수영의 시적 사유나 방법과 직접 관련이 있는 것은 아니지만, 최소한 김수영 시에서의 '일상'의 문제를 다시 살펴 보는 일은 그런 경향이 대두하게 된 처음의 자리로 돌아가 '일상'에 대한 재인식과 새로운 천착의 계기를 마련할 수는 있으리라고 생각한다. 그와 함께, 김수영에게 일종의 '비판적 지지'의 태도를 견지하면서, 그의 시적 성취를 인정하는 한편으로 그의 시가 지닌 소시민적 한계 – 이것과 '일상에의 매몰'이 매우 중요한 논리적 인과관계를 맺고 있다 – 와 현실 인식의 추상성을 비판했던 쪽에 대해서도, 한동안 줄기찬 운동으로 유지되어 오면서 많은 시적 성과를 이룩했던 그 움직임이 최근에 와서 주목할 만한 새로운 가능성과 활로를 보여주지 못하고 침체될 수밖에 없는 중요한 이유 중의 하나가, 정작 '일상'의 문제를 너무 가볍게 건너 뛰거나 그것이 '비일상'의 영역에 의해 곧 대체될 수 있으리라는 일종의 '주의주의(主意主義, voluntarism)'에 대한 맹목적인 신뢰에 기인한 것이 아니었던가를 고민해 보기 위해서이다. 그런 점에서, 김지하를 비롯해 그 이후 김수영에게 내려졌던 이러저러한 비판적 견해와 그에 기반해 이루어진 시작업들의 가치와 성과는 그것대로 인정하면서, 한편으로는 다시 김수영을 돌아봄으로써 그로부터 무엇을 역사적 유산으로 되살려 낼 수 있을 것인가를 진지하게 고민할 필요가 있다고 본다.

그리고 나아가서는, 김수영을 그렇게 일면적이고 제한적으로 수용할 수밖에 없도록 만든 것은 '김수영 읽기'의 배후에 놓여 있는 우리 역사의 현재적 존재 양태와 독자 사이에 형성된 '읽기의 지형' 때문이며, 역사나 혹은 진보 및 발전에 관한 우리의 고민과 실천 역시 그러한 역사적 제한성에 규정될 수밖에 없었던 점을 생각할 때, 김수영의 '다시 읽

학』, 1993, 여름)이 있다. 이 글에서 나는 90년대 시들이 '일상'을 전면적으로 문제삼게 된 연유를 밝히고 그러한 시적 방식이 '사이비 구체성'과 '추상적 보편성'의 양극단에 자리잡고 있으며, 이것은 진정한 '소외된 일상'의 극복을 방해하는 것이라 비판했다.

기'가 근원적인 지점에서 이루어질 필요성이 부각되는 것이다.

이런 몇 가지 전제들을 염두에 두면서, 이 글을 통해 검토하려고 하는 구체적인 사항들은 다음과 같다. 먼저, '일상'의 문제가 김수영의 시에서 어떻게 나타나는가 하는 점, 둘째로는 '일상'의 문제에 대한 김수영의 인식과 태도가 어떻게 변화되어 나가는가 하는 점, 그리고 이 두 가지를 포괄하는 커다란 전제로서 김수영의 시에서 '일상'이 차지하는 의미와 위치에 관한 논의이다.[3] 이 논의를 충분히 전개하기 위해서는 많은 부수적인 이론적 논의가 필요하다. 예컨대, 모더니즘 일반에서 '일상성'은 어떻게 드러나는가 하는 문제를 비롯하여, 현대시 일반을 통해 '일상성'이 발현되는 양상과 김수영의 그것을 비교하는 일 따위가 그렇다. 그러나 앞에서 미리 밝힌 대로, 이러한 논의들을 이 글은 다 감당하지 못한다. 그런 점에서 이 글은 하나의 문제 제기로 자족하며, 이 글에서 제기한 문제는 다시 방법과 깊이를 달리 하면서 더 개진해 나가는 도리밖에 없다고 하겠다.

2. 김수영의 시와 '일상성'

김수영의 시에서 '생활'이 중요한 의미를 지닌다는 것은, 따로 누군가 적확하게 밝혀 놓지는 않았지만 하나의 상식처럼 널리 인정되고 있는 사실 가운데 하나이다. 이러한 통념들이 형성될 수 있었던 계기는 무엇보다도 그가 일상 생활에서 취할 수 있는 소재들을 즐겨 시에서 다루었다는 점, 그리고 무엇보다도 시적 언어가 따로 존재한다는 전통적인 언어관을 거부하고 의도적으로 혹은 불가피하게 일상어들만으로 시를 썼다는 점과 관련된다. 그러나 이러한 통념이 형성된 가장 중요한 이유는 시인을 둘러 싸고 있는 일상 생활의 공간이 그로 하여금 진정

3) 이 글은 이러한 세 가지 측면 중에서 마지막 문제를 먼저 검토하는 것에서 그친다. 앞의 두 가지는 계속해서 다른 글의 형태로 이어질 것이다.

한 시를 쓸 수 없도록 괴롭히고 억압하며, 그런 생활 환경과 조건에 대해 때로는 굴복하고 때로는 저항하는 그의 솔직하고 염결성에 충실한 시인으로서의 태도가 김수영 시의 한 진면목이라는 사실이 널리 인정되고 있기 때문일 것이다. 생활과 관련되어서는 대체로 이러한 내용이 김수영에 한해서는 하나의 공리(公理)가 되어 온 것이 사실이다. 그러나, 실제로 김수영의 시에서 '생활'이 중요한 주제가 되는 경우를 꼼꼼이 살펴 보면 그가 '생활'을 대하고 인식하는 태도와 관점의 층위가 결코 하나나 둘이 아니라 무척 다층적임을 발견하게 된다. 물론 앞에서 말한 그러한 공리(公理)의 내용 역시 그 다층을 이루는 의미의 여러 겹 중 하나에 해당하는 것도 진실이다.

널리 알려진 「달나라의 장난」과 같은 경우가 그러한 예에 속할 것이다. 이를테면,

> 都會 안에서 쫓겨 다니는 듯이 사는
> 나의 일이여
> 어느 小說보다도 신기로운 나의 生活이여
> 모두 다 내던지고
> 점잖이 앉은 나의 나이와 나이가 준 나의 무게를 생각하면서
> 정말 속임없는 눈으로
> 지금 팽이가 도는 것을 본다
>
> — 「달나라의 장난」, 『김수영 전집』 1, 24쪽[4)]

와 같은 구절에서의 생활은, 그것 역시 해석이 명료하게 하나의 가닥으로 피어오르는 것은 아니지만, 대체로 우리가 짐작하고 인정하는 바대

4) 앞으로 김수영의 글을 직접 인용할 때는 따로 각주를 달지 않고 전집의 권수와 면수를 인용문 끝에 표기하는 방식으로 한다. 전집 텍스트는 민음사판 『김수영 전집』 1권과 2권이다. 그리고 김수영에 관한 글을 인용할 때에도 그것이 민음사판 전집의 별권에 실린 글일 때는 별권과 면수를 밝히는 것으로 대신한다.

로, 시의 화자가 붙잡혀 있는, 단속적인 반복성과 남루함으로 인해 '설움'이 번져나오는 기원(起源)으로서 '생활'이 존재하는 것이다. 그러나 문득, 다음과 같은 시를 만나면 김수영에게 '생활'이란 대체 어떤 것이었나 하는 근본적인 물음의 벽에 부딪친다. '일상성'의 문제를 제기하기 위해 다소 길지만 전문을 인용해 보기로 하겠다.

> 불을 끄고 누웠다가
> 잊어지지 않는 것이 있어
> 다시 일어났다
>
> 암만해도 잊어버리지 못할 것이 있어 다시 불을 켜고 앉았을 때는 이미 내가 찾던 것은 없어졌을 때
>
> 반드시 찾으려고 불을 켠 것도 아니지만
> 없어지는 自體를 보기 위하여서만 불을 켠 것도 아닌데
> 잊어버려서 아까운지 아까웁지 않은지 헤아릴 사이도 없이 불은 켜지고
>
> 나는 잠시 아름다운 統覺과 調和와 永遠과 歸結을 찾지 않으려 한다
>
> 어둠 속에 본 것은 청춘이었는지 大地의 진동이었는지
> 나는 자꾸 땅만 만지고 싶었는데
> 땅과 몸이 一體가 되기를 원하며 그것만을 힘삼고 있었는데
>
> 오히려 그러한 不屈의 意志에서 나오는 것인가
> 어둠 속에서 일순간을 다투며
> 없어져버린 애처롭고 아름답고 화려하고 부박한 꿈을 찾으려 하는 것은

생활이여 생활이여
잊어버린 생활이여
너무나 멀리 잊어버려 天上의 무슨 燈臺같이 까마득히 사라져 버린 귀중한 생활들이여
말없는 생활들이여
마지막에는 海底의 풀떨기같이 혹은 책상에 붙은 민민한 판대기처럼 무감각하게 될 생활이여

調和가 없어 아름다웠던 생활을 조화를 원하는 가슴으로 찾을 것은 아니로나
조화를 원하는 심장으로 찾을 것은 아니로나

지나간 생활을 지나간 벗같이 여기고
해 지자 헤어진 구슬픈 벗같이 여기고
잊어버린 생활을 위하여 불을 켜서는 아니될 것이지만
天使같이 천사같이 흘려버릴 것이지만

아아 아아 아아
불은 켜지고
나는 쉴사이없이 가야 하는 몸이기에
구슬픈 肉體여

— 「구슬픈 '肉體'」, 『전집』 1, 53-54쪽

이 시에서의 '생활'은 곤고한 생활과 다른 무엇이다. 우리의 눈에 익은 등식은 김수영에게 있어 곧 '생활은 설움'이었는데, 오히려 이 시에서의 생활은 시의 화자에게 아쉬움과 집착을 강요하는 생활이다. 물론 그것은 '현재의 생활'은 아니다. '지나간 생활'이며 동시에 '잊어 버린 생활'이다. 이 '생활'의 구체적인 내용을 짐작하게 도와주는 구절은 '어둠 속에 본 것은 청춘이었는지 대지의 진동이었는지'라는 부분과, '조화가 없어 아름다웠던 생활을 조화를 원하는 가슴으로 찾을 것은 아니

로나'라는 부분이다. 유추하건대, 화자는 불을 끄고 잠자리에 누웠을 때 무언가 번개처럼 머리를 때리고 지나가는, 섬광같은 추억의 한 끝자락을 보았던 것이리라. 그것은 대지의 진동처럼 흔들리고 불안하며, 한편으로는 대지 위의 온갖 것들을 동요시킬 만큼 커다란 힘을 지닌 그러한 추억이다. 동시에 그러한 동요와 불안과 추스릴 수 없는 커다란 힘으로 인하여, 그것은 결코 '조화로울 수 없는' 무엇이다. 화자는 그것을 '생활'이라고 부른다. 그리고 그것은 '조화가 없었기 때문에 아름다웠던' 것이다. 이 '생활'은 현재의 '조화롭고 평안하며 무사한 생활'과 대비되는 것인가. (그러나 '조화'를. 그렇게 좁고 단순하게 해석해야 할 것인가에 관해서는 여전히 불만스럽다.) 그렇게 읽어 이해의 실마리를 마련한다고 하더라도, '말없는 생활들이여'에서의 '생활들'이란 복수(複數)는 어떻게 처리해야 하며 '마지막에는 해저의 풀떨기같이 혹은 책상에 붙은 민민한 판대기처럼 무감각하게 될 생활이여'에서의 생활이란 '잊어버린 생활'을 가리키는지, '지금의 생활'을 가리키는지 얼른 판단하기가 어렵다. 이 시에 대한 자세한 해석이 원래의 목적이 아니므로, 우리는 여기서 김수영의 시에 나타나는 '생활'이 단수(單數)가 아니라 복수의 생활임을 확인하는 수확을 얻고 넘어가도록 하자. '지금의 생활'과 '잊어버린 생활'을 아우르는 더 큰 범주로서의 '생활'이란 대체 무엇인가. 또 '생활'이란 '일상성'과 곧바로 대체될 수 있는 동의(同意)의 개념인가.

'일상' 또는 '일상 생활' 그리고 '일상성'과 같은, 이 글이 중심적인 범주로 설정하고 있는 것들이 학문과 예술의 중요한 관심 대상으로 떠오르게 된 것은, 19세기까지 지속되어온 근대적 합리성과 그러한 근대적 합리성에 의해 조직되는 자본주의 사회의 여러 가지 모순에 대한 근본적인 반성이 제기되면서부터이다. 특히, 20세기에 들어 오면서 19세기까지 지속되었던 근대적 합리성에 기반한 '현대세계'의 낙관적 전망이 경악스러운 여러 가지 인간적 재앙에 직면하여 무너져 내리고, 바로 현대인들의 이념적 · 세계관적 기반을 형성했던 데카르트 이후의 근대적 합리주의가 정작 20세기의 현대적 온갖 재앙의 원인이 되는 철학적 이념임을 깨닫고 그것을 반성하는 여러 가지 학문적, 또는 예술적 움직임들이 집중적으로 나타나게 되었다. 그 중에서도, '일상 생활' 또는 '일상성'에 대한 학문적 관심의 근원적인 토대를 정초한 것은 후설의 현상학적 방법론이며, 특히 그가 제시했던 '생활 세계Lebenswelt'에 관한 일련의 논의가 이후 '일상 생활'에 대한 여러 가지 학문적 논의들을 이끌어 내는 선구적 역할을 맡게 되었다.

후설이 '생활세계'라는 개념을 내세웠던 애초의 의도는, 세계에 대한 인식의 오류를 만들어내는, 갈릴레이와 데카르트 이후의 이른바 '물리학주의적 세계 인식' 혹은 '자연의 수학화'에 기반한 근대 과학의 탈의미화를 비판하고, 과학적 작업의 기초가 된다고 자신이 판단한 '생활세계'의 진정한 의미와 가치를 복원시키기 위해서였다. 후설은 자연의 과학화에 기초해 있는 '자연주의적 태도'는 자연과학의 객관성을 추구해 '실증과학'의 커다란 성과를 낳았지만, 이러한 실증과학의 발전과 번영은 의식에 지향적-내재적으로 주어지는 모든 것을 자연화하고, '실재적인 것'과 '이념적인 것'의 차이를 혼동함으로써 가치나 의미의 문제를 삶에서 소외시켜 궁극적으로 인간성을 훼손하거나 상실하도록 만든다고 보았다. 그리고 20세기에 들어와 인류가 직면한 여러 가지 세계사적 재앙들과 현대의 위기가 근본적으로 여기에서 비롯된다고 보았다.

근대철학의 이러한 오류를 바로 잡기 위해 그는 '생활세계'를 내세우고, 이 '생활세계'야말로 근대 과학이 이론적 작업의 대상으로 삼은 '자연'의 제한성을 넘어서, 그것까지를 포함해 모든 근원적 경험의 장(場)이며, 동시에 인간의 긴 인식활동과 행위에 의해 형성된 역사적 구성물로서, 진정한 과학과 이론의 대상이 될 수 있다고 생각했다. 그리고 이 '생활세계'에서 이루어지는 대상 인식에는 두 가지 태도가 있다고 전제하고, 그 첫번째로 '자연적 태도'(이것은 앞서 말한 '자연주의적 태도'와는 다른 것이다)를 들었다. '자연적 태도'란 우리가 대상을 인식할 때 감각적으로나 사유적으로나 그 때까지 받아들여졌던 준거틀 아래서 의심없이 자명하게 대상을 인식하는 태도를 말한다. 한편으로, 후설은 이러한 태도와 달리, '이 생활 세계로부터 이것 자체가 발생하는 주관의 작업 수행으로 되돌아가 묻는 단계', 즉 '자연적 태도'로부터 근본적인 반성과 극복으로 나아가려는 태도를 구분했다.[5)]

그러므로 이상의 논의들로부터 '생활세계'의 의미를 정리하자면, 그것은 삶의 근원적 의미를 회복할 수 있는, 인간의 모든 경험과 행위가 녹아 있음으로 해서 가치와 규범의 타당성을 조회할 수 있는 이론과 학문의 대상이면서, 동시에 그러한 생활세계는 대상 인식에 있어 일차적으로 '자연적 태도'에 기초해 있는 까닭에 선험적 현상학의 방법을 통해 근본적인 반성과 사유 작용이 필요해지는 공간이기도 한 것이다.

나는 이 글의 중심 범주인 '일상성'에 대해서 원론적으로 일관된 개념 규정을 시도하는 것은 그리 생산적인 것으로 생각하지 않는다. 우선, 이러한 범주에 대해서는 매우 다양한 개념 규정이 존재하기 때문이며[6)], 둘째는 김수영 시에서의 그러한 범주의 발현을 이해하기 위해서

5) 후설의 '생활세계'에 대한 자세한 논의는 『유럽 학문의 위기와 선험적 현상학』(이종훈 옮김, 이론과 실천, 1992)이라는 책 전체에 걸쳐 진행되고 있으며, 특히 3부 '선험적 문제의 해명과 이에 관련된 심리학의 기능' 중 'A.미리 주어진 생활세계로부터 되돌아가 물음으로써 현상학적 선험철학에 이르는 길'에 집중적으로 설명되고 있다. 본 논문에서 '생활세계'에 대한 개념의 요령있는 정리는 위의 책의 역자인 이종훈의 해제와 강수택의 『일상생활의 패러다임』(민음사, 1998) 중 제 5장 '알프레드 슈츠의 일상생활세계의 의미구조론' 부분에서 많은 도움을 받았다.

6) 이에 대해 일정한 유형적 분류를 꾀한 것이 강수택의 앞의 책이다. 강수택은 이 책에서 '일상생활'에 대해 접근하는 이론적 패러다임으로 ①앙리 르페브르와 아그네스 헬러로 대표되는 마르크스주의적 이론체계와, ②알프레드 슈츠로 대표되는 현상학적 체계, 그리고 ③미드와 고프만을 중심으로 한 상징적 상호작용론의 체계로 나누어 고찰했다. 그러나 이 책은 근본적으로 사회학 영역에서의 이론들을 중심으로 다루었기 때문에, '일상성'에 관한 철학적 접근을 시도한 하이데거의 논의나, 저자가 르페브르나 헬러와 더불

는 어느 특정한 개념 규정에 의거한다는 것이 어렵기 때문이다. 오히려 김수영의 시에서는 이러한 모든 범주들이 서로 경계를 넘나들며 혼재하고 있고, 가장 정치적이고 실천적인 영역에서부터 가장 근본적인 존재론의 차원으로 그의 시작품들은 종잡을 수 없는 사유의 널뛰기를 하고 있기 때문이다.

그럼에도 불구하고, 우선 후설의 '생활세계' 개념으로부터 논의를 풀어 나가는 이유는, 먼저 '일상성'에 관한 20세기의 유력한 논의들이 그 이론의 세부 내용은 저마다 독특하고 다를지라도 대체로 후설의 '생활세계' 개념에 크게 빚지고 있으며, 김수영의 시에서 드러나는 '일상성'의 문제를 논의하기 위한 하나의 개념틀로서 이 '생활세계'의 전반적인 의미가 유용하다고 판단했기 때문이다. 물론 이 '생활 세계'의 개념이 '일상성'(Alltäglichkeit)의 개념과 곧바로 환치되거나 대입될 수 있는 것이라고 보지 않는다. 오히려 우리가 논의하고자 하는 '일상성'의 범주와 관련되어서는, 후설의 영향을 받았지만, 이 문제를 근본적인 존재론의 중심 영역으로 이끌어 내온 하이데거의 '일상성'의 개념이나 다시 이것을 마르크스주의적 관점으로 전화시킨 코지크의 '일상성' 개념이 경우에 따라 더 유용할 수도 있다.

이들의 논의는 이후 필요한 정도에 따라 언급할 기회가 있겠지만, 근본적으로 김수영에게 있어 '일상 생활'이란 그의 시 창작의 근원적 토대가 되는 시·공간이면서, 동시에 그 일상 생활의 시·공간이 강요하고, 또 시적 주체 스스로 '빠져 있는' '일상적 공공성'[7]으로부터 탈출하여 진정한 성찰에 이르기 위해 끊임없이 발버둥치도록 만드는 저주의

어 마르크스주의적 체계 내에 있다고 말했지만 실상 그들과 상당히 다른 코지크의 경우에 대해서는 아무 언급없이 건너 뛰고 있어, '일상성'에 대한 충분한 이해를 위해서는 다른 글들의 도움이 필요하다.

7) 이 두 가지는 모두 하이데거의 용어이다. 이종훈 · 구연상, 『'존재와시간' 용어해설』(까치, 1998). '빠져 있음'에 대해서는 이 책의 103-107쪽을, '공공성'에 대해서는 33-34쪽을 참조할 것.

대상이기도 하다는 사실을 인식하는 것이 중요하며, '일상성'에 대한 원론적 논의의 필요성은 모두 그로부터 생겨난다는 점이 중요하다.

김수영의 초기시 「공자의 생활난」은, 이러한 논의의 한 귀결로서 지금까지의 독법과는 다르게, 좀더 '자세히' 읽을 필요가 있는 중요한 시다.

> 꽃이 열매의 上部에 피었을 때
> 너는 줄넘기 作亂을 한다
>
> 나는 發散한 形象을 求하였으나
> 그것은 作戰같은 것이기에 어려웁다
>
> 국수 — 伊太利語로는 마카로니라고
> 먹기 쉬운 것은 나의 叛亂性일까
>
> 동무여 이제 나는 바로 보마
> 事物과 事物의 生理와
> 事物의 數量과 限度와
> 事物의 愚昧와 事物의 明晳性을
>
> 그리고 나는 죽을 것이다 (『전집』 1, 15)

이 시는 두 가지 점에서 주목할 만한 작품이다. 김수영은 이 작품을 '신시론'동인들에게 '히야까시'하듯이 주어버린 것이며, 자신의 작품 목록에서 깨끗이 지워버린 것이라고 일축했지만, 김수영의 시의 사유와 방법을 제대로 이해하기 위해 필요한 여러 가지의 단서와 상징적인 의미를 함축하고 있다.

이 시에 대해서는 귀기울일 만한 두어 갈래의 해석이 있어 왔다. 그 하나는, 마지막 행을 '朝聞道夕死可矣'와 연결지어 김수영의 단호한 시적 태도의 선언으로 읽어 낸 유종호의 해석이다.(별권, 245) 마지막 행을 이렇게 읽었을 때 제목에 등장하는 '공자'의 의미연관이 한결 선명하게 드러남을 알 수 있다. 김현의 '바로 본다'에 주목한 해석도 이것의 연장선상에 있는 것이다. 그런 한편으로, 염무웅은 이 시가 전형적인 모더니즘의 난해시에 속하는 것으로, '일종의 말장난'이며 '시를 의식한 시'에 지나지 않는다고 일축했다.(별권, 142)

이 시의 무게 중심은 역시 4연 이후에 놓여 있다는 세간의 해석이 옳다. 1, 2, 3연과 유기적으로, 그리고 의미연관으로도 명료한 이해의 연결이 어렵기는 하지만, 시적 화자가 내뱉는 이 단호한 선언과 자기예언은 섬뜩한 울림을 만들어내는 것이 사실이다. 그 점에서, 나는 이 시의 4연 이후가 그 뒤로 평생에 걸쳐 전개되는 김수영의 시적 작업의 가장 근원적인 태도의 기초강령이며, 그가 그토록 자기모멸과 자기혐오에 시달리게 되는 근원적인 이유도 이 시에서 제기한 일종의 선언이자 약속에 스스로 속박되는 것과 무관하지 않다고 본다. 이 점이 이 시에서 눈여겨 볼 첫번째 대목이다.

그런 한편으로, 나는 제2연의 내용을 중심으로 하여 이 시 전체의 의미를 다시 음미할 필요가 있다고 본다. 2연의 내용을 자세히 살펴 보기 전에 우선 나는 다소의 부자연스러움을 무릅쓰고서라도, 이 시의 내용 전개와 의미구조를 축자적으로 또 산문적으로 해석해 보고자 한다. 그것은 이 시가 김수영 시를 관류하는 일관된 '상상력의 구조'를 해명하는 데 매우 요긴한 단서들을 제공하기 때문이며, 그럼에도 불구하고 이 시에 관한 집중적인 해석의 노력은 별반 보이지 않기 때문이고,[8] 기존의 해석에 동의할 수 없는 대목이 많이 있기 때문이다.

우선 1연에 나오는 '꽃이 열매의 상부에 피었을 때' '줄넘기 작란을

8) 이 시에 대한 비교적 자세한 해석을 시도한 경우로는 유재천의 「김수영의 시연구」(연세대 박사학위 논문, 1986), 35-39쪽에 걸쳐 전개되는 내용을 들 수 있다.

하는' '너'는 누구인가를 묻는 일부터 시작해 보자. 그는 4연에 나오는 '동무'이다. 이 시 안에서는 그리 읽지 않으면, '너'의 정체를 달리 구할 길이 없다. 이 '너'는 누구인가? 꽃이 열매의 상부에 피었을 때, 즉, '줄넘기 작란'이나 하고 있을 때가 아닌 그 때에 줄넘기 작란을 하고 있는 대상이다. 그러므로, 이 '줄넘기 작란'이란 구체적 행위를 가리키는 것이 아니라, 해서는 안될 시점과 상황에 '너'가 저지르고 있는 '엉뚱한 행위'를 가리키는 지시어이며, 그 '엉뚱한 행위'의 의미는 4연의 '바로 보지 못하는 행위'와 의미상으로 연결된다.

'너'가 줄넘기 작란을 하고 있을 때, 나는 '발산한 형상을 구하는 일'을 한다. 그러나 그것은 매우 어렵다. '발산한 형상을 구하는 일'은 시의 화자가 의도하고 기획하는 일이지만, 그리고 그것은 '꽃이 열매의 상부에 피었을 때', '너'가 하고 있는 '줄넘기 작란'과는 비교가 되지 않는 일이지만, 몹시 어렵다. 이유는 그 일이 '작전'같은 것이기 때문인데, 여기서의 '작전'의 구체적 의미를 확정하기란 쉽지 않다. 그러나 일단 이것은 군사용어란 점을 염두에 두며 의미를 풀어가 보도록 하자. 우선 작전을 짜기 위해서는 '적'을 알아야 한다. 그리고 전투가 벌어지는 전체 지형을 환히 익히고 있어야 하며, 그 지형 가운데에서 적의 부대가 어디에 배치되어 있고, 우리 부대는 어디에 배치되어 있으며, 적의 진행 방향이나 구사하는 전략과 전술의 내용을 미리 짐작하고 대응하는 주도면밀함이 요구되는 것이 '작전'이다. 곧 작전은 적을 알고 나를 알아야 가능한 기획이며, 그 까닭에 쉽지 않은 것이다.

3연에 등장하는 '국수' 역시 그것 자체로서 사물의 구체적 함의나 상징성을 띠는 것이 아니라 '먹기 쉬운 것'에 연결되는 일종의 환유다. 즉, '작전'이 어렵고 힘든 까닭에, 그보다 손쉬운 일을 선택하는 것, 그것이 '나의 반란성'이다. 이것은 작전에 비해서는 한결 쉽다. 마치 국수가 밥과 반찬에 비해 그 만드는 수고나 먹는 수고가 한결 가볍고 쉬운 것이듯. '반란성'을 '작전'이라는 것과 연결지어 본다면, '작전'이 전투나 전쟁의 총체적인 상황을 인식한 후에 이루어지는 것에 비해, '반란성'이란 그런 투철하고 명료한 선이해와 선지식(先知識)이 없이도 즉자적이고 즉흥적으로 이루어질 수 있는 행위, 또는 그러한 행위의 성격을 가리킨다. '반란성일까'라고 의문문의 형태로 문장을 마친 것은, '반란성이다'라고 바로 규정하는 것에 비해, 시의 화자가 그러한 반란성에의 유혹에 강하게 이끌리기도 하면서, 동시에 그 반란성이 가져다 주는 '손쉬움'에 쉽게 안주해서는 안될 어떤 당위를 강하게 의식하는, 화자의 동요하는 의지와 상황을 내비쳐준다. 화자는 '너'처럼 줄넘기 작란이나 하며, '발산한 형상'을 구하는 노릇을 포기하고도 싶지만, 또 그래서는 안 될 어떤 정언명령을 의식한다.

4연의 이 단호한 태도의 변화는, 그러므로 '반란성일까'라고 짐짓 의문문으로 종결지으면서 남겨둔 여운 속에서, 오랜 방황과 번민 끝에(혹은 순간적인 깨달음으로), 그러한 손쉬운 반란성이나 작란과 절연하고, '작전'처럼 어렵지만 화자가 애초에 기획했던, '발산한 형상을 구하는 일'을 다시 하겠다는 의지의 재천명에 해당한다. 그러므로, 4연 첫행의 '동무'는 화자로하여금 '줄넘기 작란'에 동참할까를 망설이도록 만들었던 1연의 그 '너'이며, 그런 대상에 대해 화자는 '이제 나는 바로 보마'[9](이 말은 뒤집으면, '너는 여전히 잘못 보고 있지만'으로 읽힌다)라고 선언하면서, 그 손쉬운 반란성에의 유혹을 끊는 것이다.

다시 처음으로 돌아가서, 1연 1행의 '꽃이 열매의 상부에 피었을 때'의 의미를 풀어보자. 자연의 질서에서 꽃이 열매의 상부에 피는 법은 없다. 일반적으로 열매가 열리는 식물은 꽃이 열매보다 먼저 피고, 꽃

---

9) 이 '바로 보마'를 유재천은 앞의 글에서 '정확히 보겠다'가 아니라 '떳떳이 보겠다'의 의미로 해석할 것을 주장한다. 아마도 이것은 김수영 초기 시에서 자주 나오는 '숨어 보다'나 '바로 보지 못하다'라는 시어와의 맞짝 개념에서 이끌어 낸 것이라고 생각된다. 그러나, 「공자의 생활난」에서의 '바로 보마'를 그렇게 해석하는 것은 다소 어색하다. 이것은 역시 김현의 해석대로 '명확하게 대상을 파악하고 관찰하고 이해하겠다'는 쪽이 옳다고 본다.

이 지고 난 그 자리에 열매가 맺혀 영그는 법이다. 열매인 복숭아가 영글기 전에 '복사꽃'은 먼저 봄에 피었다가 지며, 사과가 영글기 전에 사과꽃은 먼저 피었다가 지는 것이다. 열매는 '꽃'의 부정을 통해서야 가능해지는 것이고, 식물의 개화와 결실의 과정이야말로 자연의 질서에 내재해 있는 일종의 '부정의 부정'의 과정의 연속이다. 그러므로 열매가 열리면 꽃은 그 자리에 없거나, 그렇지는 않더라도 최소한 열매의 상부에 필 수는 없는 일이다. 따라서, '꽃이 열매의 상부에 피는 현상'은 사물의 순서나 원리를 어기는 일이며, 이것은 곧 시의 화자에게 '사물의 생리'를 바로 보아야 할 필요를 제기하는 사물의 속성의 '전도(顚倒)'라고 할 수 있다.

이러한 해석을 통해 이 시의 전체적인 의미를 다시 한번 정리해보자. 사물의 원리를 제대로 파악해야 할 필요에 직면했을 때, '너'는 그 일을 외면하고 엉뚱한 짓을 하고, 나는 '너'와는 달리 그 사물의 '제대로 봄'을 구현하려고 애쓴다. 하지만 그 일은 몹시 어려운 노릇임을 절감하게 된다. '나'는 그 일 대신에 훨씬 더 쉬운 즉흥적이고 즉자적인 어떤 노릇을 모색할까 하고 망설여보기도 한다. 그러나 나는 '너'와는 달리 사물의 원리를 '바로 보아야겠다'는 의지를 다시 천명한다. 그리고 그 '바로 보는' 일은 그렇게 된 이후에 죽어도 좋을 만큼, 사실은 중요하고 절박한 일이었던 것이다.

4연을 중심에 놓고, 그것과는 상당히 불균형스럽게 얹혀있다고 평가되어 온 1, 2, 3연의 의미를 4연과 연관지어 풀이해 보면, 우리는 대체로 위와 같은 의미의 윤곽을 얻을 수가 있다. 그러나, 그렇다고 해도 시원하게 풀리지 않는 의문들은 몇 가지 그대로 남아 있으며, 그와 더불어 김수영이 의도했건 안했건, 이 시를 자세히 읽어 보기로 작정한 우리로서는 좀더 자발적으로 시어의 배치나 구도에 숨어 있는 의도과 그 의미들을 캐내어야 할 얼마간의 의무를 느끼게 된다.

우선, 이 시는 자기 예언과 자기 의지의 확인의 성격이 강한 시이다.

이러한 시에 왜 '너'나 '동무'와 같은, '나'와는 구별되는 또다른 대상이 필요했는가 하는 점이다. 일차적으로 '너'와 '동무'는 '나'의 이 선언과 약속, 그리고 '죽을 것이다'의 예언을 들어 주는 '대상'이다. 그러나 한편으로는 단순한 발화의 대상으로 머무는 것이 아니라, 근본적으로는 화자인 '나'에게서 그런 선언과 예언을 이끌어 낸 '주체'이기도 하며, 동시에 화자의 예언과 선언이 제대로 이루어질 수 없도록 방해하는 '주체'이기도 하다. 화자인 '나'는 '너'와 '동무'의 어리석음을 넘어서야 비로소 '바로 보는' 일이 가능해지며, 동시에 '너'와 '동무'의 '바로 보지 못하는 일'이 있어야 나의 '바로 보는 일'이 빛나는 것이기도 하다. '너'와 '동무'는 타자로서, 나의 행위와 인식에 절대적으로 필요한 존재인 것이다. 그런 한편으로, '나'는 본래 '너'와 구별되는 존재는 아니다. 왜냐하면, '나'가 '발산한 형상을 구하는 일'을 포기하고 '너'처럼 '줄넘기 작란'을 하거나 '국수처럼 먹기 쉬운 반란성'에 함몰할 때는, 실상 '나'는 '나'이면서도 '너'와 구분되지 않는다. 그럴 경우에는 '나'는 '나'이면서도 동시에 '너'이고 또한 '나'와 '너'는 더불어 어떤 '그들'이 될 수도 있다. 어떤 '그들'이 될 수도 있다는 대목에서 나는 다소의 논리적 비약을 시도했다. 그것은 일상적 현존재와 '그들'(das Man에 대한 이기상 · 구연상의 번역용어[10])의 관계를 이끌어 내기 위해서였는데, 실상 「공자의 생활난」의 '나'와 '너'는 그렇게 읽지 않으면 그 숨은 의미로 접근이 불가능한 시라고 생각한다.

가령 김수영의 다음과 같은 시의 문맥 역시 이러한 관점에서 접근할 때, 바로 「공자의 생활난」의 '너'와 '동무'의 의미의 핵심에 좀더 다가설 수 있다.

10) 이 글에서 인용하거나 참조하는 하이데거의 용어는 모두 이기상 번역의 『존재와 시간』(까치, 1998) 및 이기상 · 구연상의 책 『'존재와 시간' 용어해설』을 따랐다.

言語는 나의 가슴에 있다
나는 謀利輩들한테서
言語의 단련을 받는다
그들은 나의 팔을 支配하고 나의
밥을 支配하고 나의 慾心을 지배한다

그래서 나는 愚鈍한 그들을 사랑한다
나는 그들을 생각하면서 하이덱거를
읽고 또 그들을 사랑한다
生活과 言語가 이렇게까지 나에게
密接해진 일은 없다

言語는 원래가 유치한 것이다
나도 그렇게 유치하게 되었다
그러니까 내가 그들을 사랑하지 않을 수가 없다
아아 謀利輩여 謀利輩여
나의 化身이여

—「謀利輩」 전문, 『전집』 1, 120쪽

이 시를 해석할 경우에 열쇠가 되는 것은 2연 첫행의 '그래서'와 3연 3행의 '그러니까'라는 연접 부사를 의미를 정확히 이해하는 일이다. 의당 이것들은 '그래도'나 '그렇지만'과 같은 부정 부사나 역접의 부사로 이어져야 함에도 그렇게 되어 있지 않다. 표면적으로 읽자면, 이 '그래서'와 '그러니까'는 마치 '나 보기가 역겨워 가실 때에는 말없이 고이 보내 드리오리다'의 구절에서처럼, 진정에서 우러나는 행위욕구를 짐짓 숨기고 그 반대적인 언설을 내뱉는 것과 같은 차원으로 보인다. 그러나, 이 경우의 '그래서'나 '그러니까'는 그러한 '표면-이면'의 심리적 전도나 욕망의 전도가 아니라, 시의 화자와 모리배 사이에 맺어져 있는 일상적 현존재의 관계들 속에서 자연스럽게 형성되는 커다란 긍정의 표명이다. 이 긍정에 이르기까지의 수많은 우여곡절이 시의 배면에 놓여 있음은 물론이다.

하이데거에 의하면 일상적 현존재의 존재특성은 '타인들'과 더불어 있음이다. 일상적으로 서로 더불어 있음이 일상적 현존재의 존재양태이며, 그런 까닭에 우리는 끊임없이 타인들과의 '거리감'에 마음을 졸이고, 사람들의 평균성에 안주하려고 하며, 이러한 평균성에서 벗어나려고 하는 것들을 끊임없이 평준화하려고 한다.[11] 좀더 부연한다면, 우리(즉 일상적 현존재)는 남들이 시키는 대로 행동하며, 우리는 사람들이 모두 그렇게 하니까 우리도 그렇게 한다는 식으로 행동한다. 우리는 사람들이 즐기는 것을 즐기며, 사람들이 판단하는 방식에 따라 판단하고, 사람들이 분노하는 것에 대해서 함께 분노한다. '그들'은 우리들의 일상적 행동관계 어디에나 침투해서는 눈에 띄지 않는 방식으로 우리를 지배한다. 우리는 일상적으로 모든 판단과 결정을 '사람들'에 따라서 내리기 때문에 거기에 대해서 그다지 큰 책임감을 느끼지는 못한다. 일상적으로 타인들과 더불어 어떤 일을 배려하고 있을 때, '사람들'은 그 일에 대해서 쉽게 책임을 질 수 있다. 그러나 그것은 누구도 그 일에 대해서 실제로 책임질 필요가 없을 때뿐이다. 어디에나 언제나 있었던 '그들'은 또한 아무도 아니었다. '그들'은 '아무도 아닌 자들' 또는 '누구도 아닌 자들'이다. 이러한 일상적 현존재의 존재구성틀인 '그들'에 의해 본래적인 자기를 발견하기가 어렵다.

> 일상적 현존재의 자기는, 우리가 본래적인 자기, 다시 말해서 고유하게 장악한 자기와 구별하고 있는 그들-자기(das Man-selbt)이다. 그들-자기로서 그때마다의 현존재는 '그들' 속에 흩어져 있어서 이제 비로소 자기 자신을 발견해야 한다.(……)우선 '나'는 고유

11) 일상적 현존재와 '그들'(das Man)의 관계에 대한 존재론적 해명은 『존재와 시간』 1편 4장인 <더불어 있음과 자기 자신으로 있음으로서의 세계-내-존재. "그들">(159-181쪽)에서 자세히 서술되고 있다.

> 한 자기의 의미에서 '존재하지' 않고 오히려 '그들'의 방식으로 타인으로 존재한다. 이러한 '그들'에서부터 그리고 이러한 '그들'로서 내가 나 '자신'에게 우선 '주어지게' 된다. 우선 현존재는 '그들'이고 대개 그렇게 머물러 있다. 현존재가 세계를 고유하게 발견하고 자기에게 가까이 가져올 경우, 현존재가 그 자신에게 자기의 본래적인 존재를 열어밝히는 경우, 이때 이러한 '세계'의 발견과 현존재의 열어밝힘은 언제나 은폐와 암흑의 제거로서, 현존재가 그것으로써 자기 자신에 대해서 빗장을 걸어 잠그고 있는 그런 위장의 분쇄로서 수행된다.[12)]

그러므로 「공자의 생활난」의 '너'와 '동무'는 '나'가 포함되어 구성한 일상적 존재구성틀로서의 '그들'이 되며, 그것은 곧 '나'로 하여금 '바로 보지' 못하도록 하고, 일상적 현존재가 '그들' 안에 머무를 때 빠져있게 되는 존재부담을 면제해주는 역할을 하게 되는 것이다. 그러므로, 이 시는 결국 일상적 현존재가 일상성의 무겁고 두꺼운 무차별성으로부터 벗어나 본래의 자신을 찾아가려는 의지의 선언이 되는 것이다.

다시 시로 돌아가자. 4연의 3,4,5행의 구성원리도 석연치가 않다. 좀 더 정확히 말하면 2행과 나머지 행의 구성관계의 모호함이다. 1행에서 화자는 '바로 보마'고 했다. 2, 3, 4행은 이 '보마'의 목적어에 해당한다. 여기서 문제가 되는 것은 2행의 구조인데, 첫번째 목적어로 '사물'이 나온다. 그리고 이어서 '사물'의 '생리와 수량과 한도와 우매와 명석성'이 나온다. 사물의 생리와 수량과 한도와 우매와 명석성은 사물의 '속성'이며 이것은 사물을 바로 보게 되면 저절로 해결되는 문제이다. 그러므로 사물을 바로 본다고 하면 될 일이다. 그런데, 화자는 '바로보마 사물을'이라고 한 다음에, 다시 '사물의 생리와 수량과……'로 부연하고 있는 것이다. 왜 이렇게 한 것인가. 또 한편으로는 이렇게 볼 수도 있다. 2행의 구조가 '사물과'가 우선 나오고 그 개별 속성이 이어지는 것이

12) 하이데거, 『존재와 시간』, 앞의 책, 180쪽.

아니라, '사물과 사물의' '생리'로 연결된다는 것. 즉, 사물의 생리가 아니라 '사물과 사물'이 연관되는 '생리'를 본다는 뜻이겠다. 사물의 생리와 구별되는 '사물과 사물의 생리'는 무엇일까. 3, 4, 5행의 구조는 어떻게 연결지어도 그 의미의 구성이 다소 어색하게 되어 있다. 좀더 자연스러운 쪽은 앞의 경우로 읽는 것이다. 즉, '나는 사물을 바로 볼 것이다. 그 중에서도 사물의 생리와 수량과 한도와 우매와 명석성을.'이라고 풀이하는 편이 덜 부자연스럽다.

그러나 그렇다고 해도 여전히 남는 문제는 있다. '사물의 생리, 한도, 수량'은 사물의 속성에 해당하는 것이지만, 사물이 '우매와 명석성'을 가질 도리가 있겠는가. 4연의 4행은 분명 일종의 논리적 일탈이다. '사물의 우매와 명석성'은 정확히 읽자면 사물 자체가 지닌 속성이 아니라, 사물을 보는 인식 주체의 '우매와 명석성''을 가리킨다고 보는 것이 더 자연스럽다. 그러므로 이 구절은 독자로 하여금, 사물의 '우매와 명석성'은 실상 사물의 속성이 아니라, 사물을 대상으로 놓고 인식하는 인식주체의 인식태도나 또는 그 행위를 떠오르게 만들며, 동시에 이 구절은 '보마'의 목적어로서 '사물'을 설정하고 있지만, 실상은 사물을 인식하는 '나'가 보일 수 있는 인식행위의 우매함과 명석함까지 함께 '바로 보겠다'는 것을 뜻하는 것이라고 읽을 수 있다. 그러므로 일상적 현존재는 바로 그것을 에워싸고 있는 일상성으로 말미암아 사물을 '바로 보지 못하고' 또 '사물과 나' 즉 '인식 대상과 주체 사이에 형성되는 관계와 속성'도 '바로 보지 못하게 되는' 형국을 벗어나 그러한 것들의 본질과 고유성을 꿰뚫어 보겠다는(혹은 그렇게 보고싶다는)의지와 소망을 피력하고 있는 것이다.

마지막으로, 애초에 우리가 이 시를 자세히 읽기로 했던 첫번째 이유로 돌아가 보자. 그것은 2연의 1행, '발산한 형상을 구하는 일'에 대한 의미의 추적이었다. '발산한 형상'의 '발산'이라는 단어 때문에 이것을 1연의 '꽃'과 연결지어 해석하는 이들도 있으나, 그렇게 읽어서는 도무지 의미의 연결이 요령부득이다. 그래도 우리는 지금까지는 다소의 무리를 범하더라도 최소한 행과 행, 연과 연을 논리적 인과에 근거한 의미맥락으로 파악하기 위해 애써오지 않았는가. 서둘러 하고자 하는 말의 본 맥락으로 들어가자면, 나는 이 구절을 '진정한 예술 행위'의 은유로 읽어야 한다고 주장하고 싶다. '발산한 형상'은 '진정한 예술'의 메타포이다.

김수영이 그의 산문에 두어 차례 밝힌 이후 이제는 널리 알려진 사실이 되었지만, 김수영은 박인환을 경멸했으며, 신시론 동인 시절에도 김병욱을 제외하고서는 박인환을 포함한 다른 동인들에 대해 그다지 깊은 신뢰를 보이지 않았다. 김수영의 독특한 화법을 염두에 둔다면, 그 자신이 '박인환을 경멸했다'는 이 고백의 진정성을 어디까지 믿어야 할지 망설여지지만[13](그는 위악성과 위선성의 극단을 오가며 자기 반성을 시도하는 화법을 구사하기 때문에), 최소한 박인환의 예술가적 태도나 방법에 대해 불신하고 있었던 것만큼은 사실인 듯하다. 박인환을

13) 실상 해방 직후, 특히 『새로운 도시와 시민들의 합창』이 나올 무렵에 김수영이 박인환에게 던진 경멸의 진정한 이유가 무엇인지 좀더 신중하게 해석할 필요가 있다. 왜냐하면, 이 무렵의 박인환은 해방 직후의 지식인 사회를 압도한 좌파 이데올로기에 상당히 적극적으로 반응하고 있었으며, 1930년대의 스티븐 스펜더의 시들에 크게 영향받고 있었다. 그것은 『새로운 도시와 시민들의 합창』에 실린 동인들의 시 중 단연 그러한 영향의 흔적을 뚜렷이 보여주는 박인환의 시들, 특히 「인천항」, 「남풍」, 「인도네시아 인민에게 주는 시」 등에서 나타나며, 해방 직후 박인환 시의 그러한 경향과 이념적 경사는 신시론 동인 결성을 주도했던 김경린의 회고담에서도 재확인된다. 물론 이것마저 궁극적으로는 하나의 포즈이자 지적 허영에 불과한 것이라고 일축한다면 김수영의 경멸론이 사실과 부합하는 것일 수도 있지만, 그가 이 시기에 생각하고 있던 예술이란 예술의 내용보다도, 예술가적 태도 쪽에 더 비중이 실려 있었던 듯하다. 해방 직후의 박인환의 시와 모더니즘에 관해서는 필자의 논문 「1950년대 한국 문예비평론 연구」(연세대학교 박사논문, 1995)의 5장 2절 '<후반기>동인들의 모더니즘론'(154-170쪽)을 참조할 수 있으며, 김경린과 필자의 대담은 『작가연구』 제2호(새미, 1996. 10)에 「내가 겪은 후기 모더니즘시운동」이란 제목으로 실려 있다.

경멸하는 의식 행위의 보상으로 그는 신시론 동인이었다가 나중에 월북하는 김병욱과[14], 말리서사에 드나들던 숨은 전위화가 박일영에게 큰 컴플렉스를 느끼고 있었다. 그의 컴플렉스는 김병욱에게서 느끼는 것과 박일영에게서 느끼는 것이 서로 다른데, 김병욱의 경우에는 예술가의 사회적 실천이나 진보적 이념과 관련된 것이라면, 박일영의 경우에는 보다 근본적인 지점, 즉 예술가의 세계에 대한 태도와 관련된 근원적인 문제였다고 할 수 있다. 김수영이 40여 년을 살면서 끝내 해결하지 못한 세 가지 숙제, '죽음, 가난, 매명(賣名)'을 박일영은 이미 그 무렵에 초탈해 버린, 하나의 '성인'처럼 살았던 것이다.(『전집』 2, 73)

그런 점에서, '발산한 형상'은 구체적인 어떤 예술 작품이거나 방법이 아니라, 실은 세상을 바르고 떳떳하고 진실되게 살아 가는 근원적인 태도를 가리키며, 결국 김수영은 그러한 통로가 '예술'을 통해서 '예술가'로서 살아가는 것임을 진작부터 자신의 운명으로 설정하게 되는 것이다. 그러나, 그것은 「공자의 생활난」을 쓴 때로부터 20여 년이 흐른 뒤에도 여전히 성취하기 어려운, '작전 같은 것이기에' 어려운 것이기도 하다. 그리고, 그의 탁월한 시론 가운데 하나인 「시여, 침을 뱉어라」에 나오는 저 빛나는 구절들을 떠올리면, 김수영은 '시를 쓰는 것' 곧 진정한 예술에 도달하는 것이 사물과 세계를 바로 보는 것이며, 그러한 예술을 곧 진리를 구하는 일, 혹은 숨어 있는 진리를 발견하고 펼치는 일과 똑같은 것으로 인식하고 있었음을 알 수 있다. 그것이 곧 '발산한 형상을 구하는 일'과 다르지 않음을 우리는 위의 시를 통해 유추해 낼 수 있다.

> 詩에 있어서의 모험이란 말은 세계의 開陣, 하이데거가 말한 <大地의 은폐>의 반대되는 말이다.(『전집』 2, 250)

14) 김수영과 김병욱의 관계에 대해서는 김재용의 앞의 글이 참고가 된다.

하이데거에게 있어, '예술 작품'이란 존재의 진리가 정립되는 독특한 '터'가 된다.[15] 실상, 이 「시여, 침을 뱉어라」는 전체적으로 하이데거의 『예술작품의 근원』을 연상시키는 대목이 곳곳에 산재해 있으며, 궁극적으로 김수영의 시론 이곳저곳에서 발견되는 그의 시에 대한 인식은, 시가 진리에 이르며 참된 인식에 이르는 여러 통로 중의 가능한 하나가 아니라, 오직 유일한 길이며, 더구나 김수영 자신에게 있어서는 유일한 구원이라는 차원으로 설정되어 있음을 목도하게 된다.[16] 그런 점에서, 나는 '발산한 형상'에서 '발산한'보다 '형상'[17]에 더 주목하며, 이를 통해 '예술'이라는, '형상'과 연계되기도 하면서 그것을 근본 원리로 해서

15) 예술과 진리의 관계는 하이데거의 『예술작품의 근원』(오병남 · 민형원 역, 예전사, 1996)을 참조할 것.

16) 이러한 해석이 오로지 김수영이 생전에 하이데거를 읽었으며, 그의 이론에 상당히 기울어져 있었다는 사실 하나로부터 유추된 것은 아니다. 그리고 여기서 내가 의도하고자 하는 바도 김수영이 얼마나 하이데거의 이론을 수용하고 있는가를 따져 보는 것은 아니다. 「공자의 생활난」에 드러나는 여러 가지 시적 사유는 그가 하이데거를 읽기 훨씬 이전에 형성된 것일 수 있으며, 오히려 그럴 개연성이 더 높다. 하이데거는 김수영의 시적 사유와 인식을 설명하기 위한 유용한 '이론틀'이기 때문에 견주어 보는 것이며, 방법과 통로는 다를지언정 비슷한 성찰의 정점에 도달했다는 사실 자체가 우리의 흥미와 관심을 불러 일으키는 것이라고 하겠다.

17) 이 단어의 한자표기도 따져 볼 여지가 있다. 민음사판 전집에는 '形象'으로 되어 있다. 동녘출판사판 『철학대사전』에는 서양철학의 에이도스(eidos)를 形相으로 번역해 놓았다. 象과 相이 서로 바꿔쓸 수 있는 글자라고 하더라도 폰 헤르만이 쓴 『하이데거의 예술철학』(이기상 · 강태성 옮김, 문예출판사, 1996) '내용찾기'에는 한자표기 없이 '형상'을 일반적으로 형식이라고 번역되는 'Form'항목에 배치해 두었고, 에이도스는 원어 그대로 살려 에이도스 항목을 설정했다. 「공자의 생활난」의 '形象'을 에이도스로 읽을 경우, 에이도스란 그리이스 철학에서 질료와 맞짝을 이루는 사물 구성의 한 본질로서 '외관'을 뜻하는 것이다. 'Form'으로 읽을 경우는 문제가 한결 복잡해진다. 그러나, 어떻게 읽더라도 그것이 '發散한'과 자연스럽게 의미연결이 되지 않기는 마찬가지이다. 그러나 여기서 '形象'을 예술의 은유로 읽고자 하는 것은, 단순한 에이도스의 차원이 아니라, 일상적 삶의 반영 양식으로서 과학과 예술을 설정하고, 과학과는 달리 '예술적 형상화'를 통한 미적 반영의 특수성을 강조했던 루카치의 예술 이론을 염두에 둔 것이었다.

이루어지는 더 큰 범주의 총체로서의 '예술'을 의미맥락의 연장선 위에 이끌어 내보고 싶었던 것이다.

우리는 길고 긴 우회를 거쳐가면서 「공자의 생활난」이라는 짧은 시 한 편을 자세히 읽기 위해 노력했다. 이러한 자세히 읽기를 일단 정리하면서 다음의 몇 가지 점들에 대해서 우리는 경계할 필요가 있다. 우선, 이러한 산문적 독법은 결코 김수영 자신이 바라고 원하는 바가 아니었다는 것. 그러므로 실은 「공자의 생활난」을 비롯해 그의 시 전체가 산문적 해석에 대해서는 적대적 위치에 놓여 있다. 움켜쥐는 순간 빠져 달아나는 물살처럼, 시가 고스란히 산문적 해석의 영역 안에 머무른다면 그것은 이미 시가 아니며, 시란 해석의 저편에 놓여 있는 '어떤 것'이다. 또 하나, 이 긴 해석 과정이 결코 「공자의 생활난」이라는 시가 시로서 성공작이라는 것을 뜻하지 않는다는 사실이다. 「공자의 생활난」은 이미 몇 사람이 정확히 평가한 바 있듯이 시 자체로서는 일종의 '실패작'이다. '실패작'까지는 아니더라도 시어들의 유기적 연결과 그 의미의 내포와 외연이 매우 거칠고 생경하며, 의미들이 일종의 우격다짐식으로 겨우겨우 연결되고 있다.

그럼에도 불구하고, 이 시는 시(혹은 예술)에 대한 김수영의 근원적인 태도가 명징하게 드러나 있으며, 특히 사물과 인간에 대한 정확한 사유와 인식을 통해 궁극적으로 진리를 향한 도정으로 나아가고자 하는 시적 주체의 의지가 강하게 나타나 있다. 그와 더불어, 그러한 참된 사유와 인식을 방해하는 여러 요소들, 그 중에서도 '일상'에 대한 배려의 초기 형태 – 물론 이 시에서는 그 모습이 전면에 나오지 않고 거의 숨어있는 형국이다 – 가 시 전체의 배경을 이루고 있음을 알 수 있다.

3. 잠정적인 정리

김수영의 시를 '일상성'의 범주를 중심으로 살펴 보기로 한 것이 이 글의 애초의 의도임은 서론에서 밝힌 바와 같다. 그 작업을 하기 위해서 우리는 이제 겨우 한 편의 시를 해석하고, 그로부터 우리의 논의를 위해 필요한 여러 가지 전제적인 조건과 내용들의 일부를, 그리고 그것이 김수영 시에 일관된 '상상력의 구조' 혹은 가장 커다란 원경(遠景)을 이룰 수도 있는 것임을 확인하는 선에 이르렀을 뿐이다.

「공자의 생활난」 이후의 많은 시들, 특히 1950년대에 씌어진 수많은 시편들에서 우리는 너무도 자주 '생활'이라는 시어를 만나게 된다. 그와 함께 '설움'이나 '비애'라는 단어도 너무 빈번히 읽게 된다. 김수영 시에 나오는 '생활'이란 시어의 의미 층위는 한결같지가 않고 상당히 다층적이고 중층적인 의미로 형성되어 있지만, 그것은 근원적으로 우리가 살펴 보고자 하는 '일상성'의 범주로 포괄되는 것이다. '설움'과 '비애'는 '생활'과 밀접한 관련을 지니고 있는, 시적 주체의 정서적 등가물에 해당한다. 그런 점에서 이후에 살펴 볼 내용은, 김수영이 「공자의 생활난」에서 천명한 '바로 보는' 행위을 실천하기 위해 노력하는 과정에서 그것을 방해하고 잘못된 인식과 허위 의식의 '미망'과 얼마나 처절하고 외로운 싸움을 벌여나가는가를 확인하는 일이 될 것이다.

마지막으로 부연할 것은, '일상성'을 중심으로 김수영의 시를 고찰하는 일이 구체적인 사회적 문제와 당면한 역사적 상황에 대한 그의 탁월한 현실 인식 및 실천의 의지를 추상적인 범주로 해소시킴으로써 그를 느닷없는 형이상학의 시인으로 둔갑시키는 것이 아닌가 하는, 예상할 수 있는 비판과 우려에 대해서이다. 서론에서도 미리 밝힌 바 있지만, 이 글의 의도는 바로 김수영의 그러한 진면목의 일면을 좀더 정확히 이해하고 또한 제대로 읽어내기 위한 것이다. 그와 아울러, 김수영과 그의 시는 늘 구체적이고 현실적인 관심과 실천의 영역 안에 붙박히지 않고, 그것을 넘어서는 근본적이고 존재론적인 문제에 대해서 항상 한 쪽의 귀와 한 쪽의 눈을 열어 두고 있었음을 바로 보는 것도 중요한 일이다. 문제의 근원과 한계는 김수영의 시가 안고 있는 것이긴 하지만, 그의 시가 오늘의 우리에게 제시하는 여러 가지 의미있는 모습의 전체를 보지 않고, 어느 한 쪽만을 보기를 고집하는 우리에게도 문제와 한계는 내재해 있는 것이다. 새미

김수영 시에 나타나는 '죽음' 의식
— 그의 시작(詩作)을 중심으로

이 건 제*

Ⅰ. 서 론

지식인에게는 안된 일이지만, 별빛이 길을 밝혀 주는 형이상학적 세계의 완전함이 이 세상에서 실제로 이루어진 적은 한 번도 없었다. 다만 개체 발생의 뿌리를 회감하는 데서 오는 자아와 대상의 일치에 대한 기억을 가지고 그대로 계통 발생의 뿌리를 더듬는 과정을 통해, 인간 의식은 가상 실재의 올된 총체성을 짜고 또 거꾸로 그 총체성의 원본으로서 '옛시절'을 떠올리고는 해 왔을 뿐이다. 특히 지식인은 '가상 총체성'을 짜 내기 위해 온갖 전략을 세우는데, 예술로서의 문학은 바로 이러한 지식인의 꿈을 위한 훌륭한 수단이 된다. 그 꿈은 문학이라는 심미적 대상 속에서 시인과 독자가 차별 없이 활동해 가는, 불완전하면서도 역동적인 욕망의 거친 바다를 항해하면서 겪게 되는 것이다. 사나운 욕망이 육체에 새겨진 이왕의 길을 거칠게 훼손하면서 끝 모르게 불어날 때, 시인은 외부의 에토스를 받아들임으로써 욕망을 억누르

* 고려대 강사. 주요 논문으로 「空의 명상과 산문시의 정신—김구용의 초기 산문시 연구」, 「민족 문학을 향한 전통과 근대의 변증법—해방기에서 4·19 시기까지의 남한 비평」 등이 있음.

는 대신에 시쓰기를 통해 자신의 에토스를 드러내려 한다. 아니, 시로 하여금 스스로의 에토스를 말하게 하는 것이다. 시를 통해 욕망이 불어나는 것은 어느 정도 막아지게 되고, 억눌리는 과정을 끝없이 되풀이하게 된 욕망은 육체 속에서 자신의 길을 만들며 헤매게 된다.

육체의 감각은 감정의 바탕이며 감정은 이성을 낳는다. 언뜻 생각하면 이성의 작용은 감정과 감각을 능동적으로 정리해 주는 듯하지만, 기실 의식으로는 장악하기 힘든 육체의 욕망이 못 미더워 움직이게 된 수세적 작용인 것이다. 그런데 자본주의는 이 불안감의 내용을 다음과 같이 발전시킨다. 즉, 산업 사회가 육체를 침탈하는 것이 점점 더 불규칙해짐으로써 육체의 움직임 또한 미리 짐작하기가 꽤 힘들어짐에 따라, 육체는 일종의 방어적인 선택으로서 스스로를 점점 사물화해 가게 되고, 의식은 소외되어 점차 육체가 없는 상상의 세계에서만 유령처럼 떠돌기가 쉽게 되는 것이다. 이 상상의 세계는 바로 죽음의 세계이다. 죽음의 세계에 깊이 빠져들면 들수록 묘하게도 불안감은 주체가 스스로를 대상화하는 데에서 오는 쾌감을 늘리게 된다. 시인에게 특히 민감하게 느껴지는 이 피학대적인 쾌감은 분명 욕망에서 비롯했음에도 불구하고, 욕망이 초래한 육체의 훼손을 치유하면서 육체의 깊은 곳을 향한 뱃길을 열어 준다. 서로 견고트는 불안감과 쾌감은 죽음의 근저에서 죽음에 대한 변명으로서의 '생성'을 낳게 되는데, 이 생성의 동력이 바로 시인의 심미적인 에토스이다. 생성을 통해 죽음은 시적 육체를 얻게 된다. 그리고 이 과정을 통해 죽음은 지양돼 나아가고, 시 역시 진화해 나아가는데, 결국 이것들은 '절대적인 시'를 향한다. 끊임 없이 수정되고 또 결코 다가설 수 없는 극한점으로서의 '절대적인 시'는 '총체성'의 다른 이름이다. '총체성'은 죽음과 생성이, 시인과 시가 서로 맞물려 가는, 헤맴의 끝 모를 형식을 약속하는 '유동적인 근거'로 있게 된다. 죽음을 완전히 버리지도 받아들이지도 않는 채 이 길을 가는 동안 점차 자연적 육체는 시적 육체로, 자연적 자아는 시적 자아로 바뀌어 가는 것이다.

'죽음'은 김수영에게도 일생에 걸친 화두였다. 그가 죽음 의식을 동력으로 삼아 시를 써 간 데에는 서구 존재론의 근본을 뒤흔든 하이데거 철학의 영향이 컸다. 그는 일찍부터 서구 형이상학에 대한 과격한 비판자인 하이데거의 후기 사상에서 적지 않은 감화를 받아,[1] 현대 사회의 모순을 내면화하고, 관습화된 논리의 주관성과 정태성을 비판하였다. 하이데거는 인식 주관에 본질적인 듯이 드러난 것을 이 전까지의 형이상학자들이 객관적 본질로 규정함으로써 존재를 단순한 대상으로 여기는 데에 반대하였다. 현존재의 주관적 시각에 의해 왜곡되지 않는 '존재'를 드러내려는 그의 시도는 존재자를 존재자로 규정하는 '근원적인 존재'를 가정하게 된다. 이 '스스로 드러내 보이는 존재'의 세계에서 '죽음'은 '부정'이 아니라, '삶의 순수한 연관적 전체'에서의 '또 다른 측면'이 된다. 여기서 '죽음'은 '생성'과 맞물리는데, 김수영은 바로 이러한 '죽음' 의식을 받아 들임으로써, 결국 후기에 가서는 선적(禪的) 차원을 지향하는 시적 육체를 갖게 되기까지 하는데, 이렇게 움직여 간 과정은 그대로 '근대적 자아'와 어울리며 맞붙어 간 과정이라 할 수 있다.

김수영에게는 '근대성' 또는 '탈근대성'[2] 문제와 관련된 여러 신화가

---

1) 그의 처인 김현경의 회상기 중 다음과 같은 구절을 참조하라. "그와 같이 마지막으로 사들인 하이데카 전집을 그는 두 달 동안 번역도 아니 하고 뽕잎 먹듯이 통독하고 말았다. 하이데카의 시와 언어라든가 그의 예술론 등을 탐독하고는 자기의 시도 자기의 문학에 대한 소신도 틀림없다고 자신 만만하게 흐뭇해 했었다."(「충실을 깨우쳐 준 시인의 혼」, 『여원』, 여원사, 1968.9) 물론 한 개인의 이와 같은 기록을 증거로 하여 시인이 하이데거의 전 저작을 다 읽었다거나 또는 하이데거를 온전히 이해했다고 확언할 수는 없겠다(하이데거가 죽으면서, 총 57권으로 계획된 『전집(*Gesamtausgabe*)』의 처음 두 권이 나온 해인 1976년까지도 이 노 철학자의 전 저작이 완간되지 않은 형편이었다). 그러나 이 회상기가 아니더라도, 김수영의 시와 산문에 나타나는 여러 정황으로 보건대 하이데거에 대한 그의 관심과 열정을 의심할 수는 없을 줄 안다.

2) '탈근대' 역시 '근대'의 모습인데, 이 탈근대에 대한 욕망을 통해 근대적 욕

뿌리 깊게 따라붙고 있다. 그리고 그 신화와 함께 하는 '양심'과 '자유' 또는 '사랑,' '꿈,' '죽음' 등과 같은 주제도 그를 이해하고 평가하는 데에 한 몫을 차지하고 있다. 그러나 막상 이러한 주제의 내포가 좀더 다부지게 따져져 왔냐 하면, 별로 그렇지도 못한 형편이다. 필자는 김수영 신화 주변의 여러 주제 중에서도 '죽음'에 주목함으로써, '근대'나 '탈근대' 문제와 같은 커다란 이야기에 가려져 있는 김수영 시정신의 핵심을 밝히려 한다. 그것은 죽음이야말로 생성의 힘을 이끌어 내면서 유동적인 총체성을 관장해 가는 근원이기에, 이 주제에 대한 천착을 통해서만 '근대'나 '탈근대'와 같은 커다란 이야기와 그 밑에 따라붙는 여타 주제들의 내포가 좀더 충실히 따져질 수 있겠다 여겨지기 때문이다. 이제 시를 분석하여 시인의 글쓰기 의식 속에 담긴 욕망이 그 자체로 드러나도록 함으로써, 김수영에게 동력인이면서도 목적인이었던 죽음의 다양한 모습을 살피도록 하겠다. 그리하여 우리는 한 시인이 스스로를 없애 가면서 시로 다시 태어나게 되는 모습을 볼 수 있을 것이다.

Ⅱ. 본 론

1. 연기적(演技的) 죽음에 대하여

> 꽃이 열매의 上部에 피었을 때
> 너는 줄넘기 作亂을 한다
>
> 나는 發散한 形象을 求하였으나
> 그것은 作戰같은 것이기에 어려웁다

망은 역사적 구체성을 부여받는다 하겠다.

국수— 伊太利語로는 마카로니라고
먹기 쉬운 것은 나의 叛亂性일까

동무여 이제 나는 바로 보마
事物과 事物의 生理와
事物의 數量과 限度와
事物의 愚昧와 事物의 明晳性을

그리고 나는 죽을 것이다

—「孔子의 生活難(1945)」 전문

김수영의 시를 따지는 첫 자리에는 으레 <공자의 생활난>이 놓인다. 이 작품은 김수영 신화를 만드는 데에서나 없애는 데에서 각기 한몫을 해 왔다. 많은 이들이 이 시를 실패한 시로 규정짓고 있다. 그러나 김수영 자신도 이 시를 "급작스럽게 粗製濫造한 히야까시 같은 작품"[3]이라고 한 만큼 우리가 이 시에서 눈여겨 보아야 할 것은 '시의 완성도' 같은 것이 아니라 그가 그렇게 말한 까닭과 혹시 이 시에 있을 수도 있는 김수영적 특색의 씨앗이다.

흔히 이 시를 분석할 때면 '作亂'과 '作戰'이라는 두 단어를 함께 비교하는 것에서부터 시작한다. 그러나 연구자들은 이 두 단어의 기호 표현(signifiant)의 비슷함에는 별로 눈을 모으지 않는다. 화자가 3행에서 꽃의 형상, 즉 이미지를 구하는 짓은 작전 같은 것이기에 어렵다고 한 이유는 기호 표현의 음상(音象)에서 찾아야 한다. 작란에서의 '난'과 작전에서의 '戰'은 다 같이 '싸움'의 의미와 이어진다. 그러면서도 作亂은 '장난'의 의미로 뜻이 바뀌어 쓰인다. '作亂'은 '진지한 체하는 장난'이다. 그러나 '너' 자체가 그런 마음을 가지고 있는 것은 아니다. '너'는

3) 김수영, 「연극하다가 시로 전향—나의 처녀작(1965.9)」, 김수명 편, 『김수영 전집 2 산문』, 민음사, 1981, 227쪽. 이후에는 『전집 2』로 표기하겠다.

그야말로 놀이만 하고 있다. 거기서 진지한 장난을 읽어 내는 것은 '나' 이다. 그것은 마치 열매의 상부에 핀 꽃에서 발산한 형상을 구하는 것과도 같다. 그런데 화자는 이 '구하는 행위'를 작전 같아 어렵다고 한다. 그에게 진지와 장난을 아우르는 짓은 원하는 바인데 그게 자연스럽게 나오지 않아, 그리하여 마치 작전과 같은 긴장이 부자연스럽게 요구되어 아주 거북스럽다. 이 네 행은 매우 짧은 찰나에 김수영의 인위적 발상법에 의해 쓰였다. 일종의 김수영식의 자동 기술법이 실험되었다고나 할까? 김수영의 이미지는 많은 경우 그가 시를 쓰는 현장에서 직접 겪게 된 경험과 밀접한 연관을 갖고 있다.[4] 김수영은 꽃과 또 그 옆에서 줄넘기를 하는 사람을 보면서 시를 썼을 수 있다. 그리고 5행에 가서는 그 앞까지의 발상을 '국수'라는 화두로 아울러 버리는데, 이것 역시 실제 김수영이 국수를 받아 들고 시상을 떠올린 결과일 수도 있다. 여기서 뒤엉킨 시상과 뒤엉킨 면발은 서로 어울린다. 이 국수를 객관화시켜 보고 싶은 마음은 대타적인 용어로 '마카로니'를 떠올린다. 그러나 이런 이성적인 의식 작용의 뒤를 이어 곧 바로 그냥 먹는 생각을 한다. 이것은 '마카로니'를 어색하게 떠올리는 짓이 부끄럽게 여겨졌기 때문이다. '반란성'에는 대단한 의도가 있는 것이 아니다. 그냥 '반란'이란 단어를 생각함으로써 자기의 부끄러움을 보상하고자 하는 것이다. 그 다음, 화자는 이 '반란'이란 단어에 의한 자기 보상 행위의 유치한 의도마저 잊고 싶어한다. 그런데 이 부끄러운 자기 반성 행위가 계속 꼬리를 물게 되면 어떡할까? 화자는 그러지 않기 위해 4연 이하의 허세를 부린다. 그는 '생리'와 '수량, 한도'의 이원론을, 그리고 '우매'와 '명석'의 이원론을 아우르겠다고 한다. 바로 본 뒤에 그는 영원한 무의식의 상태인 '죽음'을 택할 것이라고, 과장기 어린 포즈를 취한다. 그는 과장기를 통해 그의 죽음 의도를 연기 상황처럼 떠벌여 놓는다. 그러나 사실 이 연기가 그리 장난기 어린 것만은 아닌 게, 화두를 던져 생각한

---

4) 이런 태도가 극단적으로 나타난 것이 「新歸去來 3-등나무(1961.6.27)」이다.

뒤, 앞선 구절을 변명하기 위해 뒤 구절을 이어 쓰는 것을 되풀이함으로써 뒤틀리게 된 생각의 악무한(惡無限)을 일거에 해결하고 싶은 의도에서 낭만적 초월로서의 과장을 했기 때문이었다. 여기에다가 어려운 현실을 대신한 가상 현실에서의 연기를 하는 등에까지 이어지는 시를 쓰는 모든 과정에서 김수영은 일종의 '히야까시(ひやかし : 놀림, 조롱)'와 같은 자기 모멸감을 느꼈다. '연기'는 스스로를 보여지도록 한다는 점에서 일종의 피학대적인 쾌감을 준다. 그러나 생각의 악무한을 일거에 무화하려는 과장적 연기는 사실 '진지한 장난'의 결과치고는 아직 어색한 편이다. 그러므로 이러한 '연기적 죽음'에서 '생성의 동력'을 기대하는 것 역시 아직은 무리다.

그래도 「孔子의 生活難」이란 괴상한 시에서 드러나는 이 모든 것들은 이 후 김수영이 시를 쓰는 태도에서 변형, 발전되며 계속 나타나는데, 그 중 '화두를 던져 생각을 이끄는 태도'의 또 다른 모습을 먼저 살펴 보도록 하자.

2. 투신적(投身的) 죽음에 대하여

눈은 살아 있다
떨어진 눈은 살아있다
마당 위에 떨어진 눈은 살아있다

기침을 하자
젊은 詩人이여 기침을 하자
눈 위에 대고 기침을 하자
눈더러 보라고 마음놓고 마음놓고
기침을 하자

눈은 살아있다

죽음을 잊어버린 靈魂과 肉體를 위하여
눈은 새벽이 지나도록 살아있다

기침을 하자
젊은 詩人이여 기침을 하자
눈을 바라보며
밤새도록 고인 가슴의 가래라도
마음껏 뱉자

—「눈(1956)」 전문

「눈」은 간단한 구조를 갖고 있으면서도 거의 오독되어 왔다. 그것은 김수영에게 매우 중요한 주제인데도 막상 그렇게 다부지게 따져지지 않는 '죽음' 개념 때문이다. 「여름뜰(1956)」이나 「屛風(1956)」 등에서도 볼 수 있듯이 김수영에게 죽음은 부정적인 것이 아니다. 죽음은 드러나지 않는 '삶의 또 다른 측면'이고, 이 죽음을 받아들여 우리는 '세계 내의 순수한 연관적 전체'에 들어선다.[5] 그런데 많은 연구자들은 '죽음'을 보통 부정적인 대상으로 여긴 채 김수영의 시를 해석한다. 이 시에 대한 대부분의 해석에서도 그 오독들은 잘 드러난다. 그도 그럴 것이, 이는 '눈은 살아 있다'라는 구절에 대비하여 해석을 내리기 때문이다. 여기서 '살아 있는 눈'은 당연히 긍정적인 대상이다. 그러므로 '죽음을 잊어버린 영혼과 육체'가 단순히 '부정적이기만 한 죽음을 극복한 긍정적인 영혼과 육체' 정도로 이해되는 일이 대부분인 것이다. 이 해석이 아주 그릇되다 할 수는 없지만, 그럴 경우 이 시가 말하고자 하는 '투신적 죽음'의 의미가 제대로 이해될 수 없는 법이다.

5) 마틴 하이데거의 「가난한 시대의 시인」(『시와 철학』, 박영사, 1975, 207~276쪽)을 참고하라. 이 글은 『하이데거의 시론과 시문』(전광진 역, 탐구당, 1981)과 『삼성판 세계사상전집 6 하이데거, 야스퍼스 편』(황문수 역, 삼성출판사, 1982)에도 각각 「시인의 사명은 무엇인가(*Wozu Dichter*)?」(원제와 가장 가까운 제목)와 「무엇을 위한 시인인가?」라는 제목으로 번역돼 실려 있다.

화자는 1연에서 눈이라는 화두를 중심으로 직관적인 발언을 시작한다. 이미 떨어져 쌓인 눈이긴 하나, '눈→떨어진 눈→마당 위에 떨어진 눈'과 같은 누적적 발상을 통해 천상적(天上的)인 눈은 세속성을 부여받으며 현전화(現前化)한다. 이 현전화를 통해 차츰 화자와 눈은 서로 다가서고, 또 그러하기에 이미 떨어져 비록 움직임을 멈춘 눈일지라도 살아 있는 것이다. 그런데 2연에서의 화자의 기침은 1연에서의 물아 일체, 자연 동화를 순간적으로 끊어 놓는다. 대신 그는 다른 젊은 시인들과 함께 하기를 바라게 된다. 여기서의 기침도 누적적 발상을 이룬다. 그런데 1연의 누적적 발상은 '눈' 자체의 한정을 통해 이루어지는 반면 2연의 누적적 발상은 '기침' 자체는 그대로인 채 젊은 시인들 행동의 누적적 구체화를 통해 이루어진다. 1연에서는 시인 이외에 다른 인간이 끼어 들 수가 없었다. 그런데 2연에서는 인간의 어수선함이, 즉 '소음'이 누적된다. 여기서의 기침은 단순히 상징으로서의 기침을 뜻하는 것만은 아니다. 실제로 기관지가 약했던 화자에게 기침은 그대로 실존의 확인이었다. 그래도 화자는 눈더러 자기는 그 차가운 살아 있음에 스스로를 한껏 내놓을 수 있고 또 내놓길 바라니 얼마든지 자기 모습을 보라고 마음껏 기침을 해 댄다. 이러한 용기는 그대로 젊은 시인들에게 화자가 요구하는 것이기도 하다. 3연에서 드디어 화자는 특유의 '낭만적 초월에 의한 과장'을 한다. 그는 2연에서의 기침을 하는 행위를 죽음과 맞닿는 투신 행위로 여기는 채, 3연에서 죽음에 대한 두려움과 불안을 잊어버림으로써 오히려 죽음에 더욱 가까이 가게 된 자기의 영혼과 육체를 찬양한다. 여기서의 '낭만적 초월에 의한 과장'에 의해 화자는 아예 떨어진 눈 자체가 되어 버리는데, 이는 4연에서 화자가 스스로에게 밤새도록 고인 가슴의 가래를 마음껏 뱉는 것과 함께 젊은 시인에게도 함께 가래를 뱉을 것을 권유함으로써 이 공간을 열락의, 쾌감의 공간으로 변화시킨다. 여기서의 '투신적 죽음'은 시로 하여금 스스로 에토스를 말하게 하고 있는데, 이러기 위해서는 젊은 시인에의 권유가 필요했다. 그만큼 이 공간의 쾌감은 온전히 자연발생적이지 않고 죽음은 생성의 동력을 온전히 얻어 내지 못한다. 이 투신의 미학이 성숙하기 위해서는 4·19와 5·16의 영욕이 필요하였고, 시인이 역사의 풍자적인 상황에 좀더 다가서는 것이 필요하였다.

3. 해탈적 죽음에 대하여

누이야
諷刺가 아니면 解脫이다
네가 그렇고
내가 그렇고
네가 아니면 내가 그렇다
우스운 것이 사람의 죽음이다
우스워하지 않고서 생각할 수 없는 것이 사람의 죽음이다
八月의 하늘은 높다
높다는 것도 이렇게 웃음을 자아낸다

누이야
나는 분명히 그의 앞에 절을 했노라
그의 앞에 엎드렸노라
모르는 것 앞에는 엎드리는 것이
모르는 것 앞에는 무조건하고 숭배하는 것이
나의 慣習이니까
동생뿐이 아니라
그의 죽음뿐이 아니라
혹은 그의 失踪뿐이 아니라
그를 생각하는
그를 생각할 수 있는
너까지도 다 함께 숭배하고 마는 것이

숭배할 줄 아는 것이
나의 忍耐이니까

— 「누이야 장하고나!—新歸去來 7(1961.8.5)」 2, 3연

김지하는 이 시를 화두로 삼은 글인 「풍자냐 자살이냐」[6]에서 김수영의 풍자가 민중적 비애 없이 민중에게 가해지는 면이 있다고 비판을 한 적이 있다. 김수영의 다른 시에서는 김지하의 이 말이 맞을 가능성이 있을 지도 모르지만, 일단 이 시에서는 그 공격의 방향이 틀렸다.

김수영의 풍자는 다음을 향하고 있는 것이다. 즉, 끝없이 첨단의 노래만을 부르는 시인에게 역사는 오히려 극복되기 힘들다. 말하자면 해탈이 오기 힘든 것이다. 그에 비해 누이동생과 같은 무심한 민중에게는 그들 자신도 모르는 채 해탈이 저절로 감지된다. 아니 '감지'도 없이 역사는 그를 이끌어 가는 것이다. 여기서 새삼 화자는 지식인적 청교도주의의 무력함을 느낀다. 이 모든 과정에서 화자는 풍자적 상황을 느낀다. 사실 이 풍자적 상황은 김수영이 계속 느껴 온 것이나, 특히 이 즈음에서 더욱 절감을 하게 된다. 지금까지 풍자적 상황의 모멸감을 느끼지 않으려고 김수영은 '화두 던져 생각하기, 앞선 구절 변명하기로서의 뒤 구절 이어 쓰기, 뒤틀린 생각의 악무한(惡無限)을 일거에 해결하고 싶은 낭만적 초월로서의 과장하기, 어려운 현실을 대신한 가상 현실에서의 연기하기' 등을 실행해 왔으나 4·19의 영광과 5·16의 굴욕을 겪고 난 뒤 그는 이제 일상의 힘에서 역사의 힘을 보려고 하였다. 그리고 그 보는 방법이 바로 민중적 해탈을 감지하는 것이었다. 그러나 사실 시인의 무의식 한 구석에는 '해탈'을 통해 '역사'의 부담감에서 벗어나 보고자 하는 욕망이 있었다. 화자는 진혼가를 피해 왔던 세월을 물리치고 소외를 이겨 내고자 과거에 화해를 청하면서 회상을 통해 풍요한 '근원적 시간'을 얻어 내려 하고 있다. 그것은 단순히 과거를 '기억'하는 것

6) 김지하, 『타는 목마름으로』, 창작과비평사, 1982, 140~156쪽.

이 아니라, 과거와 현재가 합쳐진 상태를 누리는 것인데, 이것은 바로 '해탈'을 통해 일종의 초시간적 공간 속에서 자신을 해체시켜 버리고자 하는, 일종의 '해탈적 죽음'의 모습을 보인다. 누이동생은 죽은 오빠의 사진을 부담 없이 걸어 놓은 채, 스스로도 의식하지 못하는 채 바로 이러한 상태를 누리고 있다. 지식인의 무력함을 더욱 절실히 느끼게 된 시인에게 민중의 이 점은 「눈」에서의 '기침'이나 '가래'와도 같이 때로 힘이 될 수도 있다는 생각이 들었다. 근세사의 수많은 사건들과 이어진 아버지의, 동생의, 그리고 여타 사람들의 역사적인 죽음은 오히려 풍자적 상황을 통해 민중적 해탈의 모습을 보인다. 화자의 웃음은 '해탈적 죽음'을 깨달은 사람에게서 볼 수 있는 생성의 동력으로서의 에토스를 드러내 준다.

여기서 김수영의 의식은 '아나키즘적인 민중의 충동'과 바로 통하면서, 구체적이면서도 감성적인 역사와 민중의 에토스에서 멀어질 위험에까지 처한다. 물론 아나키즘의 충동이 시적 육체를 획득하기 위한 동력이 되는 것도 인정할 수 있다. 그러나 추상을 향한 낭만적 충동의 기미를 일방적으로만 받아들일 수는 없는 것이, 시가 육체를 얻고자 한다면 자유에는 그에 어울려 가는 규제와의 상호 작용이 필요하기 때문이다.

4. 규제적 죽음에 대하여

설파제를 먹어도 설사가 막히지 않는다
하룻동안 겨우 막히다가 다시 뒤가 들먹들먹한다
꾸루룩거리는 배에는 푸른 색도 흰 색도 敵이다

배가 모조리 설사를 하는 것은 머리가 설사를
시작하기 위해서다 性도 倫理도 약이
되지 않는 머리가 불을 토한다

여름이 끝난 壁 저쪽에 서있는 낯선 얼굴
가을이 설사를 하려고 약을 먹는다
性과 倫理의 약을 먹는다 꽃을 거두어들인다

文明의 하늘은 무엇인가로 채워지기를 원한다
나는 지금 規制로 詩를 쓰고 있다 他意의 規制
아슬아슬한 설사다

言語가 죽음의 벽을 뚫고 나가기 위한
숙제는 오래된다 이 숙제를 노상 방해하는 것이
性의 倫理와 倫理의 倫理다 중요한 것은

괴로움과 괴로움의 履行이다 우리의 行動
이것을 우리의 詩로 옮겨놓으려는 생각은
단념하라 괴로운 설사

괴로운 설사가 끝나거든 입을 다물어라 누가
보았는가 무엇을 보았는가 일절 말하지 말아라
그것이 우리의 증명이다

—「설사의 알리바이(1966.8.23)」 전문

흔히 김수영에게 자유는 절대적이라고들 말한다. 많은 연구자들은 그 절대적 자유가 김수영이 시를 쓰는 원천이요 근거가 된다고 한다. 하지만 막상 그들은 규제를 당한 자유가 그 벽을 뚫고 나가면서 아슬아슬하게 시를 낳으려는 순간을 붙잡아 내는 데에는 게을렀다. 「설사의 알리바이」는 바로 그 순간을 그린, 일종의 시로 쓴 시론인데,[7] 보통 연구자들은 이 시에서 '타의의 규제에 의한 시쓰기의 괴로움'만을 읽어 내

7) 이 시는 이후 「시여, 침을 뱉어라—힘으로서의 시의 존재(1968.4)」(『전집 ②』, 249~254쪽)와 「반시론(1968)」(같은 책, 255~264쪽) 등의 산문으로 나타나는 그의 후기 시론을 시 형식을 통해 미리 보여 주었다.

고는 해 왔다. 이들은 대개 설사를 견디는 것을 괴로움으로만 여기고, '언어가 죽음의 벽을 뚫고 나가는 순간'이야말로 시가 탄생하려는 순간이라는 것을 놓친 것이다.

1연에서의 설사기(氣)는 화자를 불안함과 괴로움에 빠뜨리는데, 그것의 원인은 외부적 에토스로서의 '타의의 규제'이고, 구체적으로 그것은 성(性)과 윤리로 나타난다. 처음에 화자는 괴로움의 근원인 줄도 모르고 치료를 위해 성과 윤리를 약으로 삼는다. 그러나 민중적 해탈의 현명함을 깨치게 된 시인은 이러한 어리석음을 통해서만 치료가 가능하다는 사실을 알고 있다. 이제 외부적 에토스는 마치 외부의 소음과도 같이 내부를 참견하며 규제하게 되는데, 이는 화자가 바라는 바이다. 5연에서의 '죽음'은 '규제로서의 죽음,' 즉 '규제적 죽음'인데, 언어가 이 죽음의 벽을 통과하기 위해서 현존재는 '입을 다물어야,' 즉 언어를 죽여 버려야 한다. 매우 짧은 이 순간이 바로 괴로움의 "履行(enforcement)"[8] 순간이요 시의 생성 순간이다. '옴'과 '감'이라는 두 부재 사이에서 이 짧은 순간의 존재는 잊히지 않을 수 있다. 이행은 침묵에 붙여지는 것이 좋다. 그것은 초언어의 공간을 꿈꾸는 행위이기 때문이다. 없음을 통한 있음. 침묵을 통해서만 이행이 이루어지고 시는 생성의 동력을 타고 존재할 수 있게 된다. 이 침묵의 공간에서 시간은 무의미하다. 그러나 침묵의 공간은 순간으로나마 분명히 현전한다. '설사의 알리바이'는 성립되고, 자유는 규제됨으로써 시가 얻어진다. 이제 시인은 그가 그렇게도 바래 왔던 '시적 육체'를 얻을 수 있게 된다. 그러나 더욱 진화한 시적 육체를 얻기 위해서는 초언어적 공간을 스스로 창조하고, 운영할 수 있어야 하겠는데, 그것은 마치 신과도 같이 죽음을 관장할 수 있는 단계에서야 가능하다.

8) 김수영, 「시작 노우트 ⑦(1966)」, 같은 책, 307쪽.

5. 글쓰기적 죽음에 대하여

눈이 온 뒤에도 또 내린다

생각하고 난 뒤에도 또 내린다

응아 하고 운 뒤에도 또 내릴까

한꺼번에 생각하고 또 내린다

한줄 건너 두줄 건너 또 내릴까

廢墟에 廢墟에 눈이 내릴까

— 「눈(1966.1.29)」 전문

이 66년의 「눈」은 「설사의 알리바이」보다 먼저 탈고되었지만 후자보다 발전된 모습을 보이는데, 그것은 이 시에서 시인 자신에 의해 장악되는 초언어의 공간이 이루어지기 때문이다. 66년의 「눈」에서 김수영은 56년의 「눈」과 같이 '눈'이라는 화두에서부터 출발하기는 하지만 그 태도가 좀 다르다. 후자의 시와는 달리 그는 언어 이전에 이미 내리고 있던 눈을 기술하려 한다. 더 정확히 말해 그는 시를 쓰기 위해 객관 현상을 관찰하거나 객관 현상을 감지하는 방법으로 글을 쓰는 것이 아니라, 자기의 글쓰기를 통해 객관 현상을 읽어 내려 한다.

그는 앞선 구절에 대한 변명을 위해 순간적으로 다음 구절을 쓰는 방법으로 시를 써 왔다. 그런데 이 즈음 그는 이렇게 행과 행 사이의 흐름의 속도는 포기하지는 않는 채 그 속도감을 잊어버리는 방법을 탐구하는 데에 몰두해 있었다. 속도는 유지하되 속도감을 잊어버리는 일은 단순히 머리 속의 사고만 갖고는 힘들다. 만약 시간을 완전히 자연의 무시간적 공간에 맡긴다면 기억은 불가능해지고, 속도감의 망각과 함께 속도의 상실까지도 초래하게 된다. 여기서 자아는 해체될 수밖에 없고, 그것은 곧 완전한 죽음을 뜻하게 된다. 죽음을 잊어도 시가 이루어질 수 없지만 죽음에 완전히 빠져 들어도 시는 불가능한 것이다. 여기서 김수영은 다음과 같은 식의 두 가지 타협점을 내놓는다. 첫째, 그는 자기 사고의 흐름을, 그게 모자란 것일지, 허구적인 것일지에 대해 의심하는 것을 포기하고는, 그대로 자연의 흐름으로 믿도록 하는 것이다. 여기서 그가 생각하는 자연의 완전함이란 인간사의 불완전함까지를 아우른다. 둘째, 그만한 믿음을 지탱해 가기 위해 아예 글쓰기를 통해 흐름을 주체적으로 기술하는 것이다. 머리 속에 새겨지는 음성만으로 흐름의 속도를 감지할 때 인간은 그 대상에 관한 이미지를 붙잡아 내기가 힘들게 된다. 그럴 경우 자아의 해체가 닥쳐 오기 일쑤인 것이다. 그에 비해 글자는 자아의 해체와 유지 사이의 움직임을 보장해 준다. 글자의 규정성을 통해 시인은 죽음 직전까지 다다르면서도 아주 죽지는 않을 수 있게 된다.

1행에서 눈은 규칙적으로, 끊임없이 내리는데, 이는 시상의 전개 과정과 그대로 일치한다. 여기서 '내리다'는 '쓰다'와 동의어이다. 2행에서 '생각하고 난 뒤에도 또 내린다'는 말은, 생각에 의해 잠깐 동안 음성이 글을 압도하나, 이미 글은 변함없이 내리는 눈의 자연스러운 힘을 지녔기에 곧 음성을 다시 압도한다는 뜻을 갖고 있다. 여기에는 예전의 시에서 볼 수 있는 자기 변명의 연속 과정이 훨씬 약화돼 나타난다. 그만큼 화자는 변명에 대한 부끄러움을 덜 느끼는 것이다. 계속해서 꼬리를 잇는 변명의 고리는 해체될 기미를 보인다. 그러나 바로 이 점에서도 시적 자아는 자기의 완전 해체를 경계해야 하는데, 그 경계심은 바로 3행의 의문형 어조에서 나타난다. 3행의 응아 하는 아기 울음소리는 외부의 소음으로 일종의 음성에 해당한다. 여기에 대해 화자는 '내릴까,'

즉 '쓸까' 하며 경계한다. '내릴까'는 당연히 '내릴지 말지 예측이 안된다'는 뜻이 아니라 '내릴까 말까 판단이 안 선다'는 뜻이다. 그런데 이 의문과 경계는 그 자체가 또 하나의 '음성적인' 사고이다. 하지만 걱정할 것은 없는 게, 생각이 쌓이면 마치 막힌 설사가 터지듯이 눈이 알아서 자연스럽게 내려 주기 때문이다. 그래서 4행은 다시 '내린다'라는 자연스러움의 어조를 갖는다. 이렇게 '한꺼번에 생각하는 것'에 가속도가 붙자 5행에서 순식간에 생각의 시공은 축소되고 글은 '내린다,' 즉 '쓰인다.' 하지만 이번에 역시 그 즉시 아까와 같은 경계의 의문형이 붙는다. '한줄 건너 두줄 건너' 가는 생각의 과정은 글쓰기의 세계에 비해 부서진 '폐허'이다. 마지막 행에서 점차 호흡이 급박해지는데, 그것은 사실 이 '폐허'라는 발언이 김수영 특유의 과장적 어조를 닮은 것에 대한 약간의 불안함 때문이다. 그럼에도 불구하고 김수영은 왜 "만세! 만세! 나는 언어에 밀착했다. 언어와 나는 한 치의 틈사리도 없다"[9]라고 선언했을까? 그것은 그 불안함조차도 자연의 완전함의 구성물로 생각했기 때문이다. 56년의 '눈'은 '투신적 죽음'에서 생성의 동력을 온전히 얻어 내지 못하였지만, 이번의 '눈'은 내리는 것이 글쓰는 것과 일치함으로써, '글쓰기적 죽음'은 그 자체가 곧 '생성'이 되고, 시적 육체는 이제 '절대적인 시'에 한층 가까이 다가가게 된다. 시공의 연장을 없애고 글에 대한 음성의 우위를 뒤집는 김수영의 이런 육체의 길은 기존의 근대주의적 주체 의식을 약화하면서 일종의 선적(禪的) 직관을 추구하는 데까지 이어진다.

6. 선적(禪的) 죽음에 대하여

풀이 눕는다
비를 몰아오는 동풍에 나부껴
풀은 눕고

---

9) 김수영, 「시작 노우트 6(1966.2.20)」, 같은 책, 303쪽.

드디어 울었다
날이 흐려서 더 울다가
다시 누웠다

풀이 눕는다
바람보다도 더 빨리 눕는다
바람보다도 더 빨리 울고
바람보다 먼저 일어난다

날이 흐리고 풀이 눕는다
발목까지
발밑까지 눕는다
바람보다 늦게 누워도
바람보다 먼저 일어나고
바람보다 늦게 울어도
바람보다 먼저 웃는다
날이 흐리고 풀뿌리가 눕는다

—「풀(1968.5.29)」 전문

「풀」은 김수영의 최후작인 동시에 대표작이기도 하다. 또 그만큼 이 시에 대한 해석도 여러 가지이다. 그러나 필자가 보기에 이들 중 「풀」의 핵심을 찌르는 경우는 드물다. 이 시는 첫째, 풀과 바람이 어울리는 선적 공간에 주목해야 하고, 둘째, 풀과 바람 자체의 자연적인 움직임과 언어를 통해 다시 감지된 풀과 바람의 움직임이라는 양 측면에서 살펴야 한다. 여기에도 66년의 「눈」에서와 같이 글쓰기에 의해 '풀'과 '바람'을 읽으려 하는 면이 있다. 그러나 이 시에는 분명 자연 그 자체로서의 '풀'과 '바람'도 있다. 시인은 언어와 세계와 자아를 합일시키려는 욕망을 가지면서, 자기 언어의 움직임을 풀과 바람의 움직임에 일치시키려 하는 동시에, '존재의 집'인 언어의 움직임을 통하여 관찰자와 관찰 대상을 포함한 존재자의 움직임을 읽어 내려는 변증법적 과정을 수반한다.

시에서 풀은 약하게 불거나 낮게 깔리는 바람에 따라 눕고, 거세게 불거나 높이 솟구치는 바람에 따라 풀이 일어선다. 1연에서 풀은 동풍에 나부껴 '누웠다가' 다시 솟구치는 바람에 '일어서며' 운다. 날이 더욱 흐려지면서 바람도 더욱 거세짐에 따라 풀은 더욱 일어서며 '울다가' 다시 '누웠다.' 그런데 여기서 한 가지 유의해야 할 것이, "'울다'라는 낱말이 자연물에 쓰일 때는 1차적으로 '울리거나 흔들리어 소리를 내다(鳴)'의 뜻을 갖고, 또 '눈물을 흘리며 우는 것'도 반드시 슬픈 정조만을 나타내지는 않는다"[10]는 점이다. 그래서 시가 진행됨에 따라 시인은 점차 '울다'라는 낱말에서 '눈물을 흘리며 슬프게 울다'라는 뜻을 약화 내지 제거시키고 싶어하게 된다. 그러므로 2연에서 풀이 바람보다 더 빨리 '누웠다가,' 더 빨리 '울면서' 먼저 '일어나더'니, 3연에서 바람보다 늦게 '누워도' 먼저 '일어나면서,' 바람보다 늦게 '울었던' 것들이 어느새 먼저 '웃기' 시작하는 것이다. 이 웃음은 「누이야 장하고나!」에서 보였던 웃음과도 같이 생성의 동력으로서의 에토스를 드러내 준다. 이렇게 자아는 글쓰기에 의해 풀과 바람의 움직임을 새롭게 읽어 내게 된다. 여기서 바람이 '압제적인 힘'이 될 수는 없겠다. 또한 바람과 앞서거니 뒤서거니 하는 풀의 모습은 자연 그대로의 모습이다. 그러나 동시에 여기에는 좌절과 실패를 의식하지 않으면서 열락의 공간으로서의 역사를 이끌어 온 민중의 모습이 투영되어 있다 보아도 무리가 없겠다.

앞의 시 「눈」에서의 눈은 눈보라 없이 규칙적으로 천천히 내리는 눈이었다. 그에 비해 여기의 바람은 사나우며 불규칙하다. 「눈」과 같은 시에서 일단 조화로운 자연의 힘으로 시의식을 보강해 온 김수영은 이

10) 졸고, 「김수영 시의 변모 양상 연구—자아와 세계의 관계를 중심으로」, 고려대 국문과 석사 학위 논문, 1990.8, 50쪽.

제 여기서 사납고 불규칙한 자연을 조화란 이름으로 온통 감싸 안고 읽어 보려 한다. 여기서 시간적 질서는 공간적 질서와 함께 자아의 직관에 의해 늘어서기도 하고 엉기어 줄어들기도 한다. 시인은 선적 공간에서 풀과 바람의 노래를 '기술'하는 한편, 이러한 과정을 통해 자연계의 본래적인 흐름을 붙잡아 내려 하였다. 존재에의 귀속을 꿈꾸었던 이와 같은 시도는 근대주의적 자아가 무화하는 순간에 시적 육체를 만들어 내려는 시인의 마지막 전략이었다. 무시간적 글의 공간에서 이미지는 섬광과도 같이 번쩍인다.

본시 선은 불립문자 직지인심(不立文字 直指人心)을 지향하므로, '선적 죽음'은 동일률의 밑바닥에 흐르는 통합적 원리를 의심하면서 언어의 기호적 특성을 부수는 것을 지향한다. 그러나 김수영의 '선적 죽음'은 그러한 의식의 급진적인 파괴를 지향하지는 않는다. 그는 시인답게 육체의 관능에 자기 감각을 내맡김으로써 신비주의적 선사(禪師)와 구별되고, 또 글쓰기를 통해 시적 육체를 이루어 갔다. '풀과 바람'의 공간은 이러한 김수영이 꿈꾸었던 '절대적인 시' 공간의 한 모습이었고, 여기서 시인은 소멸되어 시로 다시 이루어질 수 있었다.[11]

Ⅲ. 결 론

메피스토펠레스는 말했다. "모든 이론은 회색이며, 오직 영원한 것은 저 생명의 황금 나무"라고. 이론은 디지털 세계에 속한다. 디지털 세계는 단절과 연속의 변증법을 이끄는데, 이는 디지털 세계와 아날로그 세계 사이의 관계가 디지털 세계 자체 내에서 섬광과 같이 재현(*recapitulation*)되는 꼴이다. 재현의 순간순간마다 아날로그 세계는 끊임

11) "시적인 것의 본질적인 특성을 종합하면 시적인 창조의 내적 뒤나미즘(*Dynamismus*)의 수렴점에서 인간의 죽음에 대한 표현을 보게 된다."(L. 보로슈, 「죽음의 신비」, 최창성 편역, 『죽음의 신비』, 삼중당, 1978, 80쪽)

없이 나타났다 사라지는데, 그 개개의 세계들은 어느 하나 완전히 같은 것이 없다. 사실 이렇게 서로 다르기에, 면적도 길이도 없는 영원의 순간들은 각각으로 직관되면서 거꾸로 단절과 연속의 디지털한 세계에 동력이 되어 주는 것이다. 세상의 모든 이항 대립은 실상 바로 이 단절과 연속의 근원적인 변증법에 신세를 지고 있다. 분절의 자극에서 오는 불안감과 흥분은 이분법이 감지케 해주는 '연속'의 예감 덕분에 쾌감으로 변하고는 한다. 그러나 이 쾌감은 디지털 세계에서 감지되는 차별과 복종이 고착되어 가는, 비싼 대가를 치르도록 하는데, 이 고착 또한 그 자리가 확고해 지면 누구보다도 먼저 디지털한 이론 자신으로 하여금 갑갑증을 느끼도록 만드는 법이다. 여기서 이론은 스스로를 죽음의 회색으로 규정하면서 또 다시 이론 너머를 찾아가게 되고, 이 과정은 계속해서 반복되게 된다. 이론의 화신인 지식인은 바로 이러한 악무한(惡無限)을 극복하려 한다. 그러나 비정할 정도로 강고한 악무한 속에서 그는 극한점을 향해 무한히 수렴해 가는 하나의 디지털한 점이다. 극한점은 이데올로기요 이데아인데, 있기는 하지만 결코 다가설 수 없는 이 점을 향해 가는 그는 분명 만족을 모르는 쾌락주의자이다.

시인은 생각보다 지식인과 닮은 점이 많다. 지식인이 '이데아'를 향하는 것과 시인이 '절대적인 시'를 향하는 것도 서로 닮았고, 아날로그한 세계 덕분에 쾌감을 느낀다는 것도 서로 닮았다. 그러나 지식인의 쾌감은 '안심'이라는 내용을 시인의 쾌감은 '불안'이라는 내용을 갖고 있다는 점에서 둘은 여전히 대조적이다. 그런데 현대 사회에 들면서 점차로 시인은 지식인의 역할을 부여받게 되었다. 산업화가 고도화해 감에 따라 근대적 자아가 유령으로 변할 위험에 처할 때마다 시인과 시의 역할은 중요해진다. 본래 시를 쓰는 행위는 "흩어져 있는 본연적인 실존의 순간 순간들을 서로 엮어 놓고 거기에서 세계와의 새로운 관계를 형성한다."[12] 이 불안할 수밖에 없는 관계 형성 과정을 통해 산업

12) 같은 글, 77쪽.

사회를 돌파하려는 행위가 언뜻 공허해 보일 수도 있겠으나, 반짝이는 동시에 허무 속으로 사라지는 사물의 시간을 돌파함으로써 얻어지는 시적 자아의 열락은 최소한 유동적인 근거로서의 '총체성'을 끊임없이 개진시켜 줄 수는 있는 것이다.

"김수영은 거의 언제나 자아를 객관화함으로써, 직관을 그대로 형상화하지 않고 자아와 세계의 전체적 연관을 읽어 내는 수단으로 변화시켜 나아갔다. 이와 같은 까닭으로 시를 쓰는 행위는 하나의 문명 비판 차원으로 상승할 수 있었다."[13] 그는 서구 형이상학과 또 그에 기반한 근대성에 대해 근본적으로 비판해 나아간 하이데거에게서 적지 않은 영향을 받은 결과, 관습화된 논리 따위의 정태성을 비판하였다. 현대 이성의 위기 상태를 극복해 보려는 그의 시도는 언어를 '존재'의 운동에 투신시키게 된다. 그는 이 운동을 통해 '민중'의 모습을 읽으려 했다. 그에게 민중의 여러 모순된 양태는 그대로 존재의 모순된 운동 모습이었다. 이러한 그에게는 '민중'의 실내용을 채워 나아감으로써, 유동적 총체성의 역동성을 유지하고 또 새롭게 할 것이 요구되고 있었다.

우리는 비주체적으로 제조된 감각과 비주체적으로 구성된 육체가 아닌, '나' 자신의 것을 가질 때 더욱 스스로의 내면을 책임질 수 있을 것이다. 이렇게 가지려는 충동이 바로 '자기 내면을 향한 형이상학적 충동'인 바, 이는 곧 '육체 담론'과도 통한다. 김수영은 자연적 육체를 죽임으로써 시적 육체를 형성하여 가는 과정을 통해 스스로를 기술하는 요령을 터득하였다. 스스로 내면을 세우고, 그에 따라 외계를 기술하고 재구성하는 것. 이렇게 형성된 시적 육체가 다분히 미적이어서 언뜻 탈역사 내지 몰역사적으로 보일 수도 있겠으나, 시적 육체는 자아의 완전 해체를 막아 내는, 경계선의 보루이기도 한 것이다. 김수영식 이분법의 균형 감각은 여기까지 왔다. 그는 경계선의 보루에서 또 한 번의 새로운 모험을 하려다가 그만 산업 사회의 대표적 산물인 교통 사고에 의해 그 뜻을 꺾이고 만다.

---

13) 졸고, 1~2쪽.

많은 시인들이 '시에서의 존재 추구'를 화두로 삼고는 해 왔다. 그러나 이와 같이 독창적으로 추구된 예는 보기 드물다. '민중 문학'이 침체에 빠지고, '리얼리즘'과 '모더니즘'의 교류가 제안되고, '포스트모더니즘'의 열풍이 쉽사리 일고 또 식고 하는 이 즈음에, 새로이 김수영 시와 글은 그 자체로 찬찬히 탐구되어야 하겠다. 이것들은 그 어느 외국 이론보다 우리에게 시사하는 바가 크다고 생각한다. 필자가 김수영의 '근대성'과 '탈근대성'이라는 커다란 이야기를 될 수 있으면 작품에 대한 천착을 통해 분석해 보려고 한 이유도 여기에 있다. 모자란 점에 대한 보충은 이후를 기약한다. 새미

김수영의 모더니티관에 관한 연구 : 트릴링과의 영향 관계를 중심으로

조 현 일*

1. 김수영의 문제적 성격

김수영은 문학사의 연구 대상으로서뿐만 아니라 문학비평의 대상으로서도 매력적인 인물이다. 첫째, 그는 50년대를 거쳐 60년대까지 문학적으로 살아남은 거의 유일한 인물이기 때문이다. 1921년생인 김수영은 흔히 전후 1세대 소설가라고 불리우는 손창섭(1922)과 동시대인임에도 불구하고, 전후 1세대 소설가들과 해방전후에 모더니즘 운동을 주도했던 시인들이 60년대에 들어서면서 문학사적 생명을 끝마친 것에 반해 홀로 시대의 한복판에 서 있었다. "4.19를 경계로 해서 그 이전의 10년 동안을 모더니즘의 跳梁期라고 볼 때, 그 후의 10년간을 소위 참여시의 그것이라고 볼 수 있을 것 같다"[1]라고 하여 전후 한국 시사를 양분한 그의 말에 빗댄다면, 김수영은 모더니즘의 도량기를 거쳐 참여시의 도량기로 건너온 거의 유일한 인물이 된다. 해방공간 이후 사라졌던 문학의 정치성 문제가 4.19를 기점으로 비로소 재등장한다고 할 때, 50년대 문학은 절름발이 문학이 되고 60년대와 철저히 단절된 문학이 되는데,

---

* 서울대 강사, 주요 논문으로 「임화 소설론 연구」 등이 있음.
1) 김수영, 「참여시의 정리」, 『창작과비평』, 1967.가을호, p.633.

이와 같은 김수영의 문학적 행보는 50년대와 60년대를 잇는 어떤 매개의 실마리를 발견할 수 있게 할 것이라는 갖게 하는 것이다.

둘째, 여전히 그의 문학은 동시대성을 띠고 있다는 점이다. 김수영은 신동엽의 「아니오」, 「껍데기는 가라」에 대해 "오늘날 참여시에서 바라는 최소한의 모든 것이 들어 있다"[2]라고 고평하지만 또 다른 곳에서는 신동엽의 「발」에 대해 결국 '민중과의 유리', '우물 속에 빠진 한국인'에서 벗어나지 못하였다고 비판한다.[3] 여기에는 질적으로 차이가 있는 작품에 대한 각기 다른 평가로 간단히 간주해 버릴 수 없는 무언가가 있다. 거기에는 모더니즘 시는 물론이고 신동엽, 김지하, 신경림으로 이어지는 시 경향 전체에서도 부족한 것, 혹은 어쩌면 전혀 다른 곳으로 나아갈 수도 있었을 방향성이 함축되어 있다. 이점이 90년대에서도 그의 문학이 현재적인 것으로 다가오게 만든다.

첫째가 문학사적 차원에서의 문제적 성격이라면 둘째는 문학비평의 차원에서의 문제적 성격이라고 할 수 있을 것인데, 이상의 의문에 직면하여 본고는 두 가지 입장하에 논의를 진행시키려 한다. 하나는 이 양자 모두 김수영이 끈질기게 주장한 모더니티 문제에서 해결의 실마리를 찾을 수 있다는 생각이다. 그로 하여금 박인환을 바라보면서 "시를 얻지 않고 코스츔만을 얻었다"[4]고 비판하고 4.19를 지나 참여시로 나아가게 했던 것, 그리고 그의 죽음 이후 30년이 지난 지금에도 그의 문학이 여전히 동시대성을 띠는 것, 양자는 모두 진정한 현대시의 추구와 관련이 있으며 그 바탕에는 모더니티에 대한 그 나름의 성찰이 자리잡고 있다는 판단이다.

---

2) 위의 글, p.636.

3) 김수영, 「변한 것과 변하지 않은 것」, 『김수영 전집2』, 민음사, 1993, p.247. 본고는 『김수영 전집2』(민음사)를 주 텍스트로 한다. 각주에서는 『전집2』라 약하고 페이지만 기록하되, 필요할 경우 발표지와 발표연도를 첨가할 것이다.

4) 김수영, 「말리서사」, 『전집2』, p.73.

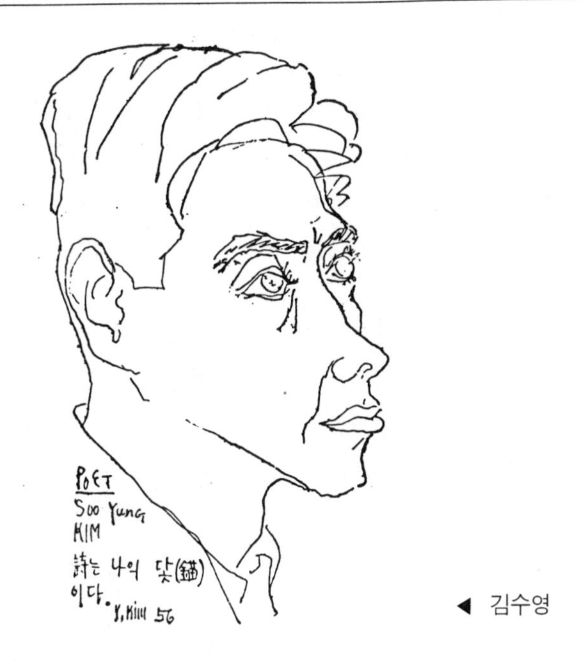

POET
Soo Yung
KIM
詩는 4의 닻(錨)
이다.
Y. Kim 56

◀ 김수영

다른 하나는 그의 모더니티관을 탐구할 때, 매우 유용한 방편의 하나가 그에게 영향을 미친 사상적 계보를 추적하는 것, 좀더 구체적으로는 그의 번역을 추적해 들어가는 것이라는 생각이다. 김수영에 대한 기존 연구의 결정적인 한계는 그의 사상적 궤적을 외국문학과의 사상적 영향관계 속에서 실증적으로 밝히는 데 소홀히 함으로써 자의적 해석만 무성했지 않았는가하는 점에 있다. 전후 1세대 작가들은 일본어를 모국어처럼 사용할 수 있었다. 김수영도 예외는 아니었는데 영어까지 능통하여 다양한 외국 서적을 탐독함으로써 자신의 문학세계를 일구어갔다. 이러한 노력은 단순한 무비판적 수용, 맹목적 세계주의와 거리가 멀다. 그것은 세계문학과 동시대성을 획득해야 한다는 타당한 주장에 입각해 있었으며, "우리의 현대시의 식민지시대로부터 해방을 하려는 노력은 물론 중요하지만, 그러기 위해서 서구의 현대시의 교육을 먼저 받아야 한다. 그것도 철저한 교육을 받아야 한다"5)는 논리, 즉 우리 문학의 식민지성 극복에 대한 고려 또한 잊지 않았기 때문이다. 이러한 김수영의 노력을 가장 실증적으로 증명해 주는 것이 그의 번역작업이라 할 수 있다. 번역은 김수영에게 이중의 의미를 가지고 있었다. 그것은 한편으로는 생활을 위한 부업, 즉 매문의 하나였지만 또 다른 한편으로는 "나는 번역에 지나치게 열중해 있다. 내 시의 비밀은 내 번역을 보면 안다."[6]에서 드러나듯, 그의 시의 비밀의 열쇄이며 자양분이기도 하다.

그의 모더니티관을 외국문학과의 사상적 영향관계 속에서, 그의 번역작업을 중심으로 수행하고자 하는 의도를 놓고 볼 때, 본 연구는 매우 빈약한 작업이다. 우선 그의 번역글에 대한 기존의 실증적 조사가 미비할뿐더러[7], 무엇보다도 그의 독서량이 너무 방대하고 게다가 철저하게 비판적 자기화 과정을 거치고 있기에 현재의 필자의 능력으로는 그의 모더니티관 전체를 그려보기 힘들었기 때문이다. 미비하나마 그에게 영향을 미쳤던 문학 경향들을 개괄하고 그의 현대성에 대한 기본 관점을 도출한 후, 그의 번역 작업에서 중요한 의미를 차지하고 있는 『Partisan Review』 특히 라이오닐 트릴링과의 영향 관계 속에서 그의 현대성론의 의미를 밝혀보고자 한다.

2. 세 가지 사상적 계보와 『Partisan Review』

그의 산문을 중심으로 그에게 영향을 미친 외국 문학을 추적해 볼 때, 크게 다음 세 가지를 들 수 있다. 첫째는 하루야마 유키오(春山行夫)가 편집한 계간지 『詩と 詩論』(1928.9-1931.12)이다. 『詩と 詩論』은

5) 김수영, 「변한 것과 변하지 않은 것」, 『전집2』, p.243.
6) 김수영, 「시작노우트6」, 『전집2』, p.301.
7) 김수영의 번역작품을 밝혀놓은 책으로 최하림의 『김수영』(문학세계사, 1993)이 있다. 그러나 『김수영』은 번역작품명만을 실어놓았을 뿐 발표지, 발표년도 등은 밝혀놓지 않고 있다. 참고를 위해 새로 발견한 번역글 및 필자가 작성한 번역글 연보를 논문 끝에 게재한다.

기타가와 후유히코(北川冬彦), 안자이 후유에(安西冬衛)의 『亞』(1924)를 계승한 아방가르드적인 시잡지로서 창간 당시에 앙드레 브루통의 「초현실주의 선언」 등을 게재하는 등 일차세계대전 전후의 다다이즘, 표현주의, 슈르리알리즘, 신심리주의에 이르는 전위적인 시와 시론, 현대영문학 평론 및 작품을 소개하였다.[8] 김수영의 산문 곳곳에서 이 『詩と詩論』의 동인들, 미요시 다쓰지(三好達治), 니시와키 준자부로(西脇順三郎) 등에 대한 언급[9]이 발견된다.

> 그후 그(박인환 : 인용자)가 책가게를 열게 되자 나는 헌 책을 팔려고 자주 그의 가게에 발을 들여놓게 되었고, 그가 이상한 시를 좋아한다는 것도 알게 되었다. 나는 그를 통해서 <u>三岸節子, 北川冬彦, 安西冬衛, 近藤東 등의 이상한 시에 접하게 되었고</u> 그보다도 더 이상한, 그가 보여주는 그의 자작시를 의무적으로 읽지 않으면 안되게 되었다.[10]

'말리서사'에서 김수영이 접하게 된 시들은 모두 『詩と 詩論』의 영향권에 있었던 시인들의 작품으로서 김수영이 연극에서 시로 전향하여 시를 처음으로 배운 곳이 박인환의 책방 '말리서사'이고 '말리서사'의 핵심에 『詩と 詩論』이 자리잡고 있었던 바, 김수영의 50년대 시작은 이것의 절대적 영향하에 있었다고 할 수 있다.

둘째는 일차대전후의 사회적 불안과 사상 혼란의 와중에 좌익적 경향을 띠면서 그들을 낳은 중산계급과 상층부를 공격하였던 W.H. 오든, S. 스펜더, C. 데이 루이스 등의 오든 그룹이다.

---

8) 平野 謙, 『昭和 文學史』, 筑摩書房, 1981, pp. 84-85 참조.
9) 참고로 구체적인 대목을 제시하면 다음과 같다. "三好達治의 「학」같은 것은 일본 시단에서 명시로서 통하던 작품인데 지금 읽어보니 그다지 큰 감동이 없다."(김수영, 「나의 신앙은 자유 회복」, 『전집2』, p.124), "일본의 시인 西脇順三郎은 '시를 논하는 것은 신을 논하는 것처럼 두려운 일'이라고 했지만"(김수영, 「요즈음 느끼는 일」, 『전집2』, p.34).
10) 김수영, 「말리서사」, 『전집2』, p.72.

(a) 내가 시에 있어서 영향을 받은 것은 불란서의 쉬르라고 남들은 말하고 있는데 내가 동경하고 있는 시인들은 이마지스트의 일군이다. 그들은 시에 있어서의 멋쟁이였기 때문이다. 그러나 이들 이미지스트들도 오든 보다는 현실에 있어서 깊이 있는 멋쟁이가 아니다. 앞서 가는 현실을 포착하는 데 있어서 오든은 이미지스트들보다는 훨씬 몸이 날쌔다. 그것은 오든에게는 어깨 위에 진 짐이 없기 때문이다.[11)]

(b) 영웅적이라고 할만큼 예민한 현대적 心意와 가혹한 현대의 현실-기계, 도시, '아부산'酒, 혹은 매음부 같은- 사이의 긴장이야말로 나에게 있어서는 모다니즘의 기조와 같이 생각된다. 따라서 미래파와 추상파와 초현실파는 그들이 너무나 이론적이고 현대적 장면의 외관을 전혀 무시하고 있기 때문에 역시 '모다니즘'의 기조에서는 벗어난 지류에 지나지 않는다.[12)]

김수영에 대한 오든 그룹의 영향은 '「미역국」을 쓸 때 자극을 준 것이 C. 데이 루이스의 시론'[13)]이라는 언급이나 오든을 고평하는 (a)에서 쉽게 확인된다. 『詩と 詩論』에서 "불란서의 쉬르"를 배웠다면 오든 그룹으로부터 김수영이 배운 것은 '앞서가는 현실을 포착하는데서 이미지스트보다 훨씬 몸이 날쌘 오든'이다. 이를 서울 상인계층 출신의 기질적인 민첩함으로 해석할 수도 있을 것이지만[14)] 김수영이 번역한 스펜더의 「모다니스트 운동에의 애도」라는 글을 고려한다면 '절대적으로 현대적이어야 한다'는 랭보의 명제를 수행하는 것이 된다. 이 글에서 스펜더는 모더니즘 운동의 두 가지 본질적 특성으로 '절대적으로 현대적

11) 김수영, 「무제」, 『전집2』, p.24.
12) 프란시 브라운(김수영, 소두영 역), 「모다니스트 운동에의 애도」, 『20세기 문학평론』, 중앙문화사, 1970, p.74.
13) 김수영, 「시작노우트3」, 『전집2』, p.294.
14) 김윤식, 「김수영 변증법의 표정」, 『김수영 전집 별권 : 김수영의 문학』, 민음사, 1984, p.299.

이어야 한다'는 랭보의 명제를 실천했다는 점과 '사회와 그의 모든 제도에 대한 적대적 태도'를 갖고 있었다는 점을 들고 전자는 상실되었으며, 후자는 역전되어 제도에 편입됨으로써 포즈와 기술만을 남겼다고 비판한다. 이때 '절대적으로 현대적이어야 한다'는 것을 스펜더는 '자기 자신을 기계와 공업도시와 신경병적 행동같은 현대적 현상의 흐름 속에 투신시켜 거기에서부터 문학을 창조하기 위하여 자기의 격분한 극적 감각력을 사용한다'는 것으로 해석하는데, 이는 곧 '영웅적이라고 할 만큼 예민한 현대적 심의와 가혹한 현대의 현실 사이의 긴장'을 유지하는 것을 의미한다. 이에 따를 때, '초현실파'는 너무나 이론적이어서 현대에 대한 극적 감각력을 잃어버리고 있는 것으로 비판받는다. 오든 그룹의 시작 태도를 역으로 읽어낼 수 있는 이 글로 미루어 볼 때, 오든의 '앞서가는 현실을 포착하는 오든의 날쌤'이란 현대적 현상의 흐름 속에 발휘되는 극적 감각력을 끝까지 밀고 나가는 것, 즉 절대적으로 현대적이어야 한다는 명제의 실현이 되는 것이다.

세 번째로는 하이데거의 「릴케론」을 들 수 있다. "요즘의 강적은 하이데거의 「릴케론」이다. 이 논문의 일역판을 거의 안보고 외울만큼 샅샅이 진단해 보았다"[15]에서 알 수 있듯이 하이데거의 「릴케론」은 그의 마지막 일년을 사로잡은 화두였다.[16] 참된 존재의 시에 대한 요구는 이미 1967년 『현대문학』의 월평을 쓰면서 '우리의 현실 위에 선 절대시의 출현은, 대지에 발을 디딘 초월시의 출현은 시기상조인가'라는 의문으로 표현되는데, 「릴케론」의 수용으로 전폭적 관심의 대상이 된다고 할 수 있다. 그것이 시 「미인」(1967.12)을 낳고, 산문 「와선」(1968), 「반시론」(1968.3), 부분적으로는 「시여 침을 뱉어라」(1968.4)를 낳았다. 「반시

15) 김수영, 「반시론」, 『전집2』, p.260.

16) 김수영에 영향을 미쳤던 외국문학 사상 중 가장 일찍부터 관심의 대상이 되었던 것이 김수영과 하이데거의 영향관계이다. 이를 밝힌 논문에는 김윤식의 「김수영의 변증법의 표정」과 박윤우의 「1950년대 한국 모더니즘시 연구」(서울대박사학위논문, 1998)가 있다.

론」을 참고하면, 「미인」의 "담배연기만 내보내려는 것은/아니렸다"라는 마지막 행은 「릴케론」에서 제시되는 "신의 안을 불고 가는 입김"의 반어에 해당한다. 반어를 사용했다는 점에 주목해야 한다. 자유의 이행으로서의 시, 즉 참여시론을 주장해왔던 그의 사상은 "다른 입김에서 참다운 소재가 나온다는 것과 서로 맞서는 것이 아닐 수 없다."[17] "검정 미니스커트에 까만 망사 나이롱 양말을 신은 스타일이 얼마나 반어적인 것인지" 알고 있던 그로서는 반어를 통해 현대적인 존재의 시를 시험해 보았을 뿐이라고 보아야 할 것이다.

이상의 세 가지 영향이 그의 산문에서 직접적으로 발견되는 것이라면, 그의 번역 작업을 참고할 때, 이제까지 주목받지 않은 『Partisan Review』의 영향을 반드시 고려해야 한다. 김수영과 관련하여 주목받았던 잡지로는 우선 스펜더가 편집한 『Encounter』지를 들 수가 있다.[18] 1954년에 창간된 『Encounter』지는 유럽과 미국 사상가의 정치적 경제적 논문, 신진작가의 문학작품을 게재하여 지적 활동 전반을 대표하는 문학 중심의 월간종합지였으며, 김수영에게는 영미 문학과 사상적 흐름을 접할 수 있게 하는 중요한 매개체였다. 이는 「인카운터」라는 동명의 시와, 『인카운터』지에 게재된 리차즈 스턴의 작품 「이」(『문학춘추』, 1964.7), 죠지 스타이너의 평론 「맑스주의와 문예비평」(『현대문학』, 1963.3-4) 등의 번역에서 쉽게 확인된다. 이와 더불어 주목해야 할 것이 미국의 좌익 문예평론지 『Partisan Review』이다. 『인카운터』지에 대한 그의 애정이 남달랐다는 것은 변함없는 사실이지만, 그것은 또한 애증의 대상이기도 했다.

> 요즈음은 문학책보다도 경제방면의 책을 훨씬 더 많이 읽게 된다. 그래야만 사회에 대한 무슨 속죄라도 되는 것 같고 저의기 흐

17) 김윤식, 앞의 글, p.297.
18) 위의 글, p.302.

뭇한 마음이 든다. 또하나 '4월' 이후에 달라진 것은 국내잡지를 읽게 되었다는 것이다. (중략) 인제는 후진성이란 것이 너무나 골수에 박혀서 그런지 그리 겁이 나지 않는다. 외국인들의 아무리 훌륭한 논문을 읽어도 '뭐 그저 그렇군!'하는 정도다. 한편으로 생각하면 타락의 시초같이도 생각되지만 그런 것만도 아닌 것같다. 자신의 실력이 완비해 가는 징조는 물론 아니지만 좌우간 모든 것에 선망의 감이 없어진 것만은 사실이다. (중략) 그뿐이랴 『엔카운터』지가 도착한지가 벌써 일주일도 넘었을 터인데, 이놈의 잡지가 아직도 봉투 속에 담긴 채로 책상 위에서 뒹굴고 있다.[19]

외국인들의 아무리 훌륭한 논문을 읽어도 '뭐 그저 그렇군' 하며 큰소리 치고, 보물단지처럼 여기던 『인카운터』지를 일주일 넘게 보지 않게 된 것은 바로 '4월' 이후의 일이다. 4.19를 거치면서 비로소 서구에 대한 뿌리깊은 '선망의 감'이 없어지고 『인카운터』 정도의 잡지에 만족할 수 없게 되었던 것인데, 이 자리를 비집고 들어온 것이 『Partisan Review』이다. 『Partisan Review』는 1934년에 공산당의 기관지로 발간되었다가 1937년 필립 랄프에 의해 복간되면서 전위문학에 발표의 무대를 제공하고 좌익 이론을 전개하였던 1930년대 미국의 가장 중요한 좌익 잡지다. 이 『파르티잔 리뷰』 뒤에 E. 윌슨, A. 카진, P. 랄프, L. 트릴링 등의 뉴욕 지성인학파(The New York Intellectuals)가 자리잡고 있었다는 점을 주목애야 한다. 정치적으로는 민주사회주의를 추구하였으며 문학적으로는 자유급진주의와 모더니즘을 결합하고자 했던 이들은 1940년 이후 다양한 변모를 보이면서도 사상과 표현의 자유를 신념있게 강조하였다는 공통점을 갖고 있었는데, 이러한 뉴욕지성인학파의 후기 입장을 대변하는 이가 한때 『파르티잔 리뷰』의 편집고문을 담당하고 1940년 이후 자유주의를 선택했던 L. 트릴링이다.[20]

19) 김수영, 「밀물」, 『전집2』, p.27(1961.4).
20) V.B. Leitch(김성곤 외 역), 『현대미국문학비평』, 한신문화사, 1993, pp.104-146 참조.

(a) 나는 이 시 노우트를 처음에는 Susan Sontag의 「스탈일론」을 초역한 아카데믹한 것을 쓰려 했다. 그리고는 쓰지 않으려고 했다. 다시 Sontag를 초역하려고 했다. 그러나 Steven Marcus의 「소설론」을 번역한 후 생각해 보니 Sontag가 싫어졌다. 게다가 잊어버렸다. Sontag의 「스타일론」은 한마디로 말한다면 Style is the soul이다. Mary McCarthy는 이를 Syle-non style이라 말하고 있다. 나는 번역에 지나치게 열중해 있다. 내 시의 비밀은 내 번역을 보면 안다.[21]

(b) 나는 리오넬 트릴링의 「쾌락의 운명」이란 논문을 번역하면서, 트릴링의 수준으로 본다면 나의 현대시의 출발은 어디에서 시작되었나 하고 생각해보기도 한다. 얼른 머리에 떠오르는 것이 10여년 전에 쓴 「병풍」과 「폭포」다. 「병풍」은 죽음을 노래한 시이고, 폭포는 나타와 안정을 배격한 시다. 트릴링은 쾌락의 부르조아 원칙을 배격하고 고통과 불쾌와 죽음을 현대성의 자각의 요인으로 들고 있으니까 그의 주장에 따른다면 나의 현대시의 출발은 「병풍」 정도에서 시작되었다고 볼 수 있고 나의 시력은 불과 10년 정도밖에는 되지 않는다.[22]

뉴욕 지성인학파가 포스트 모더니즘은 물론, 신좌익도 거부했다는 점을 고려하면 1960년대의 『파르티잔 리뷰』는 그리 좌파적인 잡지도 아니었지만, 시대적 상황 때문이었는지 김수영의 산문에 『파르티잔 리뷰』에 대한 직접적 언급은 한 마디도 등장하지 않는다. 그러나 (a)에서 뉴욕 지성인 학파의 또다른 일원인 수잔 손탁, 스티븐 마르쿠스, 메리 매카시가, (b)에서 L. 트릴링에 대한 언급이 보인다는 점, 『파르티잔 리뷰』에 실렸던 L. 트릴링의 「쾌락의 운명」(『현대문학』 1965.10-11), A. 카진의 「정신분석과 현대문학」(『현대문학』, 1964.6), 조셉 프랑크의 「도스또예프스끼와 사회주의자들」(『현대문학』, 1966.12), L. 아벨의 「아마추어

21) 김수영, 「시작 노우트6」, 『전집2』, p.301(1966.2.20).
22) 김수영, 「연극하다 시로 전향」, 『전집2』, p.230(『세대』, 1965.9).

시인의 거점」(『현대문학』, 1958.9) 등을 번역한 것을 볼 때, 김수영은 「파르티잔 리뷰」, 좀더 구체적으로는 뉴욕 지성인학파에 경도되어 있었음을 확인할 수 있다. 확인된 최초의 번역이 58년도의 것이고 보면 이 잡지에 대한 관심은 4.19 이전까지 소급된다. 이때 특히 주목해야 할 인물이 뉴욕 지성인학파의 후기를 대변하는 트릴링이다. 김수영이 자신의 시와 관련하여 현대시라고 일컬은 것은 그의 산문 전체를 통틀어 (b) 한 부분에서인데, 그 근거로 「쾌락의 운명」을 들고 있을 뿐 아니라, 이 논문 자체가 프로이드를 원용하여 현대성의 본질을 밝히려는 야심찬 업적[23]으로서 김수영의 언급을 일회성 발언으로 취급할 수 없게 만들기 때문이다. 김수영의 현대시에 대한 관점, 그리고 그 밑바탕을 이루는 현대성에 대한 그의 사상을 파악하는 데 유력한 단서로 이용될 수 있는 것이다. 「병풍」과 「폭포」에 대한 위의 언급을 일반화시켜 본다면, 현대시는 '쾌락의 부르조아 원칙의 배격', '고통과 불쾌와 죽음'을 그릴 때 가능해지는데, 이러한 언급의 의미를 밝하기 위해서 그의 평론에서 나타나는 모더니티관을 추적할 필요가 있다.

2. 현대성 : '새로움은 자유다'의 미학

"1950년대의 김수영은 우선 자신의 시쓰기를 통해 '어떻게 현대성을 제대로 구현하느냐'의 문제에 몰두하고 있었고 그러한 체험에 바탕을 둔 시론이 1960년대에 본격적으로"[24] 펼쳐졌다. 이는 1964년 5월 『사상계』에 월평을 쓰면서부터의 일이고 그 중심 화두는 '모더니티'였다.

23) 뉴욕지성인학파의 공적 중의 하나로 프로이드 이론을 비판적으로 도입한 것을 들 수 있는데, 그 대변자가 트릴링이며 「쾌락의 운명」은 「프로이드와 문학」, 「예술과 신경증」에서 「프로이트 : 문화의 이면과 내면」로 이어지는 대표적 논문의 하나이다.

24) 최두석, 「현대성론과 참여시론」, 『한국 현대시론사 연구』, 문학과지성사, 1998, p.304.

(a) 시의 모더니티는 외부로부터 부과하는 감각이 아니라 내면에서 우러나오는 지성의 화염이며, 따라서 그것은 시인이 -육체로서- 추구할 것이지 시가 －기술면으로－ 추구할 것이 아니다. 그런 의미에서 젊은 시인들의 모더니티에 대한 태도가 근본적으로 안이한 것같다.[25)]

(b) 우리의 현대시가 겪어야 할 가장 큰 난관은 포오즈를 버리고 사상을 취해야 하는 일이다. 포오즈는 시 이전이다. 사상도 시 이전이다. 그러나 포오즈는 시에 신념 있는 일관성을 주지 않지만 사상은 그것을 준다. 우리의 시가·조석으로 동요하는 원인의 하나가 여기에 있다.[26)]

(c) 우열이나 경향 여하가 문제가 아니라 시인의 양심이 문제다. 시의 기술은 양심을 통한 기술인데 작금의 시나 시론에는 양심은 보이지 않고 기술만이 보인다. 아니 그들은 양심이 없는 기술만을 구사하는 시를 주지적이고 현대적인 시라고 생각하고 있는 모양이다. 사기를 세련된 현대성이라고 오해하고 있는 모양이다[27)]

(a)에서 단적으로 드러나듯 현대성과 관련하여 김수영이 일차적으로 내세운 것은 그것이 '내면에서 우러나오는 지성의 화염이며 기술이 아닌 육체로서 추구하는 것'이라는 점이다. (b)와 (c)를 고려할 때, 육체란 '양심'을 의미하고 지성이란 '사상'을 의미하는 것인 바, 이에 입각하여, 이수복의 「나목」, 신동집의 「또한번 대지여」와 송욱의 「포옹무한」, 「찬가」를 각각 자구 · 문맥 · 이미지를 무시한 난해시, 실험을 위한 실험시라 규정하고[28)] 양심과 사상을 결여한 포즈만의 시, 즉 현대성을 추구한다는 명목하에 행하는 '현대성에의 도피'라고 비판한다.[29)] 이러한 비판

25) 김수영, 「모더니티의 문제」, 『전집2』, p.350(『사상계』, 1964.5).
26) 김수영, 「동요하는 포오즈들」, 『전집2』, p.363(『사상계』, 1965.7).
27) 김수영, 「난해시의 장막」, 『전집2』, p.210(『사상계』, 1964.12).
28) 김수영, 「모더니티의 문제」, 『전집2』, p.351.
29) 김수영, 「'현대성'에의 도피」, 『전집2』, p.360(『사상계』, 1964.6).

은 문맥이 통하지 않는 난해시가 점차 사라짐에 따라 사상을 결여한 포즈만의 시에 대한 비판과 지성의 강조로 집중되어 이후 「현대시의 퇴보」(『세대』,1967.2), 「지성의 가능성」(『세대』,1967.4), 「포오즈의 폐해」(『세대』,1967.7) 등의 월평의 지속적인 논점으로 제시된다.

김수영이 현대성과 관련하여 일차적으로 내세웠던 사상과 양심에 대한 강조는 곧바로 전봉건의 비판에 부딪치게 된다. 1964년 월평의 총결산격인 「난해의 장막 : 1964년의 시」(『사상계』, 1964.12)라는 글에서 김수영은 '양심이 없는 기술만을 구사하는 시'를 '사기'라고 비판하고 이를 계기로 전봉건의 반격을 받게되면서 소위 「사기론」 논쟁을 벌이게 된다. 그러나 이 논쟁은 김수영 자신의 입장을 좀더 자세히 밝힌 것을 빼놓고는 그리 생산적일 수 없었다. 이유는 전봉건이 문맥을 제대로 이해하지 못한데도 있지만, 더 근본적으로는 『사상계』의 첫 월평들에서 김수영이 현대성과 관련하여 일차적으로 내세운 '지성' 특히 '양심', '육체로서 추구한다'는 것이 도대체 어떤 함의를 갖고 있는지 논증적 언어로 표현하고 있지 않기 때문이다. 이때의 양심과 육체는 사실은 현대성의 본질 규정이라는 차원보다는 "진정한 현대성을 살리는 요건"[30]이라는 차원에서 제시된 면이 크다. 김수영이 이와 같은 태도를 취하게 된 것은 당대의 모더니즘 시가 '사기'에 불과하여 현대성의 본질은커녕, 그 조건조차 제대로 이해하지 못하고 있었기 때문이다.

김수영이 내세운 '양심'과 '지성'을 보다 구체적으로 파악하기 위해서는 사기론 논쟁보다 민족문학론을 주장하였던 재일비평가 장일우의 평론, 「한국 현대시의 반성」(『한양』 1963.9)과 「현대시와 시인」(『한양』, 1963.4)을 추적해야 한다. 비록 직접적인 논쟁의 형태를 띠지는 않았지만, "나는 역시 그에게서 받는 감동이 전자에게서 받는 감동보다 말할 수 없이 크다"[31]나 "장일우씨의 시에 대한 비평은 나로 하여금 시에

30) 최두석, 앞의 글, p.307.
31) 이 구절의 바로 앞 부분은 "나는 이유식의 잘 정리된 아카데믹한 시론(「시

대한 많은 반성을 하게 했다"[32]라는 지적에서 드러나듯 장일우의 비평은 일종의 충격으로 다가왔고 1964년부터 진행된 시 월평 작업의 핵심에 자리잡고 있었다. 김수영의 본격적인 평론 작업은 한편으로는 현대성의 요건조차 모르는 현대시에 대한 비판 작업이었으며 다른 한편으로는 장일우와의 대결 작업에서 시작되었던 것이다.

장일우 비평의 핵심은 '민족적 생활현실'에 대한 강조에 있다. 장일우는 「현대시와 시인」에서 현대시의 난해성에 대해 현실을 벗어나 자아 속에 침몰함으로써 등장한 "자아독선적인 자아도취"[33]라고 비판한 후, 「한국 현대시의 반성」에서는 한국 현대시에 대한 본격적인 비판과 대안을 제시한다. 그는 한국의 현대시가 "생활과 현실이라는 시의 영원한 대지를 떠나 이 나라 겨레들과의 혈연적 유대를 끊은 자의식의 동굴 속에서 화석처럼 형체화"되었으며 한국의 현대를 자각하는 것이 아니라 서구의 현대를 차용할 뿐인 "조국 없는 코스모폴리탄"이라고 비판한다. 그리고 민족적인 것을 일체 거부하는 데서 벗어나 지성과 감성, 주지와 서정의 통일에 기초한 민족적 서정 세계를 계승하여 "주지성과 서정성의 합일로써 시적리얼리즘을 고수"할 것을 주장하면서 그 대표적인 예로 박두진의 「인간밀림」과 「있어서는 안될 날」을 든다. 1950년대 최일수 민족문학론의 뒤를 잇고 있는 장일우의 평론은 최일수가 모더니즘 문학에 대해 무력한 채, 원론적 수준의 논의만을 진행했던 것에 비해 일층 진전된 논의였지만 대안으로 내세우는 박두진의 작품을 놓고 보면 대안적 문학의 수준에 의문을 갖게 만들기도 한다.[34] 장일우에

의 앙가지망론」, 「전후의 한국풍자시론」 現文誌 등)보다는 단도직입적으로 급소를 찌르는 장일우의 백서(「한국현대시의 반성」, 「현대시와 시인」 한양지 등)를 높이 산다"로서 '그'는 장일우를, '전자'는 이유식을 가리킨다. 김수영, 「세대교체의 연수표」, 『전집2』, p.182(『사상계』, 1963.12).

32) 김수영, 「생활현실과 시」, 『전집2』, p.190(1964.10).

33) 장일우, 「현대시와 시인」, 『한양』, 1963.4, p.160.

34) 참고로 박두진의 「있어서는 안될 날」을 소개하면 다음과 같다. "겨레와 나라가 사는 길이라면/뭉쳐서 피외쳐 살릴 길이라면/아 3.1날 같은/4.19같

대한 김수영의 인상은 한마디로 "계산을 무시한 매력"이었다.

> 계산을 무시한 매력. 이에 대해서 간단히 살펴보자면 위선 그는 공격의 대상을 고르는 눈치보는 식의 계산이 없었고, 자기의 시단의 출세에 대한 계산이 없었다. 또하나는 그의 비평의 본질적인 문제로서 우리 시의 방향의 제시에 대해서 계산이 없었다. 이 중에서 지금 가장 내가 생각하고 싶은 것이 맨 끝의 문제다. 그가 말하는 것은 대체로 이렇다. 우리의 시는 우리의 생활 현실과 너무 동떨어진 소리를 하고 있다-이 엄청나게 난해한 시들은 누구를 위해서 쓰는 것이며, 너무나 독자를 무시한 무책임한 소리를 하고 있다—한국의 시인들은 현실도피를 하지 말고 현실을 이기고 일어서라. 이러한 그의 누차의 발언에서 내가 느낀 것은 그가 아무래도 시의 본질에서 보다도 시의 사회적 공리성에서 더 많은 강조를 하고 있다는 점이다. (중략) 내 생각으로서는 그의 발언은 두 가지 면에서 바라볼 수 있다. 하나는 지사적 발언이며, 하는 기술자적인 발언이다. 그리고 그의 지사적인 면의 방향의 제시가 그것을 기술적인 면으로 풀어보려고 할 때, 잘 맞아떨어지지가 않는 것이다. 내가 위에서 말한 계산이 없다는 말도 이러한 모순에서 연유한다.[35]

김수영은 장일우에 대해 눈치보는 식의 계산이 없다는 점, 즉 그의 비평 태도에 대해서는 전적으로 공감하면서도 시의 방향성에 대해 계산이 없다는 점, 즉 그의 비평 내용에 대해서는 이의를 제기한다. 비평 태도에 대한 전적인 공감은, 시뿐만 아니라 시평론까지 기만에 빠져있는 상황에서 장일우의 평론만이 '잘 정리된 아카데믹한 시론이 아니라 단도직입적으로 급소를 찌르는 백서'[36]로서 가장 중요한 생명을 가지

은/뜨거운 비극/장열한 희생/아름다운 불행한 날이 있어야겠다/있어서는 안 될 날이 또 있어야겠다." 장일우, 「한국현대시의 반성」, pp. 143-144.

35) 김수영, 「생활 현실과 시」, 『전집2』, p.191.

36) 김수영, 「세대교체의 연수표」, 『전집2』, p.182.

고 있었다는 판단에서 비롯된다. 이 부분 역시 '시를 쓰듯 시를 논한다'는 김수영의 매우 문제적 비평 태도를 밝히는 데서 중요한 의미를 갖지만[37] 더욱 주목해야 할 것은 비평 내용에 대한 김수영의 이의이다. "일전에 평론을 쓰는 신동엽을 만났는데 그도 역시 내가 부연한 장일우가 제시한 시의 방향과 같은 말을 한다"[38]에서 드러나듯 장일우의 민족문학론이 큰 공감대를 형성하고 있는 상황에서, 김수영의 반박은 곧 우리 시의 방향성이라는 거시적 차원에서의 의견 대립을 의미하고 그 과정에서 김수영 고유의 관점이 제시되기 때문이다.

김수영이 생각하고 있는 방향성이란 어떤 것일까? 표면적으로 살펴볼 때, 장일우에 대해 김수영은 내용과 형식 모두를 갖추어야 한다는 주장을 내세운다. 그는 장일우의 '생활 현실과 대결하라는 주장'이 매우 중요한 지적이지만 '시의 사회적 공리성에 더 많은 강조를 하고 있다는 점'에서 시의 본질 중 하나를 주장한 것에 불과하다고 비판한다. 그는 '지사적 발언'과 '기술자적 발언'이라는 이분법에 이어 '언어의 서술'과 '언어의 작용'이라는 이분법을 제시하면서 양자를 아울러야 함을 주장하는 것으로 나아간다.

> 이러한 언어의 서술과 언어의 작용은 시의 본질에서 볼 때는 당연히 동일한 비중을 차지해야 할 것이다. 그런데 전자의 가치의 치우친 두둔에서 실패한 프롤레타리아 시가 많이 나오고, 후자의 가치의 치우친 두둔에서 사이비 난해시가 많이 나온 것을 볼 때, 비평가의 임무는 전자의 경향의 시인에게 후자의 경향을 강매하거나 후자의 경향의 시인에게 전자의 경향을 강매하는 일보다도 오

37) 시를 쓰듯 시를 논한다는 그의 비평태도는 시와 시론의 경계를 허무는 문제적인 주장으로서 아도르노가 현대문학의 특성으로 지적한 바 있는 에세이 정신의 소산이다. 에세이 정신은 그의 산문 전체를 관통하고 있는 본질적 특성이다. 최미숙, 『한국모더니즘시의 글쓰기 방식에 관한 연구』, 서울대박사논문, 1997, pp.119-130 참조.

38) 김수영, 「생활 현실과 시」, 『전집2』, p.192.

히려, 제각기 가진 경향 속에서 그 시인의 양심이 살려져 있는지 아닌지를 식별하는 일에 있는 것이라고 믿어진다. 그리고 이러한 식별의 눈은 더우기 우리 시단 같은 정지작업이 되어 있지 않은 곳에서는 아무리 섬세하게 작용 되어도 지나치게 섬세하다는 핀잔은 받지 않을 것이다.[39)]

김수영의 논리에 따르면 언어의 서술(내용)과 언어의 작용(형식)은 시의 본질적 두 측면이고 프롤레타리아 시와 난해시는 각각을 대변하는 것이 되기에 어느 것 하나를 일방적으로 강조하기 보다는 오히려 제 각각이 양심을 갖고 있는지 식별하는 작업이 중요하게 된다. 1964년의 월평작업에서 강조하였던 양심이란 '언어의 작용과 서술을 따지기 이전에 시인의 양심을 식별하는 정지작업'의 일환이었다고 할 수 있다. 언어의 서술과 언어의 작용은 각각 언어의 내용과 형식에 가까운 개념이고 이러한 내용·형식의 이분법은 그의 대표적인 참여시론인 「변한 것과 변하지 않은 것」(『문학』, 1966.12), 「시여 침을 뱉어라」(『창작과 비평』, 1968.가을) 내내 지속된다. 그러나 이는 시란 어떠해야 하는가라는 시의 본질론[40)]을 주장하는 것에 불과할 뿐, 구체적 방향성을 의미한다고 볼 수는 없다는 점에 문제가 있다. 여기서 주목해야 할 것이 다음과 같은 대목이다.

오늘날 우리들은 인간의 상실이라는 가장 큰 비극으로 통일되어 있고, 이 비참의 통일을 영광의 통일로 이끌고나가야 하는 것이 시인의 임무다. 그는 언어를 통해서 자유를 읊고, 또 자유를 산다. 여기에 시의 새로움이 있고 또 그 새로움이 문제되어야 한다. 시의 언어 서술이나 시의 언어 작용은 이 새로움이라는 면에서 같은 감동의 차원을 차지하게 된다. 따라서 우리의 생활현실이 담겨

39) 위의 글, 193.
40) 김윤식, 「시에 대한 질문 방식의 발견」, 『김수영 전집 별권 : 김수영의 문학』, p.76.

있느냐 아니냐의 기준도, 진정한 난해시냐 가짜 난해시냐의 기준도 이 새로움이 있느냐 없느냐에서 결정되는 것이다. 새로움은 자유다, 자유는 새로움이다.[41]

김수영은 '새로움은 자유다. 자유는 새로움이다'라는 인식을 펼치고 있는데, 여기에서 특히 주목해야 할 것은 '자유'보다는 '새로움'이며 언어 서술(내용), 언어 작용(형식) 양측면의 감동의 원천으로서 그리고 생활현실이 담겨 있는가, 진정한 난해시인가를 판단하는 기준으로서 '새로움'이라는 범주를 설정하고 있다는 점이다. 김수영이 새로움이라는 범주를 내세울 수밖에 없었던 것은 그것이 현대성의 핵심 범주라는 데 이유가 있다. 현대성이라는 개념은 매우 유동적이고 정의의 차원에 따라 다양한 규정이 가능하겠지만, 일차적으로 역사적 내용을 갖지 않는, '새로운 시대'라는 순수하게 시간적 결정인자로 정의되는 역사적 시기구분 범주, 즉 새로운 시대에 함께 살고 있다는 시간의식 내지 시대의식이라고 할 수 있다.[42] 또한 미학적으로 바라볼 때, 그것은 어떤 구체적 내용을 갖고 있는 개념이라기 보다는 전통 자체에 대한 부정이며 따라서 끊임없이 새로움을 추구하는 욕망으로 추상적으로 정의될 뿐이다. 새로움의 추구 없이 존립할 수 없는 것이 자본이고 보면 이는 자본의 속성을 미적 차원에서 승인한 것에 불과하다. 그러나 자본이 사회를 지배하고 있는 현대적 조건에서 예술은 새로움의 추구에서 벗어날 수 없으며, 오히려 그 속에서 변증법적 비약을 이루어낼 수밖에 없다.[43] 새로움이라는 범주는 그것없이 현대 예술이 성립할 수 없는 필연적인 역사철학적 범주이자, 현대문학의 규범적 요소이기에 개인에 따라 적당

41) 김수영, 앞의 글, p.196.
42) P. 오스본, 「사회-역사적 범주로서 모더니티 이해」, 『이론』, 1993.여름 참조.
43) 아도르노는 "오직 새로움 속에서만 미메시스는 퇴행없이 합리성과 결합한다"고 주장한다. T.W. Adorno, *Aesthetic Theory*, Minnesota : University of Minnesota Press, 1997, p.20.

히 벗겨 갈 수 있는 성질의 것이거나, 인기를 끌려고 하는 문학외적 시도의 차원의 것이 아닌 것이다.[44] 김수영이 "부르조아와 프롤레타리아의 대립은, 선진국과 후진국의 대립으로, 남과 북의 대립으로, 기계의 대립으로 미소의 우주 로케트의 회전수의 대립으로 대치"[45]된 시대에 살고 있다는 의식하에 "시대착오적 상상"을 거부하고 '세계사적 시야의 보충'[46]과 "뒤떨어진 현실에 대한 자각"[47] 등 동시대성을 강조한 것이나, 「시적 인식과 새로움」(『현대문학』, 1967.2), 「새로운 포멀리스트」(『현대문학』, 1967.3), 「'새로운 세련'의 차원 발견」(『현대문학』, 1967.7) 등 '새로움'을 그의 평론의 표제어로 제시하고 "인식은 본질적으로 새로운 것이다. 나는 이 말을 백번, 천번, 만번이라도 되풀이해 말하고 싶다"[48]고 주장하면서 그의 평론의 주된 범주로 내세운 것은 그가 현대성의 핵심에 '새로움'이라는 범주가 자리잡고 있다는 점을 이해하고 있었기 때문이다. 김수영의 새로움에 대한 강조가 추상적이라고 비판할 수도 있지만 이는 김수영의 한계라기보다는 "새로운 것은 필연적으로 추상적이다"[49]라는 사실에 더 많이 관련이 있다. 현대성, 새로움은 연대기적 개념이 아니라 질적 개념으로서 연대기적으로 보다 최근의 것이라 할지라도 이전의 모든 문학에 대한 비판이라는 질적 차원의 새로움을 담보하고 있지 못하면 새로움이 아니며, 진정한 새로움은 아직 뚜렷하게 형성되지 않은 것, 즉 미결정성을 표현하는 것인 만큼 추상적일 수밖에 없다. 오히려 김수영은 새로움의 이러한 속성을 누구보다도 정확히 인식하고 있었다.

---

44) 위의 책, pp.19-32 참조.
45) 김수영, 앞의 글, p.195.
46) 김수영, 「지성의 가능성」, 『전집2』, p.374, 372.
47) 김수영, 「모더니티의 문제」, 『전집2』, p.350.
48) 김수영, 「시적 인식과 새로움」, 『전집2』, p.399.
49) T.W. Adorno, 앞의 책, p.20.

(a) 사실은 나는 20여년의 시작 생활을 경험하고 나서도 시를 쓴다는 것이 무엇인지를 잘 모른다. 똑같은 말을 되풀이하는 것이 되지만 시를 쓴다는 것이 무엇인지를 알면 다음시를 못쓰게 된다. 다음시를 쓰기 위해서는 여직까지의 시에 대한 사변을 모조리 파산을 시켜야 한다. 혹은 파산을 시켰다고 생각해야 한다.[50]

(b) 서정이 만물을 들추어 노래를 추구한다/꽃이다 새다 노숙한 짐승이여 그 눈에 흐르는 눈물/강자의 비석에 떨어져 때를 지우는 데/웬 엿장수냐 가위질 소리에 모인 아이들/서울이란 델 언제 이렇게 나도 왔나부다 (중략)

이것이 그중의 후반 2연이다. 내가 섬광을 발견한 곳은 "웬 엿장수냐 가위질 소리에 모인 아이들/서울이란 델 언제 이렇게 나도 왔나 부다"의 귀절. 서울이 우주의 異鄕으로 느껴지는 새로운 감정. 낡은 것이 새로운 것으로 바뀌어지는 순간. 이 시에는 죽음의 깊이가 있다.[51]

(c) 이 시(박태진의 「역사가 알리없는」 : 인용자)에 나타나 있는 현대성은 육체에서 나오는 것이다. 그것은 시를 쓰기 전에 준비되어 있는 것이다. 우리 시단에서 가장 아쉬운 것이 이것이다. 진정한 현대성은 생활과 육체 속에서 자각되어 있는 것이고, 그 때문에 그 가치는 현대를 넘어선 영원과 접한다. 이시의 모티브는 "나의 초조한 걸음을/나의 지지한 작은 일들을 역사가 알리 없는"의 현대적 자각에 있지만 귀결은 "소리없이 젖을 가로수의 리듬을/나는 진정 알고 있다"의 영원한 인식으로 통하고 있다.[52]

(a)의 '시를 쓴다는 것에 대한 앎'이나 '여직까지의 시에 대한 사변'이란 이미 낡아버린 규범을 의미하고, '다음 시를 쓰기 위해서 여직까지의 시에 대한 사변을 모조리 파산시켜야 한다"란 곧 매번 새로운 규범을 창조해야 하는 현대성의 숙명을 시작에서 실천하는 것을 의미한

50) 김수영, 「시여 침을 뱉어라」, 『전집2』, p.250(『창작과비평』, 1968.가을).
51) 김수영, 「생활현실과 시」. 『전집2』, p.198.
52) 김수영, 「진정한 현대성의 지향」, 『전집2』, pp. 214-215(『세대』, 1965.2).

다. 아도르노에 따르면 이처럼 어렵게 새로움을 창조하는 순간이란, 反전통의 힘이 이전의 모든 낡은 것을 삼켜버리고 이제까지의 시간적 연속성을 파괴하는 순간으로서 신화적 무시간성에 도달하게 만든다.[53] 김수영은 (b)에서 김광섭의 시를 예로 들어 이와같이 새로움을 창조하는 순간을 "낡은 것이 새로운 것으로 바뀌어지는 순간"으로 표현하고 있으며 그 결과 도달하게 되는 절정의 상태를 (c)에서 박태진의 시를 예로 들면서 "현대를 넘어선 영원과 접하는" 순간이라 표현한다. '새로움=자유'라는 도식이 성립하는 이유, 그것을 온몸으로 수행해야하는 이유가 여기에 있다. 4.19를 거치면서 김수영은 "혁명은 상대적 완전을 그러나 시는 절대적 완전을 수행하는게 아닌가"[54]라는 깨달음에 도달한다. 현실 정치의 상대성에 비할 때 시는 절대성의 차원에 놓여져 있기에 오히려 의미있다는 그의 깨달음에서, '절대적 완전의 수행'이란 곧 완전한 자유의 수행이고 이는 곧 '새로움'의 획득이며 영원과의 만남이 되는 것이다. 그리고 이때 새로움의 획득이란 이전의 모든 규범과 인식을 넘어서는 작업이기에 "끊임없는 창조의 향상을 하면서 순간 속에 진리와 미의 전신의 이행을 위탁"하지 않고는 이루어지지 않으며, 이성(머리)으로 셈해보거나, 감정(심장)을 분출하는 것이 아니라 "온몸으로 동시에 밀고 나가는 것"이 되어야만 하는 것이다.

이와 같은 인식은 현대성의 중심에 놓여 있는 '새로움'이라는 범주의 핵심을 간파한 뛰어난 통찰다. 월평에서 구체적 작품을 놓고 행해진다는 점까지 고려한다면 김수영의 현대성에 대한 이해는 추상적 이해 수준을 넘어서 사상으로 육화되어 있었다고 할 수 있을 것이다. 더우기 현대성 개념 자체가 애초부터 서구를 모델로 하고 있기에 제3세계의 사람들로 하여금 영원히 뒤쫓아가게 만드는 근대화론의 위험에 항상 노출되어 있다는 점을 고려하면, 세계와의 동시대성을 주장하면서도 결

53) T.W. Adorno, 앞의 책, p.20.
54) 김수영, 「일기초(II)」, 『전집2』, p.332(1960.6.17).

코 장일우 비평의 중요성, 즉 민족적 생활현실의 중요성 역시 잊지 않고 있는 김수영의 평론은 도달하기 힘든 경지에 이르고 있다고 평가하지 않을 수 없다. 결국 장일우가 우리시의 방향성을 논했다면, 김수영은 현대시의 방향성을 논하고 있었던 것으로서 그 바탕에는 현대성에 대한 김수영의 남다른 인식이 자리잡고 있었다고 할 것이다. 성실성 차원의 양심의 강조나, 시의 본질론 차원에서 내용·형식 양자를 아울러야 한다는 주장은 사실상 현대성에 대한 김수영 고유의 인식 및 주장에 의해 힘을 발휘할 수 있었던 것이고 김수영 평론의 핵심은 현대성론이며 현대성의 급진화였다고 할 수 있다.

4. 현대성의 급진화 : '쾌락의 전복'으로서의 현대적 정신성

'동시대성의 확립', 특히 '새로움=자유'라는 도식이 김수영 현대성론의 핵심인데, "낡은 것이 새로운 것으로 바뀌어지는 순간. 이 시에는 죽음의 깊이가 있다"라는 표현에서 드러나듯 김수영은 새로움을 획득하는 순간, 즉 자유를 이행하는 순간을 죽음이라고 칭하고 있다. 왜 하필 '죽음'인가라는 의문이 자연스럽게 떠오르는데, 죽음에 대한 김수영의 천착은 "죽음이 없으면 사랑이 없고 사랑이 없으면 죽음이 없다"55) 등 그의 산문 도처에서 발견되고 있는 만큼 일회성 발언이 아니다.

> 그런데 조금더 따지고 보면 '사람은 죽을 곳을 알아야 한다'는 말은, 사람은 자기만이 죽을 수 있는 장소와 때를 알아야 한다는 말이 되는데, 이 말을 시에다 적용하는 경우에는 '자기나름'으로, 즉 자기의 나름의 스타일을 가지고 죽어야 한다는 말이 된다. (중략) 모든 시는 -마르크스주의의 시까지도 합해서- 어떻게 자기나름으로 죽음을 완수했느냐의 문제를 검토하는 방법이라고 해도 과언

55) 김수영, 「나의 연애시」, 『전집2』, p.89.

이 아니다. 그리고 모든 시론은 이 죽음의 고개를 넘어가는 모습과 행방과 그행방의 거리에 대한 해석과 측정의 의견에 지나지 않는다.[56]

새로움을 획득하는 순간을 죽음의 순간이라고 보았던 김수영은 시란 자기나름으로 죽음을 완수하는 행위이고 시론은 시 속에 나타난 죽음의 모습을 측정하는 행위라는 인식으로까지 나아가고 있다. 이와 관련하여 고려해야 할 점이 프로이드에 대한 그의 강조이다. 그는 박인환을 회상하면서, "프로이드를 읽어보지도 않고 모더니스트들을 추종하기에 바빴던"[57] 자신을 반성하고, 장일우가 결국은 사회주의 리얼리즘의 시를 요구하고 있지만 그의 사회주의 리얼리즘에는 "프로이드적인 요소를 상당히 도입한 모던한 것"[58]이 부재하다고 비판한다. 모더니즘과 사회주의 리얼리즘 양자 모두에서 프로이드적 통찰을 요구하고 있는 것이다. 김수영의 이와 같은 요구와 '죽음'에 대한 천착은 그의 현대성론의 사상적 핵심과 연결되는 매우 중요한 부분이다. 이것이 무엇을 의미하며, 어떻게 가능가를 이해하기 위해서 고려해야 할 것이 바로 트릴링의 「쾌락의 운명」이다.

프로이드는 쾌락원칙을 넘어서는 죽음 본능을 주장하는데[59], 트릴링은 「쾌락의 운명」에서 이를 받아들여 현대문학의 본질적 특성을 규명하고자 한다. 그에 따르면 죽음본능과 생명본능 중 전자의 비율이 커진 것이 현대의 문화적 상황이며 죽음 본능을 추구하면서 쾌락을 거부하

56) 김수영, 「죽음과 사랑의 대극은 시의 본수」, 『전집2』, p.407.
57) 김수영, 「박인환」, 『전집2』, p.64.
58) 김수영, 「생활현실과 시」, 『전집2』, p.192.
59) 「쾌락원칙을 넘어서」 이전의 프로이드는 성본능과 자기보존본능이라는 이항대립을 내세웠으나, 「쾌락원칙을 넘어서」에서 외상성 신경증자환자들의 반복강박 연구를 통해 인간에게는 쾌락원칙의 지배를 벗어난 죽음의 본능이 있다는 점을 발견하고는 생명본능과 죽음본능의 이항대립을 주장하게 된다. 프로이드(박찬부 역), 『쾌락원칙을 넘어서』, 열린책들, 1998 참조.

고 불쾌를 추구하는 것이 현대문학의 가장 중요한 특성이다. '인간의 적나라한 본연의 위엄'이었던 쾌락이 이제는 '부르좌 세계의 풍속과 제가치'를 의미하게 되었기에 현대적 미적 문화는 더 이상 쾌락원칙을 신용하지 않게 되고 불쾌를 추구하게 된다. 쾌락을 추구한다는 것은 '직접적인 외양만의 행복'을 추구하는 것을 의미하는데, 이것에 대항하여 일체를 거부하는 도스토예프스키의 지하생활자는 바로 정신적 자유가 '외양만의 행복'보다 "더많은 생명"을 갖는다고 주장하는 '현대적 정신성the modern spirituality'을 대변한다.

(a) 현대작가가 파괴하려고 애를 쓰는 가장 직접적인 외양만의 행복은 두말할 것도 없이 부르좌 세계의 습관적 풍속과 '제가치' 등인데, 그것은 다만 이러한 것들이 야비성이나 불리한 처지에 있는 사람들에 대한 착취같은 수많은 악랄한 것들과 관련을 갖고 있기 때문만이 아니라, 또다른 이유 때문에, 즉 이러한 것들이 자유를 위한 개인의 정신의 운동을 저해하고 '더많은 생명'의 도달을 방해하기 때문에 그렇게 된다. 부르좌 세계의 특수한 사상의 제도와 양식은 현대의 정신성의 필연적인 최초의 공격 목표로 되고 있다. 그러나 외양만의 행복을 파괴하려는 충동은 현대의 정신에 의해서 쾌락원칙에 봉사하는 가장 온화한 세계(가장 온화한 사회주의 사회 : 인용자)에 즉각적으로 돌리어지게 된다는 것은 쉽사리 생각할 수 있다.[60]

(b) 궁극적인 염세주의나 '부정'으로 그친다고 결론을 내리기 전에, 또한 우리들이 논평해온 우리들의 문학의 경향이 비틀어지고 불건전한 것밖에는 되지 않는다는 결론을 내리기 전에 프로이트가 사실상 '모든 인생의 목적은 죽음이다'라는 말을 하기는 했지만, 그의 논증의 과정이 그를 '생물은 다만 그 자신의 방법으로서만 죽기를 원한다' ―다시 말하면, 생물은 다만 그의 특유한 생활의

60) L. 트릴링(김수영 역), 「쾌락의 운명 : 워즈워드에서 도스또예프스키까지」, 『현대문학』, 1965.11, p.91.

복잡한 충족을 통해서만 죽기를 원한다－는 주장으로 이끌고 있다는 것을 상기하지 않으면 아니된다.[61)]

지하생활자는 자유를 위해, 인간 본연의 적나라한 위엄을 구성하기 위해, 쾌락원칙 즉 노예의 굴종을 거부하는데, (a)에서 드러나듯 이와같은 지하생활자로 대변되는 현대적 정신성의 일차적 공격대상은 부르조아 제가치 · 풍속이다. 이는 부르조아 제가치의 야비성과 착취성 때문이기도 하지만 무엇보다도 '자유를 위한 개인의 정신 운동을 저해'하기 때문이다. 또한 그것은 '가장 온화한 세계', 즉 사회주의 사회[62)] 역시 공격한다. 부르조아 사회만이 아니라 현실 사회주의 사회 역시 '직접적인 외양만의 행복'을 추구하고 있다는 점에서 본질적으로 같은 사회이기 때문이다. 현실 사회주의가 사실상 사회주의 곧 물질적 풍요의 성취라는 생산력주의에서 벗어나지 못했다는 점을 고려할 때, 이는 현실 사회주의에 대한 매우 설득력 있는 비판이라 할 수 있다. "외양만의 행복을 난폭하게 취급하는 투명한 정신의 호전성"[63)], 즉 '현대적 정신성'의 호전성이 부르조아 사회와 사회주의 사회 양자 모두를 공격하는 정치적 입장을 가능하게 한다면, '불쾌의 추구'는 미학적 차원에서 숭고미와 비극을 비판하게 한다. "만족의 직접성을 갖고 있지 않"은 듯한 숭고미 역시 "에고이즘의 제목적"[64)] 즉 쾌락원칙에 입각하고 있기 때문

61) 위의 글, p.98

62) 『Beyond Culture』에 실린 「The Fate of Pleasure」에는 '가장 온화한 세계'가 'the most benign socialist society'(가장 온화한 사회주의 사회)로 되어 있다. L. Trilling, The Fate of Pleasure, *Beyond Culture*, New York : Harcourt Brace Jovanovich, p.67. 『Partisan Review』에 실린 글과 『Beyond Culture』에 실린 글이 약간의 차이를 보일 수도 있겠지만 전후문맥이나 트릴링의 논리상 '가장 온화한 세계'를 가장 '온화한 사회주의 사회'로 해석해도 무리가 없을 것이다.

63) L. 트릴링, 「쾌락의 운명 : 워즈워드에서 도스또예프스키까지」, 『현대문학』, 1965.11, p.93.

64) L. 트릴링(김수영 역), 「쾌락의 운명」, 『현대문학』, 1965.10, p.286, p.287.

이며, 주인공의 몰락은 외양만의 행복에서 벗어나는 것을 의미하는 한 더이상 슬픈 일이 아니기 때문이다. "공인된 전복이나, 확립된 도덕적 급진주의나 훌륭한 폭력이나, 재미있는 정신성에서, 어떻게 아이러니가 억제될 수 있겠는가?"65)에서 드러나듯, 현대의 정신성은 아이러니로 나아가게 된다. 그리고 이와 같이 현대적 정신성이 쾌락을 거부하고 불쾌를 추구한다는 것은, "인간적인 것의 부정적 초월(쾌락의 속박으로부터 자아를 해방시킴으로써 도달될 수 있는 상태)"66)의 추구이며 결국 (b)의 "그 자신의 방법으로서만 죽기", 즉 죽음 본능의 추구를 의미한다.

김수영이 '자유=새로움' 획득의 순간을 죽음이라 하였을 때, 죽음의 의미는 트릴링의 죽음 개념과 밀접한 관련을 갖는다. 트릴링은 프로이트의 '생물은 다만 그 자신의 방법으로서만 죽기를 원한다'라는 주장을 인용하면서 자신의 글을 마무리짓는데, 김수영은 이를 받아들여 시는 '자기 나름의 스타일을 가지고 죽어야 한다'고 주장한다. 김수영에게 현대성의 핵심은 '새로움=자유'의 도식이며, 이 새로움을 획득하는 순간은 트릴링이 언급하였던 죽음의 순간 즉 쾌락을 거부하고 불쾌를 추구하는 현대적 정신성을 끝까지 밀고나가 "자기나름으로, 즉 자기의 나름의 스타일을 가지고 죽"67)는 순간인 것이다. 또한 김수영은 자본주의와 현실 사회주의 양자 모두에 대해서 비판하는 급진적 자유주의를 견지하고 있었고 죽음에 대해서 말하면서도 비극적 이미지를 취하는 대신 아이러니로 나아가고 있었는데, 그 바탕에는 외양만의 행복에 대해 반대하는 트릴링의 '현대적 정신성'에 대한 인식이 놓여져 있었다고 할 것이다. 그리고 김수영의 이러한 인식은 참여론을 주장하면서도 참여파와 순수파 양자 모두를 비판하는데 결정적인 근거로 작용한다.

(a) 소위 순수를 지향하는 그들은 사상이라면 내용에 담긴 사상

---

65) L. 트릴링(김수영 역), 「쾌락의 운명」, 『현대문학』, 1965.11, p.95.
66) 위의 글, p.94.
67) 김수영, 「죽음과 사랑의 대극은 시의 본수」, 『전집2』, p.407.

만을 사상으로 생각하고 대기하고 있는 것같은데, 시의 폼을 결정하는 것도 사상이라는 것을 잊어서는 안된다. 이런 미학적 사상의 근거가 없는 곳에서는 새로운 시의 형태는 나오지 않고 나올 수도 없다. 그리고 이런 미학적 사상이 부르조아 사회의 사회적 사상과 얼마나 유기적인 생생한 연관성을 갖고 있는가 하는 것은 비근한 예가 뷰토오르나 귄터 그라스를 보면 알 수 있다. 진정한 폼의 개혁은 종래의 부르조아 사회의 미－ 즉 쾌락의 관념에 대한 부단한 부인과 전복에 의해서만 이루어진다. 우리 시단의 순수를 지향하는 시들은 이런 상관관계와 필연성에 대한 실감 위에 서 있지 않기 때문에 항상 낡은 모방의 작품을 순수시라는 이름으로 제시하고 있다.[68]

(b) 그러면 이와는 대극적인 위치에 놓여있다고 보는 '참여파'의 신진들의 과오는 무엇인가. 이들의 사회참여의식은 너무나 투박한 민족주의에 근거를 두고 있다. 미국의 세력에 대한 욕이라든가, 권력자에 대한 욕이라든가, 일제시대에 꿈꾸던 것과 같은 단순한 민족적 자립의 비전만으로는 오늘의 복잡한 상황에 놓여 있는 독자의 감성에 영향을 줄 수는 없다 단순한 외부의 정치세력의 변경만으로 현대인의 영혼이 구제될 수 없다는 것은 세계의 상식으로 되어 있다. 현대의 예술이나 현대시의 출발점이 여기에 있다. 그런데 우리의 젊은 시가 상대로 하고 있는 민중-혹은 민중이란 개념－은 위태롭기 짝이 없다. 이것은 세계의 일환으로서의 한국인이 아니라 우물 속에 빠진 한국인 같다. 시대착오의 한국인, 혹은 시대착오의 렌즈로 들여다 본 미생물적 한국인이다. 이것은 두말할 것도 없이 바라보는 －즉 작가가 바라보는 －군중이고, 작가의 안에 살고 있는 군중이 아니기 때문에 그렇게 되는 것이다.[69]

순수파에서 김수영이 문제시한 것은 내용면의 사상이 아니라 형식을 결정하는 미학적 사상이다. 진정한 형식의 개혁을 위해서는 미학적 사

68) 김수영, 「변한 것과 변하지 않은 것」, 『전집2』, p.245.
69) 위의 글, pp.246-247.

상의 개혁을 필요로 하며 이는 곧 부르조아의 미학적 사상인 쾌락 관념의 부단한 전복을 의미한다. 참여파에 대한 비판은 일층 복잡하다. 그것은 투박한 민족주의에 대한 비판, 민중과 하나가 되지 못하고 있는 점에 대한 비판으로 해석될 수 있지만, 그 근저에는 현대에서는 정치가 문학을 대신할 수 없다는 인식이 놓여져 있다. 혁명의 상대성과 시의 절대성을 주장하고 자본주의와 현실사회주의 양자 모두를 부정하면서 현대적 정신을 추구하는 그의 입장에 설 때, "외부의 정치 세력의 변경"은 그것이 완수된다고 할지라도 상대적 완성에 불과할 뿐 '외양만의 행복'을 벗어날 수 없고 현대인의 영혼의 구제란 시의 절대성에서 가능한 것, 곧 쾌락원칙, 외양만의 행복을 거부하는 현대적 정신의 추구로써 가능하다고 할 것이다. 순수파를 공격하는 (a)나 참여파를 공격한 (b)의 공통의 논거는 부르조아의 쾌락원칙을 배격하는 '현대적 정신'인 것이다.

결국 대부분의 모더니스트들이 미학적 사상을 결여한 채 현대성으로 도피하였을 때 그리고 장일우의 민족문학론이 현대성을 이해하지 못하고 있을 때, 유독 김수영만이 현대성의 핵심으로 '부르조아 쾌락원칙을 배격하는 현대적 정신'을 내세우고 한편으로는 모더니즘을, 다른 한편으로는 사회주의 리얼리즘을 비판하고 있었다. 그의 정치적 입장은 현실 사회주의와 자본주의 양자 모두를 거부하고 "명실공히 리버럴리즘을 실천"[70]하는 것, 즉 급진적 자유주의였으며 이에 기반한 그의 현대성론은 1960년대 대부분의 모더니스트들과 장일우의 민족문학론이 도달하지 못한, 부르조아 쾌락원칙을 철저히 배격하는 현대적 정신의 추구, 즉 현대성의 급진화에 본질이 있다. 이어령과의 논쟁 중에 김수영이 내세운 "모든 전위 문학은 불온하다. 그리고 모든 살아 있는 문화는 본질적으로 불온한 것이다"[71]의 불온성 역시 이러한 '현대적 정신'을

70) 김수영, 「시의 뉴 프런티어」, 『전집2』, p.177.
71) 김수영, 「실험적인 문학과 정치적인 자유」, 『전집2』, p.159.

의미하는 것으로 그의 참여론은 곧 급진화된 현대성의 표현이라 할 수 있다.

4. 맺음말

김수영 평론의 핵심은 '새로움=자유'라는 현대성론에 있다. 김수영은 새로움의 역사철학을 이해하고 있었던 바, 새로움의 추구를 현대성의 핵심으로 놓고 있으며 새로움을 획득하는 순간을 절대적 완성을 수행하는 순간, 즉 자유를 이행하는 순간으로 규정한다. 그는 이를 또한 죽음이라 칭하는 데, 여기에는 트릴링의 영향이 크게 작용하였다. 김수영에게 영향을 미친 미학 사상으로 『시와 시론』, 오든 그룹, 하이데거의 릴케론 외에 뉴욕 지성인학파가 주도하였던 『파르티잔 리뷰』, 특히 트릴링을 들 수 있는 것이다. 트릴링은 부르조아 쾌락 원칙을 철저히 배격하고 죽음 충동을 실행하는 것이 현대문학의 정신이라고 규정하였고 이는 김수영에게도 그대로 수용되어 현대시를 '제 나름으로 죽음을 완수'하는 것이라는 인식을 낳게 한다. '새로움은 자유'이며 이는 곧 부르조아 쾌락원칙을 배격하고 불쾌를 추구하는 현대적 정신의 추구를 의미한다고 할 때, 그의 현대성론은 현대성의 급진화로 규정할 수 있다. 성실성으로서의 양심에 대한 그의 강조나, 내용과 형식 양자 모두를 갖추어야 한다는 시의 본질론은 이와 같은 급진화된 현대성이 구현되기 위한 전제조건에 불과하며 그의 참여론은 현대성의 급진화 그 자체라 할 수 있다.

김수영의 막대한 독서량과 그의 창조적 능력을 고려한다면 이상의 작업은 김수영의 현대성론에 대한 일측면을 밝힌 것에 불과하다. 오든 그룹과 『詩と 詩論』, 그리고 하이데거의 영향관계도 꼼꼼히 살펴봐야 하고, 시를 쓰듯 시를 논한다는 그의 비평관 역시 아도르노가 강조하는

현대문학의 에세이 정신과 직접적인 관련성을 갖고 있다는 점에서 좀 더 자세한 고찰을 요구하는 문제이다. 무엇보다도 강조해야할 것은 그의 평론과 시가, 제3세계에 살고 있다는 투철한 인식하에 이루져 서구추종에서 벗어나 있는 만큼 이에 대한 좀더 구체적인 고찰이 요구된다는 점이다. 김수영의 시와 현대성론과 관련된 이와같은 문제는 바로 현재의, 좀더 풍요로운 우리시의 방향성을 타진하기 위해 절실히 요구되는 작업이다. 신동엽과 김지하로 이어지는 시 경향에서 부족한 면이 김수영의 시와 시론에 잠복해 있다고 할 때, 그리고 이 문제를 창조적으로 해결하는 문제가 우리시의 방향성과 관련된 초미의 문제라고 할 때, 그만큼 김수영의 현대성론은 영원한 매력이고 동시대성을 띤다. 현대성을 내세워 그간의 리얼리즘 전통을 전면적으로 무화시키거나 투철한 자기 모색없이 기존 입장을 고수하려는 태도의 비생산성을 극복하는 길은 김수영에 대한 창조적 고찰을 통해 그의 문학의 동시대성을 생산적으로 확보하는 일일 것이다. 새미

□ 김수영 번역 작품 및 번역 평론 연보

칼 샤피로, 「'파우스트'의 진보」, 『전망』, 1955.11
만코빗츠, 「성상화」, 『문학예술』, 1955.11
R.W. 에머슨, 『문화, 정치, 예술』, 중앙문화사, 1956
M.I. 하우스피안, 「토요일날 밤」, 『문학예술』, 1956.5
A. 막레이쉬, 「시의 효용」, 『시와 비평』, 1956.8
토마스 만, 「'지이드'의 조화를 위한 무한한 탐구」, 『문학예술』, 1957.6
W.V.T. 크라트, 「바람과 겨울눈」, 『문학예술』, 1957.7
죠지 바커, 「청년과 성인의 비유」, 『문학예술』, 1957.10
제레미 인겔스, 「高麗-頭高, 眼麗」 『자유문학』, 1957.11
괴테, 『젊은 베르테르의 슬픔』, 신양사, 1958

월후 만코위츠, 「'챠아' 아주머니가 매장된 날」, 『자유문학』 1958.5
리오넬 아벨, 「아마추어 시인의 거점」, 『현대문학』, 1958.9
비제, 「반항과 찬양 : 불란서 현대시의 전망」, 『사조』, 1958.9
가이 듀물, 「불란서 문단외교사」, 『현대문학』, 1958.12
『아리온테의 사랑』, 중앙문화사, 1958
이브 보네호이, 「불,영 비평의 차이」, 『현대문학』, 1959.1
루이스 캐롤 외, 『세계일기전집』, 코리아사, 1959.5
리챠드 P. 부락머, 「제스츄어로서의 언어」, 『현대문학」, 1959.5-6
A. 막레이쉬, 「시인과 신문」, 『현대문학』, 1959.11-12
프란시스 브라운, 『20세기 문학평론』, 중앙문화사, 1961
알렌 테이트, 『현대문학의 영역』, 중앙문화사, 1962
데니스 도노그, 「예이쓰시에 보이는 인간영상」, 『현대문학』, 1962.8,10
수잔느 라방, 『황하는 흐른다 : 홍콩 피난민의 비극』, 중앙문화사, 1963
죠지 쉬타이너, 「맑스주의와 문학비평」, 『현대문학』, 1963.3-4
A. 베크하아드, 「우주의 등대수 : 아인쉬타인」, 『세계의 인간상』, 신구문화사, 1963
앨프리드 카잰, 「정신분석과 현대문학」, 『현대문학』, 1964.6
리차드 스턴, 「이」, 문학춘추, 1964.7
E. 헤밍웨이, 「싸우는 사람들」, 『노벨문학상전집6』, 신구문화사, 1964
B.L. 파스테르나크, 「공로」, 『노벨문학상전집6』, 신구문화사, 1964
B.L. 파스테르나크, 「후방」, 『노벨문학상전집6』, 신구문화사, 1964
B.L. 파스테르나크, 「코카서스」, 『노벨문학상전집6』, 신구문화사, 1964
B.L. 파스테르나크, 「세익스피어 번역 소감」, 『노벨문학상전집6』, 신구문화사, 1964
W.B.예이츠, 「데어드로」, 『노벨문학상전집3』, 신구문화사, 1964
W.B.예이츠, 「沙羅樹 정원 옆에서」, 『노벨문학상전집3』, 신구문화사,

1964

W.B.예이츠, 「임금님의 지혜」, 『노벨문학상전집3』, 신구문화사, 1964

G.B. 쇼오, 「운명의 사람」, 『노벨문학상전집3』, 신구문화사, 1964

Richard Poirier, 「로버트 프로스트와의 대담」, 『문학춘추』, 1964.12

존 웨인, 「세익스피어의 이해」, 『문학춘추』, 1965.3

리오넬 트릴링, 「쾌락의 운명」, 『현대문학』, 1965.10-11.

죠셉 프랑크, 「도스또예프스끼와 사회주의자들」, 『현대문학』, 1966.12

아브람 테르츠, 「고드름」, 『현대문학』, 1967.4

버나드 말라머드, 「정물화」, 『현대문학』 1967.5

나다니엘 호돈, 『주홍글씨』, 신구문화사, 1968

『또하나의 나라, 대보를 올려라』, 신구문화사, 1968

원고를 기다립니다

『작가연구』는 한국의 현대문학에 대한 개방적이고 진취적인 문학 연구를 지향하는 반년간 학술지로서, 학술진흥재단에 정식 등록된 국문학 전문 학술지입니다.

인간 정신의 참 의미를 구현해 나갈 인문학이 전반적으로 침체된 시대 상황의 제한 속에서도 『작가연구』는 한국문학의 정수를 끈질지고 깊이있게 성찰함으로써, 인문학의 진정한 위엄을 되찾고 한국문학이 새롭게 도약할 수 있도록 노력하고 있습니다.

『작가연구』는 이론적 깊이와 비평적 섬세함을 두루 갖춘 문학 연구를 통해 우리 시대의 문학과 작가를 새롭게 조명하고자 합니다. 『작가연구』는 참신하고 진지한 문제 의식이 담긴 연구자 및 독자 여러분들의 글을 기다리고 있습니다.

『작가연구』는 항상 문을 열어놓고 있습니다. 국문학 연구와 관련된 어떠한 글이라도 환영합니다. 여러분들의 애정어린 관심과 적극적인 투고를 당부드립니다.

- 원고 마감 : 1998년 7월 31일
- 접수된 원고의 게재 여부는 본지 편집위원회에서 결정하며, 채택된 원고에 대해서는 소정의 고료를 지급합니다. 접수된 원고의 반납에 대해서는 책임지지 않습니다.
- 원고는 디스켓과 함께 보내거나 PC통신을 이용해 주시기 바랍니다. 하이텔 kuk7949, 천리안 KH058

- 보내실 곳 : 133-070 서울시 성동구 행당동 28-7 정우BD 402호
  도서출판 **새미** 『작가연구』 편집위원회 앞
  전화 293-7949, 291-7948 ; FAX 291-1628

김수영 시론의 두 지향

황 정 산*

1. 머리말

김수영은 시정신이나 시형식 면에서 현대 시단에 큰 영향을 미친 인물이다. 특히 기존의 시적 형식을 해체한 대표적인 시인으로 이해된다. 거침없이 써내려간 산문식의 시행, 아무데서나 시행을 바꾼듯한 부자연스러운 호흡 등 이러한 시형식의 해체는 그의 시정신과 긴밀한 관련을 갖는다. 모든 일상적인 나태와 안주를 거부하고 거침없는 자유의 정신을 추구하려는 그의 시적 태도가, 안정적이나 그래서 상투적인 기존의 시적 형식을 뒤엎는 시형식의 파괴로 드러나고 있다고 생각할 수 있다. 이제 김수영식의 시적 스타일이 현대시의 주류적 관습으로까지 이어져 오고 있다해도 과언이 아니다

이렇듯 현대시사에 굵직한 궤적을 남긴 김수영은 아직도 우리에게 커다란 무게로 남겨져 있다. 모더니즘과 리얼리즘의 대립과 발전으로 이어져 온 7,80년대의 문학에서는 양 문학 진영에서 모두 서로 준거해야 할 전통으로 추앙되기도 했고, 리얼리즘과 모더니즘을 입에 올리는 것조차 꺼려지는 최근에도 김수영은 넘어야 할 산이기도 하고 풀어야

* 순천향대 강사, 논문으로 「한국 현대시의 율격론적 연구」와 「이상화 시 연구」가 있음.

할 화두이기도 하다. 이는 30년전에 그가 제기한 문학적 과제들이 아직도 우리에게 유효하다는 것을 말하는 것이기도 하지만 또 한편에서는 우리 문학의 후진성을 말해주는 반증이기도 하겠다.

본고의 과제는 김수영의 시론에 대한 이해이다. 엘리어트를 두고 흔히 하는 '훌륭한 시인은 또한 훌륭한 비평가이다.'라는 말처럼 김수영 역시 당대의 시에 요구된 중요한 논의들을 시평과 시론을 통해 제기해왔다. 1930년대에 시작하여 1950년대에 다시 개화한 모더니즘 운동이 종래의 경박한 추수적 경향을 청산하고 당대의 사회 현실과 결합하면서 진정한 현대성을 추구해야 할 필요성에 당면해 있었고, 또 한편으로 4.19이후 성장하기 시작한 우리 사회의 민주적 역량이 시인에 있어서도 사회적 역할과 참여를 요구하게 만들었다. 김수영이 활동하던 1960년대는 진정한 모더니즘시와 예술적 참여시가 요구되던 바로 그런 시기였다고 할 수 있다. 김수영의 시는 이러한 움직임에 적극적으로 대처하고 또한 이를 선도해왔다는 점에서 커다란 시사적 의의를 갖는다. 그리고 본고가 다루고자 하는 그의 시론들은 이러한 실천의 과정에서 소산된 이론적 결과물이라 할 수 있다.

그러나 김수영의 시론에 대한 연구는 그리 풍부하지는 못하다. 그 이유로는 먼저, 시평과 시론에 대한 그의 글들이 그의 시작(詩作) 성과에 비추어서는 그 양과 질이 다소 떨어진다는 점을 들 수 있다. 때문에 그의 시를 연구하는 데에 있어 부수적인 차원에서 그의 시론에 대한 언급이 행해지는 것이 보통이고 그의 시론에 대한 전면적인 논의는 사실 상당히 드물다고 할 수 있다.[1] 다음의 이유로는 그의 시론의 특성을 들 수 있다. 그의 시론은 논리적이고 이론적이기보다는 비유적 언어의 사용과 논리적 비약이 두드러져 손쉬운 이해를 가로막는 측면이 다

1) 김수영의 시와 분리해서 그의 시론만을 다룬 비교적 본격적인 연구로는 이승훈의 「김수영의 시론」(『한국현대시론사』, 고려원, 1993)과 최두석의 「현대성론과 참여시론」(『한국현대시론사 연구』, 문학과 지성사, 1998)이 있다.

분하다. 또한 그의 시론은 우리 현대시가 가진 여러 문제를 예리하게 통찰해내고는 있으나 완결된 하나의 체계를 이루기에는 많은 점에서 미흡하다. 때문에 그의 시론에 대한 전면적인 연구로는 어떤 가시적인 성과를 거두기가 쉽지 않다. 많은 연구자들이 그의 시론에 관심을 갖기는 하지만 선뜻 연구의 대상으로 정하지 못하는 이유는 바로 여기에 있다. 마지막으로 또 하나의 이유는 그가 가진 독특한 시사적 위치에서 찾을 수 있다. 60년대 후반부터 드러나기 시작한 리얼리즘과 모더니즘 운동의 대립속에서 김수영은 어느 한편의 극단에서 자주 자의적으로 단순화되어 이해되어 온 경향이 있고, 이 때문에 이 두 운동의 접점에 서있던 김수영의 다소 복잡한 시의식이 제대로 완전한 모습으로 이해되지 못하고 있다는 점을 지적할 수 있다. 때문에 그의 시론의 본령을 본격적으로 파헤치기보다는 어느 한 입장에서 일면적인 과장이나 의도적인 왜곡으로 그의 논의를 쉽게 재단하는 측면이 있음을 전혀 부정할 수 없다.

이러한 문제의식하에서 본고는 김수영 시론이 가지고 있는 핵심을 비교적 폭넓게 조명해보고자 한다. 하지만 본고의 논의 역시, 김수영의 시론을 완전하게 분석하는 작업을 행하기에는 역부족이라는 점을 인정하지 않을 수 없다. 이러한 작업은 보다 섬세하고 보다 방대한 본격적인 연구를 필요로 하는 작업이다. 본고는 우리의 시사적 맥락에서 제기된 주요한 문제의식의 측면에 집중하여 그의 시론을 재구성해보는 수준에서 그의 시론을 설명해보고자 한다.

2. 현대성의 지향

김수영이 자신의 시론을 통해 가장 강조하고 있는 것은 바로 '현대성'이다. 그의 시평이나 월평의 제목들이 「진정한 현대성에의 지향」,

「모더니티의 문제」, 「'현대성'에의 도피」 등인 것을 보와도 그가 현대성을 시에 대한 논의의 주요 주제로 삼아 왔을 뿐 아니라 현대성 자체를 시평가의 가장 중요한 기준이나 잣대로 생각하고 있다는 것을 쉽게 알 수 있다.

> 얼마전에 비하면 소위 모더니스트들의 비현대적인 시도 많이 줄어진 것 같고, 영월파의 색채가 진한 젊은 시인들의 모더니티에 접근하려는 은근한 기도가 엿보이게 된 것도 같은데, 이달의 시만 보더라도 확고한 우리의 모더니티의 기반에서 우러나온 시라고 볼 수 있는 것이 없다.[2]

이렇듯 김수영에 있어 '모더니티'란 우리 시가 걸어야 할 길이며 획득해야 할 단계를 의미한다. 때문에 그에 있어서 현대성은 단순한 유행풍조나 시대적 조류에의 영합을 의미한다기보다는 현대시가 갖춰야 예술적 수준을 말하는 것으로 이해될 수 있다. 그의 시평에 자주 등장하는 '현대적 감각'이니 '모던한 형태' 등의 용어만을 주목할 때 우리는 그에게서 흔히 분방한 모더니스트의 모습을 보게 된다. 그러나 그의 시평이나 시론이 크게 우려하고 비판하는 것은 바로 포오즈에만 사로잡힌 경박한 모더니즘이다.

> 포오즈가 성공을 거두고 실패를 하는 분기점이 되는 것은 무엇인가. 대답은 지극히 간단하다. — 진지성이다. 포오즈 이전에 그것이 있어야 한다. 포오즈의 밑바닥에 그것이 깔려있어야 한다. 꼭또의 포오즈를 보면 안다. 요즘에는 끄노의 포오즈를 보면 안다. 진지한 자세가 쑥스러워서 애교로 부리는 포오즈와 패댄틱한 포오즈와는—혹은 무의식적인 포오즈와는 — 다르다.[3]

---

2) 「모더니티의 문제」, 『김수영 전집 2 산문』(민음사, 1981), p. 350.
 * 앞으로의 각주에서는 『전집』 2로 약해서 표기하겠다.

3) 「포오즈의 폐해」, 『전집』 2, p. 381.

우리의 현대시가 겪어야 할 가장 큰 난관은 포오즈를 버리고 사상을 취해야 할 일이다. 포오즈는 시 이전이다. 사상도 시 이전이다. 그러나 포오즈는 시에 신념 있는 일관성을 주지 않지만 사상은 그것을 준다. 우리의 시가 조석으로 동요하는 원인의 하나가 여기에 있다. 시의 다양성이나 시의 변화나 시의 실험을 나는 두려워하지 않는다. 오히려 그것은 어디까지나 환영해야 할 일이다. 다만 그러한 실험이 동요나 방황으로 그쳐서는 아니 되며 그렇지 않기 위해서는 지성인으로서의 시인의 기저에 신념이 살아 있어야 한다.4)

이 두 인용문에서 김수영이 주장하는 바는 포오즈를 극복하는 데에서 우리시의 진정한 현대성이 이루어진다는 것이다. 즉, 시의 변화나 시의 실험을 포함한 현대성 추구가 진정한 것이 되기 위해서는 포오즈를 넘어 신념이나 진지성이 있어야 한다는 것이다. 이러한 신념이나 진지성이 몰각될 때 그것은 '실험을 위한 실험의 난행'5)이고 결국 시적 실패로 귀결될 수밖에 없다고 강조한다.

이렇게 보았을 때 김수영은 시의 현대성을 사상의 현대성 또는 시대를 바라보는 현대적 지성으로 이해했다고 생각할 수 있다. 그런데 이렇게 이해하고 보면, 김수영은 현대적 시의 내용과 형식을 이분법적으로 분리하여 형식이 아닌 내용적 현대성만을 진정한 현대성으로 바라보았다고 단순화시켜 판단하기가 쉽다.

그러나 박태진의 시를 평하는 글에서 김수영은 다음과 같은 논의로 내용과 형식을 매개한다.

이 시에서 나타나있는 현대성은 육체에서 나오고 있는 것이다.

4) 「요동하는 포오즈들」, 『전집』 2, p.363.
5) 「현대성에의 도피」, 『전집」 2, p. 359.

그것은 시를 쓰기 전에 준비되어 있는 것이다. 우리 시단에서 가장 아쉬운 것이 이것이다. 진정한 현대성은 생활과 육체 속에 자각되어 있는 것이고, 그 때문에 그 가치는 현대를 넘어선 영원과 접한다.[6]

시의 현대성은 포오즈로서의 시의 형식에 있는 것도 그렇다고 사상이라는 형태로 시인의 머리속에 있는 것도 아니라 생활과 육체속에 자각되어 있는 것이라고 한다. 또 다른 글에서는 시의 현대성은 시가 추구할 것이 아니라 육체로서의 시인이 추구할 것이라고도 얘기된다.

시의 모더니티란 외부로부터 부과하는 감각이 아니라 내면에서 우러나오는 지성의 화염이며, 따라서 그것은 시인이－육체로서－추구할 것이지 시가－기술면으로－추구할 것이 아니다.[7]

육체로서 추구되는 현대성이라는 다소 막연한 그의 논의는 흔히 인용되는 그의 '온몸의 시학' 논의와 연결된다. 「시여, 침을 뱉어라」라는 그의 시론은 시적 비유와 논리적 비약으로 가득차 쉽게 이해되기 곤란하기는 하지만 그의 온몸의 시학을 나름의 예리한 문체로 제시해 주고 있다. 그에 따르면 시를 쓴다는 것은 <온몸>으로 밀고 나가는 것이지 <머리>나 <심장>으로 하는 것이 아니라는 것이다. 현대적 정신이나 현대의 사상이 바로 현대성의 시가 되는 것이 아니고, 전래의 서정시와 같은 감정 과잉의 뜨거운 시 또한 참다운 현대성의 구현과는 거리가 있으며, 시란 현실의 삶을 구현하고 그것을 지적으로 반성하며 감각으로 체현하는 시인의 육체성 자체에서 나온다고 말하고 있다.

그러면 온몸으로 동시에 무엇을 밀고 나가는가. 그러나 －나의

6) 「진정한 현대성의 지향」, 『전집』 2, p. 214.
7) 「모더니티의 문제」, 『전집』 2, p. 350.

> 모호성을 용서해준다면— <무엇을>의 대답은 <동시에>의 안에 이미 포함되어 있다고 생각된다. 즉 온몸으로 동시에 온몸을 밀고나가는 것이 되고, 이 말은 곧 온몸으로 바로 온몸을 밀고나가는 것이 된다. 그런데 시의 사변에서 볼 때, 이러한 온몸에 의한 온몸의 이행이 사랑이라는 것을 알게 되고, 그것이 바로 시의 형식이라는 것을 알게 된다.[8]

시의 형식과 내용이 따로 따로 존재하는 것이 아니라 현실에 사는 시인의 삶이 통째로 시로 드러나는 곳에 즉, 시인의 사상과 감성이 생활속에서 시적 언어로 표현될 때 바로 그것이 시의 형식이 된다는 것이다. 이러한 인식은 결국 예술가의 양심의 문제로 귀결된다. 시의 현대성이 관념화된 사상에만 존재하는 것도 아니고, 반대로 외적 '기술', 즉 형식에만 존재하는 것도 아니라, 현실에 직면에 있는 시인의 생활 자체 다시 말하면 시적 실천에 있다고 한다면 그것은 시인이 얼마나 진지하게 현실을 고민하느냐의 문제가 되는 것이다. 즉 시의 현대성은 '기술의 우열이나 경향 여하가 문제가 아니라 시인의 양심이 문제다.'[9]

이렇게 보았을 때 김수영에 있어서 시의 현대성이란 결국 시인이 얼마나 정직하게 당대의 현실을 고민하고 표현했는가의 문제가 된다. 전래의 형식과 정서에 매몰되어 변화된 현대의 삶을 담아내지 못하는 전통적인 서정시는 물론이고, 형식 실험에 골몰한 텅빈 포오즈의 시나 관념성에 매몰된 정치의식 과잉의 시 등은 모두 진정한 현대성과는 큰 거리를 갖는 것이다.

그렇다면 이러한 시의 현대성을 김수영은 구체적으로 어떻게 모색했는가? 간단히 말하자면 김수영은 이를 산문성의 확대를 통해 모색하고자 했다.

---

8) 「시여, 침을 뱉어라」, 『전집』 2, p.250.
9) 「난해의 장막」, 『전집』 2, p. 208.

산문이란, 세계의 개진이다. 이 말은 사랑의 유보로서의 <노래>의 매력만큼 매력적인 말이다. 시에 있어서의 산문의 확대작업은 <노래>의 유보성에 대해서는 침공적이고 의식적이다. ……중략…… <노래>의 유보성, 즉 예술성이 무의식적이고 음성적이기는 하지만, 그것은 반이 아니다. 예술성의 편에서는 하나의 시작품은 자기의 전부이고, 산문의 편, 즉 현실성의 편에서도 하나의 작품은 자기의 전부이다. 시의 본질은 이러한 개진과 은폐의, 세계와 대지의 양극의 긴장 위에 서있는 것이다.[10]

그에게 있어 시란 세계를 열어나가는 끊임없는 모험의 세계인데, 이러한 모험을 추진해나가기 위해서는 산문의 확대 작업이 필요하다는 것이다. 산문과 반대되는 <노래>로서의 시의 성격, 즉 예술성은 그 자체의 완결성으로 인해 세계의 개진을 끊임없이 유보함에 반해 산문은 세계의 개진 즉 현실 인식의 확대로 나아간다는 것이다. 그러나 그는 그렇다고 <노래>의 포기와 그것의 산문으로의 대체를 말하고 있지는 않다. 시란 이 둘 사이의 긴장 위에 있다는 점을 인식하고 있다. 산문의 현실성이 형식의 제약과의 긴장속에서 드러날 때 거기에 참다운 시가 태어난다는 것이다.

현대사회에서 왜 산문성이 현실성과 동의어가 되고 산문과 노래의 긴장이 왜 현대성의 추구에 필수적인 것이 되는지 그의 시론에서는 자세히 논의되어 있지 않다. 또한 그의 이런 논의가 과연 타당하고 바람직한 것인지도 다시 한 번 생각해보야할 할 문제이다. 산문적 형식과 산문적 언어의 도입을 통한 전통적인 시형식의 파괴가 꼭 산문성의 확대라는 측면으로 파악될 이유는 없다. 새로운 <노래>, 새로운 예술성의 확립이라는 관점에서도 충분히 논의될 문제이기 때문이다.

아무튼 우리가 여기에서 주목해야 할 것은 김수영의 시론에서의 현대성의 논의는 한국 모더니스트의 대부분이 그래왔던 것과 같이 단순

10) 「시여, 침을 뱉어라」, 『전집』 2, pp. 251-2.

히 현대적 소재나 현대적 표현기교의 문제에 국한된 것이 아니라 또한 그 반대로 현대적 정신의 구현이라는 추상적 이념적 차원에만 골몰한 것이 아니라 구체적인 시창작의 태도와 방법의 문제까지 사고되고 모색되고 있다는 점이다. 물론 그것의 성과나 한계는 그의 실제 시작품의 분석을 통해 이루어져야 할 성질의 것이다.

3. 현실성의 지향

예술가의 양심을 바탕으로 현실의 삶의 문제를 시인의 실천인 시작(詩作)을 통해서 추구해 나갈 때 비로소 시의 현대성이 구현된다는 김수영의 시론은 당연히 시의 현실성의 문제와 연결된다. 이는 다음의 말에서 잘 드러난다.

> 시인이 자기의 시인성을 깨닫지 못하는 것은, 거울이 아닌 자기의 육안으로 사람이 자기의 전신을 바라볼 수 없는 거나 마찬가지이다. 그가 보는 것은 남들이고, 소재이고, 현실이고, 신문이다. 그것이 그의 의식이다. 현대시에 있어서는 이 의식이 더욱더 정예화 - 때에 따라서는 신경질적으로까지 - 되어 있다. 이러한 의식이 없거나 혹은 지극히 우발적이거나 수면 중에 있는 시인이 우리들의 주변에는 허다하게 있지만 이런 사람들을 나는 현대적인 시인이라고 부를 수는 없다.[11]

이렇듯 그는 시의 현대성은 바로 현실에 대한 첨예한 의식에서부터 나온다는 점을 명확히하고 있다. 때문에 진정한 현대적 시를 쓴다는 것은 현실로부터 결코 자유로울 수 없으며 그 현실에 대한 주체적이고 실천적인 책무가 따를 수밖에 없다는 생각을 갖게 된다.

11) 윗 글, p, 251.

> 시인의 스승은 현실이다. 나는 우리의 현실이 시대에 뒤떨어진 것을 부끄럽고 안타깝게 생각하지만, 그보다도 더 안타깝고, 부끄러운 것은 이 뒤떨어진 현실을 직시하지 못하는 시인의 태도이다. 오늘날의 우리의 현대시의 양심과 작업은 이 뒤떨어진 현실에 대한 자각이 모체가 되어야 할 것 같다.12)

여기에는 김수영 나름의 현실주의적 통찰이 들어있다. 시인의 양심에 기반한 진정한 시는 현실로부터 분리될 수 없을 뿐만 아니라 현실로부터 배움을 받고, 조건지어져 있고, 그러한 현실을 자각하고 변화시키려는 노력을 가질 수밖에 없다는 지적이다. 때문에 그의 현실성 논의는 참여시의 문제로 연결된다.

그러나 김수영의 참여시 논의는 상당히 독특한 성격으로 전개된다. 김수영 자신이 "참여시의 옹호자라는 달갑지 않은, 분에 넘치는 호칭을 받고 있다."고 하는 것처럼 당시의 속류적 참여시에 대한 거부의 의사를 명확히 하고 그러한 참여시론이 가지는 한계와 맹점을 날카롭게 지적하는 데에 게으르지 않다. 그는 시의 참여 문제를 '역사적 요청'이니 '시대 정신'이니 하는 문학외적 차원으로 설명하려는 것을 극히 배제하고 그것을 문학내적인 원칙으로 설명하려고 애쓰고 있다. 그는 시의 사회적 참여를 주장하는 장일우의 시론에 대해 비판하면서 당시 제기되고 있던 참여시론과 참여시의 미숙성을 우려하며 다음과 같이 지적한다.

> 그가 한국시인들에게 좀더 사회적 관심이 있는 ―혹은 사회적 관심의 위치 위에 있는― 시를 쓰라고 하는 말은 극단적으로 볼 때 이북시인들에게 형이상학적 시를 쓰라는 말과 같은 난제를 포함하고 있다.13)

---

12) 「모더니티의 문제」, 『전집』 2, p. 350.

또한 "우리나라의 시는 지게꾼이 느끼는 절박한 현실을 대변해야 합니다."라는 신동엽의 주장에 대해서도 시를 쓰는 지게꾼이 나오지 않는 사회적 조건의 결여에서는 공소한 주장이라 비판하며 보다 필요한 것은 작품다운 작품을 하나라도 더 많이 내놓는 일이라고 주장한다. 그리고 이러한 현실을 이기는 시인의 방법을 이들은 시작품상에 나타난 '언어의 서술'에서 보고 있지만 그것이 '언어의 서술'에서뿐만 아니라 언어의 작용에서도 찾아져야 한다고 말한다.[14] 여기에서 김수영이 말하는 '언어의 서술'과 '언어의 작용'은 시의 의미적 내용적 측면과 표현적 측면을 지칭하는 김수영 나름의 독특한 용어일 것이다. 김수영은 내용과 형식의 통일이라는 논의를 통해 당시 우리 시단에 팽배해 있던 극단적인 이분법을 넘어서고자 했다. 알맹이 없는 형식추구적 경향과 그에 반발하여 출현한 참여시의 생경성을 비판하면서 사상성과 예술성이 고도로 통일되어야만 진정한 참여시가 가능하다는 점을 강조하고 있다. 이러한 그의 논의는 앞서 제기한 그의 온몸의 시론에서도 다시 확인되는 바이다.

> 시는 온몸으로, 바로 온몸을 밀고 나가는 것이다. 그것은 그림자를 의식하지 않는다. 그림자에조차도 의지하지 않는다. 시의 형식은 내용에 의지하지 않고 그 내용은 형식에 의지하지 않는다. 시는 그림자에조차도 의지하지 않는다. 시는 문화를 염두에 두지 않고, 민족을 염두에 두지 않고, 인류를 염두에 두지 않는다. 그러면서도 그것은 문화와 민족과 인류에 공헌하고 평화에 공헌한다. 바로 그처럼 형식은 내용이 되고 내용이 형식이 된다. 시는 온몸으로 바로 온몸을 밀고나가는 것이다.[15]

13) 「생활현실과 시」, 『전집』 2, p. 192.
14) 윗 글, p. 193.
15) 「시여, 침을 뱉어라」, 『전집』 2, p. 253-4.

내용과 형식이 분리되는 것이 아니고 내용이 형식이 되고 형식이 내용으로 전화하는 온몸으로서의 시, 그것은 앞서도 논의하였듯이 시인의 삶 그 자체인 시인데, 바로 이러한 내용과 형식이 통일된 시가 민족과 인류에 공헌하는 사회적 책임을 완수한다는 것이다. 순수시와 참여시라는 이분법적 사고를 부정하면서, 진정한 순수시, 즉 시인의 양심에 입각한 진지성을 잃지 않는 시라면 그것은 한국의 현실을 반영하지 않을 수 없다는 주장이다.

이러한 논의는 사실 참여시의 성격을 말하는 것이기보다는 시의 참여적 성격을 논의하는 것이라고 볼 수 있다. 참여시는 모름지기 어떠어떠해야 한다는 것에 그의 논의가 초점이 주어져 있는 것이 아니고, 모든 진정한 시는 현실에 대한 진지한 성찰을 담을 수밖에 없고 이런 점에서 참여적 성격을 가질 수밖에 없다는 것이 김수영 시론의 핵심적인 지적이다. 이러한 참여시의 논의를 통해 김수영은 참여시에 대한 그릇된 오해나 참여시의 생경함을 동시에 극복하여 시의 현실성을 보다 폭넓게 이해하는 토대를 만들었다.

4. 자유의 이행

앞서 논의한 김수영 시론의 두 개의 지향, 즉 현대성과 현실성의 완성은 자유라는 개념을 통해서 이루어진다. 그런데 김수영에게 있어 자유는 '자유의 이행'이다. 현실도피의 공간으로서의 낭만주의적 자유 개념에서처럼 영원히 도달해야 할 이상적 가치로서의 자유도 아니고 '서술의 자유' 즉 정치적 자유와 같은 회복해야 할 대상으로서의 자유도 아니다. 현대성과 현실성이 시적 실천으로 현현하여 세계를 개진해가는 모험의 과정이 바로 자유이다. 이를 그는 다음과 같이 표현하고 있다.

그러나 나는 아직까지도 <여직까지 없었던 세계가 펼쳐주는 충격>을 못주고 있다. 이 시론은 아직도 시로서의 충격을 못 주고 있는 것이다. 그 이유는 여직까지의 자유의 서술이 자유의 서술로 그치고, 자유의 이행을 하지 못한 데에 있다. 모험은, 자유의 서술도 자유의 주장도 아닌 자유의 이행이다.[16]

이러한 이행으로서의 자유의 성격은 '모호성' 또는 '혼란'이라는 개념으로 설명된다. 그는 「시여, 침을 뱉어라」 첫머리에서 자신의 시작(詩作)의 가장 첨단의 부분이 모호성임을 밝히고 이는 '무한대의 혼돈'에의 접근을 가능하게 하는 유일한 도구라고 지적하고 하고 있다.

이런 무한대의 혼돈이나 모호성의 개념에 대해 일부의 평자는 "현대적인(탈구조적인) 불가지론으로 빠져 결국 현실주의와는 정반대의 것이 되고 말 수가 있다."고 지적하면서 그의 시론이 가진 현실주의적 불철저성을 비판하기도 한다.[17] 그러나 이는 그의 논의를 너무 협소하게 이해한 결과이다. 김수영은 불가지론으로 현실 의식을 몰각하거나 포기하려는 것이 아니라 현실을 은폐하는 억압에 대항하여 현실을 개진해나가는 자유의 정신을 말하고 있다. 때문에 "도대체가 시라는 것은 그것이 새로운 자유를 행사하는 진정한 시인 경우에는 어디엔가 힘이 맺혀 있는 것이다."[18]라는 말처럼 도피나 위안으로의 자유가 아니라 실천적 힘으로서의 자유가 된다. 자유가 자유의 이행인 이유가 여기에 있다. 다음의 김수영의 말은 바로 이러한 인식을 비유적으로 표현해 주고 있다.

그러고 보면 <혼란>이 없는 시멘트회사나 발전소의 건설은, 시

16) 윗 글, p. 252.
17) 정남영, 「김수영의 시와 시론」, 『창작과 비평』 93년 가을호, p. 128.
18) 「생활현실과 시」, 『전집』 2, p. 197.

멘트 회사나 발전소가 없는 혼란보다 조금도 나을게 없는 것같은 생각이 든다. 이러한 자유와 사랑의 동의어로서의 <혼란>의 향수가 문화의 세계에서 싹트고 있다는 것은, 그것이 아무리 미미한 징조에 불과한 것이라 하더라도 지극히 중대한 일이다. 그리고 이러한 문화의 본질적 근원을 발효시키는 누룩의 역할을 하는 것이 진정한 시의 임무인 것이다.[19)]

세계를 개진하는 사랑을 자유의 동의어로 인식하는 이러한 김수영의 시론은 사실 하이데거의 시론에 기대는 바 크다.

하이데거에 의하면 언어는 존재 자체를 밝히면서 동시에 은폐하는 측면을 가지고 있다고 한다. 특히 과학적 언어는 자신의 서술과 설명만이 객관적 진리라고 자처하는데 이러한 과학적 이론은 그 대상을 개방하고 밝혀주기보다는 그것을 더욱 은폐하는 결과를 낳는다는 것이다. 여기에 바로 사유가 부딪치는 언어적 문제가 생긴다. 사유의 목적은 존재를 근원적인 차원에서 들어내는 데 있지만 언어 없이는 사유할 수 없다. 그러나 언어는 존재를 밝히는 동시에 그것을 은폐하게 마련이다. 문제는 어떻게 하면 존재를 은폐하지 않는 언어를 통해 존재를 밝혀낼 수 있는가에 있다. 여기에서 하이데거는 시와 예술의 중요성을 강조한다. 존재를 될수록 덜 은폐하고 가능한 한 그것을 최대로 밝힐 수 있는 언어를 찾는 것이 중요한다. 그렇다면 그 언어는 <가장 언어 아닌 언어> 가장 적고 희미한 의미를 가진 언어여야 할 것이다. 하이데거에 의하면 그것은 바로 시와 예술의 언어이다. 그에 따르면 진정한 진리, 즉 '존재의 의미'는 철학이나 과학에서 전형적 모델을 볼 수 있는 진술적 언어로서가 아니라 시적 언어로서만 전달될 수 있다고 한다. 이는 시적 언어가 가진 근본적 모호성 때문이다.[20)]

19) 「시여, 침을 뱉어라」, 『전집』2, p. 253.
20) 이상의 설명은 박이문의 「왜 하이데커가 중요한가」(『세계의 문학』 93년 여름호)와 김병우의 『존재와 상황』(한길사, 1981)을 참고하였음.

이러한 하이데거의 시적 언어 이해에 기반하여, 김수영은 근본적인 시적 언어의 모호성이 '대지의 은폐'에 반대되는 '세계의 개진'을 가능하게 하고 그러한 과정이 바로 자유의 이행임을 말하고 있다. 이렇게 보았을 때, 김수영이 지적한 시적 모호성은 세상에 대한 인식을 부정하고 대상에 접근가능성을 의심하는 회의주의나 허무주의적 태도가 아니라, 세상을 은폐하고 존재의 의미를 왜곡하는 억압의 체계를 거부하고 저항하는 자유의 이행의 근본적인 출발점이라 할 수 있다.

그런데 이러한 시적 모호성의 문제는 필연적으로 난해시의 문제와 관련된다. 시쓰기 자체가 자유의 이행이 되는 경지는 명백한 논리의 세계나 자명한 과학적 언어의 세계가 아니라 어슴프레하고 희미한 언어의 미로를 통해 도달되는 지난한 과정 끝에 있기 때문이다.

백낙청은 이러한 김수영의 난해시에의 경향을 민중성의 측면에서 비판한 바 있다.

> 김수영에게서 우리가 문제삼아야 할 핵심적인 사항은 그가 난해한 시를 썼고 심지어 난해시를 옹호하기까지했다는 사실 자체보다도, 어째서 그에게는 진정한 난해시를 쓰려는 욕구가 민중과 더불어 있으려는 대척적인 욕구보다 그처럼 명백한 우위를 차지했느냐 하는 것이다. 이것 역시 어디까지나 상대적인 문제지만, 김수영의 한계가 모더니즘의 이념 자체를 넘어서지 못했다기보다 그 극복의 실천에서 우리 역사의 현장에 풍부히 주어진 민족과 민중의 잠재역량을 너무나 등한히 했다는 데 있다는 말이 된다.[21]

물론 풍부히 주어진 민족과 민중의 언어적 잠재 역량이 이 땅의 억압의 실체를 밝히고 자유로 나아가는 해방의 가능성을 가지고 있고 또 보여주었다는 점은 부정할 수 없다. 그러나 민중의 언어와 형상을 재료로 하는 것만이 이 땅의 현실을 제대로 바라보고 올바로 변화시킬 수

---

21) 백낙청, 「참여시와 민족문제」, 『전집』 별권, p. 168.

있다는 생각은 김수영의 생각에 따르면 또하나의 현실 은폐일 뿐이다. 민중의 언어이건 난해한 현대 지식인의 복잡한 내면의 언어이건 그것이 진지한 현실적 긴장을 풀지않는다면 자유와 해방으로 나아가는 실천적 과정이라 하겠다. 결국 이 또한 앞서 지적한 예술가의 양심의 문제로 귀결되는 것이기도 하다. 김수영은 바로 이 문제를 자유를 이해하는 언어의 새로움이라는 측면에서 설명하고 있다.

> 오늘날의 시가 가장 골몰해야 할 가장 큰 문제는 인간의 회복이다. 오늘날 우리들은 인간의 상실이라는 가장 큰 비극으로 통일되어있고, 이 비참의 통일을 영광의 통일로 이끌고 나가야 하는 것이 시인의 임무다. 그는 언어를 통해서 자유를 읊고, 또 자유를 산다. 여기에 시의 새로움이 있고, 또 그 새로움이 문제되어야 한다. ……중략…… 따라서 우리의 생활현실이 담겨있느냐 아니냐의 기준도, 진정한 난해시냐 가짜 난해시냐의 기준도 이 새로움이 있느냐 없느냐에서 결정되는 것이다. 새로움은 자유다. 자유는 새로움이다.[22)]

5. 맺음말

이상에서 본고는 김수영의 시적 논의의 성과를 두 가지의 지향을 보여준다는 관점에서 살펴보았다. 현대성의 지향과 현실성의 지향이 바로 그것이다. 서론에서도 제기했듯이 이러한 두 지향은 1960년대 우리의 시에 요구된 문제의식을 진전시키는 중요한 토대가 되는 것이라 할 수 있다. 우리의 시사에서 1960년대는 진정한 현대성을 구현한 모더니즘 운동과 예술성을 수반하는 참여시를 동시에 요구하던 시대였다고 범박하게 지적할 수 있다. 김수영의 시론은 바로 이러한 요구에 대한 진지

22) 「생활현실과 시」, 『전집』 2, p. 196.

한 대응이었다.

김수영은 진정한 현대성의 획득을 포오즈를 극복하는 데에서 찾았다. 시의 변화나 시의 실험을 포함한 현대성 추구가 진정한 것이 되기 위해서는 포오즈를 넘어 시인의 양심에 근거한 신념이나 진지성이 있어야 한다는 것이다. 즉, 김수영은 시의 현대성을 사상의 현대성, 시대를 바라보는 현대적 지성으로 이해했다. 이러한 인식은 종래의 모더니즘 운동이 가지고 있던 박래성(舶來性)과 경박한 유행풍조와같은 공허성을 극복하여 어떤 의미에서 토착화된 모더니즘을 만들어나가기 위한 모색을 보여주는 것이기도 하다.

김수영은 진정한 시는 현실성을 지향하지 않을 수 없다는 점을 들어 참여시론을 옹호한다. 시인의 양심에 기반한 진정한 시는 현실로부터 분리될 수 없을 뿐만 아니라 현실로부터 조건지어져 있고, 그러한 현실을 자각하고 변화시키려는 노력을 가질 수밖에 없다는 것이다. 이러한 논의를 통해 김수영은 순수시와 참여시라는 이분법적 사고를 부정하면서, 진정한 순수시, 즉 시인의 양심에 입각한 진지성을 잃지 않는 시라면 그것은 한국의 현실을 반영하지 않을 수 없다는 인식을 보여준다. 모든 진정한 시는 현실에 대한 진지한 성찰을 담을 수밖에 없고 이런 점에서 참여적 성격을 가질 수밖에 없다는 것이 김수영 시론의 핵심적인 지적이다. 이러한 참여시의 논의를 통해 김수영은 참여시에 대한 그릇된 오해나 참여시의 생경함을 동시에 극복하여 시의 현실성을 보다 폭넓게 이해하는 토대를 만들었다.

그런데 앞서 말한 두 가지의 지향은 김수영에 있어서는 자유라는 개념을 통해서 완성된다. 그런데 김수영에게 있어 자유는 이행으로서의 자유이다. 즉, 현대성과 현실성이 시적 실천으로 현현하여 세계를 개진해가는 모험의 과정이 바로 자유인 것이다. 세미

급진적 자유주의의 산문적 실천
— 김수영의 정치 · 사회 · 문화비평

김 명 인*

1. 머리말—김수영 산문의 의의

한때 '참여문학' 혹은 '참여문인'이라는 말이 적지 않게 쓰인 적이 있었다. 문학의 존재론에 관한 본질적 성찰이 결여된 피상적인 용어라고 말할 수 있지만, 냉전의식이 지배하고 표현의 자유가 심각하게 훼손되었던 50년대에서 70년대에 이르기까지 이 용어는 정치·사회문제에 관한 비판적 발언이 담긴 작품이나 그것을 쓰는 작가를 지칭하는 말로 널리 쓰여져 왔다. 사르트르의 '앙가지망(Engagement)'개념에서 온 것이지만 우리나라 상황에 맞게 속류화되어 하나의 특정한 내용을 갖는 역사적 개념으로 정착된 것이다. 물론 여기에는 '순수문학' 혹은 '순수문인'이라는 개념이 대타적으로 존재하고 있어 흔히 '참여 대 순수'라는 50~60년대 한국문학의 특수한 지형을 반영해 왔다. 그리하여 70년대 이후 순수문학의 퇴조, 보다 정확히 말하면 순수문학론을 그 이데올로기로 내세우고 있던 일군의 문인들과 문학적 경향들의 퇴조와 함께 '참여'라는 말도 점차 그 사용빈도가 적어져 이제는 하나의 사멸하는 용어

---

* 인하대 강사. 문학평론가, 저서로는 『희망의 문학』이 있음.

가 되었다고 할 수 있다.

그럼에도 불구하고 이 '참여'라는 말은 마치 '북진통일'이라거나 '못 살겠다 갈아보자'라거나 '새마을운동' 등 이미 사멸했거나 사멸하고 있는 다른 말들과 마찬가지로 우리 근·현대사의 어떤 질곡을 반영하는 독특한 페이소스를 지니고 있다. 그 말 속에는 사회적 정치적 문제들에 대한 문학의 관심과 개입이 유형·무형의 압력에 의해 차단당해온, 그리고 그러한 관심과 개입이 하나의 유별난 현상으로 간주되어 온 지난 시대의 웃지 못할 '후진적인' 문학여건이 배어있는 것이다. 그런 만큼 그 시대를 얼마나 어렵고 힘들게 살아냈을까 하는 연민이 없이는 지난 시대, 즉 5~60년대 즈음에 '참여문인' 혹은 '참여시인'이라고 불린 사람들을 떠올릴 수가 없다.

그런 역사화된 용어로서의 '참여문인' 혹은 '참여시인'이라고 할 때, 우선 떠오르는 사람들이 김수영이나 신동엽, 박봉우 등이다. 70년대에 들어서는 김지하, 고은, 신경림 등이 80년대에는 김남주와 박노해가 그들의 뒤를 잇지만 이미 이들은 '참여시인'이라는 이름보다는 '민중시인'이라는 이름으로들 더 많이 불리어졌다. 참여시인이든 민중시인이든 민중· 민족현실에 대한 관심과 참여라는 점에서나 그로 인한 수난이라는 점에서나 다를 바는 없지만 '민중시인들'은 그 말 자체가 말해주듯 70년대 이후 성장한 민중의 역량을 배경으로 지니고 있으며 특히 지식인 사회의 전폭적인 공감과 지지를 얻고 있었다는 점에서 '참여시인들'보다는 훨씬 행복했다고 할 수 있다.

'참여시인들'이 놓인 자리는 훨씬 열악한 것이었다. 무도한 권력으로부터의 억압은 기본조건이지만 객관적으로는 그 억압을 함께 받아낼 이렇다 할 문화적 응전력이 채 형성되지 못한 상황에서 늘 고립된 상태에서 편견과 오해에 시달려야 했으며 그들 자신도 불투명한 전망과 단선적인 저항이라는 주관적 장애로부터 쉽게 놓여날 수가 없었다. 그럼에도 불구하고 이들은 '참여함' 그 자체로서, 즉 터무니없이 비이성적인 세계에 자신을 대립시키는 일 그 자체로서 그 시대를 견디어 나왔다. 이 점은 이들의 한계라기보다는 장점에 가깝다. 거의 고립무원의 상태에서 세계에 대한 대립성을 지키는 일은 무엇보다 고독을 이기는 정신의 치열성을 요구받는 일이기 때문이다.

바로 이런 맥락에서 단연 우뚝 선 '참여시인'은 김수영이다. 그는 자신의 삶과 문학을 세계와 대립시켰을 뿐만 아니라 자기 자신조차에게도 철저히 대립시켰다. 그의 삶과 문학은 문자 그대로의 앙가지망이었으며 그럴 때만이 그는 자신의 존재를 긍정할 수 있었다. 신동엽의 삶과 시도 그 치열성에서는 김수영에 버금가는 것이기는 했지만 신동엽에게는 유토피아가 있었고 김수영에게는 유토피아가 없었다. 김수영의 투쟁에는 유토피아조차 끼어들 여지가 없었던 것이다.

김수영이 참여시인의 대명사로 불리는 것은 그의 '참여'가 그만큼 전면적인 것이었기 때문이다. 물론 그는 스스로 고백한 바와 같이 '붙잡혀간 소설가를 위해서 언론의 자유를 요구하고 월남파병에 반대하는 자유를 이행하지'(시, 「어느날 고궁을 나오면서」) 못했고 늘 필화의 두려움에 사로잡혀 있던 사람이었다. 하지만 그의 문학은 그런 섬약함과 두려움을 포함한 그의 전부를 김현의 표현을 빌면 '하나의 추문'으로 만들어 거꾸로 세계의 추악함을 드러내고자 하였다. 그의 참여가 전면적이었다는 말은 그런 의미에서이다.

하지만 그의 참여가 시적인 측면에서만 전면적이었고 사회적이고 일상적인 수준에서는 그저 섬약한 소시민의 한계를 넘지 못했다고 볼 수는 없다. 그가 행동하지 못하는 자신에 대해서 부끄러움과 고통을 느낀 것은 사실이지만 대신 그는 이를테면 시와 행동의 중간 쯤에 있는 산문을 통해 자신의 사회적 '참여'를 실천해 나갔다. 시는 끝없이 삶의 원본성을 환기하고 그 환기를 통해 시인에게 일상에서는 이루어질 수 없는 어떤 것을 갈망할 것을 요구할 뿐 구체적인 일상세계의 일들을 바로 일상세계의 논리로 수용하고 해명하며 각성하는 일은 시의 일이 아니라 산문의 일이다. 김수영은 탁월한 시인이지만 동시에 탁월한 산문가이기도 했는데 그에게 있어서 산문을 쓰는 일은 자신의 시적 실천을 일상적 차원으로 환원시키는 작업이며 그것에 견고한 삶의 논리를 부여하는 작업이었다. 그것은 여기(餘技)가 아니라 그의 시적인 것들의 불완전성을 보완하는 그의 삶의 또 하나의 축이었다고 할 수 있다.

2. 급진적 자유주의와 시적 감수성으로서의 정치 — 4·19에서 5·16까지의 산문들

김수영이 남긴 산문은 두 묶음의 일기초와 한 편의 미완성 소설, 다섯 편의 시작노우트, 열 여섯 편의 서간문, 월평 및 서평 스물 세 편, 그리고 에세이 60여 편 등이다. 이들 중 대부분은 60년대에 쓰여지는데 이는 그가 4·19를 통과하면서 비로소 세계에 대한 산문적 인식에 눈을 뜨고 산문으로서 세계와 대결할 수 있게 되었다는 것을 의미한다. 1950년대에 김수영이 남긴 산문이라고는 일기초 10일 분과 두 편의 수필, 그리고 미완성의 소설 『義勇軍』밖에 없다. 이미 앞에서 검토한 바 있는 소설을 제하면 이 시기의 산문들은 일기가 대부분이라서 그럴테지만 철저히 사적(私的)이다. 김수영 스스로 나중에 규정하는 바와 같은 '세계의 개진'[1]으로서의 산문은 찾아볼 수 없고 오히려 이 시기의 시들로써 표현된 것들의 거친 원재료들을 산견하게 되는 것이 고작이다. 한 시인에게 있어서 시와 산문의 관계를 일종의 제로섬관계라고 할 수 있다면[2] 이 시기는 산문이 시에 압도당하는 시기였다. 하지만 4·19에서

1) 「詩여, 침을 뱉어라」(1968. 4), 『김수영전집 Ⅱ·산문』(이하 『전집 · 산문』으로), 민음사, 1981, 250쪽.

2) 이것은 시인의 시가 자신의 내용과 형식을 온전히 얻고 있을 때에는 산문을 통해 이야기할 수 있는 것이 상대적으로 고갈될 것이며, 시가 그렇지 못할 때는 산문의 기능이 그만큼 중요하게 된다는 뜻이다.

5·16에 이르는 시기는 혁명과 반동이 교차하는 그 유례없는 혁명적 정황으로 말미암아 김수영의 현실인식도 대단히 날카로와지고 전반적으로 산문정신이 시정신을 압도하는 양상을 보인 시기였다.

김수영이 자신의 정치나 사회발전에 관한 견해를 전체적으로 정리해서 남긴 글은 없기 때문에 그의 정치적 입장이나 혁명에 대한 견해를 한마디로 요약하기는 힘들다. 그저 단편적으로 언급된 것들을 통해 짐작할 수 있을 뿐이다. 「아직도 안심하긴 빠르다 —4·19 1周年」이 그나마 김수영의 당시의 현실인식을 많이 담고 있는데[3] 이 글은 4·19 1주년에 대한 그 나름의 총평을 가하고 있다. <반공법>제정, <보안법> 보강 등 민주당정권의 점증하는 반동성에 대한 우려, 역사주체로서의 민중에 대한 인식 증대에 대한 기대, 일반지식인들의 소시민성에 대한 비판, 약간의 개량을 상쇄하는 불안한 미래에 대한 우려, 대미의존에 대한 저항감 등이 그것이다. 그리고 C.W. 밀즈의 같은 제목의 책에 대한 서평 「들어라 양키들아」가 있는데 이글은 기본적으로 쿠바혁명에 빗대어 우리 혁명의 당위적 방향을 가늠해본 글이다.[4] 여기에선 혁명은 상식이라는 점을 다음과 같이 말하고 있다.

> 혁명은 상식이고 인종차별과 계급적 불평등과 식민지적 착취로부터의 삼대해방은 '삼대의무' 이상의 20세기 청년의 '상식적'인 의무인 것이다.

그리고 이 책에 나오는 쿠바 구정권 하에서의 권력과 자본의 유착상, 혁명을 공산주의자들의 사주와 선동이라고 하는 흑색선전, 혁명세력의 도덕적 추진력과 민족주의, 형식적 민주주의의 허구성에 대한 인식 등에 깊은 공감을 표하고 있다.

---

3) 『전집·산문』, 122-123면.
4) 『세계의문학』 1993.여름호, 215-220면.

이 외에도 「일기초(II)」에는 혁명과 현실에 대한 그의 견해가 산견되고 있는데 "빈곤과 무지로부터의 해방"(1960. 6. 21), "우리들은 평온한 노예보다도 위험한 자유를 택한다"(7. 4), "커피와 양담배를 배격하는 학생들의 데모. 좋다"(7. 8), "정부가 지금 할 일은 사회주의의 대두의 촉진 바로 그것이다", "언론의 창달과 학문의 자유는 이러한 자유로운 비판의 기회가 국가적으로 보장된 나라에서만 있을 수 있는 것이다"(9. 20), "시인이나 예술가와 같은 특수한 사람들은 자유롭게 제작에 종사할 수 있는 기회가 주어지지 않으면 안된다."(1961. 5. 14) 등이 그것이다.

이상과 같이 볼 때, 그의 정치적 이상은 기본적으로 자유주의적인 것이라고 할 수 있다. '위험한 자유를 택한다'는 루소를 인용한 데서도 그렇지만, 그의 주요한 정치적 관심은 주로 자유의 문제, 그것도 사상·표현의 자유에 집중되고 있다. '사회주의의 대두를 촉진하라'는 주장도 액면 그대로가 아니라 사상의 자유 혹은 알 자유의 보장이라는 맥락에 의한 것이다. 이는 곧 그에게 있어서 자유주의가 사회구조적 차원의 문제이기보다는 양심과 사상의 문제에 더 집중되어 있다는 점을 보여준다. 이는 곧 시인인 그에게는 언론과 표현의 자유의 문제로 그대로 이어진다.

> 무엇이 달라져야 할 것인가? 언론자유다. 1에도 언론자유요, 2에도 언론자유요, 3에도 언론자유다. 창작의 자유는 백퍼센트의 언론자유가 없이는 도저히 되지 않는다.
>
> — (중략) —
>
> 문제는 '만일'에의 고려가 끼치는 창작과정상의 감정이나 꿈의 위축이다. 그리고 이러한 위축현상이 우리나라의 현사회에서는 혁명 후도 여전히 그전이나 다름없이 계속되고 있다는 것을 알아야 한다. 이것은 죄악이다.[5)]

5) 「창작 자유의 조건」, 앞의 책, 129-131면.

▲ 1961년의 김수영

이러한 기조 아래서 일반적인 의미의 부정부패 척결, 외세의존 반대 등이 부수되는 정도가 당시 김수영이 지닐 수 있었던 정치적 과제인식의 전부였다고 할 수 있다. 물론 민중의 대두에 많은 의미를 둔다거나, 「들어라 양키들아」에서 보듯 제도적이고 형식적인 민주주의의 허구성에 공감한다거나, 인종차별·계급적 불평등·식민지적 착취로부터의 해방을 '상식적인' 것으로 말한다거나 하는 보다 진보적인 발언들도 찾아볼 수 있지만 그것들은 자유주의를 뛰어넘는 어떤 정치사상적 맥락에서 나온 것이 아니라 자유주의의 한 확대된 모습이라고 할 수 있다. 더우기 이러한 자유주의적 정치의식도 예컨대 정치, 경제, 사회 등 전반적인 범주들을 포괄하는 총체적 프로그램을 갖춘 것이 아니고 산만하고 파편적이고 돌출적으로 표현되고 있을 뿐이다. 하지만 이것은 김수영 개인의 한계가 아니라 1960년대 지성의 전반적 한계에서 기인한 것이다. 특히 4·19를 전후한 남한의 진보적 지식인들의 사상적 경향은 대부분 자유주의와 민족주의를 크게 넘지 못하는 것이었다고 할 때 김수영을 차라리 60년대 초반의 사상전선의 최전방 가까이 있었던 것으로 보이며 어쩌면 그의 정치의식이 지닌 이러한 허술하게 열린 구조야말로 그의 현실극복의지가 어느 한 논리로 닫혀들어가지 않고 '현대'를 향한 전방위의 투쟁으로 확산되는 여지를 만들어 놓은 것이라고 생각된다.

이런 맥락에서 보면 김수영의 급진성은 그가 가진 정치의식의 구체적 내용에서 오는 것이라기보다는 그 자기나름의 부족한 정치의식이나마 감성적으로 극대화시켜 받아들이고 있다는 데서 온다고 할 수 있다. 즉 그는 정치를 시적 상상력으로 수행하고 있는 것이다. 그 대표적인 예가 바로 월북한 친구 김병욱에게 쓴 편지인 「저 하늘 열릴 때」이다.

> 나는 아직까지도 '시를 안다는 것'보다 더 큰 재산을 모르오. 시를 안다는 것은 전부를 아는 것이기 때문이오. 그렇지 않소? 그러니까 우리들끼리라면 '통일'같은 것도 아무 문젯거리가 되지 않을 것이오. 사실 4·19때에 나는 하늘과 땅 사이에서 '통일'을 느꼈소. 이 '느꼈다'는 것은 정말 느껴본 일이 없는 사람이면 그 위대성을 모를 것이오. 그때는 정말 '남'도 '북'도 없고 '미국'도 '소련'도 아무 두려울 것이 없습디다. 하늘과 땅 사이가 온통 '자유독립' 그것뿐입디다. 헐벗고 굶주린 사람들이 그처럼 아름다워 보일 수가 있습디까? 나의 온몸에는 티끌만한 허위도 없습디다. 그러니까 나의 몸은 전부가 바로 '주장'입디다. '자유'입디다…….
>
> '4월'의 재산은 이러한 것이었소. 이남은 '4월'을 계기로 해서 다시 태어났고 그는 아직까지도 작열하고 있소. 맹렬히 치열하게 작열하고 있소. 이북은 이 작열을 느껴야 하오. '작열'의 사실만을 알아가지고는 부족하오. 반드시 이 작열을 느껴야 하오. 그렇지 않고서는 통일은 안 되오.
>
> — (중략) —
>
> 그러나 형. 내가 형에게 시에 대한 이야기를 하고 있는 이 자체부터가 벌써 어쩌면 현실에 뒤떨어진 증거인지도 모르겠소. 지금

이쪽의 젊은 학생들은 바로 시를 실천하고 있기 때문이오. 그리고 그들이 실천하는 시가 우리가 논의하는 시보다 암만해도 먼저 앞서갈 것 같소. 그렇지만 나는 요즈음처럼 뒤따라가는 영광을 느껴본 일도 또 없을 것이오. 나는 쿠바를 부러워하지 않소. 비록 4월 혁명은 실패로 돌아갔지만 나는 아직도 쿠바를 부러워할 필요가 없소. 왜냐하면 쿠바에는 '카스트로'가 한 사람 있지만 이남에는 2천 명에 가까운 더 젊은 '카스트로'가 있기 때문이요. 그들은 어느 시기에 가서는 이북이 10시간의 노동을 할 때 반드시 14시간의 노동을 하자고 주장하고 나설 것이오. 그들이 바로 '작열'하고 있는 사람들이오.6)

김수영에게 있어서 혁명은 하나의 구체적인 정치적 정황이 아니라 이 글에서 보듯 하나의 '작열'이었고 '시'였다. 그가 혁명을 그렇게 감성적으로 받아들이는 것은 혁명의 불완전성을 짐짓 무시하고 그 완전성에 대한 갈구를 극대화시키는 주관적 책략이라거 할 수 있다. 그는 혁명가도 사회비평가도 아닌, 객관현실을 늘 시적 감수성으로 받아들인 철두철미한 시인이었던 것이다.

3. '불온할 자유'와 '현대적 지성'—60년대의 산문들

4·19가 실패로 돌아간 이후 1960년대의 김수영은 시적으로는 절망과 소외, 자기풍자와 초월적 도피의 길을 걸었다고 할 수 있다. 그러나 그것은 시의 길이었다. 시적으로는 이러한 형극의 길을 걸었지만 여전히 김수영은 혁명적 의지에 불타는 당대의 진보적 지식인이었다. 그는 당대의 문학인으로서는 드물게 권력에 대해 자유를 요구한 인물이었다. 그리고 이러한 사회적 실천은 산문을 통해 이루어졌다. 산문은 내면의

6) 『세계의 문학』 1993.여름호., 213-214쪽.

양식이 아니다. 그것은 외부로 향한 발언이고 그 발언은 대체로 내면의 복잡한 규제를 받지 않고 이루어진다. 시는 시인의 내적 깊이와 정직성의 한도를 넘어설 때 즉각 그 진정성이 훼손되고 시로서의 가치를 잃지만 산문은 논리적 완결성만 갖추면 필자의 내면의 상태와는 상관없이 독자적인 가치를 유지할 수 있다. 정직성이 없는 시는 시로서 실패하지만 정직성이 없는 산문은 그 필자가 도덕적으로 비난받을지는 몰라도 그것이 산문 자체의 실패로 이어지지는 않는 것이다. 이런 점에서 산문은 시보다 훨씬 자유로운 양식이다. 김수영의 산문 역시 그의 시보다 훨씬 자유롭고 경쾌하다. 그는 이 자유로움과 경쾌함으로 당대의 현실과 문학을 날카롭게, 열정적으로 비판함으로써 1960년대의 척박한 지성계를 주유한 풍운아가 되었다.

(1) '불온할 자유'의 옹호

김수영의 이 시기의 사회적 발언은 4·19 무렵과는 달리 지극히 절제되었고 그것도 예의 표현의 자유 문제에만 집중되고 있다. 다만 그 깊이는 좀더 깊어지고 있다. 김수영의 정치적 이상이 기본적으로 자유주의적인 것이고 그가 그중에서도 특히 사상과 표현의 자유의 보장을 혁명의 가장 큰 과실로 기대했다는 사실은 앞에서 이미 언급한 바 있다. 그런데 이 당시만 해도 그 자유는 단지 간섭받지 않을 자유, 감정이나 꿈의 위축이나 불안으로부터의 자유를 말하는 것으로서 수동적이고 방어적인 것이었다. 그리고 이후 1960년대 전반기에는 이러한 자유조차도 공공연하게는 부르짖지 못하던 그는 1960년대 후반, 그것도 타계하던 해인 1968년에 이어령과 벌인 논쟁7)에 에 와서는 이러한 수동적 자유

7) 이 논쟁은 1968년 1월 사상계에 실린 김수영의 「지식인의 사회참여」에 대하여 조선일보 2월 20일자에 이어령이 반박문 「누가 그 조종을 울리는가」를 발표하면서 시작되어 사상계 3월호에 이어령의 「서랍 속에 든 <불온시>를 분석한다」가 실리기까지 계속되어 문학적 창조력의 빈곤이 정치적 억압에서 온다는 김수영의 입장과 작가의 내적인 빈곤에서 온다는 이어령의 입

의 보장을 요구하는 선을 넘어 '불온할 자유'를 주장하고 나선다. 그 자유는 목적의식적으로 기성질서의 변화를 도모하는 적극적이고 공격적인 자유이며 생산적인 자유이다.

> 나의 상식으로는 내 작품이나 '불온한' 그 응모작품이 아무 꺼리낌없이 발표될 수 있는 사회가 되어야만 현대사회라고 할 수 있을 것같고, 그런 영광된 사회가 머지않아 올 거라고 굳게 믿고 있다. 그러나 나를 괴롭히는 것은 신문사의 응모에도 응해오지 않는 보이지 않는 '불온한' 작품들이다. 이런 작품들이 나의 '상상적 강박관념'에서 볼 때는 땅을 덮고 하늘을 덮을 만큼 많다. 그리고 그 안에 대문호와 대시인의 씨앗이 숨어있다.[8)]

> 다시 말하자면 그는(이어령－인용자) 모든 진정한 새로운 문학은 그것이 내향적인 것이 될 때에는 －즉 내적 자유를 추구하는 경우에는－기존의 문학형식에 대한 위협이 되고, 외향적인 것이 될 때에는 기성사회의 질서에 대한 불가피한 위협이 된다는, 문학과 예술의 영원한 철칙을 소홀히 하고 있거나, 혹은 일방적으로 적용하려들고 있다. 얼마전에 내한한 프랑스의 앙띠로망의 작가인 뷔또르도 말했듯이, 모든 실험적인 문학은 필연적으로 완전한 세계의 구현을 목표로 하는 진보의 편에 서지 않을 수 없게 되는 것이다. 모든 전위문학은 불온하다. 그리고 모든 살아있는 문화는 본질적으로 불온한 것이다. 그것은 두말할 것도 없이 문화의 본질이 꿈을 추구하는 것이기 때문이다.[9)]

> 이러한 불온성은 예술과 문화의 원동력이 되는 것이고 인류의 문화사와 예술사가 바로 이 불온의 수난의 역사가 되는 것이다.[10)]

장이 첨예하게 부딪쳤던 논쟁이었다.

8) 「지식인의 사회참여」, 앞의 책, 157면.

9) 「실험적인 문학과 정치적 자유」, 같은 책, 158-159면.

10) 「<불온>성에 대한 비과학적인 억측」, 같은 책, 163면.

논쟁의 과정에서 이어령이 불온성의 문제를 정치적 불온성의 문제로 유도하는 데 대해서 김수영은 '살아있는' 문화와 예술의 본질적 불온성을 주장하는 것으로 대응했지만 한편으로는 동백림사건 재판(1967년 12월에 선고공판)으로 많은 문화예술인들이 핍박을 받고, 또 한편으로는 서울에 무장간첩이 침투(1968년 1월 21일)하는 등 냉전분위기가 고조되고 있던 이 시기에 '불온성'을 떳떳하게 옹호했다는 사실은 그가 가진 자유주의적 신념의 철저함을 짐작하게 한다. 특히 "현대에 있어서의 문학의 전위성과 정치적 자유"의 밀착된 관계에 대한 인식, 즉 모든 진정한 새로운 문학은 기존의 문학형식에 대해서만이 아니라 기성사회의 질서에 대해서도 위협이 된다는 인식은 달리 말하면 기성사회의 질서에 위협을 주지 못하는 전위문학은 가짜라는 말도 되고, 기성사회의 질서에 위협을 주지 못하는 모든 문학은 '진정한 새로운 문학'이 될 수 없다는 말도 된다. 그가 자신의 후기시에서 어느만큼 이 '전위적 불온성'을 이행했는가의 여부와 관계 없이 그의 이러한 인식의 탁월함은 주목받을 가치가 있다.

(2) '현대적 지성'의 촉구

권력에 대해서 '불온할 자유'를 요구하고 옹호한 그는 동료작가들이나 동시대의 문학에 대해서는 일관되게 '현대적 지성'을 갖출 것을 요구하고 있다. 그에 의하면 1960년대의 우리의 문학은 한마디로 후진적이다. 그 후진성은 객관적으로는 자유의 부재에서, 주관적으로는 지성의 부재에서 비롯된다. 「히프레스 문학론」(1964)[11]은 이러한 주·객관적 후진성에 대한 전반적인 고찰을 보여준다. 이 글에서는 35세 이상의 문학인들과 그 이하의 문학인들, 즉 일본어를 통해 문학적 자양을 흡수한

11) 같은 책, 200-206면.

세대와 그렇지 않은 세대를 나누고 전자의 세대의 입장에서 후진성 논의를 편다. 전자의 세대는 월북작가들로 대표되는 진지한 작가들이 있었고 문학적 성과도 더 탁월했으며 문학공부도 비록 일본을 통해서였지만 오히려 알찬 바가 있었지만 후자의 세대는 훨씬 더 세속화되었고 정치적으로 위축되어 있으며 미국을 통한 문학공부는 국무성 배급문학에의 예속으로 떨어졌다는 것이다. 한마디로 해방후의 작가들은 '뿌리 없이 자라난 사람들'이라는 것이다. 얼핏 보면 앞세대가 뒷세대에게 던지는 흔한 세대론적 비판같지만 김수영의 핵심은 이러한 세대론에 있는 것이 아니라 우리의 문학이 단지 필터만 갈아끼운 식민지문학으로 자유 없는 노예의 언어, 지성 없는 무식한 언어에 사로잡혀 있다는 사실, 그리하여 "우리 문학은 아직도 출발을 시작하지 못하고" 있는지도 모른다는 사실의 확인에 있다.

이 자유와 지성에 대한 갈구야말로 김수영의 산문을 통한 현대성 쟁취투쟁을 가속화시키는 힘이었다. 그 중 자유를 향한 갈구는 '불온성'의 옹호에 이를 정도로 격렬한 것이었음은 앞서 살핀 바와 같다. 반면 지성을 향한 갈구는 두고두고 많은 적대세력을 만든 원인이 되었던 동시대 한국작가들에 대한 가차없이 통렬한 비판에서 출발하고 있다.

> 우리 시단은 '현대가 제출하는 역사적 과제를 해결'하려는 열의가 희박하며, 이것이 우리 시단이 전체적으로 썩었다는 인상을 갖게 한다. 기성인들은 모두가 이 과제를 고의적으로 회피하고, 신진들의 작품은 아직 제대로의 발언을 할 만한 성숙에까지 도달하지 못했다.- (중략) - 이것이 한국의 현실이라고 볼 수 있는가? 어릿광대의 유희도 분수가 있다. 이러한 시대착오는 단적으로 말해서 '신라'에의 도피나 '순수'에의 도피와 유를 같이 하는, 현대성에의 도피라고 볼 수밖에 없다.[12]

12) 「<현대성>에의 도피」, 같은 책, 360면.

나는 미숙한 것을 탓하지 않는다. 또한 환상시도 좋고 추상시도 좋고 환상적 시론도 좋고 기술시론도 좋다. 몇번이고 말하는 것이지만 기술의 우열이나 경향여하가 문제가 아니라 시인의 양심이 문제다. 시의 기술은 양심을 통한 기술인데 작금의 시나 시론에는 양심은 보이지 않고 기술만이 보인다. 아니 그들은 양심이 없는 기술만을 구사하는 시를 주지적이고 현대적인 시라고 생각하고 있는 모양이다. 사기를 세련된 현대성이라고 오해하고 있는 모양이다.[13)]

우리에게 가장 결핍되어 있는 것이 지성이다. 지성이 없기 때문에 오늘의 문제점의 소재를 파악하지 못하고 있다. 진정한 현대시가 안 나오는 이유가 여기 있다. 그리고 외부적인 여건으로는 매년 말하고 있는 일이지만 창작의 필수조건인 충분한 자유분위기가 보장되어 있지 않다. 그리고 바로 이 자유의 문제가 오늘의 지성의 문제인 것이다.[14)]

현대가 제출하는 역사적 과제를 해결하려는 열의의 결핍, 양심의 부재, 지성과 자유의 부재. 김수영에게 있어서 이 모든 결핍과 부재는 하나로 연결되어 있다. 즉 양심도 지성도 추상적인 어떤 것이 아니라 현대가 제출하는 역사적 과제를 인식하는 것과 관련된 것이다. 이러한 구체적인 양심과 지성의 결핍은 필연적으로 형식적 현대성으로의 안이한 도피, 양심이 없는 현대성의 사기를 낳는다는 것이다.

그렇다면 그 현대가 제출하는 역사적 과제를 인식하는 현대적 지성의 내용은 무엇을 말하는가? 「제 정신을 갖고 사는 사람은 없는가」(1966. 5)[15)]에는 그에 관한 김수영의 견해가 비교적 소상하게 드러나 있다. 이 글에서 그가 보는 '제정신을 가진 시인'은 "정의와 자유와 평

13) 「<난해>의 장막」, 같은 책, 210면.
14) 「지성이 필요할 때」, 같은 책, 410면.
15) 같은 책, 139-144면.

화를 사랑하고 인류의 운명에 적극 관심을 가진, 이 시대의 지성을 갖춘, 시정신의 새로운 육성을 발할 수 있는 사람"[16]이다. 즉 이 시대의 지성이란 정의 · 자유 · 평화를 사랑하고 인류의 운명에 적극적 관심을 가지는 것이다. 그리고 그것은 단순한 지적 관심이 아니라 하나의 몸부림이어야 한다는 데서 김수영의 지성론은 양심의 고통의 문제와 통한다.

> 우리들 중에 누가 죄없는 사람이 있겠는가. 인간은 신도 아니고 악마도 아니다. 그러나 건강한 개인도 그렇고 건강한 사회도 그렇고 적어도 자기의 죄에 대해서 몸부림은 쳐야 한다. 몸부림은 칠 줄 알아야 한다. 그리고 가장 민감하고 세차게 몸부림을 쳐야 하는 것이 지식인이다.[17]

이러한 지성과 양심을 지닌다는 것은 곧 현재에 만족하지 않고 움직이며 발전하는 정신을 가지는 것, 즉 문학적으로는 부단한 창조적 정신을 가지는 것이기도 하다.

> '제 정신'을 갖고 산다는 것은 , 어떤 정지된 상태로서의 '남'을 생각할 수도 없고, 정지된 '나'를 생각할 수도 없는 일이다. 엄격히 말하자면 '제 정신을 갖고 사는' '남'도 그렇고 '나'도 그렇고, 그것이 '제정신을 가진' 비평의 객체나 주체가 되기 위해서는 창조생활(넓은 의미의 창조생활)을 한다는 전제가 필요하다. 그리고 이러한 모든 창조생활은 유동적이고 발전적인 것이다. 여기에는 순간을 다투는 어떤 윤리가 있다. 이것이 현대의 양심이다.[18]

16) 같은 책, 139면.
17) 같은 책, 141면.
18) 같은 책, 142면.

여기서 그의 지성과 양심론은 시의 현대성의 문제와 연결된다. 진정한 현대시는 이러한 지성과 양심에 기초한 창조적 정신의 일상적 실천이 없으면 존재할 수 없게 되는 것이다. 이것을 그는 달리 이렇게 표현한다.

> 진정한 현대성은 생활과 육체 속에 자각되어 있는 것이고, 그 때문에 그 가치는 현대를 넘어선 영원과 접한다.[19]

즉 그가 지향하는 진정한 현대성은 지성과 양심을 담보로 하는 시대와의 투쟁을 통해 생활과 육체에 자각되는 것으로써 그럴 때만이 영원한 가치를 지니는 것이다. 김수영이 혼신을 다한 비판과 고발을 통해 한국문학 전체에 갈구한 '지성'은 이러한 현대성과 영원성으로의 도약을 위한 최소한의 필요조건이었던 것이다.

4. 맺음말—자신으로의 회귀

이상으로 산문에 나타난 김수영의 정치·사회·문화적 입장을 거칠게 살펴보았다. 이는 한마디로 60년대 한국사회에 미만한 후진성에 대한 가차없는 비판과 급진적 자유주의의 비타협적인 표명으로 요약될 수 있다. 그리고 그러한 비판과 주장의 저편에는 진정한 근대성(현대성)의 실현이라는 그의 궁극적 목표가 자리하고 있었다고 할 수 있다.

그의 이런 생각은 이상에서 주로 살펴본 글들 외에도 다른 여러 편의 글들 도처에서 산견되고 있다. 그는 "문학하는 사람들 중에 지식인이 없다"(「모기와 개미」, 1966.3.)거나 4·19를 공휴일로 지정하지 못하고 통행금지가 해제되지 않고, 월남파병을 반대하지 못하고, 노동조합이

---

19) 「진정한 현대성의 지향」, 같은 책, 214면.

질식하고 언론자유가 없는 현실을 통탄하며(「제 정신을 갖고 사는 사람은 없는가」, 1966.5.) "알맹이는 다 이북가고 여기 남은 것은 다 찌꺼기뿐이야"라고 토로하며(「시의 뉴 프런티어」, 1961) "비평적 지성을 사생아로 만드는 냉전"에 대해서(「생활의 극복」, 1966.4.), "유상무상의 정치권력의 탄압"에 대해서(「지식인의 사회참여」, 1968), "조종을 울리기 전에 죽어 있는 질서"에 대히여(「실험적인 문화와 정치적 자유」, 1968), 즉 이 모든 후진적인 것들에 대하여 통렬한 비판과 독설을 퍼부었다. 또한 이러한 후진성을 극복하기 위한 제1조건으로서의 자유의 실현의 문제에 관해서도 "자유가 없는 곳에 무슨 시가 있는가"라고 항변하고(「나의 신앙은 <자유의 회복>」, "백퍼센트의 언론자유"(「창작자유의 조건」)와 "언론자유의 <넘쳐 흐르는> 보장"(「시의 <뉴 프런티어>」)을 주장하고 "자유의 과잉을, 혼돈을 시작"(「시여 침을 뱉어라」, 1968)해야 한다고 역설했던 것이다.

그러나 김수영을 진정 김수영답게 만드는 것은 이러한 비판과 주장에 있는 것이 아니다. 이미 그의 시세계가 보여주는 바이기도 하지만 그의 산문에서도 결국 이 모든 비판과 주장을 온몸으로 이행해야 할 자기자신에 대한 엄혹하고 가차없는 비판과 자책이 이러한 모든 외부를 향한 비판과 주장의 수위를 훨씬 넘어서는 곳에서 이루어지고 있다는 데에 김수영의 진정한 '정신의 영웅'으로서의 면모가 들어있는 것이다.

> 「25시」를 보고 나서, 포로수용소를 유유히 걸어나와서 철조망 앞에서 탄원서를 들고 보초가 쏘는 총알에 쓰러지는 소설가를 생각하면서, 나는 몇번이고 가슴이 선뜩해졌다. 아아, 나는 작가의 —만약에 내가 작가라면— 사명을 잊고 있는 것이 아닌가. 나는 타락해 있는 것이 아닌가. 나는 마비되어 있는 것이 아닌가. 이 극장에, 이 거리에, 저 자동차에, 저 텔레비전에, 이 내 아내에, 이 내 아들놈에, 이 안락에, 이 무사에, 이 타협에, 이 체념에 마비되

어 있는 것이 아닌가. 마비되어 있지 않다는 자신에 마비되어 있는 것이 아닌가.[20]

그리고 이러한 자기비판의 철저함에 근거할 때, 다음과 같은 타인에 대한 가차없는 모욕도 하나의 모욕을 넘어 엄숙한 명령으로서의 품위를 지니게 되는 것이다.

> 내가 지금—바로 지금 이 순간에— 해야 할 일은 이 지루한 횡설수설을 그치고, 당신의, 당신의, 당신의 얼굴에 침을 뱉는 일이다. 당신이, 당신이, 당신이 내 얼굴에 침을 뱉기 전에……. 자아 보아라, 당신도, 당신도, 당신도, 나도 새로운 문학에의 용기가 없다. 이러고서도 정치적 금기에만 다치지 않는 한, 얼마든지 <새로운> 문학을 할 수 있다는 말을 할 수 있겠는가.[21] 세미

---

20) 「삼동유감」, 같은 책, 86면.
21) 「시여, 침을 뱉어라」, 같은 책, 252면.

제 2 부

김수영의 초기시-설움의 자의식과 자유의 동경

-「달나라의 장난」(53), 「헬리콥터」(55)를 중심으로

김 춘 식*

1. 산문정신과 세계의 개진

한국문학사에서 개인으로서의 시인과 사회 혹은 시대와의 상관성에 대해서 강한 자의식을 지니고 있었던 시인을 고른다면 단연 김수영을 가장 먼저 꼽을 수 있을 것이다. 이 점은 그를 단순히 "참여 순수의 대립적 차원에서 현실의식이 강한 시인이었다"라고 간단히 규정하는 의미에서 그렇다는 것이 아니다. 한국문학사에서 김수영 이후, 현실의식을 강하게 드러낸 대부분의 시인에게 결여되어 있는 어떤 부분이 김수영에게는 하나의 미덕으로 존재하기 때문이다. 개인과 시대를 동등한 높이에 놓은 뒤 그 둘을 자신의 시적 자의식 안으로 흡입해 들어가는 힘에서 만큼은 그의 후배 시인들이 따를 수 없는 어떤 경지를 그는 보여주고 있는 것이다.

물론 이런 생각은 1960년대 이후 한국시의 성과를 폄하하기 위한 의도를 담고 있지는 않다. 단지 70년대와 80년대를 거쳐 이제 90년대도 막바지에 이른 현실에서, 한국시사의 역사적 현실태를 재고해 보자는

---

* 동국대학교 강사. 논문으로 「최재서 비평 연구-소시민 비평과 근대적 지성의 파산」, 「문학적 근대 기획과 전통·반전통」 등이 있음.

뜻에서 하는 말일 뿐이다.

시가 하나의 역사적 축적물임을 명확하게 인식하고 있던 점은 김수영의 중요한 미덕이다. 그것은 어떤 시가 어떤 시보다 더 좋은 것이라는 미학주의의 함정을 손쉽게 비껴가는 힘이기도 하다. 60년대적 상황에서 김수영의 이러한 시적 자의식은 과연 혁명적이라고 부를 수 있을 것이다. 그것은 '온몸으로 밀고 나간다'는 표현이 단순한 내용과 형식의 통합이라는 차원에서 이해되어서는 곤란한 까닭이기도 하다. 백낙청의 표현처럼 '행동의 도구로서의 시'가 아니라 '행동의 시'를 지향했다는 점에서 그의 시는 행동과 실천의 함의에 대한 새로운 해석을 요구하고 있는 것이다.(「백낙청, 「김수영의 시세계」, 황동규 편, 『김수영의 문학』, 민음사, 1983. pp. 38~44. 참조) 즉, '온몸으로 밀고 간다'는 표현 속에는 시대와 개인, 그리고 역사에 대한 냉철한 의식이 포함되어 있다.

김수영의 시에서 시적 자의식의 문제에 초점을 맞추는 까닭은 그것이 50년대와 60년대의 현실을 바라보고 인식한 김수영의 내면을 보여주는 통로가 되기 때문이다. 시인의 내면 풍경 속에 각인된 현실은 다른 의미에서는 바로 그 시인의 행동이자 실천이다. 결국 '행동의 도구로서의 시'가 아닌 '행동의 시'가 되기 위한 전제조건은 치열한 자의식의 유무에 달려 있으며 그 자의식은 개인과 역사가 만나는 지점에서부터 근원을 찾을 수 있는 것이다. 이 점에서 김수영의 내면 풍경은 현실과 자아의 충돌·화해를 담고 있는 장소이다. 그리고 그 장소는 궁극적으로는 김수영의 행동과 실천을 그대로 보여주는 곳이며 더 나아가서는 '온몸' 그 자체와 동격이 된다.

다음과 같은 그의 시론의 한 구절은 특히 이러한 점을 잘 나타내는 부분이다.

> 산문이란 세계의 개진이다. 이말은 사랑의 유보로서의 <노래>의

매력만큼 매력적인 말이다. 시에 있어서의 산문의 확대작업은 <노래>의 유보성에 대해서는 침공적이고 의식적이다. ……시의 본질은 이러한 개진과 은폐의, 세계와 대지의 양극의 긴장 위에 서 있는 것이다.……시인은 자기가 시인이라는 것을 모른다. 자기가 시의 기교에 정통하고 있다는 것을 모른다.……시인이 자기의 시인성을 깨닫지 못하는 것은, 거울이 아닌 자기의 육안으로 사람이 자기의 전신을 바라볼 수 없는 거나 마찬가지이다. 그가 보는 것은 남들이고, 소재이고, 현실이고, 신문이다. 그것이 그의 의식이다. ……이러한 의식이 없거나 혹은 지극히 우발적이거나 수면 중에 있는 시인이 우리들의 주변에는 허다하게 있지만 이런 사람들을 나는 현대적인 시인이라고 부를 수는 없다.

현대에 있어서는 시뿐만이 아니라 소설까지도, 모험의 발견으로서 자기형성의 차원에서 그의 <새로움>을 제시하는 것이 문학자의 의무로 되어 있다. (「시여, 침을 뱉어라」, 『김수영 전집 2』, 민음사, 1981. pp. 250~251)

라깡은 인간을 선천적으로 결핍된 존재로 파악한다. 실제로 위에 인용한 김수영의 시론에서도 세계와의 동일성인 사랑의 끊임없는 유보와 세계의 개진이라는 두 개의 표현을 <노래>와 산문에 대입한다. 그리고 이 둘의 긴장을 시의 본질로 규정한다. 결국 김수영은 하이데거의 표현을 빌려옴으로써 인간 존재의 선천적 결핍에 대한 대응의 논리를 시의 본질로 규정하고 있는 것이다. 사랑의 유보와 세계의 개진 사이에서 결코 고정되지 않은 채 끊임없이 긴장하며 떨고 있는 것이 바로 시의 본질인 것이다. 시의 예술성과 현실성의 화해할 수 없는 간극을 암시하는 이런 표현은 이상적인 사랑의 '부재/현현'의 사이를 방황하는 인간 존재의 영원한 숙명을 나타낸다. 사랑의 유보를 침공하는 의식(산문정신)의 개진성은 결핍을 메꾸려는 근원적 욕망의 한 표현이다.

위의 인용문에서 "시인은 자기가 시인이라는 것을 모른다"라는 표현은 이 점에서 상당히 역설적이다. "거울이 아닌 육안으로 자신의 전신을 바라볼 수 없는" 상태는 시인의 숙명적인 장애조건이다. 세계와의 화해로운 일치는 이 상태에서 지속적으로 유보된다. 진리의 인식과 사랑은 이 점에서 동격이다. 김수영에게 시는 진리의 부재와 사랑의 유보를 넘어서기 위한 몸부림이며 그 몸부림에는 필연적으로 자신과 세계를 비추어 볼 거울이 필요하다. 그 거울이 바로 자의식이며 타자이고 현실이다. 김수영에게 '온몸'의 의미는 그래서 끊임없는 세계와의 관계맺기 그 자체를 의미하며 그것은 산문정신의 개진성으로 진리의 부재와 사랑의 유보를 넘어서기 위한 노력이다.

김수영의 자의식은 '형성의 차원' 혹은 '진화의 도정'이라는 표현을 그 안에 내포한다. 이것은 그가 산문정신을 통한 세계의 개진을 자신의 시적 자의식으로 변모시켰기 때문이다. 그에게 시적 윤리의식으로까지 확장된 이러한 측면은 그의 시를 지성적 성격이 강한 시로 만드는 중요한 요인이다. 산문정신의 힘에 의해서 그는 세계의 불확실성을 넘어서 궁극적인 진리와 사랑의 실체에 접근해 간다. 이런 그의 태도는 자유와 사랑, 혁명이라는 가치 개념의 단어들을 진리와 동의어로 인식하게끔 만든다. 그의 시에서 자유, 사랑, 혁명, 양심 등은 시대와 역사적 현실의 매 순간에 각각 이름을 달리하여 나타난 세계와 나의 연결고리이다.

김수영에게 현대시가 '모험의 발견, 자기형성의 차원'으로 인식되는 까닭은 역사적 현실을 직시하는 산문정신의 개진성이 없이 변화나 새로움은 나타날 수 없기 때문이다. 김수영에게서 변화나 새로움은 산문정신의 힘에 의해서 나타나며, 그러한 산문정신의 힘은 시를 미적 영원성과 고정성에 안주시키지 않고 역사적 변화태, 다시 말해서 진화의 도정에 있는 대상으로 인식하게끔 유도한다. 김수영의 자의식 안에 침투되어 있는 산문정신의 중요성과 그 의미는 대략 이 정도로 설명될 수 있을 것이다.

김수영의 산문정신은 시와 시론에 나타나는 여러 가지 특징, 예를 들면 온몸으로 쓰는 시, 지성과 정신의 강조, 전위적인 측면, 윤리의식, 끊임없는 변화의 모색, 그의 시에 표현된 자유·사랑·양심 등의 의미, 난해성 등에 대해서 중요한 이해의 열쇠가 된다. 이 점은 그의 각 편의 시에 대한 분석에 중요한 지침이 되는 것으로 그의 내면 안에 감추어진 시대적 상처와 그 상처에 대한 시적 대응의 실체를 살펴볼 수 있는 기회를 제공한다. 김수영이라는 창조적 개인의 내면풍경 안에는 그가 헤쳐온 동시대의 명암이 얼룩져 있으며 그 명암은 설움, 자유, 혁명, 사랑, 양심이라는 굵은 나이테를 여러 개 지니고 있다. 그리고 그 나이테는 김수영이라는 개인의 '진화와 형성의 차원들'을 그대로 증언하는 기록이다.

이 글에서 다룬 두 편의 초기시 「달나라의 장난」과 「헬리콥터」는 그의 자의식과 산문정신이 확고해지기 이전의 비교적 초기 형태를 지니고 있는 작품이다. 이 두 작품의 분석이 나름대로 의미가 있다고 여겨지는 것은 1950년대 후반부터 보이는 자유와 1960년 무렵에 나타나는 혁명, 사랑 그리고 가장 후기에 나타나는 양심으로의 의식적 변화를 이 두 편의 시가 이미 어느 정도 예고하고 있다는 점 때문이다. 그리고 이러한 그의 시적 자의식의 출발점에 해당하는 두 편에 대한 비평적 접근은 김수영이라는 한 창조적 개인의 내면에 각인되어 있는 역사의 흔적을 살펴볼 뿐만 아니라 시대와 개인의 관계틀 안에서 시인의 자의식이 형성되고 투쟁하는 과정을 살펴본다는 점에서도 나름의 의미를 지닐 수 있다고 여겨진다.

2. 설움—반속(反俗)과 속(俗)의 경계에 놓인 자의식

「달나라의 장난」과 「헬리콥터」에 대한 기존의 작품론은 사실 전무한 상태이다. 단지 김수영론을 쓴 몇몇 평론가와 연구자에 의해서 간략한 해석과 평가가 있을 뿐인데 그 해석도 시의 전체에 대한 것이라기보다는 일부분을 이야기하고 다른 시와 비교하는 형태로 이루어진 것이 대부분이다. 아마 시인론이라는 전체적 구도 속에서 하나의 시작품을 다룰 수밖에 없었던 한계조건 때문이기도 하겠지만 그 해석의 난해성이 또한 이 두 작품에 대한 비평적 접근을 막는 중요한 요인으로 작용하고 있는 것도 사실인 듯하다.

우선 「달나라의 장난」에 대해서 반속정신(反俗精神)을 말하거나 '나약한 생활인이라는 자의식이 촉발하는 설움'을 발견하는 유종호의 견해(「현실참여의 시, 수영, 봉건 동문의 시」, 「시의 자유와 관습의 굴레」), 팽이와 주인이라는 양극의 사이에 놓인 화자를 주목하는 김주연의 견해(「김수영론」) 등은 확실히 시사하는 바가 많기는 하지만 그 자세함이 부족해서 거의 인상적 평가에 그치고 있다. 또한 「헬리콥터」의 경우 자유와 비애의 양극을 함유한 알레고리로 헬리콥터를 해석한 김현의 견해와 설움에 주목하고 있는 정현종(「시와 행동, 추억과 역사」), 김주연의 견해(「교양주의의 붕괴와 언어의 범속화」)는 문제의 본질을 명확히 짚고 있지만 시의 일부분만을 편의적으로 인용 해석하고 있다는 혐의를 벗어나기는 어렵다고 여겨진다.

특히 김현이 헬리콥터를 자유와 비애라는 양극을 포함한 알레고리로 보는 풀이는 분명 타당한 해석임에도 불구하고 그 설명이 다분히 인상적인 패러프레이즈에 그치고 있다. 헬리콥터의 이륙과 착륙할 수밖에 없는 숙명을 자유와 비애의 조건으로 해석한 것은 시의 문맥을 떠난 주관적인 해석과 의미부여임에 분명하다.

정과리(「현실과 전망의 긴장이 끝간 데」, 1981)는 헬리콥터의 현실적 의미를 제국주의 열강의 한 대치물로, 그리고 그 생리를 유토피아적 전망의 이미지로 해석하고 있는데 이러한 해석은 헬리콥터의 현실적 의미를 지나치게 도식적으로 본 단점이 있고, 그 생리에 포함된 비애의 의미를 현실적, 역사적 의미를 초월해야만 하는 동양의 근대화가 내포한 아이러니한 상황으로 풀이한 점은 탁월한 해석임에는 분명하지만 시적 문맥과 다소 어긋나는 점이 있다고 여겨진다. 그 어긋남은 헬리콥터의 현실적 의미를 근대화의 아이러니를 내포한 양면적 존재로서의 '자유'의 상징으로 보지 않고 제국주의 열강 자체와 동일화한 도식적 설명이 야기한 결과이다.

이렇듯 두 편의 시에 대한 기존의 해석적 견해가 세밀함이나 전체적 맥락의 통일성이 부족하게 생각되는 것은 일차적으로는 김수영의 시가 부분적으로 해석이 불가능할 만큼 모호하고 문맥을 벗어나는 돌발적인 발언이 많다는 특징 때문이다. 그리고 이러한 사실이 시인론이라는 비평작업에서는 상당히 부담스럽고 거추장스러운 것이라는 점이 이차적인 원인으로 작용한 것이라고 할 수 있다.

그럼 먼저 「달나라의 장난」(1953, 이하 작품의 발표 연도는 괄호 안에 표시함)의 전문을 인용하고 시의 세부적인 맥락을 재검토하면서 시인 김수영의 50년대 초기시의 전모를 살펴보기로 하자.

> 팽이가 돈다／어린아이이고 어른이고 살아가는 것이 신기로워／물끄러미 보고 있기를 좋아하는 나의 너무 큰 눈 앞에서／아이가 팽이를 돌린다／살림을 사는 아이들도 아름다웁듯이／노는 아이도 아름다워 보인다고 생각하면서／손님으로 온 나는 이 집 주인과의 이야기도 잊어버리고／또 한번 팽이를 돌려 주었으면 하고 원하는 것이다／도회 안에서 쫓겨 다니는 듯이 사는／나의 일이며／어느 소설보다도 신기로운 나의 생활이며／모두 다 내던지고／점잖이 앉은 나의 나이와 나이가 준 무게를 생각하면서／정말 속임없는 눈으로／지금 팽이가 도는 것을 본다／그러면 팽이가 까맣게 변하여 서서 있는 것이다／누구 집을 가보아도 나 사는 곳보다는 餘裕가 있고／바쁘지도 않으니／마치 별세계같이 보인다／팽이가 돈다／팽이가 돈다／팽이 밑바닥에 끈을 돌려 매이니 이상하고／손가락 사이에 끈을 한끝 잡고 방바닥에 내어 던지니／소리없이 회색빛으로 도는 것이／오래 보지 못한 달나라의 장난 같다／팽이

가 돈다／팽이가 돌면서 나를 울린다／제트기 벽화 밑의 나보다
더 뚱뚱한 주인 앞에서／나는 결코 울어야 할 사람은 아니며／영
원히 나 자신을 고쳐 가야 할 운명과 사명에 놓여 있는 이 밤에／
나는 한사코 방심조차 하여서는 아니될 터인데／팽이는 나를 비웃
는 듯이 돌고 있다／비행기 프로펠러보다는 팽이가 記憶이 멀고／
강한 것보다는 약한 것이 더 많은 나의 착한 마음이기에／팽이는
지금 數千年前의 聖人과 같이／내 앞에서 돈다／생각하면 서러운
것인데／너도 나도 스스로 도는 힘을 위하여／공통된 그 무엇을
위하여 울어서는 아니된다는 듯이／서서 돌고 있는 것인가／팽이
가 돈다／팽이가 돈다

김수영의 시에는 일반적으로 '나', '너'라는 인칭대명사와 설움, 자유 등의 추상명사가 많이 등장한다. 이 점은 그의 시가 구체적 이미지를 획득하지 못하고 다분히 관념적인 상태에 있다는 비판을 받는 원인이기도 하다. 그러나 다른 한편 일상적인 소재와 범속한 언어사용, 관념어의 남발과 빠른 속도성이 어우러진 특이한 시적 효과는 그의 시를 독특하게 만드는 중요한 특징인 것도 분명한 사실이다. 달리 말하면 이러한 거칠음과 시적 관습의 충동적인 무시는 그의 시를 시답게 만드는 개성이며 그 개성은 중요한 시적 전략을 앞세운 의도적 장치의 배열에 의해서 획득된 것이다. 따라서 김수영의 초기시에 대한 접근은 일단 '나'와 '너'로 명확히 구분되는 시적 세계의 의미와 이 시기에 주로 나타나는 설움의 의미를 분석하는 것이 유용한 방법이라고 여겨진다.

김주연이 지적하고 있는 것처럼 달나라의 장난은 '팽이'로 표현되는 사물의 세계와 '뚱뚱한 주인'으로 표현되는 일상적 삶의 세계 사이에 놓인 화자의 위치에 주목할 필요가 있다. 이 점은 유종호의 경우에는 '반속정신'이라는 말로 표현됨과 동시에 나약한 소시민의 자의식에 의해 촉발되는 설움을 찾아내는 원인이다. '수천년전 성인과 같이'라든가 '스스로 도는 힘을 위하여'와 같은 구절은 소시민적 자의식을 나타내는

'제트기 벽화 밑의 나보다 더 뚱뚱한 주인 앞에서'라는 표현과 대조됨으로써 시적 화자가 '반속정신'을 드러내고 있음을 확인하게 한다. 따라서 팽이가 촉발하는 것이 '반속정신'에 근거한 '스스로 도는 힘'이라는 자의식이라면 '뚱뚱한 주인'은 일상적 삶 속에 놓인 소시민적인 자아를 환기시키는 대상이다. 결국 시적 화자는 '반속의 세계'에도 속하지 못하며 또한 '일상적 삶'의 원리에도 충실할 수 없는 경계인적인 존재이다. 이것이 시적 화자로 하여금 이 두 세계와 일정한 거리를 유지하게끔 만드는 원인이다.

화자와 세계와의 거리에 의해 확보된 낯설은 풍경, 즉 '별세계'나 '달나라의 장난'으로 표현된 장면은 이 시에 나타난 화자의 자의식을 규정한다. 말하자면 '팽이가 돌면서 나를 울린다', '나는 결코 울어야 할 사람은 아니며', '생각하면 서러운 것인데', '울어서는 아니된다는 듯이'의 표현을 통해서 알 수 있듯이 화자의 자의식이 경계하는 것은 설움이지만 그 설움의 감정은 '경계인'인 화자의 자의식 안에 이미 깊이 침투되어 있음을 알 수 있다. 현실세계의 원리와 반속의 자세에 대한 지향이 모두 차단된 상태에서 화자의 자의식이 촉발하는 첫 번째 감정이 설움이다. 따라서 김수영의 초기시에는 설움의 감정과 함께 '세계' 또는 '시적 대상'과의 거리가 상당히 뚜렷히 표현된다.

예를 들면 「가까이 할 수 없는 서적」(1947)이라든가 「아메리카 타임즈」(1947) 등의 시에 나타난 응시 혹은 멀리 바라보는 자세, 그리고 「공자의 생활난」(1945)에서 보이는 '열매의 상부'와 '줄넘기 作亂', '쉬움과 어려움', '순응과 반란성'의 대조는 세계와의 불화를 표현하는 자의식적인 감정이 설움이라는 것을 암시한다.

이런 특징은 60년대의 시에 이르면 「공자의 생활난」(1945)에 나타난 '바로본다'(진리의 추구)의 함의가 '자유와 혁명'으로 바뀌는 것을 통해 재확인된다. 현실적 삶의 원리를 초월한 진리의 세계는 '절대적 자유'라는 것이 없이는 불가능하다는 인식으로 확장됨으로써 그의 시는 '현실참여'라는 대원칙으로 향하게 되는 것이다.

김수영의 초기시에서 설움을 촉발하는 요건은 '경계인적인 위치'와 '장애'이다. 다른 말로 표현하면 '반속적 진리'는 넘을 수 없는 거리감에 의해서 표현되고 현실 혹은 일상적 삶은 '구속과 장애'의 연속이다. 결국, '진리의 추구'라는 삶의 자세 앞에 놓인 두 개의 장벽은 '구속'과 '까마득한 거리감'이다. 김수영의 시에서 타자 혹은 대상의 세계는 자아가 놓인 위치에서 바라본다면 까마득하게 멀거나 아니면 지나친 구속을 행할 만큼 너무 가까운 위치에 있다. 그의 시에서 유독 '나'와 '너'라는 말이 자주 사용되는 까닭은 자아가 놓인 세계 내적 위치에 대한 피할 수 없는 자의식 때문이다.

「달나라의 장난」에서 화자는 심정적으로는 팽이의 '스스로 도는 힘'에 가깝지만 현실적으로는 '제트기 벽화 밑의 나보다 더 뚱뚱한 주인'의 보이지 않는 권위와 억압에 구속당하고 있다. 현실적으로는 주인 앞에서 소시민적인 설움을 느끼고 있고 반대로 팽이에게서는 '수천년전 성인'을 바라보는 듯한 막막한 설움을 느끼는 것이다. 따라서 김수영의 초기시에 표현된 설움은 단순한 감정이 아니라 양면적 의미를 함유하고 있는 복합적 감정이라는 것을 알 수 있다. 그것은 현실적 삶의 '소시민적 설움'과 진리로부터 까마득히 멀리 떨어진 자의 '막막한 설움'이 복합되어 있는 감정이다.

'나와 너'의 대립에 대해서는 정과리(「현실과 전망의 긴장이 끝간데」, 1981)가 ①긍정과 부정의 양면적 대타인식 ② 자아와 현실의 대립 ③ 현실에 대한 적극적 수정의지를 포함한 유토피아주의 ④ 좌절된 이상주의자의 비극적 세계관 등으로 나누어서 설명하고 있는데 이러한 설명은 상당히 치밀하고 설득력을 갖추고 있는 것으로 여겨진다. 그러나 부분적으로는 '나와 너'의 대립에서 나타나는 주체와 타자의 관계를 '자아와 현실'의 관계로 무리하게 확장하는 오류도 엿보인다.

예를 들면 타자의 순진무구함에 대한 '부러움과 비난'이 김수영의 대타의식 안에 있다는 엘리트주의적인 계몽주의와 소외의식에 기반을 둔 해석(①의 경우)이나 자아와 현실의 단순 대립구도(②의 경우), 또 그 수정된 형태로서의 유토피아주의와 비극적 세계인식(③, ④의 해석)은 김수영의 시 에 등장하는 '너'라는 존재의 복합적 의미를 전혀 고려하지 않은 도식화된 논리이다. 특히 타자의 존재가 앞에서 살펴보았듯이 화자의 위치에 따라서 때로는 '팽이'처럼 '반속적 진리'를 암시하는 대상으로 또 때로는 '뚱뚱한 주인'처럼 현실적 '속물주의'의 대상으로 이동하고 있다는 점은 이러한 단순화된 논리에 모순이 있을 수 있음을 시사하는 대표적인 예이다.

'너'의 존재는 오히려 부정적 대상이기보다는 김수영에게는 심정적인 동조의 대상이며 「달나라의 장난」에서 보듯이 '주인'보다는 '팽이'로 암시되는 가치지향적 대상인 경우가 대부분이다. 이 점은 다른 작품에서도 '그들', '그', '적' 등이 가리키는 대상과 '너'가 가리키는 대상이 근본적으로 다르다는 점에서 도식화된 해설을 재고할 필요가 있다. 하지만 이 글에서는 주로 초기시(그 중에서도 두 편에 한정된)에 나타난 '나와 너'의 관계만을 살펴보는 것이므로 더 자세한 논의는 차후로 미루고 여기서 다루고 있는 두 편의 작품에 관련된 사항만을 거론하겠다.

「달나라의 장난」에서 "너도 나도 스스로 도는 힘을 위하여/공통된 그 무엇을 위하여 울어서는 아니된다는 듯이/서서 돌고 있는가"라는 구절은 김수영 시의 '나'와 '너'를 좀더 분명하게 확인시켜 주는 구절이다. 김수영의 시에서 '너'는 자의식의 다른 한편을 구성한다. 그것은 지금의 자아에게 결핍되어 있는 '무엇'을 호명하는 하나의 방법이다. 그 이름부르기는 심정적으로 자신에게 가장 가깝지만 현실 속에서는 늘 멀리 있는 대상에 대한 시인의 끊임없는 지향과 친화력을 의미한다. 그래서 그의 시에 표현된 '너'는 앞에서 인용한 구절에서도 보듯이 공통된 그 무엇을 위하여 설움을 견디고 '스스로 도는 힘'을 가지게 되었을 때 만나게 될 진정한 자아 혹은 자기 완성의 실체인 것이다. 이 점에서 김수영의 시에 나타난 '나와 너'의 표면적인 대립은 그 이면에 심정적인 동질화의 의식이 숨어 있음을 알 수 있다. 심정적으로는 '공통된 그 무엇'을 가지고 싶지만 현실적 조건 아래서는 늘 그것이 방해받고 제약당하는 어떤 존재의 영역이 바로 '너의 세계'인 것이다.

이 점에서 김수영의 자의식은 타자 속에 존재하는 자아의 긍정적 모습을 끊임없이 지향하고 있고 그 지향을 나타내는 구체적 낱말이 바로 '너'라고 할 수 있다. 예를 들면 「풍뎅이」(1953)라는 시의 "너의 이름과 너와 나와의 관계가 무엇인지 알아질 때까지／소금같은 이 세계가 존속할 것이며"와 같은 구절에서도 풍뎅이라는 자기 외부의 대상을 상실된 자아의 한 부분으로 바라보는 태도가 분명하게 엿보인다.

「달나라의 장난」은 김수영의 초기시가 지닌 중요한 특질을 잘 나타내는 작품이라고 할 수 있다. 첫째, 그의 초기시에 나타난 설움의 의미와 그 복합성을 보여주고 있고 두 번째는 그의 자의식이 자아와 타자 사이의 관계 속에서 분열되는 지점이 명확하게 나타난다. 세 번째는 '나와 너'라는 용어가 함축하고 있는 시적 함의를 풀어볼 수 있는 단서를 제공하며 외부에서 가해지는 현실적 억압과 지향하고자 하는 대상에 대한 인식이 맞물려서 진리, 설움, 자유에 대한 독특한 인식이 싹트고 있다는 것을 확인시켜 준다. 이러한 네 가지 정도의 특징은 실제로 그의 시가 초기시에서 후기시로 이행하는 과정에서 나타나는 지속적인 변모의 이유를 설명해 주는 근거가 된다. 지속적인 자기변신의 노력은 이미 초기시에 나타난 '너'에 대한 지향 속에 이미 내포되어 있으며, 뚱뚱한 주인과 팽이의 대립은 그의 시가 설움에서 자유, 사랑으로 관심을 확장하게 된 근본적인 까닭을 설명해 준다.

3. 자유—실천적 윤리의 내면화

「헬리콥터」(1955)는 앞에서 살펴보았던 「달나라의 장난」과 비교하자면 그의 설움의 감정이 비애를 동반하고 있는 자유로 확장되는 지점을 보여주는 대표적인 작품이라고 할 수 있다. 「헬리콥터」가 발표된 시기에 이르면 김수영의 설움은 좀더 명확한 형상과 개념을 내포한 것으로 바뀐다. 「달나라의 장난」이 소시민적인 비애와 그에 대한 초월의 막막함이 뒤엉킨 감정이라면 「헬리콥터」에서 그것은 좀더 구체화된 결핍으로 표현된다. 추상적이고 그저 막연한 느낌에서 이제 설움은 그의 시가 나아가는 방향 위에 구체적으로 존재하는 개념이 되는 것이다. 그것은 자유라는 개념을 낳는 모태이며 인간 존재의 숙명적인 결핍과 상실을 나타낸다. 설움에 대한 이해가 없다면 그의 시에 나타나는 자유라는 개념 또한 설명이 어려운 것이다.

「헬리콥터」의 5행에서 7행 사이에 있는 "헬리콥터가 풍선보다도 가벼웁게 상승하는 것을 보고/놀랄 수 있는 사람은 설움을 아는 사람이지만/또한 이것을 보고 놀라지 않는 것도 설움을 아는 사람일 것이다"라는 표현은 모든 존재가 설움을 숙명으로 지닐 수밖에 없음을 나타낸다. 사람들의 '놀라거나 놀라지 않거나'하는 태도에 관계없이 헬리콥터의 가벼운 상승은 이미 그들에게 설움을 암시한다. 그 설움의 암시는 다른 한편에서는 부재하는 자유에 대한 선언이기도 하다.

헬리콥터는 자유를 의미하지만 그 자유에 대한 응시는 모든 사람들에게 설움을 떠오르게 한다. 특히 그러한 설움의 인식은 그 원인이 "사람이란 사람이 모두 고민하고 있는/어두운 대지"라는 표현이 보여주는 것처럼 어두운 시대적 현실과 억압 때문이라는 점에서 단순한 인간 부조리의 한 측면을 암시하는 것으로 그치지 않는다. "우매한 나라의 어린 시인"이라든가 "그들은 너무나 오랫동안 자기의 말을 잊고/남의 말을 하여왔으며"와 같은 구절이 암시하듯이 설움의 감정 안에는 시대적 요인이 깊이 잠재되어 있다. 그 시대적 상황은 더 나아가 시인의 역사의식과 접목되는데 그 역사의식에 대한 자각이 우매한 나라, 자기 말을 잊고 남의 말을 해온 몰주체성과 자아 망각의 시간을 환기시키고 있는 것이다.

자아망각과 몰주체의 역사는 달리 말하면 한국의 식민지적 근대화의 파행성이 낳은 부조리한 상황 자체이다. 헬리콥터가 상징하는 자유는 다른 면에서는 그 안에 근대화의 아이러니를 이미 내포하고 있는 것으로서 '비애'를 포함한 '자유'일 수밖에 없는 것이다. 헬리콥터가 '설운 동물'인 까닭도 근대화 과정의 파행성이라는 시대적 조건에서 파생된다. 이 땅의 역사 속에서 헬리콥터는 '비애를 머금은 자유'의 알레고리로 인식될 수밖에 없는 어떤 조건을 선천적으로 그 안에 내포하고 있는 것이다.

이제 김수영의 시에서 설움은 단순히 진실에 대한 결핍과 소시민적 자아를 환기시키는 현실조건 사이의 경계인적인 감정에 그치지 않는다. 「헬리콥터」에 나타난 설움에는 「달나라의 장난」에서 나타났던 경계인 혹은 소시민적 의식이 사라지고 역사의식과 시대의식이 꿈틀거리는 감정이 강하게 드러난다. 따라서 「헬리콥터」에서 말하는 설움, 비애는 시인이 놓인 역사적 상황과 시대의식을 자각한 대자적 인식을 포함하고 있으며 그 설움의 감정은 자유에 대한 열망으로 확장될 수 있는 전단계의 의미를 지니고 있는 것이다. 그럼 이제부터 「헬리콥터」의 전문을 좀더 세밀히 검토하고 설움과 자유의 상관성에 대해서 살펴보기로 하자.

> 사람이란 사람이 모두 苦悶하고 있는／어두운 大地를 차고 離陸하는 것이／이다지도 힘이 들지 않는다는 것을 처음 깨달은 것은／愚昧한 나라의 어린 詩人들이었다／헬리콥터가 風船보다도 가벼웁게上昇하는 것을 보고／놀랄 수 있는 사람은 설움을 아는 사람이지만／또한 이것을 보고 놀라지 않는 것도 설움을 아는 사람일 것이다／그들은 너무나 오랫동안 自己의 말을 잊고／남의 말을 하여왔으며／그것도 간신히 떠듬는 목소리로밖에는 못해 왔기 때문이다／설움이 설움을 먹었던 時節이 있었다／이러한 젊은 時節

보다도 더 젊은 것이／헬리콥터의 永遠한 生理이다〃一九五〇年七月 以後에 헬리콥터는／이 나라의 비좁은 山脈 위에 姿態를 보이었고／이것이 처음 誕生한 것은 勿論 그 以前이지만／그래도 제트機나 카아고보다는 늦게 나왔다／그렇지만 린드버그가 헬리콥터를 타고서／大西洋을 橫斷하지 않았기 때문에／우리는 지금 東洋의 諷刺를 그의 機體 안에 느끼고야 만다／悲哀의 垂直線을 그리면서 날아가는 그의 설운 모양을／우리는 좁은 뜰 안에서 뿐만 아니라／심지어는 항아리 속에서부터라도 내어다 볼 수 있고／이러한 우리의 純粹한 痴情을／헬리콥터에서도 내려다볼 수 있을 것을 짐작하기 때문에／「헬리콥터여 너는 설운 動物이다」〃—自由／—悲哀〃더 넓은 展望이 必要없는 이 無制限의 時間 우에서／山도 없고 바다도 없고 진흙도 없고 진창도 없고 未練도 없이／앙상한 肉體의 透明한 骨格과 細胞와 神經과 眼球까지／모조리 露出落下시켜 가면서／안개처럼 기벼웁게 날아가는 果敢한 너의 意思 속에는／남을 보기 前에 네 자신을 먼저 보이는／矜持와 善意가 있다／너의 祖上들이 우리의 祖上과 함께／손을 잡고 超動物世界 속에서 營爲하던／自由의 精神의 아름다운 原形을／너는 또한 우리가 發見하고 規定하기 前에 가지고 있었으며／오늘에 네가 傳하는 自由의 마지막 破片에／스스로 謙遜의 沈默을 지켜가며 울고 있는 것이다

「헬리콥터」는 전체적으로 보아 시의 분량이 상당히 길고 그 내용도 산문에 가까울 정도로 시사적이고 현실적인 부분에 관한 서술이 많다. 이런 특징은 김수영 시의 중심적인 특징이지만 특히 「헬리콥터」에서는 그러한 특징이 나름대로 어떤 효과를 노리고 의도적으로 배치된 것이라는 점을 비교적 쉽게 확인할 수 있다. 예를 들면 다소 산만한 듯한 '횡설수설'과 역설적 표현, 모순어법 등이 그의 시의 산문적인 완만함과 평이함에 속도성과 암시성을 부여하며 더 나아가서는 그의 시를 난해하게끔 만드는 이유이다.

'~때문이다'라는 설명과 "헬리콥터의 영원한 생리이다", "헬리콥터

여 너는 설운 동물이다"라는 단정적 진술은 김수영 시의 흐름을 지배하는 논리적 진술의 가장 대표적이고 빈번한 서술이다. 이 점은 그의 시가 표면적으로는 논리적 서술체계를 띠고 있으면서도 그 논리적 설명이 오히려 시적 감상과 내용의 이해를 방해하고 있음을 알게 한다. 단정적 서술 부분은 서술의 모호함이나 암시성이 강하고 알레고리적인 요소를 포함하고 있거나 모순어법 등으로 이루어져 있어서 문맥의 의미 파악이 어렵다. 또 '~때문이다'라는 원인설명 자체도 오히려 단정적 서술의 내용을 설명하는 역할을 하는 것이 아니라 오히려 단정적 서술의 내포성을 더 확장시키는 기능을 수행하고 있다.

이 두 가지 사실을 통해서 알 수 있는 것은 「헬리콥터」에서 단정서술과 원인설명이 은유적인 구조로 이루어져 있다는 점이다. 즉, 단정서술과 원인설명의 병치는 논리적인 인과 관계가 아니라 새로운 의미생성의 구조이다. "사람이란 사람이……설움을 아는 사람일 것이다"와 "그들은 너무나 오래동안……못해 왔기 때문이다"는 서술의 병치적인 구조는, 헬리콥터의 '알레고리적인 함의'를 '설움을 생리로 지닐 수밖에 없는 역사적인 상황과 그 상황에 놓인 시인의 위치를 암시하는 수단'으로 만든다.

우매한 나라의 시인은 헬리콥터의 상승에서 '비애의 수직선'과 '동양의 풍자'를 느낀다. 그리고 그 풍자는 타자에 대한 공격적 풍자가 아니라 동양 혹은 우매한 나라의 역사에 대한 자기 풍자다. 헬리콥터가 설운 동물인 까닭은 2연에서 서술하고 있듯이 "린드버그가 헬리콥터를 타고서／대서양을 횡단하지 않았기 때문"은 아니다. 그것은 헬리콥터가 심정적으로 동양 혹은 우매한 나라의 역사를 환기시키는 알레고리가 될 수 있는 심정적 요인 중에 하나에 불과하다. 오히려 시인이 헬리콥터의 기체 안에서 동양의 풍자 혹은 알레고리를 느낄 수 있는 주된 까닭은 그것이 자유와 비애의 이미지를 함께 드러내고 있기 때문이다. 시인은 헬리콥터의 수직 상승에서 자유를 느끼는 반면에 "겸손의 침묵을 지켜가며 울고 있는” 모습에서 비애를 느끼는 것이다. 이 점은 헬리콥터의 양면성이 바로 동양 혹은 우매한 나라의 양면성과 통하기 때문이라는 의미이기도 하다. 우매한 역사를 지녔으므로 그 나라의 시인은 자유라는 말에 스며있는 비애를 가장 잘 알 수 있는 것이다. 따라서 김수영에게 자유는 비애의 원천이라는 측면에서 헬리콥터의 양면성 또는 생리와 그대로 일치하는 개념이다.

헬리콥터는 이 점에서 「달나라의 장난」에서 나타난 ‘나를 울리는’ 팽이에 비교될 수 있다. ‘공통된 그 무엇’이라는 것으로 암시된 심정적 동질성이 「달나라의 장난」에서 드러났다면 이제 「헬리콥터」에서는 그 ‘공통된 무엇’이 자유와 비애의 존재, 선의와 긍지라는 것으로 좀더 구체화되고 있음을 알 수 있다. 「헬리콥터」에서 ‘좁은 뜰’과 ‘항아리 속’에서 헬리콥터를 바라보는 ‘우리의 순수한 치정’은 「달나라의 장난」에서 팽이를 지켜보며 설움을 느끼는 화자와 공통점을 지니고 있다. 두 시의 화자는 자신에게 부재하는 ‘공통된 그 무엇’ 혹은 “너의 조상들이 우리의 조상과 함께／손을 잡고 초동물세계 속에서 영위하던／자유의 정신의 아름다운 원형”을 각각 ‘헬리콥터’와 ‘팽이’로부터 느끼고 있는 것이다. 자유는 멀리 바라보이는 동경의 대상이어서 영원한 설움의 대상이며 동시에 “앙상한 육체의 투명한 골격과 세포와 신경과 안구까지／모조리 노출 낙하시켜가면서／안개처럼 가벼웁게 날아가는” ‘긍지와 선의’가 없이는 가질 수 없는 것이기 때문이다.

「헬리콥터」는 시적 화자의 자세면에서 「달나라의 장난」보다 좀더 진보된 일면을 발견할 수 있는데 그것은 김수영의 시가 언제나 ‘형성의 차원’에 있었다는 것을 증명하는 실례이기도 하다. 우선 「달나라의 장난」은 설움에 임하는 화자의 자세가 “영원히 나 자신을 고쳐 가야할 운명과 사명” 또는 “방심조차 하여서는 아니될 터인데”, “생각하면 서러운 것인데／너도 나도 스스로 도는 힘을 위하여……울어서는 아니된다” 등 추상적인 견딤의 자세를 다짐하는 것으로 나타난다. 반면에 「헬리콥터」는 4연의 "더 넓은 전망이 필요없는 이 무제한의 시간 우에서 /……/앙상한 육체의 투명한 골격과……/남을 보기 전에 네 자신을 먼저 보이는/긍지와 선의가 있다"라는 표현이나 "자유의 정신의 아름다운 원형", '겸손의 침묵'과 같이 구체적인 윤리적 태도와 실천적 자세를 함축하는 단어 또는 구절로 표현된다. 이 둘의 차이는 시인의 시적 실천을 향한 현실적 자세나 태도가 그만큼 구체화되고 있다는 사실을 의미한다. 마찬가지로 김수영의 「헬리콥터」 이후의 시에는 실천적 자세를 나타내는 윤리적 덕목으로 양심과 정의, 사랑 등이 나타나기 시작하는데 이런 사실은 그의 시가 끊임없이 현실 속에서 시적 실천을 위한 윤리적 자세를 개념화하고 있다는 것을 나타낸다.

4. 자기형성의 차원과 '새로움'—생활과 시의 일치

이 글 앞 부분에서 그의 산문정신의 근거를 확인하면서 살펴본 사실과 관련시켜 생각한다면, 앞 장에서 지적한 그의 시에 나타나는 윤리적인 실천 자세의 개념화라는 특징이 김수영이라는 시인의 세계에 대한 끊임없는 개진의 자세가 구체화된 하나의 사례라는 것은 쉽게 알 수 있을 것이다. 산문정신에 근거한 세계에 대한 개진이 그의 시적 자세로 대표될 수 있는 가장 큰 이유는 그의 시에 드러난 특징이 윤리적 실천 태도의 명제화라는 것으로 합치되는 지점에서 쉽게 확인된다. '온몸'으로 쓰는 시의 의미는 다른 말로 하면 시간의 흐름 위에 놓인 '역사적 인간'의 세계를 향한 끊임없는 자기 투신 혹은 자기 변신의 과정이고 그 결과물이다. 그것이 세계에 대한 개진을 말하는 산문정신의 힘이고 '자기형성의 차원에서 <새로움>을 제시하는 문학자의 의무'에 충실하는 태도인 것이다.

김수영이 시적인 실험과 전위, 그리고 현실적인 자기 실천, 역사의식을 하나의 명제로 축약할 수 있었던 것은 산문정신을 통한 세계에의 개진을 하나의 윤리적 덕목으로 삼은 까닭이라고 할 수 있다. 시인 김수영과 자연인 김수영의 사회적 불일치를 용납하지 않는 실천적, 윤리적 합일의 추구는 그의 시를 '형성의 차원'에 놓인 <새로운>것으로 만들어 주었고 그 새로움은 정신을 통한 형식의 변화, 개인의 적극적인 역사 개입, 개인과 사회의 갈등측면의 진정한 내면화를 이룩하는 성과를 낳았다.

「달나라의 장난」과 「헬리콥터」의 의의를 재검토하는 과정에서 이 글이 주로 주목한 것은 그의 산문정신의 실체가 그의 시적 실천과정에서 어떻게 반영되는가 하는 것이었다. 이 점은 그의 시가 애초에 '형성의 차원'에 있다는 전제를 어느 정도 받아들인 것이었고 실제로 이 두 편의 시가 씌여진 시간적 격차에 따른 변화 양상에도 상당한 관심을 기울였다. 그리고 그 결과는 이미 앞에서 밝혔듯이 그의 시가 윤리적 실천의 자세를 스스로 특정한 윤리적 항목으로 개념화하는 방식을 취하고 있다는 점의 발견으로 나타났다.

비교적 초기시에 해당하는 이 두 편의 시를 통해서 파악된 김수영 시의 특징은 사실은 단편적인 면에 그칠 수밖에 없다고 여겨진다. 그러나 그의 시적 기초를 이루는 몇몇의 내적 풍경은 이 글에서 어느 정도 밝혀 낼 수 있었다고 생각된다. 단지 시대와 개인의 상관관계에 주목해 온 김수영의 시적 도정에서 그의 내면에 각인된 개인의 역사적 위치에 대한 시적 의미화만은 그 변화의 양상에 주목해서 차후에 후기시와 비교해서 좀더 상세하게 다루어질 필요가 있을 것이다. 「달나라의 장난」에서 살펴본 김수영의 ①타자에 대한 인식, ②소시민적 자아의 설움과 사물의 진리로부터 느끼는 막막함이 주는 설움의 사이에 놓인 자의식, ③「헬리콥터」에서 발전적인 면모로 변화하는 '설움·자유' 등 추상적 관념의 윤리적 구체화는 그의 시적 비밀을 밝혀주는 중요한 특질들이라고 할 수 있다.

특히 60년대로 접어들기 전에 개인과 역사의 만남을 자신의 시적 풍경

안에서 구체화해 나가는 과정에서 성실한 자기형성의 논리가 김수영의 시적 자의식을 구성하는 핵심요소로써 초기시에 이미 자리잡고 있었다는 것을 확인할 수 있었던 점은 나름대로 이 글의 중요한 성과라고 여겨진다. 그 까닭은 그의 초기시와 후기시의 상관관계에 대한 중요한 해답의 열쇠가 여기서 찾아지기 때문이다. 이 점은 그의 초기시에 나타난 시적 자의식의 연속선상에서 60년대 이후 시의 현실참여, 실천적 면모 등을 설명할 수 있다는 의미이다. 또한 이것은 그의 시와 시론의 일치점을 확인할 수 있는 구체적 증거이기도 하다. **새미**

고독과 비상의 시학

— 김수영의 「그 방을 생각하며」, 「푸른 하늘을」을 중심으로

이 기 성*

1.

식민지 이래 근대에의 지향은 시적 주체들에게는 자기 소멸에의 공포를 동반한 것이었다. 근대적 세계가 주체를 위협하는 거대한 폭력으로 우리에게 다가온 경로가 그러했고, 세계의 광포한 힘에 대응할만한 주체가 성숙되어 있지 못 했다는 점에서도 역시 근대는 공포의 다른 이름이었다. 그리하여 근대를 향한 열망의 반대편에는 소멸의 위기로부터 주체를 보존하려는 내적의지가 길항하고 있었다. 그것은 죽음으로 상징되는 세계와 대응해 갈 강력한 주체의 성립이 시적 과제로서 요구되었다는 말이기도 하다. 김수영은 근대라는 죽음의 공포를 직시하고 이에 대응해 가는 새로운 주체의 모습으로 우리 시사에 각인되어 있다. 그가 보여주는 새로운 주체는 세계와의 대응하는 자아의 내면을 끊임없이 갱신해 감으로써 근대의 동의어인 죽음을 극복해 가는 과정에서 생성된다.[1)]

---

* 이대 강사. 주요 논문으로 「해방기 신진 시인 연구」 등이 있음.

1) 이러한 그의 시적 태도는 식민지적 근대에 억압된 자아의 내면을 왜곡된 양상으로 표출했던 이상의 공포와는 얼마나 다르며(서영채 「이상 소설의 수사학과 한국문학의 근대성」『소설의 운명』 문학동네, 1995. 382쪽) 또 그

근대의 억압적인 힘에 질식 당하지 않고 세계와의 긴장을 유지해 가는 주체의 모습은 물론 4 · 19라는 단절적 매개의 경험과 근대의 물질적 토대의 성숙이라는 외부적 요소와 떼어서 생각할 수는 없을 것이다. 4 · 19는 근대라는 허울을 둘러싼 야만적 권력을 발가벗기고 자유와 민주주의라는 근대적 이념에의 요구가 최초로 모습을 드러낸 순간이다. 또한 4 · 19를 통해서 드러난 민중적 주체의 모습은 식민지 이래의 근대라는 가위눌림에서 벗어나 진정한 근대적 주체로서의 자아가 성립할 수 있다는 가능성을 보여준 것이었다. 김수영은 4 · 19의 경험을 누구보다도 직접적이고 깊이 있게 받아들임으로써 새로운 시적 영역을 열어간다. 4 · 19의 섬광이 어두운 내면에 비추었을 때, 내면을 향해 있던 시인의 시선은 비로소 세계와 정면으로 마주볼 수 있게 되었다. 그것은 이후 김수영이 시적 사유의 틀을 형성해 나가는 바탕이 되었으며, 이후 김수영의 시적 세계는 이 순간의 빛으로부터 자유로울 수 없었던 것이다.

2.

김수영의 초기시 「방 안에서 익어가는 설움」(1954)에서 시인의 방안을 엿볼 수 있다. '방'은 세계와 단절된 내면 공간이며, '방'을 통해 우리는 세계를 향해 걸어나오지 못 하는 시인의 내면의 풍경을 읽어 낼 수 있다. 이 시에서 시인의 방안을 채우는 것은 설움이다. 이 설움의 정조가 표출하는 빛깔은 검은색이며, 이 죽음의 빛깔이 김수영의 초기시의 주조를 이룬다. '3월도 되기 전에／그의 내부에서는 더운 물이 없어지고／어둠이 들어 앉는다'(「수온로」)에서도 시인의 내면은 어둠이 가득한 수온로의 내부와 동일

것은 김수영과 동시대를 경험했던 50년대의 모던보이 박인환이 보여준 미성년의 절망의 몸짓과는 얼마나 거리를 두고 있는가.

시 되고 있다. 이렇게 검은빛은 의식의 단절, 정신의 진공상태를 의미하며,[2] 주체의 죽음을 환기하는 빛깔이다. 시 「더러운 향로」에서 어둠은 강한 자기연민의 그림자로 드러나기도 한다. 역사적 의미를 상실한 채 비어 있는 고궁의 더러운 향로는 시인의 그림자를 담고 있을 뿐이며, 자아의 내면은 역시 향로의 텅 빈 속과 같은 상실감으로 차 있다. 이때 향로를 만지면서 우는 시인의 행위는 '자기의 그림자를 마시는' 나르시즘적 양상으로 드러난다. 여기서 외부세계를 향하지 못하고 내면에 함몰된 시선을 통해서 시인은 세계와의 긴장을 상실한 자아의 폐쇄된 내면을 보여준다.

그런데 내면을 향한 시선의 한편에 시 「방 안에서 익어가는 설움」에서와 같이 '설움'을 역류하려는 의지가 자리잡고 있다. 그것은 무의미하게 흐르는 시간의 흐름을 정지시키려는 몸짓으로 드러난다. 시인의 내면에 변화와 의지를 가져오지 못하는 무의미한 시간의 부정성을 '역류'하는 것은 시인의 '정신'이며, '생명', '생활', '시대'이다. 그것은 시인이 갇힌 내면의 방에서 '반짝이는 별과 같은 흰 단추'가 내포한 빛을 발견하는 일이기도 하다. 설움의 시간이 지닌 무의미한 흐름은 '흰 단추'의 고정된 빛을 통해서 정지된다. 그리하여 '익어가는' 이라는 진행의 술어에서 보이는 시간의 흐름은 '마지막 설움'이라는 종착을 향해 귀결되고 있다. 이때 설움에 몸을 맡기는 시인의 행위는 수동적으로 설움에 안겨가는 것이 아니라, 설움이 완료되는 마지막 순간을 향해서 의식적으로 자기를 투사하는 일이 된다.

이때 방 안의 어둠을 '푸른 옷과 흰 단추'의 새로운 빛으로 전환시키는 시인의 의지는 죽음을 넘어서려는 의지와 통한다. '죽음이 싫으면서／너를 딛고 일어서고／시간이 싫으면서／너를 타고 가야 한다∥창조를 위하여／방향은 현대－'(「레이판탄」)에서처럼 죽음을 넘어서기 위해서 죽음의 시간에 자아를 맡기는 일은 살인적인 근대적 속도와 시간 속에서 주체를 보존

2) 김수영의 시에서 백색이 시적 사유를 촉발하는 계기로서 작용하는 것(김상환 「스으라의 점묘화」 『철학연구』 30집, 92. 봄, 364쪽)과는 대조적으로 죽음의 빛깔인 검은빛은 사유의 단절, 정신적 진공의 상태를 의미하게 된다.

하는 역설적 방식에 기대고 있다. 근대의 환멸과 권태, 피로라는 정신적 가사상태에 빠졌던 이상의 경우와 달리, 김수영은 근대의 속도와 그 속에 내포된 죽음의 의미를 간파하고 이를 적극적으로 내면화함으로써 그것을 주체의 속도로 변화시켜 가는 순발력을 보여 주는 것이다. 그리하여 김수영의 시에서 세계와 주체의 대결은 금지된 책을 읽어보는 행위, 방의 문을 열고 나오는 주체의 행위를 통해 상징적으로 드러난다. 7연에서 금지된 책을 읽는 행위는 근대라는 텍스트와의 소통을 의미하며, 비판적 지성을 무기로 세계와의 긴장된 대결을 수행하는 시인의 태도를 의미한다. 그것은 또한 '설움이 힘찬 미소와 더불어 寬容과 慈悲로 통하는 곳에서/…/生氣와 愼重을 한몸에 지니'(「九羅重花」)는 시적 태노를 견지함으로써 죽음이라는 근대에의 폭력을 견디는 일이 된다. 시인이 생기와 신중이라는 세계에 대한 새로운 태도를 발견하는 것은 4·19라는 전환적 계기를 통해서이다.

앞에서 말했듯 '방'이란 세계와의 단절된 시인의 내면의 공간이다. 그런데 방은 세계로부터 도피하여 얻어지는 내밀한 공간이면서 세계를 향해서 열려진 공간이기도 하다. 그때 방은 밀폐된 공간이 아니라 새로운 세계를 잉태하는 자궁의 이미지로 드러난다. 혁명은 새로운 세계를 향한 내면의 회임이며, 산고를 통해서 얻어지는 의식의 전환을 의미한다. 시인에게 4·19는 폐쇄된 방안의 공간의 문을 열어젖힐 수 있는 가능성으로 다가온다. 그러나 혁명은 좌절되고 시인의 의지는 '방'을 바꾸는 행위로 귀결된다. 방을 바꾸는 것은 또다른 내면의 공간 속에 자신을 밀어넣는 회귀의 행위이다. 김수영은 이 새로운 현재의 방의 의미에 천착함으로써 새로운 세계를 향한 모색을 보여준다.

革命은 안되고 나는 방만 바꾸어 버렸다
그 방의 벽에는 싸우라 싸우라 싸우라는 말이
헛소리처럼 아직도 어둠을 지키고 있을 것이다

나는 모든 노래를 그 방에 함께 남기고 왔을 게다

그렇듯 이제 나의 가슴은 이유없이 메말랐다
그 방의 벽은 나의 가슴이고 나의 四肢일까
일하라 일하라 일하라는 말이
헛소리처럼 아직도 나의 가슴을 울리고 있지만
나는 그 노래도 그 전의 노래도 함께 다 잊어버리고 말았다

革命은 안되고 나는 방만 바꾸어 버렸다
나는 인제 녹슬은 펜과 뼈와 狂氣－
失望의 가벼움을 財產으로 삼을 줄 안다
이 가벼움 혹시나 歷史일줄 모르는
이 가벼움을 나는 나의 財產으로 삼았다

革命은 안되고 나는 방만 바꾸었지만
나의 입속에는 달콤한 意志의 殘滓대신에
다시 쓰디쓴 냄새만 되살아났지만

방을 잃고 落書를 잃고 期待를 잃고
노래를 잃고 가벼움마저 잃어도

이제 나는 무엇인지 모르게 기쁘고
나의 가슴은 이유없이 풍성하다.

— 「그 방을 생각하며」(1960.10. 3) 전문

이 시는 혁명이 좌절된 상황 속에 놓인 자아의 내면을 드러내고 있다. 이 시에서는 과거의 공간(혁명을 통한 열망의 공간)과 현재의 공간(좌절의 공간)이 대립적으로 나타난다. '방'은 '나의 가슴, 나의 사지, 육체'등을 통해서 드러나듯 육체적 혹은 정신적 공간이다. 그런데 현재의 공간은 과거의 '노래'와는 단절된 공간이며, 과거는 어둠으로 가득찬 부정적 공간으로 남는다. '혁명은 안 되고／나는 방을 바꾸어 버렸다'에서처럼 '방을 바꾸는' 행위는 존재의 전환이라는 혁명의 의미와 내면

적으로 닿아 있다. 그 방은 '모든 노래' '의지'가 상징하는 유토피아적 열망을 꿈꿀 수 있었던 공간이며, 새로운 세계를 잉태한 공간이기도 하다. 그러나 혁명의 실패로 그 방을 바꾸는 행위를 무의미한 것으로 그치게 된다. 그리하여 시인은 과거의 방에서 현재의 방으로 옮겨왔으나 그것은 새로운 변모를 의미하지 않는다. 오히려 '일하라', '싸우라'는 의지의 발현과 '노래'는 닫혀진 과거의 방 안에 봉쇄된다. 그리하여 '싸우라', '일하라'는 적극적 행위들은 '헛소리'처럼 시인의 가슴을 울릴 뿐이다. 또한 현재의 방은 '달콤한 의지대신 쓰디쓴 냄새', '메마른 공간'에서 보이는 불모의 절망감으로 가득찬 공간이 된다. 이때 '과거／현재'의 방의 단절감은 '잊어버리다', '잃다'의 반복적 진술을 통해서 강화되고 있다. 과거의 방은 미래의 외부로 향해 열려질 때 의미를 지닌다. 그러나 혁명의 실패로 새로운 세계를 향한 의지는 방의 외부(세계)로 투사되지 못하고 시인은 또다시 불모의 자궁에 갇히게 되는 것이다.

그런데 이 과거의 방을 생각하는 현재의 자아의 내면은 '무엇인지 모르게 기쁘고', '이유없이 풍성하다'에서 보이듯 강한 의지와 희열에 넘쳐 있다. 이러한 내적인 상승은 '녹슬은 뼈, 광기, 실망, 의지의 잔재'의 과거의 부정적 의미들과 '기쁨'으로 드러나는 현재의 자아 사이에 놓인 간극을 극복하는 데서 얻어진다. 놀랍게도 시인은 '쓰디쓴 과거의 찌꺼기'를 현재를 위한 재산으로 삼는 인식의 전환을 보여준다. '녹슬은 펜, 뼈, 광기'등 절망의 기호들이 담지한 무거움은 '가벼움'으로 치환된다. 혁명의 좌절이라는 절망의 무게를 가벼움으로 치환하는 이러한 시적인식은 '역사'의 무게 역시 '가벼운 것'이라는 인식을 보여준다. 그것은 세계를 자아의 내면으로 끌어당겨, 그 가벼움으로 극복하고자하는 치열한 의식에서 비롯된다. 4연에서 보이는 '기대, 노래'를 잃은 절대적 상실과 고갈의 공간, 불모의 공간을 새로운 희망의 공간으로 바꾸어 준다. 이때 좌절된 혁명 즉 '실망과 역사'의 무게를 '가벼움'으로 치환하는 역설적 인식의 바탕에는 현재의 방에서 벗어나고자 하는 의지,

좌절된 혁명을 완성하려는 의지가 놓여 있다.

또한 '아직도'라는 시어를 통해서 드러나듯 과거의 의지는 현재와 단절된 것이 아니라 현재의 시인의 내면을 울리는 것으로 드러난다. 그리하여 단절을 거부하는 의식 속에서 시의 전면에 드러나지 않던 미래의 공간(방)이 생성된다. 어둠의 무게, 절망의 무게를 풍성한 가벼움으로 치환하는 힘은 바로 드러나지 않는 미래의 방이 존재함으로써 가능하다. '기쁘고 풍성하다'에서 보이는 시적태도는 응축된 내면의 상태로부터 외부로 확장되어간다. 풍성함이 흘러가 닿는 지점은 미래의 공간이다. 미래의 시간은 혁명의 좌절을 역전시키는 데서 얻어진다. 그러므로 이 시에서는 과거－현재－미래가 단절된 공간이 아니라 새로운 세계를 향해 나가는 의식이 도정 속에서 연속성을 이루게 된다.

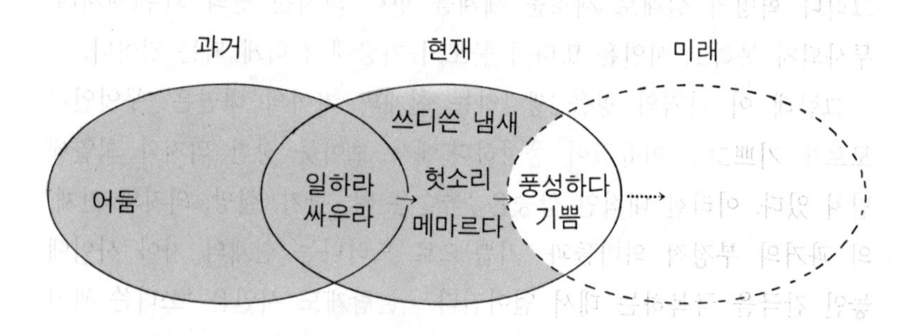

시인에게 혁명은 방을 바꾸는 것이며, 동시에 폐쇄된 방에서 벗어나 새로운 세계를 향해 나가는 것이기도 하다. 그것은 자아의 폐쇄된 내면을 확장해 나가는, 미래를 향한 열린 시선을 의미한다. 그리하여 무의미한 시간, 검은 공간은 정지되고, 설움의 시간이 빠져나간 텅 빈 공간은 백색의 공간으로 전화된다. 자아와 세계에 대한 새로운 인식을 촉발하는 이 백색의 공간에서 '머물러 앉은' 정지상태에 놓여 있던 시인은 '책을 열어보는'(「가까이 할 수 없는 서적」)의 행위의 주체가 된다.

책이 열리고 새로운 세계의 문이 열린다. '앉다', '멀리 보다'가 보여주는 자기의식의 정지 상태는 역동적 비상의 행위로 치환 되며, 그 정신의 역동성은 '방'과 대립되는 '푸른 하늘'이라는 광대한 세계로 시인을 이끌어 낸다.

3.

4·19혁명은 기존의 가치와 질서의 전복, '썩어빠진 어제와의 결별'을 통해서 시적 갱신의 근거를 마련해 주었다. 물론 세계와 자아에 대한 비판적 인식이라는 시적 화두는 4·19라는 외적 계기만으로 얻어진 것은 아니다. 오히려 시인의 내면에 흐르던 자기부정과 갱신에의 의지가 4·19라는 계기를 통해 한층 새로운 양상을 띨 수 있었다고 보는 것이 타당할 것이다. 여기서 4·19가 정치역사적 의미를 넘어서 보다 깊은 내면적, 존재론적 계기로 작용하게 됨을 주목해야 한다. 그것은 앞서 살펴본 '설움을 역류하는' '생활, 생명, 정신, 시대'의 구체적 의미를 역사적 현실 속에서 가능성으로 확인할 수 있게 되었다는 의미이며, 근대적 세계와의 주체사이의 긴장의 확보라는 시적과제의 성취를 향한 도약을 의미하는 것이기도 하다. 여기서 시인의 내면을 가득 채웠던 죽음의 빛은 '자유'라는 생에의 의지로 전환되어 간다. 그렇다면 절망으로 가득 찬 '으스러지는 육체'를 그토록 가볍고 풍성하게 바꾸어 줄 수 있는 동력은 무엇인가. 시인의 내면을 풍성함으로 채우는 '이유 없는' 기쁨에 대한 의문을 해소할 수 있는 가능성을 다음의 시에서 발견하게 된다.

> 푸른 하늘을 제압하는／노고지리가 자유로왔다고
> 부러워하던／어느 시인의 말은 수정되어야 한다∥
> 자유를 위해서／비상하여본 일이 있는／사람이면 알지／

노고지리가／무엇을 보고／노래하는가를／어째서 자유에는／
피의 냄새가 섞여있는가를／혁명은／왜 고독한 것인가를∥
혁명은／왜 고독해야 하는 것인가를

—「푸른 하늘을」 전문

푸른하늘이 보여주는 광활함은 시인이 지향하는 자유로운 세계를 상징한다. 노고지리의 비상은 세계를 향해 자신을 투사해가는 자아의 폭발적 의지를 드러낸다. 노고지리는 푸른 하늘을 제압하는 상승적 힘을 보여준다. 그러나 이 힘이 곧바로 자유와 등치되는 것은 아니다. 시인은 그 비상에서 시인은 혁명과 피의 의미를 읽는다. 즉 자유는 고독과 동일한 의미이며, 그것은 '피'의 희생과 수난을 수반한다. 시인은 세계를 제압하는 힘의 표출이 아니라, 내면으로 응축되는 고독의 내출혈을 통해서 혁명은 완성되는 것이라는 인식을 보여준다. 피의 붉은 빛은 하늘의 푸른 빛이 대조를 이루며, 노고지리의 '고독'하게 응축된 수직의 상승은 하늘이라는 광대한 배경 속에서 강렬한 이미지로 충돌하여 시각적 긴장을 이룬다. 이 시에서 김수영은 그의 시적 특성인 수사의 과잉, 요설과 절연된 단순하고 절제된 언어의 힘을 획득하고 있다. 절제된 언어의 행간은 비상의 강렬함과 속도감으로 채워지며, 이때 광대한 하늘의 공간을 '제압하며' 솟구치는 노고지리의 단단한 응결성은 현실의 어떠한 구차함과도 절연된 정신의 힘이 폭발하는 절정을 보여준다. 그것은 시 「폭포」에서 수직낙하 하는 폭포의 '고매한 정신'이 내포한 깊이와 상응하는 수직의 높이를 보여준다. 이 속도의 절정은 결코 흔들림없는 정신의 부동성(不動性)을 지시하며, 그 부동성은 '방안에 가득한 설움'에서 보이는 시간의 수평적 흐름을 정지 시키는 힘이기도 하다.

바로 여기에 김수영의 시가 도달하고자 하는 '자유'의 모습이 드러난다. 노고지리의 내면을 채우는 것은 고독이며, 솟구치는 비상에의 동력은 이 고독으로부터 나온다. 고독은 비상의 절정에서 부동하는 내면이며, 그것은 세계와의 긴장을 유지하는 주체의 자기 견인력이기도 하다. 그런데 이 시에서 김수영이 주목하는 것은 고독 자체가 아니라, '고독해야 하는' 당위성에 자기를 맡기는 태도이다. 즉 1연의 '어느 시인'은 자기 자신이며, '비상을 하여본 사람'의 시선을 통해서 자신의 내면을 드러낸다. 그래서 3연의 고독의 당위성은 혁명을 향한 시인의 열정에 대한 자기 응시의 시선이 낳은 노력으로 읽힌다. 그것은 그 고독을 자기 것으로 승인한 후에야 진정한 비상과 혁명이 얻어지는 것임을 자각한 데서 나오는 시적 태도이다. 그것은 비상을 '부러워하는' 소극성을 넘어, 고독을 향해 자신을 투사하는 강한 역동성을 의미한다.

김수영의 시에서 드러나는 강력한 자기 갱신의 힘은 바로 이 고독에 대한 당위성을 자아의 존재 근거로 삼는 태도에서 비롯된다. 이러한 시적 태도를 김수영은 「사랑의 변주곡」에서 그것을 '단단한 고요함'이라 하였다. 그것은 시인을 둘러싼 세계의 소음에 대응해가는 '활력'과 내면을 견인하는 '고요'가 통일된 순간을 의미한다. 김수영의 시작을 관통하는 화두였던 '자유'의 의미는 시인의 삶의 토대를 이루는 현실적 억압으로부터의 해방인 동시에, 근대라는 무한한 공간 속에서 내면의 긴장을 유지함으로써 얻어지는 정신의 자유와 그에 상응하는 생에의 의지로 확장되어 간다. 시인은 세계를 향한 비상을 통해 죽음의 공간을 극복해 냄으로써 현실의 좌절된 혁명을 내면의 혁명으로 완성해 간다. 세계의 '활력'과 내면의 '서늘한 고요함' 사이의 긴장을 놓지 않으려 했던 김수영의 시적 태도는,[3] 세계에 대응하는 주체의 내면의 확보를 통해서 얻어진다. 「그 방을 생각하며」에서 고갈된 내면공간을 풍성한 '기

3) 당시에 쓰여진 산문에서 그의 내면을 짐작할 수 있다.
"<4월26일> 후의 나의 정신의 변이 혹은 발전이 있다면 그것은 강인한 고독의 감득과 인식이다. 이 고독이 이제로부터의 나의 창조의 원동력이 되리라는 것을 나는 너무나 뚜렷하게 느낀다. 혁명도 이 위대한 고독없이는 되지 않는다. 두말할 나위도 없이 혁명이란 위한 창조의 추진력의 複本이니까. 요즈음의 나의 심경은 외향적 명랑성과 내향적 침잠 혹은 섬세성을 완전히 일치시키는데 성공하고 있다."
황동규, 『김수영전집2』 민음사, 1981, 331쪽

쁨'으로 바꾸어 내던 시인의 의지는 <푸른 하늘을>에서는 비상의 역동성으로 고양되고 있다. 그것은 현재의 폐쇄된 공간을 미래의 열린 공간으로 옮겨 놓으려는 의지의 발현이다. 이 폭발적인 비상이 보여주는 원심력을 시인은 '고독'이라는 집중된 힘으로 절제하고 있다. 즉 세계를 향한 '풍성한 기쁨'이 보여주는 확산된 의식은 내면을 끌어당기는 고독의 힘과 긴장을 이룰 때 더욱 심화된다. 세계와 내면 사이의 긴장된 힘이 '무엇인지 모르게 기쁘고,' '이유 없이 풍성하다'(「그 방을 생각하며」)라는 귀절에 던져지는 의문에 대한 해답이자, 일견 손쉬워 보이는 결단의 순간에 시인의 내면에 자리한 치열한 내적투쟁이 도달한 결과이기도 하다.

4.

세계에 대한 비판적 인식과 반성적 자기 응시를 통해 주체의 내면을 확보해 나갔던 김수영의 시적 궤적은, 세계와 대응해 가는 비판적 주체의 확립이라는 근대적 인식을 드러내는 역동적 텍스트라 할 수 있을 것이다. 식민지 이래 우리 시가 걸어온 길은 근대에 대한 이끌림과 부정이라는 양가적 태도였다. 근대에 경사되는 주체의 자기의식의 부재상태는 근대라는 죽음의 이미지로부터 주체를 자유롭게 하지 못했다. 김수영의 시는 폐쇄된 내면을 채우던 설움을 역동적인 비상의 힘으로 전화시켜 나가는 과정을 통해서 세계에 대응해가는 주체의 자리를 확보해 나가고 있다. 이러한 태도는 근대라는 세계에 대한 응시의 시선을 놓치지 않으면서, 내면의 긴장을 유지하려는 주체의 정신적 긴장에서 얻어지는 것이다. 그것은 세계에 대응하는 주체의 확립과 세계의 부정성을 극복하는 비판 정신의 획득이라는 시사적 과제에 닿아 있었다. 근대의 텍스트인 '책'을 열어 봄으로써 세계를 향해 단호한 손을 내밀었

던 김수영은 이러한 성숙된 주체의 모습을 보여준다는 점에서 우리시가 올랐던 한 정점이라 할 수 있다. 새미

'곧은 소리'의 요구와 탐색

— 김수영의 시의식과 관련하여

최 현 식*

"동무여 이제 나는 바로 보마／事物과 事物의 生理와／事物의 數量과 限度와／事物의 愚昧와 事物의 明晳性을∥그리고 나는 죽을 것이다". 김수영의 첫 시나 다름없는 「孔子의 生活難」의 3, 4연인 이 부분이 『論語』 이인(里仁)편의 "아침에 도를 들으면 저녁에 죽어도 좋다(朝聞道夕死可矣)"는 구절의 인유(引喩)란 사실은 널리 알려져 있다. 한 시인에게 있어 최초의 작품이 어느 정도는 그가 펼쳐갈 시세계에 대한 방향타로 작용한다는 점을 인정한다면, 우리는 김수영의 이러한 인유가 치밀하게 의도된 것이란 사실을 쉽사리 추측할 수 있다. 사물의 다양한 측면에 대한 이해 의지로 표현되어 있는 시인의 '도(道)'에 대한 관심과 추구욕은 다음의 두 마리 토끼를 동시에 겨냥했던 것으로 보인다. 그 하나가 자연인 혹은 생활인으로서 삶에서 얻어야 할 궁극(窮極)이었다면, 또 하나는 시인으로서 시(詩)에서 얻고자 한 그것이었을 것이다. 사실 여기서는 이해의 편의를 위해 이러한 식으로 분류해보았지만, 김수영에게 이 두 가지의 궁극이 결코 다른 것이 아니었다는 점은 그의 시

* 연세대 · 광운대 강사, 주요 논문으로 「서정주 초기시의 미적 특성 연구」, 「'사실성'의 투시와 견인—오규원론」, 「데포르마시옹의 시학과 현실대응 방식」 등이 있음

집을 한 번 훑어보는 것만으로도 족하다. 곧 그에게 시는 이 세상에 자신의 살아있음을 증거하는 '기침'이자 세상의 온갖 저질가의 압제와 부자유, 부조리를 향해 내뱉는 '침'이었고, 또한 그 산문적 현실과 거기에 물들어 사는 자신에 대한 야유와 풍자를 넘어 그 비참한 현실로부터 자기를 구원하는 해탈의 매개체였다. 이런 점에서 그에게 시는 "신(神)들이라든가 신 하나만이 자취를 감춰버린 것이 아니라 신이라는 광채까지도 세계사에서 사그라져 버"린 현대라는 "궁핍한 시대(die dürftige Zeit)"[1]를 날날이 적발하는 동시에 구원하려는 봉화(烽火)였다.

김수영이 "영원히 나 자신을 고쳐가야 할 運命과 使命에 놓여 있는 이 밤"[2](「달나라의 장난」)에 지피는 그 봉화의 땔감으로 가져온 것은 무엇보다 정(正)과 직(直)의 정신이었다. 예컨대, 위의 "나는 바로 보마", "정말 속임없는 눈으로"(「달나라의 장난」), "부끄러움이 없는"(「付託」), "부끄러움을 모르는 꽃들"(「九羅重花」) 등에서 보듯이, 그의 초기시에는 "곧은 소리"(「폭포」)로 대변되는 정직과 양심, 지공무사(至公無邪) 등 '도'의 자장에 포섭될만한 관념들에 대한 열망으로 넘쳐난다. 그런데 이런 욕망이 수사적 의장이나 우회없이 막바로 내뱉어지고 있다는 사실은 그것의 결핍으로 인한 목마름이 매우 절박한 상태라는 것을 역설적으로 말해준다.

김수영의 그 절박함은 널리 알려진대로 '설움'의 정서에 의탁되어 있다. 어느 시인의 지적대로, 이 '설움'은 세상에 내던져진 존재로서의 인간 모두가 느끼는 보편적인 정서라기보다는, "한결 현실적이고 우리의 한에 가까운 우리만의 슬픔같은 느낌"에 가까운 것이다.[3] 이런 느낌은

---

1) M. 하이데거, 전광진 옮김, 『하이데거의 시론과 시문』, 탐구당, 1981, 36쪽.
2) 이런 부분을 통해서 보자면, 김수영의 시의식이 시를 자기수양을 통한 인격완성의 한 방편으로 인식하였던 동양의 전통적인 시관에 얼마간은 빚지고 있다는 사실을 알 수 있다.
3) 정현종, 「시와 행동, 추억과 역사」, 황동규 편, 『김수영의 문학』, 민음사, 1983, 228쪽.

무엇보다도 도덕적 · 윤리적 염결성에 깊이 연루되어 있는 김수영의 앞서의 의지들이 50년대 당시의 '생활난'에 대한 매우 구체적인 성찰 속에서 얻어지고 있다는 점에서 비롯한다. 그런데 우리는 김수영에게 이 '생활난'이 단지 경제적 궁핍만을 의미하지는 않았다는 사실을 주의해야 한다. 오히려 그것은 삶과 세계의 궁극을 향한 모색들을 원천무효화시키는 50년대적 현실의 강팍스러움에서 오는 것이었다. 주지하다시피 50년대는 한국적 모더니티의 가장 추악한 발현태였던 6·25 전쟁으로 인한 세기말적 허무주의가 모든 이의 영혼을 좀먹던 시대였던 동시에, 이범선의 「오발탄」이 보여준 것처럼 최소한의 자기 존엄성과 윤리마저도 박탈당할 수밖에 없었던 '인간성 수난시대'였다. 이런 사태와 관련된 김수영의 대표적 삽화로 우리는 「어느날 고궁을 나오면서」에 표현되어 있는 포로 수용소의 경험을 들 수 있을 것이다. 그는 많은 사람의 비웃음과 스스로의 '옹졸함'에 대한 자책 속에서도 최소한의 양심과 인간성을 지키려는 고육지책으로 포로를 감시하는 '포로경찰' 대신 "너어스들과 스폰지를 만들고 거즈를 개키는" 일을 기꺼이 선택하고 있다. 아마도 이러한 경험은 그로 하여금 주관의 의지와 예측에 따라 전개되기는커녕 그런 기대를 정면으로 배반하는 사태의 끊임없는 연장이 현실의 본질임을 냉혹히 깨닫게 하였을 것이다. 시대고(時代苦)로부터 기인하는 그의 이같은 총체적인 상실감은 실제적인 '생활난'과 맞물리면서 자신의 무기력과 왜소함에 대한 "말할 수 없이 깊은 치욕"(「九羅重花」)감과 '설움'을 한층 깊게 하였을 터이다.

그러나 그는 "설움을 逆流하는 야릇한 것만을 구태여 찾아서 헤매는 것은／우둔한 일인줄 알면서／그것이 나의 생활이며 생명이며 정신이며 시대이며 밑바닥이라는 것을 믿"(「방안에서 익어가는 설움」)을 줄 아는, 즉 끊임없는 파괴와 생성의 정신을 사는(生) 낭만적 아이러니스트였다. 이같은 그의 모습은 마치 자기 스스로를 '현실 밑바닥의 참여자'로 여겼던, 곧 형벌의 질량을 자진해서 가장 많이 짊어지고 인간질

곡의 밑바닥을 떠맴으로써 '스스로의 사형집행인이고 또 스스로 사형수'이고자 했던 보들레르의 현실과 예술에 대한 태도를 상기시키는 바가 있다.[4] 실제로 김수영은 앞으로 보게 되겠지만, 그 밑바닥의 현실을 운명으로 수락하되, 오히려 거기서 시와 존재의 반란을 꾀하는 아찔한 모험의 시학을 '온 몸으로' 실천한다.

다음 시는 그것이 구체화되기 시작할 무렵(1955년 이후)의 시인의 내면을 잘 보여주는 바, 우리는 이로부터 앞으로 그의 시세계를 관통하게 될 시의식의 요체를 얼마간 미루어 볼 수 있게 된다.

> 率直한 告白을 싫어하는／뮤우즈여／妬忌와 競爭과 殺人과 姦淫과 詐欺에 대하여서는／너에게 이야기하지 않으리라／適當한 陰謀는 세상의 것이다／이 어지러운 세상을 살아가기 위하여／나에게는 若干의 輕薄性이 必要하다／물 위를 날아가는 돌팔매질—／아슬아슬하게／세상에 배를 대고 날아가는 精神이여／너무나 가벼워서 내 자신이／스스로 무서워지는 놀라운 肉體여／背反이여 冒險이여 奸惡이여／간지러운 肉體여／表面에 살아라／뮤우즈여／너의 腹部를랑 하늘을 바라보게 하고—
>
> —「바뀌어진 地平線」(1956) 부분

이 시에서 무엇보다 중요한 것은 "생활을 하여나가기 위해", "세상을 속지 않고 걸어가기 위해", "이 어지러운 세상을 살아가기 위해" 시인 스스로가 "약간의 경박성"을 자발적으로 요청하고 있다는 사실이다. 이 '경박성'은 투기, 경쟁, 살인, 간음, 사기 등으로 대표되는 '끔찍한 모더니티'를 견디고, 그럼으로써 "오늘과 來日의 差異를 正視하기 위한" 전략적 태도이다. 이 '경박성'은 일상적 현실에의 가벼운 대응, 곧 "적당히 넥타이를 고쳐매고 앉아" 현실을 관조하는 수동적이고 수세적인 정

---

4) 이 설명은 서정주, 「내 시와 정신에 영향을 주신 이들」(『서정주문학전집』 5, 일지사, 1972)에서 취했다.

신이 아니라, 타락한 현실과 응고된 일상을 전복시키려는 배반과 모험의 불온한 정신이다. 그것은 "墮落한 오늘을 위"해 "내가 「오늘」보다 더 깊이 떨어"지는 정신이며, 육체가 "세상에 배를 대고 날아가"되 그 배가 "하늘을 바라보게"함으로써 대지와 하늘, 현실과 이상, 현상과 본질 등의 세계의 모순적 본질을 한 몸에 체현하려는 '경계적 삶'에의 의지이다. 김수영은 '경박성'에 게재된 이러한 다양한 내포를 "표면에 살아라"는 정언적 명령으로 압축하고 있는 것이다. 김수영은 그 '표면의 삶'을 "사과와 手帖과 담배와 같이／人間들이 걸어가는" 하찮고 사소한 일상 속에서 찾고 있으며, 시 역시 그러한 삶을 담아내고 살기 위해 "뮤우즈는 조금쯤 걸음을 멈추고／抒情詩人은 조금만 더 速步로 가"는 '반시(反詩)'로 거듭날 것을 요청하고 있다.[5] 그런 의미에서 김수영의 '경박성'에 대한 요구는, "현대성, 덧없고 순간적이며, 시시각각으로 변모하는 이 요소를 경멸하거나 무시할 권리를 당신은 갖고 있지 않다"라며 현대 예술가의 태도와 임무를 규정한 보들레르의 통찰에 매우 근접해 있는 것이라 하겠다.

이 '경박성'의 본질이 '미적 현대성'이란 사실은, "너무나 많은 尖端의 노래만을 불러왔다／나는 停止의 美에 너무나 等閑하였다"(「序詩」)는 자기고백에서도 잘 드러난다. 잘 아다시피, 미적 현대성은 '덧없고 순간적인' 것 속에서 변치 않는 '영원의 미'를 포착하려는 예술적 태도이다. 김수영의 초기시는 "너무나 많은 尖端의 노래"로 비유되는, 비참한 일상성이 강요하는 허무와 설움의 주관적 토로에 가까웠으면 가까웠지, 그 일상성의 폭력적 본질을 은폐하고 때로는 부추기는 현대의

5) 이러한 '반시'의 전략을 실천하기 위해 김수영이 채택한 언어가 바로 '모리배'의 언어로 상징되는, 투박하면서도 야비하고 우둔하면서도 지혜로운 일상어들이다. 그러면서도 그는 그 말들에 은폐되어 있는 세계의 본질을 읽고자 한다. 「모리배」의 "나는 그들을 생각하면서 하이덱거를／읽고 또 그들을 사랑한다"는 표현이 그것인 바, 그 긴장 속에서 김수영은 "生活과 言語가 이렇게까지 나에게／密接해진 일은 없다"라는, 시의 새로운 개안(開眼)을 경험하고 있다.

'공리적(功利的)' 본질에 대한 정교한 인식의 표현은 아니었다. 그 주관성의 탐닉으로부터 그를 구원한 것이 바로 '경박성', 곧 미적 현대성에 대한 새로운 인식이었던 셈이고, 이로부터 그는 "이제 나는 바로 보마"라는 그의 최초의 시의식을 이행했던 것이다. 여기서 김수영이 새롭게 발견한 "停止의 美"란 분명 현상이 은폐하고 있는 사물의 본질을 말하는 것일 터인데, 그는 그의 시에서는 대단히 드물게 '나무', '영혼', '가벼운 참새'와 같은 상승과 가벼움의 이미지를 통해 그것에의 욕망을 표현하고 있다.6)

하지만 김수영은 그런 '정지의 미' 혹은 '영원의 미'의 실현이 지금·여기의 현실에서는 '아직 아닌' 것이란 사실을 명철하게 인식하고 있는 바, 이런 점이야말로 그를 껍데기뿐인 박래사조로서의 모더니티를 맹목적으로 추종했던 50년대의 정말로 '경박한' 현대'주의자'들과 갈라서게 한 주요한 요인일 것이다. 무슨 얘긴가하면, 그는 이 시대가 "아직도 命令의 過剩을 요구하는 밤"(「序詩」)의 와중에 있다는 것을 알고 있다. 추측컨대, 이 '명령의 과잉'은 아마도 파행적 모더니티의 실현에 의해 만연되어가던 50년대 후반의 비합리성 혹은 '도구적 합리성'을 지칭하는 것으로 보인다. 이 시가 씌어질 당시(1957년)의 한국 현실, 곧 원조 경제에 의한 신식민지 질서로의 편입, 국정 교과서를 비롯한 모든 출판물에 '북진통일'의 구호가 공공연히 실리던 극우 이데올로기가 조성한 억압적·공포적 분위기를 염두에 둔다면, 시인에게 그 '정지의 미'에 대한 욕망은 하나의 사치였는지도 모른다. 그러기에 그는 수세적으로 '지지하고 더럽고 생기없는 노래'를 어쩔 수 없이 불러야 했을 것이

6) 이미 그는 「九羅重花」(1954)에서, 사물의 본질을 체현하고 있는 존재인 '九羅重花(글라디오라스)'를 "설움이 힘찬 미소와 더불어 寬容과 慈悲로 통하는 곳에서／네가 사는 엷은 世界는 自由로운 것이기에／生氣와 愼重을 한 몸에 지니고"라고 묘사하고 있다. 여기서 우리는 김수영이 갈구했던 '자유'의 진정한 내용을 어느정도 유추해 볼 수 있으며, 그것은 훗날 「풀」과 「사랑의 變奏曲」에서 한층 구체적인 질감을 얻게 된다.

다.

그러나 김수영은 시대 현실이 부과하는 자기욕구의 좌절을 오히려 "「시대에 뒤떨어지는 것이 무서운 게 아니라／어떻게 뒤떨어지느냐가 무서운 것」이라는 죽음의 잠꼬대"(「曠野」)로 전환시키는, 그 특유의 역설을 발휘한다. 이러한 인식 역시 당대의 현대성의 본질에 대한 냉엄한 통찰에서 비롯한 것이란 사실은, 거의 10여년 후에 씌어진 시월평 「모더니티의 문제」(1964. 4)의 "이상한 역설같지만 오늘날의 우리의 현대적인 시인의 긍지는 <앞섰다>는 것이 아니라 <뒤떨어졌다>는 것을 의식하는 데 있다. 그가 <앞섰다>면 이 <뒤떨어졌다>는 것을 확고하고 여유있게 의식하는 점에서 <앞섰다>"는 언급에서도 확인된다. 그런 점에서, '생활과 시의 일치'라는 시의 진정한 현대성 속에서 사물과 세계의 본질을 보려는 김수영의 일관된 시의식은, 사실은 60년대에 급작스럽게 제출된 것이 아니라 문학가들이 서서히 현실인식에 있어 객관적인 거리를 확보해가던 50년대 후반에 이미 그 면모를 드러내고 있었다 하겠다. 사실 위에서 언급한 시들의 내용은 「생활현실과 시」(1964), 「詩여, 침을 뱉어라」(1968), 「反詩論」(1968) 등과 같은, 지금 보아도 시간의 풍화작용을 너끈히 견딜만한 것으로 생각되는 탁월한 시론들 속에 확대 · 변주되고 있다고 해도 과언은 아니다. 따라서 이러한 시의 현대성의 요체를 정확하게 파악하고 있었던 그에게 우선 시급했던 것은, '정지의 미' 자체에 대한 관심이 아니라 현실에서 그것의 자연스런 창조와 포착을 제한하고 억압하는 부자유에 대한 치열한 성찰이었다. 그로부터 김수영이 얻은 것은 우리의 현실과 시에 "<너무나 많은 자유가 없다>"[7] 라는 사실이었다.

1960년의 4 · 19를 전후한 시들의 대다수가 이 자유의 결핍에 대한 맹렬한 반항으로 씌어졌다는 사실은 구태여 상술할 필요가 없을 것이다. 다만 이때에도 역시 그는, "문명에 대항하는 비결은／당신 자신이

---

7) 김수영, 「詩여, 침을 뱉어라」, 『김수영전집 2—산문』, 민음사, 1981. 251쪽.

文明이 되는 것이다"(「미스터 리에게」)라는 표현에서 보듯이, '자유'를 희구하고 그것을 자신의 것으로 만들기 위해 기존의 시와 생활로부터 자유로워지기 위한 자기관찰과 고발을 게을리 하지 않았다는 사실이다. 이 말은 곧 그가 정치혁명으로서의 4·19를 이미 그 자신의 생활과 시 속에서 준비하며 선취하고 있었다는 말과 다르지 않다. 그러기에 그는 4·19를 하나의 시적 소재로서가 아니라, 실질적인 자유의 확보(「우선 그놈의 사진을…」, 「六法全書와 革命」, 「푸른 하늘을」 등)와 제3세계적 시각에 입각한 민족현실의 인식(「晩時之嘆은 있지만」, 「나는 아리조나 카보이야」, 「가다오 나가다오」, 「中庸에 대하여」) 등 당면한 현실의 과제와 관련지어 역사화할 수 있었던 것이다.

그러나 5·16 쿠테타에 의한 4·19 혁명의 좌절은 "혁명은 안되고 나는 방만 바꾸어버렸다"(「그 방을 생각하며」)는 허탈감과 자기비하 의식으로 그를 내몬다. 물론 그는 비록 실패는 했지만 거기서 순간 보았던 변혁의 가능성때문에 "이제 나는 무엇인지 모르게 기쁘고/나의 가슴은 이유없이 풍성하다"는 낭만적 자긍심에 휩싸이기도 한다. 그러나 냉혹한 현실은 언제나 그런 기대감을 마음껏 즐기도록 가만히 내버려두지 않는 법이다. 「新歸去來」 연작은 그런 기대감이 허위로 변질되어 가는 사정에 대한 시인의 뼈아픈 고백이다. 특히 일곱 번째 연작인 「누이야 장하고나!」에 나타나고 있는 자아에 대한 고의적 왜곡과 신랄한 비하는, "諷刺가 아니면 解脫이다"로 표현된, "이제 나는 바로 보마"란 의지의 자발적 포기에까지 이르게 한다.

이런 상황 속에서 그의 시의식 역시 현저한 퇴행을 겪게 되는 바, 이는 자기풍자와 냉소의 어조로 가득 차 있는 「詩」에 잘 나타나 있다.

> 어서 또 일을 해요 變化는 끝났소/편지봉투모양으로 누렇게 결은/時間과 땅/수레를 털털거리게 하는 慾心의 돌/기름을 주라/어서 기름을 주라/털털거리는 수레에다는 기름을 주라/慾心은 끝났어/논도 얼어붙고/대숲 사이로 侵入하는 무자비한 푸른

하늘//(…)//더러운 日記는 찢어버려도/짜장 재주를 부릴 줄 아는 나이와 詩/배짱도 생겨가는 나이와 詩/정말 무서운 나이와 詩는/동그랗게 되어가는 나이와 詩/辭典을 보면 쓰는 나이와 詩/辭典이 詩같은 나이의 詩/辭典이 앞을 가는 變化의 詩/감기가 가도 감기가 가도/줄곧 앞을 가는 辭典의 詩/詩.

— 「詩」(1961) 부분

이 시의 핵심은 1~3연에 반복되고 있는 "변화는 끝났소"란 구절인바, 여기에는 4·19의 실패에 대한 허탈한 인정이 담겨있다. '생활과 시'의 밀착을 줄곧 주창해온 김수영이고 본다면, 그에게 혁명 혹은 변화는 단지 정치, 경제적 혹은 이데올로기적 측면만이 아니라 일상을 해체하고 재구성하는 일상의 종식에 가까웠을 것이다.[8] 그러므로 그 실패의 인정은 "편지봉투모양으로 누렇게/결은 時間과 땅"인 비참한 일상으로의 복귀를 의미한다. "어서 일을 해요"란 구절이 그것을 의미할 텐데, 그 "얼어붙"은 동토(凍土)에서 시인은 삶의 방향성조차 가늠하지 못하는 무의미성에 빠져들게 된다("쉬었다 가든 거꾸로 가든 모로 가든"). 이처럼 새로운 삶의 의지를 담아내지 못하고, 변화하는 현실에 능동적으로 대응하지 못하는 시의 무력함은, 인용된 마지막 부분에서 보듯이, 그에게 자기냉소와 모멸감만을 심화시킨다. "언어를 통해서 자유를 읊고, 또 자유를 사는 대신"[9] '재주'로만 시를 쓰는 것은 그에게 시대와 존재의 부자유를 예각화하는 '차가운 지성'의 상실이자("동그랗게 되어가는"), 죽은 관념의 말더미를 기계적으로 조작하는("辭典을 보면 쓰는") '죽은 시인'으로의 타락인 것이다. 결국 이런 전망 부재의 상황은 그에게 "나의 과거와 미래가 숨바꼭질"(「敵」)하는 자기상실과, "미쳐 돌아가는 역사의 반복" 앞에서 "나에게 방황할 시간을 다오"(「長詩(二

8) 앙리 르페브르, 박정자 옮김, 『현대세계의 일상성』, 세계일보, 1990, 72~74쪽.

9) 김수영, 「생활현실과 시」, 앞의 책, 196쪽.

)」)라는 현실 일탈의 유혹을 불러 들이게 된다.

시대정신의 상실로 인한 시의식의 이러한 퇴행 속에서 김수영이 자신의 내면으로 깊숙이 침잠하게 되는 것은 너무나 당연한 일인지도 모른다. 실제로 그는 대략 「거대한 뿌리」(1964)를 쓰기 전까지는 "나의 枯渴한 悲慘을 달"(「피아노」)래는 자기폭로의 아이러니에 깊숙이 빠져든다. 이의 대표적 예가 바로 「罪와 罰」(1963)에서의 극단적인 자기희화, 즉 거리에서 아내를 때린 것보다 아는 사람이 그 장면을 보았을까 걱정하고 더 나아가 거기에 우산을 두고온 것을 아쉬워하는 모습일 것이다. 그러나 우리는 여기서 이 우스꽝스럽기조차 한 자기폭로가 사실은 시인으로서의 최소한의 자긍심을 견지하기 위한 전략이란 사실을 이해할 필요가 있다. 그러니까 그는 "내일의 債鬼를／죽은 뒤의 債鬼를 걱정하"고 "永遠만 永遠만 고민하는" 허위의 시인 '長詩'(「長詩(一)」)를 쓰지 않기 위해 오히려 자기의 치부를 과감히 드러내는 시를 창작했던 것이다. 그리고 "모자라는 永遠이 있으면 돼／債鬼가 집으로 돌아가면 돼"라는 표현에서 보듯이, 이 작업 역시 그가 그 비참한 현실을 초월과 도피의 대상으로 여기지 않고 언젠가는 '변화'와 '자유'로 충만하게 될 미완(未完)의 공간으로 설정했기에 가능했다. 결국 자기파괴와 모멸 밑에 숨어있었던 이러한 '희망의 원리'에 힘입어, 그는 "이 우울한 시대를 패러다이스처럼 생각"하고 "더러운 歷史" 속에서 "무수한 反動"(「거대한 뿌리」)을 간취해내는 존재전환에 이르게 된다.

이 존재전환은 김수영에게 이전의 반역(反逆)의 시정신을 회복시킨다는 점에서 무엇보다 의미로운 것이다. 김수영은 「거대한 뿌리」의 바로 뒤에 오는 시인 「詩」(1964)에서 "나비야 우리 방으로 가자／어제의 詩를 다시 쓰러 가자"는 다짐을 새삼 하고 있다. 이 「詩」 이후에 흔히 그의 평판작으로 꼽히는 「現代式 橋梁」, 「어느날 古宮을 나오며」, 「사랑의 變奏曲」, 「풀」 등등이 생산되고 있다는 점을 생각해보면 '어제의 詩'가 무엇을 의미하는지는 자명해진다. 그것은 여전히 아니 더욱더 "너무나 많은 자유가 없"는 현실에 대한 미학적 저항과 부정이다. 그러나 오늘 다시 쓰는 이 '어제의 시'들은 현실모순에 대한 훨씬 정교화되고 구체화된 인식과 표현을 얻고 있다는 점에서, 게다가 그가 잠시 보류해두었던 "정지의 미"(영원의 미)에 대한 새로운 탐색을 풍부히 담고 있다는 점에서 50년대의 그것이 아니다. 특히 후자는 그가 후기시에서 '시의 모더니티'와의 연계하여 매우 강조하고 있는 '본원적 진리'의 개진 문제와 밀접히 관련된 중요한 대목이다.

그렇다면 김수영 시의 이러한 확장과 고양은 어떻게 가능했을까. 우리는 이 관심사를 해명하기 위해 다음 시를 꼼꼼히 따져볼 필요가 있다.

> 나무뿌리가 좀더 깊이 겨울을 향해 가라앉았다／이제 내 몸은 내 몸이 아니다／이 가슴의 動悸도 기침도 寒氣도 내것이 아니다／이 집도 아내도 아들도 어머니도 다시 내것이 아니다／오늘도 여전히 일을 하고 걱정하고／돈을 벌고 싸우고 오늘부터의 할일을 하지만／내 생명은 이미 맡기어진 생명／나의 秩序는 죽음의 秩序／온 세상이 죽음의 價値로 변해버렸다∥익살스러울만치 모든 距離가 단축되고／익살스러울만치 모든 질문이 없어지고／모든 사람에게 告해야 할 너무나 많은 말을 갖고 있지만／세상은 나의 말에 귀를 기울이지 않는다∥이 無言의 말／이때문에 아내를 다루기 어려워지고／자식을 다루기 어려워지고 친구를／다루기 어려워지고／이 너무나 큰 어려움에 나는 입을 봉하고 있는 셈이고／무서운 無誠意를 자행하고 있다∥이 無言의 말／하늘의 빛이요 물의 빛이요 偶然의 빛이요 偶然의 말／죽음을 꿰뚫는 가장 무력한 말／죽음을 위한 말 죽음에 섬기는 말／고지식한 것을 제일 싫어하는 말／이 萬能의 말／겨울의 말이자 봄의 말／이제 내 말은 내 말이 아니다.
>
> —「말」(1964) 전문

이 시는 1960년대 중반 이후 김수영의 시적 지향이 어디에 있는가를, 그리고 그것을 이끌어가는 시의식의 구체가 무엇인가를 일목요연하게 보여준다. 우선 시가 한 시인의 사유, 욕망, 감정의 복합체의 특정적 언어표현이란 점을 상기한다면, 여기서 '말'은 '시'를 의미한다 하겠다. 그러므로 이 시는 그 '말'의 내밀한 본질에 관한 어떤 통찰의 기록이라해도 무방할 터인데, 진정한 '말'(시)은 '죽음'이란 인식이 바로 그것이다. 그렇다면 과연 '말'='죽음'이라는 이 기묘한 항등식은 어떻게 성립될 수 있었던 것일까.

우리는 이를 밝히기 위해 어느 누구보다 이 시에 주목했던 김종철의 "김수영에 있어서 죽음은 단순히 생명의 끝남을 의미하지 않고, 오히려 살아있는 존재를 더욱 참되고 살찌게 하는 어떤 것", 즉 '사랑'에 다름 아니란 견해를 참조할 필요가 있다.[10] 실제로 김수영은 한 시월평(1967. 10)의 제목을 "<죽음과 사랑>의 對極은 詩의 本體"라고 적고 있기도 하며, 김광섭의 작품을 평하는 자리(「生活現實과 詩」)에서 "낡은 것이 새로운 것으로 바뀌어지는 순간. 이 시에는 죽음의 깊이가 있다"라고 말하고 있다. 이같은 사랑과 죽음, 낡은 것과 새로운 것 등의 변증적 합일과 순환에서 보게 되는 것은 좁게 보자면 에로티시즘의 원리이며 넓게 보자면 우주(존재) 생성의 원리와 존재가 스스로를 드러내는 방법이다. 바따이유에 의한다면, 에로티시즘은 불연속의 운명을 사는 개체가 파괴적 위반(죽음은 그것의 극단이다)을 통해 연속성을 확보하려는 절실한 몸짓으로, 삶이란 실재에 이르기 위해 '죽음까지 파고 드는 삶'이다.[11] 이 당시 김수영의 시의식이 이것으로부터 멀지 않다는 사실은 "제 정신을 갖고 사는 사람(시인―인용자)이란 끊임없는 창조의 향상을 하면서 순간 속에 진리와 美의 全身의 이행을 위탁하는 사람"[12]이라는

10) 김종철, 「시적 진리와 시적 성취」, 황동규 편, 『김수영의 문학』, 88~92쪽.
11) G. 바따이유, 조한경 옮김, 『에로티즘』, 민음사, 1989, 9~25쪽.
12) 김수영, 「제 정신을 갖고 사는 사람은 없는가」, 앞의 책, 142쪽. 시인에 대한 그의 이러한 규정은 "시는 상이한 에로티즘의 형태가 마침내 이르는

발언 속에서 충분히 확인할 수 있다. 이렇듯 그가 '영원한 진리와 미'(연속성)를 향한 파괴와 생성의 무한 질주를 시의 본질과 시인의 태도로 여겼다는 사실은 그에게 시작(詩作)이 "죽음의 깊이"까지 내려가는 '목숨을 건 도약' 행위였다는 사실을 의미한다. 이같은 치열한 정신의 김수영식 정리(整理)가 바로 "온몸에 의한 온몸의 이행이 사랑이라는 것을 알게 되고, 그것이 바로 시의 형식이라는 것을 알게 된다"는 '온몸의 시학'일 것이다.[13] 그리고 이 '온몸의 시학'이 단순히 정치와 이데올로기 차원으로 협애화된 '자유'에 대한 의지만이 아니라, 왜곡되고 숨겨진 세계(사물)의 본질과 이치를 바로 보고 새롭게 발견하려는, 본원적 진리에의 그것이란 사실은 첨언의 여지가 없을 것이다.

이런 점에서 '죽음'과 '사랑'의 변증적 교호작용을 통해서야 진정한 시가 탄생한다는 시에 대한 김수영 자신의 새로운 개안(開眼)을 표현한 시가 바로 「말」인 셈이다. 이를 바탕으로 「말」을 읽어본다면, 우선 현재 시적 자아가 처해있는 상황에 주목할 수 있다. 1연에서 시적 자아는 지금 존재의 본질을 은폐하고 있는 '겨울'(죽음)을 향해 "좀더 깊이" 가라앉고 있다. 시적 자아는 이 의식적 행위를 통해 "죽음의 질서"와 "가치"의 지배를 받는 것이 세계와 존재의 본질임을 깨닫는다. 앞서도 보았지만 시인에게 '죽음'은 소멸을 의미하는 것이 아니라, 오히려 존재의 원초적인 조건을 드러내는 것이며 새로운 존재 탄생의 계기이다. '죽음'에 대한 이러한 인식은 시적 자아로 하여금 '나'를 중심으로 타자와의 관계를 설정하던 주체정립 방식에서 벗어나, 세계의 보편적 질서인 '죽음'을 공유하고 있는 타자의 관점에서 주체를 재정립하게 만든다. 이러한 타자성의 수용에 대한 표현이 "이제 내 몸은 내 몸이 아니다"

곳, 즉 상이한 사물들이 뒤섞이는, 불명료한 곳으로 우리를 인도한다. 그리하여 시는 우리를 영원성에 이르게 하고, 시는 우리를 죽음에 이르게 한다. 그리고 죽음을 통하여 연속성에 도달하게 한다"는 바따이유의 생각과 그리 다르지 않다.(바따이유, 앞의 책, 25쪽)

13) 김수영, 「詩여, 침을 뱉어라」, 앞의 책, 250쪽.

"내 생명은 이미 맡기어진 생명" 등일 것이다.

하지만 "익살스러울만치 모든 距離가 단축되고／익살스러울만치 모든 질문이 없어지고"라고 느낄만큼 세상의 이치에 대해 새로운 각성을 얻고 있는 시적 자아에 비해 세상사람들은 그런 각성에 이르지 못하고 있는 것이 현실이다. 그러니까 2연의 "모든 사람에게～기울이지 않는다"는 부분은 그 '각성된 눈'과 멀리 떨어진 채 여전히 갈등과 불화에 휩싸여 있는 세인(世人)에 대한 안타까움과 안쓰러움을 표현한 것이라 볼 수 있다. 하지만 시적 자아는 자신의 '각성된 눈'을 무기삼아 그들의 무지몽매를 질타하지 않는다. 김종철의 지적처럼, 오히려 그는 자신의 깨달음을 담고 있는 득의만만한 그 "無言의 말"이 타자와의 관계개선에 전혀 도움을 주지 못하고 있는 현실에 대해 냉철하게 반성("무서운 無誠意를 자행하고 있다")하는 아이러니적 자의식을 보여준다.

4연은 다른 연에 비해 구성상 상당한 파격을 보여주는 바, 이는 "無言의 말"의 모순적·다층적 본질을 강조하기 위한 고도의 전략으로 보는 것이 타당할 것이다. 사실 여기에 표현되고 있는 "무언의 말"의 이러저러한 본질들은 김수영의 시의식의 요체라 해도 과언이 아닐텐데, 여기서는 "죽음을 꿰뚫는 가장 무력한 말"이란 구절을 예로 설명해보자. 필자가 보기에 이 표현은 얼마간은 "<내용>은 언제나 밖에다 대고 <너무나 많은 자유가 없다>는 말을 계속해서 지껄여야 한다. 이것을 계속해서 지껄이는 것이 이를테면 38선을 뚫는 길인 것이다. 낙수물로 바위를 뚫을 수 있듯이, 이런 시인의 헛소리가 헛소리가 아닐 때가 온다. 헛소리다! 헛소리다! 하고 외우다 보니 헛소리가 참말이 될 때의 경이. 그것이 나무아미타불의 기적이고 시의 기적이다"(「詩여, 침을 뱉어라」)란 그 특유의 '반시론'을 압축한 것이다. 곧 '말'(시)은 본질적으로 "꿈을 추구하는 것이고 불가능을 추구하는 것이기"[14]에, 그 꿈 혹은 본질에의 접근을 유보하는 현실의 결핍에 격렬히 저항한다. 그러나 그것이

14) 김수영, 「실험적인 문학과 정치적 자유」, 앞의 책, 159쪽.

정치적 의미의 실천이 아니라 '말'에 의한 실천인 한, 지금 당장 현실의 개선에 기여하지는 못한다. 그러기에 '말'은 '무력한' '헛소리'에 지나지 않게 된다. 그러나 '말'은 현실의 결핍을 지속적으로 폭로하고 반성함으로써 그 결핍이 진정한 휴머니티의 실현을 위해서 언젠가는 반드시 극복되어야한다는 전망을 가능하게 한다. "죽음을 꿰뚫는 가장 무력한 말" 또는 "겨울의 말이자 봄의 말" 등의 역설이 성립할 수 있는 이유는 바로 이 때문인 바, 이런 역설이 그 현실에 대한 곡진한 사랑과 관심 위에서나 가능하다는 사실은 말할 나위 없을 것이다.

이런 점에서 김수영의 후기시를 관통하고 있는 이 '사랑'과 '죽음'의 변증체로서의 '시'에 대한 인식은 이 글의 전반부에서 언급한 '시의 모더니티'에 대한 관심에서 벗어나 있는 것은 아니다. 오히려 그는 정치적 부자유의 고발과 저항에 정위되어 있던 '시의 모더니티' 범주를 세계(사물)의 본질을 은폐하고 억압하는 모든 종류의 부자유에 대한 반역으로 확장시켜나갔다고 볼 수 있다. 그러므로 '시의 모더니티'의 확장으로서의 '본원적 진리'에 대한 욕망을 당대 현실에 대한 "싸움의 소모성과 허망함, 그러한 싸움으로는 도달할 수 없는 어떤 존재론적 숙명에 관한 깨달음"에 토대한 '시적 해탈'에 불과한 것이란 최근의 평가[15)]는 자못 유감스러운 것이다. 어쩌면 김수영은 각각 '역사내적 해탈'과 '초역사적인 시적 해탈'의 예로 꼽힌 「現代式 橋梁」, 「사랑의 變奏曲」 등과 「풀」에서 그가 최초에 공언한 "이제는 바로 보마"란 약속을 지킨 것인지도 모른다. "복사씨와 살구씨가／한번은 이렇게／사랑에 미쳐 날뛸 날이 올 거다!"(「사랑의 變奏曲」)란 충만한 미래에의 기대와 "바람보다 늦게 누워도／바람보다 먼저 일어나고／바람보다 늦게 울어도／바람보다 먼저 웃는다"는(「풀」), 풀에 의탁된 존재의 드러나는 방식에 대한 깨달음, 이것은 지금까지 보아온 대로 그의 현실과의 치열한 대결의식과

15) 김명인, 「그토록 무모한 고독, 혹은 투명한 비애」, 『실천문학』 1998. 봄호, 228~234쪽 참조.

기존 시에 대한 전면적인 반동 속에서 숙성되고 얻어진 것이다. 그러기에 필자에게 그의 돌연한 죽음은 그가 공언한 바, 사물의 이치를 조금이라도 바로 보는 날 "나는 죽을 것이다"란 약속을 지키기 위한 것이 아니었나 하는 생각까지 들었던 것이다. 새미

타자 긍정을 통해 '사랑'에 이르는 도정

— 김수영의 후기시를 중심으로

유 성 호*

1

김수영은 우리 근대 시문학사에서 독자적인 신화적 공간을 구성하고 있는 드문 예에 속한다. 그는 서정주와 더불어 후대 시인들에게 가장 광범위한 영향을 끼친 시인으로 평가받고 있고, 문학사의 전환기마다 당대적 의미로 소급되어 재해석되는 등 스스로의 시적 권역을 풍요롭게 구축한 시인이다. 그러나 다소의 신비감을 동반한 이러한 신화화는 그 나름으로 두터운 이미지를 형성하며 시인의 실체를 온당하게 재구성하는 것을 부분적으로 방해하기도 하였다. 김수영이 우리에게 여러 의미에서 철저한 부정 정신의 화신으로만 각인되어 있는 것이나, 현대성과 풍자 정신의 결합, 비판적 지성에 토대한 서정, 정직의 시학, 자유와 혁명을 향한 영혼의 내적 역동성 같은 그의 시를 지칭하는 수사(修辭)들이 하나같이 완결성을 띠고 있는 것은 시인의 이미지를 고착시키며 그의 시에 대한 새로운 해석을 일정 부분 제약해왔다. 따라서 우리가 김수영을 이렇듯 견고하고 화려한 수사의 신화로부터 오늘의 시점

* 서남대학교 국어국문학과 교수. 저서로 『한국 현대시의 형상과 논리』가 있고, 논문으로 「김현승 시의 분석적 연구」 등이 있음.

으로 되부르는 것은 비단 그의 시를 정확하게 이해하려는 해석적 측면 외에도 그의 시적 지향이 가지고 있는 현재적 갱신가능성을 읽는 것을 포함하는 것이다.

김수영은 "김수영만한 길이의 삶과 정신의 크기를 가진 시인치고 생전에 그처럼 비평가의 글을 덜 받은 시인은 별로 없을 것"1)이라는 말처럼 당대적 논의보다는 후대의 독자 및 비평가들에 의해 그 의미가 증폭된 예에 속한다. 그러나 그의 시는 '꿈으로서의 지적 조직체'로 시를 읽는 사람들과 사르트르의 '잠재적 독자'를 강조하는 사람들의 독법(讀法)의 차이에 따라 달리 수용된다. 그와 같은 해석의 차이는, 두루 아다시피 우리 시단의 양대 조류(潮流)의 근원을 형성하며, 현재까지도 그 길항과 변증의 토대를 이루고 있다. 그만큼 김수영은 여전히 현재적이다.

이 글은 대개 모더니즘에서 앙가쥬망으로의 변화로 상징되는 그의 시세계가 사실은 일관된 인식과 방법에 의해 추동된 결과라는 새삼스런 인식에 바탕을 둔다. 김수영은 모더니즘에서 참여시로, 개체의 세계에서 공동체의 세계로 급격히 변화했다기보다는 일관된 인식과 방법 곧 근대적 이성을 통한 비판적 시쓰기에 매진한 시인이고, 그 열정이 이른바 깨어있는 모든 이들을 향한 열린 '사랑'으로 수렴되는 과정을 겪었다고 보는 것이다. 그리하여 이 글은 그러한 인식의 한 부분으로서 김수영의 후기시를 통해 그 흔적을 구명하여 감고계금(鑑古戒今)의 자료로 삼으려는 뜻을 가지고 있다.

물론 김수영 시는 다른 시인들과 마찬가지로 상호텍스트적으로 읽히고 해명되어야 한다. 몇몇 대표시를 중심으로 얼개를 짜는 것보다는 통전적인 시읽기가 따라야 한다는 뜻이다. 그것이야말로 김수영 신화가 유형, 무형으로 강요하는 독법에서 벗어나 작품 자체의 미적, 내용적

1) 황동규, 「양심과 자유, 그리고 사랑」, 황동규 편, 『김수영의 문학』, 민음사, 1984. 10면.

성취를 가늠하는 관건이 될 것이다. 또 김수영의 시세계는 그가 남긴 에세이들을 참고할 때 더 명료해질 수 있다.[2] 왜냐하면 그는 언제나 산문을 통해 그의 시의식을 해명할 수 있는 알리바이를 적극적으로 설파한 측면이 강하고, 또 완성도 높은 에세이를 많이 남겨 놓았기 때문이다. 그런 면에서 그는 1930년대 모더니스트 이상(李箱)과 함께 탁월한 근대 에세이스트로도 기록될 것이다.[3]

그럼에도 불구하고 이 글은 여러 형편을 고려하여 그의 후기시로 지목되는 서너 편의 작품을 중심으로 그의 시가 노래하는 핵심적 개념인 '사랑'으로의 수렴 과정에만 주목하는 제한성을 미리 띠며 시작된다.

2

김수영의 후기시의 양상은 주지하듯 4·19혁명이라는 역사적, 외재적 충격과 긴밀하게 맞물려 있다. 그의 시세계는 4·19를 지나면서 그 주제가 '혁명'과 '사랑'으로 결집되며, 자기성찰에 바탕하여 근대성의 징후들에 날카롭게 응전(부정 또는 긍정)하는 것으로 요약될 수 있다. 예의 그 '속도감'을 핵심적 자질로 삼는 그의 시는 반복과 역설, 비약과

2) "그의 全作品은 시, 평론, 수필은 물론 번역까지를 포함해서, 모두가 서로 이어지고 서로 의미를 더해주고 있다"는 발언은 이 점을 강력히 시사한다. 백낙청, 「김수영의 시세계」, 앞의 책. 38면.

3) "에세이스트는 실험하며 글을 쓰는 사람, 대상을 여기저기 조사하고 물어보고 모색하고 시험하고 순간마다 철저하게 자기 자신을 반성해보는 사람, 다각도에서 대상에 몰두하며, 자기가 본 것을 마음의 눈에 집중시키는 사람, 글을 쓰면서 생겨난 여러 조건이 제시하는 새로운 내용을 그때그때 음미하고 이용하는 사람이다." T. W. Adorno, "Der Essay als Form", *Noten zur Literatur I*, Frankfurt am Main : Surkamp, 1958, p.36. 여기서는 김인환, 「산문의 철학」, 『문학과 사회』 1997. 가을. 1252면에서 재인용. 그런 의미에서 김수영이 시가 아닌 에세이를 통해 인식하고 전언해주고 있는 세계는 그를 이해하는 데 있어서 매우 중요할 뿐만 아니라, 그 자체로 독립된 위상을 부여받아야 할 것이다.

반전, 요설과 열거를 통해 정신적 모험을 집중적으로 감행하는데, 그것이 바로 시민사회의 지식인으로서의 역할 및 시인으로서의 자의식을 표명하는 그 나름의 시적 방법론이었다. 자기정체성에 대한 치열한 자각, 또 그에 바탕한 세계인식의 개안(開眼)은 다음 작품에 잘 나타나 있다.

> 傳統은 아무리 더러운 傳統이라도 좋다 나는 光化門／네거리에서 시구문의 진창을 연상하고 寅煥네／처갓집 옆의 지금은 埋立한 개울에서 아낙네들이／양잿물 솥에 불을 지피며 빨래하던 시절을 생각하고／이 우울한 시대를 패러다이스처럼 생각한다／버드 비숍 女史를 안 뒤부터는 썩어빠진 대한민국이／괴롭지 않다 오히려 황송하다 歷史는 아무리／더러운 歷史라도 좋다／진창은 아무리 더러운 진창이라도 좋다／나에게 놋주발보다도 더 쨍쨍 울리는 追憶이／있는 한 人間은 영원하고 사랑도 그렇다∥비숍女史와 연애를 하고 있는 동안에는 進步主義者와／社會主義者는 네에미 씹이다 統一도 中立도 개좆이다／隱密도 深奧도 學究도 體面도 因習도 治安局／으로 가라 東洋拓殖會社, 日本領事館, 大韓民國官吏,／아이스크림은 미국놈 좆대강이나 빨아라 그러나／요강, 망건, 장죽, 種苗商, 장전, 구리개 약방, 신전,／피혁점, 곰보, 애꾸, 애 못 낳는 여자, 無識쟁이,／이 모든 無數한 反動이 좋다／이 땅에 발을 붙이기 위해서는／― 第三人道橋의 물 속에 박은 鐵筋기둥도 내가 내 땅에／박는 거대한 뿌리에 비하면 좀벌레의 솜털／내가 내 땅에 박는 거대한 뿌리에 비하면
>
> ―「巨大한 뿌리」 중에서(1964.2.3)

이 시는 김수영의 시적 전회(轉回)를 상징적이고 명시적으로 보여주는 작품이다. 잘 아다시피 김수영은 고도의 지적 여과와 통제를 통한 잘 짜여진 형상보다는 직절적이고 다소 장황한 시적 전언을 주로 보인 시인이다. 그것을 근거로 그를 반시(反詩) 계열의 선두로 위치지으려는

흐름도 우리 비평계에는 엄존한다. 따라서 그의 시를 축조하고 있는 다양한 시적 세목들 이를테면 어휘 하나하나, 연 구분, 행갈이 등을 일일이 해석하고 의미부여하는 일은 무척 번거로울 뿐만 아니라, 그리 큰 의미가 있다고 보기도 어렵다. 우리로서는 다만 그의 시가 내장하고 있는 핵심적 전언을 간취하는 일이 더욱 중요하다고 본다.

이 작품의 허두는 사람들마다 달리 갖고 있는 '앉음새'의 다양성이 전통과 역사에 대한 재발견의 계기로 작용하고 있다는 데 놓여진다. 친구들 사이에 통일되어 있지 않은 '앉음새'의 혼란이 우리의 삶의 뿌리라 할 수 있는 전통과 역사에 대한 강한 긍정을 가져오는 모티프로 작용한다. 이러한 시적 발상은 물론 그 둘('앉음새의 다양성'과 '전통과 역사에 대한 인식')을 이어줄 수 있는 합리적 매개가 빈약하다는 데서 일종의 비약이라고 할 수 있다. 시적 주체의 점진적이고 과정적인 자각이 결여된 채 갑작스레 '傳統은 더러운 傳統이라도 좋다' '歷史는 아무리 더러운 歷史라도 좋다'고 외치는 시적 돈오(頓悟)는 읽는이에게 명료한 주제의식을 강요하며 호소한다. 그러나 이 시는, 화자의 강렬한 의지적 호흡이 비약에 의해 생겨나는 공소성을 충분히 상쇄하고 있는 특이한 호소력을 가진 작품이다.

그런데 이 시에서 김수영이 말하는 "이 모든 무수한 反動이 좋다"는 말은 무슨 뜻인가. 우리 사회를 추동하는 힘이었던 근대성의 이념 중 가장 핵심적인 것 중의 하나가 '진보에 대한 믿음' 곧 종합적이고 비판적인 이성에 토대한 낙관적 변화에의 신념인데, 시인은 왜 이러한 근대정신의 대척점에 대한 강한 긍정을 말하는가. 그것은 우리를 포함한 비서구 타자들을 왜곡시키고 뿌리를 흔든 근대에 대한 비판의식이 김수영으로 하여금 실재(實在)에 토대하지 않은 모든 추상적인 근대적 담론의 거부로 나타나게 한 것이다.

"근대화해가는 자본주의의 고도한 위협의 복잡하고 거대하고 민첩하고 조용한 파괴작업"(「지식인의 사회참여」)을 적극적으로 인지하고 있던 김수영에게 따라가고 추수해야 할 외적 전범으로서의 근대는 없는 것이었고 스스로 창출해내야 하는 근대만이 남아있었던 것이다.[4] 그는 이어서 뿌리를 상실한 채 이루어지는, 근대가 강요한 이른바 '타자 쫓아가기'를 부정하고, "놋주발보다도 더 쨍쨍 울리는 追憶"을 통해 인간과 자기에 대해 눈뜬다. 그 눈뜸은 '사랑'의 중요성에 대한 자각으로 이어진다. 결국 맹목적 타자 추종의 거부를 통한 자기반추의 긍정, 그리고 그것을 가능케 하는 힘이 '追憶을 매개로 하는 사랑'이라는 깨달음이 이 시의 요체인 셈이다. 시를 통한 자기성찰 또는 자기검색에 누구보다도 충실했던 김수영이 전통과 역사 곧 우리 뿌리에 대한 긍정을 "거대한 뿌리"로 형상한 이 작품은 중층적으로 '닫힌 세계'였던 당시의 한국 현실에 대한 적극적 풍자라는 시적 효과와 결합하여 독자적인 장처(長處)를 자아내고 있다.

물론 더러운 전통과 더러운 역사를 이해할 수 있는 것, 그리고 우울한 시대를 패러다이스로 인식하고 괴로움을 황송함으로 느낄 수 있는 것도 바로 이 '사랑'이 있기 때문이다.[5] "요강, 망건, 장죽, 種苗商, 장전, 구리개 약방, 신전,/피혁점, 곰보, 애꾸, 애 못 낳는 여자, 無識쟁이,/이 모든 無數한 反動"은 이때 시인이 옹호하는, 소외되어 있고 소멸되어가는 전통적 가치의 환유적 상관물[6]이다. 또 그것은 '進步'나 '社會

---

4) 물론 이러한 해석을 토대로 그를 반근대주의자로 일반화한다는 것은 해프닝이 아닐 수 없다. 다시 말하지만 김수영은 근대성의 징후들에 강하게 응전한 시인이기 때문이다. 다만 이 시는 왜곡된 근대적 양상들에 대한 비판을 통해 전통과 역사에 대한 발견 곧 자기성찰의 의미를 강조한 작품이라고 볼 수 있다. 자기인식 또는 자기성찰이 근대 이성의 한 지표임은 말할 것도 없다. 김수영 시와 근대성의 관련성에 관해서는 김경숙, 「실존적 이성의 한계 인식 혹은 극복 의지」, 민족문학사연구소 현대문학분과, 『1960년대 문학연구』(깊은샘, 1998)과 하정일, 「김수영, 근대성 그리고 민족문학」,(『실천문학』 1998. 봄) 등에서 자세히 다루어진 바 있다.

5) 김경숙, 앞의 글. 403면.

6) 필자의 생각으로는 김수영 레토릭의 가장 큰 특성은 환유지향성에 있다. 원래 '은유'는 서정시의 본유 개념의 하나로 간주되어왔다. 그러나 김수영은 또 다른 심층 모델의 하나인 은유보다는 표면 모델의 하나인 환유 구조

主義' 또는 '學究'나 '深奧' 같은 고상한 관념보다는 역사적 실재에 토대하는 것이 가치있다는 것을 웅변하는 소재들이기도 하다. 실재에 바탕을 둔 근원의 인식, 그것이 곧 '내'가 '내 땅'에 박는 "거대한 뿌리"인 것이다. 그리하여 막연한 세계주의의 미망 속에서 부유하던 대개의 모더니스트들과는 달리, 김수영은 세계(타자)와 민족(주체)의 참된 관계가 어떠해야 하는가를 올바르게 파악한 시인인 것이다.[7]

두루 아는 바이지만, 이 작품을 포함한 김수영 시의 특성은 당대 현실에 대한 묘사의 핍진성 또는 사실성에 있지 않다. 다만 소멸되어가는 것에 대한 연민과 폭력적 세계에 대한 응전으로 개발독재와 억압적이고 경직된 사회를 비판하고 있는 것이다. 그리고 그는 삶의 생태학보다는 비극적 실존에 대한 집착으로 자기의식의 재구축 과정을 밟아나간 시인이기도 하다. 그에게 '자유'가 숙명적 존재로서의 인간 회복을 위한 실존적, 역사적 과제였다면, '사랑'은 그것을 가능케 하는 원동력이었던 것이다. 결국 이 시의 기본 구도는 '傳統과 歷史'의 중요성과 창조력을 '追憶'을 통해 발견하고, 인간의 삶을 이끌어가는 원동력이 '사랑'에 있다는 것을 자각하는 데 놓인다. 이와 같은 자각은 다음 작품으로 이어진다.

> 現代式 橋梁을 건널 때마다 나는 갑자기 懷古主義者가 된다/이것이 얼마나 罪가 많은 다리인줄 모르고/植民地의 昆蟲들이 二四시간을/자기의 다리처럼 건너다닌다/나이어린 사람들은 어째서 이 다리가 부자연스러운지를 모른다/그러니까 이 다리를 건너

를 줄곧 선호한다. 환유적 대치물로서 반은유의 환유 원리를 구축한 그는 산문의 본질이기도 한 '축적의 원리'를 시에 도입한 환유시로서의 현대성을 보여준 거의 최초의 근대적 시인으로 기록되어 마땅할 것이다. 김준오, 「현대시의 자기반영성과 환유원리」, 『현대시의 환유성과 메타성』, 살림, 1997. 200면. 참조.

7) 김윤태, 「4·19혁명과 민족현실의 발견」, 민족문학사연구소 편, 『민족문학사강좌 하』, 창작과비평사, 1995. 240면.

갈 때마다／나는 나의 心臟을 機械처럼 중지시킨다／(이런 연습을 나는 무수히 해왔다)∥그러나 문제는 이러한 反抗에 있지 않다／저 젊은이들의 나에 대한 사랑에 있다／아니 信用이라고 해도 된다／「선생님 이야기는 二十년 전 이야기지요」／할 때마다 나는 그들의 나이를 찬찬히／소급해가면서 새로운 여유를 느낀다／새로운 歷史라고 해도 좋다∥이런 驚異는 나를 늙게 하는 동시에 젊게 한다／아니 늙게 하지도 젊게 하지도 않는다／이 다리 밑에서 엇갈리는 기차처럼／늙음과 젊음의 분간이 서지 않는다／다리는 이러한 停止의 증인이다／젊음과 늙음이 엇갈리는 순간／그러한 速力과 速力의 停頓 속에서／다리는 사랑을 배운다／정말 희한한 일이다／나는 이제 敵을 兄弟로 만드는 實證을／똑똑하게 천천히 보았으니까！

—「現代式 橋梁」 전문(1964.11.22)

이 시에서 '사랑'은 세대간의 격차나 대립, 갈등하는 존재들 사이의 정신적 단절 상태를 이어주는 '가교(架橋)'로 나타난다. 뿐만 아니라 그것은 편재(遍在)하는 '敵'과의 융화 또는 조화로운 공존을 이루게 하는 근원적 힘이기도 하다. "敵을 兄弟로 만드는 實證"이라는 화학반응의 원동력이 바로 그가 배운 '사랑'인 것이다. 「하 …… 그림자가 없다」(1960)에서 적의 편재성을 노래한 이후 김수영은 사랑의 힘으로써 그것을 '兄弟'로 바꾸는 질적 변환을 겪는다. 「巨大한 뿌리」에서도 이미 보았지만, 타자를 통해 자기성찰에 눈뜨는 힘, 그에게 그것은 '추억'을 매개로 하는 '사랑'이다. 그것은 "무한한 연습과 함께"(「아픈 몸이」) 오는 것이며, 일상성 속에서 역사를 체득하는 눈밝은 자의 고유한 능력이기도 하다.

그러나 '敵'을 '兄弟'로 바꾸는 계기 역시 「巨大한 뿌리」에서처럼 그리 합리적 공감 속에 놓일 만한 시적 세부로 설정되지 않는다. 다만 윗사람과 아랫사람으로 보이는 이들의 대화를 통해 '現代／懷古' '反抗／사랑=信用' '速力／停止' '老／少'의 이항대립이 소멸되고, 결국 그것들을 하나로 통합할 수 있는 힘을 깨닫게 되는 것, 그리고 그 힘이 결국 '敵'이라는 타자를 긍정함으로써 얻어지는 '사랑'의 상호소통성이라는 것이 이 작품의 핵심적 전언이다.

타자를 자신의 내부로 아우르는 자기성찰은 「어느날 古宮을 나오면서」(1965.11.4)라는 작품에도 잘 나타나 있다. "아무래도 나는 비켜서있다 絶頂 위에는 서있지/않고 암만해도 조금쯤 옆으로 비켜서있다/그리고 조금쯤 옆에 서있는 것이 조금쯤/비겁한 짓이라고 알고 있다!// (…)// 모래야 나는 얼마큼 적으냐/바람아 먼지야 풀아 나는 얼마큼 적으냐/정말 얼마큼 적으냐 ……"며 노래하고 있는 이 시에는 자아의 존재가치에 완결된 진정성을 부여하기 위해서는 죽는 순간까지 자아에 부딪쳐오는 비진정성과 끝끝내 싸우지 않으면 안 된다는 형이상학적 투쟁논리가 담겨 있다.[8] 이러한 투쟁논리는 세계문법에 익숙한 사람들과의 친화를 거부하려는 것으로 종종 나타나거니와, 그것은 그의 시에서 서정단시로부터의 문법적 일탈[9]을 곧잘 불러오기도 한다. 그러한 형식적 의장(意匠)을 통해 그는 자본주의를 근간으로 하는 속악한 근대와 소시민성의 중요 속성인 비속성에 대한 혐오를 드러내고 있는 것이다. 이와 같은 병리적 상황 곧 "생활은 孤節이며 悲哀"(「生活」)일 뿐이었던 소시민적 삶은 그에게 이처럼 자기학대라는 외피를 통해 '자유를 이행하지 못하고' 있는 동시대인들에 대해 자유 이행의 요구를 하게끔

8) 정현기, 「김수영의 시」, 『비평의 어둠 걷기』, 민음사, 1991. 85면.

9) 김수영의 초기작인 「孔子의 生活難」(1945)에서부터 유작인 「풀」(1968)에 이르기까지 그가 보여준 독특한 해사적(解辭的) 비문은 매우 이채롭고 문제적이다. 물론 전통적인 서정시적 통사론에서 벗어난 그의 분방한 호흡과 문장은 그의 세계관 내지는 시적 메시지를 담은 상징적 외피의 성격을 띤다. 이와 같이 서정시의 압축적, 경제적 처리의 관행과는 대척점에 있는 그의 시는 호흡률과 행갈이 자체가 독특한 메시지를 띨 경우도 허다하다. 그러나 시어의 비속성이나 시적 관습의 불충족성은 그가 우리 기층언어 체계 자체를 체질적으로 미습득한 데서 오는 경우도 많이 있고, 나아가 읽는이와의 친화를 거부하는 그의 '개인문법의 효율성'이 '서정시로서의 미숙성'이라는 또 다른 평가항목으로 수렴될 가능성도 있다. 섬세한 저울질이 요구된다.

하였던 것이다. 그리하여 「어느날 古宮을 나오면서」는 '아이러니의 한 극치'10)를 보이는 작품으로 읽을 수 있게 된다.

이처럼 그에게 '타자의식'은 그의 시가 이룬 근대성의 가장 핵심적인 준거가 된다. 그런데 타자와의 소통을 통한 반성적 사유, 또 그것을 가능케 하는 '사랑'의 노래는 다음 시에서 그 폭발성과 잠언성을 강렬하게 띠게 된다.

> 욕망이여 입을 열어라 그 속에서/사랑을 발견하겠다 都市의 끝에/사그러져가는 라디오의 재갈거리는 소리가/사랑처럼 들리고 그 소리가 지워지는/강이 흐르고 그 강건너에 사랑하는/암흑이 있고 三월을 바라보는 마른나무들이/사랑의 봉오리를 준비하고 그 봉오리의/속삭임이 안개처럼 이는 저쪽에 쪽빛/산이//사랑의 기차가 지나갈 때마다 우리들의/슬픔처럼 자라나고 도야지 우리의 밥찌끼/같은 서울의 등불을 무시한다/이제 가시밭, 덩쿨장미의 기나긴 가시가지/까지도 사랑이다//왜 이렇게 벅차게 사랑의 숲은 밀려닥치느냐/사랑의 음식이 사랑이라는 것을 알 때까지//난로 위에 끓어오르는 주전자의 물이 아슬/아슬하게 넘지 않는 것처럼 사랑의 節度는/열렬하다/間斷도 사랑/이 방에서 저 방으로 할머니가 계신 방에서/심부름하는 놈이 있는 방까지 죽음 같은/암흑 속을 고양이의 반짝거리는 푸른 눈망울처럼/사랑이 이어져가는 밤을 안다//그리고 이 사랑을 만드는 기술을 안다/눈을 떴다 감는 기술 —— 불란서혁명의 기술/최근 우리들이 四·一九에서 배운 기술/그러나 이제 우리들은 소리내어 외치지 않는다//복사씨와 살구씨와 곶감씨의 아름다운 단단함이여/고요함과 사랑이 이루어놓은 暴風의 간악한/信念이여/봄베이도 뉴욕도 서울도 마찬가지다/信念보다도 더 큰/내가 묻혀사는 사랑의 위대한 도시에 비하면/너는 개미이냐//아들아 너에게 狂信을 가르치기 위한 것이 아니다/사랑을 알 때까지 자라라/人類의 종언의 날에

10) 김종윤, 『김수영 문학 연구』, 한샘출판사, 1994. 179-180면.

/너의 술을 다 마시고 난 날에/美大陸에서 石油가 고갈되는 날에/그렇게 먼 날까지 가기 전에 너의 가슴에/새겨둘 말을 너는 都市의 疲勞에서/배울 거다/이 단단한 고요함을 배울 거다/복사씨가 사랑으로 만들어진 것이 아닌가 하고/의심할 거다!/복사씨와 살구씨가/한번은 이렇게/사랑에 미쳐 날뛸 날이 올 거다!//그리고 그것은 아버지같은 잘못된 시간의/그릇된 瞑想이 아닐 거다

—「사랑의 變奏曲」 전문(1967.2.15)

"욕망이여 입을 열어라 그 속에서 사랑을 발견하겠다"는 웅장하고도 근대의 폐부를 꿰뚫은 아포리즘으로 시작되는 이 시는 일상과 혁명, 주체와 타자, 적과 형제를 잇고 통합하는 힘이 '사랑'임을 가장 명징하고도 형상적으로 적시해주는 작품이다.

원래 '욕망'이란 사랑과 죽음, 실재와 꿈, 이성과 감정, 주체와 타자 사이에서 끊임없이 상보적 긴장을 형성하는 삶의 동력을 지칭한다. 그러나 보통 우리는 '사랑'을 '욕망'보다 훨씬 윗길의 내적 자질로 두는 형이상학적 습성을 가지고 있다. 그러나 그 둘 사이의 구조적 관계를 간파한 시인은 '욕망' 속에서 '사랑'을 발견하겠다는, 곧 이 둘 사이에 높낮음이 없다는 것을 노래한다.[11] '사랑'이라는 역동적 능력은 결국 '욕망'의 심연에서 길어올려지는 것이기 때문이다.

이 시를 간단하게 구조화할 경우, 우리는 '間斷/흐름', '소음/속삭임', '움직임/멈춤', '격랑/節度', '봄베이, 뉴욕, 서울/복사씨, 살구씨, 곶감씨', '단단한 고요함/미쳐날뜀' 등의 대립구도를 어렵지 않게 추출할 수 있다. 그것들을 가르고 있는 것은 물론 근대적인 합리적 이성이다. 그러나 그것을 뛰어넘는 '사랑'의 힘 곧 "敵을 兄弟로 만드는 實證"이 '아들'로 상징되는 세상에서 실현되기를 기대하는 열망이 '도시=욕망=아버지'의 항목을 부정하고, '산=사랑=아들'의 항목을 지향하게끔

11) 황동규, 「유아론의 극복」, 『한국문학이란 무엇인가』, 민음사, 1995. 286면.

만들고 있다. 아니 정확하게 말해 전자는 후자에 의해 배제되는 것이 아니라 통합되고 있다. 그것이 바로 김수영 시가 노래하는 '혁명'의 내질이다.

따라서 김수영의 사랑관이 원색적 욕정과 공격적인 소유욕으로 이루어져 있다는 견해[12]는 이와 같은 그의 욕망의 현상학에 대한 몰이해에 기초하고 있는 것이다. 시를 통해 "自意識에 지친"(「煙氣」) 내상(內傷)을 직접적으로 추출하는 일도 중요하지만, 그보다는 하나의 개념에 시인이 어떤 의미를 부여하고 있는지를 상호텍스트적으로 관찰할 때 그 의미의 중층성이 올바로 밝혀질 수 있을 것이다.

부정적 현실에 대한 탄핵정신과 관용적 사랑이라는 긴장된 두 극의 힘을 변증적으로 통일하고 있는 김수영의 이 시는 "자유와 사랑의 동의어로서의 '혼란'의 향수가 문화의 세계에서 싹트고 있다는 것은, 그것이 아무리 미미한 징조에 불과한 것이라 하더라도 지극히 중대한 일"(「詩여, 침을 뱉어라」)이라는 시인의 깨달음을 폭발적인 송가(頌歌)로, 예언자적 목소리로 노래한 작품이다. 이러한 성격이 이 시에 "낭만적 과잉의식"[13]이라는 혐의를 부여할 수도 있겠지만, 그 낭만적 자기도취가 바로 이 시의 핵심 곧 '욕망'에서 '사랑'이 가능하다는 근대적 인식을 가능케 하는 정서적 기제 역할을 하고 있음 또한 분명한 사실이다.

시작(詩作)을 하나의 혁명으로 이해[14]하고 있었던 김수영. 그는 원래 둔사(遁辭)가 없는 시인이다. 따라서 '사랑'의 본질을 그리되 여러 우회

12) 정효구, 「김수영 시에 나타난 사랑」, 『20세기 한국시와 비평정신』, 새미, 1997. 336-357면. 이 글은 김수영의 왜곡되고 전근대적인 여성관에 주목하면서, 특히 생활현실이 거세된 상상 속의 공간에서는 순수한 사랑을 꿈꾸던 시인이 생활현실 속에서 실재하는 여성들에게는 한결같이 거친 욕정이나 자기우월의식을 보인다고 비판하고 있다.

13) 김명인, 「김수영의 '현대성' 인식에 관한 연구」, 인하대 석사학위논문, 1994. 163면.

14) 김수영, 「일기초(2)」, 『김수영전집 2』, 민음사, 1984. 332면.

로를 거부하고, 사랑의 역동성과 "아름다운 단단함"이 인간이 지향해야 할 최고이성의 단계이며 운명임을 그는 폭발적으로 노래하고 있다. 그것을 가능케 하는 에너지가 '욕망'임을 그는 또한 잊지 않는다.[15] 또한 사랑의 역동성이야말로 빠르고 혼란스런 근대적 변화가 강요하는 의식과 경험의 분절을 통합하고 초월하는 것임을 그는 힘주어 말하고 있다. "이미 정하여진 물체만을 보기로 결심"(「구름의 파수병」)한 시적 주체가 세상으로부터 초월, 이격(離隔)되는 것이 아니라 오히려 세상의 깊은 속에서 높은 경지의 안목을 체득할 수 있음을 보여주고 있는 것이다.

결국 김수영의 후기시는 '전통과 역사'에 대한 재인식, 그리고 '사랑'을 통해 역설적으로 근대적 개인을 확인하는 자기확인의 여정을 보여주고 있으며, 타자 긍정을 통해 그들과 주체 사이에 존재하는 경험 공유 불가능성과 실존적 거리를 극복하고 있는 축도와 같다. 시는 개인의 자유로운 상상력을 통해 세계의 부정성을 폭로하고 그것을 폭넓게 껴안는 언어의 지적 조직체라는 정언을 그의 시는 여실히 충족시키고 있는 것이다.

3

두루 아다시피 '근대성'의 이념은 이성적 인간, 인간의 인식에 의해 표상될 수 있는 실재, 그 실재를 구성하는 수학적 법칙, 그리고 세계의 합목적적 진보 가능성에 대한 신념으로 특징지워진다. 그것은 자본주의

15) 그런 점에서 최근에 김수영 문학의 핵심적 화두를 '육체'에 두고 해석한 연구와 정신과 육체의 갈등 양상으로 포착한 연구는 꽤 적실성을 갖춘 것으로 보인다. 김유중, 「김수영 시의 모더니티(1)」, 『국어국문학』 119호, 국어국문학회, 1997. 노철, 「김수영 시에 나타난 정신과 육체의 갈등 양상 연구」, 『어문논집』 36집, 안암어문학회, 1997.

의 출현과 함께 정치, 경제, 문화 등의 총체적 사회 과정 속에서 형성된 생활경험과 생활양식을 총칭하는 것으로, 결국 김수영으로 하여금 야누스적인 '근대성의 역설'을 경험하게 하였다. 특히 근대성을 특징짓는 이성적 주체의 정체성이 자율성을 그 핵심으로 삼는다[16]고 할 때, 김수영은 모더니즘이 띠고 있는 '미학적 형태'와 '사회적 전망의 지향성' 두 측면을 이성적 주체의 자율성을 근간으로 통합하여 극점까지 몰고간 시인으로, 또 근대의 우월성과 병리를 동시에 함축해낸 시인으로 평가될 수 있을 것이다. 특히 김수영의 후기시가 보여준 '사랑'의 언어들은 그의 시가 생활의 실감을 동반하지는 못했다 할지라도, 단순한 레토릭의 차원으로 떨어질 수 없는 새로운 인식론과 진정성을 내포하고 있음을 뚜렷하게 증명하고 있다. 당대에 관영하던 관변문학을 과감히 거부하고 자신의 시적 권역을 강력한 대항담론의 위상으로 끌어올린 그의 시는 손쉬운 유토피아적 충동을 참칭하지 않고, 우리가 차압당한 근대적 가치가 무엇인가를 잘 보여주는 언어의 집이었다.

미적 형상화를 통한 심미성은 애당초 김수영 시의 목표가 아니다. 도시의 아들답게 모더니즘의 적자(嫡子)로 출발했으면서도 그것을 극복하는 곳에 자신의 시적 영역을 드리운 김수영은 근대가 드러내는 구체적인 징후에 가장 근접한 근대적 시인으로, 또 그것을 극복하려는 열정을 가장 치열하게 보여준 시인으로, 또 타자 긍정을 통해 '사랑'에 이르는 정신의 질적 변환과정을 보여준 시인으로, 그리고 여전히 현재적인 갱신가능성을 함축하고 있는 시인으로 평가받아 마땅할 것이다. 그의 유작인 「풀」은 그 극점에서 작열한 섬광의 절편(絶篇)이다. 새미

16) 윤평중, 「하버마스의 현대성 이론」, 『작가연구』 창간호, 새미, 1996. 참조.

아내와 가족, 내 안의 적과의 싸움

문 혜 원*

김수영이 중요한 의미를 부여받는 이유는, 그가 시대의 중심적인 문제를 회피하지 않았고 그럼으로써 자칫 현실과 괴리될 수도 있는 시의 장르적 한계를 극복했기 때문일 것이다. 김수영의 문학을 관류하고 있는 것은 '저항정신'이다. 그러나 이 '저항'이 단지 사회적인 억압에 대한 대응 방안에 한정된다면, 그의 시는 여타의 참여시들과 구별되지 않을 것이다. 김수영의 시를 의미있게 하는 것은 이 '저항정신'이 그의 전부를 지배했다는 점이다. 그는 비단 사회적인 억압만이 아니라 자신의 피붙이, 심지어 자기자신까지도 저항해야 할 대상으로 보고 있다. 적은 그의 가족에도 있고 그의 내부에도 있고, 시의 숨통을 틀어막는 경직된 문학적 관습에도 있다. 김수영이 말하는 자유는 이 모든 억압과 관습으로부터의 자유이다. 그는 시대를 앞서가는 지식인이나 선각자가 아닌 우리 주변에 흔히 보이는 무기력한 소시민으로서의 자신을 고발한다.

후기시에서 김수영이 저항의 대상으로 설정하고 있는 것은 일상성이다. 이 시기의 시들에서 김수영은 혁명을 적극적으로 지지하고 동참하는 입장에서 생활인으로서 살아가는 '나'의 자리로 옮겨앉고 있다. 이처럼 그의 관

* 서울대, 세종대 강사. 저서로 『한국 현대시와 모더니즘』이 있음.

심이 변화하게 된 이유는 혁명의 실패 때문이다. 혁명이 실패로 돌아가고 더욱 암울해진 현실에서 그는 아무 것도 할 수 없는 자신을 고발한다. 이때 저항의 대상이 되는 것은 자기 자신이고, 구체적으로는 자꾸만 일상성에 매몰되려는 자신의 나태함이다.

일상으로 돌아간다면, 나는 생활인이고 한 가정의 가장이다. 그러나 나는 일상의 일에 무능력하고 그 때문에 생활력이 강한 아내와 자주 마찰을 일으킨다. 그의 시에서 아내/여자는 일상을 대표하는 가장 세속적이고 때묻은 존재로 부각된다. 아내는 현실적인 면에서 나보다 훨씬 우월하고 수지타산에 밝은 인물이다. 닭모이를 아끼고(「만용에게」) 거짓말을 서슴지 않고(「반달」) 날마다 집안에 새로운 물건들을 사들이는 아내(「금성라디오」)는 생활적이며 이기적이고 눈에 보이는 것 이외에는 가치를 두지 않는 본능적인 에고이스트이다.

여자란 集中된 動物이다
그 이마의 힘줄같이 나에게 설움을 가르쳐준다
戰亂도 서러웠지만
捕虜收容所 안은 더 서러웠고
그 안의 여자들은 더 서러웠다
고난이 나를 集中시켰고
이런 集中이 여자의 先天的인 集中度와
奇蹟的으로 마주치게 한 것이 戰爭이라고 생각했다
그런 의미에서 나는 戰爭에 祝福을 드렸다

내가 지금 六학년 아이들의 課外工夫집에서 만난
學父兄會의 어떤 어머니에게서 느낀 여자의 감각
그 이마의 힘줄
그 힘줄의 集中度
이것은 罪에서 우러나오는 것이다
여자의 本性은 에고이스트

뱀과 같은 에고이스트
그러니까 뱀은 先天的인 捕虜인지도 모른다
그런 의미에서 나는 贖罪에 祝福을 드렸다

—「여자」 전문

나는 전쟁 중 수감된 포로수용소에서 여자들의 '선천적인 집중도'를 깨닫게 된다. 이 집중력은 자신과 자신의 울타리를 지키기 위한 이기심의 다른 말이다. 학부형으로서의 여자에게서 느낀 감각, 자신의 자식을 위한 일이라면 무슨 일이든 서슴지 않는 여자의 동물적인 본능에 가까운 이기심을 김수영은 '집중'이라고 표현하고 있는 것이다. '나'가 전쟁을 경험하면서 고난 때문에 이 '집중'(이기심)을 깨달은 데 비해, 여자의 그것은 선천적으로 타고난 것이다. 전쟁이 나에게 의미있는 것은 여자의 이기심과 아울러 나의 이기심을 깨닫게 해주었기 때문이다.("그런 의미에서 나는 戰爭에 祝福을 드렸다") 김수영은 자신 안에서도 이기심을 발견하고, 이러한 이기심들이 마주쳤을 때 전쟁이 생겨나는 것이라고 생각한다.("고난이 나를 集中시켰고 이런 集中이 여자의 先天的인 集中度와 奇蹟的으로 마주치게 한 것이 戰爭이라고 생각했다")

2연에서 여자의 이기심은 '죄'에서 나온 것이라고 되어 있다. 일반적으로 볼 때, 여자와 죄, 뱀 등의 단어들은 언뜻 성경적인 배경을 연상시킨다. 그러나 선악과를 따먹은 이브의 행위는 이기심이 아니라 탐욕과 호기심, 경망함 등으로 설명된다. 또한 이브를 유혹한 뱀 역시 위선과 기만, 유혹 등으로 해석될 것이다. 그러므로 이 부분을 성경적으로 해석한다는 것은 무리이다. 김수영이 여기서 지적하는 것은 뱀과 여자가 모두 이기적인 동물이라는 점, 즉 남을 배려하거나 남과의 관계에서 자신을 돌아볼 줄 모르는 무반성적인 동물이라는 것이다. 그러므로 집중력이 죄에서 나온다는 것은, '이기심은 죄이다'라는 뜻으로 해석되어야 할 것이다. 선천적으로 이기심에 포박당한 포로인 뱀과 여자의 처지를 보면서, 나는 뱀도 여자도 아닌, 속죄할 수 있는 나의 처지를 축복했다는 것이다.("그런 의미에서 나는 贖罪에 祝福을 드렸다.")

그러나 스스로의 처지에 대한 이 축복은 이율배반적인 것이다. 이기심에서 상대적으로 자유로울 수 있다는 것은 그만큼 생활에 무능하다는 의미를 내포하고 있기 때문이다. 이러한 모양은 자기자신을 희화화하고 있는 다음 시에 잘 나타나 있다.

> 파자마바람으로 우는 아이를 데리러 나가서
> 노상에서 支署의 순경을 만났더니
> 「아니 어디를 갔다 오슈?」
> 이렇게 돼서야 고만이지
> 어떻게든지 체면을 차려볼 궁리 좀 해야지
>
> —「파자마 바람으로」

생활에 무능력한 나와 일상적인 아내의 결합은 이상(李箱)과 아내의 절름발이 결합처럼 애초부터 갈등이 잠재해있을 수밖에 없다. 나와 아내 사이의 갈등은 '성교'라는 가장 밀접한 행위에서도 그대로 반복된다.

> 그것하고 하고 와서 첫번째로 여편네와
> 하던 날은 바로 그 이튿날 밤은
> 아니 바로 그 첫날 밤은 반시간도 넘어 했는데도
> 여편네가 만족하지 않는다
> 그년하고 하듯이 혓바닥이 떨어져나가게
> 물어제끼지는 않았지만 그래도
> 어지간히 다부지게 해줬는데도
> 여편네가 만족하지 않는다
>
> 이게 아무래도 내가 저의 섹스를 概觀하고
> 있는 것을 아는 모양이다
> 똑똑히는 몰라도 어렴풋이 느껴지는

모양이다

나는 섬찍해서 그전의 둔감한 내 자신으로
다시 돌아간다
憐憫의 순간이다 恍惚의 순간이 아니라
속아 사는 憐憫의 순간이다

나는 이것이 쏟고난 뒤에도 보통때보다
완연히 한참 더 오래 끌다가 쏟았다
한번 더 고비를 넘을 수도 있었는데 그만큼
지독하게 속이면 내가 곧 속고 만다

—「性」 전문

이 시에 표현된 '나'와 '여편네'의 관계는 서로 속고 속이는 관계이다. 나는 이미 아내의 섹스 습관을 모두 알고 있고("내가 저의 섹스를 槪觀하고 있는 것"), 아내는 나가 자신의 섹스 습관을 알고 있다는 사실을 알고 있다. 또, 나는 다른 여자와의 성교 경험에 비추어 새로운 방법으로 아내를 만족시키려고 기색을 살피고(아내를 기교적으로 속이려 함 혹은 외도한 사실을 숨기려 함), 아내는 나의 이러한 속셈을 훤히 알고 있다. 아내가 나의 속셈을 꿰뚫고 있음을 안 나는 그만 섬뜩해지면서, 도로 둔감한 자신으로 되돌아간다. '섬찍하다'는 것은 일차적으로는 아내에게 자신의 속셈을 들켜버린 어색함과 민망함을 의미한다. 그것을 '섬찍하다'고 표현한 것은, 그 어색함과 민망함이 나의 자의식을 건드렸기 때문이다. 아내를 만족시키기 위해 열심히 기교를 부려보는 나를 의식하게 된 순간 그만 섬뜩해진 것이다. 서로의 속셈을 알고 있는 두사람의 성교는 황홀(엑스터시)을 향해 가는 것이 아니라, 서로에 대한 연민과 기만을 깨닫게 할 뿐이다.("연민의 순간이나 황홀의 순간이 아니라 속아 사는 연민의 순간이다") 가장 가까운 부부가 살을 맞대면서도 다른 속셈을 가지고 서로를 훤히 내다보고 있다는 사실은, 도저히 메꿀 수 없는 타자와의 근본적인 괴리감을 증명하는 것이다. 아내와의 성교는 이제 타성이 되어 오직 기만과 연민, 환멸을 가져올 뿐이다.

"나는 이것이 쏟고난 뒤에도 보통때보다 완연히 한참 더 오래 끌다가 쏟았다"는 구절은 나와 아내의 성적인 불일치를 통해 둘 사이의 불화를 드러낸다. '이것'을 아내로 해석한다면, 이 구절은 '나는 아내가 오르가즘에 오르고 난 후에도 한참 뒤에 사정(射精)을 했다'는 뜻이 될 것이다. 여자의 생리적인 특성상 '쏟는다'라는 표현이 부적절하긴 하지만, 전후의 맥락으로 볼 때 '쏟은' 주체는 아내가 될 것이다. 혹은 '이것'을 자신의 성기로 본다면, 이 부분은 육체적으로는 사정(射精)을 하면서도 성교에 몰입하지 못하는 나의 모습을 그린 것이라고 할 수 있다. 어느 해석을 택하든지 공통점은 엑스터시의 순간이 나에게는 전혀 기쁘지 않았다는 점이다. 나에게 있어 성교는 잠깐이나마 자신을 망각하게 하는 황홀의 순간을 제공하는 것이 아니라, 위선과 환멸을 느끼게 하는 계기로 작용할 뿐이다.("한번 더 고비를 넘을 수도 있었는데 그만큼 지독하게 속이면 내가 곧 속고 만다") 나에게는 성(性)도, 그 반대편에 있는 윤리도 약이 되지 않는 것이다.(<설사의 알리바이>)

아내와의 기만적인 성행위는 아내를 속이고, 결국은 나 자신을 속이는 일이다. 남을 속이는 데 익숙해진 나가 가장 가까운 가족들과 속고 속이고, 결국에는 자신의 꾀에 속는 것이다.("거짓말의 부피가 하늘을 덮는다 나는 눈을 가리고 변소에 갔다온다 사람들은 내 말을 믿지 않고 내가 내 말을 안 믿는다" —「거짓말의 여운 속에서」) 속고 속이는 관계는 가족과 나의 관계를 그만큼 소원하게 한다.

> 머리가 누렇게 까진 땅주인은 어디로 갔나
> 여름 저녁을 어울리지 않는 지팡이를 들고
> 異邦人처럼 산책하던 땅주인은
> —나도 필경 그처럼 보이지 않는 누구인가를

항시 괴롭히고 있는 보이지 않는 拷問人
時代의 宿命이여
宿命의 超現實이여
나의 生活의 定數는 어디에 있나

昏迷하는 아내며
날이 갈수록 간격이 생기는 骨肉들이며
새가 아직 모여들 시간이 못된 늙은 포플러나무며
소리없이 나를 괴롭히는
그들은 神의 拷問人인가 .
—어른이 못되는 나를 탓하는
구슬픈 어른들

(이하 생략—인용자)

—「長詩 (二)」 부분

여름 저녁에 지팡이를 들고 자신의 땅을 산책하는 주인은 생활에 무능력한 나와 정반대의 인물이다. 그의 풍요롭고 가식된 생활 모양이 나를 고문한다. 그러나 그것을 냉소적으로 지켜보는 나 또한 누군가에게는 고문일텐데, 그 누군가는 바로 나의 아내와 가족들이다. 아내/가족과 나의 갈등은, 생활인으로서의 책임을 다해줄 것을 바라는 아내/가족과 시대적인 문제가 해결되어야만 생활이 의미가 있다고 보는 나의 엇갈린 생각 때문이다. 나는 현실을 넘어서는 어떤 것(超現實)을 찾아 방황할 수밖에 없는 존재이다. 이런 나의 어쩔 수 없는 고독을 가족들은 이해하지 못한다. 그들은 가장 가까운 사람들이면서, 자꾸만 나에게 일상을 강요하는 존재들이다. 서로 다른 바램을 가지고 있는 가족들과 나는 불화할 수밖에 없다.

그러나 나 역시도 양계나 생활비 문제, 빚 독촉 문제 등 지극히 현실적인 문제에서 자유로울 수는 없다. 비록 생활에 무능력하다고 해도 나에게는 부양할 처자식이 있고 생계를 이어가야 하는 의무가 있는 것이다. 생활인으로서의 나의 모습은 저항해야 할 대상이지만, 그렇다고 해서 분리하거나 거부할 수 없는 것이다. 따라서 이 이중성을 피할 수 없는 '나'가 일상 속에 매몰되지 않기 위해서는 끊임없이 스스로를 긴장시키는 자극이 있어야만 한다. 아내/가족을 부정적인 존재로 설정하고 있는 것은, 이러한 긴장을 인위적으로 만들어내려는 의도에서 비롯된 것이다.

聖人은 妻를 敵으로 삼았다
이 韓國에서도 눈이 뒤집힌 사람들
틈에 끼여사는 妻와 妻들을 본다
오 결별의 신호여
(중략)

제일 피곤할 때 敵에 대한다
날이 흐릴 때면 너와 대한다
가장 가까운 敵에 대한다
가장 사랑하는 敵에 대한다
偶然한 싸움에 이겨보려고
—「敵(二)」 부분

제일 피곤할 때 혹은 날씨가 흐릴 때 '敵에 대한다'는 것은, 어려울 때일수록 적을 생각하며 스스로의 마음을 다잡는다는 뜻이다. 적은 나로 하여금 경계를 늦추지 않게 함으로써 게으르지 않고 자포자기하지 않게 한다. 그런 면에서 본다면 오히려 적은 동지보다도 더 필요한 존재이다. 성인이 처를 적으로 삼은 이유는 안일을 경계하는 것이고, 생활에 매몰될 수 있는 자신을 끊임없이 반성하기 위한 것이다. 마찬가지로 내가 가장 가까운 아내를 적으로 삼은 것은 스스로가 방만해지는 것을 경계하고 정신을 깨어있게 하기 위해서이다.("가장 가까운 敵에 대한다 가장 사랑하는 敵에 대한다 偶然한 싸움에 이겨보려고") 따라서 김수영이 아내/가족을 부정적으로 묘사하고 있는 것은 자신을 일상성에서 구출하기 위한 수단적인 것이라고 할 것이다.

일상성과의 치열한 싸움을 통해 김수영은 "가시밭, 덩쿨장미의 기나긴 가시가지까지"(「사랑의 변주곡」) 미치는 사랑을 발견하게 된다. 이 '사랑'은 그가 일상성과의 싸움 끝에 일상성을 새롭게 끌어안음으로써 얻어지는 것이다. 김수영에게 "왜 이렇게 벅차게 사랑의 숲은 밀려닥치느냐/사랑의 음식이 사랑이라는 것을 알 때까지"(「사랑의 변주곡」)라는 절실한 깨달음을 준 것은, 결국 일상성의 경험이다. 아내/여자와 가족의 존재는 '사랑'으로 이르는 과정인 일상성의 다른 표현인 것이다. 새미

제 3 부

김수영 문학 연구사 30년, 그 흐름의 향방과 의미
부 록 : 김수영 연보
(생애, 작품, 연구사 목록)

김수영 문학 연구사 30년, 그 흐름의 향방과 의미
— '김수영과 모더니즘'의 관계를 중심으로

강 웅 식*

김수영 문학은 시인의 생전에는 비평적 조명을 그다지 받지 못하다가 그의 사후부터 현재까지 지속적이고 집중적인 관심의 대상이 되어 왔음은 주지의 사실이다. 김수영 문학을 텍스트로 한 2차 문서들의 집합에는 시인에 대한 회상이나 그의 시와 산문에 대한 단상을 비롯하여 평론(評論)으로서 비교적 체계를 갖춘 글들에 이르기까지 약 120여 편의 길고 짧은 글들과 90여 편의 석사학위논문 그리고 10편의 박사학위논문이 포함되어 있다. 우리 근대문학의 전개에서 특히 활발한 비평적·연구적 관심의 대상이 되어온 김소월·한용운·이상·서정주 등과 관련한 2차 문서들의 경우와 비교해볼 때, 그것은 특별히 많다고 할 수 없는 수치이다. 그러나 2차 문서들이 축적된 기간이 30년에 불과하다는 점을 고려한다면, 그 수치는 결코 만만히 볼 수 있는 것은 아니다. 더욱이 김수영 문학과 관련한 2차 문서들은 70년대와 80년대를 지나면서 이른바 '김수영 신화'라고 불리우는 하나의 문단적 현상을 형성했다는 점에서 독특한 측면을 보여준다.

'김수영 신화'라는 문단적 현상은 70년대와 80년대의 특수한 정치적·

* 고려대 강사, 논문으로 「김수영의 시의식 연구」 외 다수의 논문이 있음.

시대적 상황과 밀접한 관련이 있다. 흔히 김수영의 시적 주제로 거론되는 '자유'·'정직'·'양심'·'사랑' 등은 바로 70년대와 80년대의 시대적 화두였다. 정통성을 결여한 권력이 정권을 잡음으로써 파생된 정치적 억압과 부자유, 급속한 산업화에 따른 전통적인 가치관의 붕괴와 문화적 혼란, 그리고 그와 같은 시대적 상황 속에서 능동적 기능을 담당하지 못하고 훼절과 침묵으로 일관한 대다수 지식인들의 부정적인 행태 등으로 기억되는 우리의 7, 80년대. 그처럼 어둡고 어려운 시대일수록 가장 평범하고 일반적인 덕목이 소중해지고 또 지켜지기가 쉽지 않다. 격정성과 속도감을 실은 문장들에 흩뿌려져 있는, 자유와 양심과 정직과 사랑에 대한 선언적인 주장과 외침은 김수영 문학의 미학적 품격과 의미에 대한 검토에 앞서 우선 심정적으로 그것에 이끌리게 하는 강력한 흡인력으로 작용했다는 것은 '김수영 신화'를 돌이켜 보는 필자만의 소회는 아닐 것이다.

김수영의 사후 30년 동안 김수영 문학에 대한 2차 문서들이 이루어온 작은 역사는 그와 같은 심정적 이끌림으로부터 비롯하여 점차 반성적 거리를 확보해가는 일련의 과정이라고 볼 수 있을 것이다 : 그 과정의 초기에는 시와 산문을 통해 주장한 김수영의 메시지들이 자주 인용되고 중요한 의미로 평가되었지만, 차츰 그것들은 한 시인의 시세계를 이해하고 분석·조명하는 문학적 실체로서 다루어지게 되었다; 최근에는, 김수영에게 부여되었던 비평적 수사, 예컨대 모더니스트라든가 참여론자 혹은 난해시인이라는 어사로부터 벗어나, 그가 진정으로 추구한 시적 주제는 무엇인가, 그것은 그의 시에서 어떻게 표현되고 있으며 그 시적 방법론은 무엇인가 하는 접근 태도의 변화가 나타나고 있다.[1)]

김수영 문학을 텍스트로 한 논의는 대략 다음과 같은 네 가지 방향에서 이루어져 왔다. 첫째, 김수영 시와 산문에서 주도적으로 드러나는 주제어의 분석을 통하여 그의 시세계와 시의식을 이해하려는 논의,[2)]

---

1) 김병익, 「진화, 혹은 시의 다의성」, 『세계의 문학』 1983년 가을호, p.329.

둘째, 김수영 시의 형식과 구조에 관심을 갖고 그의 시를 체계적으로 분석함으로써 김수영 시의 특질을 밝히려고 시도한 것,[3] 셋째, 김수영 시와 산문 전체를 포괄적으로 조명하면서 김수영 시의 문학사적 의의와 시사적 위치, 그리고 영향관계를 고찰한 논의,[4] 넷째, 김수영 산문에 산재한 시에 대한 사유의 흔적들을 포착하여 김수영의 시론을 재구성해보고자 한 논의이다.[5] 개괄적인 수준에서나마 김수영 문학에 관한

---

2) 김인환, 「시인의식의 성숙과정 : 김수영의 경우」, 『월간문학』 1972년 5월호.
김종철, 「시적 진리와 시적 성취」, 『문학사상』 1973년 9월호.
김 현, 「자유와 꿈」, 김수영 시선집 『거대한 뿌리』 해설, 민음사, 1974.
황동규, 「정직의 공간」, 김수영 시선집 『달의 행로를 밟을지라도』 해설, 민음사, 1976.
염무웅, 「김수영론」, 『창작과 비평』 1976년 겨울호.
김우창, 「예술가의 양심과 자유」, 『궁핍한 시대의 시인』(민음사, 1978).
유종호, 「시의 자유와 관습의 굴레」, 『세계의 문학』 1982년 봄호.
최유찬, 「시와 자유와 '죽음'」, 『연세어문학』 제 18 집, 1985.12.
김기중, 「윤리적 삶의 밀도와 시의 밀도」, 『세계의 문학』 1992년 겨울호.

3) 서우석, 「김수영 : 리듬의 희열」, 『문학과 지성』 1978년 봄호.
김 현, 「김수영의 풀 : 웃음의 체험」, 김용직·박용철 편, 『한국현대시 작품론』(문장사, 1981).
강희근, 「김수영 시 연구」, 『우리 시문학 연구』(예지각, 1983).
이영섭, 「김수영의 '신귀거래' 연구」, 『연세어문학』 제 18 집, 1985.12.
이경희, 「김수영 시의 언어학적 구조와 의미」, 『이화어문론집』, 1986.
김혜순, 「김수영 시 연구 : 담론의 특성 연구」, 건국대박사논문, 1993.

4) 김현승, 「김수영의 시사적 위치와 업적」, 『창작과비평』 1968년 가을호.
백낙청, 「역사적 인간과 시적 인간」, 『창작과비평』 1977년 여름호.
유재천, 「김수영의 시 연구」, 연세대박사논문, 1986.
김종윤, 「김수영 시 연구」, 연세대박사논문, 1987.
이건제, 「김수영 시의 변모양상 연구 : 자아와 세계의 관계를 중심으로」, 고려대석사논문, 1990.
이종대, 「김수영 시의 모더니즘 연구」, 동국대박사논문, 1993.
강연호, 「김수영 시 연구」, 고려대박사논문, 1995

5) 송재영, 「시인의 시론」, 『문학과 지성』 1976년 봄호.
이상옥, 「자유를 위한 영원한 여정」, 『세계의 문학』 1982년 겨울호.
김윤식, 「김수영 변증법의 표정」, 『세계의 문학』 1982년 겨울호.
이승훈, 「김수영의 시론」, 『한국현대시론사』 (고려원, 1993).
정남영, 「김수영의 시와 시론」, 『창작과비평』 1993년 가을호.

논의들의 전모를 살펴보려면, 앞에서 제시한 네 가지 주된 방향들을 개별적으로 꼼꼼히 검토해보아야만 할 것이다. 그러나 이 글에서는 그들 네 방향의 논의들을 비교적 충분히 포괄할 수 있는 주제라고 판단되는 '김수영과 모더니즘'을 중심점으로 하여 김수영 문학과 관련한 2차 문서들을 살펴보고자 한다.

김수영과 모더니즘의 관계를 설정한 최초의 것은 유종호의 글이다[6]. 이 글은 '현실참여의 시'라는 제목 아래 전봉건, 신동문과 함께 세 시인을 다룬 것인데, 이후 김수영 문학을 텍스트로 한 2차 문서들이 담당할 거의 모든 주제 항목들이 제시되어 있다는 점에서도 중요하다. 다양성, 페이소스, 자조적 분노, 반속(反俗)정신, 그리고 '무방법의 방법' 등 유종호가 제시한 항목들은 다른 문서들에서 핵심적 논의의 초점을 이루면서 발전, 수용된다. 이 글에서 유종호는 "기림 류의 해방전 모더니즘에다가 강렬한 현실감각과 사회의식을 플러스했다는 점으로 해방 후 특히 전후(戰後)의 모더니즘을 특징지을 수 있다"고 하여, 전후 모더니즘의 특징으로 '강렬한 현실감각과 사회의식'을 꼽고 있다. 유종호가 전후 모더니즘의 특징이자 김수영 문학의 특징으로 지적한 '강렬한 현실감각과 사회의식'은, 두 가지 서로 다른 시각에 의해 집중적으로 조명된다. 그 두 가지 시각들 가운데 하나는 한국 모더니즘 시의 전개선상에서 김수영 문학의 성격과 위치를 가늠해보려는 시각이고, 다른 하나는 문학의 사회적 기능을 특별히 강조하는 입장에 선 평론가들의 시각이다. 전자에 속하는 글들 가운데 대표적인 것이 김 현의 글과 이종대·강연호의 박사학위논문이고,[7] 후자의 경우는 백낙청·염무웅·정남영의 글이다.[8]

6) 유종호, 「현실참여의 시, 수영·봉건·동문의 시」, 『세대』 1963년 1~2월호.
7) 김 현, 「자유와 꿈」, 『김수영의 문학』, 황동규 편, 민음사, 1983.
이종대, 「김수영 시의 모더니즘 연구」, 동국대박사논문, 1993.
강연호, 「김수영 시 연구」, 고려대박사논문, 1995.

김 현의 글은, 김수영 시의 변모양상에 따른 시기구분을 최초로 시도했다는 것, 김수영의 시적 주제로서 '자유'를 부각시켰다는 것, 김수영의 시론을 박용철의 '생명시론'과 연결시켰다는 것 등에서도 주목되지만, 그보다 김수영의 모더니즘을 주제로 한 박사학위논문의 접근 근거를 제시했다는 점에서도 그 의의가 평가된다. 김 현은 유종호의 논지를 이어받아 다음과 같이 부연, 확대한다.

> 그의 시의 파격성은 김기림이 그 기치를 높이 든 모더니즘의 한 특성이다. 모더니즘은 시란 운문으로 시적이라 알려진 대상을 묘파해야 한다는 낡은 시론에 대한 반발을 표시한다. '동양적 적멸' '무절제한 감상의 배설', 다시 말해 '봉건적 뭇 요소'와 '감상주의'에서의 탈피는 김기림적 모더니즘의 중요한 측면이다. 그래서 비시적인 요소와 현대문명이 과감하게 도입된다. 김수영은 거기에서 한 걸음 더 나아가, 비시적 요소와 현대문명을 도입하기위해서 도입하는 태도까지를 비판한다. (…) 그는 모더니즘을 하나의 문학적 조류로 이해한 것이 아니라, 세계를 이해하고 관찰하는 한 정신의 태도로 받아들인다.[9]

위의 인용문 가운데 "그는 모더니즘을 하나의 문학적 조류로 이해한 것이 아니라, 세계를 이해하고 관찰하는 한 정신의 태도로 받아들인다"는 구절은, 바로 이종대와 강연호의 논문의 근본 모티프를 이룬다. 그들은 김수영의 작품에 구체적으로 접근하는 방식은 서로 달리 하지만, 모더니즘 그 자체의 본질 규정을 근거로하여 김수영 문학의 가치지향을 규명하려 했다는 점에서는 유사하다. 그들은 서구 모더니즘을 이념을 해명한 외국의 논저들을 통해 모더니즘의 본질적인 정신을 추적하

8) 염무웅, 「김수영론」, 『창작과비평』 1976년 겨울호.
백낙청, 「역사적 인간과 시적 인간」, 『창작과비평』 1977년 여름호.
정남영, 「김수영의 시와 시론」, 『창작과비평』 1993년 겨울호.

9) 김 현, 앞의 책, p.106.

▲ 김수영 시비

여 김수영 문학과의 관련성을 검토한 다음, 그것이 김수영의 실제 작품에서 어떤 양상으로 드러났는가 하는 점을 밝히고 있다. 이들 두 연구자의 논문에 선행하는 것으로서, 김수영과 모더니즘의 관계를 집중적으로 조명한 글들 가운데 주목할 만한 것이 있다. 그것은 김상환이 쓴 일련의 글들이다.[10] 문학전공자가 아니라 철학전공자인 김상환은, 서구의 모더니즘과 포스트모더니즘과 관련한 폭넓은 철학적 이해를 바탕으로 김수영의 시를 면밀하게 검토한다. 김상환의 미덕은, 글에서 모더니즘

10) 김상환, 「스으라의 점묘화 : 김수영 시에서 데카르트의 백색 존재론」, 『철학연구』 1992년 봄호.

——, 「김수영과 책의 죽음 : 모더니즘의 책과 저자 2」, 『세계의 문학』 1993년 겨울호.

——, 「모더니즘 또는 사유의 금욕주의」, 『현대시학』 1993년 11월호~1994년 3월호.

——, 「우리시와 모더니즘의 변용 : 김수영의 경우」, 『현대시 사상』 1995년 여름호.

과 관련한 철학적 전거를 많이 인용함에도 불구하고, 그것들을 작품 자체에 대한 세밀한 분석과정과 겹쳐 놓음으로써 자신의 주장에 설득력을 부여한다는 데 있다. 그가 인용하고 분석한 김수영의 작품들이 과연 미학적으로 뛰어난 것들인가 하는 점은 이론의 여지가 있지만, 김수영의 시와 산문을 관류하는 모더니즘 정신의 역동성을 논리정연하면서도 탄력적인 문장으로 구축한 그의 글들은 충분히 참고할 만한 것이다.

이상에서 검토한 글들이 모더니즘에 대한 긍정적인 입장에 선 것들이라면, 백낙청·염무웅·정남영의 글들은 부정적인 입장에 선 것들이다. 그들이 모더니즘을 부정적으로 보는 이유는 그것의 예술관과 역사관·사물관이 지나치게 폐쇄적이라는 데 있다. 또한 그들이 모더니즘을 폐쇄적이라고 보는 이유는 그것이 우리 역사의 현장에 풍부히 주어진 민족과 민중의 잠재역량을 너무나 등한히 한다는 것과, 언제나 당대의 구체적 현실로부터 유리되어 있으며 대다수 독자들로서는 이해하기도 어렵고 공감할 수 없는 작품을 낳게 한다는 데 있다. 그들이 볼 때, 김수영은 한국 모더니즘의 위대한 비판자였으나 그 모더니즘을 청산하고 민중시학을 수립하는 데까지 나아가지는 못한 시인이다. 예술작품과 예술가를 평가하는 차원에서 그들이 본질적인 심급(審級)으로 두는 것은 '민중시학의 수립'이다. 따라서 그들은 '강렬한 현실감각과 사회의식'을 결여한 시인들에 대한 김수영의 비판과 질타에는 찬사를 보내면서도, 그가 끝끝내 모더니즘과의 연계를 끊어버리지 못하고 독자로 하여금 결코 편안한 접근을 허용하지 않는 난해시를 지속적으로 생산한 점에 대해서는 비판한다. 그들이 보기에 김수영은 "힘없고 모자란 대로나마 서로 뒤섞여 돕고 이끌며 역사를 만들어가는 군중성의 체험, 민중적 실천의 체험"을 하지 못하였던 것이다. 여기서 주목할 것은 그들이 80년대 이후로는 김수영 문학에 관심을 거의 기울이지 않았다는 점이다. 아마도 이는 이른바 민중론자로 불리우는 그들의 문학관과 더욱 친화성을 보이는 김남주·박노해·백무산 등의 시인들이 등장했기 때문일 것이다.

문학과 예술의 관계와 관련지어 설정할 수 있는 이항대립, 즉 '순수'와 '참여'의 문맥에서 볼 때, 김수영 문학은 이중적 양상을 보인다. 이러한 이중성 혹은 양면성은 김수영 문학의 다의성으로 확대되기도 하는데, 이 점에 대해 최초로 언급한 것이 김현승의 글이다. 김현승은 "그가 발표하는 어떤 시는 예술파에 속하는 양 보이고, 다른 어떤 시는 참여파에 속하는 것처럼 보이고, 그러면서 그의 시론은 분명히 참여파를 옹호하고 있다"고 하면서[11] "우리가 김수영에게 요구하고 싶었던 것은, 사상성과 예술성을 작품에 따라 또는 경우에 따라 각각 분리시키지 말고, 다시 말하여 속된 말로 양다리를 걸치지 말고 필요한 두 가지 요소를 한 작품 속에 조화집결시키라는 것이었다"고 말한다.[12] 김수영 스스로도 "나의 시론이나 시평이 전부가 모험이라는 의미는 아니지만, 나는 그것들을 통해서 상당한 부분에서 모험의 의미를 연습해보았다. 이러한 탐구의 결과로, 나는 시단의 일부의 사람들로부터 참여시의 옹호자라는 달갑지 않은, 분에 넘치는 호칭을 받고 있다"라고 말하고, 또 "이런 기적이 한 편의 시를 이루고, 그러한 시의 축적이 진정한 민족의 역사의 기점이 된다. 나는 그런 의미에서는 참여시의 효용성을 신용하는 사람의 한 사람이다"라고 주장한다는 점에서 그의 문학에서는 현실참여적 성격이 강하게 드러난다.[13] 하지만 김수영은 이른바 '참여파'의 논리로써 '예술파'의 시를 재단하지 않았으며, 사회적 현실에 대한 직접적 관심과 무관한 존재론적 깊이의 시들에 대해서도 매우 긍정적으로 평가했다는 점에서 그의 문학을 단순히 현실참여적인 경향의 것으로 보기도 어렵다. 바꾸어 말하면, 그는 '참여파'의 논리로써 '예술파'의 시를 재단하지 않았고 '예술파'의 논리로써 '참여파'의 시를 배제하지 않았으

11) 『전집』 별권, p.36.
12) 앞의 책, 같은 부분.
13) 『전집』 2, p.250, 252.

며, ‘참여파’나 ‘예술파’ 그 어떤 경향의 시든 그가 진정으로 중요하게 여긴 것은 “시다운 시” 혹은 “작품다운 작품”이었다고 볼 수 있는데, 바로 이 점이 앞에서 말한 김수영 문학의 이중성과 관련된다. 김수영 문학의 그와 같은 이중성은 앞으로 면밀하게 검토되어야 할 사항이다. 왜냐하면 김수영은 시에 대한 자기 생각을 언급하는 과정에서 일단의 대립항을 설정해 놓고 그것들이 맺는 부단한 긴장관계를 강조하기 때문이다. ‘사상’과 ‘형태’, ‘침묵’과 ‘요설’, ‘언어의 서술’과 ‘언어의 작용’, ‘기술자적 발언’과 ‘지사적 발언’, ‘검증’과 ‘생성’, ‘시를 쓰는 것’과 ‘시를 논하는 것’, ‘예술성’과 ‘현실성’, ‘내용’과 ‘형식’ 등은 김수영이 설정한 주요 대립항들이다. 김수영은 이 대립항의 긴장관계에서 빚어지는 역동성을 시적 에너지의 원천으로 생각하였으며,[14] 그와 같은 ‘역동성’, 즉 ‘힘’을 시에서 가장 중요한 요소로 보았다. 이처럼 김수영이 설정한 대립항들의 충돌에서 빚어지는 역동성의 실체와 근거에 대한 규명은 앞으로의 중요한 논제가 될 것이다.

앞에서 언급되었듯이, 김수영에 대한 이른바 민중론자들의 관점은, 김수영이 모더니즘의 적극적 비판자이긴 하였지만 그것을 넘어서서 진정한 민중시학의 수립에는 다다르지 못했다는 것이었다. 이러한 관점과는 달리, 김수영의 시와 시론이 우리 시의 참여시의 후진성을 극복하고자 한 것이고 그런 극복의 모습을 몸소 실천으로 보여주었다는 점에서 시사적 의의가 있다고 주장하는 관점이 있다. 이는 김윤식 · 이승훈의

---

14) 기존의 논의 가운데 그와 같은 대립항의 문제에 주목한 것으로는 이건제의 논문이 있다. 그는 자신의 논문에서 “김수영의 인식론이 전개되어 나가는 도정에는 많은 이항대립적 범주들이 존재한다”고 주장하면서, 김수영의 “자아 – 세계 관계의 인식론적 전개과정”을 고찰하는 가운데 그런 대립항들의 의미가 밝혀질 수 있을 것이라고 주장한다. 그러나 본고에서는 그런 대립항들 자체를 면밀히 고찰하는 것이 김수영의 시에 대한 인식을 규명하는 데 중요한 절차라고 본다.
이건제, 앞의 논문, pp.4~5. 참조.

관점인데,[15] 이들의 글들은 영향사(影響史)의 맥락에서 김수영과 후기 하이데거와의 관계를 설정하고 천착했다는 점에서도 의의가 있다.

김윤식은, 김수영 문학과 관련한 초기의 글[16]들에서, 김수영이 시의 본질적 존재성 혹은 존재이유를 형식과 내용, 대지와 세계, 예술성과 현실성의 긴장 위에서 올바로 파악한 후에 세계 쪽을 먼저 내세운 것은 그가 자신이 처해 있는 한국의 시대적·사회적 현실상황을 자각한 데서 연유하는 필연의 선택이라고 보았다. 따라서 그가 시적 기교의 차원보다 시인의 의식이나 태도에 무게중심을 두는 것을 보고 섣불리 참여나 순수의 시각으로 재단해서는 안된다고 주장한다. 그 이후 김윤식은 앞의 견해를 일부 수정하면서 이른바 '김수영 신화'의 결여부분과 그것에 대한 김수영의 자각, 그리고 그것을 극복하려는 김수영의 정신적 고투에 대해 집중적으로 논의한다. 김윤식이 보기에, 김수영은 끊임없이 '제 정신' 혹은 '양심'을 지키는 것을 창조행위와 동일시했으며, 이러한 동일시가 바로 김수영 문학에 윤리적 밀도를 부여한다 ; 이 경우 시인과 지식인의 태도 사이에는 일종의 등가관계가 성립되는데, 자신의 양심을 지키고 '제 정신'을 차림으로써 부정적인 세상에 저항하고 비판하는 지식인의 태도를 시인의 예술적 창조행위 쪽으로 부단히 근접시키려고 한 것이 김수영이다. 그러나 김수영의 그러한 노력은 그를 부패에서 이끌어냄으로써 4·19 이래 보기 드문 '눈뜬 의식의 소유자'로 평가받게 하는 근거가 되지만, 그로 인해 정작 그의 문학은 생성에로 질적 비약을 하는 초월의 단계로 나아가지 못하였다고 김윤식은 평가한다. 다시 말해, 김수영 문학에서 '자유의 이행'이 시의 완성이라는 논리의 세계는 '참다운 노래'가 나오는 '다른 입김'이라는 생성의 세계와 마주침으로써 변증법적 지양을 이룩해야 하는데, 김수영은 하이데거

15) 김윤식, 「김수영 변증법의 표정」, 『세계의 문학』 1982년 겨울호.
이승훈, 「김수영의 시론」, 『한국현대시론사』(고려원, 1993).
16) 김윤식, 「시에 대한 질문방식의 발견」, 『시인』 1970년 8월호.
——, 「모더니티의 파문과 초월」, 『심상』 1974년 2월호.

의 "릴케론"과의 만남을 통해 그러한 지점을 의식하기는 했지만, 그것은 자신의 문화적 배경과 성장의 환경을 떠난 독서체험에 불과했다는 것이다. 김윤식의 이러한 관점은 후속 논의에 의해 더욱 집중적으로 천착될 필요가 있는데, 그 때 논의의 초점은 그가 지적한 김수영 문학의 결여항에 대한 시인의 자각이 하이데거의 "릴케론"과의 만남을 통해 비로소 촉발된 것인가, 아니면 시인 스스로도 초기부터 지속적으로 의식하고 있었는가, 그리고 시인 자신이 애초부터 자각하고 있었다면 어떤 양상으로 전개되었는가 하는 점에 주어지게 될 것이다.

이승훈은 김윤식의 주장과 평가를 대체로 수용하면서 김수영과 하이데거의 시론을 체계적이고도 포괄적으로 비교한다. 이승훈의 글은 "제나름의 시론을 가졌던 시인"[17]으로 평가되는 김수영의 시론을 집중적으로 조명했다는 점에서, 그리고 하이데거의 시론을 비교적 상세하게 추적하면서 김수영 시론과의 영향관계를 규명했다는 점에서 일단 그 의의가 확보된다. 이 글에서 이승훈은 "김수영은 시론 <반시론>에서 밝히고 있듯이 시적 진리가 무엇인가를 하이데거의 릴케론 일어판을 거의 암기하다시피 해서 확신하게 된 것이다. 그리고 그러한 확신이 시작품을 통해 결실을 볼 수 없었다는 점에 그의 시적 한계가 놓인다"고 평가한다.[18] 김수영이 과연 '시적 진리'에 대해 이론적으로는 파악하였으나 실제 작품으로는 보여주지 못했는가 하는 점에 대해서는 앞으로도 지속적인 논의가 필요할 것이다.

여기서 지적해야 할 것은 김수영과 하이데거의 영향관계 그 자체이다. 김윤식과 이승훈 이외에도 황헌식 · 이영섭 · 이광웅 · 최유찬[19] 등도

17) 백낙청, 『전집』 별권, p.
18) 이승훈, 앞의 글, p.201.
19) 황헌식, 「저항과 좌절 : 그 운명적 갈등」, 『시문학』 1973년 6월호.
이영섭, 「김수영 시 연구」, 연세대석사논문, 1977.
이광웅, 「시와 죽음 : 김수영 시의 출발과 그 기조」, 원광대석사논문, 1979.
최유찬, 「시와 자유와 '죽음'」, 『연세어문학』 제 18 집, 연세대 국어국문 학

하이데거를 언급하면서 김수영 문학의 인식론적 측면을 다루었으며, 이건제도 김수영의 시작품과 시론을, 일부 하이데거와 관련되어 있는 그의 인식론적 측면과 유의하며 살펴봄으로써 자아(인식 주체) -세계(인식 객체) 관계의 변모양상으로 재구성하여 검토한 바 있다.[20] 김수영과 하이데거의 영향관계라는 논의 항목에서 문제가 되는 것은, 하이데거의 예술론이나 인식론에 대한 김수영의 이해가 과연 얼마나 깊고 철저한 것이었는가 하는 점이다. 김수영의 하이데거 인용은 그의 후기의 글들인 「시여, 침을 뱉어라」와 「반시론」에서 발견된다. 하지만 「시여, 침을 뱉어라」의 경우, 하이데거의 「예술작품의 근원」이란 논문에 나오는 "세계와 대지의 대극적 긴장"이란 구절이 유일하게 인용되어 있으며, 「반시론」의 경우도, 하이데거의 릴케론인 「궁핍한 시대의 시인」에서 하이데거가 인용한 릴케의 시 「오르페우스에 바치 소네트」의 구절과 헤르더의 『인류사의 철학이념』에 나오는 구절이 재인용되어 있을 뿐이고 정작 하이데거의 문장은 보이지 않는다. 김수영의 글에서 하이데거와 관련한 인용구절이 양적으로 적다고 해서 김수영과 하이데거의 관계를 살펴볼 필요가 없다는 것은 물론 아니다. 문제는 김수영이 실제로 하이데거에 대해 얼마나 깊이 있게 이해하고 있었으며, 그가 지니고 있던 어떤 성격의 문제의식이 하이데거와 연결될 수 있었는가 하는 것이다. 김수영은 한 월평에서 "색다른 실험을 거듭하던 시인이 형태를 바꾸게 되면 우선 개의하게 되는 것은, 그가 종래의 실험단계에서 어떠한 자양분을 몸에 지니고 나왔는냐 하는 것이다"[21]고 말하는데, 이는 김수영 자신에게도 적용될 수 있는 논리이다. 자신의 문학세계와 관련하여 기존의 문학적 자양분과 하이데거에게서 시사받은 바가 연결될 수 없다면, 김수영 문학에 내재하는 하나의 긍정적 요인이 논리적 파탄을 보이

과, 1985.

20) 이건제, 「김수영 시의 변모양상 연구 : 자아와 세계의 관계를 중심으로」, 고려대석사논문, 1990.

21) 김수영, 『김수영전집 2, 산문』, (민음사, 1981), p.361.

는 것이 되기 때문이다.

이러한 사정과 관련하여, 김수영이 어째서 하이데거의 예술론이나 인식론에 대한 검토로 나아갔는가 하는 점에 대한 해명을 부분적으로 시도한 것이 강웅식의 논문이다.[22] 그는 김수영이 하이데거의 사유를 깊이 이해한 것으로 보지는 않지만, 김수영의 대표적 시론인 <시여, 침을 뱉어라>에서 자신의 논지 전개상 핵심 부분에 하이데거의 구절을 인용하고 있는 점에 주목한다. 강웅식이 보기에, 김수영이 인용하고 있는 하이데거의 구절, 즉 "세계와 대지의 대극의 긴장"에서 무엇보다 주목해야 할 것은 '대극의 긴장'이라는 부분이다. 그는, '긴장'이라는 말은 하이데거의 예술론과 만나기 이전의 김수영에게도 매우 익숙한 것이라고 주장한다. 왜냐하면 '긴장'이라는 용어는 김수영이 지대한 영향을 받은 앨런 테잇의 시론의 핵심 용어이기 때문이라는 것이다. 실제로 김수영은 1966년에 쓴 시작 노트에서 "이 시에서도, 그 밖의 시에서도 나는 알렌 테이트의 시론을 충실히 지키고 있다. Tension의 시론이다"라고 고백한 바 있는데,[23] 'Tension'은 좋은 시들이 갖고 있는 동일한 성질에 대하여 앨런 테잇이 붙인 특수한 비유어이다. 앨런 테잇이 말하는 '긴장'은 서로 방향이 다른 힘들이 마주치는 현상으로 이를 통해 시에서 진정한 힘이 발생한다는 것이다.[24] 강웅식은, 김수영이 시에 대한 자신의 의견을 개진할 때, '사상'과 '형태', '침묵'과 '요설', '언어의 서술'과 '언어의 작용', '기술자적 발언'과 '지사적 발언', '검증'과 '생성', '시를 논한다는 것'과 '시를 쓴다는 것', '예술성'과 '현실성', '내용'과 '형식' 등 대립항을 그가 동원하는 것도 앨런 테잇의 시론으로부터 시사받은 '긴장'의 의미에 대한 이해와 인식에서 기인하는 것으로 본다. 또한 그는 김수영이 하이데거의 예술론에 관심을 갖게 된 이유도 하이

22) 강웅식, 「김수영의 시의식 연구 : '김장'의 시론과 '힘'의 시학을 중심으로」, 고려대박사논문, 1997.

23) 김수영, 앞의 책, p.303.

24) 이상섭, 『복합성의 시학 : 뉴크리티시즘 연구』(민음사, 1987), pp.103~104.

데거의 문맥에서 '긴장'이 앨런 테잇의 문맥보다 훨씬 더 역동적이고도 본질적으로 기술된다는 점에 있다고 보았다. 강웅식의 이와 같은 접근의 의의는, 이제까지 지나치게 확대된 측면이 없지 않은, 김수영과 하이데거의 영향관계를 김수영의 시의식의 전개과정의 맥락에서 그 연관 고리를 찾았다는 데 있을 것이다.

김수영의 시론에 대한 논의와 관련하여 한 가지 덧붙일 사항이 있다. 그것은 바로 '김수영과 박용철'이라는 논의 항목이다. 이제까지 김수영과 국내 시인과의 비교 연구는 '김수영과 김춘수',[25] '김수영과 이상',[26] '김수영과 신동엽'[27]이라는 항목 설정에 머물러 있다. 이상(李箱)은 김수영의 문맥 속에서 거의 유일하게 부정적으로 기술되지 않은 선배 시인이라는 점에서, 신동엽은 김수영과 같은 시대에 활동한 시인으로서 그가 매우 긍정적으로 평가한 시인이라는 점에서, 그리고 김춘수 역시 그와 같은 시대에 활동한 시인으로서 특히 비판적으로 본 시인 가운데 한 사람이자 '무의미 시'에 대해 서로 상반된 관점을 지니고 있다는 점

25) 김혜순, 「김춘수와 김수영의 시에 나타난 시간의식의 대비적 고찰」, 건국대석사논문, 1983.
김수이, 「김춘수와 김수영의 비교연구 : 주제와 기법의 대응관계」, 경희대석사논문, 1992.

26) 김창원, 「한국현대시에 나타난 아리러니에 관한 연구 : 이상과 김수영」, 서울대석사논문, 1987.
정현선, 「모더니즘시의 문화교육적 연구 : 이상과 김수영을 중심으로」, 서울대석사논문, 1995.
최미숙, 「한국 모더니즘의 글쓰기방식에 관한 연구 : 이상과 김수영을 중심으로」, 서울대박사논문, 1997.

27) 오정환, 「한국현대시에 나타난 민중의식 : 60년대 김수영과 신동엽」, 동아대석사논문, 1980.
전미경, 「현실인식과 시적 형상화 : 김수영과 신동엽의 대비적 고찰」, 부산대석사논문, 1994.
정대호, 「김수영과 신동엽의 현실인식에 대한 비교 고찰」, 경북대석사논문, 1988.
조시현, 「혁명과 시, 그리고 아나키즘 : 김수영과 신동엽을 중심으로」, 『시와 반시』 1993년 가을호.
조병춘, 「김수영과 신동엽의 참여시 연구」, 『세명논총』 1996. 6.

에서 이들 논의 항목은 충분한 의의가 있는 것으로 판단된다. 그런데, 박용철은 김수영의 문맥 속에서 '진정한 힘'에 도달한 작품을 남긴 시인으로 평가됨에도 불구하고, 이제까지의 연구사에서 유일하게 김 현만이 아주 간략하게 두 시인의 시론의 연관성을 지적했을 뿐, 그들의 구체적인 상관관계에 대하여 체계적으로 접근한 논의는 단 한 편도 없었다는 점은 상당히 의외라고 할 수 있다. 이는 이제까지 김수영 문학이 '현실참여'와 '모더니즘'의 관련 맥락에서 주로 논의되었다는 점을 반증하는 것이기도 한데, 앞으로 김수영의 '온몸의 시론'과 박용철의 '생명시론'과의 상관관계에 대한 접근은 김수영 문학에 대한 논의의 깊이와 넓이를 위해 반드시 필요한 부분일 것이다.

'김수영과 모더니즘'이라는 논의 항목과 관련하여 한 가지 사항을 더 추가한다면 그것은 '김수영과 초현실주의'라는 항목이다. 이 점에 대해 최초로 지적한 것은 김현승의 글이다. 김현승은 이 글에서 김수영을 '슈르(초현실주의 수법을 터득한)' 시인이라고 규정하고 있다. 실제로 김수영은 한 작품 안에서 의미론적으로 해독이 되는 구절과 그렇지 않은 구절을 교차적으로 배치하는 방법을 즐겨 쓴다는 점에서 김현승의 그와 같은 지적은 매우 적절하다고 하겠다. 김수영은 "작품의 형성과정에서 볼 때는 '의미'를 이루려는 충동과 '의미'를 이루지 않으려는 충동이 서로 강렬하게 충돌하면 충돌할수록 힘 있는 작품이 나온다"고 말하는데,[28] 이러한 양극적인 요소들을 '언어의 서술'과 '언어의 작용'이라는 말로 대치하기도 한다. 김수영의 진술 가운데 '의미를 이루지 않으려는 충동'이나 '언어의 작용'이 바로 '김수영과 초현실주의'라는 논의 항목이 성립할 수 있는 근거라는 것이 필자의 생각이다. 이제까지 김수영 문학과 관련한 논의의 핵심을 이루어 온 '순수와 참여'의 맥락으로부터 벗어나 김수영 시를 하나의 객관적 텍스트로 놓고 그의 문학의 미학적 특질을 규명하기 위한 하나의 출발점으로서 '김수영과 초현

28) 김수영, 앞의 책, p.245.

실주의'라는 논의 항목은 매우 중요한 것이라 하겠다.

김수영과 모더니즘의 상관관계와는 직접으로 관련이 없긴 하지만, 김수영 문학과 관련한 2차 문서들에서 하나의 쟁적적인 사항을 이루고 있는 것 가운데 하나가 김수영의 마지막 작품 「풀」에 관한 논의들이다. 「풀」은 김수영이 남긴 173편의 시 가운데 연구자들로부터 가장 큰 관심의 대상이 되어온 작품이다. 이 작품은 외형상으로만 보아도 그의 여타 다른 작품들과는 선명히 구분될 정도로 매우 특이하다. 많은 논자들이 이 시에 특별한 관심을 기울였던 일차적인 이유도 김수영의 다른 작품들과는 판이한 그런 외형상의 특이성에 있었을 것이다. 부단한 '새로움'의 이행이 시의 본질이라고 주장했던 그였기에, 많은 논자들은 그와 같은 형태상의 특이함이야말로 그가 시작(詩作) 전개상의 그 시점에서 시도하고자 했던 새로운 방향으로 추정했을 것이다. 이러한 사정과 관련하여 유종호는 "이 작품이 시인의 시적 발전에 있어서 지속적인 究境이었을 것인가에 대해서는 불안정한 추측이 가능할 뿐이다"라고 하면서 "배타적인 조직을 노리는 토착어의 지향을 통해서 한국의 근대시가 자기발견과 자기정의를 성취한 것이라면 「풀」이 그의 마지막 작품이라는 것을 그의 말투를 빌어 행복한 시간의 우연이라 할 것이다"라고 말하고,[29] 이와는 달리 김 현은 "그 시는 김수영이 결국 가야 할 곳이 어디였나를 분명하게 보여준 시이다"라고 말한다.[30] 김수영 시의 전개에서 이 작품이 과연 우연의 소산인가 아니면 필연의 소산인가 하는 문제는 앞으로도 지속적인 논의가 요청되는 사항일 것이다. 그리고 이 시가 민중론자들이 주장하는 것처럼 민중의 힘을 노래한 작품인가, 아니면 좀더 포괄적인 존재론적 깊이의 문제를 다룬 작품인가 하는 문제 역시 후속 논의들에 의해 보다 체계적으로 접근되어야 할 것이다.

29) 유종호, 「시의 자유와 관습의 굴레」, 『김수영의 문학』, 황동규 편, 민음사, 1983, p. 257.

30) 김 현, 「김수영의 풀 : 웃음의 체험」, 『김수영의 문학』, 황동규 편, 민음사, 1983, p.206.

김수영 문학과 관련한 논의의 전개에서 주목되는 현상 가운데 하나는 문예지에 실리는 일반 평론의 숫자가 현격하게 줄어들고 있음에 비해 상대적으로 학위논문의 숫자는 늘어나고 있다는 사실이다. 석사학위논문의 경우 70년대에는 5편에 불과하던 것이 80년대에는 무려 40여 편에 이르고, 90년대에는 97년 현재까지 38편이 산출되었다.[31] 특히 최근 4년간 발표된 석사학위논문의 숫자가 30편에 이르고 있다는 사실을 감안할 때, 앞으로 김수영 문학을 텍스트로 한 석사학위논문의 숫자는 더욱 증가될 전망이다. 학위논문의 연구 대상이 근래에 50년대와 60년대의 시인 · 작가들로 확대되고 있다는 점, 그리고 학위과정 연구자들의 경우 문학 텍스트를 심미적 향수의 대상으로 보기보다는 학구적 분석이나 해석의 대상으로 보려는 성향이 강하다는 점 등을 고려할 때, 다양한 해석의 여지를 지닌 모호한 작품들을 대다수 포함하고 있을 뿐만 아니라 여러 가지 논쟁적인 요소들을 거느리고 있는 김수영 문학은 앞으로도 학위과정 연구자들의 집중적인 관심의 대상이 될 것으로 예상된다. 이러한 예상과 관련하여 김수영 문학이 활발한 논의의 대상이 된다는 것 자체가 부정적인 것일 수는 없다. 문제는 그러한 논의가 얼마나 생산적인 것인가 하는 데 있다. 80년대에 발표된 학위논문들의 경우 몇 편을 제외하고는 그 논의의 새로움이나 다양성에서 70년대에 씌어진 단편적인 평론들의 논의수준을 크게 넘어서지 못하였다는 것이 부정할 수 없는 사실이다. 다시 말해 이른바 '김수영 신화'라고 불리우는 문단적 현상의 인력에 지나치게 이끌렸다는 인상을 지우기 어렵다는 것이다. 이러한 사정이 80년대를 거쳐 90년대로 넘어 오면서 상당 부분 지양되고 있긴 하나 그러한 측면이 완전히 불식되었다고 보기도 어려운 실정이다. 넓게는 우리 근대문학사의 전개와 좁게는 50년대와 60년대의 우리 시문학사의 전개상의 좌표에서 김수영 문학이 차지하는 위치와 비중이 보다 객관적으로 검증되기 위해서는 보다 포괄적인 시각

31) 박사학위논문의 경우는 80년대에 2편, 90년대에는 현재까지 8편이 나왔다.

과 체계적인 연구방법의 모색에 대한 연구자들의 노력과 고민이 반드시 뒤따라야 할 것이다.

이상에서 필자는 김수영 문학을 텍스트로 한 2차 문서들을 '김수영과 모더니즘'이라는 논의 항목을 중심으로 살펴보았다. 지난 30여 년 동안 축적된 2차 문서들에 대한 포괄적 검토를 위해서라면, 보다 많은 2차 문서들을 검토의 대상으로 삼는 것이 타당한 일이었겠으나, 가장 핵심적인 논의 사항들을 차별화하여 부각시키고 앞으로 이루어져야 할 논의의 과제들을 짚어보려는 의도 때문에 많은 분량의 중요한 2차 문서들을 불가피하게 배제할 수밖에 없었다. 차후에 좀더 충분한 지면이 허락된다면, 이 글에서 배제된 중요한 논의들을 포함하여 더욱 포괄적인 연구사 정리를 시도해 보고자 한다. 새미

1. 생애 연보

1921(1세)

11월 27일(음 10월 28일) 서울 종로구 종로 2가 158에서 부 김해 김씨 태욱(泰旭)과 모 순흥 안씨 형순(亨順) 사이의 8남매 중 장남으로 태어나다(본적은 종로구 묘동 171).
조부 희종(喜鍾)은 정삼품 통정대부 중추의관(正三品通政大夫中樞議官)을 지냈다고 함. 그의 집안은 경기도 김포평야 일대와 강원도 홍천 등지에서 500여 석의 추수를 한 지주 집안이었음.
형제로는 수성(洙星 제, 24년생) 수강(洙彊 제, 27년생) 수경(洙庚 제, 31년생) 수명(洙鳴 매, 34년생) 수련(洙蓮 매, 36년생) 수환(洙煥 제, 38년생) 송자(松子 매, 41년생) 등 일곱 동생을 두다.
종로 6가 116으로 이사. 이때부터 가세가 기울기 시작함.

1924(4세)

조양 유치원에 들어가다.

1926(6세)

서당에 다니며 한문 공부하다.

1928(8세)

어의동 공립보통학교(현재 효제초등학교)에 입학.

1931(11세)

조부, 70세로 돌아가시다.

1934(14세)

어의동 공립보통학교 졸업. 6년 내내 성적 뛰어나 반장을 지내다. 선천적으로 병약한 편으로 잔병 치레가 많았으며 6학년 9월경 운동회를 끝내고 장티푸스에 걸린 후로 잇달아 폐렴, 뇌막염으로 앓아눕다. 이로 해서 졸업식에도 참석하지 못하고 진학도 못한 채 1년여를 요양.

서울 용두동으로 이사.

1935(15세)

선린상업학교에 입학. 1년여의 휴학과 쇠약한 신체적 조건 때문에, 1차 경기도립상고에 응시했으나 낙방. 2차로 응시한 선린상고 주간부에도 낙방하고 동교 전수과(야간)에 들어가다. 상업학교 진학은, 유산에만 의지한 채 독자적 생활 기틀을 잡지 못한 게 한이 된 부친의 일방적 선택에 따른 것임.

1938(18세)

위 학교 졸업. 본과 (주간 2년, 5년제임)으로 진학.

1940(20세)

집을 줄여 서울 현저동으로 이사.

1941(21세)

12월 선린상업학교 졸업. 성적 우수. 영어, 주산과 상업미술에 재질을 보이다.

동경 유학. 동경 성북 고등예비학교에 다님.

水品春樹에게서 연극 사사. 이종구(李鍾求)와 친교.

1943(23세)

12월, 태평양전쟁 막바지에 가족들, 만주 길림성으로 소개가다.

조선학병 징집을 피해 일본에서 겨울에 귀국.
안영일(安英一), 심영(沈影) 등과 연극을 하다.

1944(24세)

귀국한 어머니와 함께 봄에 가족이 가 있는 만주로 가다.
연극에 열중하다. 동생 수성, 일군에 끌려감.

1945(25세)

8월 15일 해방.
9월, 만주에서 서울로 돌아오다.
임시로 종로 6가의 고모댁에 머물다가 충무로 4가에 집을 마련하고 옮기다. 성북중학교 자리에서 친구와 영어 학원을 7-8개월 동안 경영. 연극에서 문학으로 전향. 초현실주의적인 시를 쓰다.
시 「廟庭의 노래」가 처음으로 『예술부락』에 실림.
부친 병환 악화. 모친에 의해 생활해 나감.
「廟庭의 노래」 「孔子의 生活難」 「거리」(분실) 「꽃」(분실) 등 쓰다.

1946(26세)

4월, 연희전문 영문과에 편입. 여름방학 이후에 그만두다.

1947-48(27-28세)

간판화 그리기, E. C. A. 통역 등을 잠깐씩 하다.
박준경 임호권 박일영 김경린 양병식 김병욱 이봉구 이한직 박인환 김윤성 박태진 박훈산 등과 교우를 가지다.

1949(29세)

1월, 부친 49세로 돌아가시다.
김경린 임호권 박인환 양병식 등과 함께 묶은 신시론시집 『새로운 도시와 시민들의 합창』에 「아메리카 타임誌」 「孔子의 生活難」 수록.

1950(30세)

김현경(金顯敬 1927. 6. 14생)과 결혼.

서울대 의대 부설 간호학교 영어 강사로 나감.

6월 25일, 한국전쟁 발발하다.

8월, 인민군 후퇴시 의용군으로 징집되어 북으로 끌려가다. 평남 개천 야영훈련소에서 1개월간 훈련을 받은 뒤 북원훈련소에 배치되었다가 유엔군의 평양 탈환으로 자유인이 되어 남하. 서울에까지 왔으나 충무로 부근에서 경찰에 체포되다. 거제도 포로수용소에 수용되다.

수강, 수경 두 동생 행방불명.

12월 26일, 나머지 가족들 경기도 화성군 조암리로 피난.

12월 28일, 피난지에서 장남 준(儁) 태어나다(호적의 51년생은 신고 잘못).

1951(31세)

부산에 있는 포로수용소 제14야전병원에 이송, 그곳 외과원장의 통역일을 맡다.

1952(32세)

12월경, 포로수용소에서 석방되다.

1953(33세)

대구에서 미8군 수송관의 통역관 일을 하다.

부산에서 선린상고의 영어교사 등을 하다.

겨울, 환도하여 주간 『태평양』지 기자로 근무.

1954(34세)

신당동에서 동생들과 같이 기거하다가 피난지에서 돌아온 부인과 성북동에 안착하다.

1955(35세)

평화신문사 문화부 차장으로 6개월 가량 근무.

6월 마포 구수동으로 이사. 이후로 주로 번역을 하며 집에서 양계를 하다.

안수길 유정 김중희 임긍재 박연희 김이석 등과 교우를 가지다.

1957(37세)

김종문 이인석 김춘수 이상로 임진수 김경린 김규동 이흥우 등과 묶은 앤솔로지 『평화에의 증언』에 「瀑布」 등 5편 수록.

1958(38세)

6월 12일 차남 우(瑀) 태어나다.

11월 1일 제1회 한국시인협회상 수상.

1959(39세)

1948-59년 사이에 잡지, 신문 등에 발표했던 시를 모아 개인시집 『달나라의 장난』을 춘조사(春潮社)에서 간행. 「死靈」 등 40편 수록.

1960(40세)

4월 19일 혁명 일어나다.

이후 죽기까지 현실과 정치를 직시하고 적극적인 태도로 시와 시론, 시평 등을 잡지, 신문 등에 발표. 왕성한 집필 활동을 하다. 서라벌 예대, 서울대, 연세대, 이대 등에서 강연하다.

1961(41세)

5월 16일, 군사쿠데타 일어나다.

1968(48세)

4월 13일, 펜클럽 주최 부산 문학 세미나에 참석, 「詩여 침을 뱉어라」를 발표하다.

2월, 「知識人의 社會參與」라는 『사상계』 1월호에 실린 평론이 발단이 되어 평론가 이어령(李御寧)과 『조선일보』 지상을 통해 3회에 걸쳐 문학의 자유와 진보적 자세에 대해 논전을 벌이다.

6월 15일 밤 11시 10분 경 귀가길에 구수동 집 근처에서 버스에 치여 머리 다치다. 의식을 잃은 채 적십자병원에서 응급치료를 받았으나 끝내 의식을 회복하지 못한 채로 다음날 16일 아침 8시 50분에 숨지다.

6월 18일 예총회관 광장에서 문인장으로 장례치르다.

서울 도봉동에 있는 선영에 묻히다.

1969년

6월, 1주기를 맞아 문우와 친지들에 의해 묘 앞에 시비 세워짐. 시 비엔 마지막 작품 「풀」이 일부 그의 글씨체로 새겨져 있다.

1974년

9월, 시선집 『巨大한 뿌리』가 민음사에서 간행되다.

1975년

6월, 산문선집 『詩여, 침을 뱉어라』가 민음사에서 간행되다.

1976년

8월, 시선집 『달의 行路를 밟을지라도』가 민음사에서 간행되다.

산문선집 『퓨리턴의 肖像』이 민음사에서 간행되다.

1981년

6월, 『金洙暎 詩選』(한국현대시문학대계 24)이 지식산업사에서 간행되다.

1982년

『金洙暎 全集』 2권(1권 시, 2권 산문)이 민음사에서 간행되다.
이듬해 김수영에 대한 평론을 묶은 전집 별권 『김수영의 문학』 (황동규편, 민음사) 나오다.

1984년

『시인이여, 기침을 하자』가 열음사에서 나오다.

1988년

시선집 『사랑의 변주곡』이 창작과비평사에서 나오다.

1993년

평전 『김수영』(개정판, 최하림 편저)가 문학세계사에서 나오다.
미발표 유고 「저 하늘 열릴 때」 「들어라 양키들아」가 『세계의 문학』 여름호에 실리다.

*기타 번역서 『에머슨 산문집』 『20세기문학평론』 『현대문학의 영역』 『문화, 정치, 예술』 등과 번역소설, 평론이 30편 가량 있음.

2. 김수영 작품 연보

〈시〉

1946	廟庭의 노래	예술부락(창간호)
	孔子의 生活難	『새로운 都市와 市民들의 合唱』(1949)
1947	아메리카 타임誌	上同
	가까이 할 수 없는 書籍	民聲(49.11)
	이(虱)	民聲(49.1)
	아침의 誘惑	自由新聞(49.4.1)
	거리	民聲
	꽃	民生報
1948	웃음	新天地(50.1)
1949	토끼	신경향(50.6)
	아버지의 사진	
1953	달나라의 장난	自由世界(4월)
	愛情遲鈍	
	풍뎅이	
	付託	
	너를 잃고	
	祖國에 돌아오신 傷兵捕虜 同志들에게	미발표작(5.5)
1954	시골선물	
	九羅重花	
	陶醉의 彼岸	
	방안에서 익어가는 설움	
	나의 가족	詩와批評(56.8)

	거미	10.5
	더러운 香爐	
	PLASTER	
	구슬픈 肉體	
1955	나비의 무덤	1.5
	矜持의 날	文藝(53.9-?)
	映寫板	
	書冊	
	헬리콥터	
	休息	
	國立圖書館	
	거리(一)	思想界(9월)
	煙氣	
	레이판彈	
	일	現代文學(7월)
1956	바뀌어진 地平線	知性(58.6)
	記者의 情熱	
	구름의 파수병	
	事務室	
	여름뜰	現代公論(8월)
	여름아침	
	白蟻	
	屛風	現代文學(2월)
	水煖爐, 地球儀, 꽃(二)	文學藝術(7월)
	자(針尺)	文學藝術(11월)
1957	玲瓏한 目標	
	눈	文學藝術(4월)
	瀑布	
	봄밤, 채소밭 가에서, 曠野	現代文學(12월)
	叡智	現代文學(1월)?

	하루살이	新太陽(10월)
	序詩	思想界(8월)
1958	초봄의 뜰안에	
	비	現代文學(6월)
	말	
	奢侈	思潮(11월)
	밤	
	冬麥	思想界(59.2)
1959	靈交日	自由文學(57.11-?)
	자장가	現代文學(3월)
	謀利輩	新天地(5월)
	生活	
	달밤	現代文學(8월)
	死靈	新天地(8,9월)
	조고마한 세상의 智慧	詩와批評(56.8-?)
	家屋讚歌	自由文學(10월)
	末伏	
	伴奏曲	思想界(58.8-?)
	파밭 가에서	自由文學(60.5)
	싸리꽃 핀 벌판	9.1
	凍夜	現代文學(60.3)
	미스터 리에게	
1960	꽃	
	파리와 더불어	思想界(3월)
	하...... 그림자가 없다	民族日報(4월)
	우선 그놈의 사진을 떼어서 밑씻개로 하자	4.26/새벽(5월)
	祈禱	5.18
	六法全書와 革命	5.25/自由文學(61.1)
	푸른 하늘을	6.15
	晩時之歎은 있지만	7.3/現代文學(61.1)

	나는 아리조나 카보이야	7.15
	거미잡이	7.28/現代文學(9월)
	가다오 나가다오	8.4/現代文學(61.1)
	中庸에 대하여	9.9/現代文學(61.1)
	허튼소리	9.25
	피곤한 하루의 나머지 시간	10.29
	그 房을 생각하며	10.30/思想界(61.1)
	永田絃次郎	12.9/연세문학(2호,61)
	自由란 生命과 더불어	새벽(60.5)
1961	눈	1.3
	사랑	
	쌀난리	1.28
	黃昏	3.23
	四·一九詩	4.14
	여편네의 방에 와서	6.3/現代文學(12월)
	檄文	6.12/思想界(67.2)
	등나무	6.27/現代文學(12월)
	술과 어린 고양이	6.23
	모르지?	7.13
	伏中	7.22
	누이야 장하고나!	8.5
	누이의 방	8.17
	이놈이 무엇이지?	8.25
	먼곳에서부터	9.30
	아픈 몸이	
	詩	
	旅愁	現代文學(62.7)
1962	敵	5.5/新思潮(7월)
	絶望	7.23
	파자마 바람으로	한양(10월)

	마아케팅	5.30
	滿洲의 여자	思想界(12월)
	白紙에서부터	
	長詩(一)	9.26/自由文學(63.2)
	長詩(二)	10.3/自由文學(63.2)
	轉向記	自由文學(5월)
	만용에게	10.25
1963	피아노	3.1/現代文學(4월)
	반달	9.10/現代文學(64.4)
	깨꽃	4.6
	후란넬 저고리	4.29/世代(7월)
	여자	6.2/思想界(12월)
	돈	7.10/知性界(1호,64.8)
	罪와 罰	現代文學(10월)
	우리들의 웃음	10.11/文學春秋(64.4)
	참음은	12.21
1964	巨大한 뿌리	2.3/思想界(5월)
	詩	現代文學(65.7)
	거위소리	3월
	강가에서	6.7/現代文學(8월)
	X에서 Y로	8.16/思想界(65.3)
	移舍	9.10/新東亞(12월)
	말	11.16/文學春秋(65.2)
	現代式 橋梁	11.22/現代文學(65.7)
1965	六五년의 새해	朝鮮日報(연두시)
	제임스 띵	1.14/文學春秋(4월)
	미역국	6.2
	絶望	

	敵(一)	
	敵(二)	
	잔인의 초	
	어느날 古宮을 나오면서	11.4/文學春秋(12월)
	이 韓國文學史	12.6/現代文學(66.6)
1966	H	1.3/韓國文學(6월)
	離婚取消	1.19
	눈	韓國文學(6월)
	식모	2.11
	풀의 影像	韓國日報(10.9)
	설사의 알리바이	8.23/文學(6호, 10월)
	金星 라디오	9.15/新東亞(11월)
	도적	10.8/現代文學(12월)
	엔카운터誌	4.5/韓國文學(9월)
	電話 이야기	韓國文學(9월)
	네 얼굴은	12.22
1967	VOGUE야	2월
	사랑의 變奏曲	2.15
	꽃잎(一)	5.2/現代文學(7월)
	꽃잎(二)	5.7
	꽃잎(三)	5.30
	여름밤	7.27/世代(9월)
	美濃印札紙	8.15
	世界一周	9.26/現代文學(68.4)
	거짓말의 여운 속에서	3월
	라디오界	12.1
	먼지	12.25
	美人	
1968	性	1.19/創作과批評(가을)
	元曉大師	3.1/創作과批評(가을)

	의자가 많아서 걸린다	4.23/思想界(7월)
	풀	
	사랑의 變奏曲	5.29/現代文學(8월) ?
	고양이의 꿈 외 5편	創作과批評(여름)
1969	네 얼굴은, 離婚取消, 사랑의 變奏曲, VOGUE야, 거짓말의 여운 속에서	創作과批評(여름) --재수록

〈산문〉

1953	歸棒	文化世界(9월)
1956	眩氣症	現代文學(6월)
1960	讀者의 不信任	8월
	創作自由의 條件	
1961	슈뻬르비엘과 비어레크	思想界(11월)
	시의 뉴프런티어	思想界(3월)
	아직도 안심하긴 빠르다--4.19 1周年	
	들어라 양키들아	思想界(6월)
1962	생명의 두 근원 와트키즈	自由文學(7,8월)
1963	요즈음 느끼는 일	現代文學(4월)
	世代交替의 延手票	思想界(12월)
	詩의 完成	2월
	詩作 노우트	世代(7월)
1964	養鷄業의 辯	現代文學(5월)
	모더니티의 問題	思想界(5월)
	金利錫의 죽음을 슬퍼하며	現代文學(12월)
	詩의 精神은 未知	現代文學(9월)
	'難解'의 帳幕	思想界(12월)
	搖動하는 포오즈들	思想界(8월)
	卽物詩의 試驗 등	思想界(6월)
	'現代性'에의 逃避	思想界(7월)

	히프레스 文學論	思想界(10월)
1965	文脈을 모르는 詩人들	世代(3월)
	진정한 現代性의 지향	世代(2월)
	演劇을 하다가 詩로 轉向	世代(9월)
	사기론	世代(2월)?
1966	作品 속에 담은 祖國의 試鍊 --폴랜드의 作家 센키에비치	思想界(1월)
	안드레이 시냡스키와 文學에 대하여	自由公論(5월)
	體臭의 信賴感	世代(8월)
	포오즈의 弊害	世代(7월)
	海外文壇--英國 새로운 倫理	文學(3호, 7월)
	변한 것과 변하지 않은 것	文學(8호, 12월)
	民族主義의 ABC	文學春秋(9월)
	모기와 개미	青脈(3월)
	재주	現代文學(2월)
	生活의 克服--담배갑의 메모	自由公論(4월)
	제 정신을 갖고 사는 사람은 없는가	青脈(5월)
	現代詩의 進退	世代(2월)
	進度없는 旣成들	世代(5월)
	젊은 世代의 結實	世代(3월)
	知性의 가능성	世代(4월)
	젊고 소박한 작품들	世代(11월)
	朴寅煥	8월
	評壇의 整地作業--柳宗鎬 評論集『非純粹의 宣言』	
1967	이 거룩한 俗物들	東西春秋(5월)
	로터리의 꽃의 노이로제	思想界(7월)
	實利없는 勞苦	
	文壇推薦制 廢止論	世代(2월)
	새로운 포어멀리스트들	現代文學(3월)
	詩的 認識과 새로움	現代文學(2월)

	五편의 명맥	現代文學(1월)
	參與詩의 整理	創作과批評(겨울)
	'洗鍊의 次元' 발견	現代文學(7월)
	새삼 문제된 '讀者없는 詩'	現代文學(8월)
	'문예영화' 붐에 대하여	創作과批評(여름)
	速斷 어려운 '朗讀盤'의 成敗	現代文學(9월)
	文學活動과 團體活動(좌담회)	現代文學(5월)
	죽음과 사랑의 對極은 詩의 本髓	現代文學(10월)
	重堅 불성실엔 憤怒마저	現代文學(11월)
	詩壇 緊急事	現代文學(12월)
	壁	現代文學(1월)
1968	反詩論	世代(3월)
	일기(1954.11-1955.2, 1960.6-1961.5)	創作과批評(가을)
	生活現實과 詩	上同
	詩여 침을 뱉어라(펜클럽 세미나 원고, 4월)	上同
	멋	現代文學(1월)
	知識人의 社會參與	思想界(1월)
1969	돈과 문학	現代文學(12월)

*미상 토끼/ 韓國人의 哀愁/ 가장 아름다운 우리말 열 개/ 駱駝過飮/ 美人/ 나의 戀愛詩/ 평론의 권위에 대한 短見/ 飜譯者의 고독/ 나의 信仰은 '자유의 회복'/ 民樂記/ 小鹿島 謝罪記/ 이일 저일/ 解凍/ 無許可 이발소/ 흰옷/ 臥禪/ 世代와 話法/ 三冬有感/ 原罪/ 治癒될 기세도 없이/ 教會美觀에 대하여/ 물부리/ 無題/ 밀물

(정리 : 김윤태)

3. 연구 자료 목록

김기중, 윤리적 삶의 밀도와 시의 밀도 －김수영론, 세계의 문학, 1992년 겨울.

김상환, 전용·혼용·변용－아름다운 우리말을 위한 김수영론, 세계의 문학, 1994년 가을.

강덕화, 김수영 시 연구 : '새로움의 시학'을 중심으로, 동국대 석사논문, 1997.

강연호, 김수영 시 연구, 고려대 박사논문, 1995

강웅식, 김수영의 시 「풀」 연구」, 경희대 석사논문, 1985

강웅식, 김수영의 시의식 연구: '긴장'의 시론과 '힘'의 시학을 중심으로, 고려대 박사논문, 1997.

강정화, 김수영 시세계 연구－자아의식을 중심으로, 단국대 교육대학원 석사논문, 1990

강현국, 김수영 작품 속에 나타난 메저키즘적 충동, 『달구문학』 2호, 1981

강현국, 김수영 시에 나타난 현실참여의 특성 연구, 경북대 석사논문, 1979

강희근, 김수영 시 연구, 『우리시문학연구』, 예지각, 1985

구모룡, 도덕적 완전주의, 『조선일보』, 1982.1.13-21(신춘문예 평론 당선)

구용모, 김수영의 시론 연구: 「반시론」과 「시여, 침을 뱉어라」를 중심으로, 한양대 석사논문, 1996.8

구중서, 4.19혁명과 한국문학(1977), 『한국문학과 역사의식』, 창작과비평사, 1985

권영민, 진실한 시인과 시의 진실성(서평), 『문예중앙』, 1981.겨울

권영진, 김수영론－김수영에 있어서의 자유의 의미, 『숭전대 논문집』 11집, 1981.9

권영하, 김수영 시 연구: '바로보기'를 통한 시적 변용을 중심으로, 성균관대 교육대학원 석사논문 ,1994.8
권오만, 김수영 시의 기법론, 『한양어문연구』 1995.12.
기춘호, 김수영의 시세계, 『충북문학』 6호, 1981.9
김경숙, 실존적 이성의 한계인식 혹은 극복 의지－김수영론, 민족문학사연구소 현대문학분과, 『1960년대 문학연구』, 깊은샘, 1998
김규동, 모더니즘의 역사적 의의, 『월간문학』, 1975.2
김규동, 인환의 화려한 차질과 수영의 소외의식, 『현대시학』, 1978.11
김동환, 김수영의 시적 주제－4.19 이후 시를 중심으로, 『선청어문』 13호, 1982.11
김만준, 김수영 연구, 연세대 교육대학원 석사논문, 1980
김명수, 김수영과 나, 『세계의문학』, 1982.겨울
김명인, 김수영의 <현대성> 인식에 관한 연구, 인하대 석사논문, 1994.8
김명인, 그토록 무모한 고독, 혹은 투명한 비애, 『실천문학』, 1998.봄
김미섭, 김수영 시 연구－후기시에 나타난 '현실참여의식'을 중심으로, 인하대 교육대학원 석사논문, 1992
김병걸, 김수영의 시와 문학정신(서평), 『세계의문학』, 1981.가을
김병익, 진화, 혹은 시의 다양성, 『세계의문학』, 1983.가을
김병택, 시인의 현실과 자유, 『현대문학』, 1978.7
김상익, 이 달의 문제작-시-김수영 「현대식교량」, 『주간한국』, 1965.7.4
김상환, 스으라의 점묘화 : 김수영 시에서 데카르트의 백색 존재론, 『철학연구』, 1992.봄
김상환, 모더니즘의 책과 저자 :데카르트에서 데리다까지, 『세계의문학』, 1993.가을
김상환, 김수영의 책과 죽음:모더니즘의 책과 저자2, 『세계의문학』, 1993.겨울.
김상환, 모더니즘 또는 사욕의 금욕주의: 김수영과 시의 속도, 『현대시학』, 1993.11-94.3.
김상환, 우리시와 모더니즘의 변용: 김수영의 경우, 『현대시사상』 1995.여름.

김소영, 김수영과 나, 『시인』, 1970.8
김수경, 김수영의 시 연구, 서울여대 석사논문, 1989
김수이, 김춘수와 김수영의 비교 연구－주제와 기법의 대응관계를 중심으로, 경희대 석사논문, 1992
김수진, 김수영의 초기시 연구 : 모더니즘과의 관련성을 중심으로, 경원대 석사논문, 1995.2
김시태, 50년대 시와 60년대 시－김수영과 김광협을 중심으로, 『시문학』, 1975.1
김영무, 시에 있어서 두 겹의 시각, 『세계의문학』, 1982.봄
김영무, 김수영의 영향, 『세계의문학』, 1982.겨울
김영옥, 김수영 연구, 숙명여대 석사논문, 1985
김오영, 김수영론, 연세대 교육대학원 석사논문, 1992
김용성, 한국현대문학사탐방－김수영 편, 『한국현대문학사탐방』, 국민서관, 1973
김용성, 문학사탐방 33, 『한국일보』, 1973.6.10
김용직, 새로운 시어의 혁신과 그 한계, 『문학사상』 28호
김우창, 예술가의 양심과 자유, 『궁핍한 시대의 시인』, 민음사, 1978
김유중, 김수영 시의 모더니티(1), 『국어국문학』 119호, 1997
김윤식, 시에 대한 질문방식의 발견, 『시인』, 1970.8
김윤식, 모더니티의 파탄과 초월, 『심상』, 1974.2(『한국근대작가론고』, 일지사, 1978)
김윤식, 김수영 변증법의 표정, 『세계의문학』, 1982.겨울
김윤식, 김수영 문학이 이른 곳, 『황홀경의 사상』, 홍성사, 1984
김윤태, 4.19혁명과 민족현실의 발견, 민족문학사연구소 엮음, 『민족문학사강좌(하)』, 창작과비평사, 1995
김은숙, 김수영의 시 연구 : 시의식의 변모과정을 중심으로, 인하대 교육대학원 석사논문, 1994.2
김이원, 김수영 시 연구: 세계인식 변모과정을 중심으로, 홍익대 석사논문, 1991(『시문학』 1993.6-9)
김인환, 시인의식의 성숙과정－김수영의 경우, 『고대문화』, 1971.5(『월간

문학』, 1972.5)
김인환, 한 정직한 인간의 성숙과정(서평), 『신동아』, 1981.11
김재용, 김수영 문학과 분단 극복의 현재성, 『역사비평』, 1997. 가을.
김정훈, 김수영 시 연구: 주제의식을 중심으로, 한양대 석사논문, 1986 (『국제어문』 8호, 1987.5)
김종문, 김수영의 회상, 『풀과별』, 1972.8
김종윤, 김수영론: 정직성과 비극적 현실인식, 연세대 석사논문, 1982
김종윤, 김수영 시 연구, 연세대 박사논문, 1987
김종윤, 태도의 시학－김수영의 시론, 『현대문학의 연구』 1, 바른글방, 1989
김종윤, 『김수영 문학 연구』, 한샘출판사, 1994
김종인, 김수영의 시세계, 숭실대 석사논문, 1983
김종철, 시적 진리와 시적 성취, 『문학사상』, 1973.9
김종철, 첨단의 노래와 정지의 미－김수영의 「폭포」, 『문학사상』, 1976.9
김주연, 한국현대시의 상황, 『창작과비평』, 1967.가을
김주연, 45년 이후의 시인 개관, 『현대한국문학의 이론』, 민음사, 1973
김주연, 교양주의의 붕괴와 언어의 범속화, 『정경문화』, 1982.5
김준오, 승화에서 탈승화로, 『현대시』, 1993. 3.
김지하, 풍자냐 자살이냐, 『시인』, 1970.8
김창섭, 김수영의 시 연구: 시의식의 변천을 중심으로, 고려대 교육대학원 석사논문, 1982
김창원, 한국 현대시에 나타난 아이러니에 관한 연구－이상 시와 김수영 시를 중심으로, 서울대 교육대학원 석사논문, 1987
김치수, 「풀」의 구조와 분석, 『한국대표시평설』, 문학세계사, 1983
김태진, 김수영 시의 환유구조 연구, 부산대 교육대학원 석사논문, 1996.2
김 현, 김수영, 혹은 소시민의 자기확인과 항의, 김윤식 · 김현, 『한국문학사』, 민음사, 1973
김 현, 자유와 꿈, 『거대한 뿌리』(해설), 민음사, 1974

김　현, 시와 시인을 찾아서－김수영 편, 『심상』, 1974.5(『시인을 찾아서』, 민음사, 1974)
김　현, 김수영의 「풀」: 웃음의 체험, 『한국현대시 작품론』, 문장, 1981
김현경, 충실을 깨우쳐 준 시인의 혼, 『여원』, 1968.9
김현경, 임의 시는 강변의 불빛, 『주부생활』, 1969.9
김현승, 김수영의 시적 위치, 『현대문학』, 1967.8
김현승, 김수영의 시사적 위치와 업적, 『창작과비평』, 1968.가을
김현자, 자유를 향한 낙하－김수영론 시고: 『거대한 뿌리』와 『달의 행로를 밟을지라도』를 중심으로, 『내륙문학』 12집, 1978.10
김형규, 김수영의 시 연구, 충남대 교육대학원 석사논문, 1995.2
김혜련, 김수영 시 연구, 중앙대 교육대학원 석사논문, 1984
김혜순, 김춘수와 김수영 시에 나타난 시간의식의 대비적 고찰, 건국대 석사논문, 1983
김혜순, 김수영 시 연구 : 담론의 특성 연구, 건국대 박사논문, 1993
김화생, 김수영 시 연구, 제주대 석사논문, 1987
김화영, 미지의 모험, 기타(『퓨리턴의 초상』 서평), 『신동아』, 1976.11
김홍규, 김수영론을 위한 메모, 『심상』, 1978.1
김희수, 김수영론, 전남대 교육대학원 석사논문, 1980
노대규, 시의 언어학적 분석－「눈」을 중심으로, 『매지논총』 3, 연세대 매지학술연구소, 1987.2
노　철, 김수영 시에 나타난 정신과 육체의 갈등 양상 연구, 『어문논집』, 안암어문학회, 1997. 8.
노향림, 거대한 뿌리」『여성중앙』, 1978
모윤숙, 중환자들, 『현대문학』, 1968.8
문영희, 김수영 시 연구 : 담화적 특성과 화자 유형을 중심으로, 울산대 교육대학원 석사논문, 1997.
문태환, 김수영 시의 시어 연구－구조분석을 중심으로, 동아대 교육대학원 석사논문, 1991
박남철, 김수영 시문학의 제1시대 연구: 전통지향성과 현대지향성을 중심하여, 경희대 석사논문, 1983

박병환, 김수영론—적의 의미, 동국대 교육대학원 석사논문, 1976
박윤우, 전후 현대시의 상황과 김수영 문학의 논리, 『문학과논리』 3호, 태학사, 1993
박종추, 김수영의 시정신 고찰, 조선대 석사논문, 1987
박철석, 김수영론, 『현대시학』, 1981.3(『한국현대시인론』, 학문사)
박훈산, 그날 고 김수영 시인을 생각하며, 『신동아』, 1968.8
배은미, 김수영 모더니즘의 현실참여, 부산대 교육대학원 석사논문, 1990
백낙청, 김수영의 시세계, 「현대문학』, 1968.8
백낙청, 시민문학론, 『창작과비평』, 1969.여름
백낙청, 역사적 인간과 시적 인간, 『창작과비평』, 1977.여름
백낙청, 살아있는 김수영, 시선집 『사랑의 변주곡』(발문), 창작과비평사, 1988
서경희, 김수영 시에 나타난 자아의식의 변모양상, 조선대 교육대학원 석사논문, 1996.2
서우석, 시와 리듬—김수영: 리듬의 희열, 『문학과지성』, 1978.봄
선우휘, 작가와 평론가의 대결—문학의 사회참여를 중심으로, 『사상계』, 1968.2
성지연, 김수영 시 연구 : 의식의 변모 양상을 중심으로, 연세대 석사논문, 1996.2
소경애, 김수영 시에 나타난 역동적 이미지 연구, 부산대 교육대학원 석사논문, 1988
송명희, 김수영론—인간상실과 회복에 대하여, 『현대문학』, 1980.8
송 욱, 작단시감—(시) 조지훈 「마을」·김수영 「의자가 많아서 걸린다」 ·김현승 「치아의 시」, 『동아일보』. 1968.7.18
송재영, 시인의 시론(『시여, 침을 뱉어라』, 서평), 『문학과지성』, 1976.봄
신동엽, 지맥 속의 분수, 『한국일보』, 1968.6.20
신정은, 박인환·김수영의 1950년대 시 대비 연구, 경북대 석사논문, 1995.2
신주철, 김수영 시의 시적 장치 연구, 한국외국어대 석사논문, 1996.8

심재웅, 김수영 시 연구, 국민대 교육대학원 석사논문, 1995.2
안상호, 김수영의 시적 변용과정에 대한 고찰, 동국대 교육대학원 석사논문, 1985
안수길, 양극의 조화, 『현대문학』, 1968.8
안수진, 모더니즘시의 부정성 형성 연구: 박인환과 김수영을 중심으로, 서울대 석사논문, 1997.12.
안종국, 김수영 시 연구: 그 시의 미적 특질을 중심으로, 연세대 석사논문, 1989
안한상, 김수영의 시논고, 『국어교육』, 1995. 6.
양미복, 김수영 시 연구 : 자아의식의 변모 양상을 중심으로, 원광대 교육대학원 석사논문, 1995.2
양억관, 김수영 시 연구: 동력화된 이미지 분석을 중심으로, 경희대 석사논문, 1985
연용순, 김수영 시 연구: 주제 · 시어 · 수사적 기교를 중심으로, 중앙대 석사, 1985
염무웅, 김수영론, 『창작과비평』, 1976.가을(『민중시대의 문학』, 창작과비평사, 1979)
염무웅, 김수영과 신동엽, 『이 땅의 사람들』, 뿌리깊은나무, 1978
오규원, 한 시인과의 만남, 『현실과 극기』, 문학과지성사, 1978
오세영, 모더니즘 그 발상과 영향, 『월간문학』, 1975.2
오정환, 현대 한국시에 나타난 민중의식－1960년대 김수영 · 신동엽을 중심으로, 동아대 석사논문, 1980
오태수, 김수영 시에 나타난 자유의 이미지 고찰, 『인천어문학』 1집, 1985.2
오효진, 시인 김수영의 「거대한 뿌리」, 『정경문화』, 1984.2
위홍석, 김수영 시의식 연구, 성균관대 석사논문, 1991
유승옥, 김수영의 현실인식 방법과 시적 변용: 이항 대립적 구조 분석을 중심으로, 고려대 석사논문, 1998.2
유재천, 김수영의 「공자의 생활난」, 『연세어문학』, 1984.12
유재천, 김수영의 시 연구, 연세대 박사논문, 1986

유재천, 김수영론: 시와 혁명, 『배달말』 1996. 12.
유 정, 김수영 애도, 『현대문학』, 1968.8
유종호, 현실참여의 시－수영 · 봉건 · 동문의 시, 『세대』, 1963.1-2
유종호, 시의 자유와 관습의 굴레, 『세계의문학』, 1982.봄
윤대현, 김수영 후기시에 나타난 아이러니 양상, 동국대 문창과 석사논문, 1997.
윤여탁, 1950년대 한국 시단의 형성과 참여시의 잉태, 『문학과논리』 3호, 태학사, 1993
윤유승, 김수영 시 연구: 시의식의 변천양상을 중심으로, 동아대 석사논문, 1984
윤정룡, 1950년대 한국 모더니즘시 연구, 서울대 박사논문, 1992
윤형덕, 김수영 시의 구조적 특질이 구현한 미적 효과, 『충주공전 논문집』, 1993. 1.
이건제, 김수영 시의 변모양상 연구: 자아와 세계의 관계를 중심으로, 고려대 석사논문, 1990
이경수, 시에 있어서의 정보의 효용과 한계, 『세계의문학』, 1977.봄
이광길, 김수영의 시의식 연구, 부산대 석사논문, 1989
이광웅, 시와 죽음－김수영 시의 출발과 그 기조, 원광대 석사논문, 1979
이기성, 1960년대 시와 근대적 주체의 두 양상－김수영, 신동엽의 시를 중심으로, 민족문학사연구소 현대문학분과, 『1960년대 문학연구』, 깊은샘, 1998
이남호, 시와 비시의 변증법, 『한심한 영혼아』, 민음사, 1986
이명순, 김수영 시의 주제와 문체 연구, 성신여대 교육대학원 석사논문, 1997.2
이미현, 김수영의 시 연구, 경남대 교육대학원 석사논문, 1990
이방원, 김수영 시 연구, 숙명여대 석사논문, 1989
이부영, 시와 무의식의 창조성－김수영의 시 서론, 『현대시사상』, 1989. 겨울
이상옥, 자유를 위한 영원한 여정, 『세계의문학』, 1982.겨울

이석우, 김수영의 시 「풀」의 연구, 청주대 석사논문, 1994.2
이성복, 진실에 대한 열정, 『세계의문학』, 1982.겨울
이세재, 김수영 시 연구: 「풀」을 중심으로, 우석대 석사논문, 1991
이숭원, 김수영론, 『시문학』, 1983.4
이승훈, 김수영의 시론, 『심상』, 1983.3
이승훈, 역사성과 서정성이 만나는 양식, 『문학사상』, 1985.4
이승훈, 우리시에 나타난 전위성, 『현대시』 1993.7.
이어령, 서랍 속에 든 '불온시'를 분석한다-「지식인의 사회참여」를 읽고, 『사상계』, 1968.3
이영섭, 김수영의 시 연구, 연세대 석사논문, 1977
이영섭, 김수영의 「신귀거래」 연구, 『연세어문학』 18호, 1985.12
이유경, 김수영의 시, 『현대문학』, 1973.6
이은봉, 김수영 시에 나타난 '죽음'의 연구, 숭전대 석사논문, 1980
이은정, 김수영 시의 수용양상 연구: 상반된 수용의 문제, 『이화여대 대학원 연구논문집』 48호, 1990.8
이은정, 김수영과 김춘수 시학의 대비적 연구, 이화여대 박사논문, 1993.
이인순, 시인 김수영 연구, 전북대 석사논문, 1987
이재성, 김수영 시 연구 : 시의 변모과정을 중심으로, 국민대 석사논문, 1995.2
이종대, 김수영 시의 모더니즘 연구, 동국대 박사논문, 1993
이종대, 김수영 시 읽기의 폐쇄와 개방: 문학사회학적 읽기에 대하여, 『동국대 국어국문학논문』, 1993.12
이종대, 내부로의 절규: 김수영 시의 모더니즘에 대하여, 『동국대 국어국문학논집』 1993.12.
이　중, 김수영 시 연구, 경원대 박사논문, 1995.
이지연, 김수영의 '온몸'시학과 반시 연구, 부산대 교육대학원 석사논문, 1993
이철범, 영토를 쌓는 30대의 시인-김춘수 · 김수영 · 전봉건 시집에 대하여」, 『세계일보』, 1960.1.15-16

이 탄, 김수영의 이상주의,『한국현대시사연구』(일모 정한모 박사 화갑 기념논총), 일지사, 1983
이태희, 김수영 후기시의 화자 연구,『인천어문학』, 1992.
이필규, 김수영 시의 부정정신, 국민대 석사논문, 1985
이호용, 김수영 시 연구, 우석대 석사논문, 1989
이홍자, 김수영의 시세계,『국어교육』49-50합본호, 1984.12
이홍자, 김수영 시 연구: 시의 화자와 시인의 의식을 중심으로, 서울대 교육대학원 석사논문, 1989
이효영, 김수영의 시「현대식 교량」에 관한 분석적 연구, 서울대 교육대학원 석사논문, 1974
임대식, 김수영 시의 자유의식 고찰, 조선대 석사논문, 1985
임승천, 김수영 시 연구, 단국대 교육대학원 석사논문, 1983
임중빈, 자유와 순교(상),『시인』, 1970.8
장경렬, 삶의 시적 형상화의 문제－김수영의 4-50년대 시를 중심으로,『인하』19집, 1983.12
장명국, 김수영 시 연구, 외국어대 석사논문, 1997.
장석주, 현실과 꿈－김수영론,『언어의 마을을 찾아서』, 조형, 1979
장승엽, 30년대 모더니티와 김수영의 모더니티에 대한 비교 연구, 동아대 석사논문, 1980
전미경, 현실인식과 시적 형상화 : 김수영과 신동엽의 대비적 고찰, 부산대 석사논문, 1994.8
전봉건, <사기>론－김수영 시인에게 부쳐,『세대』, 1965.2
정과리, 현실과 절망의 긴장이 끝간 데,『김수영』(해설), 지식산업사, 1981
정과리, 현상학 회귀의 의미론,『문학과 사회』1996. 겨울
정남영, 김수영의 시와 시론 : 난해성, 민중성, 현실주의,『창작과비평』1993. 가을.
정대구, 김수영 연구, 명지대 석사논문, 1976
정대호, 김수영과 신동엽의 현실인식에 대한 비교 고찰, 경북대 석사논문, 1988

정영호, 김수영론—언어 · 생활 · 행위의 삼각주, 『월간문학』, 1987.6
정재찬, 김수영론: 허무주의와 그 극복, 문학사와 비평연구회 편, 『1960년대 문학연구』, 예하, 1993
정한모, 한국 전후시의 양상, 『한국현대시의 정수』, 서울대학교 출판부, 1980
정현기, 김수영론: 죄의식과 저항, 시적 진실과 죽음—김수영의 사람됨과 시세계 고찰, 『문학사상』, 1989.9
정현선, 모더니즘시의 문화교육적 연구 : 이상과 김수영을 중심으로, 서울대 석사논문, 1995.2
정현종, 시와 행동, 추억과 역사(서평), 『월간조선』, 1982.1
정호갑, 김수영 시의 기법에 대하여, 경상대 석사논문, 1988
정호길, 김수영의 '자유의식'고, 동국대 교육대학원 석사논문, 1983
정효구, 이어령과 김춘수의 <불온시>논쟁, 『20세기 한국시와 비평정신』, 새미, 1997
정효구, 김수영 시에 나타난 사랑, 『20세기 한국시와 비평정신』, 새미, 1997
조경희, 김수영 시에 나타난 모랄리티 연구, 『효성여대 문리대 논문집』, 1982.12
조기현, 김수영 시의 세계관과 비극성, 경북대 석사논문, 1987
조기현, 혁명과 시, 그리고 아나키즘: 김수영과 신동엽을 중심으로, 『시와반시』, 1993.가을.
조남현, 우상의 그늘, 『심상』, 1978.10(『문학과 정신사적 자취』, 이우출판사, 1984)
조명제, 김수영 시 「풀」의 구조와 시적 논리, 『중앙대 어문논집』, 1995.8.
조명제, 김수영 시 연구, 전주우석대 박사논문, 1994.
조병춘, 김수영과 신동엽의 참여시 연구, 『세명논총』, 1996. 6.
조병화, 허전한 옆자리—수영을 먼저 보내며, 『국제신문』, 1968.6.18
조은수, 김수영 시에 나타난 낭만성에 대한 연구, 연세대 석사논문, 1990

조준형, 김수영 시 연구: 소시민성을 중심으로, 한양대 석사논문, 1987
조창환, 60년대 시의 비평적 성찰-현실의 시적 수용문제, 『현대시』, 1985.6
조혜련, 김수영 시 연구, 세종대 석사논문, 1984
채형석, 김수영의 시세계 연구 : 시의식의 변모양상을 중심으로, 원광대 석사논문, 1995.2
최규중, 김수영과 신동엽의 시 비교연구, 원광대 석사논문, 1994.2
최미숙, 전체성의 실현을 통한 시 해석 연구, 『서울사대 선청어문』, 1993. 9.
최미숙, 한국모더니즘의 글쓰기 방식에 관한 연구: 이상과 김수영을 중심으로, 서울대 박사논문, 1997.
최상선, 김수영 시 연구, 국민대 석사논문, 1989
최두석, 현대성론과 참여시론, 한계전·홍정선·윤여탁·신범순 외, 『한국현대시론사연구』, 문학과지성사, 1998
최유찬, 시와 자유와 '죽음'-김수영론, 『연세어문학』 18집, 1985.12(『리얼리즘 이론과 실제비평』, 두리, 1992)
최정희, 거목같은 사나이, 『현대문학』, 1968.8
최하림, 60년대 시인의식, 『현대문학』, 1974.10
최하림, 두 시인의 초상-『김수영전집』『고은전집』, 『오늘의책』, 1984.7
최하림 편저, 『김수영』, 문학세계사, 1993
하인철, 김수영 시 연구 : 김수영 시의 전개양상을 중심으로, 서강대 석사논문, 1997.2
하정일, 김수영, 근대성 그리고 민족문학, 『실천문학』, 1998.봄
한명희, 김수영 시에서의 고백시 영향, 『전농어문연구』 9집, 1997.2.
한영옥, 김수영 연구, 성신여대 석사논문, 1975
한영옥, 김수영 시 연구:참여시의 진정성 규명을 중심으로, 『성신여대인문과학연구』 1993.12.
한정희, 김수영 전기시 연구 : 이미지의 변환과정을 중심으로, 고려대 석사논문, 1993.
홍기돈, 김수영 시 연구 : 의식의 변모 양상을 중심으로, 중앙대 석사논

문, 1996.8
홍기삼, 자유와 갈증, 『한국문학전집, 평론선집』, 어문각, 1978
홍사중, 탈속의 시인 김수영, 『세대』, 1968.7
황동규, 절망 후의 소리－김수영의 <꽃잎>, 『심상』, 1974.9
황동규, 시의 소리, 『사랑의 뿌리』, 문학과지성사, 1976
황동규, 정직의 공간, 『달의 행로를 밟을지라도』(해설), 민음사, 1976
황동규, 김수영 시, 『현대문학』 264호, 1977
황동규 편, 『김수영 문학』(전집 별권), 민음사, 1983
황헌식, 저항과 좌절－그 운명적 갈등, 『시문학』, 1973.6

(정리 : 이종대, 강웅식, 김윤태)

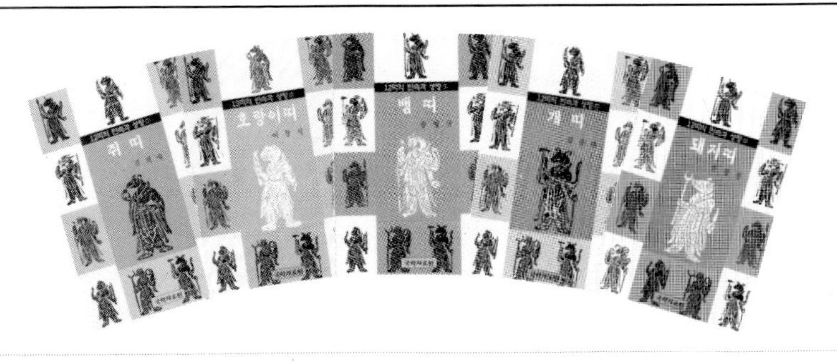

쥐띠
호랑이띠
뱀띠
개띠
돼지띠

작가연구

반년간(통권 제 5호)

발 행 인 김태범
편집주간 서종택
편 집 인 강진호
편집위원 김윤태 이상갑 채호석 하정일 한수영
발 행 처 도서출판 **새 미**
서울시 성동구 행당동 28-7번지
정우B/D 402호
전화 2917-948, 2937-949
팩시밀리 2911-628
등록번호 공보사 1883
등 록 일 1997년 2월 17일
인 쇄 인 박유복(삼문인쇄소)
발 행 일 1998년 5월 20일

* 본지는 한국간행물윤리위원회의 도서잡지 윤리강령 및 잡지윤리 실천요강을 준수한다.

값 9,000원

☆ 도서출판 **새 미**는 국학자료원의 자매회사입니다.

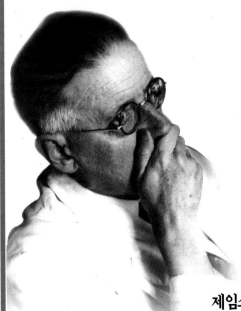

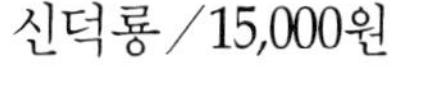

문학과 진실의 아름다움

신덕룡／15,000원

다시금 문학은 인간학이라는 진부한 명제를 떠올린다. 이것은 문학이 우리 삶의 내용을 담고 있으며, 그 내용들은 상처받은 영혼을 위무하기도 하고 새로운 삶을 향한 활력으로 작용한다는 믿음 때문이다. 작가와 독자 서로가 상처받은 영혼을 위로하고 그 흔적의 아름다움을 나누는 것은 얼마나 행복한 일인가?

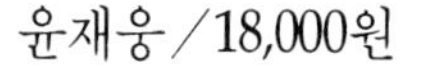

문학비평의 규범과 탈규범

윤재웅／18,000원

규범과 탈규범이라는 시이소의 양쪽 끝을 오가는 일은 일견 위험해 보인다. 규범은 엄정과 격식과 모범을 추구하지만 탈규범은 자유분방한 정신을 지향한다. 그러나 내용없는 수사와 기교로써 자유분방한 정신을 가장한다면 이도 저도 못된다. 탈규범은 그래서 더더욱 위험하다

한국 현대 시인 연구

유승우／18,000원

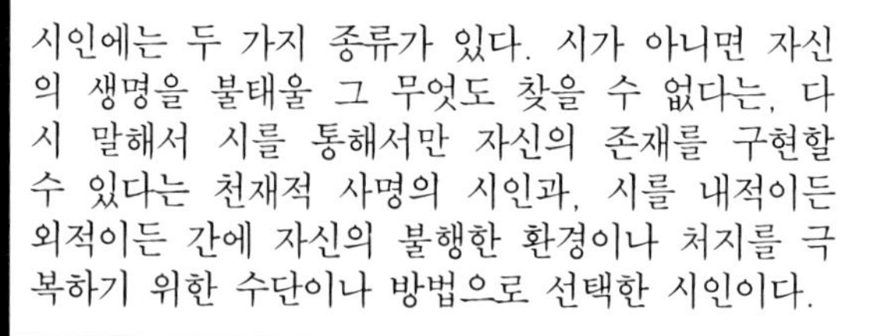

시인에는 두 가지 종류가 있다. 시가 아니면 자신의 생명을 불태울 그 무엇도 찾을 수 없다는, 다시 말해서 시를 통해서만 자신의 존재를 구현할 수 있다는 천재적 사명의 시인과, 시를 내적이든 외적이든 간에 자신의 불행한 환경이나 처지를 극복하기 위한 수단이나 방법으로 선택한 시인이다.

김유정의 소설세계

박세현／18,000원

고달픈 시대의 풍경과 그 속에 얽혀서 생의 멀미를 일으키는 사람들의 모습을 찍어낸 선명한 문장형식, 냉정한 관찰과 표현의 균형, 고단한 인생들을 감싸주는 인간적이고 너그러운 웃음과 같은 항목들은 바로 김유정이 그 시대에 드러난 문학상의 혼란과 정답의 틀을 깨고 내린 자기식의 소설적 정답이다.

1998년 하반기

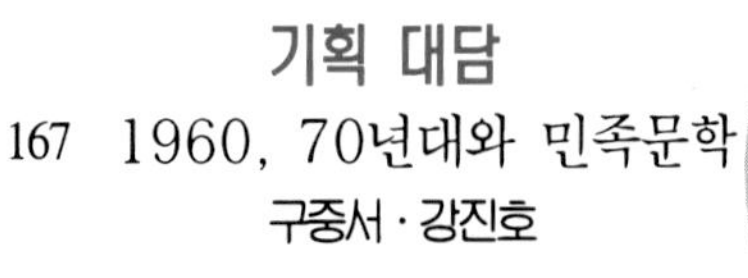

기획 대담

일반 논문

서 평

작가연구 제6호

박명용

뒤돌아보기 · II

차분하게 살펴 보면 동양이 우리에게 끼친 시의 유산은 서구에 비견해서 조금도 손색이 없을 정도다. 그렇다면 우리는 시를 위해서 그쪽에도 기능적으로 촉수를 뻗치고 자양분을 받아 들여야 한다.

채수영 시집

들꽃의 집

작고 보잘 것 없는 것들에 무한의 세계, 심오한 대화가 있었다. 알려진 것, 큰 것들만을 따라 허겁지겁 살아온 일들이 한 묶음으로 부끄러운 일이었고 무안한 노릇을 느낄 때 세상은 밝고 환하게 다가왔다.

이해영

늦은 사랑

나는 가장 가라앉아 있을 때 어쩌면 가장 편한 감을 갖는지 모른다. 아무것도 아니고, 아무것도 없고, 모든 것을 버려야 한다고 생각될 때 내 영혼은 가장 홀가분하다……

유상영 시집

흑해에서 쓴 편지

'성장 소설'로서, 해체(解體)된 인물로만 등장시키는 현대문학의 역기능(逆機能)을 최소한도 줄이고 있다. '성장시(成長詩)'의 구조와 조직 및 현대문학이 어디로 갈 것인가를 생각하게 만드는 계기가 될 것이다.

송하선 시집

강을 건너는 법

피자와 햄버거를 즐기고 헤비메탈을 들으며 숨가쁜 영상을 찾아 타관땅을 배회하는 듯한, 부박한 유행풍조와 동떨어져 존재한다는 바로 그 이유 때문에 외려 더욱 소중한 의미와 감동을 준다.

주근옥 시집

번개와 장미꽃

그의 작품을 대하고 나면 장시에 대비시켜 단시를 호수에 비견한 비평가의 말이 생각난다. 3행 30자의 축약을 생명으로하여 이 짧은 형식 속에 그가 노리는 바 시적인 정서를 최고도로 살리고자 했다.

작가연구

제6호

새미

■ 책을 내면서

"문학은 삶이다"

1. 앎은 즐거움이다. 모든 과학의 발전이 이 '즐거움' 때문인 것은 물론이다. 그러나 또한 앎은 고통이다. 앎이 고통인 것은 자신의 존재의 확인이기 때문이다. 삶에 대한, 그리고 삶을 둘러싸고 있는 제반 조건에 대한 앎은 자신이 어디에 있는가, 그리고 무엇을 해야하는가를 알려주기 때문이다. 그러나 더욱 큰 고통은 그 앎에 '확신'이 결여되어 있을 때 온다. 앎에 확신이 없을 때 그것은 알지 못하는 것보다는 나을지 모르지만, 그러나 훨씬 더 고통스럽다. 그렇기 때문에 많은 경우 우리는 앎을 피하고, 하이데거가 말하는 것처럼, '세인'들을 좇는다. 그렇게 우리는 우리 자신이 아니라, '그들-자신'으로 살아간다. 왜냐하면 그것이 덜 고통스럽기 때문이다. 이렇게 말한다면, 우리는 되물을 수 있다. 그렇다면 좋은 것 아닌가. 어차피 살아가는 것, 고통 없는 삶이 행복한 삶이 아닌가. 굳이 앎으로써 고통을 삼을 필요가 있는가. 정말 있을까. 이에 대답할 수 있는 말이 있다면, 앎은 자유이기 때문이다. 헤겔이 말했던가. 앎은 우리를 자유롭게 한다. 그러나 앞에서 말한 대로 앎에 대한 확신이 없다면? 모든 것이 불확실하고, 자신의 앎도 불확실하고, 어제 내린 결론이 바로 오늘 뒤집어질 수밖에 없을 때, 그때 우리는 무엇에 기대어 살아갈까. 게다가 그 삶에 대한 인식이, 자신의 존재에 대한 인식이 '나의' 것이 아니라고 할 때, "그것은 이데올로기에 불과한 것이야"라고 누군가 말할 때, 돌아보면 내가 없고, 그리고 내 머리는

내 몸에서 떠나고, 몸의 실천과 머리의 실천이 다른 길을 가고자 할 때, 몸이 머리를 배반할 때, 우리는 어떻게 살아가야 할까. 1930년대 말에 임화가 던졌던 화두, "문학한다는 것은 산다는 것이다."를 우리는 지금 다시 떠올리고 있는 것이다. 아니 다시 떠올릴 수밖에 없는 것이다.

2. 1000년대가 저물어 가고 있다. 아니, 더욱 크게 다가오는 것은 사실 1900년대라는 한 세기가 저물어 가고 있는 사실이다. 근대가 시작되었고, 그리고 압축적으로 그리고 폭력적으로 근대화의 과정을 거치지 않으면 안 되었던 100년, 감당하기 어려울 정도의 피와 죽음으로 젖어 있는, 그리고 지금도 또 한 편에서는 여전히 죽음과 피를 요구하고 있는 한 세기가 저물어 가고 있다. 이러한 때, 우리는 과거의 한 '신화'를 만난다. 어떤 사람은 이미 그 신화는 더이상 신화가 아니라고 말하고, 또 어떤 사람은 여전히 신화라고 말하는 그러한 신화를 만난다. 그 신화의 이름은 '김승옥 – 감수성의 혁명, 그리고 근대성'이다. 이번 『작가연구』 특집 기획이다. 우리의 기획은 그 신화를 그대로 받아들이고자 하는 것도, 그렇다고 거부하는 것도 아니다. 새로운 신화 만들기는 더더욱 아니다. 우리가 하고자 한 것은 신화을 '역사'로 만들자는 것이다. 신화가 가지는 신비성의 너울을 벗겨 그 신화 밑에 깔려 있는, 신화를 낳은 바탕을 봄으로써, 신화를 역사화하자는 것이다. 이 작업에 여섯 명의 연구자가 참가해 주었다. 이 자리에서 간략하게 소개하는 것만으로는 그 작업의 의미를 충분히 드러내지 못하고, 또 자칫 잘못하면 '오독'하고 '오인'할 위험도 있기는 하겠지만, 간략하게 소개하는 것도 좋을 듯하다.

유양선의 「김승옥의 소설세계 또는 '서울, 1964년 겨울'에 유폐된 영혼」은 초기 소설 「생명연습」에서 「서울, 1964년 겨울」에 이르는 소설의 변화를 '자기 세계' 찾기의 과정으로 보고, 그 속에서 '감수성으로 포착된 자아의 내면풍경'의 모습을 살핀다. 그 내면 풍경이란, '자기 세계'를 위해 스스로를 파괴하고 그럼으로써 상처받은 영혼의 모습이다. 이 상처받은 영혼의 내면을 드러내준 것이 김승옥 소설이 60년대 소설로서 갖는 의미이다. 그러나 이 내면세계는 세계와의 관계 속에서 얻어진 내면이 아니라, 세계로부터의 단절에 의해서, 스스로의 유폐에 의해서 형성된 내면이고, 이러한 내면과 세계의 분리가 필연적으로 '영원한 질서' 곧 기독교의 세계로 김승옥을 몰아간다고 보고 있다.

장영우의 「4 · 19세대의 문체의식 : 김승옥의 <무진기행>을 중심으로」는 '한글세대'로서의 김승옥의 문체가 갖는 문제점을 집중적으로 파고든다. 사일구와 한글세대 성립의 관계, 그리고 김승옥의 '감수성'을 주요하게 규정짓는, 그리하여 김승옥을 '소문'으로 만든 김승옥의 문체가 기실은 '한글'의 변조와 왜곡이며, 서구어 번역체라는 기계적 문체의 파생이라는 사실을 꼼꼼하게 밝힘으로써, 김승옥이라는 '신화'를 무너뜨리고 있다. 문체론 연구가 그리 많지 않은 우리 연구 상황에서, 더욱 소중한 연구라고 생각된다.

조진기는 「불안한 감수성과 퇴폐적 일상 : 김승옥 장편소설의 통속성을 중심으로」에서 김승옥 장편소설의 통속성을 주로 장편소설을 중심으로 살핀다. 「서울, 1964년 겨울」에서 드러나고 있는 허무의지와 자기 세계의 결핍, 그리고 역사와 사회에 대한 전망의 부재가 상업주의와 맞물리면서 통속소설로 나아가게 된다고 본다. 물론, 그가 드러내고 있는 인간 군상의 모습들은 물신주의에 빠진 당대 사회 현상이기는 하지만, 김승옥은 그 현상들을 작품 속에서 규율해야 할 '반성과 비판'으로서의 작가의식을 드러내지 못함으로써, 관음증에 빠지는 것이다.

이호규의 「소통 회복 지향의 일상적 주체 : 고독하지 않게, 부끄럽지 않게, 당당하게」는 김승옥의 소설들이 "새로운 사회를 지향하는 자율적이고 적극적인 새로운 주체에의 강한 열망"을 드러내고 있다고 봄으로써, 다른 연구자들과는 조금 다른 입장을 보여주고 있다. 김승옥의 신화를 해체하되, 좀더 긍정적으로 재구성한다. 김승옥의 소설이 지니고 있는 '근대 사회에 대한 부정'을 높이 사는 까닭이다. 그리고 김승옥 소설에 나타나는 많은 패배와 좌절 속에서도 '당위의 허구'를 내어 놓지 않는, 그럼으로써 새로운 주체를 구성하고자 하는 욕망을 발견해낸다. 그리고 물론 60년대에는 그것이 불가능함을, 70년대가 가서야 비로소 가능한 것임을 말함으로써, 김승옥을 바로 '1960년대'에 자리잡게 하고 있다.

채호석은 「<무진기행>과 소설의 가능성」에서, 먼저 「무진기행」에 희미하게 나타나는 경계를 문제삼고 있다. 이 경계의 흐려짐과 성립이 「무진기행」을 규정하고 있다고 보고, 거기서 또한 김승옥의 한계점을 찾고 있다. 그리고 바로 김승옥의 현대성, 그리고 현대소설의 운명이 또한 여기에 걸려 있다고 보고 있다.

이혜원의 「경계인들의 초상 : 김승옥 문학의 영향과 계보」는 김승옥의 소설을 '감성소설'로 규정하고, 그러한 김승옥의 모습이 1990년대 작가들에게 어떠한 모습으로 재생산, 혹은 확대 재생산되고 있는가를 밝히는 다소 모험적인 시도라고 생각한다. '감성소설'을, "작가의 감성과 호흡하면서 읽는 소설, 읽는다기보다 느껴야 하는 소설"로 포괄적으로 규정하고, 그것을 현실의 중심에서 멀리 떨어진 경계에 서 있는 자들의 목소리라고 규정한다. 그리고 그 목소리들이 30년전의 김승옥과 맞닿아 있는 것은 물론 역사적 상황의 동질성이다. 그러나 신경숙, 최윤, 윤대녕으로 대변되는 90년대 감성소설은 김승옥이 보인 한계를 각기 다른 방식으로 뛰어넘음으로써, 새로운 돌파구를 마련하고 있다고 본다.

쉽지 않은 원고 청탁을 받아들여 주었을 뿐 아니라, 정성스럽고 꼼꼼하게 김승옥을 검토해준 데 대해, 필자들에게 편집위원을 대신해서 감사를 드린다. 이 특집 기획이 김승옥이라는 신화를 '역사'로 만드는 것이라 했다. 얼마나 역사화되었는가? 지금 이 자리에서 판단하기는 어렵다. 또 판단할 수 있는 자리도 아니다. 결과에 대한 판단은 독자들의 몫이다.

3. 이번 호 대담에는 구중서 선생이 자리하셨다. 1963년 등단한 이래, 민족문학론과 리얼리즘론을 견결하게 지켜온 평론가의 육성을 들을 수 있는

자리이다. 등단할 당시의 『상황』, 『청맥』과 『한양』지에서 활동하던 시절에서부터, 최근의 민족문학론의 위기, 리얼리즘론의 가능성, 제3세계 문학의 새로운 지평, 그리고 최근 논의되는 포스트모더니즘과 근대성의 문제에 이르기까지 폭넓은 주제에 대한 이야기를 정리하여 실었다. 60년대 전체라고는 할 수 없지만, 그 시대의 삶의 한 모습을 확인할 수 있을 것이다. 더욱이 우리 문학의 진로를 고민하지 않으면 안될 이 시점에, 구중서 선생의 견해는 시사하는 바가 많을 것이라 판단된다.

4. 이번 호 쟁점란에는 하정일의 「'사실' 논쟁과 1930년대 후반 문학의 성격」을 싣는다. 이 논의는 1930년대 후반, 정확하게 말하자면 1937년 중일 전쟁 이후 문학자들 사이에 나타나는 '미묘한 차이'를 문제삼고 있다. 기존의 논의가 무차별적으로 '환멸의 시대'로 몰아붙이는 데 대한 반성이다. 그 미묘한 차이의 중심에 '사실'이 놓여 있고, 사실 수리론과 사실 회피론, 사실 길항론으로 구분할 수 있다고 본다. 필자의 입장은 명확하게 임화편이다. 그리고 이에 바탕해서 보았을 때, 김정한, 최명익, 이태준, 한설야 등의 다양한 경향을 지닌 소설들을 이 맥락에서 해석할 수 있다고 보고 있다. 물론 이 글은 '쟁점'의 제기이기 때문에 아직 여러 문제를 남기고 있다. '사실'과 '현실'의 문제가 그 하나일 터인데, 그럼에도 불구하고, 1930년대 후반의 비평, 나아가 소설에 대한 새로운 논의를 제기하고 있어, '쟁점'으로서의 충분한 의의가 있다고 본다.

5. 일반 논문으로는 네 분 연구자의 원고를 실었다.

정우택의 「최남선의 자유시 창작과 그 성격」은 최남선의 지향을 노래 지향과 자유시 지향으로 구분하고, 자유시 지향의 성격과 근대적 주체 성립 사이의 관계를 천착하고 있다. 이 글이 주목하는 점은, 최남선이 절대적 주관성이 현실에 의해 동요될 때, 자유시 지향을 보이며, 다시 계몽이 관습화됨에 따라 정형률로 되돌아가고 있다는 점이다. 그리고 이러한 최남선 시의 지향의 변화, 즉 정형률로의 회귀를 근본적으로는 근대 부르조아의 태생적 한계로 파악하고 있다.

심재휘의 「서구적 감수성과 동양적 형식 : 김종삼론」은 우리 시단에서 독특한 존재의 하나인 김종삼의 시에 관한 글이다. 전쟁 직후 모더니즘의 세례 속에서 언어의 사물성을 추구했던 시인인 김종삼 시세계의 특징을 '동양적 형식 속에 담긴 서구적 감수성'으로 보고 그 동양적 형식, 곧 여백의 미학을 '화법'에서의 자유간접화법, 그리고 어법에서의 통사론적 질서에서의 일탈에서 꼼꼼하게 확인하고 있다.

이명희는 「건전한 사고로 감내한 비극적 삶과 여성의식 : 박순녀의 60년대 작품」에서 1960년대 여성작가인 박순녀의 문학 세계를 전반적으로 조망하고 있다. 이 글은 박순녀가 당대의 삶을 직시하고 있음을 밝혀, 체념적 운명론이나, 병적 사랑에의 집착을 보이고 있는 대부분의 5,60년대 여성작가들과는 차별성을 지님을 말하고 있다. 더욱이 박순녀는 이제까지 연구에서 주목하지 않았던 작가라는 점에서 논문의 의미는 새롭다.

한강희의 「4·19의 문학사적 맥락과 파장에 관하여 : 4·19 세대 비평가의 비평 담론을 중심으로」는 소위 '65년 세대'인 문인과 비평가들이 4·19의 파장 아래 성립되는 과정을 추적하고 있다. 필자는 이 세대의 특징을 다음 네 가지로 요약한다. 한국어의 자유로운 구사, 권력에 대한 자신감, 개인의지의 발현, 투철한 역사의식. 당대에 나왔던 세대론의 확인 작업이라 할 수 있다. 이 글은 원래 필자의 박사학위 논문의 한 부분이다. 그러나 그 자체로 완결성과 독립성을 갖고 있다고 판단되고, 또 일반 독자가 학위 논문을 접하기 어렵기 때문에 싣기로 하였음을 밝힌다.

6. 이번 호에는 아주 귀한 자료를 한 편 싣는다. 1951년 발표된 김남천의 『꿀』로 김남천 숙청의 빌미가 되었던 소설이다. 원광대 김재용 교수가 어렵사리 구한 자료를 선뜻 내주셨고, 해설까지 해주셨다. 이 자리를 빌어 감사하는 마음 전한다. 김남천 연구자나, 해방 후의 문학 연구자에게는 더할

나위 없이 귀한 자료가 될 것으로 믿는다. 뿐만 아니라 「꿀」을 둘러싼 여러 가지 일들, 김남천의 숙청이나 발표된 지 50년이 가까이 되어서야 비로소 우리가 볼 수 있다는 사실, 이러한 것들은 다시금 삶과 문학 그리고 정치와 문학을 함께 생각하게 해 준다는 점에서도 의미가 큰 자료로 판단된다.

7. 이번 서평란에서는 『한국현대시의 형상과 논리』(유성호 지음), 『한국현대시론사연구』(한계전 외 지음), 『박상륭 소설 연구』(임금복 지음)를 허윤회, 김경숙, 김명신 세 분이 맡아 읽어 성과와 문제점을 꼼꼼하게 검토해 주셨다. 품이 많이 들고 어려운 일을 맡아 주신 세 분께 감사드린다.

8. "문학한다는 것은 산다는 것이다." 앞에서 그렇게 말했다. 바꾸어 말해야 할 듯하다. "문학한다는 것은 산다는 것이지 않으면 안된다." 그렇게 말하고 싶다. 이는 '당위'의 명제이다. 문학은 기분전환용의 오락일 수도 있고, 때로는 현실을 잊는 '환상'일 수도 있기 때문이다. 그렇기 때문에 '당위'의 명제로 말한다. "문학은 삶이다." 뒤집지 말자. 삶은 문학이 아니다.

(채 호 석)

■ 특집

김 승 옥

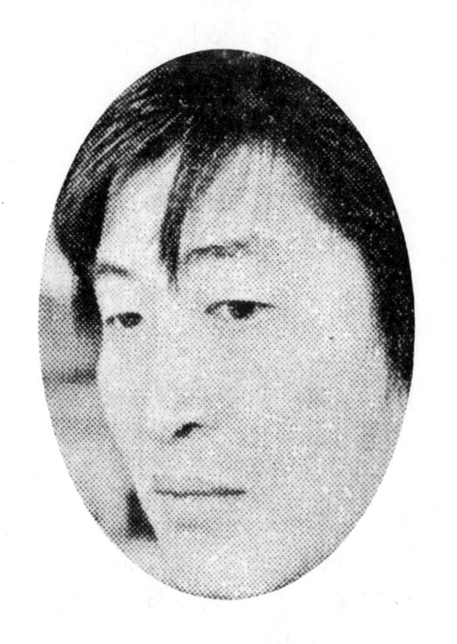

류양선
장영우
조진기
이호규
채호석
이혜원
연보 · 서지

김승옥의 소설 세계 또는 '서울, 1964년 겨울'에 유폐된 영혼

류 양 선*

1. 4·19와 1960년대 문학, 그리고 김승옥의 소설

1941년 일본 오사카에서 출생. 1945년 귀국. 1946년 순천에 정착. 순천 중고등학교 졸업. 1960년 서울대 불문과 입학. 1962년 단편 「생명연습」으로 한국일보 신춘문예에 당선. 이후 「건(乾)」「환상수첩」「역사(力士)」「무진기행」 등을 발표. 1965년 서울대 졸업. 「서울, 1964년 겨울」로 제10회 동인문학상 수상. 계속하여 「다산성」「빛의 무덤 속」「1960년대식」 등을 발표하다가 1970년대 이후 사실상 소설쓰기를 중단. 1977년 「서울의 달빛 0장」으로 이상문학상을 수상하기도 하나, 그의 문학적 성과는 1960년대에 종료된 것으로 평가됨. 이상이 '전(前)소설가' 김승옥의 간단한 이력이다. 특히 1962년부터 1965년까지의 4년간이 그의 전성기였으며, 이 짧은 기간의 작품활동으로 그는 4·19세대를 대변하는 1960년대의 대표적 작가로, 또는 한국문학의 신화적 존재로까지 알려지게 되었다. 이후 그는 어떻게 되었는가? 1981년 하느님을 만나는 신비체험을 하게 되는데, 작가는 이 체험이 직업 이상의 신성한 것이었던 소설쓰기를 중단하게 된 가장 큰 이유라고 설

* 가톨릭대학교 국문과 교수. 저서로 『한국농민문학연구』, 『한국근현대문학과 시대정신』이 있음.

명한다. "오직 성경과 그 주석서를 읽고 기도생활에 몰두하며 나의 세계관과 인생관을 교정하는 일밖에 다른 겨를이 없이 지내왔다"는[1] 것이다.

굳이 김승옥의 이력을 들추는 것은 무슨 호사취미에서가 아니라, 그의 이력을 염두에 두고 이 글을 시작하는 것이 좋겠다는 판단 때문이다. 우선 그가 대학에 입학하던 해인 1960년에 4·19를 직접 체험했다는 것, 대학 재학 중에 1950년대 문학의 성과를 훌쩍 뛰어넘는 작품들을 발표했다는 것, 그리고 대학을 졸업하던 해인 1965년을 고비로 작가정신의 현저한 후퇴를 보였다는 것이 지적될 수 있다. 그 탁월한 재능은 어찌하여 단숨에 솟아올랐다가 갑자기 사라졌는가? 이 질문은 김승옥이 어떤 점에서 '4·19세대'이며 또한 '60년대 작가'인가 하는 질문과 맞물리는 동시에, 나아가 60년대 문학이란 무엇이며 그것은 4·19와 어떤 관계에 놓이는가 하는 질문을 제기한다. 여기서는 일단 김승옥을 논의의 중심에 놓고 이 문제들을 대강이나마 짚어 보기로 하겠다.

먼저 60년대 문학과 4·19의 관계를 어떻게 볼 것인가 하는 문제이다. 어느 시대의 문학이건 그것이 혁명이나 전쟁과 같은 커다란 정치적 사건 또는 사회적 격변에 영향받는 것은 필연적이다. 그러나 이 경우 양자의 관계는 중층적으로 이해될 필요가 있다. 가령, 전쟁의 상황을 리얼하게 그려냈다거나 혁명의 이념을 그대로 수용한 문학이 있다고 할 때, 문학과 전쟁 또는 문학과 혁명의 관계는 뚜렷하게 드러나는 외적인 것이라 할 수 있다. 그러나 적어도 문학의 관점에서는 이같은 외적인 관계를 본질적 관계로 볼 수는 없다. 진정한 관계는 오히려 쉽게 발견되지 않는 내적인 것이다. 여기에는 인간과 사회를 보는 시각의 미묘한 조정을 수반하는 인식론적 전환, 급격하거나 완만한 정서상의 상승 또는 하강, 그리고 그런 것들로 인해 일상생활에서 느껴지는 삶의 질의 미세하면서도 다양한 굴절 등이 두루 포함된다. 한 사회 또는 집단의 구성원들이 그러한 변화를 의식하든 못하든, 그

---

1) 김승옥, 「나와 소설쓰기」, 『김승옥 소설전집』 1(문학동네, 1995) —이하 『전집』이라고만 한다 — 6면.

것은 이미 그 사회 또는 집단의 것이며, 구성원들은 그들의 구체적 삶을 통해 변화를 이끌거나 변화에 적응하거나 변화에 저항한다. 그리고 이같은 집단의 의식구조 또는 정서구조가 작가에 의해 매개됨으로써 문학작품으로 표현되는 것이다.

4 · 19와 60년대 문학과의 관계 역시 이같은 관점에서 고찰될 필요가 있다. 더군다나 4 · 19는 미완의 혁명이었다고 흔히 말해지지 않는가? 겨우 1년 뒤 5·16으로 인해 좌절된 4 · 19의 이념이 미래형의 것이었다면 그것은 언제부터 형성되었는가? 1948년 남한 단독정부 수립 이후 자유당 독재정권과 5·16 군사정변을 통해 쌓여온 민족모순, 사회모순이 어느 정도 논리적으로 인식되고 그것을 해결하기 위한 실천방향이 모색되는 것은 아무래도 1960년대 후반 이후부터일 것이다. 그리고 이 시기가 우리 현대문학사에서 진정으로 50년대 문학을 극복하고 질적으로 한 단계 비약하는 시기, 또는 비약을 준비하는 시기였던 것이다. 물론 이 경우, 극복과 비약이란 역사와 사회에 대한 문학의 적극적 응전과 실천의지를 염두에 두고 말함이다.

그렇다면 1960년대 전반기의 문학은 어떠한가? 4 · 19의 이념이 미래형으로만 존재하는 시기, 비록 5·16에 의해 무참히 꺾였지만 아직도 막연한 흥분과 열기가 가라앉지 않은 시기, 바로 이 시기에 '감수성의 혁명'으로[2] 일컬어지는 김승옥의 소설이 화려하게 또는 고통스럽게 놓이는 것이다. 이 시기를 감수성이 아니면 달리 무엇으로 잡아낼 수 있었겠는가? 김승옥의 소설이 4 · 19의 이념과는 무관하므로 4 · 19와 연관지어 논하는 것은 타당하지 않다는 견해도 있지만, 지금까지의 논의에 비추면 이것은 김승옥의 문학과 4 · 19를 외적인 관계로만 파악하려는 데서 오는 오해이다. 내적인 관계에서 보면, 대학생들이 성공시킨 4 · 19라는 혁명과 대학생이었던 김승옥이 성취한 감수성이라는 혁명은 어김없이 동렬에 놓이는 것이다. 4 · 19는 비록 미완의 혁명이었지만, 아니 미완의 혁명이었던 까닭에, 감수성으로 포착된 자아의 내면풍경을 작가에게 제공할 수 있었던 것이다. 아니, 감수

---

2) 유종호, 「감수성의 혁명」, 『비순수의 선언』(민음사, 1995), 424면 이하 참고.

성으로 포착된 자아의 내면풍경 이상의 것을 작가에게 제공할 수 없었던 것이다.

이상에서 4·19와 1960년대 문학과의 관계, 그리고 김승옥의 소설이 60년대 문학에서 차지하는 위상을 거칠게나마 논의해 보았다.[3] 이로써 위에 적은 바, 탁월한 재능(김승옥의 소설)이 어떻게 단숨에 솟아오를 수 있었는지를 밝힌 셈이다. 하지만 이에 못지않게 중요한 남은 문제가 있으니, 그것은 위에 적은 질문의 뒷부분 즉 이 탁월한 재능은 어찌하여 갑자기 사라졌는가 하는 점이다. 여기가지 와서야 비로소 4·19가 작가에게 제공한 '감수성으로 포착된 자아의 내면풍경'의 정체는 과연 무엇인가 하는 문제가 심각하게 제기된다. 미리 말해 두자면, 그것은 사회적 의미와 존재론적 의미를 동시에 지니고 있다. 시시한 장난과도 같은 이 세상의 모든 것에 환멸을 느끼고, 끊임없이 현실일탈을 감행하면서 본래적 자아를 찾기 위해 몸부림치는 김승옥의 작중인물들, 그들의 내면은 한결같이 어떤 근원적이고 절대적인 존재에 대한 무한한 그리움으로 가득하다. 본래적 자아 또는 근원적 존재에 허기지고 목말라하는 사람들, 이 극심한 기갈증에 걸린 김승옥의 작중인물들이란 도대체가 이 세상 사람들이 아닌 것이다.

---

3) 1960년대 문학에서 김승옥의 소설이 차지하는 위상을 살피기 위해서는 1960년대의 다른 작가 또는 시인들의 문학세계를 함께 검토하여 그 경향에 따라 계열화해 보는 방법이 필요할 것이다. 이같은 방법으로 1960년대 문학과 김승옥의 소설을 다룬 연구로는 정현기, 「1960년대 소설」, 『한국근현대문학연구입문』(한길사, 1990), 서경석, 「60년대 소설 개관」, 문학사와 비평연구회, 『1960년대 문학연구』(예하, 1993), 하정일, 「주체성의 복원과 성찰의 서사」, 민족문학사연구소 현대문학분과, 『1960년대 문학연구』(깊은샘, 1998), 정희모, 「1950년대 소설의 극복과 60년대 소설의 서사적 전개」, 『1950년대 한국문학과 서사성』(깊은샘, 1998) 등이 있다. 이 밖에 김승옥에 대한 작가론으로는 김현, 「구원의 문학과 개인주의」, 『김현문학전집』 2 (문학과 지성사, 1991), 정현기, 「김승옥과 1960년대적 불안」, 『한국문학의 해석과 평가』(문학과 지성사, 1994), 류보선, 「개인과 사회의 대립적 인식과 그 의미」, 『문학사상』(1990. 5.), 한형구, 「김승옥 문학의 문학사적 성격」, 이주형 외, 『한국현대작가연구』(민음사, 1989), 한상규, 「환멸의 낭만주의」, 문학사와 비평연구회, 『1960년대 문학연구』(예하, 1993) 등이 있다. 이 글은 이들 선행 연구에 힘입은 바 크다.

2. '자기세계' 확보를 위한 자기파괴 또는 상처받는 영혼

1950년대의 전후소설들이 세계에 의해 부정되는 자아와 자아에 의해 부정되는 세계의 대립만을 보였을 뿐, 자아 쪽의 내면풍경도 세계 쪽의 현실구도도 드러내지 못했다는 한계를 지닌다면, 김승옥의 소설은 적어도 자아 쪽의 내면풍경을 과감히 열어 보였다는 변별점을 갖는다. 그렇다면 그 내면풍경의 정체는 무엇인가? 김승옥의 소설을 읽는 일이란 바로 이 물음에 대한 대답을 찾아가는 일에 해당된다. 이를 위해 먼저, 작가의 첫 작품이면서 작가 스스로 소설 속에서 '자기세계(自己世界)'와 '극기(克己)'를 힘주어 이야기하고 있는 「생명연습(生命演習)」을 읽어보기로 하자.

이 작품에서 '자기세계'는 "분명히 남의 세계와는 다른 것으로서 마치 함락시킬 수 없는 성곽과도 같은 것"으로[4] 제시된다. '나'는 "그 성곽에서

4) 김승옥, 「생명연습」, 『전집』 1, 26면. 이하, 이 작품에서의 인용은 따로 각

대기는 연초록빛에 함빡 물들어 아른대고 그 사이로 장미꽃이 만발한 정원이 있으리라고" 상상한다. 그러나 '내'가 알고 있는 사람들은 그 성곽에서도 특히 "곰팡이와 거미줄이 쉴새없이 자라나고 있는" 지하실을 귀한 재산처럼 차지하고 사는 것으로 생각된다. 이같은 진술은 '내'가 '자기세계'에 대해 이야기하고 있으면서도 정작 자신의 '자기세계'는 감추어 두고 싶어하는 심리를 드러낸다. '내'가 상상하는 '자기세계'와 '내'가 아는 사람들의 '자기세계'를 구분해서 이야기하는 것이 그 점을 시사한다. 이같은 '나'의 태도는 드러내기 싫은 '나'의 지하실을 결국에는 드러내되, 그것을 짐짓 남의 것처럼 드러내고자 하는 것이다. 따라서 여기에는 '나'의 지하실을 드러내지 않고서는 못견디는 '나'의 노출욕망이 은밀히 숨어있다. 노출시키지 않는 듯이 노출시키려는 이 숨은 욕망은 곧 이 작품의 작위적 형식과 관련된다. 표면적으로 '나'는 '내'가 아는 사람들의 지하실에 대해 이야기하지만, 그것은 결국 '나'의 지하실과 별로 다르지 않은 것이다. 극단적인 이기심에서 정순을 범한 한교수, 수많은 여자를 정복하면서 '연민'을 외치는 '나'의 친구 영수, 자를 갖다대고 그린 직선 때문에 '윤리의 위기'를 느끼는 만화가 오선생, 그리고 십년 전 남편을 잃고 불륜을 저지르는 어머니, 그 어머니를 죽이려는 생각을 품고 '지옥을 지키는 마귀'처럼 다락방에 박혀있는 형, 이 모두가 실은 '나'와 별로 다른 사람들이 아니며, 설령 조금 다르다 쳐도 '나' 역시 그들을 닮으려는 욕망을 마음 깊이 지니고 있는 것이다. '나'는 누나와 함께 "등대가 있는 낭떠러지에서 밤 파도가 으르렁대는 해변으로" 형을 떠밀어 버리지 않았는가? 살아난 형이 사흘 뒤 자살해 버리자, '나'와 누나는 '감사의 눈물'을 흘리지 않았는가?

이제 '자기세계'는 그 실체를 드러낼 때가 되었다. 「생명연습」에서 지하실로 표현된 '자기세계'란 죄의식의 다른 이름이다.[5] 이 죄의식은 자신의

주를 달지 않고 인용부호로만 표시한다.

5) 김승옥의 소설들에 깊이 잠복되어 있는 이 죄의식은 인간이 지닌 성적 욕망에 기인하는 듯하다. 「생명연습」에서 한교수, 영수, 어머니의 '자기세계'는 모두 성욕과 관련되어 있다. 특히 스스로 생식기를 잘라버린 전도사와

이익을 위해 남에게 해를 끼치는 행위로부터, 더 근원적으로는 자신이 살아남기 위해 남을 죽이는 행위로부터 온다. 이같은 행위들은 이 세상을 살아가는 한 도저히 피할 수 없는 것이다. 그러니까 이것은 모든 인간에게 주어진 존재조건이다. 살기 위해서는 이 존재조건을 수락하고 죄의식을 버려야만 하는데, 그렇게 하는 것이 바로 '극기'이다. 어머니와 형의 생사를 건 대결을 보다 못해, "어머니의 '남자관계'는 곧 내가 사랑하는 그리고 어머니가 사랑하는 아버지를 찾아 헤매는 일"이라고 거짓 작문을 지어 형을 설득하려 한 누나에게, 형은 발광하듯 웃고 나서 "너는 그렇게 해석해도 부방하다. 그러나 실은 그것에서 그치는 것은 아니다. 그것은 일종의 극기일 뿐이다. 극기일 뿐이다. 극기일 뿐이다." 라고 외친다. 죄악의 행위를 합리화하면서 죄의식에서 벗어나는 것, 그것이 '극기'인 것이다. 이 '극기'에 실패한 사람에겐 오직 죽음이 있을 뿐이다. 그러기에 '생명연습'인 것이다. '극기'를 부정하고 '극기'에 실패한 형은 낭떠러지에서 스스로 몸을 던지는 자살을 선택할 수밖에 없었던 것이다.[6] 그렇다면 '나'는 어떠한가? 일견 '나'는 '극기'에 성공했기에 살아남은 것으로 보인다. 그러나 '나'의 성공은 완전한 것이 아니다. 교회에서 대부흥회가 있었던 어느 봄날, 하느님이 시켜서 손수 자신의 생식기를 잘라버렸다는 전도사를 보며, "내게도 성령이 찾아오는 어느 순간이 있어 나 스스로의 목이라도 잘라버려야 할 경우가 있을는지도 모를 일이라는" 생각이 들면서 소름이 돋는 것은 저 무의식 깊이 감추어진 죄의식의 표현이 아니겠는가? '나'는 남들처럼 '자기세계'를 확보하기 위해 몸부림치면서도 좀처럼 '극기'에 성공하지 못하는 인물로 보인

밤중에 측백나무 아래 벤치에서 수음을 하는 애란인 선교사의 등장은 작가가 암암리에 인간의 성적 욕망을 기독교적 원죄의 개념으로 이해하고 있음을 드러내는 것으로 보인다. 김승옥은 거의 모든 작품에서 성욕의 문제를 중요한 주제로 다루고 있다.

6) 김승옥의 소설에서 흔히 볼 수 있는 자살 또는 자살에의 유혹은 대부분 '극기'의 실패에 원인이 있다. 「환상수첩」에서 정우가 자살하는 것이나 「60년대식」에서 도인이 유서를 써 놓는 것, 그리고 「누이를 이해하기 위하여」에서 '내'가 자살에의 유혹을 받는 것이나 「무진기행」에서 윤희중이 어머니의 묘 속으로 들어가고 싶어하는 것이 모두 그런 경우이다.

다.

이 소설의 작중화자인 '나'는 왜 남들처럼 쉽사리 '자기세계'를 확보하지 못하는 것일까? '극기'를 통해 '자기세계'를 구축하는 일은 '장미꽃이 만발한 정원'으로 표상되는 또 하나의 '자기세계'를 파괴하는 일이기 때문이다. '정원'으로 표상되는 또 하나의 '자기세계', 그것은 훼손되지 않은 본래적 자아 즉 순결한 영혼이 깃든 공간이다. 이 또 하나의 '자기세계'는 '정원'처럼 상상 속에 존재하기도 하지만, '나지막이 들려오는 파도의 찰싹거리는 소리'처럼 유년기의 기억 속에도 존재한다. 이 또 하나의 '자기세계'는 '어린 가슴에 찾아오는 평안'과도 같은 어떤 것을 주는 공간, 다시 말해 영혼의 쉼터이다. '나'는 이 세상에 살아남기 위해 '극기'를 성공시키려고 의식적으로 노력하지만, 다른 한편으로 그같은 영혼의 쉼터를 못견디게 그리워한다. 이 그리움은 결국 순수한 본래적 자아 내지는 어떤 근원적 존재에 대한 막연하지만 절실한 그리움이다.[7] '지하실'과 '정원'은 '나'의 내부에서 첨예한 갈등관계에 놓여 있는 것이다. 적어도 '나'에게 있어서 '극기'란 본래적 자아를 잠식하여 순결한 영혼에 상처를 주는 행위이다. 이로써 '자기세계'의 확보는 자기파괴를 통해서만 가능하다는 사실이 밝혀졌거니와, 이 점을 명백히 보여주는 작품이 「건(乾)」이다.

「건(乾)」은 「생명연습」과 표리의 관계를 이루는 작품이다. 「생명연습」이 '자기세계 또는 '극기'가 무엇인지를 설명하는 작품이라고 한다면, 「건」은 실제로 '극기'를 통해 '자기세계'를 확보해 나가는 모습을 보여주는 작품이기 때문이다. 이 작품은 빨치산의 습격으로 엉망진창이 된 시(市)에서 일어난 일을 어린 소년('나')의 시선으로 그려낸 작품이다. 소년의 시선이라고 했지만, 동화가 아닌 이상 그것이 꼭 소년의 시선일 수는 없는 것이니, 여기에는 '자기세계'를 확보하고야 말겠다는 작가의 위악적인 시선이 겹쳐 있다. 작가는 빨치산의 시체를 구경한 소년으로 하여금 어른들을 따라 땅바

7) 「누이를 이해하기 위하여」에서 '나'(소설가)는 "우리는 그리워하기 위해서 태어난 게 아닐까요?"라고 말한다. 『전집』 1, 92면.

닥에 침을 뱉게 하고, 구덩이 속에 놓인 빨치산의 관을 향해 돌멩이를 세차게 던지도록 한다. 죄의식이 느껴지는 행위를 서슴없이 감행함으로써 도리어 죄의식을 없애 버리는 것, 그것이 살아남은 자들이 해야 할 일인 것이다. 하지만 작가는 이 위악적인 소년의 영혼이 깃든 공간을 두 군데 마련해 놓고 있으니, 그 하나는 6·25 때 인민군 군사본부로 사용되다가 지금은 방위대 본부로 사용되는 옛날 어느 굉장한 부호가 살던 저택의 지하실, 정확히는 소년이 크레용으로 그림을 그리던 하얀색의 벽(白灰壁) 또는 그 벽에 그려진 벽화들이다. 소년은 그 방위대 본부의 지하실에서 같은 또래 아이들과 하던 '가슴뛰는 놀이'(그림 그리기)를 잊을 수 없고, 또 우연히 둘만 남게 되었을 때 꽉 껴안았던 미영이라는 계집애를 잊을 수 없다. 그러나 빨치산의 습격으로 방위대 본부는 불타버렸고, 이 사건은 소년에게 큰 충격으로 다가온다. "어느 날엔가 방위대도 물러가면 그때는 기어코 다시 그 지하실의 벽화들 앞에 마주 서보리라 마음먹고 있었는데 그날 아침 나(소년)는 절망같은 걸 느끼지 않을 수 없었던 것이다."[8] 소년의 영혼이 깃들어 있는 또 하나의 공간은 재작년 6·25 때 아주 멀찌감치 일본으로 피난을 가버린 미영이네가 살던 빈집이다. 지금은 '매가(賣家)'라고 쓰인 더러운 종이조각이 붙어있는 대문 앞을 지나칠 때마다 소년은 "그 집이 빈집이라는 생각을 해본 적이 한번도 없었다." 미영이의 빈집은 미영아, 하고 부르면 미영이가 곧 뛰어나올 것 같았던, 온갖 화려한 공상을 끄집어낼 수 있는 용궁처럼 신비스러운 곳이었다. 그러나 놀랍게도 소년은 자신의 영혼이 깃든 이 공간을 파괴하려는 '무서운 음모'에 간단히 가담하고 만다.

형과 형의 친구들이 '어둠과 음란의 냄새'를 내뿜으며 윤희 누나를 강간하려는 계획을 세우고, 윤희누나를 미영이가 살던 빈집으로 유인하는 심부름을 소년에게 시켰을 때, 소년은 아무 망설임도 없이 그 심부름을 완벽하게 수행해 낸다. 윤희누나는 누구인가? 소년에게 심이 굵은 도화연필을 주

8) 김승옥, 「건(乾)」, 『전집』 1, 48면. 이하, 이 작품에서의 인용은 따로 각주를 달지 않고 인용부호로만 표시한다.

었던 윤희누나, 소년이 "어딘가 조용한 곳으로 날 데리고 가서 나의 뜨거운 이마에 손을 얹어 주었으면" 하고 바라는 윤희누나는 소년이 지친 영혼을 기댈 수 있는 유일하게 살아있는 존재이다.[9] 그 윤희누나가 다른 곳도 아닌 미영이가 살던 빈집에서 강간을 당할 것이고 그 음모에 소년이 가담한다는 것은 무엇을 뜻하는가? 그것은 소년이 자기자신을 파괴함으로써 '자기세계'를 구축하려는 것이다. 자기의 영혼이 기댈 수 있는 대상(윤희누나)과 쉴 수 있는 공간(미영이가 살던 빈집)을 세상의 죄악에 던져 줌으로써 스스로의 영혼에 상처를 주고 세상과 손잡으려는 것이다. 대체 소년은 왜 이같은 자기파괴를 서슴없이 감행하는가? 이 위악적인 소년은 그렇게 해야만 자기가 이 세상에 살아남을 수 있다는 것을 이미 알아버렸기 때문이다. 그렇게 하는 것이 바로 '극기'가 아닌가? 이 자기파괴가 몇 푼의 돈을 위해 빨치산의 시체를 파묻은 아버지의 행위에 비유되는 것은 이 점에서 의미심장하다. "하기야 그것이 '자라난다'는 것인지도 모른다." 소년이 "미영아, 내게 응원을 보내라. ― 뭐 난 잘 해낼 것이다"라고 말하는 것은 따라서 스스로의 영혼을 달래는 독백이다. 나의 영혼아, 네가 상처를 견디고 죄의식을 버리고 얌전히만 있어 준다면, 나는 이 세상에서 낙오되지 않고 곧 어른이 될 것이다. 라고.[10]

9) 김승옥의 소설에 등장하는 여성들은 소설 주인공이 '자기세계'를 확보하기 이전의 파괴되지 않은 본래적 자아를 상징하는 경우가 많다. 따라서 여성들이 처녀성을 잃는 것은 소설 주인공 자신이 파괴되는 것을 의미한다. 가령, 「누이를 이해하기 위하여」의 누이, 「환상수첩」의 진영이, 「염소는 힘이 세다」의 누나가 그런 경우이다.

10) 이 점에서 「건」은 일종의 성장소설이라고 할 수 있다. 이 작품 외에도 1960년대 전반기에 쓰여진 김승옥의 소설들은 대체로 성장소설의 성격을 띤다. 이 경우 '자기세계'의 확보란 곧 어른이 되는 것을 의미한다고 볼 수 있다.

3. 속물적 현실에 대한 최후의 저항 또는 갇혀버린 영혼

지금까지 논의한 「생명연습」과 「건」은 김승옥의 초기작이니만큼 작가의 유년기의 체험에 많이 의존하고 있다. 전란에 시달리던 순천에서 보낸 유년기는 아마도 작가에게 이 세상과 거기에 살고있는 인간들에 대한 부정적인 인상을 각인시켜 놓았으리라 생각되거니와, 어쨌든 작가의 유년기에 닿아있는 「생명연습」과 「건」은 김승옥 소설세계의 원형을 보여준다는 점에 그 중요성이 있다. 따라서 이 두 작품을 논의하면서 보인 분석틀은 이후 김승옥의 다른 작품들을 읽는 데에도 유효하다. 그러나 유년기에 겪은 체험만으로 한 작가의 소설세계가 완결될 수는 것이니, 이제 대학생이 된 작가의 날카로운 감수성은 서울에서의 일상적 삶과 조우하지 않을 수 없게 되는 것이다. 서울에서의 일상적 삶이란 무엇인가? 그것은 5.16 이후 군사정권에 의해 진행된 개발독재의 권위적 담론이 지배하는 세계와의 만남이며, 물신주의와 출세주의가 점차 그 위세를 더해가는 속물적 현실과의 부대낌이다. 이 속물적 현실이 대학과 그 주변에도 침투했음은 불문가지인 것이며, 작가는 이같은 현실을 만나 「환상수첩」 「역사(力士)」 「누이를 이해하기 위하여」 「확인해본 열 다섯 개의 고정관념」을 쓰게 된다. 하지만 아직 학생신분인 작가에게 서울에서의 삶이란 그 징후만이 포착될 뿐이어서, 서울과 고향을 오가는 시행착오를 반복하거나 서울 안에서의 풍요와 빈곤 사이에서 고민하는 수준에서 맴돌았으니, 위의 네 작품이 그러하다. 작가가 정녕 서울에서의 속물적 삶에 부대끼기 시작한 것은 서울에 온 지 4, 5년이 지나 대학을 벗어나면서 사회에 첫 발을 내딛을 때였으리라. 그리하여 1964, 65년에 이르러 「무진기행」 「차나 한 잔」 「서울, 1964년 겨울」 「들놀이」 등이 쓰여지게 된다. 이들 작품 중에서도 「무진기행」과 「서울, 1964년 겨울」은 김승옥 자신의 문학세계의 정점이자 60년대 전반기 문학의 정점을 이루는 것이다.

「무진기행」의 배경은 안개의 도시 무진(霧津)이지만, 따라서 이 작품의 내용도 무진에서 일어난 일로 채워져 있지만, 무진은 서울의 연장이자 대립항으로 놓인 것이기에, 엄밀히 말해 이 작품은 서울에서의 삶을 다룬 것이라 할 수 있다. 무진은 작가의 고향 순천을 잠시 빌어온 상상의 공간인 것이며, 따라서 주인공 윤희중은 서울에서의 생활 한복판에 있으면서 잠시 자신의 내면 속으로 여행을 떠났던 것이다. 그러니까 윤희중의 무진기행이란 "단순한 고향방문이 아니라 크게 흔들리는 자신의 삶을 근본적으로 돌이켜보기 위한 자기 내면의식의 방문"인[11] 것이다. 그러나 서울이라는 물화된 외적 현실은 엄청난 중력으로 그를 끌어당기고 있었고, 그는 결국 무진을 떠나 서울로 돌아올 수밖에 없게 되는 것이다. 즉 이 작품은 속물적 현실에 마지막으로 저항하는 영혼의 순례였던 것이다. 그렇다면 무진은 「생명연습」의 '장미꽃 정원' 또는 「건」의 '미영이네 집'과 같은 영혼의 쉼터인가? 그렇기도 하고 그렇지 않기도 하다.[12] 그렇다는 것은 윤희중의 영혼이 본래적 자아 또는 근원적 존재에 대한 무한한 그리움을 달래기 위해 찾아갈 곳은 무진 말고는 달리 없다는 점 때문이며, 그렇지 않다는 것은 그러나 무진 역시 서울과 크게 다르지 않은 물화된 세계라는 점 때문이다. 결국 이 작품은 영혼의 쉼터는 이 세상 어디에도 존재하지 않는다는 현실, 이제 영혼을 달래줄 만한 내면적인 상상의 공간조차 허용되지 않는다는 절망적인 현실을 아프게 확인한 것이라 할 수 있다.

「무진기행」은 뭔가 아득하고 몽환적이며 동시에 답답하고 불투명한 분위기를 지닌 작품이다. 이러한 분위기는 주인공 윤희중이 느끼는 막연한 해방감과 정체모를 초조감에 정확히 대응된다. 그리고 그러한 모든 것을

---

11) 이남호, 「'무진기행'의 의미분석」, 『문예중앙』(1987. 겨울), 310면.

12) 주인공 윤희중의 무진에 대한 연상은 이중적이다. 그 하나는 "골방 안에서의 공상과 불면을 쫓아보려고 행하던 수음과 곧잘 편도선을 붓게 하던 담배꽁초"로 기억되는 어둡던 청년시절이며, 다른 하나는 "물이 가득한 강물이 흐르고 잔디로 덮인 방죽이 시오리 밖의 바닷가까지 뻗어나가 있고 작은 숲이 있는" 한적한 자연 풍경이다. 김승옥, 「무진기행」, 『전집』 1, 128 – 129면. 이하, 이 작품에서의 인용은 따로 각주를 달지 않고 인용부호로만 표시한다.

한꺼번에 수렴하는 것이 무진의 안개, 손으로 잡을 수 없으면서도 뚜렷이 존재하는 안개이다. "무진의 아침에 사람들이 만나는 안개, 사람들로 하여금 해를, 바람을 간절히 부르게 하는 무진의 안개"야말로 주인공의 내면풍경 그 자체인 것이다. 실상 윤희중은 무진으로 가는 버스 안에서, "햇빛의 신선한 밝음과 살갗에 탄력을 주는 정도의 공기의 저온, 그리고 해풍에 섞여 있는 정도의 소금기" 이 세 가지를 수면제 삼아, 이미 '반수면상태'에 빠져 있는 것이다.[13] 깨어있는 상태도 아니고 완전히 잠든 상태도 아닌 반수면상태란 대체 어떤 상태인가? 그것은 잠든 상태처럼 아무것도 할 수 없는 상태이면서도, 깨어있을 때는 할 수 없는 어떤 근본적인 일을 할 수 있는 상태이다. 이 반수면상태에서만이 그의 영혼은 숨을 쉴 수 있기 때문이다. 윤희중이 무진에 머물고 있었던 시간은 따라서 "별이 무수히 반짝이는 밤하늘을 보면서 분해서 못 견디어하던" 그의 영혼이 활동한 시간이다. 즉 그의 영혼이 물신주의와 출세주의에 저항하여 격렬한 싸움을 벌인 시간인 것이다. 안개에 가려 잘 보이지 않는 이 격렬한 전투야말로 이 작품이 지닌 아름다움의 근원이다. 이 전투는 그가 무진에 머무는 한, 즉 그가 자신의 내면세계를 탐색하는 한, 언제까지나 계속될 성질의 것이다. 그러나 그는 아내의 전보를 받고 문득 반수면상태에서 깨어나 무진을 떠나고 만다. 격렬했던 전투가 끝나고 그의 영혼이 처절하게 패배하는 순간이다.[14] 그는 '심한 부끄러움'을 느낀다.

「무진기행」의 주인공이 무진을 떠나면서 느끼는 '부끄러움'은 그러나 단순히 그가 자기의 영혼을 배신했다는 점에서만 오는 것은 아니다. 그 부끄

---

13) 김승옥의 많은 작품들이 논리의 모순을 보여주고 있거니와, 특히 「무진기행」에서 볼 수 있는 논리의 파탄은 이 '반수면상태'에 기인한다. 주인공 윤희중은 의식과 무의식이 분열되어 있을 뿐만 아니라, 의식과 의식이 분열되고 무의식과 무의식이 분열되는 심각한 자기분열을 보이고 있는 것이다. 이같은 자기분열은 이 작품이 성취한 빼어난 감수성과 관련되는 것이며, 또한 이 작품이 지닌 의미와 한계를 동시에 시사하는 것이다.

14) 이 순간이야말로 「생명연습」으로부터 준비해온 '극기'을 통한 '자기세계'를 확보하여 완전한 의미에서 어른이 되는 순간이라 할 수 있다. 「무진기행」은 고통스런 성년식이었던 것이다.

러움은 격렬했던 싸움이 전보 한 장에 의해 간단히 끝났다는 것, 그러니까 그 싸움이란 실상 한갓 포우즈에 불과했다는 것을 그 자신이 알게 모르게 알고 있었다는 점에서 오는 것이다. 말하자면 그는 자신의 영혼을 잠시 달래주는 척하다가 할 수 없다는 듯이 너무도 간단하게 내버린 것이다. 「무진기행」이란 그의 영혼의 순례이자 영혼의 전투이기도 했지만, 어찌보면 그가 지신의 영혼을 떼어놓기 위한 하나의 방편으로 택한 여행이기도 했던 것이다. 그러나 한 인간의 영혼이 그 주인으로부터 그렇게 쉽게 분리될 수는 없다. 그의 영혼은 결코 무진(상상의 공간)에 버려지지 않고 서울(현실공간)까지 주인을 따라온다. 그가 무진을 떠나면서 느끼는 '부끄러움'이 그 증거이다. 이제 작가는 이 끈질기고 성가신 영혼의 존재(부끄러움의 근원)를 어떻게 처리할 것인가? 이 물음에 대한 대답이 「서울, 1964년 겨울」이다.

앞에서 「무진기행」의 주인공 윤희중이 심각한 자기분열 증세를 보이고 있으며, 그로 인하여 이 작품은 긴장감을 유지할 수 있었던 것이라고 썼거니와, 이처럼 주인공이 자기분열을 일으킨다는 사실은 그가 범상치 않은 복합적인 성격의 소유자임을 말해준다. 즉 그의 영혼이 그와 함께 인식주체의 역할을 수행함으로써 그가 마주치는 상황마다 그의 내부에서 갈등을 유발시키곤 했던 것이다. 말을 바꾸면 관찰하는 자아와 관찰되는 자아가 한 덩어리로 되어 있는 복합체로서의 인물이 「무진기행」의 작중화자이자 주인공인 윤희중이었던 것이다. 그러나 무진에서 최후의 패배를 당한 그의 영혼은 이제 서울에 와서 그로부터 떨어져 나갈 수밖에 없게 된다. 자기분열로부터 자기분리로의 이행이다. 「서울, 1964년 겨울」에서 작중화자('나'; 구청 병사계 직원)와 주인공('안(安)'; 부잣집 장남인 대학원생)이 별개의 인물로 설정되어 있음은 이로 볼 때 우연이 아니다.[15] 이처럼 영혼이 분리

15) 이와 관련하여 '나'와 '안'이 스물 다섯 살 짜리 동갑내기라는 사실은 흥미롭다. 이 두 사람 중 보다 중요한 인물이 '안'임은 말할 것도 없다. '나'는 다만 '안'을 드러내는 또는 '안'을 은폐하는 장치로 기능할 뿐이다. 이 작품에 등장하는 또 한 사람, 아내의 시체를 병원에 팔고 뒤에 자살하는

되자, 불투명하고 축축한 분위기와 거기서 야기되는 갈등과 긴장은 사라지고, 대신 작중인물들간의 메마른 대화와 서울 거리의 음산한 풍경만이 남게 된다. 분리된 영혼은 적어도 표면적으로는 관찰하는 자아로서의 자격을 잃고 하나의 관찰대상으로 전락하는 것이다.

그러나 「서울, 1964년 겨울」에 숨어있는 실질적인 인식주체는 '나'에 의해 관찰되는 '안'이다. 등장인물들간의 대화를 '안'이 주도하고 있을 뿐만 아니라, 물화된 서울 거리의 풍경도 실은 '안'의 눈에 비친 것을 '나'를 통해 그려낸 것이라 할 수 있기 때문이다. 그렇다면 '안'이 본 서울은 어떤 세계인가? "서울은 모든 욕망의 집결지"이다.[16] 욕망은 꿈틀거림으로 표현되며, 꿈틀거림 속에는 여자의 아랫배가 조용히 오르내리는 것으로부터 대학생들의 데모까지 포함된다. 그러니까 아랫배의 꿈틀거림과 데모대의 꿈틀거림은 욕망의 표현이라는 점에서 완전히 등가이다. 이 모든 욕망이 모여있는 서울의 거리는 "영화광고에서 본 식민지의 거리처럼 춥고 한산하다." 소주광고의 네온사인과 약광고의 네온사인이 명멸하고 있으며, "완전히 얼어붙은 길 위에는 거지가 돌덩이처럼 여기저기 엎드려 있고, 그 돌덩이 앞을 사람들은 힘껏 웅크리고 빠르게 지나간다." 그러나 이같은 서울거리의 풍경은 그저 풍경일 뿐, '안'에게 아무런 의미도 느낌도 전해주지 못한다. '안'은 불구경을 하면서도 화재는 오로지 화재 자신의 것이며, 그러기 때문에 화재에 대하여 흥미가 없다고 말한다. 아내의 시체를 팔아서 얻은 돈을 다 쓰고 여관에 같이 투숙했던 30대 사내의 자살에 대해서도 무감각하기는 마찬가지이다. 이렇게 되면 이 소설에서 숨은 인식주체로 설정된 '안'도 더 이상 인식주체라 할 수 없다. 화재건 사내의 자살이건 약광고 네온사인이건 돌덩이같은 거지건 여자의 아랫배건 학생들의 데모건 무엇이건

30대 중반의 사내는 물화된 세계를 드러내기 위한 장치로 보인다. 실상 이 소설에서 인물다운 인물은 단자화된 개인이자 분리된 영혼인 '안'이 있을 따름이다.

16) 김승옥, 「서울, 1964년 겨울」, 『전집』 1, 206면. 이하, 이 작품에서의 인용은 각주를 생략하고 인용부호로만 표시한다.

또는 누구건, 인식주체가 사라짐에 따라 순식간에 구심력을 잃고 사방으로 뿔뿔이 달아나 버리는 것이다. 현실세계는 파편처럼 부서져 흩어지고 단지 '안'만이, 고립된 개인이자 분리된 영혼만이 유일한 현실로 남게 된다. 이제 이 지점에서, 위기에 처한 작가의 모습을 볼 수 있지 않겠는가? 분리된 영혼만이 진정한 현실이 되는 순간, 소설은 더이상 씌어질 수 없는 것이다.

아닌게 아니라 작가는 「서울, 1964년 겨울」의 마지막 대목을 참으로 절묘하게 처리하고 있다. '안'은 '나'에게, "우리는 분명히 스물 다섯 살짜리죠?"라고 묻고는 "우리가 너무 늙어버린 것 같지 않습니까?"라고 '한숨같은 음성'으로 말한다.[17] 그리고 뭔가가 두려워진다고 말한다. 대체 이 두려움의 정체는 무엇인가? 그것은 이미 암시되었듯, 이 세상으로부터 영원히 소외될지도 모른다는 절박한 위기감에서 오는 두려움이다. 물화된 세계로부터의 영원한 소외, 고쳐 말해 육신으로부터 분리된 영혼이란 곧 죽음을 뜻하는 것이기 때문이다. '서울, 1964년 겨울'에, 가로수 밑에서 이상하다는 얼굴로 '나'에게 질문하던 '안'은, 고개를 갸웃거리며 두려움을 토로하던 '안'은, 그리고 "앙상한 나뭇가지 사이로 내리는 눈을 맞으며 무언지 곰곰이 생각하고 서 있던" '안'은 지금도, 그 때 그 곳에서 같은 질문을 하고는 뭔가를 두려워하며 골똘한 생각에 잠겨있는 것이다. 분리된 영혼, 그것은 '서울, 1964년 겨울'에 유폐된 것이다.

---

17) 이 '늙음'을 깨달음 또는 성숙으로 이해하기는 어렵다. 그보다는 소외 또는 죽음에 가까운 의미를 포함하는 것으로 생각된다. 그러니까 김승옥의 일련의 소설을 성장소설로 이해할 때, 그 주인공들은 유년(「건」)에서 성년(「무진기행」)이 되자마자 바로 노년(「서울, 1964년 겨울」)에 이른 것이라 할 수 있다. 이렇게 된 것은 앞서 보았듯, 이른 바 '자기세계'가 자아와 세계의 상호지양을 통해 형성되지 못하고, 일방적인 자기파괴를 통해 확보되었기 때문이다.

4. 이원적 세계관의 행로

1950년대 소설은 상호부정되는 자아와 세계의 대립을 보여주지만, 실상은 그 자아와 세계의 실체가 무엇인지는 드러내지 못하고 있다. 전쟁 및 전후의 현실상황이 너무도 막강한 압력으로 작용한 까닭에, 그것이 거의 절대적인 존재조건으로 인식된 것이다. 여기에 실존주의의 유입이 겹침에 따라 50년대 소설은 어떤 한계상황 속에 놓인 인간의 반응을 자조적으로 다루는 경우가 많았다. 그러니까 50년대 소설에서 자아와 세계는 서로간에 딱딱한 껍질만을 맞부딪침으로써, 자아 쪽의 내면풍경도 세계 쪽의 현실구도도 모두 증발시켜 버렸던 것이다. 50년대 소설이 전쟁 및 전후상황에 즉자적 대응을 보이거나, 그러한 상황에 대한 알레고리로 씌어졌다는 점이 이같은 이해를 뒷받침한다. 이에 비해 4·19에 의해 그 근원적 추동력을 얻은 60년대 소설은 김승옥의 작품을 필두로 자아의 내면을 과감하면서도 섬세하게 열어 보이기 시작했으니, 바로 이 점이 50년대 소설과의 변별점을 이루는 것이다. 하지만 김승옥의 소설에서도 세계 쪽은 여전히 그 구체적 질감이 잡히지 않는다. 즉 전쟁 및 전후의 상황이나 본격적인 자본주의 체제로의 돌입에 따른 물화된 현실은 통일적인 구도를 상실하고 그 편린만이 보일 뿐이다. 이 세상은 여전히, 신문사의 건물이 회색빛 괴물로 보이듯이,[18] 순치되지 않은 자연과도 같은 공포의 대상이다. 이러한 사실은 거꾸로 김승옥이 열어 보인 자아 쪽의 내면풍경도 세계와의 실질적인 교섭에 의해 형성된 것이 아님을 말해준다. 소설의 주인공들은 한결같이 자기존재의 확립을 위해 몸부림치지만, 끝내는 자기존재의 사회적 근거를 마련하는 데 실패한다. 이같은 개인적 미성숙은 동시에 4·19 직후의 시대적 미성숙과 동일한 것이며, 이른 바 4·19세대의 좌절과 방황의 궤적을 새삼스레 보여주는 것이다.

18) 김승옥, 「차나 한 잔」, 『전집』 1. 186면.

김승옥 소설의 주인공들은 자신이 자리잡을 곳을 이 세상에서 발견하지 못한다. 그들이 열어 보인 내면풍경이란 이 세상의 바깥에서 형성된 것이다. 그것은 세상에서 소외된 자아의 모습이요, 상처받고 유폐된 영혼의 모습이다.

공포의 대상 또는 존재의 절대조건으로서의 세계는 아마도 작가가 겪은 두 번의 충격으로 인해 각인된 것이었으리라. 그 하나는 유년기에 겪은 순천이며, 다른 하나는 청년기에 겪은 서울이다.19) 작가는 유년기에 민족모순의 폭발인 전쟁을 체험했고, 청년기에는 남한 자본주의의 유년을 체험하였다. 1962, 63년에 씌어진 작품들은 대체로 유년기의 기억을, 1964, 65년에 씌어진 작품들은 청년기의 체험을 다루고 있다. 앞에서 김승옥 소설 주인공들의 '자기세계'란 죄의식의 다른 이름이라고 썼거니와, 김승옥의 소설세계란 다름아닌 죄의식에 시달리는 영혼들의 고투과정인 것이며, 그 죄의식이란 순결한 본래적 자아에게 무참히 가해진 두 번의 충격과 관련되는 것이라 할 수 있다. 여기서 전쟁과 초기 자본주의라는 시대적 사회적 조건은 시간과 장소를 초월하는 추상적 존재조건으로 환원된다. 작가는 세계와의 싸움이 아닌 자기와의 처절한 싸움을 벌였던 것이다. 이렇게 볼 때, '혁명'으로 일컬어지는 감수성이란 충격에 의해 강요된, 세계인식의 불가능성에서 비롯된 감수성이었던 것이며, 여기에 김승옥의 소설이 지니는 특유의 낭만주의적 미학의 근원이 숨겨져 있는 것이다. 그것은 고투로부터 패배를 거쳐 유폐에까지 이르는 소멸의 미학이다. 이후 작가는 최소한의 정열조차 버린 철저한 무관심, 즉 허무의 심연(「60년대식」)에까지 나아간다.

이상의 논의로 미루어 보면, 작가의 기독교 세계에의 몰입은 필연적인 것이라 할 수 있다. '서울, 1964년 겨울'에 유폐된 영혼이 갈 수 있는 곳이 어디이겠는가? 여기서 다시 한 번, 김승옥 소설 주인공들의 '자기

---

19) 작가가 서울 생활에서 받은 충격에 대해서는, 김승옥, 「산문시대 이야기」, 김승옥 에세이집, 『싫을 때는 싫다고 하라』(자유문학사, 1986) 참고.

세계'에 대해 생각해 보자. 「생명연습」과 「무진기행」의 경우, '자기세계'는 한편으로 '지하실'과 '어둡던 청년시절'로, 다른 한편으로 '장미꽃 정원'과 '한적한 자연풍경'으로 나타난다. 앞의 것들이 죄의식의 다른 이름이라면, 뒤의 것들은 영혼의 쉼터라고 이미 앞에서 쓴 바 있거니와, 이 같은 대립항은 초월주의적 사고의 일단이 그렇게 표현된 것이 아니겠는가? 즉 이것은 현실세계란 어둠과 육신의 세계이며, 빛과 영혼은 현실을 초월한 세계에 있다는 이원적 세계관이다. 작가는 종교적 신비체험을 한 뒤, 인간이란 겉사람 곧 육체와 속사람 곧 영혼으로 구성된 존재라는 것, 이 물질세계 안쪽에 영혼세계가 있다는 것, 인간이란 즉 '나'란 '속사람(영혼)'을 가리킨다는 것이라고 말한다.[20] 이렇게 해서 작가는 '이승 바깥의 세계'를 경험하고 허무의 심연에서 빠져나와 영원한 질서 속으로 들어간 것이다. 그러면 소설쓰기는 어찌되는 것인가? 김승옥은 "신의 세계를 알고 난 뒤에는 이 세상에 도대체 펜을 들어서 소설로 써야 할 문제란 없다는 것을 확신하게 되었다"고 말하면서도, 또 "예수님이 꿈속에 나타나 원고지를 펼쳐 보이며 소설을 쓰라는 몸짓을 나에게 해 보이시곤 한다"라고도 말한다.[21] 다시 소설을 쓸 수도 있고 그렇지 않을 수도 있다는 말이지만, 아마도 김승옥은 여전히 '전(前)소설가'로 남게 될 것 같다. 하지만 만일 그가 다시 소설을 쓰려 한다면, 그의 영혼은 육신의 옷을 입어야만 할 것이다. 아직도 '서울, 1964년 겨울'에 유폐되어 있는 그의 소설 속의 영혼은 육신을 거쳐서만 1990년대로 또는 21세기로 걸어나올 수 있는 것이다. 개인의 폐쇄성을 극복하고 현실과 적극적으로 교섭함으로써 자아와 세계가 서로 지양되는 '자기세계'를 구축할 때에, 작가가 원하는 진정한 기독교 소설의 탄생도 가능할 터이기 때문이다. **세미**

---

20) 김승옥, 「이제 나는 허무주의가가 아니다」, 위의 김승옥 에세이집, 35면.
21) 김훈 박래부, 『문학기행』(한국문원, 1997), 29면.

4·19 세대의 문제 의식

— 김승옥의 「무진기행」을 중심으로

장 영 우*

1. 세대 구분의 근거

1930년대 말~40년대 초에 태어나 대학시절에 4·19라는 역사적 제의(祭儀)를 통과한 문학인들은 자기 세대를 흔히 '4·19세대' 혹은 '한글 첫 세대'[1]라 부른다. 이들은 자기 세대의 특징을 "우리말로 된 교과서를 놓고 우리말을 쓰는 선생으로부터 교육받으며 우리말로 작문숙제를 하고 우리말의 동요와 사회생활 과목을 익힌 내 또래의 세대는 말하고자 하는 바의 내용과 그 표현, 다시 말하면 기의와 기표간의 어떤 차질을 거의 느끼지 않은 세대"[2], 한 마디로 말해서 "한국어로 사유하고 한국어로 글을 쓴 세대"[3]이기 때문에 일본에 대한 콤플렉스가 없으며, 대학에서 정식으로 문학 교육

* 동국대 국문학부 교수 저서로 『이태준 소설연구』와 『중용의 글쓰기』가있음.

1) 김현이 4·19세대로 분류하는 문인은 황동규, 이성부, 정현종, 이승훈, 최하림, 김지하, 김승옥, 이청준, 서정인, 박태순, 박상륭, 홍성원, 김원일, 김용성, 이제하, 이문구, 백낙청, 김병익, 김치수, 김주연, 염무웅, 임중빈, 이광훈, 조동일 등이다.(김현, 「60년대 문학의 배경과 성과」, 『김현문학전집 7』, 문학과지성사, 1992, p.240 참조) 이들 가운데 가장 연장자는 서정인(1936년생)이며 제일 나이가 어린 사람은 이성부·박태순·김현(1942년생) 등이다.

2) 김병익, 「4·19와 한글 세대의 문화」, 『열림과 일굼』, 문학과지성사, 1991, p.80.

3) 김현, 위의 글, p.240.

을 받아 문학의 최신 기법(의식의 흐름 기법, 현재-과거-현재의 직조법이나 회상법 등)을 잘 알고 있다고 강한 자부심을 드러낸다. 이들 가운데 특히 자기 세대의 시대적·문화적 역할과 의의를 적극적으로 옹호하면서 그것을 논리화하는 데 각별한 열정을 보인 이는 소위 '문지파' 비평가로 불리는 김현·김병익 등이다. 김현은 해방 전에 이미 문학 활동을 시작한 염상섭·백철·안수길·김동리·서정주·황순원·조연현·조지훈·박목월·박두진 등 대선배들이 "한국어로 사유하고 한국어로 글을 쓸 수 있었던 세대, 한국어로 사유하는 것이 더욱 편한 세대"에 속하는 반면, 50년대 말의 문학 공간을 주도적으로 이끈 전봉건·김춘수·김수영·김성한·장용학·손창섭·이어령·유종호 등 바로 위 선배들은 "일본어로 사유하고 일본어로 표현하는 것이 더 쉬운 세대"라는 이유로 두 세대를 구분한다. 그리고 4·19와 함께 문화계에 뛰어든 한글세대는 "토속적 한국어와 사변적 한국어를 변증법적으로 극복한 한국어"를 사용한 세대이기 때문에 선배들과 엄격히 다르다고 말한다[4]. 김현이 자기 세대와 선배 세대를 구분하는 잣대는 첫째, 그들이 문단에 등단하여 주로 활동한 시기가 언제인가 둘째, 그들이 교육받은 언어 및 교재가 무엇인가 하는 점이다. 가령 그는 자신의 바로 윗세대에 속하는 김춘수·김수영·손창섭·이어령 등이 일제 시대에 고등학교 과정

---

4) 김수영도 우리나라의 문학의 연령을 편의상 35세(1965년 기준)를 경계로 이분하여, 35세 이상은 일본어를 통해 문학의 자양분을 흡수한 세대이고 그 이하는 영어나 우리말을 통해 문학을 배운 세대로 나누고 있다. 그는 이 글에서 후배세대 비평가들의 빈약한 독서량과 과도한 서구문화 추수적 성향을 다음과 같이 비판한다.
"이들의 「천료소감」이라는 것을 보면 「…나는 백철씨의 인내와 끈기, 이어령씨의 패기와 재치, 유종호씨의 중용을 한데 종합한 것을 써보겠다…」는 식이다. 이런 사람들은 대개가 국문과 출신이고, 서정주나 김동리의 아류가 제일 많이 나오는 곳이 여기이다. 이에 비하면 영문과출신의 청년들은 약간 시야가 넓은 것도 같지만 조잡한 면에서는 전자보다도 오히려 더하다. 이들의 「천료소감」을 보면 10매도 안 되는 토막글 속에, 톨스토이의 「전쟁과 평화」의 인용문이 나오고 E.M.포스터가 나오고, 랭보의 원문인용이 나오고, 로당의 인용문이 나온다."(김수영, 「히프레스 문학론」, 『詩여, 침을 뱉어라』, 민음사, 1978, pp.113~115 참조)

이나 대학 과정을 마쳤다는 것을 근거로 그들이 일본어로 사유하고 글을 쓰는 데 보다 익숙한 세대라고 규정짓는다. 김현의 이러한 주장은, 창작을 하는 데 있어 일본어로 먼저 생각한 뒤 한국어로 옮겨 써야 했던 일이 가장 어려웠다는 전봉건 · 김수영[5] · 장용학 등의 고백적 술회나, 김성한 · 장용학 소설에 대한 비판이 대부분 그들의 어눌한 문체와 관념적인 지문[6] 등 주로 문장과 관련되어 있다는 점만으로도 상당한 설득력을 갖는다.

---

5) 시를 쓰는 데 먼저 일본어로 생각하고 그것을 우리말로 옮겨 적어야 했던 고충을 전봉건은 다음과 같이 토로한다. "나의 시문학의 출발은 일본어에서부터 시작되었다. 따라서 나의 첫 작품도 일본어로 씌어졌던 것이다. (…) 해방이 되자 나는 나의 모국어로 시를 써야 하게 되었다. 그렇지만 나의 국어 실력은 겨우 '가갸거겨'를 간신히 판독할 수 있는 정도에 불과하여 「나는 당신에게로 간다」하는 글이면 「나 는 당 신 에 게 로 간 다」로 이렇게 한자 한자씩 띄어 읽고 나서야 그 전체의 의미를 종합하는 형편이었다. (…) 한 편의 시를 쓰기에 앞서 그것을 머리 속에서 구상할 때 머리 속에 이루어지는 구상은 일본어로 연락되고 조직되는 것이다."(전봉건, 「詩作 노우트」, 『한국전후문제시집』, 신구문화사) 이와 유사하게 김수영도 일본어로 쓴 시(「아메리카 타임지」)를 우리말로 고쳐서 발표(최하림 편저, 『김수영』, 문학세계사, 1995, p.55 참조)하기도 했고, 어떤 산문은 일본어로 써보낸 것을 잡지사에서 한글로 번역해 싣기도 한 것으로 알려져 있다(「詩作 노우트 ④」, 『퓨리턴의 초상』, 민음사, 1977, pp.80～87).

6) 문학사에서는 장용학 소설의 문체가 일본 소설의 영향을 받은 것으로 평가한다.

① 국한혼용체는 종래의 소설문장에 비하면 낯설다. 이 낯섦은 손창섭이 작중인물의 이름을 한자로 쓴 것과 비교할 때 일층 의도적이다. 두 사람(손창섭 · 장용학…인용자)이 함께, 실상은 일본 근대소설에 맥이 닿고 있음을 이 문체에서 여지없이 드러낸 셈이다. 그들은, 사실상은, 일본소설을 옆에 두고, 그 의미 체계에서 소설을 썼다.(김윤식, 「6 · 25와 소설의 내적 형식」, 『김윤식선집 2』, 솔, 1996, pp.376～377.)

② 장용학의 이런 문체(국한문혼용체…인용자)는 1910년대, 20년대의 이광수 · 김동인 · 염상섭의 경우와 마찬가지로 실상은 일본 근대소설 또는 현대소설에 이어진 것이다.(김윤식 · 정호웅, 『한국소설사』, 예하, 1993, p.335.)

③ 유년시절의 체험과 완전히 절연되어 있기 때문에, 다시 말해서 일본어로 느끼고 사고하는 세대에 그(장용학…인용자)가 속했기 때문에, 그의 문체에는 한국 토착어가 거의 등장하지 않는다. 그의 글은 교과서에서 배울 수 있는 논리적 어휘들로 구성되어 있다.(김윤식 · 김현, 『한국문학사』, 민음사, 1982, p.255.)

그럼에도 불구하고 김현의 세대 구분 기준은 매우 자의적인 것처럼 보인다. 앞에서 본 바대로 김현 등이 내세운 세대 구분의 기준은 이들이 언제부터 문학 활동을 전개했으며 어떤 언어로 교육을 받았는가의 문제로 요약된다. 김현이 한글로 글을 쓰는 것이 더 편한 세대로 분류한 이들 가운데 염상섭(1897)과 백철(1908)은 일제에게 국권을 빼앗기기 전에 태어나 일본에 유학한 세대이며, 안수길(1911)·김동리(1913)·서정주·황순원(1915) 등은 일제시대에 태어나 식민지 교육을 받고 1930년대 중·후반부터 글을 쓰기 시작한 작가들이다. 일본어를 얼마나 능숙하게 구사할 수 있는가를 문제삼는다면, 이들이 사용하는 일본어가 후배 세대의 그것에 비해 훨씬 자연스러운 것일 수도 있다. 비근한 예로 백철·서정주·조연현 등은 일제말기에 일본어로 글을 쓴 전력을 가지고 있다. 그러나 이들과 같은 세대로 분류되는 김동리·황순원 등은 절필을 고집했다는 점[7]에서 이들을 한 세대로 묶는 것이 얼마나 자의적인 기준에 따른 것인가가 드러난다. 이들이 사용한 언어가 토속적 한국어라는 김현의 지적도 이들 세대 모두에게 해당되는 것은 아니다. 가령 염상섭은 옛날 중인계급이나 상민계급에 속하는 가정에서 쓰는 용어를 육담적(肉談的)으로 휘둘러 쓰는 데 누구보다 뛰어났으며, 후배들이 그의 신문소설을 읽고 조선말을 습득했다고 고백할 만큼 뛰어난 우리말을 구사한 작가에 속한다. 그러나 그의 초기작 「표본실의 청개구리」에 나타나는 일본식 어투는 어쩔 수 없이 그가 일본 유학 세대라는 것, 다시 말해 일제 식민지 교육의 피해자라는 사실을 말해준다. 또 백철·조연현과 같은 비평가의 문장이 토속적 한국어라는 김현의 말에 동조할 사람은 그리 많지 않을 것으로 보아도 무방하다. 따라서 그가 언제 등단했으며 어떤 언어로 교육을 받았는가를 세대 구분의 준거로 삼기에는 보강해야 할 논리적 허술함이 너무도 많다.

이와 함께 생각할 수 있는 문제는 이들의 들쭉날쭉한 연령층이다. 같은

---

7) 염상섭과 안수길은 당시 만주에 있었기 때문에 일본어 창작을 강요받지 않을 수 있었고, 세칭 '청록파' 시인 세 사람은 갓 등단한 신인들이어서 일제의 압박에 심하게 시달리지 않아도 되었다.

세대로 분류된 염상섭과 백철은 십 년 이상의 연령 차이가 나고, 염상섭과 조연현·조지훈(1920) 등은 거의 한 세대에 육박하는 연령 차이를 보여준다. 또 전후세대로 함께 묶인 김성한(1919)과 유종호(1935)는 16년 차이가 나는데, 각각 다른 세대로 분류된 조지훈과 장용학(1921), 유종호와 서정인(1936)은 한 살 터울밖에 지지 않는다. 더군다나 김성한은 조지훈보다 나이가 한 살 많은데도 단지 등단 시기의 차이로 후배 세대로 구분되는 이해하기 어려운 상황이 전개된다. 김현의 세대 구분의 문제점은, 같은 세대로 묶기에는 이들 집단 구성원의 나이 차이가 너무 크게 벌어지고, 동년배라 할 수 있는 이들이 문단 경력만으로 세대가 갈리는 등 세대 구분의 기준에 객관성이 결여되고 그 적용 또한 다소 느슨하다는 점에 놓인다. 그렇기 때문에 김현의 기준을 그대로 적용하면 일제시대에 문학을 한 사람은 한국어로 사유하고 글을 쓰는 것이 편했던 세대이고, 1920~30년대에 태어나 해방 이후에 문학활동을 시작한 이들이 오히려 일본어 사용이 손쉬운 세대라는 이상한 논리가 성립된다. 장용학 등 전후세대가 일제 식민지 시대의 한복판에 태어나 철저한 일본식 교육을 받았다는 것은 인정되지만, 그런 사정은 염상섭·김동리 등도 예외가 될 수 없으며 염상섭 등이 전후 세대에 비해 식민지 교육의 폐해를 적게 입었다는 근거는 어디서도 찾아보기 힘들다. 또한 장용학 등을 가르친 계층(일인 교사도 적지 않았겠지만)이 나이로 보아 염상섭이나 백철 연배에 속했을 것이고, 4·19세대는 멀리는 염상섭·백철 세대에서 가까이로는 장용학 세대에게 교육을 받았을 것이라는 점도 간과해서는 안 된다. 실제 교육 현장에서 교사가 중요한가 또는 학습하는 언어나 교재가 중요한가의 문제는 달걀이 먼저냐 닭이 먼저냐 라는 순환논법같이 정확한 답변을 기대하기 어려운 것인지도 모른다. 그러나 교사가 누구이며 어떤 가치관을 가지고 있는가는 전혀 고려하지 않고 그가 학습하는 교재와 언어만을 유력한 판단 기준으로 삼는 데는 동의하기 어렵다. 손쉬운 예로 교사가 어떤 세계관을 가지고 있느냐에 따라 한국어로 식민사관을 주입시킬 수도 있고, 일본어로 조선혼을 일깨울 수 있기 때문이다[8]. 물론 1937년부터 일본어 상용이 법령화되고 1943년에는 이른바 '국어보급운동'이 보다 강력히 시행되면서 학교나 가정에서의 조선어 사용이 일체 금지되었던 사실을 감안하면 전후세대가 우리말에 다소 서투를 수 있다는 유추가 전혀 불가능한 것은 아니다. 설사 그렇더라도 그런 외적 조건이 전후세대를 일본어 사용이 더욱 편리한 세대로 만들었다는 논리를 완벽하게 뒷받침해주지는 못한다. 요컨대 김현의 세대 구분론은 몇몇 작가의 특수한 예로 일반적 상황을 설명하려는 오류를 범하고 있는 것이다.

2. '한글 첫 세대'의 자부심

이와 함께 '문지파' 비평가가 자기 세대에 부여하는 역사적·문화적 의의는 지나치게 미화되고 과장되었다는 혐의를 받기에 족하다.

> ① 그들(4·19세대…인용자)은 우선 한국어로 사유하고 한국어로 글을 쓰는 세대였다. 그들은 해방 후 세대의 아픈 상처를 갖고 있지 않았으며, 전쟁 후 세대의 사유/표현의 괴리를 느끼지 않았다. 그들의 한국어는 토속적 한국어와 사변적 한국어를 변증법적으로 극복한 한국어였다.[9]

> ② 4·19의 주역들이 해방되면서부터 국민학교에 입학하여 한글

---

8) 학습하는 교재나 언어보다 그를 가르치는 교사가 어떤 세계관과 가치관, 역사인식을 가지고 있느냐가 더욱 중요하다는 점에 대해서는 식민지 역사가 허다한 사례를 제공한다. 무엇보다 일제의 악랄한 조선어 말살정책에서도 우리말이 살아 남을 수 있었던 것은 그런 악조건 속에서도 민족혼을 불러일으키려 애쓴 참된 교육자가 많았기 때문이다. 그렇기 때문에 해방이후 우리말의 보급이 손쉽게 이루어질 수 있었을 것이다. 이와는 달리 해방 뒤에도 일제가 주입한 식민사관에 감염되어 학생들에게 그릇된 지식을 제공한 교사들의 수는 우리의 생각보다 훨씬 많았고 그 영향 또한 컸을지도 모른다.

9) 김현, 앞의 글, p.240.

을 배우기 시작한 첫 세대라는 점은 겉보기보다 훨씬 큰 문화사적 함의를 지니고 있다. 그들은 자국어로 사물을 익히고 공부했으며 모국어로 사고하고 느끼고, 책을 읽었고 조국의 언어로 역사와 현실을 인식하고 표현하여 전달한 최초의 세대이다. 다시 말하면 그들은 일본어와 한문, 또는 일본과 중국 등 외국어와 외국 문화에 오염되지 않고 자기 것을 자기 식으로 인식하고 자기 말로 수용하는, 그래서 자아와 세계, 그 매개체인 언어가 우리 것에 의해 관계를 형성하는 주체적 정체성을 비로소 획득한 세계라는 것이다.[10]

인용문 ①에서 문제가 되는 것은 "토속적 한국어와 사변적 한국어를 변증법적으로 극복한 한국어"라는 구절이다. 여기서 '토속적'·'사변적'이란 어휘의 의미는, 전자가 식민지 시대에 문학을 한 선배들이 사용한 언어라면 후자는 전후 세대의 문학적 언어[11]를 뜻하는 것으로 생각할 수 있다. 그러나 토속적 한국어와 사변적 한국어가 구체적으로 어떤 언어(어휘, 문장)를 가리키는 것인지, 또한 그것을 '변증법적으로 극복한 한국어'[12]는 과연 어떤 언어(문장)을 뜻하는지 이 글에는 전혀 나타나지 않는다. 말하자면 인용문 ①은 매우 단호하고 명료한 내용을 포함하고 있는 것 같지만 실제로는 그가 그토록 비판했던 관념적(사변적) 어휘만으로 이루어진 공소한 문장에 지나지 않아 보인다. 김현의 비평 문장(또는 문체)에 대해서는 "정확하고 명료하다. 의미를 전달하는 데 있어서 모호함이 없고 논리적"[13]이라

10) 김병익, 「4·19의 문화사적 의미」, 앞의 책, p.95.
11) "그들(일본어로 사유하고 일본어로 표현하는 것이 더 쉬운 세대…인용자) 이 보기에 그 앞선 세대의 가장 큰 약점은 토속적인 데 있었다. 일본어로 사유하는 데 익숙하였던 그들은 토속적인 것에 당연히 어두울 수밖에 없었으나, 사변적인 데에는 그들보다 뛰어났다. 그들의 거의 대부분은 그래서 무의식적으로 도시적인 것에 매달렸으며, 전통적—토속적—농촌적인 것에는 큰 관심을 보이지 않았다."(김현, 앞의 글, p.240)
12) 이 부분에 대한 비판은 임우기의 글(「'매개'의 문법에서 '교감'의 문법으로」, 『그늘에 대하여』, 강, 1996, pp.167~169)을 참조할 것.
13) 홍정선, 「작가와 언어의식」, 김병익·김주연 편, 『해방 40년 : 민족지성의 회고와 전망』, 문학과지성사, 1985, p.193.

는 긍정적 평가와 함께 "대단히 주관적이면서 선동적"[14]이라는 비판도 함께 제기된다. 한 문학인의 문학세계나 문장(문체)에 관해 상이한 평가가 내려지는 것은 뛰어난 문학인에게서는 종종 목격되는 현상이다. 그것은 그의 작품세계가 그만큼 다양하고 심오하다는 말로 이해할 수 있기 때문에 오히려 예찬의 근거가 되기도 한다. 김현의 문체에 대한 홍정선과 이동하의 평가는 부분적이나마 김현의 글을 세심하게 분석한 뒤에 내린 결론이어서 충분히 납득할 만하다. 다만 인용문 ①의 경우, 김현의 문장이 의미를 전달하는 데 모호함이 없고 논리적이라는 평가는 사실과 전혀 다르다. 김현이 위 문장에서 사용하고 있는 '토속적 · 사변적 · 변증법적 극복'이란 어휘는 그 범주나 개념이 하나같이 불투명해서 독자에게 아무런 구체적인 정보도 전달하지 못하기 때문이다. 또 김현의 비평문 이후 비평적인 글도 즐겁게 읽을 수 있는 글이라는 인식이 확산되기도 했으나, 심각한 번역 문체가 우리말의 문법체계를 교란한[15] 부작용도 간과되어서는 안 된다.

인용문 ②는 김현의 「60년대 문학의 배경과 성과」를 좀더 체계화 · 논리화한 글이라 할 수 있다. 무엇보다 김병익은 '한글 세대'의 문화사적 의의를 두드러지게 강조하고 나서는데, 그러한 강한 자부심은 김현의 글에서는 다소 완곡한 표현으로 진술되었던 것이다. 하지만 인용문 ②의 둘째 문장부터는 김병익의 자부가 일정한 선을 넘어서고 있음을 어렵지 않게 간파할 수 있다. 이른바 '4 · 19세대'에게 "자국어로 사물을 익히고 (…) 조국의 언어로 역사와 현실을 인식하고 표현하여 전달한 최초의 세대(밑줄－인용자)"라는 별칭을 붙이고 그것을 적극적으로 활용하기 시작한 주체가 누구인가를 면밀히 추적해 보면, 김병익의 이런 자부는 결국 낯간지러운 자화자찬에 가까운 글임이 드러난다[16]. 또 그는 '외국어와 외국문화'를 '일본어와

14) 이동하, 「한국비평의 재조명 · 2」, 『한국문학과 비판적 지성』, 새문사, 1996, p.52.

15) 홍정선, 위의 글, p.194.

16) 이른바 '4 · 19세대' 전체를 겨냥한 것이 아니라 김승옥 개인을 두고 한 말이지만, 그들에게 '제3세대' 또는 '한글 세대'라는 이름을 처음으로 부여한 이는 다름 아닌 이어령이다. 그런데 "「제3세대」론은 새로운 세대를 모국

한문, 또는 일본과 중국'으로 한정함으로써 자기 세대가 외국 것에 오염되지 않았다고 말하지만, 그 스스로도 인정하듯 그들 세대는 선배들이 일본 컴플렉스에 시달렸던 것보다 훨씬 심각한 서구 컴플렉스를 앓았던 세대이다. 이 점에 대해 김현은, 자신들이 문학적 전범으로 삼은 것은 노장(老壯)·선(禪)·정주학 등이나 실학·판소리·탈춤 등 동양의 사상이나 우리 문학의 유산이 아니라 니체·헤겔·프로이트·사르트르 등 주로 외국 문인이었으며, "이들은 전범이었지 경쟁자가 아니었다"[17]고 솔직히 털어놓고 있다. 말하자면 김현은 자기 세대의 정신적·문학적 스승은 선배 세대가 아니라 서구의 철학자·작가였음을 정직하게 고백한 것인데, 이 말처럼 그들의 한계를 분명히 드러내주는 사례도 달리 찾기 힘들다. 어떤 점에서 김현의 이와 같은 고백은, 그가 자기세대를 해방후 세대 및 전후세대와 구별하기 위해 구축한 논리를 송두리째 뒤엎을 수도 있는 논리적 근거를 스스로 제공한 것일 수도 있다.

앞에서 살핀 것처럼, 김현이 제시한 세대 구분의 기준은 등단 시기와 교육받은 언어 등 두 가지로 요약된다. 그 기준에 따를 때 한글세대가 선배 세대와 확연히 구별되는 가장 큰 이유는 그들이 한글로 된 교재를 가지고 우리말로 배우고 사유한 세대에 속하기 때문이라는 것이다. 하지만 그들이 대학에서 서구 문인을 '전범'으로 삼아 문학 공부를 하고 문학계에 뛰어 들었다는 것은, 초·중등학교 시절에 어떤 교재를 가지고 어떤 언어로 교육을 받았는가와 상관없이 그들의 문학관 형성에 서구의 문화가 결정적인 영향력을 행사했다는 말로 이해해도 크게 잘못이 아니다. 더군다나 "그들(서

어의 세대라고 규정짓고, 그 세대 특유의 문체가 있음을 암시하지만, 그 글 자체는 유행에 뒤지길 싫어하는 한 평론가의 신경질적인 현실파악의 소산에 지나지 않는다(김현, 「세대 교체의 진정한 의미」, ≪세대≫, 1969. 3. p.203.)"는 김현의 글을 보면, 그는 이 용어에 대해 그다지 호감을 갖지 않았던 것 같다. 그것은 그 어휘의 내포에 대한 반감에서라기보다 그 말을 한 비평가 개인에 대한 부정적 인식에서 비롯된 것으로 보인다. 그런 김현 등이 그 용어를 자기 세대의 표징으로 삼은 것은 아이러니가 아닐 수 없다.

17) 김현, 앞의 글, p.244.

구 문인…인용자)이 영원한 모범이 아니라 경쟁자라는 것을 깨달은 것은 훨씬 뒤의 일이었다"라는 김현의 말에서 우리는 4·19세대 문학의 시작이 서구 문화에 대한 거의 무조건적인 추종과 모방에서 연유되었다는 혐의를 잡을 수 있다. 그렇다면 일제 시대에 일본어로 교육을 받아 우리말 구사에 다소 서툴렀던 전후세대의 문학보다 한글세대의 문학이 보다 비한국적인 것일 수도 있다는 반론이 얼마든지 가능하다. 말을 바꾸면 한글세대는 한글을 보다 자유롭게 구사할 수 있는 능력을 가지고 있었지만, 그들이 의식적이든 무의식적이든 서구 문장(어법)을 모방했을 가능성 또한 완전히 배제하기 어렵다. 실제로 김현의 문장에 대해 그의 문장이 전통적인 우리 문장이 아니라는[18] 견해가 대두되는 것도 이런 사정과 관련된다. 만약 그렇다면 그것은 근대 문학 초창기 문인들이 일본 어법을 모방했던 것 못지 않은 해악이 아닐 수 없는 것이다.

김병익은 인용문 ②의 앞부분에서 중학교 1학년 때 해방을 맞이한 자신의 형이 "요즘의 일본사람들보다 더 정통적인 일어를 알고 있다고 생각하고 있고 지금도 특히 번역서일 경우 우리 번역서보다 일어판 번역서가 더 빨리 읽힌다고 말한다"고 기술하고 있다. 이 말은 아마 사실일 것이다. 그리고 김병익이 굳이 가형(家兄)의 사례를 본보기로 든 까닭은, 그(김병익의 형)가 전후세대와 같은 연령층에 속한다는 이유 때문일 것으로 보인다. 하지만 그가 일본어에 익숙하기 때문에 우리말이 서투를 것이라고 추론하는 것은 지나치게 소박한 발상이다. 비록 제도권에서 외국어 교육을 강요받았다 하더라도 그것이 모어(母語)를 대체할 만큼 강력하기란 매우 어려운 노릇이기 때문이다. 열 번 양보해서, 중등학교 또는 대학시절에 일본어로 교육을 받아 우리말 사용에 곤란을 느끼는 것이 사실이라면, 그들에게 교육

---

18) 홍정선, 앞의 글, p.193 참조. 이에 반해 황지우는 김현의 문체를 가리켜 '김현체'라 명명하면서, 김현의 문체는 수사학이 아니라 성찰에서 나온 것이고 우리 한글에 없는 관사나 대명사가 자주 쓰이는 것은 오히려 우리 문체의 발전에 크게 기여한 공로라고 말한다. (「이 세상을 다 읽고 가신 이」, 김현, 『전체의 통찰』, 나남, 1990, pp.452～454.)

받은 학생들도 알게 모르게 그 영향권 안에 놓일 수밖에 없을 것은 자명한 이치이다. 그러나 정작 커다란 문제는, 한글세대가 전후세대의 나쁜 영향을 받은 데 있는 것이 아니라 그들이 성장해서 주체적·능동적으로 받아들인 서구 문화에 있다. 그들은 "토속적인 한국어와 사변적인 한국어를 변증법적으로 극복한 한국어" 또는 순수한 한글 문체를 개발했다고 자부하지만, 실상은 꼭 그렇지도 않은 것 같다.

> 이들(4·19세대…인용자)은 한글 문체를 개발하고 있는데 그것은 한자어 혹은 일본식 표현을 벗어나 순수한 우리말 체계로 문장을 구성한다는 것, 그리고 이러한 문체는 실재의 삶과 그것의 정서적·관념적 표현이 단절 없이 융합되고 있는 데서 이루어진다는 것을 뜻한다. 이 한글 문체의 확립이 보다 뚜렷한 표현을 얻는 **변이적 형태**가 한글 전용으로의 추세와 이제는 확실한 체제로 굳어진 도서의 가로쓰기이다(고딕체—인용자).[19]

인용문에 따르면, 이들이 '개발'한 한글 문체란 현실의 경험에 대한 성찰을 우리말 체계에 맞게 구체적으로 반영한 문체를 뜻한다. 한글이 창제된 뒤에도 제도적 문장으로서 한문이 오랫동안 막강한 힘을 발휘하였고 일제시대에는 일본식 문장이 판을 쳤던 과거와 비교하면, "순수한 우리말 체계로 문장을 구성한다는 것"의 의의는 매우 중대한 것일 수 있다. 그러나 불행하게도 우리에게는 '전범'으로 삼을만한 순수한 우리말 체계로 구성된 문장이 그리 많지 않다[20]. 그것은 오랫동안 한자가 우리의 공식적인 문자로

---

19) 김병익, 「4·19와 한글 세대의 문화」, 앞의 책, p.85.

20) 1930년대의 탁월한 문장가로 평가받는 이태준은 우리나라의 산문에서 고전적인 가치가 있는 작품으로 『한중록』과 『인현왕후전』 등 두 편을 꼽는다(이태준 저/장영우 주해, 『아버지가 읽은 문장강화』, 깊은샘, 1997, p.324). 이 두 편의 글이 모두 궁궐의 여성들이 쓴 가사체 문장이라는 것은 여러 가지 생각할 거리를 제공한다. 잘 아는 것처럼 한글은 여성이나 상민 계층에서 사용되었지만, 문장으로 남아 전하는 것은 주로 여성들이 기록한 시조나 가사 몇 편에 지나지 않는다. 『한중록』과 『인현왕후전』은 궁정에서 벌어진 역사적 사건을 토대로 한 것인데다가 작가가 상류계급이

사용되었고, 한글이 창제된 후에도 그런 사정은 크게 달라지지 않았던 당시의 사대적 어문정책에서 연유하는 것이다. 김병익·김현의 글 어디에서도 그들이 한글 문체를 개발하는 데 참조했던 문장의 사례를 찾아보기 힘든 것도 이런 현실적 조건과 무관하지 않을 것으로 생각한다. 이런 관점에서 볼 때 "그들은 그들 나름대로 한국어의 새 문체를 만들어야 했"다는 김현의 말은 한글세대의 어려움을 솔직히 털어놓은 것이라 할 수 있다. 그러니까 한글세대는 '전범'으로 삼을 만한 선례를 거의 찾아보기 힘든 척박한 토양에서 선배를 넘어서고 새로운 한글 문체를 개발하는 노역을 감당해야 했고, 그러다 보니 자신들이 문학의 전범으로 삼았던 서구 문학에서 무언가를 차용하려 했는지도 모를 일이다. 위 인용문의 마지막 문장은 이런 추측의 단서를 마련해준다. 한글 문체의 확립이 보다 뚜렷한 표현을 얻는 **구체적·정상적 형태**를 살피지 않고 하필이면 **변이적 형태**를 문제삼는 김병익의 문제 의식이 바로 그것이다. 한글 전용, 또는 도서의 가로쓰기와 한글 문체의 개발은 전혀 관련이 없다고 하기는 어렵지만 본질적인 관련을 맺지 않는 것 역시 두 말할 필요조차 없는 사실이다. 그렇다면 그는 지금까지 4·19세대의 공적을 자랑스럽게 설명하다가 어째서 가장 중요한 한글 문체의 개발 문제에 이르러서 핵심에서 벗어나고 있는 것일까. 그 까닭을 정확히 파악하기는 어렵지만, 새로운 한글 문체의 모범적 사례를 찾기 힘들었던 것이 그 이유 가운데 하나였을 것임은 쉽게 짐작할 수 있다. 거칠게 요약하자면, 4·19세대의 역사적·문화적 의의와 역할에 대해 누구보다 자부심이 강했던 그들조차도 한글 문체에 관해서는 자신 있게 내세울 문장의 사례를 찾지 못했던 것이 아닌가 한다.

4·19세대는 과거의 문학에서 전범으로 삼을 만한 문장의 사례를 찾지 못했지만, 그들 내부에서 새로운 한글 문장의 모범으로 내세울 작가를 발

거나 그들과 매우 근접한 거리에 있는 계층이어서 이 글에 사용된 어휘나 어법이 당시로서는 대단히 세련되고 정제된 것이라 볼 수 있다. 그러나 이 두 편의 글을 우리나라 산문의 고전으로 평가하는 데는 얼마든지 다른 의견이 제기될 수 있다.

굴하였고 그것을 널리 선전하였다. 1962년 신춘문예를 통해 김승옥이란 발군의 작가가 탄생한 것이다. 어느 4·19세대 비평가의 말처럼 "새로운 세대의 문학에서 가장 표면적으로 잘 드러나고 있는 특색은 소설의 문체"21)라는 말이 사실이라면, 그들이 대표주자로 내세운 김승옥22) 소설의 문체는 어떤 수준에 놓여 있는가가 궁금하지 않을 수 없다.

3. 감수성의 혁명, 또는 한글 문체의 교란

이 글은 김승옥의 「무진기행」을 문체론적 관점에서 분석하기 위한 것이다. 글의 의도에 접근하기 위해서는 꽤 복잡하고 먼 길을 돌아올 수밖에 없었는데, 그것은 김승옥 소설을 이야기하는 데 4·19세대의 문학사적 의의를 점검하는 작업이 반드시 선행되어야 한다고 믿었기 때문이다. 김승옥에 대한 세간의 관심이 집중된 것은 그가 1965년 「서울 1964년 겨울」로 제10회 동인문학상을 받은 뒤의 일로 보인다.

> ① 그에 대한 평가를 내리는 저널리즘이나 비평가는 이성을 잃다시피 작품을 읽기도 전에 과찬하기에 바빴던 것이다. 아니, 그를 우상화하기에 열중하는 군중도 있었다.23)
>
> ② 그는 우리의 모국어에 새로운 활기와 가능성에의 신뢰를 불어넣었다. (…) 그는 우리의 모국어에 대한 혹종의 미신－근거가 있기는 하나 너무 과장된－을 구호로써가 아니라 실천으로써 타파하였

---

21) 김현, 「세대교체의 진정한 의미」, ≪세대≫, 1969, 3, p.203.
22) 하정일은 김승옥의 문학이 "4·19와의 연관을 찾기 힘든 반면 근대화로 말미암은 온갖 긍부정성을 감각적으로 체현하고 있"기 때문에 4·19세대라기보다는 근대화 세대로 분류해야 한다는 의견을 제시한다.(하정일, 「주체성의 복원과 성찰의 서사」, 민족문학사연구소 현대문학분과, 『1960년대 문학연구』, 깊은샘, 1998, p.29 참조.)
23) 정규웅, 「문단 1960년대」, ≪문예중앙≫, 1982, 봄, p.176.

다. 그렇게 말할 수 없다면 적어도 그 가능성의 일례를 보여주었다. (…) 비근한 우리의 일상적인 말이 이렇듯 단단한 밀도를 얻고 있다는 사실은 우리를 황홀케 한다. 작가의 비력(非力)을 모국어로 돌리는 일의 허망함을 다시는 허용하지 않을 본때 있는 위엄의 사례다.[24)]

③ 그의 문체는 후속 세대들에게 문체의 위엄과 위력을 보여줌으로써 한국 소설 일반의 문체를 더욱 섬세하게 할 수 있었고 그것은 결과적으로 정작 김승옥 문체의 눈부심을 삭감하는 데 기여하였다. (…) 김승옥 문체는 여전히 평면적 사실주의에 대한 대조이다 해독제로서 내력 있는 사례가 되어주고 있다. 비속한 재치나 개그가 문학 내부를 혼란시키고 있는 오늘 그의 신선하고 섬세한 문체는 문학 고유의 자산과 위엄의 모범 사례이기도 하다.[25)]

인용문 ①은 60년대 문단을 회고하는 글답게 다분히 선정적이고 주관적인 어휘로 일관하고 있어 당시의 문단과 저널리즘의 호들갑스러운 분위기를 생동감 있게 전달한다. 그리고 같은 비평가에 의해 씌어진 ②와 ③은 김승옥 문체에 대한 평가의 '본때 있는 위엄의 모범 사례'로 많은 사람들이 종종 인용하는 글이다. 이 글은 유려한 필치와 독특한 수사로 김승옥 소설의 문체적 특징을 요약하고 있는 것 같지만, 인용문 앞뒤를 살펴보아도 어째서 김승옥의 문체가 탁월하다는 것인지 구체적이고 분명한 설명은 찾아볼 수 없다. 한 마디로 김승옥 소설의 성과에 대해서는 지금까지 분분한 논의가 있어 왔지만 그의 문체를 본격적으로 문제삼은 글은 거의 없는 형편이라 해도 과언이 아니다. 김승옥 소설의 힘이 문체의 특성에서 비롯된 것이라면 그 특성이 무엇인가를 규명하는 작업은 반드시 필요한 일임에도 불구하고 실제적 작업은 거의 이루어지지 않았다고 할 수 있다. 다시 말해 이

---

24) 유종호, 「감수성의 혁명」, 『비순수의 선언 : 유종호전집 1』, 민음사, 1995, pp.427～428.
25) 유종호, 「슬픈 도회의 어법—다시 읽는 김승옥」, 『문학의 즐거움 : 유종호 전집 5』, 민음사, 1995, pp.182～183.

제까지 쓰여진 김승옥론에서는 그의 문체적 특징에 대해 언급하는 것이 하나의 관행처럼 인식되어 왔지만, 정작 김승옥 소설의 문체에 대한 본격적인 분석에는 관심을 기울이지 않았던 것이다. 이런 점으로 미루어 보아 김승옥 문체에 대한 인식은 다분히 인상주의적인 것이거나 단순한 소문이 반복 재생산되면서 사실처럼 굳어진 것인지도 모른다. 이러한 가정이 전혀 부당하다는 것을 증명하기 위해서라도 김승옥 소설은 문체론적 시각에서 본격적으로 다루어야 할 필요가 있다.

이 글에서 특별히 「무진기행」[26]을 텍스트로 선택한 까닭은, 김승옥 소설의 문학사적 위치와 문체적 특징을 가장 잘 드러내주는 작품이 「무진기행」이라는 일반적 평가를 따른 것이다. 잘 아는 것처럼, 「무진기행」은 윤희중이라는 주인공이 고향 무진에 내려와 옛 친구 '조'와 후배 '박', 그리고 여자 음악교사 '하인숙'을 만나 자신의 과거를 되돌아보는 이야기가 핵심 서사를 이루고 있는 소설이다. 하지만 이와 같은 줄거리 요약은 작품을 이해하는 데 큰 도움을 주지 못한다. 정작 이 소설이 지금까지 독자의 공감을 획득하는 이유는 이야기 줄거리의 흥미진진함에 있는 것이 아니라 서술 기법과 문체의 새로움에 있기 때문이다. 우리는 김승옥의 소설에서 간결하고 직절한 문장이 가져다주는 인식의 명료함을 경험하기도 하며, 뛰어난 감수성과 재기에 넘친 비유 체계를 발견하는 즐거움을 누리기도 한다. 여러 논자들에 의해 지적된 바 있는 공감각적 비유 같은 것이 그 대표적인 사례라 할 수 있다. 이와 함께 김승옥은 시간 변조 기법과 같은 문학의 최신 기법의 활용에서 능란한 솜씨를 발휘한다.

> 내가 이불 속으로 들어갔을 때 통금 싸일렌이 불었다. ① 그것은 갑작스럽게 요란한 소리였다. 그 소리는 길었다. 모든 사물이 모든 사고가 그 싸일렌에 흡수되어 갔다. 마침내 이 세상에선 아무 것도 없어졌다. 싸일렌만이 세상에 남아 있었다. 그 소리도 마침내 느껴지지 않을 만큼 오랫동안 계속할 것 같았다. 그때 소리가 갑자기 힘을

26) 김승옥, 「무진기행」, ≪사상계≫, 1964, 10. 이 글에서 인용되는 부분은 모두 이 텍스트를 따르며 괄호 안에 쪽수만 밝힌다.

잃으면서 꺾였고 길게 신음하며 사라져갔다. (…) 어디선가 한 시를 알리는 시계소리가 나직히 들려왔다. 어디선가 두 시를 알리는 시계소리가 들려왔다. 어디선가 세 시를 알리는 시계소리가 들려왔다. 어디선가 네 시를 알리는 시계소리가 들려왔다. 잠시후에 통금해제의 싸일렌이 불었다. 시계와 싸일렌 중 어느 것 하나가 정확하지 못했다. ①′ 싸일렌은 갑작스럽고 요란한 소리였다. 그 소리는 길었다. 모든 사물이 모든 사고가 그 싸일렌에 흡수되어 갔다. 마침내 이 세상에선 아무 것도 없어져 버렸다. 싸일렌만이 세상에 남아 있었다. 그 소리도 마침내 느껴지지 않을 만큼 오랫동안 계속할 것 같았다. 그때 소리가 갑자기 힘을 잃으면서 꺾였고 길게 신음하며 사라져갔다(pp.339~340) (밑줄 및 고딕체-인용자).

하인숙과 헤어진 윤희중이 밤새 잠을 못 이루는 정황을 묘사하고 있는 위 인용문은 그 이전의 소설작품에서는 좀처럼 볼 수 없었던 시간 변조(anachrony) 기법의 탁월한 본보기이다. 「무진기행」의 가장 뛰어난 장점은 '담론-시간(discourse-time)'과 '이야기-시간(story-time)'의 차이, 그 중에서도 특히 순차(order)와 빈도(frequency)의 기법을 적절하게 이용하여 작품의 극적 긴장과 미적 효과를 증대시킨 점에서 찾아야 옳다. 이러한 시간 변조 기법의 적극적이고 능란한 활용은 김승옥의 선배세대 작품에서는 여간해서는 찾아보기 힘들었던 것으로, 4·19세대가 대학에서 정식으로 문학 교육을 받아 문학의 최신 기법을 잘 알고 있었다는 김현의 말을 뒷받침해주는 실증적 사례이기도 하다.

밑줄 친 ①과 ①′는 동일한 문장 같지만 네 시간(허구적 시간)의 시차에 따라 발생한 서로 다른 사건(작중인물의 심리)을 묘사한 '중첩 반복(repetitive)' 서술이다. 서사 이론에서 빈도는 반복의 개념을 포함하는데, 이때의 반복이란 개별적으로 발생하는 사건의 특성을 제거하고 여러 차례 발생된 사건의 공통적 특성만을 서술함으로써 획득할 수 있는 정신적 구조물[27]이다. 따라서 통금을 알리는 싸일렌 소리와 그것의 해지(解止)를 알리

27) S. Rimmon-Kenan, *NARRATIVE FICTION*, Methuen & Co. New York, 1984, p.56.

는 싸일렌 소리에 작중인물이 동일한 심리적 반응을 보였다는 것은, 그가 네 시간 동안 거의 무의식 상태로 있었다는 뜻으로 이해해도 무방하다. 실제로 윤희중은 통금 싸일렌이 울린 뒤 하인숙과 주고받은 얘기를 생각해보려 하지만, "많은 것을 얘기한 것 같은데 그러나 귓속에는 우리의 대화가 몇 개 남아 있지 않았다"는 사실을 깨닫는다. 그리고 더 많은 시간이 흐르면 그 간단한 몇 마디마저 "모두 없어져 버릴지도 모른다."고 생각한다. 이런 진술은 그가 하인숙과의 만남에서 무언가 의미를 찾으려고 애썼으나 결국 매사에 수동적인 태도를 취하는 습관에서 벗어나지 못하고 그런 노력마저 포기했다는 사실을 암시한다. 시간이 흐를수록 윤희중의 수동적·방관적 태도는 더욱 심해지는데, 네 시간 동안의 일을 단 네 문장으로 압축·반복하여 진술하고 있는 고딕체 문장이 그것을 증명한다. 중첩 반복의 기법으로 진술되어 있는 고딕체 문장은 단순한 물리적 시간의 압축일 뿐만 아니라 그 동안 작중인물의 의식의 변화가 거의 없었음을 말해주기 때문이다. 다시 말해 그는 하인숙에게서 자신의 옛 모습을 발견하고 심각하게 고민하는 것 같아도, 이내 그런 고민에서 벗어나 방관자의 처지로 돌아서는 것이다. 이런 수동적 태도는 "무진에서는 내가 무엇을 생각하고 어쩌고 하는 게 아니라 어떤 생각들이 나의 밖에서 제 멋대로 이루어진 뒤 나의 머리 속으로 들어오는 듯 했었다(p.331)"는 작품 서두의 진술과도 일맥상통한다. 이처럼 「무진기행」은 생략(ellipsis)과 빈도의 기법을 도입하여 '담론-시간'과 '이야기-시간'의 단절에서 비롯하는 극적 긴장을 높일 수 있었고, 작중인물의 방관적 태도를 효과적으로 드러내 보여줌으로써 뛰어난 소설 구성의 미학을 구축할 수 있었던 것이다[28)]

28) 이태동은 윤희중의 수동적 태도가 작품의 미적 효과에 미치는 효과를 다음과 같이 말한다. "김승옥은 주인공 윤희중으로 하여금 수동적인 태도를 취하는 것을 묘사하고 있지만 그러한 행동을 취하는 데서 오는 그의 고통과 연민으로 하여금 수동적인 인물의 도덕적인 부족을 상쇄하고 극복하게 한다. 다시 말하면 작가는 우리들에게 자기의 견해를 직접적으로 설명하거나 표현하지 않지만 주인공이 수동적인 태도를 취해야한 하는 데서 오는 고통을 통해서 우리는 작가와 더불어 애증의 방향을 설정할 수 있고,

김승옥 소설을 연구하는 이들에게 하나의 정설로 인증받은 사실은 김승옥 소설의 가장 커다란 매력이 문체에 있다는 것이다. 김승옥의 문체에 대해 김현은 "중문과 복문의 알맞은 배합은 관계대명사의 부재로 우리 글에선 상당히 힘든 부분에 속하는데도 그는 교묘하게 그것을 행하고 있다. 청각적 이미지와 시각적 이미지의 결합은 거의 독보적"인 것으로 높이 평가하고, 유종호 또한 "그의 신선하고 섬세한 문체는 문학 고유의 자산과 위엄의 모범 사례"라며 칭찬을 아끼지 않는다. 특히 김현은 김승옥 소설의 문체가 "서구적인 냄새를 풍기면서도 번역투 같지 아니한 교묘한 문체를 내보인다"고 말한다. 그런데 김현의 이 말에는, 그가 김승옥의 문체에서 서구 문학의 번역체 같다는 느낌을 받으면서도 그것을 솔직히 인정하지 않으려는 의도가 내재한 것처럼 생각된다. 다소 성급하게 결론적 진술을 앞세운다면, 「무진기행」은 탁월한 시간 변조 기법으로 이룬 미학적 성과 못지 않게 서구 번역체 문장의 남용이 문제점으로 지적되어야 한다. 그의 문체는 김현의 자랑스러운 평가처럼 "토속적 한국어와 사변적 한국어를 변증법적으로 극복한 한국어"가 아니라 우리에게 매우 어색한 서구 문장의 번역체일 따름이다.

문체론이 다룰 수 있는 범위는 작품에 나타난 언어현상뿐만 아니라 작품의 구성, 작중인물의 성격 창조, 서술 기법 등 창작 기법과 관련된 거의 모든 특성을 검토·분석하여 그것의 역사주의적·사회학적 의미를 해명하는 것[29]으로 정리된다. 한 마디로 문체론은 문학 작품을 기법이라는 형식의 특이성으로 분석하고 연구하는 분야라 할 수 있다. 이를 위해 작품에서 '문

주인공이 살고 있는 시대적인 상황과 문제점에 대해 비판의식을 가지게 된다(이태동, 「자아의 시선과 迷妄의 旅路」, 『한국현대소설의 위상』, 문예출판사, 1985, p.107)." 이태동의 이 글은 비문이어서 내용 파악에 다소 어려움이 있기는 하지만, 윤희중의 수동적 태도에서 우리가 무엇을 보아야 할 것인가를 문제삼은 것은 귀담아 들을 만하다. 이와 함께 「무진기행」에 나타난 시간 변조의 기법을 세밀히 살핀 글로 김기주의 「무진기행 판독—담론 특성과 숨겨진 규약들을 중심으로」(≪한국문학연구≫ 제17집, 동국대학교 한국문학연구소, 1995, pp.211.~231)가 있다.

29) 김정자, 『한국 근대소설의 문체론적 분석』, 삼지원, 1995, p.21 참조.

체소(文體素, stilisticum 또는 style marker)'[30]를 찾아내는 일이 선결 조건이 되는데, 「무진기행」에서 그것은 주인공 윤희중의 관찰자적·수동적 태도를 암시하는 피동의 서술문 형태로 나타난다. 예를 들면, 윤희중은 무진행 버스에서 "그들이 시골사람들답지 않게 낮은 목소리로 점잖을 빼면서 얘기하는 것을 반수면(半睡眠) 상태 속에서 듣고 있(p.329)"거나 전쟁 중에 친구들이 일선으로 떠날 때도 "골방 속에 쭈그리고 앉아서 그들의 행진이 집 앞을 지나는 소리를 듣고만 있(p.332)"는다.(밑줄—인용자) 뿐만 아니라 그는 자신의 승진과 관련된 주주총회에도 참여하지 않고 장인과 아내에게 모든 일을 맡겨 놓은 채(이 일 또한 윤희중의 자발적 의사라기보다 아내의 권유 때문이라는 교묘한 장치에 의해 진행된다) 무진에 내려왔다가 아내의 전보 한 장(이 전보는 하인숙과의 만남을 지속하지 않아도 좋을 유력한 근거로 기능한다)에 심한 부끄러움을 느끼면서 고향을 떠나는 것이다. 이런 수동적 태도는 윤희중 자신이 "제가 어렴풋이 나마 사랑하고 있는 옛날의 저의 모습(p.346)"이라고 고백한 하인숙과의 관계에서 좀더 분명히 나타난다.

그리고 이 소설의 주요 배경이라 할 수 있는 '안개'도 주인공의 수동적 태도를 더욱 두드러지게 한다. 무진의 안개는 "손으로 잡을 수 없으면서도 그것은 뚜렷이 존재했고 사람들을 둘러쌓았고 먼 곳에 있는 것으로부터 사람들을 떼어놓는" 마력을 가지고 있어서 "무진에서는 항상 자신을 상실하지 않을 수 없"게 만든다. 왜냐하면 무진에서 그가 하는 행위란 자신을 "돌봐주고 있는 노인들에 대해 신경질을 부리던 것과 골방에서의 공상(空想)과 불면(不眠)을 쫓아보려고 행하던 수음(手淫)과 곧잘 편도선(扁桃腺)을 일으켜주던 독한 담배꽁초와 우편배달부를 기다리던 초조함 따위거나 그것들에 관련된 어떤 행위(p.331)" 등 하나같이 자학적인 것들이기 때문이다. 이처럼 「무진기행」의 기본 어조라 할 수 있는 피동 서술문과 주요 배경인 안개는 작중인물의 수동적 성격을 형상화하고 강조하는 데 효과적으로 기여한다.

---

30) '문체소'란 어떤 특정한 문학 작품에서 미적 효과를 발휘하는 언어 요소를 말하는데, 이 언어 요소들에 의해서 문체가 구성된다.

말하자면 '빽 좋고 돈 많은 과부'와 결혼한 '출세한 촌놈'인 윤희중의 성격이 "현실에 대해 항상 애매한 관계를 가지거나 판단 불가능의 의식"31)을 가진 것처럼 보이는 것도 전적으로 피동형의 서술문이 주는 효과 때문이다. '박'의 순진성과 '조'의 속물성을 공유한 윤희중의 이중적인 성격은 무진의 명물 안개에 파묻혀 쉽사리 은폐된다. 이러한 거리 두기 또는 "태도의 희극"32)의 전략이 「무진기행」의 구성적 완결성을 보장해주는 것이다.

그러나 피동문은 평서(平敍)의 타동사문을 중심으로 하는 언어 유형 가운데 '주어-목적어-동사'의 어순을 가지는 SOV형 언어인 한국어 문법이나 문장 체계를 교란시킨다. 한국어는 원래 피동 표현보다는 능동 표현을 많이 쓰며, 그래서 '보다-보이다'와 같이 피동사를 갖춘 동사는 불과 이삼백 개를 넘지 않는다. 따라서 피동문을 많이 쓰는 것은 아무래도 서구어(특히 영어)의 영향 때문이라고 할 수밖에 없다. 「무진기행」의 전체적 분위기를 형성하고 작중인물의 성격화에 결정적인 영향을 행사하고 있는 피동형 문장이 작가의 의도적 전략에 따른 것인지 혹은 4·19세대에게 문학적 자양분을 제공한 서구 문화의 영향 탓인지 분명하게 말하기는 어렵다. 그러나 다음 문장은 서구 문장의 번역체에 가깝다고 할 수밖에 없는 것들이다.

> ① 바람은 무수히 작은 입자(粒子)로 되어 있고 그 입자들은 할 수 있는 한, 욕심껏 수면제(睡眠劑)를 품고 있는 것처럼 내게는 생각되었다(p.330).
>
> ② 하여튼 나는 무진에 대한 그 어두운 기억들이 그다지 실감나게 되살아오지는 않았다(p.332).
>
> ③ "퍽 오래 전부터 알던 사람처럼 느껴졌어요(p.338)."
>
> ④ 갑자기 나는 이 여자가 나의 일부처럼 느껴졌다(p.341).
>
> ⑤ 나는 그 여자가 지금 어디서 죽어가고 있는 것처럼 생각되었

---

31) 정과리, 「유혹 그리고 공포」, 『문학, 존재의 변증법』, 문학과지성사, 1985, p.186.

32) 김현, 「구원의 문학과 개인주의」, 『김현문학전집 2』, 문학과지성사, 1991, p.388.

다(p.341).

⑥ 그 무렵의 내게는 그 말밖에 써야 할 말이 없는 것처럼 생각되었었다(p.343). (밑줄－인용자)

위의 문장들은, 이제 일상적으로 쓰여 별다른 거부감을 주지 않는 것이긴 하지만, 우리 국어의 전통적 어법과 정면으로 충돌하는 것이다. 가령 ①, ③, ⑥은 서구어의 피동문을 그대로 번역해 놓은 것 같은 문장이고 ②, ④, ⑤는 주어와 서술어의 호응관계가 이루어지지 않는 전형적인 비문이다. 또 ⑥의 '생각되었었다'와 같은 시제도 우리말 문법에서는 찾아볼 수 없는 과거완료시제이다. 잘 아는 것처럼 피동문은 문장의 주어로 나타난 사물이나 사람이 어떤 행동을 일으키는 것이 아니라 다른 사람이나 사물에 의하여 행동이나 작용을 받는 입장에 놓이는 의미론적 관계가 표현되는 문장 구조를 가리킨다. 그러므로 피동문에서는 행동의 주체가 주어의 자리를 떠나 부사어로 쓰이기 때문에 그 의미 해석에 있어서 '탈행동성(脫行動性)'의 의미를 띠는 의미론적 변화가 일어난다[33]. 다시 말하면 능동문에서는 행동 주체의 역할이 강조되지만 피동문에서는 행동 주체의 행동적인 측면이 약화되거나 행동성이 전혀 없는 사상(事象)이 행동의 주체가 되는 엉뚱한 현상이 벌어지는 것이다. 인용문 ③의 예를 들면, 이 문장에서는 하인숙이 윤희중을 오래 전부터 알고 있었던 사람처럼 느끼는 행동의 주체가 아니라 그런 '느낌'이 행동의 주체가 되는 의미론적 변화가 일어나는 것이다. 이렇듯 「무진기행」의 지문과 대사에 사용되는 피동 서술문은 행동의 주체로서의 자아를 상실한 작중인물의 심리나 행동을 드러내는 기능을 담당한다. 이를테면 윤희중은 6·25 때 골방에 숨을 수밖에 없었던 이유를 어머니 때문이라 생각하고, 동거하던 희(姬)가 떠나지 않았더라면 실의의 무진행은 없었을 것이라 생각하며, "때로는 내가 그들(주인공의 모든 친구들…인용자)을 훼손하기도 했지만 그러나 더욱 많이 그들이 나를 훼손"(p.338)시켰다

33) 임홍빈 · 장소원 공저, 『국어문법론 I』, 한국방송대학교출판부, 1995, pp.418～420.

고 믿거나, "「빽이 좋고 돈 많은 과부」를 만난 것을 반드시 바랬던 것은 아니지만 결과적으로는 잘 되었다고 생각"(p.343)한다. 자신의 삶과 밀접하게 관련되는 사건들에 대해 수동적인 태도를 보이는 사람은 윤희중 뿐만이 아니다. "내 편에 나를 끌어줄 사람이 없으면 처가(妻家)편에서라도 누가 있어야 하는 거야"라고 말하는 세무서장 '조', 하인숙에게 직접 사랑을 고백하지 못하고 편지만 보내는 국어교사 '박', 윤희중의 힘을 빌어 서울에 가려는 '하인숙' 등 이 작품에 등장하는 거의 모든 인물이 행위의 주체로서의 자아를 상실한 채 타인에게 의존하거나 핑계를 대는 것으로 그려진다.

이에 못지 않게 「무진기행」에서 눈에 띄는 것은 주어와 대명사가 문장에서 거의 생략되는 법이 없다는 점이다. 우리 국어는 대명사가 발달하지 않은 언어이며, 대명사의 쓰임이 극히 제약되는 언어이다. 그리고 주어나 목적어가 쉽게 생략되는 특징을 갖는다[34]. 또한 우리말은 말을 주고받는 두 사람이 서로를 이해하면서 상대방의 의중을 읽어가면서 하는 것('담화 discourse' 중심의 문장)이라면 영어 등 서구 언어에서는 그것이 용납되지 않는다. 요컨대 우리말은 내향적인 이심전심의 언어인데 영어 같은 서양말은 외형적이고 객관적인, 사실 중심의 표현을 하는 언어라 말할 수 있다. 따라서 주어·대명사를 너무 자주 사용한 문장은 우리말 같지 않아 매우 어색한 느낌을 준다[35].

① 그 여자는 개성 있는 얼굴을 가지고 있었다(p.335).
② 그 여자의 노래가 끝나자 나는 의식적으로 바보 같은 웃음을

---

34) 위의 책, p.54.
35) 임우기 역시 김승옥 소설에서 주어가 생략되지 않는 점에 주목하여 다음과 같이 말한다. "주어의 문장 성분상의 권력은 절대적이다. 문장 성분 속에서 주어는 동사와 목적어를 종속시킨다. 김승옥의 소설에서 거의 모든 문장에 주어를 반드시 두는 것은 이런 언어 의식의 아주 기초적인 표현에 불과한 것이다. (…) 김승옥의 「무진기행」을 비롯한 다른 여타 작품에서 문장 속에서 주어를 빠트리는 일은 거의 찾아볼 수 없다는 것은 그 문법이 '매개'의 문법임을 고백하는 한 예이다."(임우기, 앞의 글, pp.176~194 참조).

띄우고 박수를 쳤고 그리고 육감(六感)으로서랄까, 나는 후배인 박이 이 자리에서 떠나고 싶어하는 것을 알았다(p.337).

③ 나는 잠이 오지 않았다. (…) 나는 어둠 속에서 담배를 피웠다. 나는 우울한 유령들처럼 나를 내려다보고 있는 벽에 걸린 하얀 옷들을 훑겨보고 있었다(p.340).

④ 풀을 뜯으면서 나는, 나를 전무님으로 만들기 위하여 전무 선출에 관계된 사람들을 찾아다니며 그 호걸웃음을 웃고 있을 장인영감을 상상했다. 그러자 나는 묘 속으로 들어가고 싶었다(p.340).

⑤ 나는 그가 초라해 보였고 그러나 그가 흰 카버를 씌운 회전의자 위에 앉아있는 것을 자랑스러워하는 듯한 몸짓을 해 보일 때는 그가 가엾게 생각되었다(p.342).

⑥ 그 바닷가에서 그 편지를 내가 띄우고 도시에서 내가 그 편지를 받았다고 가정(假定)할 경우에도 내가 그 바닷가에서 그 단어에 걸어보던 모든 것에 만족할 만큼 도시의 내가 바닷가의 나의 심경에 공명(共鳴)할 수 있었을 것인가(p.344).

⑦ 나는 이모가 나를 흔들어 깨워서 눈을 떴다. (…) 이모는 전보 한 통을 내게 건네주었다. 엎드려 누운 채 나는 전보를 펴 보았다(p.346). (밑줄－인용자)

위에 가려 뽑은 예문들은 문장에서 주어나 대명사를 빼버려도 문맥을 이해하는 데 별다른 어려움이 없는 것들이다. 인용문 ①은 대표적인 번역체 문장이고, ②는 쉼표 뒤에 나오는 '나는'이란 주어를 생략하는 것이 보다 자연스럽다. 특히 ⑤와 ⑥은 주어와 대명사의 쓰임이 지나쳐 혼란스러울 정도이다. 물론 이들 문장에서 주어나 대명사를 억지로 생략하면 문장의 뜻이 모호해질 우려도 없지 않다. 다시 말해 ⑥이 매우 복잡하게 구성된 혼합문이면서도 논리적이라는 인상을 주는 까닭은 '그'와 '나'라는 대명사를 적절하게 사용하여 지시 대상을 분명하게 밝히고 있기 때문이다. 그러나 그 문장이 논리적이면 논리적일수록 그것은 서구어 구문의 영향을 직·간접적으로 받고 있음[36]을 뜻한다. 또 이 문장은 대단히 논리적이긴 하지만,

36) 유종호, 「한글만으로의 길」, 『유종호전집 3』, 민음사, 1995, p.429.

지나치게 기교를 부린 것이어서 독자의 편안한 독서를 방해한다. 이처럼 우리말 문법의 관습과 전통을 교란하면서까지 문장을 비틀 필요가 있는가는 깊은 성찰을 요구하는 문제이다. 좋은 문장이란 독자가 쉽고 정확하게 이해할 수 있는 문장이어야 한다는 것은 두말할 필요조차 없는 일이기 때문이다. 그리고 인용문 ⑦의 경우 '나는', '내게'라는 어휘를 빼어도 아무런 문제도 없을 뿐만 아니라, 그럴 때 오히려 우리말 같다는 느낌을 준다. 만약 한글세대가 개발한 새로운 한글 문체가 우리 국어 문법이나 문장의 특징을 현대에 맞게 재창조하려는 것이 아니라 서구어법에 맞추고자 한 것이라면, 그것은 "토속적 한국어와 사변적 한국어를 변증법적으로 극복한 한국어"가 아니라 관습적인 한국어 문장 체계를 교란하고 국적 불명의 언어(문장)를 조작한 것에 지나지 않으며, 그것은 우리말(문장)을 오염시키는 부정적 결과만 초래했을 뿐이다. 4·19세대가 새로운 한글 문장과 문체를 개발하기 위해 진지한 노력을 기울여 한국어의 논리성을 강화하는 계기를 제공한 것은 사실이지만, 그들이 참조한 서구어 문장 체계가 서구어 번역체라는 기계적 문체를 파생시킨[37] 잘못은 진지하게 재검토되어 할 것이다.

4. '소문의 벽' 허물기

4·19세대가 우리 문학의 발전에 기여한 공적은 결코 낮추어 평가될 수 없을만큼 다대하다. 그들은 창작과 비평의 양면에서 70년대를 주도적으로 이끌었고, 80년대에도 지배적인 영향력을 행사했다. 또 그들이 일구어 놓은 문학과 그들이 가르친 제자들은 오늘날 한국 문학의 주요한 흐름과 자장을 형성하고 있다. 하지만 이제 그들도 환갑을 넘나드는 지긋한 나이의 중년이 되었다. 4·19세대가 우리 문학의 중심권을 형성한 것도 벌써 한 세대 전의 과거사가 되어버린 것이다. 세속적 나이로는 4·19세대의 막내에 해

37) 성민엽, 「4·19의 문학적 의미」, 김병익·김주연 편, 『해방 40년 : 민족 지성의 회고와 전망』, 문학과지성사, 1985, p.240.

당했지만 자기 세대의 탁월한 이론가로 동료를 선도하고 후배들에게 '커다란 바위 얼굴'로 존경받았던 김현이 세상을 뜬 지도 벌써 십 년이 다 되어간다. 말 그대로, 세월은 시위를 떠난 활(矢)처럼 속절없이 흘렀다.

하지만 대부분의 4·19세대 주역들은 아직까지 시들지 않은 작가 정신으로 정력적인 창작 활동을 계속하는, '현역 문인'이다. 시의 황동규·정현종, 소설의 이청준·서정인·이문구, 비평의 김병익·김주연 등은 뜨거운 열정과 냉철한 문제의식을 가지고 꾸준히 창작 활동을 지속함으로써 후배들의 나태와 무기력을 경책(警責)하고 있다. 그런데 4·19세대의 기수로 누구보다 주목을 받았던 김승옥이 제일 먼저 절필한 것은 안타까운 일이 아닐 수 없다. 그가 다시 글을 쓰지 않는(못하는) 것도 시간의 흐름 탓일까. 타고난 감수성과 천부적 재능을 너무 일찍, 한꺼번에 폭발적으로 쏟아 부어 고갈 상태에 이른 문학적 감각을 되찾기에는 이제 시간이 너무 많이 지나버린 것일까. 『김승옥전집』의 발간과 함께 그의 문학은 문학사의 창고 한 귀퉁이를 차지하면서 그 현재성을 상실한 것으로 보인다. 이제는 65년대의 "이성을 잃다시피 작품을 읽기도 전에 과찬하기에 바빴던" 김승옥 신드롬의 열기도 그 앙상한 형해(形骸)와 검증되지 않은 소문만으로 기억될 뿐이다. 이제 우리는, 등단할 때부터 이미 대가였고, 길지 않은 전성기 동안 대가로 군림하다가, 장엄하게 몰락해간[38] 김승옥 소설을 본격적으로 검토해야 할 시기에 와 있다.

4·19세대와 김승옥은 불가분의 관계에 놓여 있다. 그것은 그들이 『산문시대』의 동인이라는 사사로운 인연을 말하는 것이 아니다. 김승옥이 「생명연습」으로 등단했을 때, 그리고 「서울 1964년 겨울」로 동인문학상 수상자로 결정되었을 때 김승옥 소설의 문학사적 의의를 제일 먼저 간파한 이는 4·19세대에게 극복의 대상이었던 이어령이었다. 이어령이 '제3세대론' 또는 '한글세대론'을 주창하자 김현이 즉각 반발한 것도 그 때문이다. 그렇지만 4·19세대는 그 말의 의미와 파장이 어떤 것인가를 금방 눈치채었고,

38) 진정석, 「글쓰기의 영도」, ≪문학동네≫, 1996, 여름, p.414.

그 말에서 이어령의 흔적을 지우고 자기 세대를 옹호하는 논리를 세우는 데 집중적인 노력을 기울였다. 그 결과 '4 · 19세대' 또는 '한글세대'란 용어는 그들만을 지칭하는 고유명사가 되었다. 이어령이 주목했던 김승옥의 소설을 그의 동료들이 열성적으로 옹호했던 것은 당연한 일이다. 4 · 19세대의 적극적인 후원이 없었다면 김승옥 문학의 성가가 그리 화려하지 못했을 것이라 생각하는 것도 이런 사정에 바탕을 둔 것이다.

거듭 말하거니와, 4 · 19세대의 문학은 우리 문학사의 큰 흐름을 이루었다. 그들이 있었기에 우리 문학의 성장이 가능했다고 해도 크게 과장이 아니다. 4 · 19세대의 문학을 한국 문학사의 큰 산맥으로 비유할 수 있다면, 그 산맥은 울창한 수풀과 함께 수많은 메아리를 생산해왔다. 4 · 19세대의 문학적 토양에서 자란 후배들의 문학이 수풀이라면, 메아리는 그들 자신 또는 그들의 후배들이 끊임없이 확대 재생산한 '소문'이다. 김승옥 문학에서 그 '소문'은 감수성의 혁명, 감각적인 문체 등의 언표로 나타난다. 그것을 '소문'이라 보는 까닭은, 그것이 김승옥 소설의 문장(문체)을 철저히 분석한 결과가 아니라 인상주의적 비평에 의지해 있기 때문이다. 그럼에도 불구하고 그 '소문'은 점점 거대해져 완강한 '벽'처럼 우리 시야를 가로막고 있다. 이제 그 '소문의 벽'을 허물 때가 되었다. 이 글은 '소문의 벽' 허물기 작업의 한 과정이다. 세미

불안한 감수성과 퇴폐적 일상
— 김승옥 장편소설의 통속성을 중심으로

조 진 기*

Ⅰ. 머리말

60년대의 우리 문단을 한마디로 말한다면 어둡고 칙칙한 바깥 세계와는 달리 뛰어난 두 사람의 문인으로 말미암아 새로운 빛을 던져주었다고 할 수 있다. 이어령과 김승옥이 바로 그들이었다. 이어령은 「고독한 군중」, 「흙속에 저 바람 속에」, 「바람이 불어오는 곳」 등의 에세이[1]를 통하여, 김승옥은 단편집 『서울, 1964년 겨울』로 새로운 문학세계를 펼쳐놓았다. 그런가 하면 김승옥의 「무진기행」을 영화화한 「안개」는 배우 윤정희와 가수 정훈희를 '스타덤'에 올려놓기도 했다. 그리하여 60년대는 어떤 의미에서는 이어령의 시대였고, 김승옥의 세상이기도 했다. 그런데 이들의 공통점은 무엇보다도 신선하고 감각적인 문체와 참신한 소재였다고 할 수 있다. 특히 김승옥의 소설은 분명 그 이전 문학이 보여주던 강력한 이슈나 교훈주의에서 벗어나 재기 활발한 감수성과 싱싱한 위트[2]에 바탕한 소설이 새로운 소

---

* 경남대학교 교수 저서로는 『한국현대소설연구』, 『한국근대리얼리즘소설연구』 등이 있음.

1) 60년대는 소설보다 에세이가 성행한 시대라고도 할 수 있다. 김형석, 안병욱, 이어령의 에세이를 비롯하여 서구의 실존주의 혹은 염세주의 철학자로 일컬어지는 니체, 키에르게고르, 쇼펜하우어 등 철학적 에세이가 베스트 셀러였다. 이러한 점은 당대 사회분위기를 시사해 주는 것이라 할 수 있다.

설의 시학으로 확고한 자리를 확보하게 되었다. 이러한 점은 이후 김승옥을 논의하는 자리에서는 빠짐없이 거론되었고, 60년대의 대표적 작가로 자리매김하는 데 주저하지 않았다. 그리고 이러한 평가는 지금도 유효하다. 그러면서도 다른 한편으로 김승옥이 지향하는 감수성의 문학이 지니는 한계 또한 조심스럽게 지적되기도 했다.

> 날카로운 감성이나 언어에 대한 감각이 보다 중요한 윤리의식이나 종합력과 제휴되지 못하고 도리어 그러한 것이 빈곤의 代償으로 획득된 듯이 보일 때 과연 그 재능을 말의 엄격한 의미에서 재능이라 부를 수 있는가 하고 — 모국어의 한 형용사에 대해서는 섬세한 반응을 보일 수 있으면서도 가령 사회구조의 모순에는 전혀 태연할 수 있는 감성이 올바른 감성일 수 있을까 하고.[3)]

이러한 지적은 김승옥 문학의 한계이면서 동시에 소설의 본질적 물음이라고 할 수 있다. 소설이란 본질적으로 인간의 삶에 대한 끝없는 반성과 새로운 인식을 통하여 삶의 의미를 새롭게 하는 것이라 할 때 현실과 직접적인 대결을 회피하고 예민한 감수성으로 현실을 감각하는 것은 어떤 의미에서 작가정신의 허약성을 드러내는 것이라 할 수도 있다. 이러한 점을 긍정적으로 수용한다면 김승옥 문학에 대한 평가는 재검토되어야 할 것이다.

김승옥은 20대의 예민한 감수성을 바탕으로 60년대의 대표적 단편 작가로 군림하다가 중·장편에서는 철저하게 대중취향의 소설을 남기고 있다는

---

2) 천이두, 『문학과 시대』, 문학과 지성사, 1982. p.62

3) 유종호, 「감수성의 혁명」, 『학국문학전집』 34. 민중서적, p.567
이 점은 백낙청도 "소시민의식이 팽배해 있는 60년대 한국에서 하나의 정직한 문학적 기록으로, 그러니까 소시민의식의 한계를 한계로서 제시하는데 어느 정도 성공한 문학"이라고 전제하면서도 "단순한 감수성의 기록은 그것이 신선감을 주는 동안에도 부지중에 현실의 문제를 흐려놓기 쉽거니와 그것을 되풀이 하면 신선감마저 없어지기 때문이다. 잠깐의 눈부신 활약 이후 이 작가가 계속 고전하지 않을 수 없는 이유의 일단도 아마 거기 있을 것"이라고 지적하고 있다. 백낙청, 『민족문학과 세계문학』, 창작과 비평사, 1978, p.65

사실을 지적할 수 있다. 그런데 여기에서 우리는 두 가지 문제를 지적할 수 있다. 그 하나는 왜 60년대, 그것도 20대의 떠돌던 시대에만 글을 쓸 수 있었는가 하는 점이며, 다른 하나는 어찌하여 중·단편에 와서 대중취향의 통속소설로 작가적 태도가 바뀌었는가 하는 점이다. 그것은 '60년대를 고려하지 않는다면 내가 써낸 소설들은 한낱 지독한 염세주의자의 기괴한 독백'[4]이라는 작가의 고백처럼 그의 문학은 출발에서부터 '안개'로 상징되는 시대적 상황 속에서 오직 예민한 촉수에 의지하여 살아가는 독특한 개인적 삶이 반영되고 있을 뿐 그것이 외적 현실과의 응전력을 상실하고 있음을 간과할 수 없다. 그것은 작가가 60년대 현실에 대하여 민감한 반응을 보이면서도 새로운 전망을 획득하지 못하고 단순히 역사와 현실에 대한 강한 거부의식으로 나타나게 된 데서 비롯되었다고 할 수 있다. 그리고 예민한 감수성에서 벗어나 당대 현실과 마주했을 때 전염병처럼 펼쳐지는 물신주의에 압도되어 건강한 작가의식도, 투철한 현실인식도 갖지 못한 채 방관자적 이야기꾼으로 전락했다고 할 수 있다. 따라서 그의 장편소설에 나타나는 통속성은 우연의 산물이 아니라 단편소설에서 보이던 역사와 현실에 대한 의도적 외면과 거부의 몸짓의 연장선상에 놓여 있다고 할 수 있다. 그리하여 본고에서는 먼저 단편소설에 나타나는 인물의 삶의 양식을 살펴보고, 장편소설에 나타나는 현실추수적 태도와 함께 통속성을 살펴보고자 한다.

Ⅱ. 지적 환상주의 혹은 허무의식

「생명연습」(1962)으로 비롯되는 김승옥의 문학은 「무진기행」(1964)을 거쳐 「서울, 1964년 겨울」(1965)을 정점으로, 「야행」(1966), 「서울의 달빛 0장」(1977)으로 60년대 대표적 작가로서 명맥을 유지하는 사이에 장편소설 「내

4) 김승옥, 「나와 소설쓰기」, 『김승옥소설전집』 1, 문학동네, 1995, p.7

가 훔친 여름」(1967), 「60년대식」(1968)으로 확대되는 듯하지만, 「보통여자」(1969), 「강변부인」(1977)에 이르러 퇴폐적 일상으로 추락하기에 이른다.

그런데 김승옥의 작품 가운데 「강변부인」을 제외하고 모든 소설의 주인공들은 20대 초반의 청년들이다. 이들 20대의 인물은 「이미」와 「아직」의 중간에 어정쩡하게 살아가는 인물들이다. 그의 주인공들은 「이미」 소년의 순수성을 상실하고 있으면서도 「아직」 성인에 이르지 못한 인물들이다. 그들의 사고는 이성적 판단이나 논리적인 사유의 과정을 외면하고 철저하게 불안한 감수성에 바탕을 두고 있으면서 행동은 즉물적이고 쾌락주의에 탐닉하고 있다. 이 점은 그의 소설의 성격을 규정하는데 중요한 단서가 된다. 그런가 하면 그의 작품의 주인공들이 다양한 모습으로 나타나고 있음에도 불구하고 자세히 검토하면 「생명연습」의 「나」는 「환상수첩」에서 「정우」로, 다시 「무진기행」의 「나」로, 「서울, 64년 겨울」의 「나」로 이어지고[5] 장편소설 「내가 훔친 여름」의 「나」로 지속되고 있음을 어렵지 않게 확인할 수 있다.

김승옥은 그의 문학적 출발점이 된 「생명연습」에서부터 가장 지속적으로 문제시하고 있는 것은 60년대의 시대적 상황 — 기존의 정치체제가 붕괴될 혼란의 와중에서 군사정권이 들어서고 소위 개발독재라는 이름으로 불려지는 급속한 산업화가 이루어지던 시대 — 속에서 '자기세계'를 어떻게 확립해야 하는가 하는 문제에 관심을 집중하고 있다. 이 작품에는 '자기 세계'를 갖고 있는 다양한 인물들의 삶의 양식을 보여주고 있다. 여기에서 '자기세계'란 기성의 관념체계, 허구화된 제도, 내용 없는 윤리감각 등에 묻혀 사는 삶을 거부하고 자기 고유의 삶의 논리를 찾아 헤매는 것[6]으로 볼 수 있는데, '자기세계'를 갖고 있다는 사람조차 밝고 건강한 성과이 아니라 '곰팡이와 거미줄로 얽힌 지하실'이라는 데 문제가 있다.

---

5) 정현기, 「1960년대적 삶」, 『한국문학의 사회사적 의미』, 문예출판사, 1986. pp.254-5 참조.

6) 류보선, 「개인과 사회의 대립적 인식과 그 의미」, 『문학사상』, 1990. 5. p.159

'자기세계'라면 그것을 가지고 있는 사람을 나는 알고 있는 셈이다. '자기세계'라면 분명히 남의 세계와는 다른 것으로서 마치 함락시킬 수 없는 성곽과도 같은 것이 아닌가 생각한다. 그 성곽에서 대기는 연초록 빛에 함빡 물들어 아른대고 그 사이로 장미꽃이 만발한 정원이 있으리라고 나는 상상을 불러 일으켜 보는 것이지만 웬일인지 내가 알고 있는 사람들 중에서 '자기세계'를 가졌다고 하는 이들은 모두가 그 성곽에서도 특히 지하실을 차지하고 사는 모양이었다. 그 지하실에는 곰팡이와 거미줄이 쉴 새 없이 자라나고 있었는데 그것이 내게는 모두 그들이 가진 귀한 재산처럼 생각된다.[7]

'자기세계'란 남과 다른 세계이면서 동시에 타인에 의하여 간섭받지 않는 성곽과 같은 것이며 그것은 밝고 건강한 것으로 인식하고 있다. 그러므로 '자기세계'를 갖는 일이야말로 가치 있는 삶이다. 그런데 기실 '자기세계'를 갖고 있다는 인물들은 '극기'라는 이름으로 거세된 인물(머리카락과 눈섭마저 밀어버린 대학생이나 자신의 생식기를 잘라버린 전도사)이거나, 권위주의적 인물(사랑하는 여인을 잊어버리기 위하여 그녀와 성행위를 하고 유학을 떠나는 한교수, 편의성 때문에 자(尺)를 사용하여 직선을 그리는 만화가 오선생, 밤이면 몰래 수음하는 선교사)이다. 그런가 하면 '어머니의 아버지 찾기'에 반발하여 어머니를 죽이려는 「형」의 살의 또한 '자기세계'의 확립을 위한 노력으로 인식한다. 그런데 이들 인물에 대하여 류보선은 작가가 긍정적 의미를 부여하는 인물군[8]으로 규정하고 있으나, 작가는 이들 인물을 부정적 인물로 보고 있다. 그들은 표면적으로는 권위와 점잖음으로 위장하고 있지만 내면에는 위악적인 데 「나」는 놀라게 된다. 그러므로 '자기세계'를 갖는다는 것이 얼마나 어려운 일인가를 「나」는 어렴풋이 알고 있을 뿐이다.

---

7) 김승옥, 「생명연습」, 『김승옥소설전집』 1. p.26
8) 류보선, 앞의 글, p.159

> 하나의 세계가 형성되는 과정이 얼마나 기막히다는 것을 나는 잘 알고 있다. 그 과정 속에는 번득이는 철편(鐵片)이 있고 눈뜰 수 없는 현기증이 있고, 끈덕진 살의가 있고 그리고 마음을 쥐어짜는 회오와 사랑도 있는 것이다. 이렇게 말하면 봄바람처럼 모호한 표현이 아니냐고 할 것이나 나로서는 그 이상 자세히는 모르겠다.[9]

이처럼 김승옥은 '자기세계'가 필요한 것으로 인식하고 그것을 확립하는 것이 어렵다는 사실도 알고 있기 때문에 진정으로 '자기세계'를 갖고 있는 인물을 찾지만 실패하고 있다.

「무진기행」은 어떤 의미에서 '자기세계'를 갖기 위해 노력하다가 실패하고 현실과 타협하는 인물을 보여주고 있다고 할 수 있다. 김승옥의 초기소설을 대표할 뿐만 아니라 그의 문학적 위상을 확고히 해 준 「무진기행」과 「서울 1964년 겨울」이야말로 작가의식을 가장 잘 드러내주고 있는 작품이다. 그러므로 이 두 작품의 검토야말로 김승옥문학의 성격을 파악하는데 요체라 할 수 있다.

'출세한 촌놈'의 귀향 풍경[10]으로서 「무진기행」에는 세 사람의 주요인물을 만날 수 있다. '빽이 좋고 돈이 많은 과부'와 결혼함으로써 '해방 후의 무진중학 출신 중에선 제일 출세한' 「나」(윤희중)와 '고등고시에 패스해서 지금 여기 세무서장'으로 있는 「조」, '모교에 와 계시는 음악선생' 「하인숙」이 그들이다. 이들 세 사람은 그들 나름대로 '자기세계'를 가졌다고 생각하거나, 갖기를 꿈꾸고 있다. 그럼에도 불구하고 '손바닥에 좋은 손금을 파가며 열심히 일'하여 성공한 소년의 이야기에 감격하던 「조」는 세무서장이 되고부터는 일상적 퇴폐 속에 함몰하여 있고, 속물들과 어울려 '무자비한 청승맞음'과 '절규보다 훨씬 높은 옥타브의 절규'로 「목포의 눈물」을 부르고 무작정 서울로 가기를 원하는 「하인숙」, 그리고 서울 가기를 열망하는 하선생과 정사를 벌리고 무책임하게 돌아오는 「나」에게 있어서 '자기세계'

---

9) 김승옥, 「생명연습」, p.30
10) 류보선, 앞의 글, p.155

란 처음부터 존재하지 않는지도 모른다. 그것은 어쩌면 '안개'로 가득한 무진이라는 외부적 공간이 만드는 어쩔 수 없는 조건인지도 모른다. 그들은 '무진에서는 타인이란 모두 속물'로 생각하고, '책임도 무책임도 없는 곳'으로 인식하고 있기 때문이다. 그러므로 그들이 하는 모든 행위는 진지함이 없고 찰나적 유희에 지나지 않는 것이다.

> 나는 그 방에서 여자의 조바심을, 마치 칼을 들고 달려드는 사람으로부터, 누군지가 자기의 손에서 칼을 빼앗아주지 않으면 상대편을 찌르고 말 듯한 절망을 느끼는 사람으로부터 칼을 빼앗듯이 그 여자의 조바심을 빼앗아 주었다. — "서울에 가고 싶어요. 단지 그거뿐예요." 한참 후에 여자가 말했다.[11]

「하선생」과의 정사란 결코 사랑의 확인은 아니다. 「하선생」에게 있어서 정사란 서울로 가기 위한 하나의 수단이거나 무진에서의 '심심함'을 달래기 위한 일시적 유희인데 비하여, 「나」의 행위는 '무진에 대한 선입관'에서 비롯된 현실(서울)에의 일탈이었고 서울 가기를 꿈꾸는 「하선생」에 대한 연민의 정에 지나지 않는다. 그리고 상경하라는 아내의 전보를 받고 「나」는 '심히 부끄러운' 결심을 한다.

> 한 번만, 마지막으로 한 번만 이 무진을, 안개를, 외롭게 미쳐가는 것을, 유행가를, 술집여자의 자살을, 배반을, 무책임을 긍정하기로 하자. 마지막으로 한 번만이다. 꼭 한 번만. 그리고 나는 내게 주어진 한정된 책임 속에서만 살기로 약속한다. [12]

무진을 떠나면서 「나」의 새로운 결의는 따지고 보면 책임회피며, 현실과의 타협에 지나지 않는다. 그 결과 「나」는 자신의 행위에 대하여 '심한 부끄러움'을 느끼게 되는 것이다. 그리고 「나」의 새로운 각오는 '자기세계'의

---

11) 김승옥, 「무진기행」, 『전집』1. p.149
12) 김승옥, 위의 작품, p.152

구축이 아닌 사회적 규범 속으로 들어갈 것을 다짐하는 것이며, 그것은 바로 '자기세계'의 포기를 의미하는 것이기도 하다.

「서울, 1964년 겨울」은 사회 속으로 들어가는 것을 두려워하는 젊은이의 삶의 양식을 보여주고 있는 작품이다. 이 작품에는 각기 다른 세 사람이 등장한다. 도수 높은 안경을 쓴 「안」이라는 대학원생, 서른 대여섯 살의 가난뱅이 월부책장수, 그리고 구청 병사계에 근무하는 「나」가 그들이다. 그들은 선술집에서 우연히 만나 끝없는 지적 유희를 벌이고 같은 여관에 투숙하지만 마침내 가난뱅이의 죽음을 확인하고 헤어진다. 그들이 주고받는 대화는 지적이고 때론 엉뚱하여 지적 환상주의에 빠져들기도 한다. 그들은 새로운 것, 남들이 모르는 것에 대한 호기심을 갖고 있지만 그것이 자신과 어떤 관계에 있는지, 혹은 어떤 의미를 갖고 있는지에 대해서는 뚜렷한 자각이 없을 뿐만 아니라 의식적으로 외면하려고 한다.

> "아니, 음탕한 얘기가 아닙니다." 나는 강경한 태도로 말했다. "그 얘기는 정말입니다."
> "음탕하지 않다는 것과 정말이라는 것 사이에는 어떤 관계가 있죠?"
> "모르겠습니다. 관계 같은 것은 난 모릅니다. 요컨대 ……"13)

> "의미요? 그게 무슨 의미가 있습니까? 난 무슨 의미가 있기 때문에 종로 이가에 있는 빌딩들의 벽돌 수를 헤아리는 일을 하는 게 아닙니다. 그냥 —"
> "그렇죠? 무의미한 겁니다. 아니 사실은 의미가 있는지도 모르지만 난 아직 그걸 모릅니다. 김형도 아직 모르는 모양인데 우리 한번 함께 그거나 찾아볼까요. 일부러 만들어 붙이지는 말고요."
> "좀 어리둥절하군요. 그게 안형의 대답입니까? 난 좀 어리둥절한데요. 갑자기 의미라는 말이 나오니까."14)

---

13) 김승옥, 「서울,1964년 겨울,」 『전집』1. p.205
14) 김승옥, 위의 작품, p.210

위의 인용에서 확인할 수 있는 것처럼 「나」의 사고는 고립적이고 대상에 대하여 특별한 관심을 기울이지 않는다. 따라서 '의미'라는 말에 어리둥절해지는 것이다. 그 결과 아내의 시체를 세브란스병원에 4천 원에 팔고 그 돈을 하루 밤에 탕진하려는 월부책장수와 함께 하면서도 그의 슬픔에 대하여 별다른 관심을 보이지 않는다. 그리고 마침내 그의 죽음을 방치한다. 그러면서도 그(월부책장수)를 통하여 생활과 삶의 의미를 어렴풋이 나마 알게 되자 두려워지는 것이다.

> "김형, 우리는 분명 스물 다섯 살짜리죠?"
> "난 분명히 그렇습니다."
> "나두 그건 분명합니다." 그는 고개를 한 번 갸웃했다.
> "두려워집니다."
> "뭐가요?" 내가 물었다.
> "그 뭔가가, 그러니까 —" 그가 한숨 같은 음성으로 말했다. "우리가 너무 늙어버린 것 같지 않습니까?"[15]

여기에서 대학원생 「안」은 분명 삶에 대하여 어느 만큼 인식하고 있는데 비하여 「나」는 뚜렷한 '자기세계'가 없다. 그러나 「안」의 경우처럼 삶이란 두려움이 대상이고, 삶에 대하여 생각하는 것을 '늙어버린 것'으로 인식하는 것이나, 아직도 삶이 무엇인지 모르는 「나」는 다같이 사회나 역사로부터 일탈하여 불안한 감수성에 매달리거나 허무의지에서 벗어나지 못할 것은 자명한 일이다. 이처럼 「서울, 1964년 겨울」에 이르러 삶에 대한 불안과 허무의지는 이후 「야행」이나 「서울의 달빛 0장」으로 이어지면서 퇴폐적 일상으로 함몰되기에 이른다.

---

15) 김승옥, 위의 작품, p.224

Ⅲ. 퇴폐적 일상과 섹스에의 탐닉

초기 단편에서 이미 세계에 대한 뚜렷한 전망을 갖지 못한 허약한 작가의식은 1967년 중앙일보에 「내가 훔친 여름」을 발표하면서 그 이전의 단편소설과는 달리 젊은이의 치기 어린 일상과 사회의 퇴폐적 풍속을 관능적으로 그리기에 몰두하게 된다. 이러한 현상은 물론 신문소설이 본질적으로 지니고 있는 대중에의 영합이라는 상업주의적 요소와 일정한 관련을 갖고 있기도 하지만 그보다는 앞에서 검토한 바의 역사와 사회에 대한 확고한 전망의 부재에서 비롯되었다고 할 수 있다. 거기에다 그가 장편소설을 발표한 곳이 6-70년대 선보이기 시작한 가장 저급한 주간지였다는 사실은 신문소설이 지니고 있는 특성[16]으로서 상업주의적 요소에서 한 걸음 나아가 저속한 통속소설을 쓰게 된 요인이었으리라 짐작된다. 그 결과 지금까지 김승옥을 논의하는 경우에 장편소설에 대한 논의는 거의 찾아 볼 수 없다. 그런데 김승옥의 장편소설도 「내가 훔친 여름」이나 「60년대식」(『선데이 서울』)은 60년대의 풍속을 그리면서도 비판의식을 보여주고 있는데 비하여 「보통여자」(『주간여성』)와 「강변부인」(『일요신문』)에 이르러서는 김승옥다운 면모는 사라지고 철저하게 '난잡하고 음란한 성희에 가득찬'[17] 세계만을 보여주고 있는 것이다. 그러므로 여기에서는 이를 나누어 검토하고자 한다.

---

16) 신문소설이 대중성을 획득하는 요인을 김창식은 "① 연재 당시의 사회적 이슈로 부각된 문제를 소재로 하고 있다는 점, ②독자에게 이미 친숙한 문학적 도식을 통하여 그들에게 기본적인 안정감을 주며 그 결과 작품과 독자와의 거리를 좁히는데 성공하고 있다는 점, ③독자들에게 환상과 위안을 제공함으로써 현재의 삶을 보다 견딜만하게 만들어 준다는 점, ④신문소설이 대중적 성공을 거둘 경우, 그것이 집단적으로 공유된 경험과 관련되어 있다는 점, ⑤대중의 정체성을 생산한다는 점"을 들고 있다. 김창식, 「신문소설의 대중성과 즐거움의 정체」, 『오늘의 문예비평』, 1997. 통권24호, p.91

17) 정현기, 앞의 책, p.253

1. 권태로운 일상과 속물주의

「내가 훔친 여름」은 어떤 의미에서 「무진기행」과 동궤의 작품이라고 할 수 있다. 이들 작품은 여로소설이라는 기본적 서사구조를 바탕으로 주인공의 일탈을 그리고 있다는 점에서 일치하고 있다. 이 작품에 대하여 '두 젊은이의 자유분방한 국내 여행을 통하여 국내 각 지역의 역사적, 사회적, 도덕적 문제를 훑어보겠다는 야심찬 대작이었으나 겨우 여수지방에서 여행은 끝나고 말았다'[18]며 아쉬워하고 있지만, 역사적, 사회적, 도덕적 문제에는 접근하지도 못하고 젊은이의 치기어린 행동이 부각되고 있다. 그럼에도 불구하고 이 작품에는 60년대 우리 사회의 몇 가지 병리현상을 날카롭게 꼬집고 있음은 사실이다. 그 가운데 대표적으로 꼽을 수 있는 것은 '배지'로 상징되는 신분사회, 지적 허영심, 그리고 대중문화에 대한 오염이 그것이다.

작중 주인공 「나」(이창수)는 가난과 함께 치열한 경쟁으로 인하여 정신분열증 환자가 되어 서울대 문리대를 휴학하고 고향(무진)에 내려와 무료한 날들을 보내고 있을 때 중학교 때 친구(장영일)가 찾아온다. 그러나 얼굴도 이름도 기억나지 않는 그가 서울대학교 배지를 달고 있다는 사실만으로 친구로 인정한다.

> 설령 캐보고 캐본 결과로 그가 내 어릴 적의 친구가 아니라고 해도 좋다. 그가 저 배지를 가슴에 차고 있다는 것만으로써도 그는 나의 친구니까. 비록 그가 조금 전까지는 한 번도 나와 만난 일이 없는 사람이라고 해도, 적어도 내가 학교를 휴학하기 전까지는, 그러니까 지난 2월 이전까지는 그는 구름다리 저편의 법대에서 그리고 나는 그 이편의 문리대에서 얼굴 모르는 친구로 지냈으니까 말이다.[19]

현대사회에서 인간에 대한 판단이 인간 그 자체가 아니라 그가 어떤 집단에 속해 있는가에 따라 평가되고 있음을 보여주고 있다. 그 결과 가짜 서

---

18) 김승옥, 「나와 소설쓰기」, 『전집』1. p.14
19) 김승옥, 「내가 훔친 여름」, 『전집』 3. p.12

울대생인 그들은 우리 사회가 가지고 있는 배지에 대한 맹목적 신뢰를 담보로 귀여운 사기행각을 벌인다. 그들은 무전여행을 통하여 우리 시대의 속물들과 만나게 된다. 지적 허영심에 들떠 있는 다방 아가씨, 돈 많은 집안에 정략적으로 딸을 시집보내려는 아버지, 영화배우 신성일에게 반하여 "오빠, 용서하세요, 하지만 여자의 길은 사랑하는 분을 찾아 그분을 모시고 살아야 하는 것이랍니다."라는 편지를 남기고 가출했다가 오빠에게 잡혀 고향으로 내려오는 처녀(숙자)가 그들이다. 특히 「나」로 하여금 가짜 대학생으로서 긴장을 해소하기 위한 방편으로 「숙자」와 벌이는 정사는 「무진기행」의 경우와 흡사하다.

> "이젠 이름을 알으켜주세요.'
> "아 ―"
> '제가 묻기도 전에 미리 이름을 말해버리실까봐 조마조마했어요, 이젠 제 이름도 물어주세요.'
> 나는 잠깐 어리둥절했다.
> 그러나 제기랄 이 냄새나는 여름이 어느 영화장면 흉내를 내자는 것을 나는 알아차렸다.
> "이름은 헤어질 때 물어보는 거야. 그러기로 돼 있거든."[20)]

신파극의 한 장면 같은 이들의 대화에서 삶의 진지함은 사라지고 권태로운 일상이 3류 영화의 한 장면처럼 연출되고 있을 뿐이다. 이처럼 「내가 훔친 여름」은 권태로운 일상에서 벗어나기 위하여 무전여행을 감행하여 새로운 세계와 만나지만 그들이 만나는 세계 역시 위선과 배신으로 가득찬 현실임을 알게 된다. 그런데 그들 주인공들은 오히려 그러한 현실적 모순과 비리를 교묘히 이용할 뿐만 아니라 퇴폐적 사랑을 연출하기에 이른다. 이러한 권태로운 삶에 대한 탐구는 「60년대식」에서 더욱 두드러지게 나타난다.

---

20) 김승옥, 위의 작품, p.191

「60년대식」은 고등학교 윤리교사인 「도인」이 가수인 아내와 이혼을 하고 '답답하여 죽기로 한다.'는 유서를 신문사에 보냈으나 게재되지 않자 자살을 하루 연기하고 자신의 삶을 정리하는 이틀 동안 있었던 이야기다.

> "아아, 답답하다. 지금 누군가 죽어야 한다.
> 그것은 바로 나다.
> 이 시대가 답답하여 견딜 수 없는 모든 사람을 대신하여 나는 죽으려 한다.
> 누군가가 우리들을 답답하게 만들고 있다. 그 사람에게 우리의 답답함을 알려주기 위하여 나는 죽으려 한다. —"[21]

유서의 서두인 위의 글에서 '답답하여 죽기로 한다'는 답답함이란 혼미한 60년대의 시대적 삶이라 할 수 있다. 그리하여 그의 자살 기도는 '세상에 남아있는 사람들에게 세상일이 얼마나 잘못되어 있는가를 보여주려는'[22] 것이기도 하지만 동시에 반복된 일상성과 거기에서 오는 자기 존재의 미미함을 극복하려는 강한 의지의 표현이기도 하다. 그리하여 죽음을 준비하는 이틀 동안 오히려 새로운 세계인식의 계기를 마련하게 된다. 그는 먼저 책과 수첩을 정리하다가 8년 전 대학시절 그가 하숙하고 있던 주인집 딸이자 그의 남성을 실험하기 위하여 범했던 '애경'을 생각하고, 그녀를 다시 만나는 과정에서 많은 사람들을 만나면서 60년대의 사회에 눈뜨게 된다. 거기에는 아내로 상징되는 '소비인간'을 비롯하여 교묘한 방법으로 하숙생과 딸을 결혼시키는 하숙집 주인, 당시 처음 시행하려던 주민등록제, 결혼상담소의 사기행각, 월남파병과 그에 따른 사회풍속, 밀수공화국을 꿈꾸는 사업가, 사이비 교육자, 포르노영화 등 60년대의 물신주의에 빠져든 사회의 병리현상이 제시되고 있다. 이러한 소재는 작가의식에 의하여 취사선택된 것이라기보다는 당대 사회현상을 그대로 제시하고 있다고 할 수 있

21) 김승옥, 「60년대식」, 『전집』 3. p.202
22) A. 알바레즈(최승자역), 『자살의 연구』, 청하, p.123

다. 이러한 사회는 분명 어느 만큼 양심적인 인물을 '답답하게' 만들기에 충분하다. 그리하여 그는 병든 사회와의 결별(자살)을 위해 주변의 일들을 정리하기 시작한다. 그는 학교에 사직서를 보내고, 대학시절 자신의 남성을 실험하기 위하여 범했던 하숙집 딸 「애경」이 임신했다는 사실을 알자 "당신을 사랑함. 당신과 결혼할 작정임. 내가 떳떳한 사회인이 될 때까지 기다려주기 바람."이라는 편지를 보내고 도망쳐버린 자신의 과오를 사과하기 위하여 그녀를 찾아 나선다. 「도인」이 어렵사리 그녀를 찾고 보니 그녀는 '춘목결혼상담소' 직원 「이현숙」이 되어 '돈 많고 가정적이고 젊은 과부역'으로 사기와 매춘을 일삼고 있음을 알게 된다. 「도인」은 그녀와 함께 선보는 자리에 동행을 하게 된다. 그리고 함께 호텔에 투숙하지만 그녀는 선보기로 한 구두쇠영감으로부터 '염치나 도덕을 돌보기에는 지나치게 강력한 금액'인 20만원을 받고 매음을 한다. 그리고 그녀로부터 다음과 같은 이야기를 듣는다.

> "왜 가기 전에 그런 얘기를 하지 않았소?'
> "얘길 했더라면 어떻게 됐을까요? 물론 도인씨는 내가 그 영감한테 가는 것을 말렸겠죠. 그렇다면 그 다음에 무슨 일이 있었을까요? 내가 그 사람과 한 짓과 똑같은 짓을 도인씨가 했을 뿐일거예요. 다른 게 있다면 저 쪽에서는 이십만원이 생기는데 이쪽에서는 한푼도 생기지 않는다는 것뿐이죠. 아니 한푼도 생기지 않을 뿐만 아니라 나를 사랑하는 남자에게 더러운 몸을 안겨준 깊은 죄의식만 남게되죠. 그건 이중으로 손해를 보는 셈예요."[23]

위의 인용에서 보는 것처럼 「애경」의 행위는 퇴폐적일 뿐만 아니라 악마적이다. 그녀에게 있어서 삶이란 돈이고 돈을 벌기 위해서는 염치고 도덕이고 돌보지 않는다. 이러한 극단적 성의 상품화는 물질적 욕망을 뛰어넘어 쾌락추구의 하나로 전락하기에 이른다. 이러한 점은 파월기술자로 남편

23) 김승옥, 위의 작품, pp.261-2

을 월남에 보내고 돈푼이나 모은 「오야」의 육탄공세를 통하여 문란한 성의식을 보여주는가 하면 포르노가 지배하는 세상임을 강조하고 있다. 아내가 일본에서 사온 '원색춘화집' 한 권이 책 백 권 값에 해당하는 오천원을 호가하고, 포르노 영화를 보는 관중의 태도가 극적으로 제시되기도 한다.

> 음탕한 기색은 전연 없고 자못 엄숙하고 심각했다. 동학란을 일으키기 직전 사랑방에서 녹두장군의 열변을 듣고 있는 머슴들의 표정이 아마 이러했으리라. 국회의원의 정견발표장에 모여 있는 사람들도, 목사님의 설교를 듣고 있는 신자들도, 교향악 연주회장에 모여 있는 사람들도 이들보다 더 진지한 표정은 아닐 것이다. 녹두장군의 머슴들이나 예수의 사도들만이, 다시 말해서 목숨을 걸어놓고 자기의 인생을 구원해보려는 자들만이 가질 수 있는 표정들이었다.[24)]

죽음을 준비하는 이틀 동안 그는 비로소 현실의 모순과 타락의 실상을 보고 삶의 의미를 깨닫게 된다. '이제야 도인은 자기에게 가장 필요한 것이 정열이라는 것을' 알게 되고, 자신은 지금까지 '대상의 중심에는 커녕 그 근처에도 가보지 못한 채 엉뚱한 변두리에서만 빙빙 돌고' 있었음을 깨닫고 '역사는 그의 손이 미치지 않는 곳에서 셔터를 굳게 내려놓고' '완성되어버린 역사를 책에서나 읽을 수 있을 뿐'임을 자각하게 된다. 이러한 작가의 현실인식은 60년대 중반부터 한일 국교 정상화와 월남 파병에 따른 반대급부를 바탕으로 국민경제의 규모가 확대되면서 소비성향을 부추기기 시작했던 시대적 상황을 바탕하고 있음은 물론이다. 그러나 이 작품은 60년대의 우리 사회의 병리현상을 고발하고 있음에도 불구하고 감각적이고 관능적인 표현으로 말미암아 통속적 취향을 강하게 드러내고 있음을 간과할 수 없다.

---

24) 김승옥, 위의 작품, p.305

2. 빗나간 경쟁과 섹스파티

김승옥의 소설 가운데 통속성을 문제 삼을 때, 「보통여자」와 「강변부인」이 그 대상이 된다. 이 두 작품은 소설적 구성도, 작가의 비판의식도 없이 당대의 비뚤어진 성의식을 보여주는 '포르노소설'이다.

이러한 작품이 60년대 후반에서 70년대에 나타나게 된 요인은 물론 당시 시대적 조건과 일정한 관련을 지니고 있음은 물론이다. 다시 말하여 이 시기는 이른바 개발독재라는 특수한 시대상황과 맞물려 경제와 문화는 역방향으로 나가게 되었다. 그 결과 문학은 산업사회에 대하여 깊은 성찰도 없이 상업주의와 손잡고 당대사회의 반영으로서 허위욕망만 제시하기에 급급한 일면이 없지 않았다. 그럼에도 불구하고 이 시기 양식 있는 작가들은 사회 현실의 급격한 변화에 따른 소외, 도시화, 성의 상품화와 같은 문제에 대하여 진지한 탐구를 보여주고 있었던 것이다. 이와는 달리 또 다른 일부 작가들은 상업주의와 손잡고 이들 문제를 단순히 사회의 한 현상으로 보여주고 있을 뿐 반성과 비판이라는 작가의식의 부재현상을 노정하고 있다고 할 수 있는데, 김승옥은 사회현상의 제시라는 차원을 벗어나 추잡하고 황폐한 작가의식을 드러내고 있다.

「보통여자」는 바람둥이 남자 「명훈」과 한 달 전 결혼을 위해 선을 본 청순한 여자 「수정」 사이에 일어나는 이틀간의 비뚤어진 사랑이야기다. 이 작품은 작중주인공인 「수정」과 「명훈」의 직접적 만남은 별로 없고 같은 시간 서로 다른 공간에서 일어나는 이야기를 병렬적으로 제시하고 있어 작품의 표면에는 별다른 긴장과 갈등이 없다. 따라서 사건의 전개가 구성적이라기보다는 흥미 유발을 위한 사건의 제시에 치중하고 있다. 이를 간단히 요약하면 다음과 같다.

① 정오 무렵 — 「수정」이 명훈의 전화 오기를 은근히 기다리고 있는 시간, 「명훈」은 「종숙」과 점심시간을 여관에서 보낸다.

② 저녁 무렵 — 「수정」이 사무실을 뛰쳐나와 자살을 하기 위하여 약국

을 찾아다니다 우연히 선배의 약국에 들러 자신의 신상이야기를 하게 되는 시간, 「명훈」은 「수정」의 집을 방문한다.

③ 늦은 밤 ― 「수정」의 늦은 귀가와 같은 시간, 「명훈」은 「수정」의 집을 나와 귀가 도중 「종숙」을 불러내어 함께 여관에 투숙한다.

④ 다음 날 오전 ― 「수정」이 「명훈」에게 사과하기 위해 그의 사무실로 가는 시간 「명훈」은 조퇴하고 「종숙」이 머물고 있는 여관에서 병구완을 한다.

⑤ 저녁 무렵 ― 「수정」이 「명훈」의 문병을 위하여 「명훈」의 집을 방문, 그의 부재를 알고 귀가 도중 약국에 들러 「명훈」이 「종숙」과 여관에 함께 있었음을 알게 되는 시간, 「명훈」은 종숙과 함께 병원에 다녀와 밤늦게 귀가한다.

⑥ 늦은 밤 ― 「수정」이 「명훈」에게 전화로 곧바로 만날 것을 제안하고, 「수정」의 요구로 함께 호텔에 투숙한다.

위의 요약에서 보는 것처럼 이 작품은 너무나 이질적인 삶을 살아온 남녀간의 사랑을 다루면서 직접적인 만남보다 스쳐 지나가는 방법을 통하여 두 사람 사이의 긴장과 갈등을 처음부터 배제하고 있음을 알 수 있다. 그 결과 작품의 대부분이 「명훈」의 퇴폐적 여인관계에 초점이 맞추어지고 있다. 이 작품의 주인공인 「수정」은 선을 본지 한 달이 되었지만 「명훈」으로부터 사랑에 대한 어떠한 언질도 받은 바 없으며, 그를 사랑하는 이유도 고작 '친근한 음성'일 뿐이다. 그럼에도 불구하고 그녀의 사랑은 소극적이긴 하지만 내심 강렬하다. 그런데 비하여 「명훈」은 '남아 같은 야심'도 없고 '서울사람이 사는 재미' ―'구체적이고 현실적인 재미'에 탐닉하는 인물이다. 그는 군복무시절 외출에서 여선생을 만나 외도를 즐겼고 그녀가 서울로 전근을 오면서 계속 관계를 갖고 있으며, 국민학교 동창인 「종숙」의 전화장난으로 만나게 되고, 두 번째 만나서 '점심시간을 여관에서 즐기는 관계'가 되었고, 그런 관계를 반 년 넘도록 계속하는 인물이다. 그만큼 「명훈」에게 있어서 '구체적이고 현실적인 재미'는 여인들과 끝없는 정사이며, 그에게 있어서 여성이란 오직 성적 대상일 뿐이다. 따라서 「수정」에 대한 태도에도 '지저분한 욕망'이 자리잡고 있는 것이다. 그러면서도 사랑에 대한 책임 같은 것은 회피하고 있다. 그는 「종숙」의 '처녀도둑'이란 말에 강한 불만을 느낀다.

> 그런데 지금 와서, 첫 교섭 때 앓는 소리 몇 번 냈다는 것만으로써 자기는 순결한 처녀였다고 우겨대고 이 쪽을 처녀도둑놈으로 몰아세운다면 곤란한 얘기가 아닐 수 없다. 명훈은 감겨드는 종숙이 어쩐지 두려워졌다.[25]

따라서 그는 「종숙」이 임신중절을 한 사실을 알고 '고맙다는 느낌'을 가지면서도 '아기 아버지로서의 권리를 주장하는 시늉'을 적당히 하는 이중성을 보여 주기도 한다. 이러한 생각은 「종숙」도 마찬가지다. 그녀는 '결혼이란 말을 꺼내 명훈이 하루라도 빨리 자기로부터 도망가게 하느니보다는 다른 남편감이 나타날 때까지 이런 관계를 계속하고 싶다'고 생각하고 있다. 이처럼 이들에게 성행위란 사랑도 책임도 배제된 유쾌한 오락에 지나지 않는다.

그런데 이 작품에서 놀라운 사실은 결말부위에 이르러 「수정」과 「명훈」의 사고와 행동이 소설적 필연성과는 아랑곳없이 완전히 역전되면서 철저하게 대중취향의 통속적 멜로드라마로 끝맺고 있다는 점이다. 이를테면 「수정」은 약국 선배가 흥신소에 의뢰하여 확인한 「명훈」의 여자관계를 알고 「명훈」과의 결별을 선언하는 것이 아니라 오히려 육체적 관계를 맺음으로써 다른 여자들과 경쟁할 수 있다고 생각하고 스스로 동침을 요구하는 것이다. 이러한 「수정」의 태도에 대하여 「명훈」은 오히려 그녀의 사랑을 지켜주고 일 대 일의 비밀스런 관계(관능적인 쾌락)가 아닌 가족 관계를 바탕한 작은 사회에 대한 책임감을 갖기 위하여 육체적 관계에 앞서 그녀로

---

25) 김승옥, 「보통여자」, 『전집』4. p.102

부터 용서를 받는 일이라고 생각한다.

> 다만 사랑한다는 것만으로써는 상대편에게, 가령 경숙이가 일러준 방법(현장을 습격하라는) 같은 것을 행사할 수 없다는 것, 그런 의미에서 사랑은 결코 권리가 아니라는 것, 그렇다. 사랑이 권리라 하더라도 그 권리란 사랑하지 않아 버리는 데밖에는 쓸 수 없는 권리라는 것, 그렇지만 사랑을 권리로 변형시킬 수도 있으리라는 것, 그러기 위해서는 —
>
> 수정은 오직 그 한 가지 생각에만 몰두한 채 광화문 지하도를 목표로 걸었다.[26)]

> "이 여자를 아껴라, 함부로 건드려서는 안돼! 네가 이 여자에게서 정식으로 용서를 받기 전엔 안돼! 네 죄가, 이제 와선 어쩔 수 없는 과거 속에서 완성돼버린 것들이라는 점 때문에 이 여자가 용서해 주지 않을 경우를 생각해봐. 그렇게 되면 넌 깨끗이 이 여자로부터 물러나야 하는 거야. 그런데 그런 경우가 올지도 모르는 이 판국에서 네가 이 여자를 소유한다는 것은 새로운 죄를 하나 더 첨가하는 것밖에 되지 않는 수작이야. 아니 그 정도가 아니지. 이 여자는 육체를 너에게 주었다는 이유만으로, 실은 너를 용서하지 못하면서도 너와 결혼할지 몰라. 그렇게 되면 정말 비극이지 —"[27)]

위의 인용에서 보는 것처럼 육체적 관계를 가짐으로써 다른 여자들과 대등한 경쟁을 할 수 있고, 어떻게 하던 경쟁에서 이겨 승리자가 되기를 열망하는 「수정」의 빗나간 경쟁의식에서 통속성의 극치를 보게 된다. 그리고 「명훈」이 마지막으로 모랄리스트의 면모를 보임으로써 건강성을 회복하는 듯하지만 그의 행위는 작위적인 것이며 통속적 취향의 위장술에 지나지 않는다.

한편 「강변부인」은 김승옥의 장편소설 가운데 가장 통속성을 보여주고

26) 김승옥, 앞의 작품, p.163
27) 김승옥, 위의 작품, pp.185-6

있는데 이 작품에 대하여 작가는 스스로 '홍미위주의 대중소설'임을 전제하면서 모랄리스트임을 자처하고 있다.

> 불륜이 비어홀처럼 만연해지며 신종 오락처럼 그 유행을 시작한 70년대는 마치 낚시꾼들이 찌를 노려보듯 사회현상의 변화를 주목하고 있는 소설가에게는 소설 소재의 황금어장이었다. 전통윤리 또는 절대가치가 붕괴된 시대에는 모랄리스트들이 할 말이 많아지는 법이다.[28]

사실 70년대에 접어들면서 급격한 경제성장은 투기바람을 불러일으키고 숱한 졸부를 양산하였다. 그리하여 많은 졸부들은 투기로 번 돈을 주체하지 못하여 '소비인간'으로 전락하기에 이르렀다. 이러한 시대 풍조에 편승하여 상업주의 소설이 활기를 띠면서 '호스테스문학' 또는 '화냥기 있는 여자들을 다룬 문학'[29]이 숱하게 쏟아져 나오게 되었다. 이를테면 최인호의 『별들의 고향』, 박범신의 『풀잎처럼 눕다』, 조선작의 『영자의 전성시대』 등을 들 수 있는데 이들 작품의 주인공들은 호스테스 혹은 미혼여성들이며 미약한 대로 그들의 퇴폐적 삶이 사회적 모순에서 기인하는 것임을 은연중에 내비치고 있다고 할 때[30], '화냥기 있는 여자들을 다룬 문학'은 오직 유한마담의 동물적 암컷으로 성적 쾌락만을 추구하고 있는데, 김승옥의 「강변부인」이 바로 그런 소설이다. 거기에는 인물이나 사건이 필연성이 없고, 소설적 갈등도 없을 뿐만 아니라 작가가 주장하는 모랄리스트의 면모도 없다. 거기에는 끝없이 이어지는 발정(發情)한 여인들이 연출하는 한 편의 추잡한 포르노를 통하여 독자의 관음증(觀淫症)을 자극할 뿐이다. 따라서 「강변부인」은 한 편의 소설이라기보다는 '난잡하고 음란한 성희에 가

28) 김승옥, 「나와 소설쓰기」, 『전집』1. p.12
29) 김종철, 「상업주의소설론」, 『한국문학의 현단계』II, 창작과 비평사, 1983, pp.105-6
30) 김치수, 「문학과 문학사회학」, 『문학사회학을 위하여』, 문학과 지성사, pp.49
김창식, 앞의 글, p.123 참조.

득찬 지옥영혼들'31)이 벌이는 섹스파티에 지나지 않는다.

이 작품은 「민희」라는 유부녀를 주인공으로 그녀의 남편, 그리고 국회의원 부인 「남여사」, 운전기사 김씨, 그리고 가정부 「순자」가 벌이는 추잡스런 춘화도(春畵圖)라 할 수 있다. 그러므로 이 작품의 논의는 스토리를 살펴보는 것으로 충분할 것이다.

「민희」는 카바레에서 만난 「남진」이란 남자와 남편의 사무실 근처 호텔(남편이 단골로 다니는)에서 정사를 벌이고 나오려는 순간 맞은 편 방에서 남편이 술집 호스테스와 관계를 하고 남편의 요구대로 응하지 않자 싸움까지 하는 것을 알게 된다. 그리고 자신과 남편의 행위에 대하여 타협하기에 이른다.

> "그런데 언니, 가정이란 그 십분의 구의 믿음만 있어도 탄탄하게 유지될 수 있는 게 아닐까? 아빠가 나한테 슬쩍 감춰버린 나머지 십분의 일은 나 역시 아빠 몰래 가지고 있는 거고, 그 십분의 일이 나를 아빠의 아내가 아니게 할 수 없고 아빠를 내 남편이 아니게 할 수 없고, 또 그 십분의 일의 부분이 나를 두 아이의 엄마가 아니게 할 수 없고 또 아빠를 두 아이의 아빠가 아니게 할 수도 없을 거고, 또 그것이 아빠의 사업을 훼방하여 돈벌이를 못하게 하지도 않을 것이고, 내가 살림을 하는데 방해를 놓지도 않을 거고."
>
> "그러니까 남편의 외도도 못 본 체 눈감아주고 민희도 계속해서 하고 싶은 대로 하겠다, 그런 얘기가 되나?"32)

결국 「민희」는 '십분의 일의 비밀'을 즐기기로 작정하고도 남편의 운전기사에게 남편의 뒷조사를 부탁했다가 오히려 운전기사로부터 자기 비밀을 미끼로 관계를 강요당하기도 한다. 그러나 「민희」의 비밀 만들기는 계속된다. 그녀는 아이의 학교 선생님을 만나고 나오다 비를 만나 택시를 합승하게 되고 호텔 앞에서 내리게 되자 홀로 호텔에 들어가 발가벗은 채 대학시

31) 정현기, 앞의 글, p.253
32) 김승옥, 「강변부인」, 『전집』4. p.209

절 처음으로 '처녀를 탈취 당했던' 「기일」과 '폰섹스'(phone-sex)를 한다.

> "나두 지금 못 참을 지경이야. 훤히 보여. 민희 알몸이 말야. 나두."
> "우린 이젠 안 돼. 이 방법밖에 없는 거야. 전화로나—"
> "좋은 방법을 찾았군. 음성만 떼내어 간통했다구 재판에 걸 수도 없을 거구— 그래, 어떻게 해줄까? 무슨 말을 해줄까?"
> "사랑한다구 해줘. 내가 최고라구. 옛날처럼."
> "정말이야. 민희만한 여자는 없었어. 여자 중의 여자야. 나 지금 민희의 몸 속으로 들어가고 있어. 느껴? 느껴?"
> "음, 음, 음—" 33)

이처럼 음란한 행위를 일삼던 「민희」는 남편이 지은 강의원의 주택 준공식에 부부동반으로 참석하여 이층 침실의 화장실에 들렀다가 강의원의 부인 「남여사」가 젊은 가수와 바깥에 많은 손님이 있음에도 불구하고 정사를 벌이는 것을 욕실에 갇혀서 엿들을 수밖에 없게 된다. 이 사실을 안 「남여사」가 그녀의 조카 「최양일」로 하여금 입막음을 위하여 「민희」와 관계를 갖게 한다. 그러나 이들의 관계가 협박이나 폭력에 의한 것이 아니고 오히려 그녀의 적극적인 행동에 의하여 이루어지고 있다. 그리하여 「민희」는 「남여사」의 '가끔 만나서 몸 속의 불이나 끄는' 섹스파티에 공범자가 된다. '먹고 살 걱정만 없다면 그 다음에 할 일은 사랑밖에 없다'고 생각하는 「남여사」는 「민희」의 남편이 부산에 출장중임을 기회로 젊은 두 남자를 대동하고 「민희」의 집을 찾아와 춤을 추다가 마침내 「남여사」는 침실에서, 「민희」는 거실에서 한바탕 광란의 섹스파티를 벌린다. 그 때 출장중인 남편의 전화를 받게 된 「민희」는 느닷없이 부산으로 내려가겠다고 약속을 한다. 그러자 옆에 있던 「양일」이 자기 차로 부산까지 데려다 주겠다고 자청하자 두 사람은 저녁 무렵 고속도로를 달린다. 그리고 금강유원지에 이르러 그곳에서 자고 가기로 하고 남편에게 전화를 한다. 그리고 다음날 아침 여덟

---

33) 김승옥, 위의 작품, p.246

시 남편의 기습을 받아 현장이 발각되고 그간의 사실을 확인하게 된다. 그러나 남편은 아내의 행위를 '바보짓'으로 간주하고 '민희의 가뜩이나 부어 있는 얼굴을 한차례 힘껏 내리치는' 것으로 끝내고 민희 역시 '이 남자 앞에서는 죄인으로서 얻어맞고 지내야' 한다는 사실을 깨닫게 된다.

지금까지 「강변부인」을 줄거리 중심으로 살펴보았지만, 여기에서는 새로운 삶에 대한 태도와 세계인식을 끊임없이 상기시켜 삶을 반성하게 하며 삶의 의미를 새롭게 인식시켜주는 요소는 아예 없다. 여기에서 인간이 이처럼 뻔뻔하고 타락할 수 있다는데 경악할 뿐이다. 그리고 그것이 아무리 70년대 우리 사회의 비뚤어진 일면이라 하더라도 비판의식도 배제한 채 관능적 소재주의는 비난받아 마땅하다. 이 점은 작가도 시인하는 바이지만[34] 그렇다고 작가 스스로 의미부여하고 있는 '어떻게'라는 방법론에 있어서 '작가의 개성이고 독창성'도 찾아 볼 수 없다. 적어도 작가가 비판의식을 가지고 이 문제에 접근했다면 작가의 비판적 목소리(tone)가 있어야 할 것이다. 거기에는 오직 관음증 환자의 진지함만이 있다. 그런가 하면 상업주의 소설이 독자를 사로잡는 가장 강력한 요인으로 소재와 작가의 감각 또는 직관, 그리고 문장[35]이라 할 때 가장 퇴폐적인 소재를 김승옥다운 감각과 문체로 독자를 관음증 환자로 묶어두고 있을 뿐이다.

Ⅳ. 마 무 리

60년대를 대표한다고 지적된 김승옥의 문학은 철저하게 60년대적 상황을 작가의 직관적 감수성을 바탕으로 드러냄으로써 그 이전의 문학과는 변별되는 문학을 창조해 주었고, 그 점으로 인하여 높이 평가되었던 것은 사

34) 작가는 「강변부인」에 대하여 "다작을 스스로 경계하면서까지 소설이 천박한 한토막 이야기여서는 안 된다고 고집하던 나의 신념을 송두리째 훼손시켜버리는 듯하여 그 역겨움을 견딜 수 없었다"고 술회하고 있다. 「나와 소설쓰기」, 『전집』 1. p.12

35) 김종철, 상업주의소설론, 앞의 책, p.106

실이다. 그럼에도 불구하고 그의 문학을 총체적으로 검토하면 60년대의 불안한 현실과의 대결을 통하여 불안의식을 극복하고 새로운 세계를 모색하기보다는 불안한 감수성에 의지하여 당대적 현실에서 일탈을 꿈꾸거나 현실과 타협하거나, 아니면 현실과의 대결을 두려워한 나머지 마침내 타락한 현실에 함몰함으로써 통속성의 길로 내닫고 있음을 확인할 수 있었다.

김승옥의 전기소설(단편소설)은 60년대의 혼란한 시대적 상황 속에서 '자기세계'를 탐구하고자 한다. 그러나 그가 파악한 '자기세계'는 세계와 화해하지 못하고 세계로부터 고립되어 존재하고 있거나, 아니면 밝고 건강한 것이 아니라 '지하실'의 세계이고 현실과 동떨어진 '거미줄이 쳐진 세계'로 인식하게 된다. 그 결과 '자기세계'의 구축을 포기하고 현실과 타협을 시도하거나, 아니면 현실과의 대결을 두려워하기에 이른다. 이러한 현상은 무엇보다도 작가의 현실인식이 투철하지 못한 데서 기인하고 있다고 할 수 있다. 그는 60년대적 상황을 예민한 감수성으로 감각함으로써 독특한 개인적 삶은 보여주었지만 그것이 개인적 삶을 뛰어넘어 역사적 삶으로 확대되는 길을 원천적으로 외면하는 결과를 낳았다.

이처럼 역사적 삶에 대한 외면은 장편소설에 이르러 더욱 위축되면서 허약한 작가의식을 드러내게 된다. 그는 60년대의 사회적 병리현상을 보고자의 자리에서 관찰하는데 머물거나 아니면 당대 사회의 풍속이란 이름으로 비뚤어진 성의식을 노골적으로 제시함으로써 60년대의 대표작가라는 기존의 평가를 허물어뜨리고 말았다.

이처럼 김승옥의 문학은 양극을 오가면서 영광과 좌절을 동시에 보여주고 있는데 그것은 그의 문학이 신선한 소재와 감수성, 그리고 활기 찬 문체에 의존하면서도 다른 한편으로는 개인과 사회, 혹은 역사와의 대결의식을 회피한 안이한 작가의식에서 비롯된 결과라 하지 않을 수 없다. 세끼

소통 회복 지향의 일상적 주체

— 고독하지 않게, 부끄럽지 않게, 당당하게

이 호 규*

……세상에는 他人에 의해서 자기를 만들어 가는 사람들이 있는데 내가 바로 거기에 속해 있는 것이다. 좀 용기를 내어서 얘기한다면, 우리 世代, 李御寧씨가 말하고 있는 「第三世代」의 사람들은 모두가 거기에 속해 있는지도 모른다. 우리들은 外界에 재빠르게 反應할 뿐이지, 무엇인가를 內部에서 만든 후에 그것을 外界에 대하여 밀고 나갈 줄을 모르는 族屬 같다.

왜 우리에게라고 內部에 생기는 무엇이 없겠는가. 다만 옛날 사람들처럼 愚直하지가 못할 뿐이다. 우리에게 던져진 먹이는 단순한 의미에서의 「생활」 뿐이기 때문인 것이다. 우리들의 그 「생활」을 유지시켜주는 것을 구태여 찾자면, 우리의 일부에게는, 옛날 사람들은 그렇게도 낯설어 했던 기독교적 정신 또는 합리주의가, 일부에게는 拜金思想이, 일부에게는 商業공부를 한 민족주의가 그것들이다. 생활하기에는 그만한 것들로써도 충분한 것이다.

우리가 차라리 행복한지도 모른다. 어느 때보다도 他人과 자기를 合一시키려 하고 그래서 어느 때보다도 고독하다는 이유로써 말이다.[1)]

---

* 연대, 수원대 강사, 주요 논문으로 「새로운 현실로 나아가기 위한 현실 검증과 새김 – 이호철론」이 있음.

1) 김승옥, 『서울, 1964년 겨울』, 창우사, 1966, 後記 중에서

1966년 김승옥은 그의 소설집의 끝에 이렇게 얘기했다. 그리고 나서 30년이란 세월이 흐른 1995년 그는 새로 출판되는 그의 전집 앞머리에서 자신의 소설들을 되돌아보며 '60년대를 고려하지 않는다면 내가 써낸 소설들은 한낱 지독한 염세주의자의 기괴한 독백일 수밖에 없을 것이다. 60년대라는 조명을 받음으로써 비로소 소설들은 일상적인 모습으로 동작하는 것이다. 내가 '60년대 작가'임을 스스로 인정하지 않을 수 없었다.'라고 밝힌다.[2)]

그는 이제 세월이 흐른 뒤에 자신을 '60년대 작가'로 인정하고 있다. 그것은 그의 소설이 '60년대'와의 관계 속에서 평가될 때라야만 제대로 이해될 수 있음을 뜻한다. 그렇다면 그의 소설이 '60년대'와 맺고 있는 관계는 어떠한 양상을 띠고 있는 것일까. 그것은 우선 작가의식에서 연유한다.

그는 우선 자신을 '제3세대'에 속하는 것으로 분류를 하고 있고, 그 범주 내에서 그들만의 공통적 특질을 찾아낸다. 그들, 제3세대란 '외계에 재빠르게 반응만 할 뿐', 그 스스로 무엇인가를 창출해내지는 못하는 감각적인 반응의 세대라는 것이다. 그러한 감각적 반응의 차원은 '우직'하지 못하기 때문에 발생하는 것인데, 그 이유는 '생활'하는 것, 그 자체로 모든 것이 해결 또는 무마될 수 있다고 믿게 만드는 현실이 그들 세대가 우직하지 못한, 다른 말로 하면 '무엇인가를 내부에서 만든 후에 그것을 외계에 대하여 밀고 나갈 줄을 모르는 족속'이 된다는 것이다.

그들로 하여금 단지 '생활'속으로만 밀어부치는 것, 단지 반응을 하기만 하면 되는 일상의 와중으로 빠뜨리는 것, 그것이 60년대의 특징이고 그들의 삶의 조건이라고 할 수 있을 것이다. 그 삶의 조건, 습속이 곧 '기독교적 정신 또는 합리주의', '배금사상', '상업공부를 한 민족주의' 이다. 그것들만 적당히 연습하고 익히고, 인정하면 생활하기에는 별 무리가 없는 것이다.

그러나 그 생활이 그(들)를 고독하게 만들며, 그래서 행복하다고 말한다.

---

2) 김승옥, 『김승옥 소설전집 제1권 단편소설』, 문학동네, 1995, 7쪽

그가 말하는 '지금의 행복'이란 참다운 행복을 찾아낼 수 있도록 그를 다그치는, '행복하지 못한' 현실조건의 역설적 어법이다.

사실은 그는 행복하지 못하다. 행복하지 못한 가장 큰 이유는 '고독'하기 때문이다. 무엇보다도 고독은 타인과 나의 차별에서부터 발생한다. 타인과 내가 다르다는 인식, 그것이 곧 고독을 불러일으키는 일차적 원인이 되는 것이다. 그런데 그는 고독하므로 행복하다고 억지를 부린다. 왜냐하면 그 고독감이 오히려 타인과 나를 개별적으로 바라보게 하고 그 차이성을 통해서 새로운 관계, 곧 '합일'을 지향하게 만들기 때문이다. 즉 고독이 '합일'의 강한 욕망의 불꽃을 그의 내면에서 지펴내는 것이다. 고독은 그에게 세상과 타인을 새롭게 바라보게 하는, 그래서 우리 모두 고독하고 그러므로 우리는 만나야 한다는 사실을 깨닫게 만드는 인식의 출발이 된다.

김승옥은 당대 생활 양식과 주체 형성의 관계를 통해 당대 사회의 부정성을 정확하게 드러내 보여준다. 그는 한 개인의 체험적 시공간 내에서의 구체적인 생활 양식을 통해 당대 사회의 습속을 명확하게 제시하고 그 습속의 부정성을 거기에 대해 의심하고 비판하는 인물을 통해 고발한다. 그러한 작업을 통해 새로운 사회를 지향하는 자율적이며 적극적인 새로운 주체에의 강한 열망을 드러내고 있다.

김승옥은 '생활'이 넘쳐나는 일상 속에서 '자기'의 문제를 타인과의 관계 속에서 짚어낸다. 일상 속에서 고독할 수밖에 없는 개인의 모습을 보다 분명하게 드러냄으로써 확실하게 당대의 문제성을 지적해내고 있는 것이다. 그리고 그 밑바탕에는 더욱 분명한 타인과의 소통의지, 그를 통한 새로운 공동체의 관계 모색에 대한 열망이 마그마처럼 흐르고 있다. 우리가 새삼 그의 소설에 주목하는 이유는 개인과 사회에 대한 그의 문제제기가 이제서야 우리의 문제로 인식되고 있음을 발견하고 있기 때문이다. 자유로운 개인들의 상호 동등한 차원에서의 소통의 장이 확보되고 거기서 공동의 삶을 모색하고자 하는 김승옥의 지향은 60년대에 있어서는 너무나 앞선 바람이었고 현재에 있어서는 晩時之歎이 아닐 수 없다.

1. '변두리', 그 고독함에서 세상 속으로

김승옥의 소설은 '감각적'이다. 그는 자신의 감각적 포충망에 걸린 가까운 주변을 자기의 인식 영역으로 끌어들인다. 그러면서도 일정한 거리를 둔다. 그 거리는 모든 대상에 대해 동일한 길이, 즉 감정의 폭과 깊이를 가지고 있다. 그러기에 거기엔 애정보다는 냉소가, 함께 부대끼며 힘들어하는 것보다는 묵인과 바라봄이 우세하다. 그것은 포착한 모든 것들을 그가 '그냥 그렇게 그대로 보여주고 있다'는 인식을 강화시킨다.

「생명연습」은 어릴 때의 '나'와 대학생이 된 '나'가 중첩되면서 이야기를 끌어가고 있다. 어릴 때 '나'와 관계하는 인물들은 가족이라는 테두리 안에 함께 놓여 있다. 그것은 그가 그 인물들의 삶을 그저 무관하게 바라보기만 할 수는 없는 처지임을 말한다. '나'는 어리기 때문에 독립적이지 못하다. 그는 어머니와 형, 그리고 누나의 울 안에서 성장해야만 한다. 그 기간에 그는 세상 보는 법을 배우게 된다. 그리고 이제 그는 대학생이 되어 있다. 대학생이 된 그의 주변에는 다른 인물들이 각자의 삶을 살아간다. 그가 직접 만나고 이야기하는 인물들은 이제 그와 직접적인 관계 속에 있는 인물들은 아니다. 이제는 그들을 보면서 그들의 삶을 바라보고 자신의 삶의 방식을 확인하는 절차를 밟는다.

전쟁이라는 초개인적 사건과 폐병이라는 개인적 불행이 겹치면서 정상적인 사회인으로서의 기능을 상실해버린 형에게 있어서 남은 것은 자조와 분노이다. 그러한 감정은 대부분의 사람들에 있어서 삶을 망가뜨리는 요인이 된다. 형에게 있어서도 그의 삶을 지리멸렬하게 만드는 요인으로 작용하고 있으나 동시에 그것은 형의 삶을 버팅겨주는 역할을 하고 있다. 형에게 있어서 그것은 어머니에 대한 분노와 자학으로 나타난다.

처음으로 형이 어머니를 때린 이유를 '나'는 '형의 약값으로 돈이 많이 들어서 살림이 상당히 쪼들리고' 있던 때라 형이 '그것이 미안해서였던지 아니면 이제는 충분히 나이가 들었다고 생각해서였던지' 라고 여긴다. 즉 어머니를 때린 것은 형이 한 집안의 맏아들로서 자신의 책임을 다하는 방법이었던 것이다. '나'는 그것을 깨닫고 있었다. 형과 어머니의 폭력과 복종의 메카니즘에 대해 누나가 안타까워서 동동 뛸 때도 '나'는 누나를 달랠 수 있는 여유를 갖고 있다. 왜냐하면 '나는 이미 포기해버리고 있었'기 때문이다. '포기'란 말은 무행동을 의미하지만 그것은 진실을 알아버린 다음에야 가능한 선택이기도 하다. 그 진실이란 '오해'를 이름이다. '나'는 형과 어머니의 갈등이 단지 그들이 서로 '오해'를 하고 있기 때문이라고 판단한다.

> 형과 어머니는 주고받는 시선 속에서 우습도록 차디찬 오해를 나누고 있었다. 그뿐이다. 그뿐이다.3)

사람들은 각자 서로의 입장에서 상대방을 '오해'하고 있을 뿐이라는 것, 그러한 오해가 곧 생활을 이루어간다는 것이다. '나'는 그것을 가장 밀접한 가족 사이의 관계에서 보아낸다. 그러나 그 확인에는 너무나 강한 슬픔이 내재하고 있다. '그뿐이다'라는 말을 두 번이나 반복하면서 우리에게 전달하고자 하는 기분이란 그 앞에 놓인 '우습도록 차가운'이란 말과 합쳐지면서 냉소를 넘어서는 복잡한 심경임을 알 수 있다. 그것은 '냉소'뒤에 숨겨진 '아쉬움과 안타까움'이고, 함께 살아가는 사람들에 대한 '사랑'인 것이다.

그러나 「생명연습」의 '나'에게는 그 '사랑'의 구체성보다는 그 '사랑'이 실현될 수 없는 현실의 아픔이 더욱 도드라져 다가올 뿐이다. 형이 자살한 뒤 '나와 누나의 눈에는 감사의 눈물'이 흐른다. 대체 무엇에 감사하다는 말인가 ? 그것은 오해의 관계 중 한 축인 형이 스스로 그 관계에서 떨어져 나간 것에 대한 감사일 터이다.

오해는 풀리지 않은 채 한쪽이 그 오해의 매듭을 끊어버림으로써 해결이

---

3) 김승옥, 『김승옥 소설전집 제1권 단편소설』, 문학동네, 1995, 41쪽 (이하 동일한 책의 경우, 제1권, 쪽수만 기재)

났다. 형의 죽음에 '나와 누나의 눈에는 감사의 눈물이 번쩍'인다. '그러나 어머니의 오해에는 어떻게 손대볼 도리'가 없다. 그것으로 족한 것이다. 애초에 형을 죽이고자 한 순간, 어머니의 오해는 그것대로 놔 두어도 괜찮은 것이 되어버린 것이다. 그러나 이제 각자는 자기들의 '오해'를 그저 지닌 채 살아가는 것이 되었을 따름이다. 그것은 기실 더욱 심각한 관계의 잉태이다. 형과 어머니의 오해에는 그런대로 '관계'라는 망이 중요한 조건으로 자리매김되어져 있었다. 따라서 거기에는 갈등이 있고 투쟁이 있었다. 그런데 형이라는 한 주체가 그 갈등의 관계에서 이탈됨으로써 오해는 풀 수조차 없는 암흑속으로 묻혀 버린다. 어머니의 오해에 손대볼 도리가 없다는 것은 손댈 필요가 없어졌기 때문이다. 이제는 각자 그저 '살아가면 되는 것'이다. 사람은 관념에서가 아니라 실지로 고독해진 것이다.

'나'의 자각은 이렇게 '고독'에서 시작한다. 그 고독은 자신의 삶이 형이 괴로워 했던 것처럼 비일상적이라는 것, 다른 많은 사람들의 일상과는 다른 것이라는 인식이다. 그 인식은 '타자'로서의 자기를 발견하게 되었음을 의미한다. 그러한 점은 자기 가족의 상황을 타인들의 일상적인 생활과 지속적으로 대비시키는 데에서 분명히 드러난다. '남들은 별 생각 없이 예사로 사는 그런 생활'(41쪽), '남들에게는 지극히 평범하고 세속적인 관계일 수밖에 없는 것'(43) 같은 표현에서 알 수 있듯이 '나'를 포함한 이 가족에게는 그들의 가족적 환경이 그들만이 감당해야만 하는 개별적인 조건으로 인식되고 있으며, 또한 비정상적이고 일상적이지 못한 비뚤어진 가족의 모습을 하고 있다고 파악이 되는 것이다.

그것은 자기의 조건이 당대에 있어, 예외적이며 따라서 비정상적이라는 현실 인식, 곧 자기는 '타자'이며, 당대에 있어 타자는 곧 변두리, 주변부 인생임을 깨닫게 됨을 의미한다. 기실 그러한 어릴 때 가족사가 끊임없이 현재의 생활 속에서 상기되는 것은 대학생이 된 현재의 주변성과 맞닿아 있기 때문이다.

「생명연습」에서의 어린 '나'가 대학생이 된 현재의 모습이 일련의 단편소설들에 등장하는 인물들이라고 할 수 있는데, 그들은 시골 출신의 가난한 대학생이며, 서울의 빈민가에서 겨우 일상을 꾸려 나간다. 서울에서의 생활을 통해 그들이 깨닫게 되는 것은 '빈민가에 거주하는 가난한 시골 출신'이란 변두리 인생을 뜻하는 것이며, 그러한 조건은 서울이라는 도시에 있어서 평범하고 정상적인 일상인의 범주에 끼일 수 없는 '타자'의 모습이라는 것이다.

자신의 조건이 당대 사회에 있어서 '타자'로 인식되는 순간, 선택은 자명해진다. 그것은 특히 '살아야 한다'는 원칙이 서 있는 경우에 더욱 그러한데, 그 선택은 '타자'로서의 자기 조건을 극복하고 '정상적이고 일상적인' 당대 주체의 범주에 편입되는 것이다. 그러기에는 당연하게 처세술이 필요하다. 당대의 습속의 논리를 정확하게 포착해내고 그것은 자기의 신념으로 굳히면서 재빠르게 적응해 나가는 것이다. 그리하여 '성공'을 하는 것이다. 그(들)가 자신의 한계를 뒤로 물러두고 바라 본 세상은 철저한 경쟁의 논리가 자본주의적 구조 속에서 '진리'로 규정되는 사회였던 것이다.

「역사」에서 내화의 화자인 '나'는 하숙을 옮긴 지 일주일이나 지났음에도 불구하고 아침에 일어났을 때, 공간적 혼란감을 느낀다. 여전히 그에게는 이사했다는 사실이 새삼스러운 일로 여겨지며 마치 이질적인 공간에 있는 듯한 착각, '어처구니없는 기억의 단절'을 경험한다. 그것은 그의 정서가 이전의 공간에 머물러 있음을 의미하는 것이다. 그러나 현실적인 측면에서 그는 새로운 공간의 한 성원이고자 하는 욕망 또한 버리지 않는다. 그런 이중적인 감각과 욕망으로 인해 그는 계속 착각을 하며 그러한 자신의 착오 속에서 두 공간을 비교하기에 이른다.

'무질서하고 퇴폐적인' 빈민가에서의 생활과 '질서가 잡히고 규칙적인' 이층 양옥에서의 생활은 극단적인 공간적 경험을 그에게 제공한다. 그에게 그러한 두 공간의 이질적 경험은 '버스 하나를 타면 곧장 갈 수 있다는 평범한 가능성마저를 송두리째 말살시켜버리는 간격'의 거리감으로 나타난다. 그 자신 혼란스러운 것은 '그 측량할 길 없는 간격'을 '아무런 준비도

하지 못한 채 갑자기 건너뛰었기 때문'이라고 스스로 생각한다. 거기에는 경험의 단절을 인식하게 만드는 시공간적 변화가 깔려 있다.

단절감이란 두 시공간적 경험의 비교 속에서 이루어지는 것이다. 비교가 없다면 단절감 또한 없다. 그리고 그 단절감에는 두 시공간이 공존한다. 기실 그 공존이 '나'를 혼란스럽게 하는 것이다. 그 공존이 아무런 매개 없이 이루어지고 있다는 느낌, 그것이 바로 김승옥의 현실인식이었던 것이다. 「역사」에 나오는 화자 '나'는 그러한 김승옥의 현실감각을 체현하고 있는 인물이다.

이층 양옥의 생활은 창신동 빈민가의 생활에 비하면 '정식(正式)의 생활' 다시 말하면 "규칙적인 생활 제일주의"의 생활이다. 모든 것은 정해진 시간에 이루어지며 예외란 없다. 며느리가 피아노 치는 시간, 심지어 '나'가 기타를 칠 수 있는 시간까지도 정해지는 식이다. 그러한 틀 속에서 이루어지는 생활과 창신동에서의 흐트러진 듯한 생활을 비교하면서 '나'는 창신동에서의 생활에서 인간다움과 생동, 활력을 느끼게 된다.

> 처음에 나는 이 집에 대하여 존경심을 가졌다. 그러나 나는 이내 그것이 처음 보는 경치에 보내는 감탄과 같은 성질의 것밖에는 되지 않음을 알았다. 이해와 감정과는 별개의 문제라는 것을 발견한 것도 그때였다. 이 가족의 계획성 있는 움직임, 약간의 균열쯤은 금방 땜질해버릴 수 있도록 훈련되어 있는 전진적 태도, 무엇인가 창조해내고 있다는 자부심이 만들어준 그늘 없는 표정 – 문화라는 말을 쓸 수 있는 사람들이 있다면 바로 이 사람들이었다. 그리고 이것이야말로 인간의 희구하는 것이 아니었던가. 이 사람들은 매일매일 달리고 있는 것이었다. 따라서 어느 지점과의 거리를 단축시키고 있는 셈이었다. 이것이 나의 그들에 대한 이해였다.[4)]

이 인용문에 이층양옥의 생활이 상징하는 것이 무엇인가가 분명히 나타나 있다. 그것은 현대성이라는 이름으로 중심화되기 시작한 새로운 문명의

---

4) 「역사」 86쪽

질서이다. 규율과 질서, 그리고 문화(그것은 곧 서구중심의 교양문화일 터)로 상징되는 새로운 생활은 '어느 지점'과의 거리를 단축시키기 위해 달린다. 그것은 거리와 속도감으로 표현된다. 그 속도감은 거리 단축의 이름으로 정당화되고, 또한 그 속도감은 개인이 지니고 있는 속도보다 훨씬 빠르고 강력하다. 거기엔 이미 생각의 여지가 없다. 그 속도감에 실려, 끝없이 뒤쳐지기 않기 위한 안간힘만이 존재할 뿐이다.

그러한 현대에 있어 이층양옥의 생활은 모범적인 것이 된다. 그것은 새로운 일상으로 자리잡아 나간다. 그러한 현실은 '나'가 체험했던 빈민가의 생활이 주변부로 인식되면서 더욱 부각된다. 따라서 이층 양옥의 생활은 도시인들의 일상적 삶이 되고 빈민가의 사람들에게는 동경의 대상이 된다. 즉, 새로운 시대의 삶의 기준이 되며, 거기에 이르지 못하는 사람은 현대의 속도를 따라잡지 못한 낙오자의 허울을 뒤집어쓰게 된다.

그러한 생활에 대한 상승욕구와 조급증을 '나' 또한 가지고 있다. 이층양옥의 생활은 그에게 원하는 삶의 양식, 바람직한 일상의 모습으로 비춰진다. 그리고 그러한 생활 속에 있는 이들이 현대에 있어 모범적인 시민으로 인식되고 자신 또한 거기에 소속되고자 하는 욕망을 가진다. 그는 이층 양옥의 생활을 하게 된 것을 기점으로 그러한 중심부로의 편입을 기정사실화하고 고정화하고 확대시키고자 한다.

그러나 그러한 그의 의도는 '한결같은 곡이 한결같은 악기로 연주되는' 이층양옥의 생활을 직접 체험함으로써 그 정당성이 의심되기 시작한다. 이층 양옥에서의 생활에 있어 예외란 없다. 모든 것은 정해진 시간에 정해진 내용으로 이루어져 나가야 하며, 그 모든 절차와 내용은 하나의 이념아래 모아진다. 그것은 곧 이층 양옥의 실세인 할아버지의 말을 빌면 "새로운 가풍의 정립"이다. 할아버지는 '나'가 이사온 날, 사변이 남겨놓고 간 것이 가정의 파괴라고 주장하며, 이제 질서정신에 입각해서 각기 가정은 가풍을 만들어가야 하며 그러기 위해서는 자신에게 지나치다 할 정도로 엄격해야 한다고 강변한다. 모든 것은 그러한 '가풍 세우기'라는 명제에 수렴이 된다.

평가 기준은 그것으로 단일화된다. 그 단일화된 덕목에 그 누구도 의문을 제기할 수 없다. 그러한 덕목을 이루어내는 데는 엄격한 질서와 그 질서에 합당한 교양만이 최적의 수단이라고 규정된다. 거기에 공존이란 개념은 없다. 한 쪽은 옳고, 한쪽은 옳지 않은 것이기 때문이다. 그것은 새로운 근대화의 이념과 닮아 있다. 즉 그것은 새로운 가정의 건설뿐만 아니라 새로운 질서에 의한 새로운 사회의 건설을 의미한다.

이것은 60년대 새로운 사회의 건설이라는 덕목이 곧 이전의 가치에 대한 철저한 비판과 부정 위에서 이루어진 것이었음을 말해준다. 그리고 그것은 합리성을 내세운 권력에 의해 정당화된다. 거기에 다양성은 존재하지 않는다. 동일성의 원리만이 존재한다. 새로운 시대를 이루기 위해서는 그래야만 한다는 것, 그것은 그 시대의 지배 이데올로기였다. 그 이데올로기는 그러한 덕목을 실천하기 위해 최우선으로 속도를 강조하였다. 모든 것은 빨리 이루어져야 했으며 그 목표는 경제 개발 곧 새로운 근대화였다. '나'가 이층양옥의 생활을 보고 느낀 그 속도감은 60년대 근대화의 속성이었던 것이다.

처음 이 집에 대하여 존경심을 가졌던 '나'는 이내 그 형식적 엄격성이라는 것에 질리고 만다. 그것은 다양성과 자유로움을 부정하고 억압하는 폭력적 동일성의 논리라는 것을 간파하였기 때문이다. 이층 양옥의 생활에 대해 '나'가 의문과 비판의식을 갖게 된 데에는 창신동 빈민가의 생활과 이층 양옥의 생활에 대한 나름의 비교에 의해서이지만, 빈민가에 같이 살고 있던 서씨라는 인물의 비밀을 알게 된 것이 결정적 계기가 된다.

> 그는 사귈수록 착한 사람의 전형이었다. 굵게 쌍꺼풀진 눈매는 가난한 사람답지 않게 빛나고 있어서 차라리 보는 사람에게 열등감을 줄 정도지만 그는 그 눈으로써 상대편에게 친밀감을 나타낼 줄도 알았다. 영리해 보이지는 않고 오히려 행동이며 머리 돌아가는 건 그 반대인 듯했다.[5)]

---

5)「역사」 81쪽

이층 양옥의 사람들을 소개하는 부분을 보면 그들에 대한 묘사는 거의 이루어져 있지 않고, '어느 대학에 물리학 강사로 나가는 아들과 그 부인인 '며느리', 대학 강사의 여동생인 여고생…'이라는 식의 설명만으로 넘어가는 반면, 서씨에 대한 소개에는 자세한 묘사와 더불어 화자의 호의가 담겨 있다. 그러한 대조 역시 두 생활에 대한 화자의 의식의 경중을 보여준다.

이층양옥의 인물들에 대한 소개는 그 인물들을 살아있는 인물들로 느끼게 하지 않는다. 즉 그 인물들은 개성적인 인물로 구체화되지 못하고 마치 얼굴이 없는, 익명화된 인물로 제시된다. 그것은 강요되고 획일화된 질서와 규율의 세계에서 개인이란 창조적이며 개성적인 인물이 되지 못하고 집단의 한 개체에 불과한 것, 따라서 그 사람이 어떤 개성과 자유로움을 지녔는가가 그 사람을 판단하는 기준이 되지 못하고 그 사람이 어떤 위치에 있는가가 그 사람의 판단기준이 됨을 보여주는 것이다.

그에 반해 서씨는 아주 구체적인 인물로 형상화되어 있으며 따라서 개성적인 인물로 분명히 떠오른다. 그 서씨는 빈민가에 살고 있는, 말하자면 변두리의 소외된 인물이다. 그러나 그 인물은 긍정적인 요소를 지니고 있다. 착하고, 눈매는 살아 있으며, 영리하지는 않지만 인간적인 호감을 불러일으키는 인물이다. 그러나 그러한 덕목은 새로운 시대에 있어서는 덕목이 될 수 없는 것들이다. 그것은 이제 변두리에 사는 인간들만이 유지하고 있는 지나간 시절의 덕목이 되고 있는 것이다. 그러한 덕목이 서씨의 삶을 중심부로 옮겨다주지는 못하는 것이다. 그러나 '나'에게 그러한 서씨의 장점은 긍정적인 것으로 인식이 되고, 그러한 호감이 서씨의 비밀을 알게 되면서 새로운 힘으로 작용한다.

서씨는 '나'에게 자신의 비밀을 알려준다. 그 비밀이란 자신은 중국인 남자와 한국인 여자 사이에서 난 혼혈아로 자신의 선조들은 대대로 역사들이었으며 자신도 그러한 힘을 이어받았다는 것, 그러나 자신에게 있어 그 힘은 선조들처럼 '세상을 평안하게' 하고 '자신의 영광'도 차지할 수 있는 힘이 되지 못한다는 것, 그래서 남들에겐 힘을 숨기고 밤마다 동대문 성벽의 돌을 옮기는 것으로 힘의 존재를 확인하고 그 힘이 건재함을 조상들에게 알린다는 것이다.

그러한 서씨의 비밀과 직접 서씨의 그 밤중의 행위를 보면서 '나'는 충격을 받고, 서씨에게서 느꼈던 당당함의 이유를 헤아리게 된다.

> 대낮에 서씨가, 동대문의 바로 곁에 서서 행인들 중 누구 한 사람도 성벽을 이루고 있는 돌 한 개의 위치변화에 관심을 보내지 않고 지나다닐 때, 옮겨진 돌을 바라보며 빙그레 웃고 있는 그의 모습을 나는 쉽게 상상할 수 있었다. 그것이 서씨가 간직하고 있는 자기였고 내가 그와 접촉하면 할수록 빨려들어갈 수 있었던 깊이였던 모양이었다.[6]

서씨의 당당함은 새로운 시대의 논리에 따르면서도 자신의 존재이유를 놓치지 않고 있기 때문이다. 자신을 자신이게 하는 가장 본질적인 것, 다른 사람들과 자신을 다르게 하는 것, 그것은 자기를 자기이게 하는 것이고 자신을 자신답게 하는 것이다. 서씨는 그러한 '자기'를 지니고 있고, 그러한 '자기'를 다른 사람들과 대응한 관계를 이루어나갈 수 있는 힘으로 발휘한다. 그러한 서씨의 모습은 '나'에게 자신있는 주체의 우뚝 서있는 모습으로 다가온다. 서씨의 비밀과 그 비밀로 더욱 확연히 알게 된 서씨의 당당함, 그리고 자신에게 보여 주었던 정직함은 규율과 질서, 그리고 형식적 틀에 박힌 거짓의 교양이 삶을 구속하고 억압하는 이층 양옥의 생활을 '틀린 것'으로 단정짓게 한다.

> 서씨가 내게 보여준 게 있다면 다소 몽상적인 의미에서의 성실이었고 그리고 그것은 이 양옥 속의 생활을 비판하는 데도 필수적으로 고려되어야 한다는 것이 아닌가고 내게 생각되는 것이었다.[7]

---

6) 「역사」 84쪽
7) 「역사」 85쪽

'다소 몽상적인 의미에서의 성실'이란 새로운 시대에 적합한 의미의 성실만이 아닌 또다른 성실이 있을 수 있음을 의미하는 것으로 볼 수 있다. 그러한 성실은 그러나 '몽상적'이다. 즉 비현실적이다. 서씨의 행위는 자신의 삶에 대한 그만의 성실일 뿐인 것이다. 서씨의 행위가 자신의 '자기'를 지켜 나가는 데 있어서는 필요한 것임에도 불구하고 그것이 비밀스런 행위로만 머물러야 한다는 데 현실 논리의 강고함이 있다. 그것은 이미 서씨의 힘이 그의 선조들이 그 힘으로 인해 가질 수 있었던 것을 제공하지 못하고, 단지 '공사장에서 남보다 약간 더 많은 보수를 받게 하는 기능밖에 가질 수가 없게 된 것'이라는 현실적 상황에서 분명히 드러난다.

이제 한 개인이 지니고 있는 독특함은 더 이상 힘이 되지 못한다. 그것이 서씨의 경우처럼 '육체적 힘'인 경우에는 더욱 그러하다. 그것은 이제 '세상을 평안하게' 하는 능력이 되지는 못한다. 똑같은 힘이지만 그 사회적 의미는 달라졌다. 실질적으로 이제 힘이 되는 것은 자본과 권력, 그리고 자본과 권력을 확대재생산할 수 있는 기능과 지식이다. 서씨의 경우, 그 '힘'은 사회적 차원에서 볼 때, 대단한 것이 되지 못한다. 서씨는 그것을 분명히 알고 있는 것이다. 그래서 서씨는 그 힘을 숨긴다. 결국 서씨의 힘은 현실적인 생활의 '힘'이 되지 못한다.

「역사」에서 내화의 화자로 등장하는 '나'는 다른 작품들에 등장하는 '나'와 거의 같이 시골출신의 유학생이다. 그가 창신동 빈민가의 생활과 이층 양옥의 생활에서 우선적으로 창신동 빈민가의 생활에 익숙해져 있음은 먼저 창신동에 살았다는 단순한 사실에만 원인이 있는 것이 아니라, 그가 어릴 때부터 익숙해있던 생활과 창신동 생활이 닮아 있기 때문이다.

> 나도 아주 어렸을 적엔 이런 생활 속에서 자라나고 있었던지 어쩐지는 잘 모르지만 내 기억이 회답하는 한 이 양옥 속의 생활은 지나치게 낯선 것이었다.[8]

---

8) 「역사」 78쪽

짐짓 정확하지 않다고 능청을 떨지만 그의 정서는 창신동 빈민가에 맞닿아 있다. 익숙한 창신동 빈민가의 생활은 그의 기억과 연결되어 있는 것으로써, 곧 그의 고향 농촌의 삶과 닮아 있다는 것이다. 기억 속에 남아있는 고향과 닮아 있는 창신동 생활은 그에게 정서적 공감대를 가지게 하고 그 안에서 그는 익숙함을 느낀다. 그러한 정서적 익숙함이 이층 양옥의 생활이 가지고 있는 부정적 새로움을 파악하게 만든다.

그러나 문제는 그가 이층 양옥의 생활을 부정적으로 파악하고 있음에도 불구하고 창신동 빈민가의 생활을 선택하지는 않는다는 것이다.

> 오히려 나는 내가 결코 그곳으로 돌아가지는 않으리라는 걸 잘 알고 있었다.[9]

정서적으로는 편안함과 익숙함을 느끼면서도 이미 창신동 생활은 추구해야 할 것이 아닌 것으로 인식하고 있기 때문이다. 창신동 빈민가의 삶이 말 그대로 빈민 즉 도시의 한 변두리, 소외된 주변부에 지나지 않음을 그는 분명히 알기 때문이다.

물적 조건과 정서적 기준 혹은 이전의 생활 감각 사이의 괴리는 사람들에게 선택의 막다른 지경에 몰아넣고 거기서 실제적 삶의 충족적 조건을 어느 쪽이 쥐고 있는지를 스스로 결정하게 만든다. 거기엔 강요가 폭력의 차원이 아니라 필연의 상황으로 가려진다. 선택하지 못하고 그리고 그 선택을 완성시키지 못하는 자는 스스로 변두리에 머물 뿐이다. 그 변두리에 머물게 되는 것은 그 '자신'의 책임이 되는 것이다. 그가 떠나온 고향 역시 그러한 창신동과 다를 바가 없다.

60년대 들어 산업화의 흐름을 타고 급격히 해체되어가는 농촌은 농촌으로서의 정체성을 상실한 채 도시에 비해 상대적으로 주변화된다. 산업화,

---

9) 「역사」 88쪽

자본주의화되는 과정 속에서 서울은 더욱 거대도시로 팽창되어 가고 전국토 자체가 하나의 도시화의 경로를 밟는다.

> 규모가 작기는 하지만 고향도 도시였다. 도시이기 전에 저 사조(思潮)라는 맘모스와 그리고 그것이 찍고 가는 발자국에 고이는 구정물의 시간이었다.[10]

도시화되어가는 농촌은 이미 그 자체의 가치를 보존할 수 없게 되고 도시라는 범주 속에서 더욱 주변화되고 생산관계 속에서 소외될 수밖에 없다. 모든 것은 경제 개발이라는 단 하나의 원칙에 수렴되고, 그것은 산업화, 공업화가 모든 것에 우선하는 목표가 됨을 뜻했다. 거기에 다양한 분야의 균형된 발전이란 있을 수 없었다. 고향, 농촌은 그러나 생산력을 지니고 있는 산업화의 중심으로서의 도시가 될 수는 없었다. 이미 지방 농촌은 불구적 상황에 빠져들고 있었던 것이다. 이제 살기 위해서는 생산력이 있는, 살아갈 수 있는 조건들이 마련되어 있는 큰 도시로 나가야만 했다.

김승옥 소설의 '나'들이 서울로 올라온 이유는 그것이었다. 그것은 그들 부모의 소망과 그들의 야망이 한데 어울러진 결과였다. 그것은 그들이 택할 수 있는 최선의 선택이었다. 그러나 그들은 도시에 올라온 순간, 그들이 중심부에 있지 않음을 절감해야만 했다. 시작은 그렇게 그들이 지니고 있는 조건의 열악성을 깨닫는 것에서부터였다. 그것은 곧 60년대적 한국 사회의 실재 양상을 인식하는 것을 의미한다. '나'가 60년대 인식의 주체가 될 수 있는 것은 그의 기본조건이 그를 60년대 새로운 한국적 상황이 야기하는 모순의 담지자가 되게 하기 때문이다.

「역사」에서 드러나 있는, 달라진 세계는 인간관계의 기준을 변모시키고 삶의 질의 기준까지도 변화시킨다. 서울에 올라온 촌놈의 생활에 가장 먼저 영향을 미치는 것은 그러한 달라진 기준들이다. 그 기준들이란 철저하게 기능적이고 효율적이며 상대적이다. 그(들)가 서울에 올라와서 확인하는

10) 「환상수첩」 34쪽

것은, 그를 고향에서 불러 올렸던 서울이라는 곳의 실체가 바로 그러한 것을 강요하는 치열한 경쟁의 바닥이라는 것이다.

행복하려면 세상의 논리에 의문을 제기하지 않고 단지 그것을 완벽하게 익히는 것, 그것이 시대의 원칙이고 방침이다. 곧 그러한 삶이 '시골에서 올라온 서울대생'이 평범한 일상인이 되는 길이고, 그것이 '세상이 당연하다고 내미는 것'이다. 그러한 세상에서 성공하는 것은 세상이 원하는 성공의 조건을 확실히 파악하고 그것을 누구보다 먼저 선취하는 것이다. 그 조건이란 산업화, 자본주의화의 성공논리이다. 존경할 대상이 없이 '부러움'의 대상만이 존재하는 현실, 그 부러움의 대상이 지니고 있는 그것이 곧 성공의 조건이다. 돈과 권력, 이 두 조건은 현실적 성공을 결정짓는 요인이다. 그것이 없거나 그것을 기대할 수 없다면 그 삶은 성공한 삶도, 성공할 수 있는 가능성을 지닌 삶도 아니다.

그(들)는 서울의 대학 생활에서 「환상수첩」에서 어린 날 담임선생이 강요했던 세상논리를 분명하게 확인한다. 교수들이 하는 유머란 '상대편을 어떻게 하면 꽈악 눌러버릴 수 있느냐 하는 공격방법'이고, 기껏 인기있는 교수의 비결이란 '누구의 공격도 받을 수 없는 만큼 이도저도 아닌 것이었으나 공격을 막아낼 줄 안다는 사실' 한가지에 불과한 것이다. 그리고 그가 속한 서울대생들의 모습이라는 것도 '감색 교복에 은빛 배지를 빛내며 버스칸 같은 데서 가죽가방을 무릎에 세우고 영감님처럼 점잖게 앉아 있는' 것 뿐이다. 그러나 '그들은 행복해' 보인다. 그들은 습속의 논리에 철저하게 순응함으로써 편안한 일상을 누리기 때문이다. 경쟁에서 이겼다는, 그리고 계속 이겨나가 '행복한' 삶을 누릴 것이라는 자신감을 지니고 있기에 행복한 것이다.

「무진기행」에 나오는 '나'인 윤희중과 그의 중학 친구인 조의 현재 위치는 성공의 조건을 분명히 보여준다. 무진에서 성공한 사람은 그 두 사람이다. 나머지는 그 두 사람을 '부러워하고' 있다. 하 선생이 조를 유혹하고 '나'에게 안기는 것은 그들이 성공의 조건을 지니고 있다고 생각하기 때문

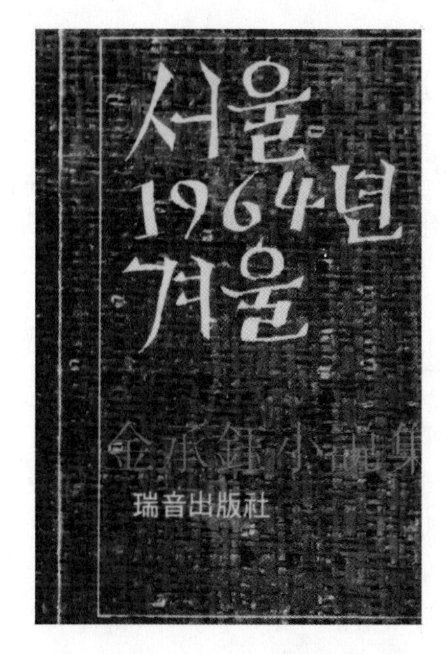

◀『서울, 1964년 겨울』

이다. 그것은 도시가 상징하는 부와 권력과 연결되어 있다. 윤희중은 서울에서 돈많은 과부와 결혼함으로써 부를 거머쥐었고, 조는 사법고시를 패스함으로써 권력을 쥐게 되었다고 평가된다.

조는 세상이치를 분명히 알고 있는 인물이다. 그는 고향의 세무서장으로 내려와 있으면서 계속 욕망을 키워나간다. 그의 욕망은 끝이 없다.

> "너만큼만 사는 정도라면 여자가 거지라도 괜찮지 않아 ?" 내가 말했다. "그래도 그게 아닙니다. 내편에 나를 끌어줄 사람이 없으면 처가편에서라도 누가 있어야 하는 거야" 그가 대답했다. 그의 말투로는 우리는 공범자였다.[11]

조는 스스로 출발점에 있다고 생각한다. 그는 아직 불완전한 것이다. 그의 공간이 시골에 머물러 있기 때문이다. 그러나 그는 권력 쪽에 서 있다.

---

11) 「무진기행」 146쪽

그가 생각하기에 권력을 쥐고 있는 자기와 부를 지니고 있는 윤희중은 현대의 성공의 조건을 한쪽씩 쥐고 있는 셈이다. 그는 윤희중과 '이제는' 대등해질 수 있다. 이제 그의 상대는 윤희중이 아니다. 하나의 욕망의 성취는 또다른 욕망을 낳는다. 그것이 자본주의의 경쟁의 논리이다. 그는 그 논리에 충실한 '일상인', 당대의 바람직한 주체인 것이다.

2. 소외와 세속화, 계층의 분화 - 소통의 단절

「역사」에서 외화의 화자가 공원에서 우연히 만난 젊은이, 곧 내화의 화자인 '나'는 동대문 창신동 빈민굴에서의 하숙생활과 '병원처럼 깨끗한 양옥'에서의 하숙 생활을 하는 가운데, 그 너무나 다른 일상의 모습 속에서 가치관의 혼란을 겪고 있는 인물이다.

'무질서하고 퇴폐적인' 창신동에서의 생활과 '질서가 잡히고 규칙적인' 양옥의 생활을 다 경험하면서 그는 '어느 쪽인가 한편이 틀려 있다는 생각'으로 인해 '지금'도 고민 중이다. 그 '틀려있다'라는 생각은 그에게 그 어느 한쪽을 선택해야 한다는 현실인식에서 나오는 것이다. 그런데 그는 외화의 화자인 또다른 '나'에게 어느 쪽이 틀려있는지 묻는다. 그리고 또 묻는다. 자기가 틀린 것은 아니냐고. 그가 어느 쪽이 틀렸다고 단호하게 자신 스스로 결정할 수 없는 것, 그것이 그의 '현재'의 고민이고, 따라서 그는 불안하고, 이전처럼 '무궤도하고 부랑아 같은 생활 태도'를 '천성의 게으름과 가난한 자들의 특징인 금전의 낭비벽, 그리고 이제는 돌아갈 고향도 없이 죽는 날까지 이 서울에서 내 힘으로 살아가야 한다는 절망감' 탓으로 돌리며 '여전히' 헤맬 것이다.

'지극히 평범하고 세속적인 삶'이라는 것이 한 개인의 내밀한 아픔과 비밀을 간직한 채 참으로 고단한 극기의 과정을 거치면서 이루어지는 것이라는 인식이 전제되지 않을 때, 그런 삶이란 그 어디에도 구체적으로 실재하지 않는 명분상의 이념에 불과하게 될 것이다. '평범한 삶'이란 구체적인 개인 개인의 통합될 수 없는 속사정이란 것은 배제해버리고 겉으로 드러난 굵은 얼개만을 일컫는 말이라고 할 수 있을 것이다. 그것은 사람들을 동일성의 연대감으로 묶어주는 역할을 하기도 하지만 그것보다는 훨씬 많은 경우에 사람들을 오히려 집단성에 편입되지 못하는 자신의 개인성에 대해 불안하게 만들고 그 '평범'이란 구체적이지 못한 집단적 동일성에 자기의 삶을 맞추고자 하는 오류를 발생시킨다. 그러할 때 '정상적'인 조건을 갖추지 못한 개인에게 남는 것은 소외된 개별자로서의 자기확인과 그로 인해 '평범한 삶'에 편입되지 못하는 자신에 대한 좌절감인 것이다.

「누이를 이해하기 위하여」에 나오는 작자는 바다가 있는 시골에서 도시로 올라온 인물이다. 그는 도시로 간 지 이년 만에 침묵만을 배워 온 누이를 보면서 그 침묵을 만든 것이 무엇인지 알기 위하여 도시로 올라 왔다. 그는 누이의 침묵을 '무엇엔가의 항거의 표시'로 이해하면서 그 항거의 표시에서 도시에 대한 누이의 또다른 이율배반적 감정을 읽어낸다. 그 눈빛에서 그는 '도시를 향한 항거'와 또한 '향수와 고독', '사람들이 두고 온 것들에게 보내는 마음의 등불'을 보아낸다. 그 이중적 감정의 엿보임이 아마 그로 하여금 도시로 가게 만들었을 것이다. 그것은 결국 어느 쪽이든 상처받을 수밖에 없는, 막다른 골목에 선 자의 선택이다. 그는 도시에 가지 않았더라도 시골에서 실패하였을 것이다.

> 들을 건너서 해풍이 불어오고 있었지만 해풍에는 아무런 이야기가 실려 있지 않았다. 짠 냄새뿐, 말하자면 감각만이 우리에게 자신을 떠맡기고 지나갈 뿐이었다. 우리는 모두 그것에 만족하고 있었지만 그래서 오히려 우리들은 좀 신경이 날카로워져 있었던 것일까. 설화가 없어서 우리는 좀 우둔했고 판단하기를 싫어하는 사람들이 누구나 그렇듯이 세상을 느끼고만 싶어했다. 그리고 그들이 항상 종말엔 패배를 느끼고 말 듯이 우리도 그러했다.[12)]

---

12) 「누이를 이해하기 위하여」 100쪽

고향은 고립되어 있으며 따라서 이야기 즉 변화가 없다. 변화란 곧 근대사회의 생동감이라고 할 수 있을 것이다. 그것은 고향 즉 시골을 정지된 상태로 파악하고 반면 도시를 생동감있는 생활의 터전으로 인식하고 있기 때문이다. 그에게 시골, 고향은 '영원의 토대를 장만할 수 없는' 곳이다. 그는 그렇게 인식하고 있으며 사람들이 그렇기 때문에 도시로 간다고 파악한다. 그러나 무조건 도시가 '영원의 토대를 장만할 수'있는 곳으로만 인식되고 있는 것은 아니다. 거기엔 대가가 필요함을 알고 있다.

> 그래서 사람들은 도시로 몰려갔다. 그리고 더러는 뿌리를 가지게 됐고 그렇지만 많은 사람들이 처참한 모습으로 시들어져갔다는 소식이었다. 차라리 이 황혼과 해풍을 그리워하며 그러나 이 고장으로 돌아오지는 못하고 차게 빛나는 푸른색의 아스팔트 위에 그들의 영혼과 육체를 눕혀버리고 말았다는 안타까운 소식이었다.[13]

뿌리를 내린 사람보다 쓰러져간 사람들이 많다는 것은 그 대가라는 것이 만만치 않은 것임을 보여준다. 그 대가가 무엇인지 그는 알고 싶은 것이다. 누이의 침묵은 어쩌면 그 대가를 누이가 스스로 지불하지 못했거나 아니면 그 도시라는 곳이 받기를 원하는 대가라는 것이 시골 출신의 변두리 인생이 감당해낼 수 없는 것이었는지도 모른다. 그것을 그는 확인하고자 한다.

> 이 황혼과 이 해풍. 그들이 우리에게 알기를 강요하던 세계는 도대체 무엇이란 말인가. 미소를 침묵으로 바꾸어놓는, 만족을 불만족으로 바꾸어놓는, 나를 남으로 바꾸어놓는, 요컨대 우리가 만족해 있던 것을 그 반대로 치환시켜버리는 세계였던 것인가.[14]

그러나 그는 이미 누이의 침묵에서 도시가 '침묵과 불만족을 생산하는 세계'임을 느낀다. 침묵은 단절을 뜻하고, 불만족은 끝없는 욕망의 사슬 속

---

13) 「누이를 이해하기 위하여」 100쪽
14) 「누이를 이해하기 위하여」 102쪽

에 놓여짐을 의미한다. 그가 그렇게 파악하고 있는 이상, 그러한 도시에 그가 스스로 편입되고자 하는 것은 침묵과 불만족의 원리를 받아들여야 함을 뜻한다. 그렇지 못할 경우, 그 또한 '푸른 색 아스팔트 위에 자신의 영혼과 육체를 눕혀 버리게' 될 것이다.

그에게 고향은 돌아가야 할 곳이 아니라 버리고 떠나야 할 곳이다. 그가 다시 고향에 돌아간다면 그가 파산선고를 자신에게 내린 후이거나 아니면 파산 선고를 스스로에게 내리기 위하여일 것이다. 그는 이미 상실감과 채워질 수 없는 욕망으로 상처입은 인물이다.

> 별도 보이지 않는 밤에 , 고향의 논두럭이 그리워서 중량교 쪽 어느 논두럭에 가서 서다. 개구리들이, 거꾸러져라거꾸러져라거꾸러져라,고 내게 외쳐대다.[15)]

이미 고향과 도시 그 어느 쪽에 안존하게 편입되지 못한 소외자의 파국이 절묘하게 드러나 있는 부분이다. 이만큼 적확하게 표현이 되기는 정말 어려울 것이다.

> 서울에서 나는 너무나 욕된 생활 속을 좌충우돌하고 있었다. 그리고 슬프게 미쳐버렸다고나 할까, 환상과 현실과의 거리조차 잊어버려서 아무것도 구별해낼 수가 없게 되었고 사람을 미워하는 법을 배우고 말았다. 아아, 그들을 죽이든지 그렇지 않으면 내가 떠나든지 해야 했다.[16)]

「환상수첩」의 정우도 「누이를 이해하기 위하여」의 인물과 상황이 거의 흡사하다. 시골 출신의 서울에서 대학을 다니는 학생. 그러나 그는 서울을 떠나 다시 고향에 돌아가고자 한다. 이는 이미 그가 파산지경에 이르렀음을 의미한다. 그나 「누이...」의 작자나 서울이 요구하는 대가를 치르지 못한

---

15) 「누이를 이해하기 위하여」 110쪽
16) 「환상수첩」 8쪽 (전집 제2권)

것이다. '우기(雨期)의 기상처럼 위악(僞惡)의 구름이 뭉게뭉게 이는', '외롭구나, 라는 말 한마디하기에도 숨이 컥컥'막혀 하면서 '부글부글 끓어오르는 내부를' '무관심한 표정으로 가려버리는 법'만을 배우기를 강요하는 생활을 그들은 견뎌낼 수 없었던 것이다.

사람들은 이제 세상의 기준이 무엇인가만 관심을 기울인다. 그것이 내 삶을 평가할 수 있는 유일한 잣대이다. 거기에 부합되지 않으면 사람들은 실패했다고 인정한다. 거기엔 적응과 소외, 성공과 실패, 중심과 주변이라는 이항대립적 요소만이 존재한다. 적응과 성공, 그리고 중심은 다수이며 따라서 타당하며 보편적이고 옳은 것이다. 그리고 적응과 성공, 중심을 검증해낼 수 있는 요건은 자본과 권력이고, 그 원천은 도시이다. 도시는 소수의 성공한 자를 그 수에 상관없이 보편적인 가치로 상승시킨다. 대다수의 사람들의 일상이 소수의 성공한 삶에 묻혀 버린다. 그것은 숫적 대비를 무너뜨린다. 그러한 전도는 다수의 삶을 낱개로 분산시켜 버린다. 그럼으로써 오히려 대다수의 삶이 소수로 전락한다. 세상은 강력한, 응집된 소수의 삶과 낱개로 분산되어버린 수많은 개체들로 나누어진다. 그 개체들은 서로를 모른다. 이제 대다수의 소외된 개인은 힘이 없는 모래알갱이에 불과하다. 그러한 삶은 서로를 끌어당기지 못한다. 그들은 칸막이된 좌석에 앉아 옆에 누가 있는지도 모른 채 '바람직한 삶의 완성된 모습'을 보면서 끊임없이 부러워하고 부끄러워하고 한탄하고 그 삶에 편승하기 위한 호승심을 불태운다. 세상에는 자만과 부끄러움만이 존재한다.

자본의 논리가 그 어떤 가치보다 우선하고 결국은 그러한 자본의 논리에 편승하여 서로를 기만하며 살아가는 것이 일상이 되어버린 세계는 각 개인을 소외시켜 버린다. 그들을 연결하는 것은 세속적인 욕망의 사슬, 자본과 권력에 얽힌 이해관계일 뿐이다. 그러한 관계에 있지 않는 한 연결고리는 없다.

「서울 1964년 겨울」은 현대에 있어서 인간관계의 양상을 압축적으로 보여준다. 이 소설에 등장하는 세 인물에게 있어 그들을 연결시키는 고리는 아무 것도 없다. 그들은 이해관계에 놓여 있지 않기 때문이다. 직업과 환경이 다르다는 것은 그들을 연결시킬 수 있는 고리가 없다는 것을 말하는 것이다. 하룻밤을 같이 보내는 동안 그들이 확인하는 것은 결국 그들을 연결시키는 것은 아무 것도 없다는 사실이다.

철저한 자본주의적 경쟁의 습속 논리는 결국 소외와 세속화의 부정적 양상을 낳으며, 한 사회 속에 살고 있는 대중들을 하나의 섬으로 떠 있게 만든다. 그러한 습속의 논리는 소통의 단절을 가져옴으로써 개인들을 무력한 분자로 고정시킨다. 그것은 바로 그러한 자본주의적 습속의 확대 재생산을 가져오는 것이다.

3. '살아남기'의 '부끄러움' – 자유로운 주체의 지향

「생명연습」의 한 교수는 냉정한 현실논리를 스스로 터득해내었고 그것을 실천함으로써 굳건한 성벽을 구축해낼 수 있었던 인물이다. 한 교수는 대학 졸업 후 런던 유학과 사랑하는 여인 정순과의 결혼이라는 양자택일의 문제에 당면하자, 유학을 가는 쪽으로 결정을 한다. 그 과정에서 중요한 것은 정순과의 결혼이라는 욕망을 스스로 뿌리뽑는 것이다. 유학이라는 결정에 대한 자기합리화를 위해서는 필요한 것이었다. 정순에 대한 욕망을 없애는 방법으로 한 교수는 정순의 육체를 감정없이 범해버리는 것으로 결정하고 실행에 옮긴다. 그 계획은 성공하고 한 교수는 흔들림없이 유학의 길을 떠난다. 그것은 '불가피하게 죄를 짓게 되면 짓는 것'이라는 「환상수첩」의 수영의 말을 떠올리게 하는 판단이고 행동이다. 또한 수영의 말처럼 '이미 죄의 기준이 없어진 지금' 한 교수의 행위는 '나'에 의해 아무런 비난도 받지 않는다. 즉 '나'는 그런 한 교수의 내력을 그저 들어주고 담담하게 인정하고 있을 뿐이다. 한 교수는 성공했고, 그 한가지 사실만으로도 그의 모든 행위는 정당성을 얻는다. 정순이라는 옛 여인의 사망 소식에 잠시 흔들리는 한 교수의 모습은 극기를 통해 얻은 자기 세계라는 것에 대한 회의의 의미를 지니는 것이지만, 그 회의는 다시 일상의 굳건함에 압도되어버리고 만다.

> "정순의 죽은 얼굴을 보고 내가 울까 ?"
> "물론 안 우시겠죠."
> "……"
> "……"
> "그렇다면 갈 필요가 없을 것 같군."
> 옳은 말씀이다. 이제 와서 눈물을 뿌린다고 해서 성벽이 쉽사리 무너져 날 것 같지도 않은 것이다.17)

그러나 잠시나마 자신이 지녀온 일상의 안온함에 의문을 던지는 한 교수의 모습은, 그리고 그러한 한 교수의 모습을 보면서 '할 수 없이' 웃고 마는 '나'의 모습은 자기 세계를 지니고 살아간다고 믿고 있는 현대인의 치명적 약점을 건드리고 있는 것이라 할 수 있다. 그 약점에 대한 궁극적 질문이 이후 김승옥 소설의 핵심이 되고 있는 것이다.

'형 같은 경우는 아예 비길 수 없이 으리으리하게 확립된 질서 속에' 살고 있는 오 선생의 경우도 마찬가지이다. 그 또한 한 교수와 마찬가지로 '나'에게 보여지지는 확고한 자기 세계를 지닌 사람이었지만 잠시잠시 흔들리는 모습을 보여준다. 그것을 오선생 자신은 '윤리의 위기'라는 말로 표현을 하곤 하는데, 그때 윤리라는 것은 단순하게 말하자면 자기논리라고 할 수 있을 것이다.

주체는 '생활이라고 불리는 일상적이고 반복적인 실천을 통해서, 즉 특정한 역사적 및 사회적 조건 속에서' 형성되는 것이다. 오 선생의 위기는 '습속의 주체'의 위기이며, 그 사실은 '당대의 특정한 역사적 및 사회적 조건'의 부정성을 말하는 것이다. '인간답게'의 기준이 자신에게 있어 불변하고 굳건한 원리로 개념화되어 있다고 믿었는데, 그 기준이 흔들린다. 그것

---

17) 「생명연습」 45쪽

은 결국 그가 믿고 있었던 그 기준이 '불변하고 굳건한 원리'가 아니었다는 것, 그것은 이전 생활의 실천을 통해 자기화된 '습속의 논리'에 불과하며, 그 습속이 변하면서 '인간답게'의 기준이 따라 변하게 된 것이고 그럼으로써 위기에 봉착하게 되었다는 사실을 그가 알지 못하고 있을 뿐이다.

> '자기 세계'라면 분명히 남의 세계와는 다른 것으로서, 마치 함락시킬 수 없는 성곽과도 같은 것이 아닌가 생각한다. 그 성곽에서 대기는 연초록빛에 함뿍 물들어 아른대고 그 사이로 장미꽃이 만발한 정원이 있으리라고 나는 상상을 불러일으켜보는 것이지만 웬일인지 내가 알고 있는 사람들 중에서 '자기 세계'를 가졌다고 하는 이들은 모두가 그 성곽에서도 특히 지하실을 차지하고 사는 모양이었다. 그 지하실에는 곰팡이와 거미줄이 쉴새없이 자라나고 있었는데 그것이 내게는 모두 그들이 가진 귀한 재산처럼 생각된다.18)

> 하나의 세계가 형성되는 과정이 한마디로 얼마나 기막히다는 것을 나는 잘 알고 있다. 그 과정 속에는 번득이는 철편(鐵片)이 있고 눈뜰 수 없는 현기증이 있고 끈덕진 살의가 있고 그리고 마음을 쥐어짜는 회오(悔悟)와 사랑도 있는 것이다. 이렇게 말하면 봄바람처럼 모호한 표현이 아니냐고 할 것이지만 나로서는 그 이상 자세히는 모르겠다.19)

이 두 인용문에는 '자기 세계'라는 것에 대한 '나'의 이해가 복잡하게 얽혀서 드러나고 있다. 자기 세계라는 것의 그 절실함을 깊이 인식을 하고 있으면서도 그러한 자기 세계를 지녔다고 보여지는 사람들에 대한 거리는 엄격히 유지하고 있다. 그것은 '자기 세계'라는 것의 허구성을 절감함과 동시에 그 당사자들을 이해하고 있다는 뜻이다. 이해는 따뜻한 시선을 내포하고 있는 인식차원이라고 할 수 있을 것이다. 따뜻한 시선이란 곧 애정을 의미하는 것. '나'는 그들에게 사랑을 지니고 있다. 그 애정이 다른 이들이 각

18) 「생명연습」 26쪽
19) 「생명연습」 30쪽

자 지닌 그 '자기 세계'라는 것에 대한 깊은 이해를 가능하게 하는 것이고, 그들의 그런 자기 세계를 인정하게 만드는 것이 되고 있다.

그러나 '나'는 다른 이들에 애정을 지니지만, 결코 그들과 동일한 범주 속에 끼이지 않는다. 그것은 그들의 삶이라는 것이 그 '자기 세계'라는 것을 지니고 있음에도 불구하고 그렇게 편안하지 않다는 것을 알아버렸기 때문이다. '자기 세계'라는 것이 고통과 외로움과 회오를 요구하는 것이며, 그 고통과 외로움과 회오는 억지로라도 자기 세계를 지니고 있지 않으면 자신의 일상적 삶이 어느 순간 산산이 바스라져 버리고 말 것이라는 불안감에서 연유하는 것이라는 사실을 알아 버렸기 때문이다. 이는 바로 당대 습속의 부정성에서 기인한다라는 것, 따라서 당대 일상에 대한 냉소와 거리두기로 나타난다.

「누이를 이해하기 위하여」에 나오는 '작자'의 '위악'은 '당대 일상에 대한 냉소와 거리두기'의 태도이며, 현실과 맞선 팽팽한 대결의 모습이다. 그가 바라보는 현실, 도시에서의 삶이란 것은 누이를 침묵하게 만들었으며 자신을 '조리에 맞지 않는 감정의 기교만을' 배우게 했을 따름이다. '나'의 위악(僞惡)은 부정적 현실과의 팽팽한 맞대결에서 약한 자가 취할 수 있는 하나의 저항의 방식이며, 자신의 새로운 삶을 찾기 위한 방황과 모색의 몸짓이다. 그러나 그런 삶의 방식은 견뎌내기 어려운 것이다. 그것은 자신을 망가뜨리면서 사회에, 현실에 맞서는 것이기 때문이며, 그런 자신에 대한 경멸과 비웃음에 불과하기 때문이다. 그것은 누이의 침묵처럼 소극적인 패배의 몸짓에 다름 아니다.

진정석은 '스스로의 기만성을 정면으로 응시하고 그 허구성을 절감하지만, 그럼에도 불구하고 온갖 위악과 포즈와 작위를 동원하여 살아가야 한다는 것. 이 지점에서 김승옥이 말하는 '자기 세계'의 논리는 주체의 자기 보존을 위한 희생과 기만의 책략으로 전환된다.'[20]라고 말하고 있지만, 김승옥에게 있어 위악과 포즈와 작위는 건강한 상태 속에서 취할 수 있는 삶

20) 진정석, 「글쓰기의 영도 – 김승옥론 」, 『문학동네』, 1996. 여름, 420 쪽

의 방식으로 이야기되지는 않는다. 즉 세상에서 살아남을 수 있는 방편이 되지 못하는 것이다. 그렇기 때문에 정우는 고향을 다시 찾았고, 수영 역시 정우의 수기를 세상에 내놓고 있는 것이다. 위악이라는 방식은 '자기 세계'라기보다는 어설픈 치기에 가깝다. 그러나 치기임에도 불구하고 거기엔 젊은이의 세상에 대한 반항과 삶에 대한 절박함이 있다.

정우가 고향에 내려가는 것은 그 위악을 버리고자 하는 것이다. 그러나 고향의 친구들 역시 서울에서의 그와 마찬가지로 '위악'의 세계에 빠져 있다. 그들에게 닥치는 사건들은 그 위악이 세상에 맞서서 더 버텨낼 수 있는 방식이 되지 못한다는 것을 깨닫게 만드는 결정적 계기가 된다.

위악마저 세상에 맞서서 버텨낼 수 있는 삶의 방식이 되지 못함을 깨달을 때, 현실을 스스로 거부하거나 아니면 그 현실의 논리에 따를 수밖에 없다. 그 두 가지 선택의 논리를 극명하게 보여주는 작품이 「환상 수첩」이다. 그 두 가지 선택은 「생명 연습」에서의 형의 선택과 한 교수의 선택을 떠올린다. 형의 선택과 연결되는 것이 정우의 자살이며, 한 교수의 선택과 연결되는 것이 수영의 논리라고 할 수 있다. 그렇게 보면 결국 김승옥은 처음의 인식에서 한 걸음도 더 나아가지 못한 채 회귀하고 있는 것이 아닌가 하는 의구심을 자아낸다. 그러나 그 내포적 의미는 전혀 다르다.

정우의 자살은 부정적 현실을 거부하는 하나의 형식이다. 그것은 현실의 도피라는 소극적인 행위로 볼 수 없다. 그의 자살은 그가 스스로 선택할 수 있는 현실 거부의 몸짓이다. 그가 현실을 부정할 수 있는 방법은 그것밖에 없다. 부정적 현실을 극복 혹은 변혁시킬 수 있는 힘은 개인에게 잠재되어 있다. 그러나 그 잠재된 힘은 연결을 필요로 한다. 현실 변혁에 대한 의지를 가진 각 주체가 서로를 확인해 가는 과정이 필요하며 그것을 통해 각 주체는 실질적으로 연결되어야 한다. 그랬을 때 그것은 현실을 바꿀 수 있는 힘이 된다. 그런데 그것은 역설적이게도 소통될 수 있는 토대를 지녀야 한다. 그 토대 건설의 지향은 소통되지 않는 현실의 강고함을 절실히 인식하는 데서 출발한다. 그러한 현실 감각이 없으면 현실 변혁은 한갓 당위론에 그치고 만다. 정우라는 한 개인의 자살은 현실의 강고함을 절실하게 그리고 분명하게 알리는 계기가 되고 있다. 정우의 대척점에 수영이 있다는 사실은 김승옥의 현실인식이 정확한 감각적 차원에서 이루어지고 있으며 따라서 당위론적인 논리적 귀결에 이르고 있지 않다는 것을 말한다. 당위론적인 환상은 구체적 실천을 이끌어 내지 못한다.

정우가 중요시 한 것이 삶의 질이라면 수영은 생존 그 자체를 중요시한다. 그런 면에서 수영은 정우보다 훨씬 현실적이다. 현실이 잘못되어 있다는 정우의 생각을 그가 부정하는 것은 아니다. 단지 정우가 현실을 견뎌낼 수 있는 긍정적 세계를 현실 속에서 찾으려 하다가 결국 실패하였고 그러한 사실을 인정하면서 살 수는 없다고 결정하였음에 반해 수영은 이미 그러한 희망 자체가 불가능한 현실임을 그대로 인정한다. 그런 면에서 수영이 보기에 정우는 환상을 가지고 있는 놈이었고 그 환상을 포기할 수 없는 놈이었던 것이다. 그런 놈이 살아갈 수는 없는 세상이 바로 그들이 놓여 있는 현실이라는 것을 수영은 냉정하게 바라보고 있었던 것이다.

어떻게 보면 정우의 죽음보다 수영의 그런 포기가 더욱 현실에 대한 비극적 인식을 강화시켜주는 역할을 하고 있다. 긍정적 전망을 버릴 수 없었던 인물은 죽음을 택할 수밖에 없고, 이미 현실의 긍정성 자체를 포기한 인물이 살아남아 있는 현실은 그야말로 비극적인, 전망이 없는 암담한 세상일 수밖에 없는 것이다. 그것은 무서운 경고와도 같다.

결국 살아남은 자는 정우가 아니라 수영이다. 그러나 수영이 정우의 수기를 이 세상에 내놓게 되었다는 사실은 또다른 가능성의 여지를 열어놓은 것을 의미한다. 수영의 정우에 대한 비아냥은 정우의 순수를 지켜주지 못하는, 정우같은 인물이 살아갈 수 없는 세상에 대한 욕설이다. 그리고 정우의 죽음에 대한 안타까움의 표현이기도 하다. '여전히 전세기적인 병을 앓고 있는 사람들'을 위해 이 수기를 공개한다는 그의 말은 정우같은 인물들이 세상엔 많다는 것, 그리고 또다른 정우가 나오지 말기를 바라는 그의 마음을 그대로 보여준다. 자살은 가능성 자체를 원천적으로 포기하는 것이라는 것, 어쩌면 정우가 끝내 놓치고 말았던 가능성을 수영 그가 바로 지니고 있는 것일지도 모르는 일이다.

> 그가 고통하며 지낸 밤이 길었다면 내가 고통하며 지냈던 밤은 더욱 길었으리라. 산다는 것, 우선 살아내야 한다는 것. 과연 그것이 미덕이라고까지는 얘기하지 않겠다. 그러나 그것은 이제야 출발하는 것이다. 죽음, 그 엄청난 허망 속으로 어떻게 하면 자기를 내던질 생각을 조금이라도 난단 말인가 ! 나의 건강이 회복되면 그때는 나도 죄의 기준이란 것을 좀 올려볼 생각이지만 뭐 꼭 그럴 필요도 없으리라고 믿는다.[21)]

그냥 무조건 부정적 현실의 논리에 순응하는 삶이 단지 살아있다는 이유만으로 정당화될 수는 없다는 것을 그 또한 알고 있다. 그의 선택이 그저 올바른 삶을 포기한 채 현실의 타락한 흐름에 몸을 맡기기만 하는 것을 뜻하지 않는다는 것이 이 인용문에는 분명히 드러나 있다. 그의 선택은 출발의 의미를 지니고 있는 것. 그것은 그가 정우가 포기했던 가능성을 놓치지 않고 있음을 보여준다. '건강이 회복되면' 그는 '죄의 기준'을 높일 것임을 넌지시 암시한다. 그러한 발언은 많은 예상을 가능하게 한다. 그 예상이 구체적으로 현실화되는 방식을 통해 우리는 새로운 주체의 가능성을 발견할 수 있을 것이다.

'건강이 회복되면 죄의 기준을 올려볼 생각'이라는 말 속에는 수영 자신의 삶에 대한 기대가 강렬하게 깔려 있다. 수영은 이제 세상 속으로 들어간다. 그러나 수영의 '출발'이 기대감보다는 불안을 주고, 그리하여 애초부터 현실 논리에의 패배적 순응을 뒤집어 쓰고 있었던 것은 아닌가하는 의혹을 불러 일으키게 하는 요인들 또한 배제할 수는 없을 것이다.

그러한 의심은 「역사」를 통해 더욱 증폭된다. 내화의 화자인 '나'가 이층 양옥의 생활이 잘못되어 있다는 것을 확신하는 순간에도 그의 현실적 선택

---

21) 77 쪽

은 이층 양옥의 생활에 있다. 이층 양옥 생활에서의 권태와 그 집에 대한 혐오증, 그리고 그것이 틀렸기 때문이었다는 확신조차도 그를 창신동 빈민가로 되돌려 보낼 생각을 하게 하지는 못하는 것이다. 이층 양옥의 생활을 뒤엎어버리겠다는 목적으로 그가 기도한 수면제 사건도 그저 자신의 약함과 세상 질서의 완강함만을 확인시켜줄 뿐이다.

그러한 결말은 대체 왜 세상이 틀렸다는 것을 그렇게도 길게, 끈덕지게 이야기하고 있는 것인지, 그 의도조차 모호하게 만든다. '세상은 잘못되어 가고 있다. 그러나 그것을 어찌 할 수는 없다. 당신이 어찌할려고 하는 순간, 당신은 더욱 고독해질 수밖에 없고, 세상은 여전히 강고함으로 당신을 굴복시켜 버릴 것이다'라고 한다면 대체 작가의 의도는 어디에 있는 것인가.

> 나는 아니라고 고개를 저었다. 모든 것이 흔히, 여행자에게 주어지는 그 자유 때문이라고 아내의 전보는 말하고 있었다. 나는 아니라고 고개를 저었다. 모든 것이 세월에 의하여 내 마음 속에서 잊혀질 수 있다고 전보는 말하고 있었다. 그러나 상처가 남는다고, 나는 고개를 저었다. 오랫동안 우리는 다투었다. 그래서 전보와 나는 타협안을 만들었다. 한 번만, 마지막으로 한 번만 이 무진을, 안개를, 외롭게 미쳐가는 것을, 유행가를, 술집 여자의 자살을, 배반을, 무책임을 긍정하기로 하자. 마지막으로 한 번만이다. 꼭 한 번만. 그리고 나는 내게 주어진 한정된 책임 속에서만 살기로 약속한다. 전보여, 새끼 손가락을 내밀어라. 나는 거기에 내 새끼 손가락을 걸어서 약속한다. 우리는 약속했다.
>
> 그러나 나는 돌아서서 전보의 눈을 피하여 편지를 썼다. (중략) 쓰고 나서 나는 그 편지를 읽어봤다. 또 한 번 읽어봤다. 그리고 찢어버렸다.
>
> 덜컹거리며 달리는 버스 속에 앉아서 나는 어디쯤에선가 길가에 세워진 하얀 팻말을 보았다. 거기에는 선명한 검은 글씨로 '당신은 무진읍을 떠나고 있습니다. 안녕히 가십시오'라고 쓰여 있었다. 나는 심한 부끄러움을 느꼈다.[22)]

'부끄러움'이란 말에서 수영의 출발이 지닌 현실 타협의 가능성과 현실 변혁의 전망 모두를 본다. 그것은 한 교수의 경우처럼 부정적 습속의 논리에 충실한 패배주의적인 주체가 될 가능성과 현실 변혁의 의지를 지닌 새로운 주체가 될 수 있는 가능성을 모두 지니고 있다.

윤희중은 아내의 전보를 받고 다시 서울로 간다. 비뚤어지고 속물적인 세계인 서울로 그는 간다. 그것은 그의 의지이다. 그 누구도 그를 억지로 서울로 데려가지는 못한다. 그가 스스로 택한 길이다. 그 선택의 지점에 그는 부끄러움을 느낀다. 그 부끄러움은 속물적 습속의 일상에 편입되고자 하는 자신의 모습을 그 스스로 당당하게 여기지 못하고 있음을 나타낸다.

윤희중은 서울에 가서도 내내 그 부끄러움을 지닌 채 일상 속에서 살아갈 것이다. 그는 60년대 변화하는 새로운 시대의 흐름 속에서 자신의 정체성에 대해 일상적 틀 속에서 고민하는 새로운 주체의 모습이라고 할 수 있다. 세상과 마주한 철저한 욕망의 주체, 그것은 새로운 시대에 생겨나기 시작했던 수많은 도시 군상들의 발가벗겨진 모습이기도 하다.

김승옥 소설은 '감각적인 문체, 언어의 정확한 사용, 배경과 인물의 적절한 배치, 그리고 치밀한 완결성'등의 형식적 차원에서 한 시대의 전범으로 평가되어져 온 면이 강하다. 그런 형식적인 차원에서의 상찬은 상대적으로 내용에 대한 아쉬움을 더욱 드러내는 역할도 하였는데, 지금까지 살펴 본 바, 김승옥 소설은 그러한 탁월한 형식적 완결성 속에 새로운 시대의 징후들을 너무나 예리하게, 감각적으로 포착해내고 있음을 알 수 있다. 그 새로운 시대적 징후들은 그가 전체적 구도 속에서 파악해내고 그에 대한 진단과 처방들을 제시할 수 없는 '안개'와도 같은 것이었다. 그 안개 속에서 언뜻언뜻 보이는 중요한 기미들을 그는 놓치지 않고 선명하게 드러낸다. 그 기민하게 포착해낸 중요한 시대적 징후들은 그러나 한 개인이 대처하기에는 그 실상이 드러나지 않는, 전체를 알 수 없는 괴물과도 같은 것이었고, 거기에서 그가 체득해낸 삶의 방식은 '어떻게든 살아 버팅겨야 한다는 것,

22) 「무진기행」 152쪽

그런데 살기 위해서는 그 언뜻언뜻 보이는 징후들을 오히려 시대의 조건, 생활의 조건으로 삼아야 한다는 것이었다. 우리가 얻을 수 있었던 가장 중요한 것은 그가 포착해낸 60년대, 그리고 이후에까지 이어지는 한국 사회의 기본적 징후들이었고, 그 안에서 살아가는 수많은 사람들, 지식인들의 살아있는 모습이기도 했다.

세상은 소통될 수 있는 유일하며 절대적인 공간이다. 그것이 가능하지 않다면 우리는 살아갈 이유가 없을 것이다. 그러한 인식이 실재적인 사회 관계 속에서 가능해지기 위해서는 역설적으로 60년대 배태되기 시작한 한국 현대 사회의 억압적 정치 구조와 부정적 자본주의 산업 구조가 보다 강화되고 정교화되는 70년대를 기다려야만 했다.

부정적 습속의 주체임을 과감히 벗어 던지고 현실 변혁에의 의지를 지니고 다양한 개인들이 공존할 수 있는 새로운 습속의 형성을 지향하는 주체의 성립은 비판적 현실 인식을 지닌 주체가 소외된 홑으로서가 아니라 그러한 주체들이 함께 공존하며 연대를 형성할 수 있다는 집단의식을 필요로 한다. 그것은 아이러니하게도 또다른 사회적 관계를 토대로 요구한다. 김승옥은 새로운 주체의 설립을 절박하게 지향하게 만든다. 그런 면에서 김승옥은 「서울 1964년 겨울」에서 할 일을 다했다. 새미

「무진기행」과 소설의 가능성

채 호 석*

1. 들어가며

사실 김승옥에 대해서는 이미 많은 평가가 내려져 있다. 유종호가 말한 '감수성의 혁명'이란 이미 지나치게 낡은 평가일지도 모른다. '반속물주의', '역유토피아', '도시화된 삶에서의 고독' 등등이 김승옥의 작품을 규정하는 언어인 듯하다. '감수성의 혁명'이 이전 세대와의 대비에서, 다시 말해서, 1950년대 작가들이 보여주는 엄숙주의와의 대비에서 가능한 것이라면, 그리고 그것이, 때로는 발랄한 재기, 유희주의 따위를 언급하고 있는 것이라면, 반속물주의나 고독 따위의 규정은 김승옥을 '근대화'된 혹은 되고 있는 한국 사회 속에서 규정하고 있는 것이라고 하겠다. 그리고 이 점이 그를 1960년대를 대표하는 작가의 위치에 올려놓은 것이리라. 그러나 앞에서 말했듯이 김승옥이 그리고 있는 세계가 과연 1960년대만의 세계일까. 어쩌면 지금 우리가 살고 있는 세계의 한 모습일지도 모른다. 그리고 그렇다면 김승옥은 30여 년의 시간적인 차이를 넘어 여전히 동시대성을 지니고 있는 것이다.[1)] 그렇다면 가능성과 한계는 바로 이 동시대성의 문제에 걸려 있을

---

* 가톨릭대학교 · 한국과학기술원 강사. 주요 논문으로 「김남천 창작 방법론 연구」 등이 있음.

1) 개인적으로 '현대문학의 이해' '문학개론' 따위의 강의에서 김승옥의 「무진

지도 모른다. 아니 이 동시대성이 문제가 아니라, 김승옥을 동시대적으로 읽는 우리의 한계.

이 점에서 출발해보자. "김승옥의 동시대성, 혹은 현대성이란 무엇을 뜻하는 것일까?" 김승옥이 그린 세계가, 삶이 우리의 삶과 다르지 않다고 느낀다면, 이는 김승옥 소설에 반영되고 있는 60년대 세계의 모습, 그 구체적인 세부 때문이 아니라 아마도 삶의 방식의 동일성 때문일 터이다. 1960년대초와 1990년대말의 삶의 방식의 동일성.

「무진기행」에서 출발하자. 이유는 여러 가지이다. 「무진기행」이 「서울, 1964년 겨울」과 더불어 가장 많이 알려져 있는 작품이며, 또한 김승옥 소설의 한 완성태, 혹은 정점이라고 일컬어지기 때문이다. 「무진기행」이 김승옥 소설의 정점이라는 비유를 그대로 따르자면, 그 이전의 소설들은 그 정점에 올라가는 도상에 있는 것이고, 그 이후의 작품은 그 수준의 유지이든가 아니면, 그보다 '아래'에 있다는 뜻이리라.[2] 그렇기 때문에 「무진기행」은 그 이전의 작품과 그 이후의 작품을 살펴 볼 수 있는 근거를 마련해 줄 수 있을 것이다.

기행」을 읽힌 적이 있다. 그리고 황석영의 「객지」나 정화진의 「쇳물처럼」 같은 작품을 같이 읽히고 어느 작품이 더 나중의 작품인가를 물은 적이 있다. 꼼꼼하게 읽은 학생들 몇몇은, 작품 내에 존재하는 여러 시대적인 표지를 통해서 발표 순서대로 나열하였지만, 그렇지 않은 학생들의 경우, 다시 말해서 작품의 세부보다는 작품의 느낌에 치중하는 대부분의 학생들의 경우 – 그리고 이러한 학생들이 대부분인 것이 현실이기도 하다 – 「무진기행」을 가장 나중 발표된 작품으로 꼽았다. 사실 꼼꼼하게 읽은 학생들의 경우도, 작품내의 시대 표지 때문에 대답은 '바르게' 했지만, 느낌은 그와 다르다고 하는 학생들이 많았다. 이렇게 읽힌다는 것은 무엇을 뜻할까. 김승옥의 동시대성, 혹은 현대성을 말하는 것은 아닐까. 물론 1980년대 중후반에 읽혔더라면 아마도 다른 대답이 나왔을는지도 모른다.

2) 이렇게 보고 있는 대표적인 평자가 한기이다. 한기, 「김승옥 소설의 문학사적 성격」, 『전환기의 사회와 문학』(문학과지성사, 1991) 참조.

2. 「무진기행」 : 경계에 대하여

2-1. 무진 : 경계의 불투명성

「무진기행」을 특징짓는 것은 안개이다. 안개만이 유일한 고장. 안개의 특징은 불투명성이다. 안개는 가까이 있는 것 외에는 보이지 않게 만든다. 사물의 영상을, 그리고 어쩌면 사물의 실체를 흐리게 만든다. 경계를 흐리면서, 경계를 무너뜨리고, 경계를 의심하게 한다. 또한 안개는 시계를 좁힌다. 시계를 좁히면서, 바로 앞에 있는 것에만 눈을 돌리게 한다. 멀리 있는 것은 존재하지 않는다. 아니 존재하더라도 그 존재는 아무런 영향도 미치지 못한다. 그렇기 때문에 멀리 있는 것은 직접적으로 다가들 수 있는 대상이 아니라, 호기심의 대상이며 동경의 대상이다. 안개는 어쩌면 가까이 있을 수도 있는 것을 멀게 만들고, 그리고 그것을 현실의 대상이 아니라 동경의 대상으로 만든다.

> 해가 떠오르고, 바람이 바다 쪽에서 방향을 바꾸어 불어오기 전에는 사람들의 힘으로써는 그것을 헤쳐버릴 수가 없었다. 손으로 잡을 수 없으면서도 그것은 뚜렷이 존재했고, 사람들을 둘러쌌고 먼 곳에 있는 것으로부터 사람들을 떼어놓았다.[3)]

안개는 경계를 의심하게 한다. 그러나 안개는 또한 경계를 만든다. 사람과 사람 사이에. 안개는 사람과 사람 사이에서 각각의 사람들을 둘러싸고, 사람과 사람 사이를 넓히며, 사람들을 혼자 있게 만든다. 그렇기에 안개는 경계를 만든다. 무진의 안개는 사람과 사람을 떨어뜨릴 뿐만 아니라 서울과 무진을 갈라놓기도 한다. 안개는 사람과 사람 사이의 경계이면서 또한

---

3) 김승옥, 「무진기행」, 『김승옥소설전집1 : 생명연습』(문학동네, 1995), 126쪽. 이하 인용의 경우는 인용문 다음에 인용 쪽수만 밝힌다.

서울과 무진의 경계이다. 안개는 경계를 흐리면서 경계를 만든다. 이제 안개 속에 있는 것과 안개 밖에 있는 것이 구별된다. 「무진기행」은 이 안개 속에 있는 것과 안개 밖에 존재하는 것 사이의 차이이자 동일성이며, 구별이자 동일성이다.

안개는 사물의 경계를 문제삼을 뿐만 아니라 의식의 경계도 문제삼는다. 안개는 경계를 의심한다. 작가는 말한다. "무진에서는, 모든 것이 허용된다."

> 무진에 오기만 하면 내가 하는 생각이란 항상 그렇게 엉뚱한 공상들이었고 뒤죽박죽이었던 것이다. 다른 어느 곳에서도 하지 않았던 엉뚱한 생각을 나는 무진에서는 아무런 부끄럼 없이 거침없이 해내곤 했었던 것이다. 아니 무진에서는 내가 무엇을 생각하고 어쩌고 하는 것이 아니라 어떤 생각들이 나의밖에서 제멋대로 이루어진 뒤 나의 머릿속으로 밀고 들어오는 듯했다.(127-8)

그렇게 말한다. 무진에서는 모든 것이 허용된다고. 그런 점에서 무진은 감추어진 욕망을, 스스럼없이 드러내는 자리이고, 그 스스럼 없음에 대해서 부끄러워 하지 않아도 되는 자리이다. 감추어진 욕망이라고 말했다. 그렇다면, 이 감추어진 욕망이 의미하는 바는 무엇일까. 위의 인용문 바로 앞에서, 윤희중의 입을 빌어 작가는 이 욕망의 정체를 말하고 있다. 그 욕망은 터무니 없는 욕망, 엉뚱한 공상이다. 안개로 수면제를 만들어 팔고 싶다는 욕망. 사람들을 편하게 쉴 수 있게끔 만드는 수면제. 사람들을 편하게 만들지 않는 공간에서, 편안하게 자고 싶다는 것은 깨어 있음이 편안하지 않음을 의미하는 것이고, 그 깨어 있음의 불편함이 편안한 잠을 방해한다는 의미이다. 따라서 편안한 잠이란, 깨어 있어 그를 힘들게 하는, 사람들을 힘들게 하는 모든 것으로부터의 '해방'을 의미한다. 이 해방에의 욕구는 잠재된 욕구이자, 또한 '본질적인' 욕구이다. 그리고 이는 모든 일상적인 생활, 먹고 사는 삶에서의 해방을 의미한다. 이 해방을 안개가 가져다 줄 수 있는 까닭은, 안개의 속성이 경계흐리기이기 때문이다. 모든 사물의 경계를 흐려지게 만들고, 사물의 경계를 흐림으로써 사물을 계량화할 수 없게 만든다. 그렇기 때문에 이 욕망은 '계량화'된 삶인 근대적인 삶으로부터 도피하고자 하는 욕망이다. 그리고 이 계량화야말로, '합리주의'의 바탕일 것이다. 수면제에 대한 욕망은 이 '합리주의의 틀=경계지우기'로부터의 일탈의 욕망이다. 그리고 이 욕망은 여기서 멈추지 않는다. 이 욕망은 그러한 계량화의 거부를 넘어서서 계량화되는 대상 자체의 거부를 함축하고 있다. 따라서 이 욕망은 노동의 재조직, 삶의 재조직에 대한 욕망에 그치지 않는다. 이 그치지 않음을 가능성이라고 말할 수도 있고 또 한계라고도 말할 수 있다. 어떻게 말하는가는 말하는 자의 삶의 지향성의 차이일 것이다.

그러나 수면제를 팔고 싶다는 그 욕망은 또한, 제약회사 간부다운 욕망이기도 하다. 중요한 것은 '-답다'이다. 그 수면제는 다시, '판매'의 대상이 된다. 판매의 대상이 되고, '히트'를 칠 수 있는 상품이 될 것이며, 히트는, 그에 상응하는 '돈'을 가져다 줄 것이다. 안개로 만든 수면제의 욕망은 윤희중의 감추어진 욕망이자, 윤희중으로 대표되는 그 계층의 욕망일 수 있다. 한편으로는 현재의 삶의 방식에 완벽하게 동화함으로써, 사회의 꼭대기까지 올라가고 싶어하면서도, 또 한편으로는 그 모든 것을 부정해버리려고 하는 욕망. 이 계층을 당대의 평자들은 '소시민'이라고 규정한 바 있다. 그렇게 김승옥은, 산업화된 삶에 대한 거부와 추종을 드러낸다. 그렇다면 실상 소설의 말미에 나오는 '타협'은 이미 처음부터 예견된, 아니 준비되어 있는 것에 지나지 않는다.

2-2. 서울 : 욕망/거부의 대상

「무진기행」의 공간은 물론 '무진'이다. 그러나 무진은 그 자신 아무러한 특성을 가지지 못한다. 무진을 특징짓는 안개라는 것은, 그리고 그 안개가 만들어내는 경계 흐리기는, '서울'이라는 존재를 상정할 때만 의미가 있는 것이다. 따라서, 무진은 '서울-아닌' 공간이다. 만일 서울과 무진이 전혀 다름이 없는 공간이라면, 주인공 윤희중의 무진행은 아무런 의미를 갖지 못할 것이다. 따라서, 윤희중의 귀향인 무진행이 의미를 갖자면, 무진은 서울이 아닌 공간으로서의 의미를 지니지 않으면 안된다. 그렇다면, 무진이 일차적으로 가질 수 있는 의미는 서울이 아닌 공간으로서의 의미이다. 윤희중의 친구 조에게는 서울이란, 바로 "돈있고 빽있는 마누라"를 얻을 수 있는 공간, 혹은 '출세의 공간'이며, 하인숙에게는 '동경'의 공간이다. 그런데 이 서울이란, 「서울, 1964년 겨울」에서 드러나고 있는 것처럼, 단순한, 특정한 지역 공간이 아니라, 산업화되는 사회의 대명사에 불과하다. 그 거리를 지배하고 있는 것은 무엇일까. 김승옥은 말한다.

> 우리들의 그 '생활'을 유지시켜주는 것을 구태여 찾자면, 우리의 일부에게는, 옛날 사람들은 그렇게도 낯설어했던 기독교적 정신 또는 합리주의가, 일부에게는 배금 사상이, 일부에게는 상업공부를 한 민족주의가 그것들이다. 생활하기에는 그만한 것들로써도 충분한 것이다.[4)]

서울을, 아니 사회를 지배하고 있는 것은, 계량화되는 합리주의이며, 배금사상이며, 상업공부를 한 민족주의이다. 만일 '무진'에 어떤 의미가 있다면, 무진이 서울로부터 벗어나 있는 어떤 곳이기 때문이다. '반-서울'로서의 무진과 서울의 대비, 대립. 그동안 많은 평자들에 의해 지적된, 그리고 작품을 읽자마자 떠올릴 수 있는 이러한 대립의 구도란 그러나 너무나 단순하다. 「무진기행」은 적어도 이러한 단순화된 대비를 허용하지 않는다. 왜냐하면 반-서울로서의 무진의 의미란 조금만 생각해보면 사실 아무 것도 아니기 때문이다. 무진은 서울이 아닌 공간이지만, 그러나 반-서울으로서의 무진이란 사실은 또 다른 서울일 뿐이다. 윤희중이 무진에서 서울 아닌 곳을 찾았다면, 그것은, 의식 속에서의 일일 뿐이다. 따라서 무진 그 자체는 더이상 서울 아닌 곳이 아니다. 실제로 윤희중이 만나는 무진이란, '아직' 서울이 아닌 곳, 서울에 미치지 못한 곳일 뿐이다. 그런 의미에서 무진이란,

---

4) 김승옥 창작집, 『생명연습』(창우사, 1966) 후기 중에서.

'저개발'된 근대의 공간일 뿐이다. 이 저개발된 근대의 공간 속에서는 아직 근대 아닌 어떤 것, 그리고 근대를 부정할 수 있는 어떤 것이 발견될 수도 있는 곳이지만, 그러나 그럼에도 불구하고 근본적으로는 '근대적'인 곳에 지나지 않는다. 그렇기 때문에 무진에서 가능한 동경이란, '근대화'에 대한 동경, 아니 근대화의 산물에 대한 동경이다. 마치 구분되는 듯한, 그리고 대립되는 듯한 무진과 서울이 결국은 동일한 공간일 뿐이라는 사실은 근대 자본주의의 편재성과 막강한 위력을 뜻한다. 어느 곳도 이 근대 자본주의의 손길에서 벗어날 수 있는 공간은 없다.

2-3. 기억으로서의 무진 : 무시간성의 공간

무진에는 시간이 없다. 무진의 안개는 시간의 경계를 무너뜨린다. 무진에는 시간이 없기에 무한한 '현재'만이 존재할 뿐이다. 그리고 그것은 '과거'에도 그랬고, 또 지금도 그렇다. 이 무진의 무시간성은 이중의 이미지를 띠고 있다.

> 내가 깨어 있을 때는 수없이 많은 시간의 대열이 멍하니 서 있는 나를 비웃으며 흘러가고 있었고, 내가 잠들어 있을 때는 긴긴 악몽들이 거꾸러져 있는 나에게 혹독한 채찍질을 하였다.(128)

> … 무엇보다도 시체가 썩어가는 듯한 무진의 그 냄새…(137)

무진은 시간에서 벗어나 있다. 적어도 윤희중에게는 무진이란 시간성으로부터 이탈한 공간이기에 '도피'의 공간일 수 있다. 이 무진 속에서 그는 과거와 만나고 과거와 다름없는 생활을 한다. 그리고 이 과거와 다름없는 생활이란, 시간이 그를 남겨두고 곁을 흘러가는 시간일 뿐만 아니라, 그 자체 고여 썩어드는 시간이기도 하다. 이러한 무시간성이 도피가 될 수 있는 것은, 도망쳐 나온 공간인 서울이 바로 시간에 의해 지배되는 공간이이기 때문이다. 근대가 시간을 제압하면서, 아니 시간을 계량화하면서 발전했음은 다시 말할 것도 없는 사실이다. 제논의 역설을 기억하는가. 아킬레스는 먼저 출발한 거북이를 결코 따라잡을 수 없다는, 그리고 날아가는 화살은 정지해 있다는 제논의 역설. 이 제논의 역설이 시간의 분절화, 미시적인 분절화에 의해서 가능한 것임은 물론이다. 이 제논의 역설이 더 이상 역설이 아닌 시대가 근대일 것이다. 뿐만 아니라, 근대의 모토는 발전이다. 발전이란 변화이며, 이전보다 나은 변화이다. 무진은 이에 대해 이전보다 나은 변화가 있는가, 아니 변화가 있는가를 묻는다. 그런 점에서 무진이라는 공간은 시간의 분절화에 의해 지배되는 서울이라는 공간을 부정하는 공간이다.

그러나, 이 분절화된 시간에 지배되고 있는 서울을 부정하는 공간으로서의 무진을, 김승옥은 또 썩어가고 있는 공간이라 말한다. 머무르며 썩어가는 공간. 그것이 무진이 갖는 무시간성의 의미이다. 머무름은 '생산성'을 갖지 못한다. 윤희중은 서울이라는 자본주의적 공간의 계량화된 시간성에서 벗어나고 싶어하지만, 그러나 그렇다고 이 '생산성' 없는 썩어가는 공간을 감당하지도 못한다. 왜냐하면, 이미 윤희중은 '생산성'의 신화에 길들여져 있기 때문이다. 그가 돈으로 가치규정되는 서울이라는 공간을 부정한다고 하더라도 그는 여전히 생산적으로 살지 않으면 안된다는 따라서 시간은 아끼지 않으면 안될 것이라는 '생산성'의 신화에 빠져 있다. "시간을 낭비하지 말라." 이것이야말로, 가장 근대적인 '명령'이 아닌가. 윤희중이 무진에서 만나는 과거란, 세상으로부터 유폐된 과거일 뿐이고, 죽음의 과거일 뿐이다.[5] 문제는 서울과 무진 그 어느 쪽도 긍정성을 갖고 있지 못하다는 것

---

5) 그렇기 때문에 윤희중의 무진행을, 아니 「무진기행」 전체를 일종의 입사의식으로 본 견해들은 단지 반만큼만 타당하다. 무진에서의 과거가, 죽음과의 만남이며, 또한 어머니의 자궁과 같은 골방으로의 유폐됨이라는 점에서는 그것은 일종의 가죽음이고, 이 가죽음이라는 제의를 통해서, 윤희중은 새롭게 '태어날' 수 있을지도 모른다. 그러나 이 새로운 태어남이 의미를 갖자면, 그 태어나는 세상, 입사의식을 통해서 그가 포함될 세계가 입사의식 이전에 이미 받아들일 만한 세계여야만 한다. 그렇지 않다면, 입사의식이란 아무런 의미를 갖지 못하게 된다. 그러나 이 무진행이라는 입사의식을 통해 그가 들어가게 될 세계는 바람직한 곳인가. 그렇지 않음은 물론이다. 그 세계는 그가 들어가고 싶은 세계가 아니라, 그가 원치 않으면서도 '그냥' 살

이다. 시간의 세계도, 그렇다고 무시간의 세계도 긍정성을 갖지 못하고 있다.

중요한 것은 이 두 가지의 세계 외에는 김승옥은 다른 세계의 가능성을 갖고 있지 못하다는 점이다. 서울과 서울 아닌 무진, 이 둘밖에는 아무런 가능성도 없다. 적어도 '살아남기 위해서'는 말이다. 그렇기 때문에, 윤희중은, 미친 여자를 긍정하고, 또 죽은 술집여자를 애도한다. 이 애도라는 것이 떠남의 의식이라고 한다면, 윤희중의 애도는 자신을 '대신한' 이 두 여인을 애도하고 조상함으로써, 세상으로부터 도피하려는 자신으로부터 도피한다. 이 애도의 기간의 무진에 머무르는 기간이다. 그렇다면 「무진기행」은 결국 세상에 편입하기 위해 쓴 애도사이다.

「무진기행」은 세상의 끝으로 가는 여행이고, 세상의 끝과의 만남이다. 그 세상의 끝에 존재하는 것은, 광기와 죽음이다.[6] 광기와 죽음으로 넘어가는 경계에서, 윤희중의 발걸음은 멈춘다.[7] 멈추고 되돌아선다. "나는 미치지도 죽지도 않을 것이다." 그렇다면 무진은 다시 경계이다. 긍정적인 것과 부정

아가는 세계일 뿐이다. 그곳에 그가 가죽음을 통해서 참여한다는 것은 그 세계 속에 살아가는 사람들과 동일하게 된다는 것, 그 자신 속물이 된다는 것을 의미할 뿐이다. 그렇기 때문에 무진행은 '절반의 실패와 절반의 성공'으로서의 입사의식이다.

6) 그런데 왜 죽음과 광기에 이르는 것이 여자인가. 죽음과 광기에 맞서는 것이 현실 원칙이라고 할 때, 현실 원칙에 철저하게 지배되는 것은 남성이다. 그리고 그 현실원칙으로부터의 일탈은 남성의 몫이 아니라, 여성의 몫이다. 윤희중이 잠못 이루었던 밤. 그것이 마치 술집 여자의 죽음을 애도하고 있었던 것 같은 느낌을 받았다는 것은 당연한 일이다. 모든 떳떳하지 못한 욕망과 일탈은 '타자'의 몫이다. 여자는 광기이거나 죽음이거나, 아니면, 철저하게 속물일 뿐이다. 그리고 그것은 윤희중의 추구하는 모든 가치의 반-가치이다.

7) 김승옥은 광기와 죽음 앞에서 멈춘다. 광기와 죽음은 그가 생각하는 속악한 세계에서 벗어나기 위한 노력의 결과이지만, 그러나 그것은 여전히 이해할 수 있으되 받아들일 수는 없는 것, 들어가서는 안될 영역으로 존재한다. 여기서 정상과 광기, 죽음과 삶의 경계에 대한 질문을 김승옥에게 던지는 것은 아직은 무리이다. 김승옥은 이 경계를 받아들인다. 그리고 그 경계에서 돌아서는 것이다. 그렇기에 「무진기행」은 오히려 김승옥을 애도하는, 다시 말해서 자신을 애도하는 애도사이다.

적인 것 사이의, 그리고 근대와 반근대, 혹은 근대아님 사이의 경계일 뿐만 아니라, 정상과 비정상, 삶과 죽음의 경계이다. 그리고 「무진기행」은 그 경계에서 되돌아선 경험의 기록이다. 그 기록에 부끄러움이라는 이름을 달든 혹은 또 다른 이름을 달든 그것은 아무래도 좋은 것이다. 중요한 것은 이 경계의 경험이고, 이 경계의 경험이 다시 되풀이되지 않고 있다는 점이다. 그 점에서 「무진기행」이 정점이라는 말을 긍정한다.

그렇기 때문에 「무진기행」은 알레고리로서 읽힌다. 삶의 구체성의 자리에 서 있을 때, 알레고리는 성립하지 않는다. 삶의 구체성에서 한 발 물러선 자리에서 볼 때, 비로소 알레고리가 성립한다. 만일 「무진기행」이 알레고리로서 읽힌다면, 아니 그렇게 읽힐 때에야만 비로소 「무진기행」의 '동시대성'이 성립한다. 마치 1930년대 「비오는 길」이 알레고리로서 읽힐 때, 비로소 그 작품의 현대성이 드러나듯이 말이다.

2-4. 서울 : 여행의 끝

「무진기행」은 소설 밖에 존재하면서, 그럼에도 불구하고, 소설 전체에 개입하는 공간으로서의 서울에서 출발하여, 다시 서울로 되돌아가는 여행의 기록이다. 원점회귀의 구조라고 했던가. 이 원점회귀의 구조를 대표하는 소설은 물론 「만세전」이다. 「만세전」이 식민지 조선의 발견과 아울러, 동경으로의 회귀라는 구조를 가진다면, 아니 바로 동경으로의 회귀 구조 때문에 식민지 조선을 발견할 수 있었고, 그리고 그 때 발견한 식민지 조선이란, 구체적이고 생생한 것이기는 하지만, 그러나 파편적인 것일 수밖에 없는 것이었다고 한다면, 「무진기행」 또한 이 범주에서 벗어나지 않는다. 그러나 「만세전」 비해 보았을 때, 「무진기행」은 훨씬 더, 작품 속에 드러나지 않는 공간인 '서울'에 의해 규정되어 있다. 무진이란 반－서울, 서울의 역상에 지나지 않기 때문이다. 앞에서 말한 모든 논의는 실상 서울과 서울의 역상으로서의 무진의 대비에 지나지 않는다. 여기서 서울이란 물론 김승옥이 인식한 근대 자본주의다.

김승옥이 인식한 근대 자본주의란 속물성의 세계이다. 속물성이란 무엇일까. 김승옥은 간단하게 말하고 있다. 배금주의, 합리주의, 그리고 '상업공부'. 그가 말하는 것은 모두가 '화폐'에 의해서, 그리고, 그 화폐가 가져다주는, 혹은 그 화폐를 가져다주는 '권력'에 의해서 규정되고 있다. 이러한 속물성을 그는 근대의 본질이라고 보고 있었던 것은 아닐까. 그리고 그것이 근대의 본질일 뿐만 아니라, 그것은 인간의 본질이기도 한 것이다. 이 속물성에서 벗어나는 길은 없다. 있다면, 그것은 한낱 환상일 뿐이다. 김승옥의 소설이 철저하게 환상을 배제하고 있음은 주지하는 바이다. 김승옥은 꿈을 꾸지 않는다. 적어도 희망이라는 꿈을, 그리고, 근대적인 – 아니 속물적인 삶에서 벗어날 수 있는 가능성이라는 꿈을. 이러한 속물성에서 벗어날 수 있는 방법이란, 「생명연습」, 「환상수첩」 등에서 보이는 치기와 위악적인 모습을 가장하는 것, 아니면 자살밖에는 없다. 이 속물성의 편재성, 이것이 그가 경험한 자본주의의 모습인 것이 아닐까. 「무진기행」에서 그가 이렇게 말하고 있는 것은 우연이 아니다.

> 무진에서는 누구나 그렇게 생각하는 것이다. 타인은 모두 속물이라고. 나 역시 그렇게 생각하는 것이다. 타인이 하는 모든 행위는 무위(無爲)와 똑같은 무게밖에 가지고 있지 않은 장난이라고.(138)

그렇다면 무진 밖에서는? 모두가 속물이 아니거나, 아니면 자신마저도 속물이다. 아니면 둘 다이다. 모두가 속물이 아니라고 하는 것은, '서울'에서 살아가는 어려움을 말하는 것이라면, 자신을 포함한 모두가 속물이라고 하는 것은, 그 스스로의 행위를 '무위'라고 말하는 것이다. 모두가 아무도 아니거나, 모두가 모든 것인 곳. 그렇기에 그 속에서 벗어난다는 것은 불가능한 일이다.

그러나 속물성이란 결과일 뿐이다. 속물성이란, 근대가 낳은 특정한 삶의 방식에 붙여진 이름일 뿐이다. 그것도, 근대 자본주의 발전에 자신의 몸을 싣지 못한 자들이 붙인 자기 위안적인 타자 규정이다. 아니면 주도권을 상실한 자의 '르상띠망' 곧 원한일지도 모른다. 속물이라는 규정에 들어 있는 교양 없음, 천박함, 지상 최대의 가치로서의 '돈', 돈에 관한한 철저한 합리주의. 그것들은 근대의 결과이지만 근대의 출발은 아니며, 밖으로 드러난 모습이지 안은 아니다. 「무진기행」은 삶의 구체적인 양상이 아니라, 단지 삶의 방식을 문제삼고, 이 삶의 방식으로서의 '속물'을 보편으로 만든다.

김승옥이 이 보편에서 벗어나지 못함은 무엇 때문일까. 그가 가지고 있는 발전의 환상 때문은 아닐까. '발전'이라는 환상 속에서, 아니 생성하는 '시간'의 장악이라는 욕망 때문에 그는 이 속물의 규정에서 벗어나지도, 그렇다고 능동적으로 속물 속에 묻히지도 못하고, 어정쩡하게 '타협'을 운운하는 것이리라. 타협이란, 실상 타인과 다름이 없음을 인정하면서도 또 한편으로는 자신은 타인과 다르다고 하는 말의 다른 표현에 지나지 않는 것은 아닐까. '타협'이라는 말을 씀으로써 얻는 자기 위안. 그렇다면, 진정한 대립은 서울과 무진 사이에 있는 것이 아니라, 서울과 무진이 아닌 다른 공간과의 대립에 있는 것이리라. 이 다른 공간이 어디일까. 우리는 물론 이 다른 공간의 가능성을 1980년대에 들어와서야 비로소 발견하게 된다. 그 가능성이 얼마마한 가능성을 가지고 있었는지, 그리고 그것이 실제의 가능성이었는지는 논란의 여지가 있으며, 그리고 그것은 아무래도 오랜 동안 또 논란의 대상이 될 것이겠지만 말이다. 그 가능성의 공간이란 바로 '노동'과 '실천'의 공간이다. 그러나 그것이 김승옥의 공간이 아님은 물론이다.

3. 「무진기행」에 이르는, 혹은 「무진기행」을 넘어서는 두 길 : 「건」과 「역사」

김승옥에게 다른 길은 없었을까. 타협이라는 말로 간신히 자신의 '자존심'을 유지하면서, 서울로 그 속물성의 공간으로 돌아가는 길밖에 다른 길은 없었을까. 「무진기행」이 정점이라면, 그리고 그 정점의 끝이 타협이라면,

그리고, 타협이라는 것이, 다른 가능성들에 대한 억압이고, 그리고 적절한 정도의 의식의 날카로움의 '마모'라고 한다면, 혹여 그 이전에, 정점에 이르기 이전에 어떤 가능성들이 놓여 있지는 않았을까. 그리고 그 가능성이 「무진기행」을 넘어서는 가능성으로 작동할 수는 없었을까. 이 점에서 유의하게 되는 작품이 「건」과 「역사」이다.

결론부터 말하자면, 「건」의 핵심은 미학주의이다. 미학주의란 단지 미학적 차원을 절대화한다는 의미가 아니다. 혹은 미학적 사유나 미학적 구도에 어떤 자율성과 절대성을 부여한다는 의미도 아니다. 오히려, 여기서 말하는 미학주의란, 미학적 구도가 세계를 구성하는 틀로서 작용하고 있다는 말이다.

> 내가 몸을 돌렸을 때 두어 발자국 저편에 벽돌이 쌓여 있는 더미의 강렬한 색깔이 나의 눈을 찔렀다. 엉뚱하게도 나는 거기에서야 비로소 무시무시한 의지(意志)를 보는 듯싶었다. … (중략) … 나는 고개를 얼른 돌려버렸다. 다시 시체가 있었다. 그리고 그 시체가 누운 거기에서 풀밭이 시작되었고 풀밭이 끝나는 곳에는 벽돌만드는 흙을 파내오는 주황빛 언덕이 있었다. 그리고 그 언덕에서부터 까만색 레일이 잡초를 헤치고 뱀처럼 흐늘거리며 이쪽으로 뻗어 오고 있었다. 아무래도 설명할 수 없는 감정을 던져주는 구도였다.[8]

압도적인 미학적 구도의 세계, 그것이 「건」이다. 이 구도는 그 자체로서는 아무런 의미도 갖지 않는다.[9] 이 아무런 의미를 갖지 않는 세계가 현실의 세계에 대립되어 있으며, 이 틀에서만 어린아이의 행위가 이해된다. 이 구도는 어린아이가 바라보는 세계의 이름이기도 하다. 이 구도의 결과는

8) 김승옥, 「건」, 앞의 책, 54쪽.

9) 이 구도를 김승옥이 말하는 대로, '의지'의 힘, 혹은 개인의 힘으로서는 어찌할 수 없는 '역사'의 힘, 운명으로서의 '역사'라고 말할 수도 있을 것이다. 그러나 그 힘이 자신을 드러내는 방식은 바로 '강렬한' 주황색의 구도, 주인공 아이를 무력하게 만드는 구도를 통해서이다. 그리고 이 구도란, 의지의 현상이 아니라, 의지가 몸을 맡기는 틀이라고 볼 수 있다.

의미의 무화(無化)이다. 그것은 마치, 흰 벽 위에 흰 색 크레용으로 그려진 꽃그림과도 같은 것이다. 의미란 본래 있는 것인지 아닌지는 알 수 없지만, 모든 의미는 이 꽃그림 속으로 사라진다.

아이가 형들의 요청에 적극적으로 가담하는 것은 무엇 때문일까. 이를 두고 '상실감'이나, 혹은 '세계에 대한 붕괴의식'이라고 말하는 것으로는 부족하다. 무엇을 왜 상실했는가, 세계가 왜 붕괴되었는가를 묻지 않을 수 없기 때문이다. 어쩌면 김승옥이 보여주고 싶었던 것이 상실감이나 붕괴의식이었을지는 모르겠다. 그렇다면, 작가가 보여줄 생각이 없었음에도 보여주어버린 것, 그것이 세계를 살아가는 방식으로서의 미학주의가 아니었을까.

이 미학주의의 끝이 폭력의 세계라는 것은 의미심장하다. 굳이 파시즘을 들먹이지 않더라도 그러하다. 미학주의의 끝은 폭력이며, 이 폭력의 세계, 혹은 세계의 폭력성 속으로 들어간다는 것은 세계의 폭력성을 내면화하는 것이며, 그리고 그것이 자라는 것이며, 또한 "하나를 따르기 위해 다른 여러 개 위에 먹칠을 해"버리는 것이라는 것. 그것이 이 소설이 말하는 바이다.

만일 그렇다고 한다면, 그것은 긍정과 부정의 가치 판단을 떠나서, 「무진기행」의 원환구조를 벗어나는 하나의 길의 모색일 수 있다. 김승옥은 이렇게 말하는 것은 아닐까. "나는 세상을 그대로 볼 수 없다. 세상은 그대로 보기에는 너무나 무참하다. 그 세상을 그대로 볼 수가 없기에 나는 그 세계의 부참함을 벗어나는 혹은 빗겨가는 새로운 구도를 택한다. 그것이 미학주의이다." 그러나 아직 우리 소설사에서 이 길은 한번도 자신의 가능성을 온전히 드러낸 적이 없다. 김승옥에게서뿐만 아니라 그 이후 어느 작가에게서도 말이다.

또 하나의 길이 있다면, 그것은 「역사」이다. 「역사」에는 표면적으로 두 개의 세계가 존재한다. 하나는 피아노가 있는 집의 세계, 또 하나는 창신동의 다가구주택의 세계. 이 두 세계 사이에는 무한한, 잴 수 없는 거리가 있다. 근대화란 이 무한한 거리를 좁히면서 다른 한편으로 재생산하는 방식의 다른 이름이다. 표백된 세계와 오염된 세계. 김승옥은 부정하고 반란하지만, 그러나 표백된 세계에서 나오지를 않는다. 이 표백된 세계란 시계에 의해 질서지워진 공간이고, 그리고 근대화의 욕망이 실현되는 곳에 다름아니다. 그것이 폭력적으로 실현되고 있음, 그에 대한 주인공의 반란과 진압, 그리고 아무 일도 없음은 당대 근대화의 과정에 대해 김승옥이 마련한 우화이다. 피아노가 있는 집이 우화라면, 창신동은 역사(歷史)이다.

「역사」에는 이렇게 우화와 역사(歷史)가 공존한다. 그리고 바로 이 우화와 역사의 공존에 새로운 가능성이 놓인다. 그리고 그 공존에서 뚫고 올라오는 가능성이 역사(力士) 서씨라고 할 수 있다. 그것은 '지금' 우화의 세계 속에서 거세된 어떤 힘의 가능성, 한 연구가가 말한 것처럼 역사는 거세되었지만, 그러나 결코 그 힘을 상실한 것은 아니라는, 그래서 자신의 힘을 어떠한 방식이고 기억하고 있고자 하는, 상징적 이중성에서 찾을 수 있을지도 모른다. 그러나 그러한 힘의 확인이란 결국 슬픈 것이다. 그의 힘이 진짜 힘으로서 드러나기 위해서는 다시 말해서 역사 서씨가 역사의 주인으로 자리잡기 위해서는 '전체'가 변하지 않으면 안되기 때문이다.

또 서씨의 힘은 정신노동과 육체노동이 분화되는, 그것도 육체노동에 대한 정신노동의 우위라는 형식으로 분화되는 자본주의 사회에서의 노동의 분화에 대한 부정일지도 모른다. "아들아, 너는 펜대를 굴리면서 살아야 한다"는 선대의 욕망에 대한 부정임과 동시에, 육체를 되살려 냄으로써 이 분화를 부정하는 것으로 읽힐 수도 있다. 그러나 이러한 부정이란, 결국은 단순한 뒤집기에 지나지 않는다. 그렇기 때문에 그것은 분화를 거부하는 거시 아니며, 분화의 지속에 불과하다. 그리고 그것은 또 다른 신화일 뿐이다. 육체노동과 정신노동의 분화란 '기원'도 출발도 아니기 때문이다. 따라서 결과에 대한 부정은 출발점을 찾아나가는 여행이 되든가, 아니면, 기원 혹은 출발을 부정함에 이르지 않고서는 의미를 갖지 못하는 것이다.[10] 서씨

10) 「역사」에서 역사 서씨의 돌나르기나, 주인공의 해프닝은 「야행」에서 반복되고 있다. 그러나 「야행」의 밤나들이가 서로의 얼굴을 보지 않음으로써만 이루어질 수 있는 것이며, 그것은 타인의 얼굴을 통해서 자신을 되돌아보지

가 갖는 욕망이란 기실 관리된 욕망이며, 그의 '돌 옮기기'는 결국은 무의미한 행위일 뿐이다. 피아노집의 우화의 세계 속에서, 주인공이 '홍분제'를 통해 집안 식구들의 욕망을 불러 일으키려는 것과 같이 말이다.

4. 글을 맺으며

우리가 확인해보고자 한 것이 무엇이었던가. 김승옥의 '동시대성'에서 우리는 출발하였다. 그 동시대성이란 삶의 내용의 동질성에 기반하고 있는 것이라기보다는 삶의 방식, 그것도 속물성이라 불리는 겉으로 드러난 삶의 방식의 동질성, 마찬가지로 그에 부정하는 방식의 동질성에 지나지 않았다. 그렇다면 그 동시대성이란, 김승옥의 한계이며, 그렇게밖에 읽지 못하는 우리의 한계이다. 그리고, 「무진기행」을 거쳐 「무진기행」을 넘어서는 소설의 가능성을 「건」과 「역사」를 통해서 확인해 보았다. 물론 그 가능성은 말 그대로 가능성이었을 뿐이다. 그러나 그 가능성으로만 남은 가능성은 김승옥만의 몫이었을까. 1980년대의 소설들도 그 가능성의 확인을 위한 작업들은 아니었던가. 그리고 그 작업들이 적어도 성공은 아니었음이 판명된 지금, 우리들에게 소설이란 무엇일까.

소설이란 정녕 무엇일까. 적어도 소설 발생기의 소설이 아니라, 현대의, 우리시대의 소설이란 어쩌면 경계의 담론이라고 말할 수 있을 것이다. 그리고 이 경계의 담론을 가능하게 하는 것은, 근대에 들어와서 가능해진 개인의 자율성과 사회에 의한 철저한 규정 사이의 대립일 것이다. 이 둘 사이에서 어쩔 수 없이 살아가는 개인들의 이야기가 바로 소설이다. 소설이 이

않고서야, 타인과의 관계 속에서 행해지는 '부끄러움'의 억압을 벗어나고서야 이루어질 수 있는 것이다. 그리고 그것은 근본적으로 불가능한 욕망이다. 「서울, 1964년 겨울」은 이와는 달리 거세된 욕망의 기록이다. 욕망이 존재하되 그 욕망의 시작부터 규제된 욕망의 기록. 그리고 그것은 「야행」의 다른 이름이다.

틈 사이에 있지 않다면, 다시 말해서 그 어느 한쪽으로 중심을 옮긴다면, 그 때는 이미 그것은 소설이 아니리라. 소설이 아니라는 말이 결코 부정적인 의미는 아니다. 왜냐하면 그것이 부정적이기 위해서는 소설은 긍정적이지 않으면 안되기 때문이다. 그러나 소설에 대해 우리가 긍정과 부정을 말하는 것은 아무런 의미도 없다.

또 이렇게 말할 수 있을지도 모른다. 소설은 징후의 기록이다. 무슨 징후인가. 병의 징후, 자본주의라는 병든 삶의 징후. 역사적 자본주의라는 병의 징후의 기록이 곧 소설이다. 그렇다면 소설의 가능성은 어디 있을까. 소설이 경계선에 서서 경계를 없애고자 함에도 불구하고 결국에는 그 경계를 인정하고 말거나 아니면 경계선에서 자신을 분열시키거나, 스스로 파멸하는 개인의 이야기라면, 그렇기 때문에 루카치가 말했듯이, 소설이란 길이 시작되자 끝나는 여행이라면, 우리는 소설의 가능성을 소설에서는 찾을 수 없을 것이다. 소설 속에서 찾을 수 있는 것은 새로운 길의 가능성일 뿐. 그 가지 않은 길, 가지 못한 길, 그것에 대한 염원과 좌절이 소설이 아닌가.

자본주의 속에서 살아간다는 것, 그것은 이미 병적이다. 그에 적응해서 살아가건 아니면 그 삶을 전적으로 부정하면서, '부정성'으로 살아가건, 그것은 병적이다. 그 모두 다 병리적 징후를 드러낸다. 소설은, 아니 솔직하게 말하자면, 우리에게 어떤 느낌을 주는 소설들은 이 두 가지의 병 사이에 있다. 그러면서 소설은 그 둘 다가 병임을 보여준다. 그리고 그럼으로써 그 둘 다를 파괴하고자 한다. 물론 그 파괴는 일어나지 않는다. 기껏해야 자기 파멸의 모습만을 보여줄 뿐이다. 그리고 이 자기 파멸의 모습은, 어쩌면 자신의 부정성을 강화시키는 것이 아니라, 반대로 부정하는 대상의 힘을 인정하는 것인지도 모른다. 부정의 노력이 결국은 또 다른 형태의 긍정일 수밖에 없었던 것이 김승옥 소설이 아닐까. 결국 김승옥은 '초월'의 길을 택한다. 소설의 세계를 대신하는 '간증'의 세계. 신의 임재의 확인. 신의 영역 속에서 '소설'은 존재하지 않는다.

그렇다고 한다면 소설이 지닌 최대의 가능성은 무엇일까. 소설이 소설이라는 이름으로 가질 수 있는 최대한이란, 이 경계의 경계지움과 가공할 만한 폭력성을 드러내는 것은 아닐까. 그리고 소설의 결과가 아니라 과정을 보는 것이 아닐까. 결과만 본다면, 결과는 이미 예정되어 있는 것이 아니겠는가. 좌절과 패배는 당연한 것이요, 승리한다면, 적어도 지금에서는 그 승리란 허위나 기만에 불과한 것이리라. 그리고 그 허위가 진실로 바뀌는 것은 적어도 소설에서는 아닐 것이다. 그 허위의 기록이 진실의 기록으로 바뀔 때, 그 이름은 아마도 소설은 아닐 것이다. 새미

경계인들의 초상

— 김승옥 문학의 영향과 계보

이 혜 원*

1. 감성소설의 계보

작가에 대한 당대의 관심과 역사의 평가는 이율배반적이기가 쉽다. 낙양의 지가를 올리며 인구에 회자되던 작품이 불과 몇년 사이에 문학사의 관심 밖으로 퇴출당하는가 하면, 당대에 이해받지 못하고 외면당하던 작품이 뒤늦게 높은 평가를 받고 화려하게 재등극하기도 한다. 소멸에 대한 불안, 혹은 시간의 공정한 판결에 대한 기대야말로 당대의 외면을 무릅쓰고 문학사적 모험을 감행케 하는 원동력일 것이다. 당대의 기대지평을 훌쩍 벗어나서 일찌감치 우리 문학사의 극한점에 자리잡은 작가 이상의 궤적은 이러한 문학적 모험의 명승부로 기억될 것이다. 그러나 당대의 수준을 뛰어넘어 새로운 문학을 창출하는 모험이 언제나 몰이해와 편견의 벽에 부딪히는 것은 아니다. 작가의 모험이 새로운 문학에 대한 기대에 행복하게 편승한 경우를 우리는 김승옥의 문학에서 찾을 수 있다. 그의 소설은 출발부터 이미 호의적인 관심과 기대를 모았으며 수 십 년이 지난 오늘날까지도 여전히 대표성을 잃지 않는 드문 예를 이룬다. 그의 소설이 당대의 관심과 역사

---

* 고려대 강사, 주요논문으로 「한용운 · 김소월 시의 비유구조와 욕망의 존재방식」, 「이태준 소설의 이미지 연구」 등이 있음.

의 평가를 두루 충족시키는 것은, '감수성의 혁명'이라는 격찬을 받을 만큼 새로운 면모를 선보이긴 했으나 이상과 같은 극단적인 파격을 행하지는 않았기 때문일 것이다. 다시 말해 그는 당대의 문학적 공감대를 신선하게 자극하는 정도의 감수성을 선취하고 있었고 지나쳐서 거북할 수도 있는 과격한 실험을 도모하지는 않았다. 그가 독특하게 창출한 내면심리의 묘사도 일찍이 선배 이상이 훨씬 깊숙이 탐구했던 분야이다. 그러나 김승옥은 그때까지 생소했던 이러한 세계에 소설적 육체를 부여하여 감성의 영역으로 이끌어냈던 것이다. 그는 내면심리의 묘사를 보편적 감수의 차원으로 이끈 거의 최초의 작가이다. 이런 의미에서 필자는 그를 우리 감성소설의 계보에서 제일 윗자리에 앉혀보고 싶다.

지금은 낯설지 않은 소설의 한 분파를 이루고 있지만, 스토리 요약이 잘 되지 않는 대신 작가의 감성과 호흡하면서 읽는 소설, 읽는다기보다 느껴야하는 소설을 김승옥은 처음으로 성공적으로 써냈다. 빈약한 서사의 자리를 다채로운 서정성이 차지하고 문체 그 자체로 읽을 만한 소설이 생겨났다. 김승옥은 이전까지의 리얼리즘 소설의 완강한 전통을 비집고 감성을 전면에 내세운 새로운 소설을 선보였다. 그는 소설을 미적 감수의 대상으로 만들었으며 이후 소설 미학의 구축에 결정적으로 영향을 미친다. 소설의 시대라 할만한 70년대는 리얼리즘의 전통과 소설의 형식미가 화합하여 전례없는 풍성한 수확을 거두었다. 80년대는 사회 역사면의 외압이 커지면서 다시 리얼리즘의 전통이 강화되었다면 90년대는 그에 대한 반작용이기라도 한듯 문학성에 대한 욕구가 증대하고 있다. 90년대에 이르러 김승옥류의 감성소설이 대세를 이루는 것은 이러한 문학사의 지각 변동과 무관하지 않은 듯하다. 김승옥 문학의 현재성을 점검해볼 이유도 여기에 있다.

문학도 격세유전을 하는가. 김승옥의 문학은 30년의 간극을 뛰어넘어 90년대의 젊은 작가들로 적통을 잇는 듯하다. 김승옥 문학의 계보가 90년대에 이르러 두드러지는 이유는 무엇일까. 이들이 한결같이 개인의 실존을 전면에 내세우는 데는 역사나 현실과의 길항작용이 무관하지 않다. 60년대는 전화를 겪은 세대의 참담한 실존의식이, 90년대는 전시대의 정치적 폭압과 위선에 대한 환멸이 어느 정도의 시간적 격차와 함께 역사와 현실로부터 거리를 만들어낸다. 위압적인 현실과 나약한 실존의 간극을 인식하면서 이들은 현실의 자장 끝으로 멀어져 간다. 현실의 구심점으로부터 가장 멀어진 지점에서 이들은 반대로 가장 선명해진 실존의 목소리에 귀를 기울인다. 현실과 비현실, 의식과 무의식, 이성과 환상이 교차하는 모호한 경계를 기꺼이 거점으로 삼고 새로운 소설 미학을 시도한다. 경계에 선 이들의 시점은 현실과의 자유로운 거리조절로 다양한 시선을 획득할 수 있다. 개인의 내면에 투영되는 현실은 무궁무진한 굴절과 변환을 일으키게 되는 것이다. 이들은 주로 외부세계가 내면에 일으키는 감성의 파장을 기록하는데 열중한다. 당연히 이들의 소설은 플롯의 기능이 축소되는 대신 분위기 창출이나 감각적 문체의 구사가 두드러진다. 소설은 곧 문체라는 등식을 증명하듯 이들은 문체에서 가장 확연하게 개성을 표출한다. 이들의 소설이 많은 공통점에도 불구하고 주목할만한 변별성을 드러내는 연유는 여기에 있다.

이제 우리 감성소설의 계보를 파악하기 위해 보다 구체적인 면모를 살펴보려 한다. 김승옥을 필두로 그를 잇는 90년대 작가들의 특성과 영향관계를 따져볼 필요가 있을 것이다. 60년대에 예외적 존재였던 김승옥 류의 소설이 90년에 이르러서는 주류를 이루고 있다. 리얼리즘 계열의 작가들조차 이념의 퇴보를 반영하듯 현실에 대한 확고한 판단을 유보한 채 소박한 개인의 진실에 머물고 있는 형편이다. 첨단의 문화와 풍속에 신속하게 대응하는 몇몇 젊은 작가들의 경우도 감각적인 차원의 수용에 주력할 뿐 그에 대한 사회 역사적 탐구는 배제하고 있다. 주제의식이 위축되는 대신 문체의 개성이 소설의 중요한 목표가 되고 있다. 현실의 중심보다는 경계, 집단보다는 개인으로 소설의 무게중심이 현저하게 이동하고 있다. 이에 대해서는 구심점을 이룰 만한 현실적 문제가 축소된 만큼 내면 탐색을 통해 새로운 소재를 확충하려는 의도도 배제할 수 없다. 이전 소설에서 정체성에 함몰되었던 개인 주체가 중심축을 이루면서 경험의 폭과 양상은 확연히 달라지고 있다. 여러 모로 전시대와 구분되는 소설의 현상은 쇄말주의의 위험과 새로운 지평의 가능성 사이에서 우려와 기대의 엇갈리는 조명을 받고 있다. 이러한 특성을 보이는 90년대의 많은 작가들 가운데 여기서는 특히 신경숙, 최윤, 윤대녕에게 주목하고자 한다. 그들은 김승옥 문학의 계보로 묶을만하면서도 각기 뚜렷한 개성을 확보하고 있어 감성소설의 다양한 가능성을 시사받을 수 있다. 여기서는 그들의 단편소설만을 대상으로 하여 (장편소설이 단편소설의 성과에 미치지 못한다는 것도 이들의 공통점이다) 그 미학적 감수성의 근거와 특성을 알아보도록 한다.

2. 김승옥 — 방황하는 경계인

김승옥은 단지 몇 편의 빛나는 단편으로 지속적인 관심을 끌어왔다. 단편소설 외에도 중편소설과 장편소설, 그리고 콩트 류까지 결코 적지 않은 분량을 남기고 있지만 그의 소설세계를 대표하는 것은 역시 몇 편의 단편소설이라 할 수 있다. 당대에 대중적 인기를 누렸던 장편소설은 작가 스스로 절판을 서둘렀을 만큼 그의 문학적 본령에서 벗어난 것이었고 혼신의 힘을 기울인 소수의 단편들만이 문학사적 성과로서 기억할 만하다.

김승옥의 몇몇 단편이 60년대의 문단에 던진 충격은, 현실과 대치한 개인의 내면을 전례없이 과감하게 전면에 내세우고 치밀하게 묘파했다는 데 있다. 그는 소설과 현실의 끈끈한 접착 면에서 한껏 벗어나 개인의 의식으로 무게중심을 옮긴다. 현실의 경계에 선 자에게는 세계와 자아의 갈등, 현실과 욕망의 괴리가 더욱 확연해 지는 법이다. 김승옥의 소설은 한결같이 외부 세계가 개체에 가하는 부당한 압력에 대해 민감하게 반응한다. 가령 「생명연습」, 「건(乾)」 등에서는 순수를 훼손하는 황폐한 현실이, 「역사(力士)」, 「누이를 위하여」 등에서는 원시의 힘을 억압하는 도시의 질서가, 「무진기행」, 「야행」 등에서는 위선적인 현실로부터의 일탈의 욕구가 집요하게

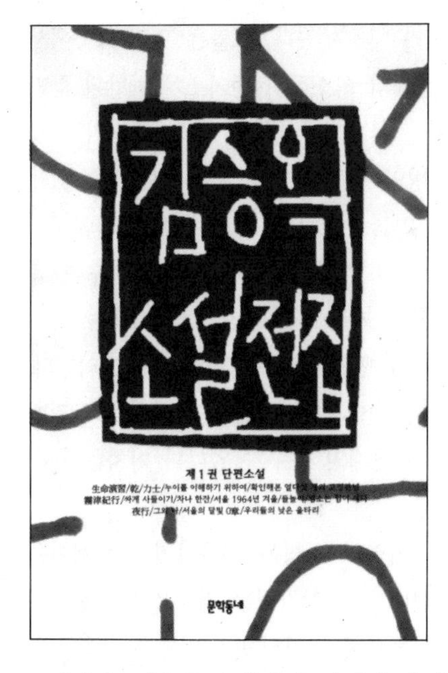

◀『김승옥 소설전집』

그려진다. 김승옥 소설에서 정작 눈여겨 보아야 할 부분은 끊임 없는 일탈의 욕구에도 불구하고 개인의 의식을 압도하는 현실의 힘에 대한 예민한 지각능력이다.

김승옥이 지각한 현실의 압력은 보다 구체적으로는 어린 시절 겪은 전쟁과 청년기에 새롭게 접한 도시 체험에 근거하는 것이다. 등단작인 「생명연습」에서는 전쟁으로 해체된 윤리의식과 가족간의 신뢰가, 「건」에서는 전후 혼란기에 팽배했던 폭력적인 분위기가 문제된다. 두 작품에서 모두 어린아이의 시선을 통해 파악된 전쟁기의 혼란상은 불가해한 긴장과 갈등의 양상을 드러낸다. 작가 자신이 어린 시절 겪은 전쟁의 깊은 상흔이 이와 무관하지 않을 것이다. 무자비한 현실의 폭력이 가한 일격에 삶의 기반이 송두리째 흔들리는 위기 속에서 존재의 이유를 되찾으려는 몸짓들은 눈물겹다. 「생명연습」에서 처절하게 대결하는 어머니와 형, 그리고 누나의 모습은 모두 일시에 훼손당한 순수한 자아를 회복하려는 자기와의 힘겨운 싸움을 보여준다. 이 소설에서 등장인물 모두가 몰두하는 '비밀왕국'은 폭력적인 현실로부터 응축해 들어간 내면의 거처라 할 수 있다. 그들은 오직 그곳에서 '평안'과 '생명'을 탐색한다. 이러한 존재의 최소한의 준거조차 박탈된 황막한 현실에서 '생명'은 우습게도 힘겨운 극기의 '연습'을 통해 얻어지는 것일지도 모른다. 더욱 섬찟한 것은 생명의 존엄과 가치를 파손시킬 수 있는 폭력성은 누구에게나 내재해 있다는 인식이다. 「건」에서는 젊은 빨치산의 순수한 생명을 훼손시킨 어른들의 세계와 병렬하여 윤희누나의 순수한 육체를 파괴하려는 동네 청년들의 음험한 기획이 그려진다. 여기에는 어린 화자까지 연루되고 있어 파괴의 충동이 인간 본연의 면모로서 드러난다. 전쟁기의 혼란을 경험하면서 작가는 일찍이 인간 내면의 다면성을 감지한다. 그의 소설은 폭력적인 현실 앞에서 존재의 순수가 얼마나 가차없이 손상될 수 있는가를 여실히 보여준다.

전쟁체험이 인간의 다면성에 대한 기억의 원형을 이룬다면 도시체험은 그에 대한 한결 선명한 구도를 제공한다. 청년작가였던 김승옥은 서울이라는 낯선 환경에서 예민한 촉수를 가다듬으며 긴장된 방어기제를 구축한다. 지방 출신인 그에게 서울은 어디까지나 나의 세계와 구별되는 타자의 세계로서 파악된다. 그의 소설에서 드러나는 도시에 대한 독특한 의식과 감수성은 대상에 대한 심리적 거리로 인해 가능한 것이다. 그의 소설에서 주인공들은 대부분 도시를 삶의 터전으로 삼고 있으나 도시의 생리와는 본질적으로 불화하는 관계에 있다. 「역사」는 본연의 삶과 도시적 삶의 대조적인 양상을 가장 확연하게 보여주는 예이다. 이 소설에서는 질서와 안정이라는 도시생활의 현실적인 덕목들을 충실히 수행하는 삶과 그와 반대로 불안하고 무질서한 시원의 힘에 무의식적으로 끌리는 삶이 뚜렷하게 대비된다. 화자는 양쪽의 삶으로부터 모두 거리를 둔 관찰자의 입장에 있다. 그러나 심정적으로는 원시적인 힘에 매료되며 소극적이나마 질서와 안정으로 무장된 위선적인 삶에 파문을 던져보기도 한다. 소설은 화자의 작은 반란에 미동도 하지 않는 안정된 삶의 확고부동한 기반을 확인하는 것으로 끝남으로써 현실원칙의 견고함을 환기시킬 뿐이다. 작가가 새롭게, 위력적으로 경험한 도시적 삶의 원칙들은 실존의 자유를 억압하는 또다른 장애로 각인된다. 「누이를 이해하기 위하여」에서는 훨씬 사변적인 진술로서 도시에 대한 비판의 강도를 높인다. 도시로부터 상처받고 돌아온 누이를 아직도 신비한 힘을 간직한 자연의 힘으로 치유할 수 있으리라는 기대는 도시와 자연에 대한 소박한 이분법적 사고를 노정하고 있다. 도시적 삶의 해악을 역설하는 웅변적인 언설의 효과는 의외로 빈약하다. 주장보다는 묘사가, 이성보다는 감각이 본령이기 때문이리라. 도시와 자연의 대비적 분석은 도식적인 분류의 차원을 넘기 힘든 것이다. 그의 소설이 개성을 발휘하는 것은 자신의 실존과 보다 밀착하여 현실과 개인의 대결을 치밀하게 묘사하는 데 있다.

김승옥은 제한적인 삶의 조건에 처한 실존의 고투를 인상깊게 그려냈다. 이 때 제한적인 삶의 조건이란 주로 도시적 삶의 양태를 말한다. 의식에 투영된 외계의 현상과 의미를 포착하는 데 특출했던 그로서는 도시적 삶에 대해서도 표피적으로 파악하여 도식화한 경우보다는 충분한 체험을 거쳐 내면화했을 때 한결 성과가 높아지는 것이 당연하다. 「무진기행」도 크게는 도시와 고향에서의 삶이 표면적으로 대비를 이루지만, 보다 중요한 것은 존재의 진실을 갈망하는 의식의 내밀한 기록이라는 데 있다. 이 소설의 주인공 윤희중은 도시에서의 삶에 잘 적응한, 한마디로 출세한 인물이다. 그런 그가 또 한번의 도약을 앞두고 고향을 찾는다. 현실에서의 성공이 채워줄 수 없는, 아니 그럴수록 더욱 멀어지는 또다른 욕구를 확인하려는 듯. 그곳에서 윤희중은 여러 인물을 만나는데 그들은 바로 그 자신의 다양한 자아를 대변한다. 천박한 현실주의자인 '조'는 현재의 자신을, 순진한 이상주의자 '박'은 과거의 자신을, 그 사이에서 방황하는 '하인숙'은 진정한 자아의 분신을 가리킨다. 우리 소설사상 자아의 다면성을 이처럼 실감있게 형상화한 예는 드물다. 주인공이 각각의 인물에 행하는 관찰자적 묘사는 자아에 대한 통찰의 흥미로운 방법을 보여준다. 그러나 김승옥은 어디까지나 묘사의 작가로 머문다. 진정한 자아를 찾으려는 욕망은 현실의 장으로까지 연결되지는 못한다. 하인숙과의 결합으로 한껏 고조되었던 욕망은 도시에서의 현실적 삶으로 돌아와야하는 기점에서 힘없이 수그러든다. 주인공의 심리적 방황은 현실적 성과 없이 원점에서 끝난다. 우리는 다만 방황의 궤적이 새겨놓은 욕망의 무늬를 바라볼 뿐이다. 그 무늬는 꽤나 볼만하여 현실에 대한 진전된 의식을 볼 수 없다는 불만을 누그러뜨린다. 작가는 오히려 그만한 방황으로 어찌해볼 수 없는 현실의 압도적인 규정력을 보여주려 한 것인지도 모른다. 「서울 1964년 겨울」에서는 존재에 대한 현실의 규정력이 보다 강력하게 표출된다. 이 소설에서 개별 존재의 고립과 소외의 양상은 심각하다. 소설은 온통 도시의 파편적 단자로서 등장인물들이 벌이는 허탈한 말장난으로 가득하다. 그들은 밤새 함께 있던 사내의 자살을 방치할 수밖에 없을 정도로 무기력하다. 철저하게 고립된 개체들로 이루어진 삭막한 현실의 인상적인 묘사로 이 소설은 많은 모방작을 배출했다.

김승옥은 현실의 변방을 방황했으나 누구보다도 현실을 의식했던 작가이다. 그는 소극적이고 수동적인 태도로 일관하며 현실에 대한 직접 대결을 회피하는 대신 내면에서 굴절되는 다채로운 반향들을 섬세하게 포착해냈다. 현실에 대한 적극적 응전력을 결여하고 있는 그의 소설에서 구성의 긴박감이나 주제의 강렬함을 기대하기는 어렵다. 반면 내면의식의 섬세한 조응을 통한 독특한 분위기 창출이나 복잡미묘한 심리를 압축해내는 절묘한 문체 등에서 탁월한 성과를 보여준다.

> 여선생은 「목포의 눈물」을 부르고 있었다. 「어떤 개인 날」과 「목포의 눈물」사이에는 얼마큼의 유사성이 있을까? 무엇이 저 아리아들로써 길들여진 성대에서 유행가를 나오게 하고 있을까? 그 여자가 부르는 「목포의 눈물」에는 작부들이 부르는 그것에서 들을 수 있는 것과 같은 꺾임이 없었고, 대체로 유행가를 살려주는 목소리의 갈라짐이 없었고 흔히 유행가가 내용으로 하는 청승맞음이 없었다. 그 여자의 「목포의 눈물」은 이미 유행가가 아니었다. 그렇다고 「나비부인」중의 아리아는 더욱 아니었다. 그것은 이전에는 없었던 어떤 새로운 양식의 노래였다. 그 양식은 유행가가 내용으로 하는 청승맞음

과는 다른, 좀더 무자비한 청승맞음을 포함하고 있었고 「어떤 개인 날」의 그 절규보다도 훨씬 높은 옥타브의 절규를 포함하고 있었고, 그 양식에는 머리를 풀어헤친 광녀(狂女)의 냉소가 스며 있었고 무엇보다도 시체가 썩어가는 듯한 무진의 그 냄새가 스며 있었다.

김승옥의 문체미학의 백미인 「무진기행」의 한 부분을 들여다보자. 여기에서 여선생이란 바로 주인공의 또다른 자아인 하인숙이다. 그녀가 부른 노래에 대한 단 몇줄의 묘사가 그녀의 과거와 현재, 아니 그녀의 존재 자체를 확연하게 드러내 보이고 있다. '어떤 개인 날'과 '목포의 눈물' 사이의 거리야말로 그녀의 이상과 현실의 거리이고 그녀 주위의 남자인 '박'과 '조'의 차이에 해당한다. '어떤 개인 날'을 불러야할 그녀가 '목포의 눈물'을 부르고 있는 것은 현실과의 타협이다. 그러나 그녀는 현실에 완전히 밀착하지도 못한다. 그녀의 '목포의 눈물'은 꺾임과 갈라짐, 청승맞음이라는 유행가의 참맛을 살리지 못하고 있는 것이다. 그렇다고 그것이 오페라 아리아가 되는 것은 더욱 아니다. 유행가도 아니고 오페라 아리아도 아닌, 그녀만의 '어떤 새로운 양식의 노래'는 바로 이상과 현실 사이, '박'과 '조'의 사이에서 방황하는 그녀 자신의 존재의 절규이다. 진정한 자아에 다가가지 못하고 방황을 거듭하는 존재의 내면은 분열의 위기에 있다. 소설 곳곳에서 등장하는 미친 여자의 이미지와 자아의 일치감은 극도로 불안한 심리상태를 반영한다. 진정한 자아의 유로가 폐쇄된 무진이라는 무의식의 공간은 시체가 썩어가는 듯한 파국의 냄새를 풍긴다. 하인숙의 현실적 자아인 주인공은 무진이라는 내면 공간에 머물며 진정한 자아를 탐색했으나 그것을 끝내 현실의 장으로 끌어내지는 못한다. 현실의 경계를 맴돌 뿐 좀처럼 돌파의 의지를 보이지 않은 작가로서는 당연한 결론이다.

현실에 대한 대결의지가 미비했던 김승옥의 소설은 현실의 경계에서 벗어나 중심 쪽에 가까워지는 경우 쉽사리 통속의 범주로 빠져들었다. 현실의 장악력이 큰 장편소설들이 대체로 그러한 경로를 보인다. 「차나 한잔」, 「들놀이」, 「염소는 힘이 세다」 등 객관적 현실에 좀더 다가간 단편소설들은 적절한 비판적 결론을 결여한 채 공허한 유머로 그치고 있을 뿐이다. 김승옥에게 필요한 것은 현실로의 행보가 아니라 현실과 긴장된 거리를 확보한 가운데 행할 수 있는 다채로운 내면의 조응방식이다. 이 거리조절에 실패했을 때 그의 소설은 독특한 색감을 잃고 진부해졌던 것이다. 김승옥 계보의 젊은 작가들은 그가 방황했던 바로 그 지점에서 자신의 향방을 결정하여 뚜렷하고 집요한 행보를 계속한다.

3. 신경숙 — 존재의 내면풍경

신경숙은 90년대 문단의 지각 변동을 가장 실감나게 반영하는 작가이다. 단호하고 큰 목소리가 판세를 휘어잡았던 이전 문단이라면 좀처럼 드러나기 힘들었을, 속으로 웅얼거리는 듯한 가느다란 목소리가 의외로 커다란 반향을 일으켰기 때문이다. 1991년 단편소설집 『겨울우화』의 출간을 필두로 활발해지기 시작한 그녀의 문학적 행보는 1993년 『풍금이 있던 자리』로 문단의 관심을 집중시켰으며, 장편소설인 『깊은 슬픔』과 『외딴 방』으로 대중에게도 주목받는 작가가 되었다. 문단 안팎에서 이만한 관심을 끌어내는 데는 분명 90년대와의 친연성이 작용하지 않을 리 없다. 90년대에 대두된 탈중심화의 역학으로 전시대라면 관심권에서 가장 멀리 떨어져 있을 후미진 구석자리가 새롭게 조명을 받기 시작했다. 그 후미진 구석에서 오롯이 제자리를 지키고 있던 그녀에게 갑작스럽게 쏟아진 환호와 갈채는 예기치 못한 것이었을 지도 모른다. 중요한 것은 90년대의 감수성과 행복한 일치를 보인 그녀 소설의 내밀한 호흡을 느껴보는 일이리다.

신경숙의 소설을 김승옥 소설의 계보로 편입시키는 데 주저하지 않는 이유는, 그녀가 90년대 작가 중에서도 가장 집요하게 김승옥이 머물렀던 바로 그 자리를 고수하고 있기 때문이다. 그녀 역시 현실의 중심에서 훌쩍 떨어진 경계에서 주로 내면의 목소리를 가다듬는 자세로 일관하고 있다. 김승옥이 항상 긴장하고 경계했던 현실의 위압에 대해서도 그녀는 무심해 보인다. 결국 모든 문제는 나 자신에게 있다는 듯 그녀는 오직 자신의 내면을 들여다보는 데 열중하고 있다. 이토록 편집적인 내향성은 심리학적 탐구의 대상이 될 수도 있을 법하다. 이 점에 있어서는 그녀 자신의 기록을 통해서 어느 정도 추측이 가능하기도 하다. 그녀 역시 글쓰기의 기원이라 할만한 경험적 진실을 확보하고 있는 바, 어린 시절 온갖 독서 체험을 압도한 『인어공주』 이야기에 대한 강력한 동일시에서도 그에 대한 단초를 엿볼 수 있다. 그때 그녀를 그토록 사로잡았다는 부분은, 보통의 소녀들이 마음 설레는 왕자와의 행복한 만남이 아니다. "다시 자기 자신에게로 돌아갈 수 있는 마지막 기회였는데도 왕자를 사랑하는 인어는 평화롭게 잠이 든 왕자의 가슴에 끝내 칼을 꽂지 못하고 어느 날 아침에 그녀는 이 광활한 우주의 한 점 물방울로 사라졌다, 공기의 딸로." 이루어 질 수 없는 사랑으로 인한 비극적 황홀의 전율을 그녀는 이미 느꼈던 것일까. 자신이 동일시했던 인어공주의 죽음을 마냥 헛된 것으로 돌리고 싶지 않아 그녀는 그토록 힘겹게 존재의 허약한 기미들을 보듬어 내려하는 걸까. 갑자기, 자기를 발현할 수 있는 기회의 절정에서 힘없이 포기해 버리는 그녀의 충동을 '인어공주 컴플렉스'라고 불러보고 싶다. '인어공주 컴플렉스'의 또 다른 흔적은 그녀의 소설 곳곳에서 찾아볼 수 있다. 「멀리, 끝없는 길 위에」에서 화자의 어린 시절을 회상하는 부분 중에는 제삿날 상에 오르는 귀한 밀감을 탐내는 사촌간의 대치상태가 흥미롭게 그려진다. 자기 몫을 이미 먹어 치운 힘센 사촌이, 화자는 아까워서 차마 먹지 못하고 있던 밀감을 빼앗으려고 한다. 팽팽한 긴장 속에서 노염이 극에 달하는 순간, 화자는 아무렴 어떠냐하는 이상한 허탈감에 빠지면서 밀감을 그냥 줘버린다. 이러한 허탈감의 정체를 그녀는 '너는 아무 것도 할 수 없을 것이라고 삶이 내게 건 최면술 같은 것'으로 파악한다. 「풍금이 있던 자리」에서도 주인공은 사랑하는 남자와 새로운 삶을 시작하려는 절정의 순간에 그를 놓아버린다. 그녀 소설의 등장인물들은 하나같이 삶의 중심을 차지하려는 기백이 없다. 타자와의 긴장된 대치상태를 극복하지 못하고 스스로 물러나 버리고 만다. 그녀는 욕망이 힘없이 스러지는 자리를 물끄러미 들여다본다. 그리고 쓴다. 그녀의 소설은 욕망의 기록이 아니라 욕망이 사라진 자리의 기록이다.

삶의 중심에 자리잡지 못하고 한없이 밀려난 그녀는 현실의 경계에서 아주 조심스럽게 외계와 접촉한다. 그녀의 소설에서 가장 친근한 외계인 가족은 그녀와 마찬가지로 현실과 화해롭지 못하다. 「밤고기」에서는 시골 국민학교의 학생인 어린 화자의 눈을 통해 피폐해져 가는 가족의 모습을 그리고 있다. 그런데 이 가정을 위기에 몰아넣는 것은 도시에서 온 타자들이다. 존재의 기반을 뿌리째 흔드는 이 위험하고 매혹적인 타자들을 의식하면서 어린 화자는 자아를 발견해간다. 「어떤 실종」의 가족은 더욱 처절한 운명에 놓인다. 이 소설에서 현실은 보다 광포하여, 군복무 중 사망한 아들로 인해 어머니까지 실성해 버리는 비참한 지경을 만든다. 가족이라는 운명 공동체가 겪는 위기와 불행에 대해 그녀는 무기력한, 그러나 강한 연민의 태도를 드러낸다. 그녀는 외계에 대한 치열한 대결의 의지보다는 그것을 운명으로 수긍하는 가운데 깊어지는 정서적 환기력을 표현의 목표로 삼고 있는 것이다.

신경숙 소설은 가족 외의 타자에 대해서는 좀처럼 화해로운 관계를 보이지 못한다. 그녀의 소설에서 자주 다루어지는 사랑의 파탄이 그 단적인 예이다. 「강물이 될 때까지」에서 '그녀'는 '그'의 사랑이 충동적인 것에 지나지 않음을 알아채고 고향집으로 내려와 버린다. 「배드민턴 치는 여자」에서 '나'는 좌절된 사랑의 경험을 안고 살다 사랑이 불가능한 현실에서 좌초하며, 「해변의 의자」에서 '나'는 사랑에 실패하고 일상 속에서 소진해 간다. 또한 「새야, 새야」의 벙어리는 순수한 사랑을 파괴하는 폭력적 현실에 대한 절망으로 죽음을 향한다. 상대와 비교적 발전적 관계에 있던 「풍금이 있던 자리」의 '나' 조차 스스로 사랑을 포기하는 것으로 보아, 작가는 타자와의 행복한 화합의 가능성을 근본적으로 부정하는 듯하다.

신경숙 소설에서 가장 가까운 타자와의 관계에서조차 실패하고 마는 등장인물들의 자폐적인 성격은 종종 소멸의 충동이나 폐쇄된 공간에 대한 지향성을 표출한다. 「멀리, 끝없는 길 위에」에서 거식증으로 죽어가는 이숙이나, 「새야, 새야」에서 어머니의 무덤 속으로 들어가는 벙어리는 죽음에서 소외의 극단적 표현을 얻고 있다. 포클레인 속으로 잠입해 들어가 온 몸을 흙으로 덮는 「배드민턴 치는 여자」의 주인공이나, 바닷가의 파도굴과 흡사한 자신의 원초적인 집에서 잠자고 왔다는 「해변의 의자」의 주인공 역시, 모태로 회귀하려는 퇴행 현상을 보여준다. 죽음은 외계와의 대결을 포기한 자아가 기대기 쉬운 안식의 자리이다. 죽음의 그림자가 어려 있는 신경숙의 많은 소설들은 외계와의 긴장된 대치로 인한 혼곤한 피로의 기색이 역력하다.

신경숙은 애써 자폐의 충동을 외면하지 않고 거기 이르기까지 존재에 침윤된 내밀한 삶의 기미들을 그려낸다. 한결같이 소극적이고 수동적인 신경숙 소설 특유의 등장인물들은 인물들과의 격렬한 갈등과 충돌로 인한 개성의 창출과는 거리가 멀다. 그들은 단지 존재의 내면풍경을 다채롭게 투과해내는 프리즘의 역할을 수행할 뿐이다. 등장인물들이 들려주는 독백에 가까운 진술은 하나의 사건이나 현상이 개인의 내면에서 얼마나 다양하게 굴절될 수 있는지를 보여준다.

> 저, 저만큼, 집이 보이는데,
>
> 저는, 집으로 바로 들어가질 못하고, 송두리째 텅 빈 것 같은 마을을 한바퀴 돌고도...... 또 들어가질 못하고...... 서성대다가 시끄러운 새소리를 들었어요. 미루나무를 올려다보니 부부일까? 두 마리의 까치가, 참으로 부지런히 둥지를...... 둥지를 틀고 있었어요. 오래 바라보았습니다, 둘이 서로 번갈아가며 부지런히 나뭇잎이며 가지들을 물어나르는 것을.
>
> 이 고장을 찾아올 때는 당신께 이런 편지를 쓰려고 온 것이 분명 아니었습니다. 이런 글을 쓰려고 오다니요? 저는 당신과 함께 떠나려 했잖습니까.
>
> 비행기를 타버리자.
>
> 당신이 저와 함께 하겠다는 그 결정을 내려주었을 때, 저는 너무나 환해서 꿈인가? ...... 꿈이겠지, 어떻게 그런 일이 내게...... 다름도

아닌 내게 찾아와주려고, 꿈일 테지, 했어요.

「풍금이 있던 자리」는 의식의 흐름을 섬세하게 담아내는 신경숙의 소설 중에서도 특히 인상적인 작품이다. 인용한 부분은 소설의 도입부로 오랜만에 고향집을 찾은 여자의 미묘한 심리상태를 보여주고 있다. 여기서도 신경숙 문체의 특징인 잦은 쉼표와 말줄임표가 적절하게 쓰이고 있다. 여자가 집을 앞두고 저토록 더듬고 망설이는 데는 적지 않은 사연이 있을 텐데, 작가는 설명을 극도로 배제한 채, 여자의 황망한 마음만을 부지런히 좇는다. 한없이 서성이던 여자의 눈길을 잡아끈 것은 부지런히 둥지를 틀고 있는 까치 부부이다. 집과 둥지의 유사성과 그것에 다가가지 못하고 멀리서 바라보고만 있는 여자와의 거리가 예사롭지 않은 긴장감을 유발한다. 그 긴장감의 이유는 뒷부분에서 좀더 자세하게 드러난다. 여자는 사랑하는 남자와 함께 떠나기 전에 자신이 살았던 집을 찾았나 보다. 남자와 함께 할 수 있다는 사실이 여자에게는 꿈같은 행복이다. 그런데 지금 여자는 그 꿈을 포기하려 한다. 집을 앞두고 서성거리는 마음, 까치부부를 보고 망연자실해 지는 마음이 그와 무관하지 않을 것이다. 여자의 '꿈'은 '집'의 반대편에 있는 것이다. 집을 떠나 비행기를 '타버려야' 실현되는 그 꿈을 여자는 기어이 포기하려나 보다. 둥지를 만드는 까치부부처럼 '참으로 부지런히' 가꾸어놓은 집을 차마 망가뜨릴 수 없기 때문이다. 신경숙의 소설은 이처럼 현실과 꿈의 갈등을 치열하게 지속시키지 못하고 한순간에 맥없이 놓아버린다. 꿈은 언제나 현실에 굴복한다. 이는 그녀가 현실의 테두리를 강하게 의식하고 있기 때문이며 더 근본적으로는 그녀의 말대로 '아무렴 어떠냐'라는 의지 박약 때문이다. 그녀는 현실과의 긴장된 대치를 쉽사리 포기하는 대신 그것이 남긴 흔적들을 섬세하게 그려내는 데 열중한다. 아깝게 깨어진 꿈의 조각들, 아쉽게 사라져 가는 존재들, 설명하기 힘든 진실의 섬약한 무늬들을 그녀는 참으로 아름답게 새겨 놓는다.

현실과의 대결에서 패배한 나약한 존재들에 의미를 부여하려는 그녀의 작업은 당연히 설명보다는 묘사, 구성보다는 이미지에 의존하는 경향이 강하다. 현실에 대한 지향점을 상실한 존재의 이미지는 한없이 머뭇거리거나 깊어지면서 독특한 무늬를 만든다. 따라서 현실과의 길항관계에서 얻어지는 기존의 소설적 긴장감을 찾기 힘들다. 이제 그녀는 기존 소설과의 변별성으로 참신하게 다가왔던 그녀 소설의 독특한 감성을 새롭게 진전시켜 나가야 할 기로에 있다. 주의 깊게 보지 않으면 매양 한 목소리인 듯한 플롯의 단조로움에도 변화를 주고 알 수 없는 독백에 머물기 쉬운 내향적 음색도 좀더 열어놓을 필요가 있을 듯하다. 무엇보다 그녀의 바람처럼 '아무도 알아주지 않는 익명의 존재들에게 생기를 불어 넣어주고 싶은 욕망'을 이루기 위해서는 존재 내면으로의 더 깊은 침잠이 필요할 것이다.

4. 최 윤 — 소외의 현시

최윤은 80년대 말에 등단하였으나 90년대에 들어 본격적인 활동을 시작한 작가이다. 『저기 소리 없이 한 점 꽃잎이 지고』, 『속삭임, 속삭임』 등의 작품집 외에 『너는 더 이상 너가 아니다』, 『겨울, 아틀란티스』 등의 장편소설도 나와 있다. 그녀의 소설은 90년대 소설의 대세를 이루는 여성 작가들의 일반적인 경향과 달리 사회 역사적 현실에 대한 의식을 지속적으로 드러내 보이고 있어 또다른 주목의 대상이 된다. 그런데 최윤 소설의 보다 큰 특징은 그러한 의식을 표현하기 위해 구사하는 다양한 문체의 실험에 있다. 주로 사실적인 문체로 전달되던 주제가 최윤의 새로운 문체에 실릴 때 드러나는 색채는 전혀 새로운 것이다. 주제의 새로움보다 문체의 새로움을 구가한다는 점에서 최윤의 소설은 90년대적인 지향성을 반영한다.

현실에 대한 대결의식에 있어 최윤은 김승옥보다 훨씬 적극적이다. 문제가 되는 사안에 대한 의식 역시 보다 구체적이다. 김승옥이 막연한 대립관계로만 파악했던, 개인을 압박하는 시대적인 배경에 대한 지시도 분명하다. 그럼에도 불구하고 최윤의 소설을 김승옥의 계보에 놓고자 하는 것은, 작가가 고수하는 현실과의 거리에 근거한다. 최윤은 현실에 대한 의식의 선명성에도 불구하고 현실의 중심에 있지는 않다. 아니 그 선명성은 바로 그녀가 현실로부터 일정하게 유지하고 있는 거리로 인해 가능한 것이다. 그녀는 김승옥과 마찬가지로 현실의 중심에서 빗겨난 경계에 있다. 또한 그녀의 관심의 대상은 현실의 구조 자체가 아니라 그것과 개인과의 내밀한 역학관계이다. 그녀의 예민한 촉수는 삶의 외압이 존재 내면에 미치는 파장을 겨냥한다. 억압적 현실을 담지한 존재의 내면에 대한 섬세한 조응이 가능한 것은 투명한 의식과 폭넓은 감수성 때문이다.

최윤의 소설은 존재의 근원적 고독감을 내포하고 있다는 공통점을 제외하고는 분류가 힘들 정도로 다양한 경향을 보여준다. 주로 존재의 내면에 초점이 맞춰지는 그녀의 소설은 삶이나 역사로부터 소외되는 실존의 위기를 예민하게 탐지한다. 최윤의 소설은 크게 구체적인 역사를 배경으로 하는 경우와 그렇지 않은 경우로 나누어 살펴볼 수 있다.

최윤의 상당수 소설은 현대사회의 일상에서 개인이 겪는 소외의 현상을 다루고 있다. 「판도라의 상자」에서 고아는 좌절의 삶과 탈출의 욕망으로 방황하며, 「갈증의 시학」에서 주인공은 물질을 향한 끝없는 탐욕으로 인해 결국 물질로의 극적인 변환을 시도한다. 「한여름 낮의 꿈」에서는 능력이 넘치는 직장인이 정기적으로 극도의 무기력 상태로 빠져드는 기현상을 보이기도 한다. 그들은 모두 현재의 삶을 적극적으로 살아가나 끝없는 허기에 시달리며 파멸을 재촉한다. 작가는 현대 도시의 삶이 욕망의 무한궤도를 달리고 있으며 결국은 파멸의 궤적에 잇닿아 있음을 단언한다. 「푸른 기차」에서는 도시의 일상적 삶에 함몰되어 가는 한 남자의 기계적인 생활과 사고를 답답할 정도로 지루한 문체로 열거하고 있다. 현대 도시의 개체들은 바로 자신이 몰입하고 있는 삶으로부터 소외당하고 있다는 것이다. 「워싱턴 광장」에서는 제도권 안의 삶과 그 반대편의 삶을 대비하면서 안정된 일상으로부터의 일탈의 욕구를 부각시킨다. 어린 시절 음악시간에 「향기로운 월계꽃」을 따라 부르면서도 밖에서 거지 여자아이가 부르던 「워싱톤 광장」의 특이한 음색에 이끌리던 주인공은 그 알 수 없는 유혹을 떨쳐버리지 못하고 노래 소리의 주인공을 찾아 헤맨다. '저 바쁘고 확신에 찬

귀가객들의 발걸음'과는 점점 멀어지는 주인공의 발걸음은 그가 이미 제도권의 경계를 벗어나기 시작했음을 의미한다. 이 소설은 「워싱톤 광장」의 어두운 매혹을 통해 질서와 안정으로 위장된 제도의 질박으로부터 벗어나려는 인간 본성의 충동을 인상적으로 그려내고 있다. 현대도시의 삶을 배경으로 하는 최윤의 소설은 일상이라는 견고한 감옥에 갇혀 소외된 개체의 근원적 고독감을 보여준다. 소외의 결박을 풀려는 일탈의 행위는 언제나 파행적 결말로 그침으로써 불가항력적인 현실의 위력을 강조할 뿐이다. 최윤의 소설은 현실의 향방이 돌이킬 수 없는 파멸의 행로를 향해 있다는 부정적인 인식을 내포하고 있다. 따라서 애써 현실의 압박을 떨쳐내려 하기보다는 개체에 가해지는 압박의 실상을 드러내는 데 주력한다.

현대적 삶에서의 소외를 다루는 소설들이 다소 모호하고 관념적인 성향이 강한 것에 비해 사회 역사적 관심을 담지한 소설들은 비교적 선명한 주제의식을 보여준다. 최윤의 소설에서 일관되는 역사적 관심사는 분단 문제이다. 현재형의 역사적 부채임에도 방치되어 있는 분단 문제에 대해 그녀는 끈질긴 문제 제기를 한다. 그녀는 분단으로 인한 직접적 피해자들에 밀착된 서술로서 이 문제에 대한 소설적 입론화를 시도한다. 「벙어리 창」은 사랑하는 남자의 월북으로 이산의 고통과 가족으로부터의 냉대를 견뎌온 이모의 한스러운 삶을 다루고 있다. 헤어진 남자와 아들을 만나려는 이모의 열망은 벙어리가 창을 부르는 것만큼이나 허황되고 가열찬 것이다. 왜곡된 역사로 인해 잃어버린 참된 삶을 찾으려는 이모의 열렬한 몸짓은 '대양의 흐름을 거슬러 올라가는' 연어 떼의 움직임에 비유된다. 90년대 들어 빈번해진 '연어'의 상징은 본원을 향한 탐사라는 시대적 욕구를 반영하는 것으로 보인다. 이 소설에서는 이념에 훼손된 역사의 줄기를 바로 세워야 한다는 당위적 명제를 지시하고 있다. 물론 분단 극복은 이모와 같은 개인의 열망이 모여 연어 떼와 같은 의지로 집결될 때 가능하며 바람직한 것이라는 통일에 대한 관점도 함께 읽을 수 있다. 또 다른 소설 「아버지 감시」에서는 분단이 만들어놓은 가족간의 벽을 허무는 과정을 보여줌으로써 분단 극복의 지침을 암시한다. 분단의 결락을 메울 진정한 화해의 열쇠는 그간의 왜곡된 역사를 반성하고 서로의 참모습을 받아들이는 데 있다는 것이다. 분단이라는 미묘한 역사를 설득력 있게 조명하기 위해 작가는 철저히 개인의 문제로부터 출발하고 그것으로 환원시킨다. 이념의 과오를 반성하기 위해 관념을 최대한 배제하고 생동하는 인물들의 육성을 끌어들이는 것이다. 「그의 침묵」과 「속삭임, 속삭임」은 왜곡된 역사로 인해 말소된 인생의 유적을 그리고 있다. 「그의 침묵」의 좌파적인 소장 예술가는 분단 후에 박삼돌이라는 익명의 인물로 살아간다. 이념의 광포한 대결은 재능 있는 예술가를 역사의 무덤 속으로 매장시켜 버렸던 것이다. 「속삭임, 속삭임」의 아저씨 역시 남로당의 고위 간부였으나 자신의 전적을 말소시킨 채 은닉자로서 고단한 생애를 살아간다. 이런 소설들은 모두 주인공과 밀착된 관찰자의 시각에서, 그들이 드리운 비밀스럽고 어두운 삶의 그림자를 들춰보는 과정을 다루고 있다. 이는 부당한 역사가 개인에게 가하는 폭력의 전횡을 증명한다. 작가는 개인의 실존을 전면적으로 억압하는 역사로부터의 소외를 분단과 이산의 문제로 결집시켜 집요하게 탐구하고 있다.

최윤은 분단 외에도 폭력의 역사에 대한 다양한 비판을 전개한다. 등단작인 「저기 소리 없이 한 점 꽃잎이 지고」는 80년대 광주 민주화 항쟁에 대한 소설이다. 이 역사적 사건에 대해 르포의 성격을 강하게 부각시키던 이전 소설들과는 달리 이 소설은 획기적인 전환을 시도한다. 폭력적 역사가 실존에 가한 치명적 상처를 그대로 드러낸다는 전략이다. 따라서 이 소설은 희생자인 연약한 소녀의 혼돈스런 진술과 목격자들의 증언을 병치시키는 구성을 택하고 있다. 소녀가 입은 심신의 타격은 가닥을 잡기 힘들 정도로 뒤엉킨 진술 속에서 간간이 그 처참한 실상을 드러낸다. 이 작품은 하나의 역사적 사건이 얼마나 다양한 소설적 육체를 얻을 수 있는지를 실감나게 보여준다. 「회색 눈사람」에서 작가는 의식을 선도하는 문체의 매력을 마음껏 발산하다. 70년대 운동권의 후일담에 해당하는 이 소설은 기존 운동권 소설의 사실적 문체와는 확연히 구별되는 섬세하고 치밀한 문체를 선보인다. 이 역시 이념의 당위보다 개인의 진실에 중심을 둔 관점의 전위로 인해 가능한 것이다. 「문경새재」에서도 집단간의 이해 갈등을 초월한 인간적 교감의 가치로움을 역설하고 있다. 작가는 역사로부터의 소외를 초래한 이념의 허위를 극복하기 위한 방도를 개인적 진실과 교류의 가능성에서 찾고 있는 것이다.

> 이애, 담배나 한대 피자꾸나. 약간의 연기는 뱃속을 소독해 주지. 안개가 그렇듯이. 노을 빛이 그렇듯이. 저 앞의 숲을 보거라. 아, 그 황량하던 가시덤불이 왜 이리 그리우냐. 다 일없다. 해질녘의 호수를 둘러싼 숲가에 오랫동안 앉아본 사람은 알지, 낮과 저녁이, 물과 하늘이, 말과 말의 경계가 어떤 순간 흐려져 버리는 것을. 바로 그 경계가 흐려지는 곳. 세상에서 가장 아름다운 풍경이 아니겠느냐. 그럴 때면 나는 눈물이 나온다. 왜일까. 너 때문일까. 어떤 눈물도 순수하지 않더라. 기쁨 속에 슬픔이 녹아 있고 또 지극한 슬픔은 꼭 자그마하나 어떤 행복에의 기대를 가져다주니 말이다. 그래서 눈물은 마약과 같은 거야. 제때에 흐르지 않으면 저 깊은 존재의 밑바닥에 숨은 경련을 일으키거든. 이애, 숨어서 우는 사람의 눈물을 볼 줄 알아야 하지. 울고 싶어도 울지 못하는 사람의 눈물.

「속삭임, 속삭임」에서 내밀하게 이야기하고 있듯, 숨어서 우는 사람의 눈물을 볼 수 있는 섬세한 감성의 교류야말로 소외를 극복할 수 있는 출발점이 될 것이다. 이 소설 역시 작가의 의도에 부합하는 구성과 문체를 택하고 있다. 특이하게 시도한 대화체의 독백은 소외의 극복을 위한 열망을 담고 있다. 대화란 타자를 전제로 하는 어법이다. 소외가 심화되어 가는 현실은 대화가 단절된 공간이라 할 수 있다. 이 소설의 화자는 자신의 어린 딸에게 끊임없이 대화를 시도한다. 그녀는 분단의 역사로 고통받는 아저씨의 이야기를 전달함으로써 이러한 비극이 다음 세대에는 극복되어야 하리라는 소망을 엿보인다. 이는 대화의 단절 상태와 흡사한 분단 상황에 대한 항거가 될 수 있다. 전 시대 대화의 단절로 이어진 비극을 되풀이하지 않기 위해서는 대화를 위한 끊임없는 노력이 필요하다는 것이다. 대화는 너와 나, 이쪽과 저쪽의 대립을 유연하게 풀어버린다. 오랫동안 타자의 존재에 관심을 기울이는 동안 경계가 흐려지는 일치감을 느낄 수 있다. 위의 인용문에서, '경계가 흐려지는 곳. 세상에서 가장 아름다운 풍경'이라는 구절은 사람의 경우에도 마찬가지로 적용할 수 있을 것이다. 상대를 이해하고 화해하려는 노력이야말로 단절과 반목을 극복하고 아름다운 인간미를 실현할 수 있다. 이는 물론 소외의 역사를 넘어설 수 있는 지름길이 될 것이다.

최윤이 역점을 두고 탐구하는 소외의 문제는 상당히 다층적이고 포괄적이다. 그것은 때로 사회 역사적 층위에서 파악되기도 하고 현대적 삶의 존재방식으로 표출되기도 한다. 어떤 경우이건 그녀는 존재의 내면에 무게 중심을 둔다. 현실과 관계하는 존재의 다채로운 반향을 포착하려는 의욕을 그녀는 변화무쌍한 문체로서 드러낸다. 그녀의 새로운 문체는 반복되어온 주제에도 색다른 질감을 부여한다. 때로 그녀의 과도한 실험의식은 주제의 절실함을 희석시킬 정도이다. 형식이 내용을 압도한다는 것이다. 등장인물의 육성을 살리는 데도 불구하고 여전히 모호하고 관념적인 느낌이 강한 것도 지나치게 작위적인 작법에서 연유하는 듯하다. 의식과 감성 면에 고루 실려 있는 방대한 에너지를 좀더 역동적으로 움직인다면 한결 흡인력 있는 문체의 창출이 가능할 것으로 보인다.

5. 윤대녕 — 초월의 욕망

윤대녕은 1994년 『은어낚시통신』의 출간으로 확실한 개성을 선보이면서 90년대의 대표작가로 자리잡았다. 그는 이 밖에도 『남쪽 계단을 보라』와 장편소설 『옛날 영화를 보러갔다』 등을 출간하면서 활발하게 활동하고 있다. 그의 소설은 문체의 개성으로 각축하는 듯한 90년대의 문단에서도 특별하고 뛰어난 재능을 보이고 있으며 무엇보다 독특한 상상력과 세계관으로 주목받는다. 그의 소설은 어쩌면 90년대적 의미를 넘어 우리 소설사에서 보기 드문 새로운 세계를 형성하고 있다.

윤대녕이 보여주는 도시적 삶에 대한 감수성은 60년대 김승옥이 그랬던 것처럼 혁신적이다. 김승옥이 아직 어설프게 감지했던 도시적 삶의 특성을 그는 충분히 인지하고 있을 뿐 아니라 적절히 누릴 정도이다. 그는 종종 도시의 문화적 기호와 물질에 대한 세련된 감각을 장식처럼 작품의 곳곳에 배치하기도 한다. 그런데 그가 김승옥 문학의 계보에 가까운 이유는 도시의 일상적 삶에 대한 감각의 새로움 때문이 아니라 그것의 경계에 자신의 입지를 마련하고 있다는 사실에서 찾을 수 있다. 그는 누구보다도 도시적 삶을 탐닉하는 성향을 보이면서도 그 중심을 향해 포진하기는커녕 그것으로부터의 강한 일탈의 욕구를 보인다. 그는 김승옥이 서성이던 현실의 경계에서 과감한 탈출을 도모한다.

일상적 삶으로부터의 초월을 꿈꾸는 윤대녕 소설의 지향성은 현실에 대한 통찰과 부정을 전제로 한다. 초기작 「눈과 화살」에서 자본주의와 개인의 관계를, 족쇄를 찬 사내가 괴물의 머리를 향해 화살을 겨누고 있는 그림에 비유하고 있는 것은 상당히 시사적이다. 이는 개인의 존재를 온통 제압하는 자본주의의 괴력에 대한 저항이 결국 제한적이며 자멸을 향해 있다는 부정적 함의를 보여주는 것이다. 「사막에서」는 자본주의의 표상인 거대도시에서의 삶이 얼마나 황량한 것인지를 사막의 비유로서 나타낸다. 현대도시의 불안한 일상과 단절된 인간관계는 꾸역꾸역 밀려들어와 존재를 압박하는 모래의 악몽처럼 위협적이다. 「그를 만나는 깊은 봄날 저녁」 역시 불모화되는 도시에서 침몰해 가는 개인의 삶을 그리고 있다. 안면이 없던 실직자와 회사원이 만나 하루 저녁을 함께 보내며 나누는 무의미한 대화들은 김승옥의 「서울 1964년 겨울」과 흡사하다. 이들이 친숙함을 가장하며 나누는 대화는 거대 도시 속에서 개인이 처한 소외와 허위로 가득 찬 현실을 사실적으로 드러낸다. 도시에서의 일상이 보편적인 삶의 양태가 되어 버린 지금, 이러한 현실에 대한 윤대녕의 비판적인 통찰은 존재론적인 차원의 허무의식으로 이어지기 쉬운 것이다.

윤대녕은 불안과 소외가 가중되는 존재의 위기로부터 벗어나고자 하는 욕구를 현실의 바깥쪽으로 투사한다. 현실의 중심과 맞대결을 벌이는 것은 괴물의 몸에 묶인 채 괴물의 머리를 향해 화살을 날리는 것만큼 무모한 행위하고 판단했던 것일까. 현실의 경계를 넘어간다면 혹시 괴물을 벗어날 수 있는 또 다른 세계가 있다고 생각한 것일까. 그는 우리 소설로는 드물게 현실로부터의 초월의 욕망을 집요하게 추구한다. 그의 작품 중 주류를 이루는 많은 소설들은 바로 이러한 욕망의 기록에 해당한다. 불모화된 현실에 대한 부정의식은 신성한 시원으로의 회귀라는 방향을 취한다. 그가 즐겨 사용하는 '은어'의 이미지는 본원을 향한 탐사라는 그의 의식의 지향점을 압축하는 상징이다. 그것은 「은어」에서 "내 곁으로 세찬 물살을 가르며 수만의 은어 떼들이 어딘 가로 거슬러가고 있다는 환각"으로, 「은어낚시통신」에서는 일상으로부터의 일탈을 꿈꾸는 지하집단의 이름으로 표현된다. 「은어」에서 환각을 통해 간접적으로 체험하는 은어의 세계가 「은어낚시통신」에서는 상당히 구체적으로 다가온다. 「은어낚시통신」에서는 혼자사는 남자가 비밀스런 지하 모임에 초청을 받고 가서 경험하는 일탈된 세계를 보여준다. 그곳은 저마다 현실에 뿌리박지 못하고 방황하는 사람들이 만든 또 다른 삶의 공간이다. 그런데 신성한 시원으로의 회귀를 꿈꾸는 작가가 가장 구체적으로 보여준 이 은어의 세계는 실망스럽게도 현실보다 더 황막하고 퇴폐적이다. 현실과 별다르지 않은 이 일탈의 공간은 일상을 부정하고 초월을 도모하는 작가의 절실한 욕구를 공허하게 드러낸다. 초월적 세계로의 탐사를 보여주는 많은 작품들이 그 욕망의 절실함에 비해 그에 상응하는 창조적 역동성을 담보하지 못한 것으로 드러난다. 초월의 욕망을 드러내는 작품들은 대개 일상을 혐오하는 주인공인 또 다른 세계를 꿈꾸다가 낯선 여인과 만나고 관계를 맺음으로써 그 세계를 언뜻 엿본다는 구성을 취하고 있다. 남성인 작가가 남성성이 지배하는 현실의 반대편에서 일탈의 출구를 발견하는 것은 이상하지 않다. 문제는 이들이 현실에 정착하지 못하고 그토록 절박하게 방황할 수밖에 없는 구체적인 이유가 전혀 설명되지 않는다는 데 있다. 작가 자신은 이러한 방황을 현대적 삶의 조건에 놓인 모든 존재들이 공유할 수 있는 감성의 합의된 영역으로 판단하고 있는지도 모르겠다. 그러나 그의 작품에 등장하는 인물들이 갖는 극도의 고립성이나 신비로운 분위기는 그들의 방황을 보편적인 감성의 차원에서 받아들이기 힘들게 한다. 그들의 일탈의 이유가 충분히 설명되지 않은 상태에서는 작가가 집요하게 계속하는 동일한 구성의 반복이 지루해지기 십상이다. 이러한 구성의 작품에서 드러나는 또 다른 문제는 주인공 남성의 지나치게 소극적인 자세이다. 대부분의 작품에서 주인공 남성의 일탈 욕구는 여성 인물들에 의해 이끌린다. 갑작스럽게 등장한 여성 인물들은 남성의 일탈 욕구를 자극하고 초월의 경계에까지 그들을 이끌어 내고는 사라진다. 주인공들의 초월적 욕망이 종종 경계의 지점에서 그치고 마는 것은 그것을 넘어야 하는 주체적 의지와 에너지가 미약하기 때문이다. 많은 작품들이 현실의 경계를 넘어선 새로운 세계를 과감하게 창조하지 못하고 그 언저리를 맴돌고 있는 것은 작가 자신의 소극적인 태도에 기인하는 것이다. 균형 감각이 뛰어나고 치밀한 그로서는 과감한 비약을 요구하는 이 상상의 세계를 창출하기가 쉽지 않을 것이다. 두 번째 작품집에서 정처 없는 초월의 욕망을 차분히 가라앉히면서 현실 혹은 타자와의 관계를 새롭게 탐색하기 시작한 변화는 그가 새로운 돌파구를 찾기 시작했음을 암시한다.

「가족 사진첩」과 「배암에 물린 자국」은 소설의 전통적 문법에 충실하게 잘 쓰여졌지만 작가 특유의 개성과는 거리가 있는 작품들이다. 「가족 사진첩」은 신혼여행에서 돌아오는 길에 고향에 들른 남자가 과거를 회상하며 가족의 의미를 되새기는 잔잔한 소설이다. 이 소설에서 눈길을 끄는 것은 아버지로부터 아들에게 이어지는 동질감과 주인공이 아내에게서 발견하는 어머니의 자취이다. 그는 주체와 타자 사이의 소통 가능성과 끈끈한 인연의 사슬에 주목하기 시작한 것이다. 「배암에 물린 자국」에서 작가는 긴장된 필치로 뱀에게 물린 남자가 보이는 강렬한 복수심을 실감나게 표현하고 있다. 극도의 복수심에 사로잡혔던 남자는 자신을 감싸는 온화한 타자의 시선에 감화되어 평정을 되찾고 그 사건을 뱀과 자신이 맺은 인연의 고리로서 받아들인다. 「신라의 푸른 길」은 주체와 타자의 소통 방식과 관련하여 불교적 인연설의 색채가 보다 분명하게 드러나는 소설이다. 여기서는 존재의 본원을 탐색하려는 윤대녕 소설의 주제가 불교적인 상상력에 얹혀 상당히 유연하게 전달된다. 이 소설의 주인공은 서울에서 경주까지 가는 길을 하행이 아닌 상행이라고 규정한다. 경주는 그가 도달하고자 하는 중도불국이기 때문이다. 그의 의식은 여전히 현실의 반대편에서 궁극의 세계를 찾고 있는 것이다. 여기서도 역시 낯선 여인과의 만남이 끼어 들지만 무리한 관계로 끌고 가지 않고 타자와의 인연의 아름다움을 깨닫는 것으로 끝내고 있다. 그가 감지한 진정한 초탈의 경지는 '맺힘'에서 '풀림'을 향하는, 집착으로부터의 해방인 것이다. 초월을 향해 조급한 열정을 보이던 그가 한결 여유를 찾고 있음을 알 수 있다.

「피아노와 백합의 사막」은 그의 초월적 욕망이 타자와의 유대 속에서 발현될 수 있는 또 다른 가능성을 보여준다.

> 나는 백합 화분 옆에 가만히 웅크리고 누워 있었다. 유년에 못 다 흘리고 남은 눈물이, 흐린 날 산에 올라 보게 되는 머나먼 한 줄기 강물처럼 내 뺨을 타고 흘러내리고 있었다. 그러한 잠시 내 눈에 문득 황량한 사막의 한가운데에 놓여 있는 피아노의 환영이 비쳐들었다.
>
> 그렇다, 밤의 사막 한가운데 낡은 피아노 한 대가 놓여 있다.
> 거기 누군가 앉아서 쇼팽의 녹턴 팔번에서 십번까지를 치고 있다.
> 아마도 죽은 내 친구겠지?
> 피아노 소리는 사막의 구석구석으로 물주름처럼 번져나가고 있다.
> 그 소리를 따라 사방에서 백합들이 투둑투둑 피어나기 시작한다.
> 넌 밤늦게 앉아 아직도 캔버스에 백합을 그리고 있는 중이겠지?
> 낮게 엎드려 있는 나는 등이 가렵구나.
> 왜냐고?
> 비로소 내가 사막과 같아져 피아노와 백합을 등에 지고 있기 때문일 테지.
> 그래, 그런 때문일 테지.

누가 나를 메아리쳐 불러, 비스듬히 고개를 돌려 창 밖을 보니, 내가 거미처럼 사지를 벌리고 달을 끌어안고 있다.

윤대녕 소설에서 삭막한 현실의 비유로 쓰였던 사막의 이미지는 이 소설에서 역시 예외적이지 않다. 중요한 것은 이전 소설이 사막 같은 현실에 대한 부정과 초탈의 태도로 일관했다면 여기서는 그것과 밀착하여 전면적인 대결을 펼치고 있다는 점이다. 이 소설의 주인공이 행하는 사막의 여행은 존재의 정체성에 대한 탐색에 상응한다. 나날이 일상에 함몰되어 가던 그는 어린 시절부터 관심을 가졌던 사막이라는 낯선 세계를 향해 떠난다. 위의 인용문은 사막에서 끝내 아무것도 발견하지 못한 그가 고국에 돌아온 후 환상 속에서 체험하는 새로운 세계이다. 여기에서 사막의 이미지에 겹쳐지는 피아노와 백합은 각각 어린 시절 함께 사막의 여행을 꿈꾸었던 친구와 여행 중에 주인공과 인연을 맺은 여성의 상징이다. 친구는 주인공보다 더 강렬하게 사막을 꿈꾸었으며 그가 포기했던 시인의 길을 걸었다. 이 친구는 끝내 사막의 여행에 동참하지 못하고 현실에서 실패한 삶을 마감하지만 그보다 훨씬 사막의 꿈에 가까이 있었던 것이다. 그와 인연을 맺은 여류화가는 죽음의 깊은 심연을 건너는 삶의 비약을 경험한 후 사막에서 구한 백합의 구근을 통해 그 의미를 그에게 전달한다. 피아노 소리가 번져나가고 백합이 피어나는 사막의 환상적 이미지는 그가 새롭게 발견한 신생의 상징이다. 과감한 행갈이와 시적인 문체가 사실을 압도하는 환상의 진실을 체현하고 있다. 마지막 부분에서 주인공이 거미처럼 사지를 벌리고 달을 끌어안고 있는 상상은 소설 앞부분의 아폴로 11호가 착륙한 달의 모습과 대치되면서, 현대과학이 발견한 죽음으로서의 달을 신생의 상징으로 전도시키려는 강한 욕망을 나타낸다.

윤대녕은 초월적 욕망의 현시라는 지난한 과제를 그의 섬세한 문체와 뛰어난 이미지 조형력을 통해 수행해내고 있다. 초기의 모호하고 폐쇄적인 분위기와 달리 최근의 몇몇 소설이 사실과 환상의 절묘한 조합으로 현실적 감각을 확보하고 있는 것은 바람직한 현상이다. 삶의 비의와 초월의 욕망이라는 도전적인 주제를 감당할 만큼 윤대녕의 작가적 역량은 믿음직스럽다. 그가 미답의 영역인 환상적 리얼리즘을 새롭게 개척하여 우리 소설사의 지평을 넓혀가기를 기대한다.

6. 감성소설의 전망

지금까지 김승옥을 비롯하여 90년대의 작가 중 그의 계보로 묶을 수 있는 신경숙, 최윤, 윤대녕의 소설세계를 살펴보았다. 90년대의 젊은 작가 중에는 김승옥의 계보에 가까운 소설가들이 상당히 많다. 아니 그보다 김승옥 문학의 계보가 주류를 형성하고 있다고 볼 수 있을 정도이다. 60년대에 감성의 혁명으로 우리 소설에 신선한 물꼬를 텄던 김승옥 문학의 줄기는 그간 문단 내외적 변화를 경과하면서 90년대의 지형도에서는 주류로 자리잡고 있다. 그만큼 폭이 넓어져있기 때문에 여기서는 그 다양한 양상을 살펴보기 위하여 개성이 뚜렷한 작가들에게 초점을 맞추었다.

우리가 살펴본 세 명의 작가들은 모두 뛰어난 문체의 소유자들로서 내면의 섬세한 감성에 조응하는 작법을 구가하여 김승옥 소설의 적통으로 손색이 없다. 그러나 감성 소설의 발전적 방향을 모색하기 위해서는 이들의 공통점보다는 변별점에 유의할 필요가 있다. 현실을 새롭게 발견하고 구성할 수 있는 개성의 구축이 소설의 중요한 목표가 되고 있기 때문이다. 이들은 모두 서로 다른 지향점과 입지를 드러냄으로써 자신의 세계를 확고하게 부각시키고 있다. 김승옥이 방황을 거듭했던 현실의 경계에서 이들은 각각 자신의 길을 찾아낸다. 방향 설정을 못해 자신의 소설세계를 심화시키지 못하고 쉽사리 한계에 부딪혔던 김승옥과 달리 이들은 일찌감치 자신의 세계를 구축하고 확충시켜 나간다.

신경숙은 김승옥이 방황했던 경계 지점에 자신을 고정시킨 채 존재 내면으로의 집중된 탐사를 행한다. 그녀의 소설에 나타나는 외계와의 불화나 존재의 고독감은 근원적인 것이다. 그녀는 존재의 결락을 불가항력적인 것으로 받아들이고 내면으로 응축하여 남겨진 상처의 묘사에 열중한다. 현실과의 대결의지를 결여한 그녀의 소설은 서사적 구성의 강박으로부터 자유로와 한없이 머뭇거리거나 깊어지는 시적 이미지들의 향연을 이룬다. 그녀가 보여준 감성과 문체의 섬세한 결은 독보적인 것이다. 그런데 그것은 지나치게 폐쇄적인 구조 속에서 자칫 단절된 독백으로만 떠돌기 쉬운 것이다. 나는 신경숙의 소설에서 모든 소외된 존재들을 감싸는 따뜻한 감성을 본다. 그녀의 소설은 정한이라는 전통정서와 내밀하게 잇닿아 있는 듯하다. 존재론적 고독이라는 현대적 주제가 전통정서와 접맥되는 새로운 미학의 창출을 통해 그녀의 소설이 보다 큰 울림을 얻을 수 있는 가능성을 점쳐본다.

최윤은 김승옥 보다 훨씬 의도적으로 현실에 대한 비판과 부정을 기획한다. 그녀는 김승옥이 직접적인 대결을 회피하던 현실과 정면으로 마주한다. 그녀는 김승옥의 계보에 놓인 작가로서 드물게 현실의 중심을 향해 접근한다. 그러나 궁극적 지향점이 실존의 문제에 있으며 감성의 조응에 주력한다는 점에서 당연히 김승옥의 계보에 놓을 수 있다. 그녀는 현대적 삶이나 역사로부터의 소외를 집요하게 탐구한다. 그 중에서도 역사로부터의 소외에 대한 명징한 의식과 독특한 형상화는 그녀의 독자적인 영역을 이루고 있다. 그녀의 치밀한 문체와 다양한 형식 실험은 동일한 주제에 대한 무수한 변주의 가능성을 보여준다. 그녀의 소설은 지나치게 현란하여 주제를 압도하는 형식의 선점이 문제일 정도이다. 요즘 드물게 역사에 대한 각성을 견지하는 그녀가 풍부한 감성과 문체의 위력을 발휘하여 보다 탄력 있는 소설적 육체를 창조하기를 바란다.

윤대녕은 최윤과 반대로 현실의 경계면으로부터도 벗어나려는 초월의 욕망을 드러낸다. 이는 일찍이 우리 소설사에서 보기 드문 과감한 시도이다. 김승옥이 소극적으로 보여주었던 일탈의 욕구를 그를 전면적으로 지속적으로 추구하고 있다. 불모화되는 현실에 대한 부정은 그 반대편에 있는 존재의 근원을 향한 열망을 끌어낸다. 그러나 그의 초월적 욕망은 대개 몽환적이고 폐쇄적인 세계를 그려내는 데서 그친다. 현실에서 타자와의 소통 가능성을 탐색하기 시작하면서 그는 새로운 출구를 찾고 있다. 불교의 인연설을 유연하게 도입하거나 사실과 환상을 절묘하게 결합시킴으로써 그는 한결 설득력 있는 초월의 세계를 창출해낸다. 환각의 위험을 경고하며 현실의 중심으로 귀환할 것을 요구하는 많은 평자들과 다르게, 나는 그에게 초월적 세계로의 탐사를 계속해 나갈 것을 권하고 싶다. 그에게 열려 있는 환상적 리얼리즘의 무궁무진한 영역이 우리 소설을 풍요롭게 확장시킬 수 있지 않겠는가.

감수성의 혁명을 일으키며 60년대의 문단을 충격했던 김승옥의 소설은 지금 보면 미숙하고 불안한 부분도 없지 않다. 그러나 그의 소설은 여전히 젊다. 그의 소설이 젊은 작가들에게 꾸준히 영향을 주고 적통을 이어가는 것은 당연하다. 그는 소설은 곧 문체라는 명제를 성립시켰으며 읽는다기보다 느낄 수 있는 소설을 창조했다. 그는 개인의 내면을 소설의 전면으로 끌어들였으며 현실에 복속되어 있던 소설을 독립시킨 장본인이기도 하다. 현실의 변방을 소설의 중심 공간으로 만듦으로써 그는 소설의 영역을 대폭 확장했다. 세기말의 혼돈과 문학의 위기가 논의되는 지금 김승옥의 소설은 새삼, 문학의 존재 증거로서 새로운 돌파구를 제시하고 있다. 내면세계나 감성의 표현이 취약했던 우리 소설은 지금 전례 없이 풍성해진 감성소설의 전기를 맞고 있다. 거대 서사가 위축되는 반면 섬세한 체험을 견인하는 감성의 힘이 소설의 변화를 주도해 가고 있다. 김승옥이 방황 속에 탐색했던 현실의 경계, 소설의 오지에서 감성의 쟁기를 든 젊은 작가들이 얼마나 값진 결실을 보여줄까 지켜보지 않을 수 없다. 세미

김승옥 참고 문헌

학위 논문

김순희, 「김승옥 소설 연구 : 자아의 인식 변모 과정을 중심으로」, 경북대 교육대학원, 1997.

나순일, 「김승옥 소설 연구」, 계명대 교육대학원, 1992.

문애란, 「김승옥 소설의 작중 인물 연구」, 경희대 교육대학원, 1998.

박혜라, 「김승옥 소설 연구」, 명지대 교육대학원, 1996.

배성희, 「김승옥 소설의 문체론적 연구」, 1993.

서은경, 「김승옥소설연구」, 성신여대, 1998.

송은영, 「김승옥 소설 연구」, 연세대, 1998.

심현정, 「김승옥 소설 연구 : 현실과 내적 자아의 대립 양상을 중심으로」, 경희대, 1988.

오은희, 「김승옥 소설 연구」, 동아대, 1994.

이경림, 「한국소설의 여행구조에 관한 고찰」, 고려대 교육대학원, 1985.

이동재, 「김승옥 소설의 시간구조 연구」, 고려대, 1990.

이승준, 「김승옥론 : 1960년대적 의미에 대하여」, 1997.

이재천, 「김승옥 소설의 서술상황 연구」, 세명대, 1998.

이정석, 「김승옥 소설의 욕망구조 연구」, 1996.

이진경, 「김승옥 소설 연구」, 중앙대, 1997.

정학재, 「김승옥 소설 연구 : 인물의 세계 인식과 대응 양상을 중심으로」, 1997.

한혜원, 「김승옥 소설 연구 : 공간과 인물의 유형을 중심으로」, 1998.
현영종, 「이니시에이션 소설 연구 : 염상섭, 황순원, 김승옥, 김원일 작품을 중심으로」, 고려대 교육대학원, 1990.
황을숙, 「김승옥 소설의 일상성 연구」, 부산외국어대 교육대학원, 1998.

일반 논문 및 평론

구모룡, 「근대적 삶에 대한 환멸의 서시 : 자본과 욕망만이 출렁이는 근대적 사회를 두 남녀의 결혼과 이혼을 통해 적나라하게 그려낸 작품」, 문학사상283, 1996.5
구인환, 「한국 현대 소설의 구성적 연구」, 서울여대논문집, 1971.
김민정, 「김승옥론」, 외국문학48, 1996.8.
김병익, 「60년대의 풍속 변화」, 『상황과 상상력』, 문학과지성사, 1979.
김병익, 「60년대 문학의 가능성」, 『현대 한국 문학의 이론』, 민음사, 1978.
김윤식, 「60년대 문학의 특질 : 김승옥론」, 『김윤식 평론문학선』, 문학사상사, 1991.
김윤식, 「시인·좀비족·한글1세대」, 『현대소설과의 대화』, 1992.
김주연·이호철 대담, 「50년대와 60년대」, 한국문학, 1978.11
김주연, 「계승의 문학적 인식 : 소시민 의식 파악이 갖는 방법론적 의미」, 『상황과 인간』, 박우사, 1969.
김주연, 「새 세대의 문학의 성립 : 인식의 출발로서의 60년대」, 아세아 1, 1968.
김주연, 「60년대 소설가 별견」, 김병익 외, 『한국문학의 이론』, 민음사, 1974.
김치수, 「질서에서의 해방 : 김승옥론」, 『문학사회학을 위하여』, 1979.
김치수, 「반속주의 문학과 그 전통 : 60년대 문학의 성격·역사적 위치규명」, 『한국소설의 공간』, 열화당, 1975.
김 현, 「허무주의와 그 극복」, 사상계, 1968.2

김 현, 「구원의 문학과 개인주의」, 현대문학, 1966.3.
김혜련, 「<서울, 1964년 겨울>의 문체론적 분석 : 담론양상을 중심으로」, 동악어문논집30, 1995.12.
김홍규, 「한국현대소설과 시대적 갈등」, 김홍규 편, 『변동사회와 한국의 갈등』, 문학예술사, 1985.
남금희, 「김승옥 단편소설의 한 고찰」, 대교효성가톨릭대학전통문화연구12, 1997.12.
류보선, 「김승옥론 : 개인과 사회의 대립적 인식과 그 의미」, 문학사상211, 90.5
박선부, 「모더니즘과 김승옥 문학의 위상」, 비교문학17, 1982.
백낙청, 「시민문학론」, 창작과비평, 1969.여름.
백낙청, 「서구문학의 영향과 수용」, 신동아, 1969.1.
서종택, 「해방 이후의 소설과 개인의 의식 : 서기원, 김승옥, 최인호를 중심으로」, 고대 한국학연구소, 한국학연구, 1988.
신순철·심영덕, 「김승옥 소설의 전위의식 고찰」, 경주전문대논문집7, 1993.8.
심영덕, 「70년대 소설에 나타난 현실인식과 소외 : 김승옥과 최인호를 중심으로」, 부산어문학1, 1995.12.
유인숙, 「<무진기행>과 <병신과 머저리>의 대비적 분석」, 성균어문연구32, 1997.12.
유종호, 「김승옥론 : <무진기행>을 중심으로」, 『신문학60년대표작전집』5, 정음사, 1968.
이남호, 「삶의 위기와 내면으로의 여행」, 『문학의 위족2:소설론』, 민음사, 1990.
이상우, 「1960년대의 소설에 타나난 축제적 세계 인식 : 김승옥의 <다산성>과 홍성원의 <주말여행>을 중심으로」, 영남대국어국문학연구24, 1996.12.
이상우, 「입체적 인물과 욕망의 간접화 : 김승옥의 <무진기행>을 중심으로,

명지대예체능논집2, 1992.12
이 순, 「김승옥론」, 연세어문학11, 1978.
이어령, 「죽은 욕망을 일으키는 역유토피아」, 『다산성』, 한겨레, 1987.
이태동, 「자아의 시선과 미망의 여로 : 김승옥론」, 『부조리와 인간의식』, 문예출판사, 1981.
임금복, 「한국적 외디푸스 콤플렉스의 초상」, 비평문학7, 1993.10.
전혜자, 「'내재적 장르'로서의 <무진기행>」, 경원대인문논총1, 1992.12.
정과리, 「유혹 그리고 공포 : 김승옥론」, 『문학, 존재의 변증법』, 문학과지성사, 1985.
정미숙, 「에로티즘과 실존의 변증법 : 김승옥론」, 부산외대우암어문논집6. 96.2.
정상균, 「김승옥 문학 연구」, 서울시립대전농어문연구7, 1995.2
정현기, 「1960년대적 삶」, 『한국문학의 사회사적 의미』, 문예출판사, 1986.
정현기, 「보여지는 삶과 살아가는 삶의 확인 작업」, 『한국문학의 사회사적 의미』, 문예출판사, 1986.
정현기, 「안개의 수근거림과 애욕의 시대를 지켜본 작가 : 김승옥론」, 『이상문학상수상작가대표작품선』, 문학사상사, 1986.
정현기, 「유년기 체험 소설 연구」, 연세대매지논총11, 1994.2.
조남현, 「미적 세계관에의 입사식」, 『누이를 이해하기 위하여』, 청하, 1991.
천이두, 「발랄한 호기심, 발랄한 환상의 공간 : 60년대 문학」, 『종합에의 의지』, 일지사, 1974.
천이두, 「아웃사이더 독백의 미학 : 김승옥의 <역사>」, 『현대한국소설론』, 형설출판사, 1983.
최인훈, 김승옥 대담, 「소설은 어디로 가는가」, 한국문학, 1978.11.
한형구, 「김승옥 문학의 문학사적 성격」, 이주형 외 저, 『한국현대작가연구』, 민음사, 1989.

김승옥 연보

1941년 일본 오오사카에서 출생.

1945년 귀국, 전남 순천에 정착.

1948년 순천 남국민학교에 입학하였다가 여수 동산국민학교로 전학.

1951년 순천 북국민학교로 전학. 『새벗』지에 동시 발표.

1954년 순천중학교 입학. 교지에 콩트, 수필 따위를 발표.

1957년 순천고등학교 입학.

1960년 서울대학교 문리대 불문과 입학. 서울대 문리대 학생신문 『새세대』에 「학원만평」 및 컷을 그림. 『서울경제신문』에 만화 「파고다공원」 연재.

1961년 『새세대』 기자가 되어 문예면 및 논문면 맡아봄.

1962년 단편 「생명연습」이 한국일보 신춘문예에 당선. 김현, 최하림 등과 동인지 『산문시대』 창간. 『산문시대』에 「건」 「환상수첩」 등 발표.

1963년 『산문시대』에 「누이를 이해하기 위하여」 「확인해 본 열 다섯 개의 고정관념」 발표.

1964년 「역사」 「싸게 사들이기」 「무진기행」 「차나 한 잔」 등 발표.

1965년 「서울, 1964년 겨울」 발표, 동인문학상 수상.

1966년 「다산성」 「염소는 힘이세다」 「시골처녀」 발표. 장편 「빛의 무덤 속」을 『문학』지에 연재(미완). 창작집 『서울, 1964년 겨울』(창문사)을 간행.

1967년 중편 「내가 훔친 여름」을 중앙일보에 연재. 「무진기행」을 「안개」로 영화화. 김동인의 「감자」 각색, 연출.

1968년 장편 「동두천」을 『신동아』에 연재하기 시작하였으나 2회로 중단.

장편 「60년대식」을 『선데이서울』에 연재. 이어령의 「장군의 수염」을 각색, 대종상 각본상 수상.

1969년 장편 「보통여자」를 『주간 여성』에 연재. 「야행」 발표

1970년 중편소설집 『60년대식』 간행.

1976년 『서울, 1964년 겨울』(서음출판사)과 『60년대식』(서음출판사) 간행.

1977년 중편 「서울의 달빛 0장」을 발표, 이상문학상 수상. 『강변부인』(한진출판사) 『무진기행』(범우사) 『사랑의 우화집』(세대문고사) 콩트집 『위험한 얼굴』(지식산업사)과 수필집 『뜬 세상에 살기에』(지식산업사) 간행.

1980년 『내가 훔친 여름』(한진출판사) 『염소는 힘이 세다』(민음사) 간행.

1982년 『서울, 1964년 겨울』(삼중당) 간행.

1986년 『싫을 때는 싫다고 하라』(자유문학사) 간행.

1991년 『누이를 이해하기 위하여』(청아출판사) 간행.

1995년 『김승옥 소설 전집(전5권)』(문학동네) 간행.

■ 기획 대담

1960, 70년대와 민족문학

대담 : **구중서** (문학평론가, 민족예술인총연합 이사장, 수원대 국문과 교수)

진행 : **강진호** (문학평론가, 본지 편집위원, 성신여대 교수)

일시 : 1998년 7월 21일, 화요일

장소 : 성신여대 인문대 세미나실

강진호 : 안녕하십니까? 바쁘실 텐데 저희 『작가연구』 대담에 응해 주셔서 감사합니다. 선생님께서는 1963년 등단하신 이래 오늘날까지 왕성하게 비평 활동을 하고 계십니다. 아울러 '민족문학작가회의'와 '민족예술인총연합회' 등에 참가하면서 민족문학을 몸소 실천하고 계십니다. 오늘 선생님을 모시고 말씀을 나누고자 하는 것은 '6,70년대와 민족문학'에 대해서 입니다. 선생님께서는 60년대 이후 민족문학론을 선구적으로 제기하고 또 실천한 증인 중의 한 분이십니다. 그래서 오늘 이 자리는 연구자들에게 많은 도움을 줄 것으로 생각하고 또 사실 많은 기대를 걸고 있습니다. 그럼 먼저 선생님께서 등단하실 당시의 이야기부터 해주셨으면 좋겠습니다. 이를테면 문학을 택하신 동기라든가 문학에 대한 당시의 견해 등을 말씀해 주십시오. 자유롭게 이야기하는 방식으로 해 주시지요.

국학에 대한 관심과 역사의식

구중서 : 문학을 택하게 된 동기는, 너무 장황하게 말할 수는 없지만, 어려서부터 문학을 좋아했어요. 초등학교 2학년 때, 일제 땐데, 학교 선생님이 색종이 한 장씩을 학생들에게 나누어주고, 창밖에 사꾸라 꽃이 피었는데 그것에 대해서 작문을 하라고 해서 지어냈는데 내가 쓴 것이 제일 잘 됐다고 칭찬해 주셨어요. 내용이 뭔지는 지금 기억나지 않지만, 많이 고무되었던 것 같아요. 시골에서(경기도 광주) 국민학교를 다니면서도 서울에서 나오는 잡지 『어린이』 『소학생』 등을 구해서 읽곤 했지요. 중학교 2학년 때도 피난 내려가서 이천중학교 피난등록반에 다녔는데 그때에도 시를 지은 것이 뽑혀서 어디로 보내지고, 그런 식으로 늘 문학을 생각했고, 사실 문학 외에는 별로 생각해 본 것도 없고 할 줄도 몰랐어요. 군에서 제대한 후 62년부터 출판사 편집부에 근무하면서, 당시 4·19를 거치고 5·16 군사 쿠테타 후니까 사회적으로 불의에 대한 저항심도 강했고 그래서 명동의 문학하는 벗들과 어울렸지요. 그들 중에는 등단한 이들이 대부분이었으나 나는 그

냥 문학청년으로서 같이 이야기하며 놀고 그랬지요. 그런데 『신사조』라는 잡지에 편집장으로 있던 내 친구가 글 하나를 청탁했어요. 그래서 마음 속에 갖고 있던 문학에 대한 생각들을 써 주었지요. 그것이 시작이 돼서 『청맥』 『한양』, 주로 이런 잡지에 글을 썼어요. 신인 추천을 받은 것도 아니고 신춘문예에 당선된 것도 아니고 그냥 스스로 발표한 것이어서 잡지 편집자들이 편의적으로 '문학평론가'라고 부르게 된 거지요. 그때 비슷한 경우의 사람들이 몇 생각나는데 조동일, 주섭일, 백낙청, 나 이 네 사람이 다 『청맥』이라는 잡지를 통해 문학평론을 시작한 셈이라고 생각돼요.

강 : 그 분들의 면면은 어떠했습니까?

구 : 그때 나보다 연상이지만 시인으로 신동문, 박봉우, 신기선, 천상병이 있었고 또 황명걸, 이추림이 있었어요.

강 : 조동일, 백낙청 선생은 지금까지 활동이 왕성한데 주섭일 선생은 좀 생소한데요……

구 : 그분은 나중에 「중앙일보」 기자가 되어 빠리로 갔는데 그 뒤 귀국해서 계속 언론계에서 일하고 있는 것으로 알아요.

강 : 그때 선생님께서 처음으로 발표하신 글이 「역사를 사는 작가의 책임」이라는 『신사조』 1963년 2월 호에 실린 글이었죠? 그 글에서 작가의 역사적 책임을 강조하셨는데, 그런 생각을 하게 된 특별한 동기라도 있었습니까?

구 : 난 우리 민족의 역사에 대해서 늘 관심이 많았어요. 우리 민족의 역사는 잘 시작해 가지고 끝에 가서 좌절하고 마는 일을 되풀이했다고 생각해요. 고조선의 판도가 만주 일원에서 그렇게 크게 시작이 되었지만 나중에는 반도 안으로 축소된 것이라든지, 그리고 신라가 당나라를 끌어들여서 민족을 통일하는 잘못된 방법을 취해서 그 벌로써 이렇게 되었다는 함석헌 선

◀구중서

1936년 생, 경기도 광주 출생, 중앙대학교 대학원 국문과 졸업, 주요 저서로 『민족문학의 길』, 『문학과 현대사상』 등이 있음.

생의 사관 등에 관심이 많았지요. 문학을 생각할 적에도 춘원·육당 이런 분들이 초기에는 민족주의자로 사람들의 존경을 받으면서 건전한 문학활동을 전개하다가 나중에는 친일로 훼절해서 역시 크게 좌절된 것, 60년대 전반기에도 4·19 혁명이 시민 민주주의 혁명으로 자랑스럽게 일어났지만 군인들의 총칼에 짓밟혀서 민주주의가 좌절된 것 등, 어째서 우리 민족사는 계속 이런 악순환을 되풀이해야 하는가 하는 개탄과 울분 같은 것이 있었어요. 20대의 젊은 시절이니까 육당과 춘원의 문학이 좌절한 이유를 그분들의 작품, 그리고 활동 속에서 생각을 해 봤거든요. 그랬더니 도산 안창호 선생이 그분들의 스승격인데 "너희 모두가 민족의 주인이 되라. 주인으로서 자각하고 살아라." 그런 단적인 가르침을 주셨는데, 여기서 '주인'에 대한 인식이 잘못되었다는 판단을 했지요. 근대적인 정신으로서 국가와 사회의 주인이라면, 그것은 책임을 지는 일꾼이라는 말이잖아요. 대통령이 바로 민중의 심부름꾼이듯이요. 그런데 그분들은 지도자가 되는 것을 주인이 되는

◀ 강진호

문학평론가, 성신여대 교수. 주요저서로 『한국근대문학 작가연구』, 『한국문학, 그 현장을 찾아서』 등이 있음.

것으로 생각했던 것 같아요. 그래서 육당도 주로 역사 안에서의 개국영웅과 같은 계통의 인물들을 연구했고, 춘원의 경우도 『무정』의 이형식이라든가 『흙』의 허숭처럼 전문 학교를 나오고, 변호사를 하고, 영어 교사를 하는, 유식한 지도적 청년을 그렸지요. 『무정』에서도 민족을 위해서 힘을 얻으려고 유학을 간다는 대목이 나오고, 『흙』에서도 농민들 속으로 들어가 그들이 먹는 것을 먹고, 그들이 입는 것을 입고, 그들의 편지를 써주고 이렇게 내 일생을 바치자는 내용이 나오는데 굉장히 거룩해 보이지만, 깊이 생각해 보면 항상 지도하고 베풀고 하는 시혜(施惠)의식에 바탕을 둔 하향식 계몽주의를 한 것이지요. 그렇게 되면 비록 양심적으로 고뇌하더라도 사고방식이 자기만족적인 것이 되어 민중적 참여와 다르게 독선적으로 잘못 되는 수가 있다는 말이지요. 그 반대의 경우는 동아시아에서 중국의 노신과 같은 작가를 볼 수 있잖아요. 그는 '아큐' 같은 바보를 통해서 사회 밑바닥으로부터 솟구쳐 올라가는 상향식 계몽주의를 그렸단 말이지요. 그래서 당대 사회의 유식한 세력가들이 양심적으로 가책받게 하는 주제의식과 기법을 가지고 소설을 써서 "신해혁명보다 노신의 역할이 중국 근대화에 더 기여했다"는 말을 듣잖아요. 우리는 그런 과정이 되지 못하고 이상하게 처음에는 잘 되다가도 끝에 가서는 좌절한다는 생각이 들었어요. 그래서 춘원과 육당의 공과를, 특히 그 말년의 심각한 훼절을 비판하면서 정신생리상 어째서 그렇게 됐을까 하는 것에 관심을 가지고 쓴 게 「시대를 사는 작가의 책임」이었지요.

강 : 지금 선생님께서 말씀하신 것은 60년대 초반의 상황, 즉 전후의 모더니즘이라든지 실존주의가 풍미했던 상황을 염두에 두자면 다소 낯설고, 다른 한편으로는 진보적이기도 한 견해라고 생각되는데, 그런 생각을 갖게 된 이전의 독서 체험이라든가 문학적 편력은 어떠했습니까?

구 : 나는 국학(國學) 쪽에 관심이 많아서 국문학뿐만 아니라 국사학에 관한 책들을 읽었어요. 그 첫 평론도 역사적인 고증을 해 가면서 쓴 것이지요. 역사에 관심을 갖는다는 것은, 우리 민족 공동체, 사회 공동체가 발전하는 것을 소망하는 일입니다. 그것은 결국 문화예술 쪽에서 창조적인 정신이 나와야 가능하고, 그러니까 어제를 오늘의 거울로 삼고 또 오늘을 발판으로 삼아서 내일로 진출해 나가야 총체적 발전이 가능하다고 봅니다. 당시 사회가 군사 쿠데타로 진실이 짓밟히고 있어 거기에 저항해야 한다는 마음을 갖게 된 거지요. 50년대 '실존주의'가 프랑스 쪽으로부터 들어와서 널리 유행하면서 나 역시 『부조리의 철학』 같은 이론을 읽기는 했지만 거기에 빠져버릴 정신 여건은 아니었고, 오히려 우리 민족의 상황이 민족사 발전단계에서 지금 어떻게 되어 있으며, 어떻게 잘못되어 있는가, 이걸 어떻게 타개하고, 민주주의를 위하여 또 정의를 위하여 어떻게 노력들을 해야 하는가 그런 생각을 나름대로 한 거지요.

강 : 대학 때의 은사님들은 어떤

분들이셨어요?

구 : 그때는 은사님이라고 별로 뚜렷하지 않았어요. 6·25 전쟁 후 56년 즈음에 조그만 대학을 다녔는데 결석도 많이 했고, 그래서 거의 독학으로 공부를 한 셈이지요. 미비한 도서관에서나마 책을 구해서 읽곤 했지요.

강 : 양주동 선생이나 백철 선생이 중앙대학에서 강의하시지 않으셨어요?

구 : 백철 선생은 훨씬 뒷날에 대학원에서 내 학위 지도 교수님이셨고, 학부 때 강의 나오시는 분 중에서 이희승 선생을 존경했지요. 시인으로서 양명문 선생이 계셨고요.

강 : 국학 쪽에 대한 공부도 거의 독학으로 하셨나요?

구 : 그런 셈이지요. 국문과를 졸업하고 석사과정, 박사과정 다 국문과로 했지만 아무튼 50년대와 60년대의 내 개인적 상황에서는 공부를 제대로 할 수 없었고, 대부분 독학으로 했다고 봐야지요. 철학자 김준섭 교수, 함석헌 선생 이런 분들의 책을 읽고, 실학파의 홍대용, 박연암 이런 분들의 사상에도 많은 관심을 가졌었지요.

강 : 1970년에 발표하신 「한국리얼리즘문학의 형성」이라는 글을 보면 사회주의 리얼리즘에 대해서 상당히 해박한 견해를 갖고 계셨고, 또 프로 문학에 대해서도 많은 관심을 보이셨는데, 그것도 다 독학으로 습득하신 거네요?

구 : 글쎄 독학이라고 말할 수밖에 없는데, 그때는 카프(KAPF)에 대해서 거론하는 이가 거의 없었어요. 그래도 가장 충실하게 되어 있는 게 백철 선생의 『국문학전사』(가람 선생하고 공저로 된 『국문학전사』)에 있는 월북 작가들에 대한 간략한 언급이 거의 전부였고, 프로문학을 거론하고 옹호하는 일은 생각도 못할 시대였습니다. 나는 좌익사상가는 아니었지만 월북작가나 해방 후 좌파에 관여한 이들의 작품을 구해서 읽었지요. 30년대에 이태

준이 발표한 소설들 「사냥」 「영월 영감」 「돌다리」 등을 아주 심취해서 읽기도 했고, 또 월북이니 납북이니 하지만 정지용의 시들도 좋게 읽었어요. 그 외 조명희의 「낙동강」도 읽었지만, 심취했던 것은 해방직후 김동석 씨가 낸 『부르조아의 인간상』과 『생활과 예술』이라는 평론집들이었어요. 지금 보면 너무 인신공격이 많고 제대로 틀을 갖춘 평론이라고 보기는 어렵지만 그때로서는 김동리 같은 분들을 비판하고 공격하는 논법이 상당히 참신하고 신랄하고 또 옳다고 보였지요. 당시 김동석은 매슈 아놀드 전공이었고, 경성제대에서 매슈 아놀드로 졸업논문을 썼는데, 그런 점에서 사회의식, 현실 의식을 가진 문학정신, 비평정신을 내가 선호했던 거지요. 그러나 좌익 이데올로기에 대해서 전적으로 동조하거나 그러지는 않았어요. 일제시대에도 카프문학은 민족해방운동의 일환으로써 역사적인 당위성을 인정받고 또 평가되어야 한다고 생각했고, 남한의 해방 이후 문학이 순수문학을 표방하면서 사실상 현실 도피문학을 하고 있고 또 그것이 아무리 예술적으로 형상화가 되었다 하더라도 신변적 주제가 너무 많아 본질적인 가치창조 작업이 못되고 있었어요. 그런 점에 대해서 비판적인 생각을 가졌지요. 그래서 진취적이라면 진취적인 방향으로 나갔다고 할 수 있지요.

강 : 사회주의 리얼리즘이나 프로 문학에 대한 견해는 그런 독서를 통해서 만들어진 것이군요?

구 : 해방후에도 엥겔스가 문학에 대해서 쓴 얄팍한 마분지로 된 책들이 있었고 고리끼의 『나의 대학』도 있었지요. 그 시절에 상당히 소중한 산책 코스였던 고서점가에서 그런 책들을 구했어요. 그러다가 후에 아놀드 하우저의 글(『문학과 예술의 사회사』)이 『창작과 비평』에 연재되고 그 속에서 발자크 리얼리즘(엥겔스가 규정한 논리였지만)을 새삼 접하게 되었지요. 사회주의 리얼리즘이 소련에서 정착된 것은 30년대 초 아니에요? 그 이전에 발자크 소설을 가지고서 리얼리즘 경향이 성립되었고, 발자크 자신도 전집

『인간극』 서문을 통해 정당한 교육적 공리성 또 전형의 원리 이런 것을 주장했으니까 근대적인 리얼리즘이 성립되었다고 생각했어요. 또 루카치 같은 이는 서양문학사를 고대에서부터 아리스토텔레스, 소포클레스, 세익스피어, 괴테, 똘스또이, 발자크, 토마스 만에 이르기까지 이것이 리얼리즘 문학사다 이렇게 이야기했고, 그밖에 모더니즘 계열이랄까 관념주의 계열은 리얼리즘으로부터의 이탈이다, 진정한 문학으로부터의 이탈이다, 그런 식으로 엄격하게 보았지만, 그러나 문학사의 큰 범위와 흐름 안에서 리얼리즘을 본 것, 이런 것도 내게는 아주 든든하게 참고할 내용이 되었지요. 그래서 당성(黨性)에 바탕을 두고 교육을 시키는 강령 같은 것을 포함하는 사회주의 리얼리즘에 대해서는 동조하지 않았어요. 카프시대의 작품들 중에서도 훌륭한 작품이 있었지만 대중성을 획득하는 데는 실패한 한계가 있었지요. 그것은 교조적인 도식성을 가진 때문이었어요. 그래서 그런 것을 하나의 반성의 단계로 삼아야 된다, 오히려 그렇게 생각을 했지요. 긍정도 하지만 또 한계도 많이 생각한 것이지요.

강 : 등단 직후의 이야기를 하다가 70년대까지 왔는데, 다시 60년대로 돌아가야겠습니다. 먼저 4·19를 중심으로 한 문단 상황을 어떻게 보셨나요? 선생님의 글 역시 당시 상황과 무관한 것은 아니라고 생각되는데요…

구 : 4·19가 일어나니까, 장르 성격 상 시인들이 가장 먼저 4·19의 현장 가두에서부터 시를 쓸 수가 있었어요. 신동문 시인의 「신화같이 아 다비데군」 같은 것은 절창이지요. 정말 눈물을 흘리면서 읽고 그랬지요. 또 박봉우 같은 시인의 4·19에 관한 시도 있고 또 「휴전선」 같은 뛰어난 시도 있었고, 신동엽의 일부 작품도 볼 수 있었지요. 그런데 김수영 같은 이는 특히 획기적으로 4·19를 계기로 50년대 모더니즘으로부터 참여문학으로 넘어온 경우라 할 수 있지요. 문학 분야에서 4·19를 계기로 60년대에 확연히 변한 대표적인 경우라고 생각해요.

강 : 4·19나 당시 상황에 대한 개인적인 에피소드나 기억나는 체험은 없었나요?

구 : 그 무렵 김수영 씨와 동석해 명동에서 술을 마시는 경우가 있었는데, 그분은 참 인상에 강하게 남아요. 계속 열렬히 발언을 하고 비판을 하는데 시정적(市井的)인 저속한 이야기는 없었고, 주목할 만한 후배라고 생각되는 사람이 나타나면 정신을 바짝 차리기도 하고 또 실수할까봐 먼저 도망가는 것처럼 사라지기도 했지요. 굉장히 결기도 있으면서 결벽스럽고 늘 정신을 차리면서 지낸 분 같아요. 그분이 모더니즘에서 넘어와, 또 모더니즘 스타일로 현실 참여의 시를 썼지만 60년대 전반기에 커다란 역할을 했다고 볼 수 있지요. 그리고 신동문, 박봉우, 신동엽은 참여문학의 작품적 실제로써 역할을 상당히 한 것이구요.

60년대 문단과 『한양(漢陽)』지

강 : 이제 선생님께서 초기 60년대에 글을 많이 발표하셨던 『한양』지 이야기로 넘어가지요. 64년 9월부터 「금오신화」, 「홍길동전」, 「허생전」, 「춘향전」, 「심청전」, 「귀의성」, 「자유종」을 쭉 연재하셨는데, 먼저 『한양』지가 어떤 잡지였는지부터 말씀해 주시지요.

구 : 『한양』지는 그때 일본에서 비교적 '민단(民團)'쪽 사람들, 그러나 남북한 사이에서 중도적인 태도를 취하는 진취적이고 양심적인 민족주의자들이 만들었다고 생각돼요. 또 이들이 월간 잡지를 만들어서 국내에 많이 기증을 했어요. 그래서 웬만한 사람들은 다 기증받아서 보았는데, 나는 그때 기증을 받지는 못했지만 인사동에 있는 통문관, 학교 도서관, 기증받는 문인들을 통해서 그 잡지를 쉽게 접할 수 있었어요. 굉장히 민족적이고 민주적인 정신을 가지고 내는 잡지였어요. 활자나 표지는 무슨 신소설 책과 비슷한 인상을 주었지만 내용은 참 가슴 떨리게 하는, 바른 이야기들이었지요. 그때 국내에선 그런 잡지가 드물었거든요. 『사상계』 외에는 그

◀『한양』 지

런게 없었는데, 『사상계』도 자꾸 어려워 가는 때였지요. 당시 내가 『한양』지로부터 수필을 한 편 청탁받아서 써 보냈는데 제목이 「문약망국(文弱亡國)」이었어요. 문약망국, 우리나라의 문인들이 문약에 떨어져 일본의 무강에게 졌다는 내용이었어요. 이율곡과 풍신수길이 동갑 나이인데 율곡은 국방책을 건의했다가 받아들여지지 않으니까 해주로 내려가서 글방선생을 하다가 일생을 마쳤고, 또 연암은 조카이면서 제자인 박남수가 『열하일기』를 가리켜 글은 좋지만 문장이 거칠다고 비판을 하니까 화를 내고 박남수의 정자에서 모로 돌아누워 밤새도록 말도 안하고 한밤을 지내다가, 그 다음날 아침에 일어나서 "내가 세상에서 되는 일도 없고 하니까 문장을 빌어서 불평을 하는 셈인데 재주 있는 너희는 나를 닮지 마라" 이런 식으로 약하게 마무리를 짓는단 말이에요. 물론 연암의 사상 체계 안에서는 농민들이 토지를 균등하게 가지고서 일을 해야 된다, 「한민명전의(限民名田議)」를 정조에게 바친 글에서 그렇게 주장했지요. 소설세계에서도 양반사대부들을 풍자한 것은 "일종의 리얼리즘이다"라고 생각해서, 그때 내가 리얼리즘이라는 말을 쓴 일이 있었어요. 그러나 아무튼 풍신수길에게 이율곡이 지듯이 자꾸 뒤가 약해서 어렵게 된 것이 아닌가 이런 식으로 짤막한 수필을 썼지요. 그랬더니 그 『한양』지에서 과단성 있는 결정을 내려서 '한국 고전 소설들에 대한 감상', 말하자면 해설같은 것인데 '고전감상'이라는 제목으로 연재를 해 달라고 청탁이 왔지요. 그래서 「허생전」 「춘향전」 「심청전」 「금오신화」 또 이인직의 「귀의 성」 이해조의 「자유종」까지 8회에 걸쳐 연재를 했지요. 한 80장 정도씩을 8회에 걸쳐 연재를 했어요. 그때 20대 후반의 나이였으니까 사흘밤을 내리 새워도 졸리지가 않았어요. 그래서 내 취향에 따라 국내의 좋은 고전 관계 논문들을 찾아서 읽고, 내 취향대로 논리를 세우고, 대표적인 텍스트를 추려서 소설 줄거리를 소개하고 그렇게 연재를 했지요. 나중에는 한 두 편의 평론을 싣기도 했는데, 그만큼 그 잡지를 내가 좋아했던 거지요. 그이들도 나한테 친절하게 했고요.

강 : 제가 『한양』지의 목차를 살펴보니 정태용 씨나 최일수, 장일우, 김순남 이런 분들의 글을 많이 실렸던데요. 최근에 정태용, 최일수에 대해서는 젊은 학자들이 많은 관심을 보이고 있는데, 그분들과의 관계는 어떠셨어요?

구 : 최일수 선생은 개인적으로도 잘 알았는데 정태용 선생은 개인적으로 친분이 없었어요. 정태용 선생은 내가 생각하기로는 아주 얌전하고 말도 없었어요. 어려서부터 조연현 씨 하고 친구였다고 하는데 비평정신은 조연현 씨 하고 좀 달랐어요. 조연현 씨가 옛날 친구의 의리로 『현대문학』에 지면을 많이 줬지요. 그래서 정태용 씨가 평론을 많이 썼어요. 그러다가 오래 못 사시고 돌아가셨지만……. 최일수 선생은 아주 소박하면서도 호인인데, 그때 민족문학론에 가까운 글은 그분이 혼자서 썼어요. 문단적인 동조자들을 갖지는 못했고 개인적으로 그런 평론을 쓴 걸로 기억해요. 그

분은 문학평론가이면서 신문기자이고 영화 촬영에 흥미가 많아서 「조선일보」 기자 시절에는 영화 촬영하는 데 쫓아가서 며칠씩 구경을 하곤 해서 회사에서도 말썽이 났다는 소문이 있어요. 생활상으로는 비현실적인 분이었는데 그렇다고 학문을 체계적으로 추구하는 편도 아니었고, 그렇지만 문학정신에는 현실의식이 있었지요. 어용적인 일을 한 것은 없고 자유인 생활을 한 셈인데, 뒷날에 리얼리즘 논쟁이 발생하니까 리얼리즘을 편든 글을 쓰기도 했지요.

강 : 장일우 씨와는 어떠했습니까?

구 : 그분은 내가 직접 뵌 일은 없었어요. 그분은 일본에 있으면서 글을 썼고 나는 그 글을 보고 좋다고 생각했어요. 그와 아주 비슷한 예로 김순남이라는 이도 있었어요.

강 : 저는 60년대 자료들을 읽으면서 그분들과 국내 문인들이 교류가 있었던 걸로 생각했는데 실질적인 교류 없이 지면을 통해서만 알았다는 말씀이군요.

구 : 교류가 별로 없었고, 국내 문단에서 외각으로 도는 현실 의식이 있는 문인들에게 청탁을 해서 글을 받아다가 그 쪽에서 싣고 해서 지면으로만 서로 아는 상태였죠.

강 : 50년대 최일수 씨의 글에서 선생님이 어떤 영향을 받거나 관심을 가진 적도 없었나요?

구 : 그분의 글에서 영향을 받지는 않았어요. 근래에 홍정선 씨가 "최일수 씨가 민족문학론 지향의 글을 썼다"고 지적한 걸 봤어요.

강 : 70년에 쓰신 「한국 리얼리즘문학의 형성」이라는 글을 보면 60년대의 하근찬에 대해서 굉장한 애정을 보이셨던데요. 또 선생님이 글을 많이 발표하셨던 『한양』지에는 남정현 선생과 같은 분들이 글을 많이 발표했잖아요? 그분들과 개인적으로 잘 아는 사이였나요?

구 : 하근찬이라는 작가를 참 좋

아했는데 지금도 내가 인정을 해요. 그런데 나중에 리얼리즘을 하는 젊은 이들은 (나 보고) 리얼리즘론을 제기한 것은 좋은데, 작가 실례를 드는 데에는 한계가 있다고 평하더군요. (웃음) 내가 하근찬을 칭찬했다고 그런 평을 한 건데, 발자크 같은 사람도 왕당파 보수주의자이면서 진보적인 리얼리즘 작품을 썼다는 것이 엥겔스의 평가였지요. 마찬가지로 하근찬이라는 사람도 순수파 문학동네에 있으면서 작품은 거의가 「삼각의 집」 「수난이대」 「일본도」 「족제비」처럼 민족 수난사의 현실적인 소재를 다루었어요. 하근찬은 그런 소재를 아주 인간적으로 형상화해서 예술작품을 만들지요. 그런데 작가 자신은 자기가 현실의식을 주제로 해서 소설을 쓴다고 생각하지도 않고 그런 줄을 모르고 있어요. 나는 하근찬이 제3세계 문학적인 성격이 있다고 생각해서, '요산 김정한 선생의 문학상'을 제정해서 박두진 선생과 함께 첫해 수상자로 하근찬 씨를 선정한 적이 있어요. 그 「삼각의 집」 「수난이대」 등이 제3세계적 성격을 띠는 작품이라는 것을 알리려고 「한국일보」의 정달영 편집부국장에게 부탁을 해서 문화부 기자를 보내서 취재를 하게 했는데, 2시간 이상을 취재하고도 결국 신문에는 한 줄도 나오지 않았어요. 왜냐 하면 작가의 말이 맞아들지를 않으니까, 제3세계가 뭔지, 현실이 뭔지도 모르는 거야… 그래서 내가 "하선생은 너무 뭘 모른다"고 불평을 하며 애교 있는 싸움을 하기도 했지요.

강 : 「삼각의 집」을 보면 주인공으로 작가가 나오지 않습니까? 하근찬 씨의 분신일텐데…….

구 : 그렇지요. 프랑스 문자가 찍힌 깡통을 들고 있는 소년의 사진, 또 미국에서 온 크리스마스 카드의 개집 모양인 미아리 철거민 촌의 집도 그렇고, 눈곱 낀 눈으로 나팔을 들고 아리랑을 불고 하는 것들은 처연한 리얼리즘이라고 나는 생각을 해요. 소설 속에서도 "미의식과 함께 현실을 보는 눈, 인생과 역사를 생각하는 마음이 있어야 작품이 된다"는 말이 나오지요. 그렇게

해 놓고도 자기가 뭘 하고 있는지 모르는 이런 사람이 하근찬이에요.

강 : 그건 오히려 다치지 않기 위한 일종의 자기 방어 같은 거 아니겠습니까?

구 : 아니야 그런 간계도 전혀 없는 사람이고 대단히 순박한 사람이에요.

강 : 60, 70년대 민중문학, 리얼리즘 문학을 했던 분들의 이야기를 들으면 하근찬 소설을 하나의 전범으로 생각하는 경우가 꽤 있으시던데요….

구 : 그렇게들 생각해 주었으면 좋겠어요. 하근찬이 촌스럽고 늘 순수문학만 지향하는 사람처럼 보이기 쉬워요. 그러다가 황석영의 「객지」가 나오면서부터 이제 리얼리즘의 첫 작품이 나왔다고 하면서 하근찬이나 남정현 같은 이들이 묻혀 버린 거지요. 문제가 있지요. 현실의식 문학 동네에 편협한 데가 있고 또 표면적인 데가 있고 그렇지요.

강 : 하근찬이 그런 대목에서 황석영의 70년대 업적에 비해 빛이 가리워진 부분이 있다고 말씀을 하셨는데, 아까 비평가를 이야기하면서 최일수 같은 경우도 저는 그런 느낌이 듭니다. 개인적으로 관심을 갖고 살펴보니까 70년대 들어와서 형성되는 민족문학론의 밑그림들이 최일수의 글에 거의 대부분 드러나 있더라구요….

구 : 인간이 사회적 동물이라는 말처럼 동네 형성이 돼 가지고 동네 울타리가 편협하게 지켜지는 현상이, 의식하든 의식하지 못하든 있는 것 같아요. 말하자면 우리 친한 동지들 속에 같이 살지 않으니까 잘 모르겠다, 이런 식으로 소원하게 관심을 잘 안 두어서 그렇게 된 게 아닌가 싶어요. 그래서 공부하는 후학들이 그런 부분을 잘 개발해서 평가를 바로 잡아주면 좋지요. 하근찬 소설도 그래요. 내가 하근찬을 칭찬했다는 것이 한계로 지적되는 것과 같은 현상이지요.

강 : 하근찬이 나름의 한계는 있지만 제국주의 등에 대한 개념적 인식이 거의 없었다는 선생님 말씀에 저는 상당히 놀랐습니다. 저는 「왕릉과 주둔군」 같은 경우는 60년대의 정말 놀라운 작품이라고 생각합니다.

구 : 하근찬 씨는 개인적으로 자기 부친이 국민학교 선생을 하셨는데 6·25 때 북한에서 넘어온 인민군에 의해서 사살당하셨어요. 이쪽 저쪽에서 무더기로 학살당하고, 인민군이 퇴각할 적에 그런 일들이 생겼는데, 이건 술이 취해서 하근찬 씨가 직접 나한테 이야기를 했어요. 하근찬 씨가 어머니하고 같이 며칠 집에 돌아오지 않는 아버지를 찾아 다니다가 어느 날 밤에 어떤 시체 옆을 지나니까 섬뜩하니 뭐가 느껴지더라는 거야. 보니까 그게 아버지야. 그래서 어머니하고 같이 시체를 수렴해 돌아왔다는 거야. 그러니까 말은 안하지만 그 속에 사회주의자들에 대한 본능적인 전율 같은 게 있지 않았나 생각돼요. 그러나 그가 반공주의 같은 것을 입밖에 드러내는 것을 볼 수 없어요.

강 : 근데 사실 6·25를 다룬 소설들 중에서 하근찬 씨의 소설만큼 반공주의가 드러나지 않는 소설도 없지 않습니까?

구 : 그렇게 드러내는 식이 아니지요. 반공주의를 거의 드러내 보인 적이 없거든요. 그리고 신동엽 씨하고 아주 친분이 있었고, 전주에서 전주사범을 같이 다녔지요. 또한 그냥 질박한 성격의 사람이고 체질적으로 재능을 타고난 소설가지요.

강 : 「분지」로 필화사건의 주인공이 되어 고초를 겪었던 남정현 선생에 대해서도 좀 말씀해 주시지요?

구 : 최초의 반미소설 「분지(糞地)」를 발표하고 옥고를 톡톡히 겪었지요. 남정현 선생은 내성적인 성격을 지니고 있지만 늘 올곧고 해학의 예지가 번득이는 작가지요.

『상황』그룹과 『창작과 비평』지

강 : 다시 60년대 후반으로 이야기를 옮겼으면 좋겠는데요. 아까 쭉 선생님도 말씀하시고 저도 질문을 했듯이 60년대 초반까지만 하더라도 그러니까 이를테면 선생님이나 임헌영, 임중빈 선생 등이 상당히 앞선 논의를 했는데도, 꼭 참가해야 되는 것은 아니지만, 『창작과 비평』과는 거리를 둔 채 69년에 문예비평 동인지 『상황』을 창간하셨거든요. 그래서 제 생각으로는 『창작과 비평』에 합류하지 않은 이유랄까, 또 당시 『창비』에 대한 입장이랄까 이런 게 있을 것 같은데, 어떠셨어요?

구 : 그런 전제는 정확한 게 아닌 것 같아요. 『창작과 비평』과 일정한 거리를 두고서 지낸 것처럼 들리니까요. 사실은 『창작과 비평』보다 앞서서 문학의 현실 참여 주장을 한 쪽이 『상황』 동인이었던 것은 사실이지요. 임헌영, 백승철, 또 소설 쓰는 신상웅, 그리고 나 이 넷이서 동인을 시작한 거예요.

강 : 김병걸 선생은 동인이 아니었습니까?

구 : 김병걸 선생은 2기 동인이라고 할 수 있지요. 김병걸 선생도 리얼리즘 옹호론을 강도 있게 발표하셨죠. 내가 68년에 「중흥과 타락의 문학」이라고 『현대문학』에 글을 쓸 적에도 사실은 논리체계로서 리얼리즘을 말하지 않았을 뿐이지 그 정신은 언제나 근대 시민 민주주의, 역사의식, 그리고 실천적인 자세에 있었지요. 『상황』 동인들은 처음부터 참여문학, 리얼리즘을 역사의식을 가지고 추진을 해 온 셈이지요. 『창작과 비평』은 초기에는 만해 한용운 선생과 김수영 시인을 높이 평가했고, 우리 『상황』 동인들은 신동엽을 높이 평가했지요. 그래서 1969년에 신동엽이 별세했을 적에도 내가 『월간문학』에 「신동엽 형을 흙에 묻고」라는 조사를 실은 게 있고, 관도 내가 한 귀퉁이를 들고 올라갔고, 장갑에 묻은 붉은 흙을 털지 않고 서랍에 넣어두고 그랬지요. 나중에 『창비』에서 점점 신동엽을 높이 평가해서 『신동엽전집』이

양심의 마지막 발판인 문학이 한갓 딜레탕티즘의 장식물로 되고 말 것이라는 두려움이 온다.

그리고 문학을 그렇게 몰고가는 「그들」과 그렇게 되도록 만드는 「그것」의 움직임은 부끄럼을 모르고 활발하기조차 하다.

시대에 뒤떨어진 낡은 세계관의 옹고집, 修辭와 미사려구로써 양식과 지성을 마비시키려는 정체불명의 카리스마, 그리고 세속적 이권과 타협을 위해 보호색을 띤 언어테러리스트들의 난폭, 혹은 서툰 국제주의에 눈멀어 借款文化에 앞장 서는 買辦作家들의 발호 따위는 바로 우리의 영혼을 좀먹는 이 땅의 문단 기생충임이 분명하다.

그리고 인간의 삶을 보다 살찌게 하기 위

□ 차 례

나올 적에도 초판본에는 내가 쓴 「신동엽 형을 흙에 묻고」가 뒤에 붙어 있고, 유족도 나한테 의논을 하고 그랬지요. '신동엽 작가기금'을 설치했을 적에 첫 해부터 내가 운영위원 겸 심사위원이었어요. 나는 70년대에 『창비』에 글을 많이 썼어요. 지금도 '신동엽 작가기금'과 '만해 문학상' 운영위원 겸 심사위원으로 동참하고 있지요. 그렇게 같이 어울려 지내온 것인데, 일정한 거리를 두고 있는 것으로 보이는 것은 왜 그렇게 됐는지 나도 잘 모르겠어요.

강 : 제가 보기에는 개인적인 친분이나 거리감이라기보다는 문학관 자체가 좀 다른 면이 있는 거 같다는 생각이 들거든요. 『상황』 동인들은 60년대부터 적극적으로 민족문제를 강조해 왔잖아요? 그런데 『창비』쪽은 초기에는 민족문제에 별 관심을 두지 않았지요.

구 : 초기에는 『문학과 지성』 비슷하게 주지적인 성격이 보였지요.

강 : 민족문제라는 면에서 갈리

해 수립된 사회 체제는 과잉 비대로 폭력화 하여 고통스런 不和와 무기력과 좌절을 낳아 문학 조건 전반에 걸쳐 아주 우울한 그림자를 던져주고 있다.

그러나 어떠한 狀況惡도 문학의 존재 당위를 더욱 뚜렷이 한다는 점에 우리는 전적으로 동의한다.

창조의 문학은 단순한 본능적 충동이나 말초적 감각에 의존되어 해결될 수도 없으며, 또 그렇게 해결되어서도 안 된다.

그러므로 韓國文學을 빙자한 어떠한 범죄도 이를 끝맺기 위하여서 우리는 무엇보다도 이 現實 狀況에 대한 이성적 파악과 창조성의 절대화, 그리고 합리적인 思考의 바탕 위에서 괄호 안에 감금당한 언어들을 직선적으로, 구체적으로, 사실적으로 해방시켜야 한다고 믿는다.

그것은 짓밟힌 土着精神의 原形을 古墳 속에서 발굴하고, 도둑맞은 민족의 얼을 끈기있게 되찾는 고된 작업으로 요약될 수 있다.

우리는 역사에 있어 宿命을 믿지 않는다.

충분히 긴장된 意志로 오직 事態—그것에 충실할 따름이다.

◀『상황』1집, 머리말

는 점이 있다는 생각이 들었어요. 또 가령 『상황』 동인 대부분은 국문과 출신들인데, 『창비』쪽은 대부분 외국문학을 하신 분들이고, 또 최근 보더라도 백낙청 선생은 근대 극복론을 이야기하고 있지 않습니까? 선생님 같은 경우는 적극적으로 근대성을 옹호하는 경우 잖아요?

구 : 친한 사이지만 그런 점에서는 생각이 다르지요. 분단체제론(分斷體制論)이라든가 탈근대론(脫近代論)이라든가 이런 것에 대해서는 생각이 다르단 말이죠. 분단 상황에 대한 문제야 누구나 다 아는 거지만 분단체제론을 통해서만 모든 것이 해결된다는 논리는 석연치 않은 점이 있어요. 그리고 '탈근대'라는 것이 사실은 월러스틴의 주장에도 많이 나오는데, 그것이 대안이 되지는 못한다고 생각해요. 근대 이후, 근대를 초탈해서 다음 단계의 내용이 무엇인지 정리가 되어 있지도 않고, 월러스틴 자신도 "우리는 어두운 바다를 항해 하고 있는 것과 마찬가지다" 이런 막연한 이야기를 하거든요. 특히 푸코, 데리다와 같은 프랑스 68혁명 계열은 그 성격

이 마르크스주의를 하다가 스탈린주의의 한계가 세계적으로 드러남으로써 결국은 분석철학에 의거해서 해체와 포스트모던과 같은 맥락이 되어버린 것이 아닌가요? '탈근대'나 '근대 이후' 그것도 '포스트모던'이라는 말과 같은 말 아니냐 이거죠. 참여, 리얼리즘, 제3세계 문학을 주장하던 『창비』 쪽에서 그것을 한다는 것은, 그러면서 '문학의 위기다' 이렇게 말하는 것은 찬동하게 되지 않지요.

강 : 만일 그렇다면 결국 초창기부터 현실(민족)문제를 어떻게 바라볼 것인가를 둘러싸고 입장이 서로 달랐던 게 아닙니까?

구 : 굳이 다른 점을 찾자면 루카치를 보는 관점에서 발견할 수도 있는데, 루카치가 장르 파악에 있어서 시(詩) 쪽에 약하다는 것은, 나도 그 사람의 개인적 한계로 인정을 해요. 루카치의 사상 자체를 나는 좋아하는데 백낙청 씨라든가 다른 사람들은 못마땅하게 생각하는 거죠. 이것은 비판적 리얼리즘 단계다, 사회주의 리얼리즘에 진입하기를 주저하고 꺼린다는 거지. 80년대 후반에는 그런 분위기가 강했거든요. 그런데 루카치는 레닌도 비판하고 스탈린도 비판했단 말예요, 그러나 사회주의자였고 헤겔주의자였고, 그러면서 레닌과 스탈린은 계급혁명만 열심히 주장했지 자유나 민주주의에 대해서는 생각해 본 일도 없고 그래서 초기 마르크스의 휴머니즘 또는 헤겔의 이성주의와는 딴판인 사람들이다라고 반대한 거야. 그래서 루카치가 몇 번 잡혀서 죽을 뻔도 하고, 구제되고 그런 건데, 그런 점에 입각해서 볼 적에, 지금도 생각해 볼 만한 문제인데, 오히려 루카치를 옳았다고 볼 수 있잖아요. 소련이 해체되었으니까, 루카치의 주장들이 오히려 원만하고 건강하고 그리고 총체성 면에 있어서도 외연적인 가시적 총체성뿐 아니라 인간정신의 내면적, 내포적 총체성이 또한 크게 있다, 그 끝없는 인간의 내면적 깊이, 무엇이 더 중요하냐, 내포적 총체성이 더 중요하다고 볼 수 있다, 이런 말을 사회주의자가 했다는 말이지요. 지금 독일의

하버마스와 비슷하게 이성과 근대 정신을 건강하게 지키는 원만하고 합리적인 사람이었던 것 같아요. 이런 점에서 서로 내놓고 반대 의견을 이야기하지는 않았지만 심정적으로 생각이 다른 것이었죠.

강 : 『창비』하고 달리 60년대부터 민족문제에 관심을 가지고 강조하셨던 특별한 이유 같은 게 있으셨습니까?

구 : 아까도 이야기했듯이 우리 민족사에 대한 관심이 컸으니까요. 소박하다면 소박하지만 함석헌 선생의 『성서적 입장에서 본 조선 역사』라는 책이 있었는데, 나중에 『뜻으로 본 한국 역사』라고 재편됐지만, 오히려 먼저 책이 더 맛이 있었지요. 거기에 민족사를 수난사관으로 보는 시각이 있었고, 또 나 개인적으로는 아주 어렸을 적에 내 외조부가 6·10만세 사건으로 경기도 이천지방에서 주모자로 잡혀 경찰의 고문을 당하고 갇히신 적이 있어요. 아주 어렸을 적부터 우리 외조모가 경찰서 유치장에 옷 넣어주러 갔다 돌아오시다가 고개 비탈의 얼음길에서 넘어져 다치시고, 또 일본 경찰이 밤중에 우리 외가에 들어와서 쇠가죽 몽둥이로 외조부를 내리치는데 옷과 등가죽이 피로 완전히 붙어버렸다는 이야기를 들었으니까요. 그때 애들이 가지고 노는 딱지를 보고 전투용 철모를, 일본말로 데쓰카부도라고 그러는데, 그 철모 쓴 일본군을 가리켜 내가 '왜놈'이라고 하니까 아버지가 들으시고 그런 소리하면 큰일난다 그러신 적도 있고, 그래서 내가 일본말을 할 수 있는 세댄데 의도적으로 일본말을 안 쓰고 잊어버리고, 가지고 있던 책도 없애고 그랬지요. 항일 감정이 운명적으로 어려서부터 있었던 모양이에요. 그런데 우리 근대사는 친일문제가 현실적으로 큰 문제거든요. 국초 이인직도 말년에 한일합방에 크게 공헌한 친일분자가 되었고, 육당·춘원도 또 친일파가 되고, 해방 후에는 반민특위를 해체시켜 친일파를 다 풀어 놓았고, 그러니까 제3공화국의 대통령을 일본군 장교 출신인 박정희 씨가 하게 되고, 계속 이렇게 돼 왔던거죠.

마쓰이오장 가미가제 특공대 찬양시를 쓴 분이 전두환 대통령 56회 생일의 송시를 쓰고, 원로 정도가 아닌 시성(詩聖)이다 그렇게 칭송되고 교과서를 지배하는 지경이 되었으니 이렇게 되면 우리 후세들이 그 교과서를 어떻게 해석해야 되고 무엇을 가치로 배우고 민족사의 미래를 타개해 나갈 수 있을지요? 이런 생각들을 늘 갖고 있었어요. 어렸을 때부터 들은 이야기들이 민족문제에 대해서 더 깊은 관심을 갖게 만든 것이지요.

강 : 『상황』 동인인 김병걸 선생님은 민족문제에 많은 관심을 가지셨던 분이지 않습니까? 당시 동인끼리 의견 교류는 있었습니까?

구 : 민족문제가 현실 문제니까 우리나라에서는 분단 극복의 과제를 중심으로 민족의 진로문제가 사실은 중심적인 문제라 할 수 있지요. 폐쇄적인 배타주의로서의 민족주의가 아니고, 2차대전 후에 열강이 경제 원조를 빙자해 신식민주의를 펴고 있고 거기에 정당하게 자기방어를 하기 위해서는 신민족주의, 제3세계 민족주의, 이런 것이 필요하게 되니까 민족문제를 생각할 수밖에 없었지요.

강 : 『상황』을 만들 때 그런 문제를 가지고 서로 논의하거나 했나요?

구 : 의논해서 한 게 아니고 그런 것을 생각하는 사람들끼리 모이게 된 거죠.

강 : 『상황』 이야기를 조금 더 여쭙고 싶은데요. 이야기가 은연중에 나온 거 같은데, 임헌영 선생이랑 백승철, 신상웅, 또 김병걸 선생 그리고 선생님 이렇게 참여하셨는데 대부분 다 '중앙대 출신'이잖아요?

구 : 그것은 정확하지 않는 지칭인데, 중앙대 출신은 임헌영, 백승철, 신상웅이고 나는 나중에 중앙대 대학원에서 학위를 했지요. 크게는 동문이라고 말할 수 있지만 김병걸 선생은 중앙대 출신이 아니지요. 다수가 중앙대 출신으로 시작한 것은 사실이에요. 그이들이 69년에 잡지

사에 근무하는 나를 찾아와서 다방에서 이야기를 하다가 의기 투합하는 게 많아서 동인을 하기로 한 거지요.

강 : 이거는 다른 맥락의 이야기인데 민족문학의 역사를 정리할 때, 60년대 한국전쟁 이후의 새로운 민족문학론의 출발점을 대체로 『창비』의 창간에 맞추어서 이야기하지 않습니까? 그런데 그 당시 문헌들을 보면 그 이전부터 선생님이나 임헌영 선생 등이 민족문학의 관점에서 민족문제나 분단문제에 관한 글을 써 오셨거든요. 그런 부분이 사실 정당하고 정확하게 평가, 규명되지 못하고 있다는 생각을 하거든요. 그 점에 대해서 선생님은 어떤 생각을 하시는지요?

구 : 정도의 차이, 약간의 시기적 선후 차이는 있었다고 볼 수도 있겠지만, 그것이 대단한 문제라고 볼 수는 없어서 나 자신으로서는 굳이 논급하지 않는 것이 좋겠어요.

70년대의 민족문학 논쟁과 제3세계 문학론

강 : 이제 70년대 이야기를 좀 구체적으로 했으면 합니다. 선생님께서 68년에 「중흥과 타락의 문학」을, 그리고 70년에 「한국 리얼리즘 문학의 형성」을 발표하면서 리얼리즘에 대한 문단적 관심을 환기시켰고, 그런 작업이 계속되면서 이른바 '민족문학 논쟁'이 야기되었는데, 그 논쟁의 발단과 전개과정 등에 대한 이야기를 해주시죠.

구 : 문단적인 논의를 중심으로 해서 생각을 해보면, 1970년이라고 생각되는데, 리얼리즘론도 민족문학론도 70년에 개념을 강조해서 내세우는 단계가 된 거지요. 『월간문학』에서 '민족문학론 특집'을 꾸몄지요. 그때에 이형기 씨하고 김현 씨는 '민족문학'이라는 말을 굳이 쓸 필요가 있느냐 그냥 '한국문학'이라고 하자는 쪽이었고, 나머지 다른 사람들은 '민족문학'이 좋다고 했지요. 그런데 '민족문학'을 지지하는 사람들은 전부가 참여적 리얼리즘을 해

온 사람들이었지요. 그래서 50년대 말서부터 태동해서 60년 4·19를 기점으로 시민혁명이 이루어진 셈이니까, 학생세대가 앞장섰다고 하지만 국민적 호응을 얻어서 중앙정부가 무너진 거니까, 4·19는 혁명이었죠. 그런데 순수문학 쪽 이론은, 분단 직후 북쪽이 내놓고 현실주의 문학을 하면서 사회주의 리얼리즘을 표방하니까 그 북쪽에 반대하기 위해서 정반대로 현실 도피적인 문학을 제기한 셈이죠. 그래서 샤머니즘도 이야기하고, 사소설적인 개인의식 이런 것을 이야기하면서 순수문학을 계속해 왔는데, 4·19혁명을 겪고 보니까 사회 전반이 시민 민주주의로 움직이고 있는데, 문학만이 현실 도피를 고집할 수 없다는 자각이 생겼고, 그래서 최인훈의 『광장』, 이호철의 「판문점」, 또 좀 뉘앙스는 다르지만 선우휘의 「불꽃」에서도 참여, 목전(目前)의 현실에 참여해야 된다는 문맥이 나타나지요. 하근찬의 「수난이대」, 이렇게 현실의식의 문학, 참여문학이 말하자면 시에서 뿐 아니라 소설에서도 강세를 이루어 나가게 된 것이고, 그러다 보니까 이론적으로 원리가 정리되어야겠다는 필요성에서 70년대 리얼리즘론이 등장한 거지요.

강 : 4·19 이후의 역사 현실에 대한 관심의 증대가 리얼리즘론의 자연스러운 배경이 되었다는 말씀이군요….

구 : 우연이라면 우연인데 그게 단순한 우연이 아니라 필연성을 내재하고 있다가 어떤 우연한 계기에 돌출해 버린 거지요. 『사상계』가 말년에 잡지 운영이 어려워져 빈약하게 나오던 땐데, 그래도 부완혁 씨가 사장을 하고 지금 일월서각을 하는 김승균 씨가 편집장을 하고 있었는데, 나보고 '4·19 10주년 기념문학좌담'을 하는데 나오라고 해요. 그래서 나가 봤더니 임중빈 씨가 사회를 보고 최인훈, 김윤식, 김현, 나 넷이서 토론을 하게 돼 있는데, 최인훈 씨가 무슨 사정에서인지 안 나와 버렸어요. 그러니까 김윤식 씨 하고 김현 씨가 복도에 나가서 들어오지를 않고 한 30분 자기네끼

리 의논을 하는 거야. 들어오더니 "사회자를 바꾸자"는 거야. (웃음) 임중빈 씨를 사회자로 하고 나머지 사람들이 토론을 하자는 거지요. 김윤식 씨 하고 김현 씨가 가깝기 때문에 나 혼자서 2 대 1로 당해야 하는 형세가 된 거지요. 김윤식 씨도 원래는 4·19를 계기로 리얼리즘이 가능한 것으로 보인다는 발제논문을 사실은 짤막하게 냈었는데, 좌담에서는 그룹의식이 생겼는지 김현과 한 편이 된 거지요.

내가 30년대 염상섭, 현진건은 자연주의의 단계고, 리얼리즘이 광의성을 띠기 때문에 고전적 리얼리즘, 자연주의 리얼리즘, 비판적 리얼리즘, 사회주의 리얼리즘 등 20여 가지 용어가 있는데, 나는 근대 시민 리얼리즘이 4·19와 내용상 부합되어 긍정한다, 김수영 시인이 모더니즘으로부터 현실 참여로 나온 그런 성향이라든가 현실의식의 문학이 또 시민정신이 고양되는 그 시기 성격을 강조한 거지요. 내가 60년 4·19를 계기로 리얼리즘이 가능하다고 생각한다고 동조를 하니까 김윤식 씨는 말을 좀 모호하게 하면서 뒷전으로 빠져버리는 거야. 그래서 김현 씨 하고 나 하고만 정반대의 논쟁이 된 거지요. 김현 씨는 현실의식으로 치자면 30년대 염상섭, 현진건도 해당되지 않느냐고 해요. 그래서 내가 리얼리즘으로 가는 단계로서의 자연주의로 보고 싶다, 지금 루카치가 그리스에서부터 리얼리즘 역사를 쓰듯이 하면 우리도 실학파 리얼리즘 이전을 고전주의 리얼리즘으로 치고, 30년대 자연주의 리얼리즘 이렇게는 할 수 있는데, 근대 시민 리얼리즘을 생각할 적에는 70년대가 명료하게 기점이 된다고 보았으면 좋겠다, 나는 그런 뜻으로 이야기를 했지요. 그랬더니 김현 씨는 구체적으로 발자크의 어떤 점이 그러냐는 거에요. 그 이야기는 그때 서울대에서 전임강사인가 조교수인가를 하는 불문학 전공자가 국문학도인 날 보고 발자크의 어떤 작품이 리얼리즘에 해당되느냐고 질문한 것이니까 참 곤란하잖아요. (웃음) 그래서 그냥 평소 내 상식으로 '고리오 영감'의 주인공들을 들이대면서 이야기를 한 거지요. 그것도 내 독창적인 이야기가 아니라 다 정리된 어떤 사례가 있는 것이고, 그랬더니 발자크는 '이 망할 놈의 세상' 하는 화풀이로 리얼리스트가 되어서 자기 의사에 반해서 리얼리스트가 된 것이지 진정으로 리얼리스트가 됐다고 볼 수 없다, 이런 식으로 계속 정반대의 이야기를 하게 되었지요. 그 며칠 후에 김승균 씨가 전화를 해서 교정을 좀 보러 와야 되겠다고 해요. 김현 씨가 다녀갔는데 자기 발언 대목을 교정하면서 내 발언 대목을 많이 지웠다는 거야. 가보니까 녹색 펜으로 정말 많이 지웠어요. 자기 논리는 아주 학구적인 내용을 상당히 첨가해 놓고…. 난 그쪽은 한 자도 손을 안 대고 대신 지운 내 것을 '생(生)'이라고 써서 되살려 놓았지요, 그렇게 해서 나온 게 '4 · 19 좌담'이에요. 후에 답답해서 그 내용을 정리해서 그해 7월 여름호 『창작과 비평』에 발표를 한 것이 「한국 리얼리즘 문학의 형성」이라는 평론인데, 그 글은 해방 후 처음으로 본격적인 리얼리즘론을 전개한 것이라는 평을 듣기도 했지요. 김명인을 비롯한 몇몇 젊은 비평가들이 『다시 문제는 리얼리즘이다』라는 책을 '실천문학사'에서 내면서 '4 · 19좌담'과 『창비』의 「한국 리얼리즘 문학의 형성」을 한국 현대 리얼리즘론의 기점이라고 했어요.

강 : 김현 선생이랑 정면으로 충돌한 셈이군요. 그런데 그 논의가 당시 문단 전체에 굉장한 파장을 일으키지 않았어요?

구 : 어느 날 길을 가는데 광화문에서 염무웅 씨가 "중서 형!" 하고 급히 말을 하고 지나가는데 자기가 『월간중앙』에 리얼리즘 옹호론을 지금 쓰고 있다는 거예요. "리얼리즘이 시대 사조나 기법이 아니고 하나의 세계관으로서 큰 원리다. 그래서 그것이 필요하다" 이런 골자로 진지한 평론을 썼어요. 같은 무렵 김병걸, 임헌영, 최일수 이런 분들이 전부 『현대문학』 등의 월평란 여기 저기에서 내편을 드는 거예요. 저쪽 김현 씨 편으로는 김양수라는 인천에 사는 평론가 한 분만이 있었고, 좀 있다가 원형갑 씨 하고 두 명이 그쪽 편을 들고, 내 편을 드는

이는 김우종, 최일수까지 합쳐서 한 다섯 명쯤 나타났어요. 그것이 '70년대 리얼리즘 논쟁'이었죠. 그렇게 해서 리얼리즘 논의가 활발해졌어요. 그리고 민족문학이라는 것도 분단된 상태에서는 남한, 북조선 이런 것이 좀 불편하고, 또 '남한문학', '북조선문학'이라고 하는 것도 온당치 않으니 통일이 될 때까지라도 '민족문학'이라는 지칭이 편리하고 또 민족사적 역사의식이 요청되기도 하고 그래서 민족문학, 제3세계 신민족주의로서의 민족문학, 그렇게 해서 '민족문학' 지칭을 계속 사용하게 된 게 이제는 아주 '민족문학 동네'다 '민족문학사연구소'다 이런 것이 생기게 된 셈이지요. 당시는 70년대 말이고 그때는 제3세계 문학에까지 진전이 되어서 참여, 리얼리즘, 민족문학, 제3세계 문학, 이것이 같은 맥락에서 발전해 나간 단계들이라고 볼 수 있지요.

강 : 이야기가 자연스럽게 '제3세계 문학론' 쪽으로 넘어가는데요, 선생님은 79년도 『씨알의 소리』에 「제3세계 문학론」을, 80년에 『실천문학』에 「제3세계 문학의 전망」을, 서울대 「대학신문」에 「제3세계 문학의 현재와 가능성」을 발표하는 등 70년대 후반에서 80년대 초반에 '제3세계 문학론'을 정열적으로 주창하셨는데, 이왕 말씀이 나온 김에 그것을 좀 부연해 주시지요?

구 : 제3세계라면 우리가 잘 아는 대로 아시아, 아프리카, 라틴 아메리카 3대륙을 가리키는 것인데, 2차대전 후에 강대국들이 아까도 말한 것처럼 경제 원조를 한다고 하면서 배후에서 신식민주의적 작용을 하니까 지구상에 남북문제라는 게 생겼잖아요. 아프리카, 라틴아메리카가 남이고, 유럽 · 미국이 북이고 이러니까 상징적으로 '남북(南北)'이다 이렇게 지칭을 하는데 이것이 국제적으로 빈익빈 부익부를 초래하기도 하고 있다는 것이죠. 한 25% 정도의 백인이 78%의 세계 부를 차지하고, 점점 약육강식으로 제3세계 지역이 먹혀 들어가고 있다는 것이죠. 무역 역조 현상을 일으키면서 제3세계 나라들이 자꾸 곤란하게 되어가니 이런 것을 그대로

감내할 수 없다, 라틴 아메리카의 유능한 작가 시인들이 있죠, '네루다'같은 사람이 있고, 아프리카에서는 세네갈의 '생고르', 또 케냐의 '케냐타' 등 쟁쟁한 사람들이 있고, 아시아에서는 '김지하'가 있고, 이렇게 문학적 역량도 크고 정당방위적인 신민족주의 정신으로 문학을 할 수 있다는 생각이지요. 그러나 이것은 제3세계 문학이 지난날 바로 세계문학으로 여겨지던 서양문학에 복수해서 지배하자 이런 뜻이 아니고, 20세기 서양문학의 모더니즘적 타락 현상에 건강한 활력소를 주는 것으로 제3세계문학이 공헌하면 좋겠다, 그래서 서로가 만나서 서로를 풍요하게 하고 세계문학의 아름다운 꽃밭을 다양하게, 개성적으로 그러나 조화 있게 건강한 아름다움으로 가꿔야 된다, 이런 것이 제3 세계 문학론의 기본 취지라고 볼 수 있지요. 한 때 리마의 77개국 비동맹 선언을 비롯해서 제3세계 결속운동이 활발했지만 점점 자본주의 강대국들에 의해서 붙잡히고 억눌리는 형세가 되었어요. 그래서 멕시코도 IMF를 당했고 제3세계의 횡적 연대가 저조해지고 이제 강대국 금융자본이 세계의 여기 저기를 굴러다니며 치고 때리고 있어요. 그래서 제3세계 문학 논의가 더 미미한 셈이지요. 최근 IMF의 횡포를 극복하기 위해서는 다시 제3세계 운동이 일어나야 되겠다고 경제 분야에서 시론을 쓴 분도 있더군요. 그와 궤를 같이 해서 제3세계 문학론도 계속 추진이 되었으면 좋겠다는 생각이 들어요.

강 : 지금까지의 선생님의 말씀을 정리하면, 『상황』 동인 시절부터 쭉 가지고 계시던 민족에 대한 관심과 문제의식이 외세문제와 결합되면서 '제3세계 문학론'으로까지 발전한 것이라고 이해하면 되겠네요. 그러면, 하나 빠뜨린 게 있는데, 아까 선생님께서 60년대에서는 하근찬의 「삼각의 집」이 중요한 작품이라고 말씀하셨지요? 그러면 70년대 민족문학론과 제3세계 문학론을 전개할 당시에는 어떤 작가와 작품을 주목하셨나요, 민족문학론의 이론적 근거가 필요했을 거 아니예요?

구 : 글쎄, 일단은 황석영의 「객지」가 기념비적이었지요. 다음으로는 이문구의 『우리 동네』 연작, 그리고 조세희의 『난장이가 쏘아올린 작은 공』도 문제작이었지요. 그리고 나는 윤흥길을 크게 인정하는데, 윤흥길의 「아홉 켤레의 구두로 남은 사내」가 산업사회 소설의 본격적인 출발점이라고 볼 수 있지요. 이 작품은 대중에게 잘 읽히고 또 완결된 작품세계를 가지고 있어요. 그리고 「무지개는 언제 뜨는가」는 소년의 이야기지만, 지리산 마을을 통해서도 분단 해소의 가능한 원리를 사람들에게 납득시키고 있지요. 윤흥길이 10대 소년으로서 겪은 기억을 가지고 쓴 것이겠는데, 그는 중간에 병이 나서 한참 작가생활을 쉬었지요. 앞으로 활동을 재개할 것 같은데, 기대가 됩니다.

문학사 연속성론에 대해서

강 : 이제 이야기를 바꾸어서, 선생님의 탁견 중의 하나인 '문학사 연속성론'에 대해서 여쭈어 보겠습니다. 63년도 이래의 선생님 글을 검토해 보면서 흥미로웠던 점은, 외국문학 전공자들을 포함해 몇몇 비평가들은 전통단절론을 내세웠는데, 선생님은 '한국 문학사의 연속성론'을 주장하고 또 긴 논문도 쓰셨습니다. 지금까지 이야기를 쭉 듣고 보니까 이런 입장은 60년대 『한양』지에 집필할 당시부터 갖고 있던 우리 전통문학, 고전문학에 대한 지식이 자양분이 된 게 아닌가 생각되는데요, 전통론과 관련된 말씀을 해 주시지요.

구 : 그것도 사실은 시기를 좀 분별하고 넘어갈 필요가 있어요. 50년대 모더니즘이라는 것이 세력을 떨쳤던 당시에는 코스모폴리탄이즘, 세계시민적인 성향이 지식인들 속에 상당히 있었던 것 같아요. 그때에도 『사상계』 잡지에서 문학좌담을 했는데 한 평론가가 말하기를 "한국문학 속에서 전통을 살리려는 것은 몸 속에 든 기생충을 살리려는 것과 같다" 이런 극언까지 했어요. 이어령 씨도 『흙 속에 저바람 속에』라는 책을 내서 베스트셀러가 되기도 했지만, 민족문화유산, 정신적 유산 이런 것들에 대해서 굉장

◀『민족문학의 길』

히 자조적으로 비판을 했어요. 그것이 곧 유식하고 서양식으로 세련된 것이라는 일종의 착각이 아니었나 싶은데, 가령 김유신의 누이동생 문희가 땅에 소변을 봤는데 그 언저리가 매우 작았다, 서양 희랍신화에서는 유사한 예의 범주가 큰 데 비하면 얼마나 왜소하냐, 춘향의 모친이 포주지 뭐냐, 이런 식이었어요. 나는 아주 언짢게 생각하고 그래서 이어령 씨를 『청맥』이라는 잡지에서 비판하기도 했지요. 4·19에 대해서도 데모 학생이 총탄을 등뒤로부터 맞았다는 구절이 그분이 시도했던 소설 속에 나오는데, 데모를 하다 보면 밀고 나아갈 수도 있고 또 후퇴하려면 돌아서서 쫓겨가기도 하고 그러는 거지, 그 틈에서 총탄 맞은 거를 굳이 내세워 가지고 혁명을 모멸하는 것 같은 발언을 하고… 그런 게 참 안 좋았어요. 그때는 내가 20대고 피가 뜨거워서 독하게 「소설가 이어령의 도로」라고 제목을 붙여서 비판했지요. 그것이 화제가 돼서 6·3데모를 주도했던 김중태·김도현이 당시 졸업논

문을 쓰고 있던 김지하의 하숙방에 찾아가서 "미학자 김지하의 도로"다 하면서 방해를 했다고 해요. (웃음)

강 : 전통을 논한다는 것은 촌스럽고, 반면에 서양 흉내를 내면 마치 유식하고 세련된 것으로 보는 풍조가 만연되었던 모양이죠?

구 : 그런 셈이지요.

강 : 그러면 당시 선생님께서 문학사의 연속성론을 주장하게 된 구체적 근거는 무엇이었나요?

구 : 내가 전통단절론에 반감을 가졌던 것은 당시 나는 『한양』지에 『춘향전』을 비롯한 고전문학 해설을 연재하고 있었고, 우리 문학이 고전의 긍정적 측면을 수용해야 된다는 생각 때문이었어요. 판소리는 원래 글자도 모르는 사람들이 광대인 판소리 창자가 고수(鼓手) 하나 데리고서 전단 광고가 나가지도 않는 삼천리 방방곡곡을 돌아다니면서 『춘향전』 『심청전』 『흥부전』을 구연하는 거죠. 그런데도 삼척동자도 다 그 내용을 안단 말이야. 어떻게 이렇게 민간 소통력이 큰가? 입심과 낙천성과 서민적 우애와 이런 데 비밀이 있지 않느냐 하는 거지요. 소설사에서 '실학파 소설'을 중요하게 다루지만 사실은 한문으로 되어 있어 한계가 있고, 그렇다면 대중이 무엇으로써 소설문학을 누리느냐를 기준으로 보면 판소리계 소설이 1939년까지 한국에서 베스트셀러였다는 거죠. 농한기가 되면 추수를 끝내고 나서 시골 5일장으로 전부 도매로 나가는 거예요. 자동적으로 차일을 치고 흙바닥에다 이야기책을 쌓아 놓으면 나무장사들이 지게에다가 고등어 한 손 사서 걸고 이야기책 사 가지고 가서 겨울 긴긴 밤에 계속 읽는 거예요. 부인네들을 모아 놓고 잘 읽는 남자가 읽어 준 거죠, 이러한 작용이 만주 간도에까지 전파된 거지요. 시문학사에서도 보면 고려 속요가 근 3,4백년을 구전에 의해서 보존되었어요. 경기체가, 그것은 한문 하는 사람들이 할 수 있는 거고. 김동욱 선생 논문에서 육보(肉譜)라고 그러는데 목소리로 악보를 외워서 구전

으로 고려 속요인 「가시리」 「청산별곡」 「만전춘」이 3,4백년을 지속해 오다가 한글이 창제되고 나서 『시용향악보』 『악학궤범』 『악장가사』 등에 가사로 기록되고, 그후 이것은 고려시대의 노래라는 것을 알게 되고, 또 『고려사악지』에 관련 기사들도 있고 이래서 문학사에서 고려속요 장르를 정착시키게 된 것이죠. 그러니까 '서민토대의 자생적 장르 형성력' 이것이 내 나름으로 쓰는 말인데, 고려 속요가 시문학사에서 문학사를 지속시켰고 또 판소리계 소설이 소설사를 연결시켰고, 이렇게 해서 한국 민족문학사는 저변에서부터 솟구쳐 올라오는 힘에 의해서 지속되고 발전해 온 거지요. 그런 걸 오히려 나는 재미있게 좋은 면으로 생각했으니까, 한국문학사 전통 연결론을 주장하게 된 것이지요.

강 : 『한국문학사론』(78년)에서 "한국 문학사 전통 연결이 성취될 때 한국문학은 비로소 민족문학으로서의 자기다운 모습을 성취하게 될 것이다."라고 하신 말씀은 결국 앞서 언급하신 생각들을 논리적으로 체계화한 것이군요….

구 : 민족문학은 자연적 공동운명체라고 할 수 있는 민족의 삶의 여건에서 축적되고 육화된 개성과 가치로서의 민족문화 전통을 지녀야 하기 때문이지요.

90년대의 민족문학과 광의의 리얼리즘

강 : 긴 시간 동안 말씀 하시느라고 피곤하시죠? 이제 최근의 민족문학에 대한 말씀을 나누면서 대담을 마무리해 나가겠습니다. 제가 보기에 최근 민족문학의 상황은, 민족문학론의 이론적 정당성 여부를 떠나서 상황 자체가 매우 수세적이고, 또 민족문학 계열의 작품들이 안 읽히고, 그래서 민족문학은 7, 80년대보다 훨씬 더 외곽으로 밀려나 있는 게 아닌가 하는 생각을 하는데요, 선생님은 작금의 현실을 어떻게 보시는지요?

구 : 수세에 몰리는 작가, 작품이 있다면 그것은 이데올로기적 도식

주의를 벗어나지 못한 일부 경우들이라고 생각해요. 조정래의 『태백산맥』은 백 몇 십만 부가 팔려 당당한 베스트셀러가 되었지요. 『아리랑』도 그렇지요. 조정래 씨는 앞으로 60년대 이후 시대를 소재로 해서 계속 소설로 쓰겠다고 하더군요. 정치판에서 역사 청산이 안되니까 작가인 자기가 하겠다는 거지요.

강 : 그런 경우는 80년대적 가치가 가까스로 90년대로 계승되어서 유지되는 부분이라고 저는 생각하는데요…….

구 : 또는 신경숙의 소설들, 『외딴방』도 많이 읽히고요.

강 : 신경숙 이야기가 나왔으니 말인데, 최근 백낙청 선생이 신경숙을 매우 긍정적으로 평가하잖아요? 그런데 최근의 젊은 논자들은 그런 평가 방식과 논리에 대해서 회의적인 시각을 보이는 경우가 많거든요….

구 : 어떻게 회의적인가요?

강 : 가령 그렇게 다 포괄적으로 받아들이고, 또 신경숙이 과연 90년대의 민족문학을 가늠할 만한 작가로 『창비』 측에서 그렇게 내세울 수 있는 작가인가, 이런 점에서 반론도 상당히 많은데 그에 대해서는 선생님께서 어떻게 생각하십니까?

구 : 신경숙의 「외딴방」 정도는 긍정해도 괜찮은 거 아닌가요?

강 : 저 개인적으로는 70년대에 논란이 많았던 조세희의 『난장이가 쏘아 올린 작은공』보다 『외딴방』이 더 리얼리즘적 성취가 뛰어난지 의문스럽습니다. 백선생은 『난장이가 쏘아올린 작은공』을 별로 인정하지 않았는데, 과연 신경숙의 『외딴방』이 『난장이가 쏘아올린 작은공』을 능가하는 리얼리즘의 90년대적 성취인가에 대해서는 좀 회의스러운 부분이거든요….

구 : 『난장이가 쏘아 올린 작은공』은 훌륭한 작품이지만, 관념적인 삽화들이 끼어들면서 구성상 모더니즘 비슷한 성격도 지니지요. 물론

당시에 많이 팔렸죠. 하지만 소설의 전형적인 수법과 완결된 세계라는 점에서 보자면 오히려 「외딴방」이 낫지 않겠나 하는 거지요.

강 : 그러면 80년대 중반 이후 민족문학의 중요한 축이 되었던, 이를테면 방현석이라든지 박노해 등에 대해서는 어떤 생각을 가지고 계세요?

구 : 방현석이나 박노해나 현실의식에 있어서는 치열한 강점이 있는데, 박노해 시에서는 「노동의 새벽」이 획기적인 성과이기는 하지만 그 중에서 어떤 작품은 좀 지나친 도식성이 있다는 생각이 들어요. 「이불을 꿰매면서」 이런 작품은 납득할 수 있고 좋은데 「손무덤」 이런 것은 싫어요. 이 「손무덤」이라는 게, 기업주의 횡포가 아무리 심하다 해도 동포 인간들끼리 사는 건데 자기 회사 공장 직공이 기계에 손가락도 아니고 손마디가 잘렸는데, 사장, 공장장, 전무의 차를 안 내주어 못 타고, 타이탄 짐칸에 앉아 병원에 갔는데, 손을 붙일 수가 없고, 노동자의 시퍼렇게 얼은 잘린 손목을 주머니에 넣고 다니다가 공장으로 돌아와서 양지바른 벽 아래 흙에다가 묻어서 장사 지낸다, 그게 어디 있을 수 있는 이야기고 시로서 될 수 있는 이야기인가요? 좀 과장이 아닐까? 그런데 박노해 씨가 투옥된 후 재판의 최후진술에서 자기가 너무 편향적이었던 것을 자성한다는 내용을 말한 게 있지요. 『말』지인가에 실렸지요? 방현석 같은 사람은 작가로서 인격으로서 훌륭하고 건실하고 소설도 좋지만, 대중성을 획득하는 면에서는 아직 폭이 좁지 않은가 생각해요. 오히려 젊은 사람은 아니지만 박완서 씨의 소설이 대체로 서민 소재의 건실한 내용을 예술적으로 형상화하여 상당히 넓은 독자폭을 가지고 있지요.

강 : 그러면 앞으로의 민족문학 내지는 진보적 소설의 방향에 대해서는 어떤 생각을 가지고 계십니까?

구 : 이데올로기의 시대가 가고 마치 포스트모더니즘 경향으로 가는 듯한 인상들도 있고, 또 소설 본

문 안에서도 글쓰기의 어려움이라는 말이 나오고 포스트모더니즘적 글쓰기 등 좀 이상한 것들이 나오는데, 그런 식으로 되어서는 바람직하지 않다고 생각해요. 신경숙의 『외딴방』에서도 글쓰기의 어려움이 한 마디 있기는 하지만 그래도 신경숙의 『외딴방』 정도는 노동자의 삶을 소재로 한 작품으로서 인정할 만하다고 생각해요. 그리고 광주 쪽에서 활동하는 공선옥의 경우도 좋지요. 공선옥의 「목마른 계절」에서는 '이데올로기의 시대가 갔다, 문학주의로 가자, 무슨 포스트모더니즘으로 가자' 그런 것과는 관계없이 자기는 지금 살아남아서 광주에 빚을 지고 있다는 인식을 중심으로 가지고 있어요. 현실문제, 정치문제까지도 정면으로 다루지만 그것이 소설적인 수법으로 소화가 돼 있다고 보이거든요. 그래서 "김대중이 또 낙선하면 우리 호남사람들은 다 혀를 깨물고 죽어야 된다" 그래 놓고, 낙선한 뒤 언니라는 사람이 병원에 입원해 있고 그 후배 되는 여인이 문병을 가서 "언니 이제 죽어. 죽는다고 그랬잖아" 그러니까 그 언니가 귀를 끌어다대고 조용하지만 강한 어조로 하는 말이 "죽을 힘으로 살자, 김대중이 니 할애비냐 누구 좋으라고 죽어." 이런 식이 소설 대화에 나오는데, 나는 참 강렬한 민중적인 저력이 보이는 것으로 받아들였어요. 비록 문체가 신선하다고 하더라도 포스트모더니즘 식의 허무주의로 끝을 맺는 애매한 소설들을 극복하고 그야말로 건강하고 아름다운 인간의 문학, 인간 본성과 자연법과 이성과 근대정신과 이런 것을 구현해 내는 문학적인 과제와 가능성이 얼마든지 있다고 생각하고 싶습니다.

강 : 최근 작가 이야기를, 선생님께서 『상황』을 하실 때부터 계속적으로 관심을 가지셨던 민족과 외세 문제라는 측면에서 언급해 봤으면 좋겠습니다. 가령, 윤대녕이라든지 전경린, 이혜경, 배수아 등 소위 90년대 젊은 작가들 중에서 분단이나 외세문제를 이야기하는 사람은 거의 없거든요. 세계 자체가 변한 것은 아니지요. 그런데도 이런 문제가 거의 도외시되고 대신 신변 일상사

나 여성적인 세상살이의 고통 등이 거의 대세를 이루는데, 이렇게 보자면 현재 민족문학을 그렇게 낙관할 수 있는 것은 아니지 않느냐 하는 생각이 들거든요.

구 : 그것이 불가피해서 그렇게 된다기보다 작가나 비평가들이 불필요하게 나약해서 그렇게 되지 않나, 그렇게 될 수밖에 없어서 그렇게 되는 게 아니라, 자질로서 그렇게 되고 있지 않나 생각해요. 가치관이나 세계관의 허약성 때문이 아닐까 생각해요.

강 : 그러니까 작가나 비평가들의 태도에 문제가 있다는 말씀이군요.

구 : 윤대녕의 「은어낚시통신」, 구효서의 「깡똥따개가 없는 마을」, 은희경의 「서정시대」, 전경린의 「바닷가 외딴집」 이런 작품이 감미롭고 잘 읽히지요. 그래서 많이 팔리기도 하고. 그러나 주제의식이 완결되어 있다거나, 창조적인 가치를 갖고 있지는 못하고 대신 감수성으로 소모적이고 정체된 단층에서의 예술을 위한 예술 같은, 그래서 심하게 말하면 허무주의 같은 것이 있지요. 그런 것이 불가피한 대세다 이렇게 보기보다 오히려 그런 것을 좀 바로잡아서, 리얼리즘 원리로서 앞으로 대중에게 건강한 아름다움으로 잘 읽히고 창조적인 가치를 제공할 수 있는 가능성이 있다고 나는 생각하고 싶어요.

강 : 저는 90년대 이후에 분단 문제를 가장 상징적으로 보여 준 사람이 정주영 씨가 아닌가 생각을 해요. 소 5백 마리를 끌고 휴전선을 넘어갔는데, 거기에 대해서 많은 사람들이 관심을 보였지요. 말하자면 분단문제는 우리에게 늘 잠복되어 있는 것이지만 작가들이나 평론가들이 그런 문제들을 상대적으로 소홀히 하고 그러다 보니 현재 보이는 표면적인 상황이 마치 주류인 것처럼 여기게 된 게 아닌가 싶어요.

구 : 그건 포스트모던과 같은 생각들이지. 북한 작가 김명익이 쓴

「림진강」이 감명 깊게 읽히더군요. 거기에는 이데올로기도 없고, 대신 "민심이 천심이다" 이러면서 가족의 이산문제를 이야기하고 있어요. 아기의 약을 구하러 강을 헤엄쳐 건너갔다가 돌아오지 않는 남편을 기다리면서 한 여인이 임진강 가에서 늙어서 할머니가 될 때까지 그 지점을 떠나지 않고 사는 거야. 딸이 도시로 나가서 편하게 살면서 모셔가겠다 그래도 안가는 거야. 문익환 목사도 임수경 학생도 다 이렇게 우리를 보고 싶어서 왔다가 갔지 않느냐. 민심은 천심이라고 임진강이 흘러서 바다로 가듯이 당연하게 통일이 될 날이 올 것이다, 이런 게 결말이지요. 얼마나 좋아요! 거기에 구체성들도 다 있고.

강 : "민심이 천심"이라는 말씀을 들으니 선생님께서 최근에 주장하신 '자연과 리얼리즘'과 '광의의 리얼리즘'을 연상하게 되는데요, '광의의 리얼리즘'에서 리얼리즘은 하나의 창작방법론이 아니라 '예술 일반의 원리'라고 하셨지요?

구 : 예, '광의의 리얼리즘' 여기에도 이야기 거리가 있는데, 내가 처음에 70년에 『창비』에 「한국 리얼리즘 문학의 형성」을 썼을 때부터 그런 말이 있었는데, 즉 "대하의 물결은 요동이 없이 그 속에서 제 갈 길을 가고 있다. 그처럼 리얼리즘이라는 말도 자주 쓰지 말고 그냥 가면 된다. 주류를 이루면서 가면 된다."라고 했는데 바로 '리얼리즘 주류론'이지요. '광의의 리얼리즘'에서 또 그 말을 썼지요. 그랬더니 대체로 좋은 거 같은데 '리얼리즘 주류론'이 마음에 걸린다, 서운하다, 그런 말을 젊은 평론가들이 했다고 들었어요. 리얼리즘이 그렇게 좋고 진리라면 그것만 주장하면 되지 주류라고 주장해 가지고 오히려 비주류라는 상대를 인정하는 나약성을 보이는 게 아니냐 이렇게 생각하는 모양이예요. 그런데 나는 처음부터 그렇게 생각하지를 않았어요. 인간의 세계라는 것은 완벽하게 100% 획일주의는 되지도 않고 될 수도 없는 거죠. 그래서 나는 포스트모더니즘도 있을 수 있고, 리얼리즘이 6,70%의 주류만 형성하면

실질에 있어서는 100%의 자연스러운 승리라고 생각하고 싶어요. 그것이 자연스러운 것이고 인간 세계에서는 그렇게 될 수밖에 없는 것이죠. 그래서 "주류만 이루어 나가면 자연스러운 완전 승리이다"라고 한 거죠. 광의의 리얼리즘이란 바로 그런 거지요.

또 사회주의 리얼리즘 단계에 연연하지 말고 과거에 집착하거나 또 막연한 미래 예측의 결정론, 이런 것에 휩쓸리지 말고 목전의 현실 복판에 들어가서 책임지고 실천하는 리얼리즘 자세가 중요하다, 그리고 이것은 적어도 근대 리얼리즘의 출발점인 발자크 리얼리즘에서부터 근대 리얼리즘을 생각할 수 있고, 그 이전에 한국으로 치면 30년대 자연주의 리얼리즘, 고전적 실학파 리얼리즘, 이렇게 말할 수 있고, 서양에서도 루카치가 그리스 시대부터 리얼리즘을 이야기했듯이, 이것이 광의의 리얼리즘 아니냐, 앞으로도 계속 그런 가능성이 있다 그런 거지요. 그랬더니 한 중진 평론가는 19세기 리얼리즘 단계를 가지고서 현대를 감당할 수 있느냐, 이런 식의 이야기를 했어요. 그러나 하우저 같은 사람도 1830년대, 1883년의 유럽 현실이 20세기 전세계의 오늘의 현실과 별로 다를 게 없다고 했죠. 프랑스 혁명 70여 년 과정에서 왕을 단두대에서 목을 자르지를 않았나, 파리 코뮌 때는 한 5천명이 시내의 거리에 피를 흘리지 않았나, 뭔가 다 해 본 것이고, 또 그 인간상도 줄리앙 소렐 같은 인간상이 오늘의 인간상이나 다를 게 없다, 그런 식으로 민주주의 제도에 있어서나 인간들의 성격에 있어서나 근대적 범주에서 출발점을 잡아보고, 또 그 이전으로 소급할 수도 있고, 또 미래에도 계속 가능하고 이런 것을 나는 광의의 리얼리즘이라고 했죠. 그 점에서는 지금도 편하게 그렇게 생각하면서 갈등이나 동요가 없어요.

강 : 그 광의의 리얼리즘이 인간의 어떤 건강성을 다루는 것이라면, 그것은 '리얼리즘'이라기보다는 오히려 '문학 일반의 속성'이 아닌가요. 그래서 좀더 구체적인 어떤 방법론이 필요하지 않을까요?

구 : 적어도 시민 민주주의 상황과 또 총체성 개념과 전형성 원리, 이런 점을 가지고서 '리얼리즘이다' 라고 말할 수 있지 않겠어요. 낭만주의, 자연주의 가지고는 안 되는, 특히 자연주의가 리얼리즘과 비슷하지만 불필요한 부분까지 불필요하게 묘사해서 나열해 놓고서 끝내 버리는 이것이 자연주의이고, 리얼리즘은 총체성과 전형성과 가치의 순위의식, 무엇이 더 중요하고 덜 중요하냐 그리고 미래 지향적인 이상을 뒤에 붙이고 그렇게 해나가는 것이 리얼리즘이다, 그럴 적에는 계속 그 원리의 체계가 있으면서도 계속 가능한 그런 것일 수 있지 않을까요?

강 : 선생님 말씀을 들어보면 최근에 많이 이야기되는 '민족문학의 위기'라든지, '민족문학이 유효한가', '민족문학의 경시 사태' 등 여러 가지 민족문학 내부와 바깥에서 제기되는 문제들이 너무 호들갑스럽다 하는 생각이 듭니다.

구 : 그렇지요. 나는 그런 말들을 달가워하지 않고 할 필요가 없다고 생각해요. 인간 본성, 자연법, 보편적 가치, 창조성, 이런 것들을 다 포함하면서도 구체적 방법론의 필요 때문에 나는 리얼리즘을 계속 거론하고 있어요.

'근대성'을 둘러싼 논의에 대해

강 : 선생님의 광의의 리얼리즘, 민족문학의 위기에 대한 낙관적인 전망 이런 것들은 다 선생님이 초창기부터 지금까지 계속 가지고 계셨던 근대성에 대한 믿음, 프랑스 대혁명으로 상징되는 이른바 '해방의 근대성'이라고 이야기 할 수 있는 근대성에 대한 믿음, 그것이 바탕이 되어 있는 게 아닌가 생각을 하거든요. 선생님이 '해방의 근대성'에 대한 믿음을 가지실 수 있었던 것은 역사의 주체, 혹은 분단 극복의 주체가 민중에 있다 이런 믿음과 긴밀하게 연관이 되어 있을 텐데, 지금에 와서 분단을 넘어서는 뭔가의 실마리를 보여주는 사람은 아까 언급했듯이 정주영 씨와 같은 대표적인 자본가란 말이지요. 이런

것이 오히려 90년대에 달라진 현실을 상징하는 사건이 아닐까요…. 지금까지는 분단 극복의 실마리를 민중에게서 찾을 수 있을 거라고 생각 해 왔고, 그것이 우리 민족문학론이 분단 문제를 바라보는 기본적인 관점이었는데, 지금에 와서 민중이 분단 극복의 중심으로 나서는 것이 아니라 오히려 대자본가가 분단 극복의 실마리를 풀어 가는 그런 상징적인 행위를 하고 있다는 말이지요. 이런 달라진 현실이 민족문학이 여러 가지로 힘에 겨워하는 요인, 조건이 되고 있는 것이 아닌가 하는 생각이 드는데요. 그런 문제에 대해서 선생님은 어떻게 생각을 하시는지요.

구 : 글쎄, 대재벌이니 후기자본주의의 메카니즘이니 하는 요인들이 있기는 있지만 그래도 역사 발전의 기본 토대와 저력은 언제나 민중과 또 인간 본성, 즉 개인주의적 개인이 아니고 보편적 인간 본성, 이런 것에 의해서 인간 사회가 궁극적으로 지탱되었지, 아무리 기계화가 되고 대재벌 위주가 되고 하더라도 그것들에 의해서 인간 사회가 결정적으로 좌지우지된다거나 어떤 국면에 임의로 귀착한다거나 그렇게 될 수는 없을 거 같아요. 앞으로도 자꾸 전략가치로서의 시장경제, 물질가치만을 생각할 것이 아니라, 이런 것들을 오히려 인간다움의 힘으로써 승화하고, 모든 사회, 역사현상이 인간을 위하여 존재한다는 신념을 가지고, 인간적인 실천과 행동을 하는 수밖에 없지 않나 생각해요. 그런 가능성이 없으면 살 의욕도 없을 것 같아요. 정주영 씨가 소를 가지고 올라간 것도 신분이 대재벌이라는 것만을 보지 말고, 그이가 정말 시골 농사꾼의 아들로 소 한 마리 판 돈을 가지고 가출했다가 돌아가는 방법을 소 떼를 가지고 간다, 단순한데 그러나 아주 극적이고 또 어떻게 보면 인간적이고 또 현실적인 방식으로 생각하는 게 좋을 것 같아요.

강 : 오히려 자본에 의한, 자본이 주도하는 통일, 이렇게 보이시지는 않고요?

구 : 자본도 계속 인간적인 도덕성으로 견제를 해야 될 대상이지요. 개방과 시장경제를 막을 수는 없는 것이지만, 그것도 인간 본성이나 자연법에 속하는 현상이지요. 약육강식을 방치하는 시장경제여서는 안 돼요. 도덕성이 공동선을 지향해서 계속 견제해야 한다는 말이지요. 그래서 시민운동, 종교, 또는 제3세계 연대를 통해서라도 계속 시장경제에 도덕성을 투여해서 인간다운 사회를 향해 발전할 수 있도록 하는 수밖에 없습니다.

강 : 더 많은 이야기를 듣고 싶으나, 장시간 많은 이야기를 하셔서 피곤하시리라 생각됩니다. 그럼 최근 근황을 간략히 말씀해 주시고 자리를 마무리했으면 좋겠습니다. 요즘도 작가회의랑 계속 일을 보시지요?

구 : 몇 년 전에 부회장직을 맡은 적이 있어요. 지금은 자문의원으로 되어 있지요.

강 : 또 민예총에도 관여하고 계시죠?

구 : 민예총은 이사장직을 맡고 있지요. 내년 2월까지가 임기인데, 빨리 모든 걸 벗어버리고 글이나 쓰는 데 열중했으면 좋겠어요.

강 : 많은 시간, 좋은 말씀 해 주셔서 감사합니다. 선생님의 말씀을 통해서 문학과 사회, 문학과 역사의 관계, 또 작가의 사회적 책임 등 문학의 근본문제를 새삼 인식하게 되었습니다. 또 선생님의 말씀은 6,70년대 문학, 특히 민족문학에 대해서 관심을 갖고 있는 후학들에게 많은 도움이 되리라 생각됩니다. 앞으로도 계속 건강하시고 더욱 왕성한 필력을 보여주시기 바랍니다. 감사합니다. 새미

'사실' 논쟁과 1930년대 후반 문학의 성격

하 정 일*

1. 중일 전쟁과 '사실의 세기'

1930년대 후반의 한국문학을 어떻게 규정할 것인가라는 문제는 여전히 풀리지 않고 있는 숙제 중의 하나이다. 따지고 보면 근·현대문학의 어느 한 시기도 분명하지 않기는 마찬가지지만, 1930년대 후반은 다양한 흐름들이 착종되어 있는 데다 변화의 속도 또한 워낙 빨라 더더욱 연구자들을 곤혹스럽게 한다. 사실 30년대 후반을 어디에서 어디까지로 잡을 것인지부터가 문제다. 카프가 해체된 1935년부터로 잡을 것인가 아니면 중일 전쟁이 발발한 1937년 이후로 잡을 것인가. 40년대를 30년대 후반의 연속으로 볼 것인가 아니면 시기 설정을 따로 할 것인가. 30년대 후반의 끝을 40년대 초반까지로 늘일 것인가 아니면 30년대에만 국한시킬 것인가 등등.

30년대 후반의 시기 설정이 아직도 불분명하다는 것은 30년대 후반 문학의 성격을 규정하기가 그만큼 까다롭기 그지없음을 말해주는 방증이라 할

* 원광대학교 국문과 교수. 주요 저서로 『한국근대문학사』와 『민족문학의 이념과 방법』 등이 있음.

수 있다. 물론 문학사의 시기 구분이 칼로 무 베듯 분명할 수는 없는 법이다. 서로 겹치기도 하고 일순 비약하기도 하며 더러는 공백 상태에 빠지기도 하는 것이 문학사의 실상이다. 그래서 문학사 서술에서는 단선적 시기 구분에 집착하기보다는 그러한 중첩과 비약과 공백의 복잡한 양상을 종합적으로 해명하는 일이 더욱 중요하다. 하지만 30년대 후반 문학에 대한 근래의 논의들이 서로 혼선을 빚고 있는 원인 중의 하나가 시기 구분 문제라는 점에서 이에 대한 사전 점검은 문학사의 시기 구분과는 별개로 짚고 넘어갈 필요가 있다. 90년대 초반의 연구들은 주로 카프 해체를 전후한 시기를 중심으로 30년대 후반 문학을 논했다. 대체로 사회주의 리얼리즘의 '조선적 구체화'에서부터 본격소설론이 제기된 37년 경까지가 거기에 해당된다. 그에 비해 최근의 연구들은 중일 전쟁 이후에 초점을 맞추고 있다. 일단 대상 시기가 서로 다른 것이다. 30년대 후반을 언제부터로 볼 것인가와 관계 없이 중일 전쟁 이전과 이후는 문학을 둘러싼 주객관적 조건 자체가 삽시간에 뒤바뀐다. 중일 전쟁의 발발 이후 일제는 욱일승천의 기세로 대륙을 유린해갔다. 그 거대한 나라가 조그만 섬나라 군대에게 속절 없이 무너지는 모습을 보며 조선의 지식인과 작가들은 엄청난 충격을 받았다. 파시즘의 세계 지배가 곧 실현될 것 같은 분위기가 지성계를 휩쌌다. 문학인들이 중일 전쟁 이전과는 다른 방식으로 현실을 해석하고 대처한 것은 그런 점에서 당연한 수순이었다고 할 수 있다. 중일 전쟁 이전을 대상으로 하는가 아니면 이후를 대상으로 하는가를 명확히 구별해야 하는 것은 이 때문이다. 따라서 필자는 논의의 불필요한 혼선을 피하기 위해 이 글이 중일 전쟁 이후를 연구 대상으로 삼고 있음을 미리 밝혀둔다.

대상 시기를 이렇게 한정하고서 30년대 후반 문학의 성격이란 문제로 눈을 돌리면, 가장 먼저 시야에 잡히는 것이 바로 '변화'이다. 중일 전쟁 이후 한국문학의 변화상은 양적으로나 질적으로나 이전과는 비교할 수 없을 정도이다. 사상 전향이 횡행하고 신체제론에 편승한 친일 문인들이 속출했다. 문학은 현실과의 긴장을 포기하면서 일상이나 내면 속으로 도피했으며, 비평은 이념적 지표를 상실한 채 판단 정지를 선언하거나 문학의 자율성에 매달렸다. 중일 전쟁 이후의 이러한 변화는 이전 시기의 문학이 전체적으로 계몽의 전통을 견지하고 있었다는 사실과 비교할 때 근본적인 변화라 해도 과언이 아니다. 말하자면 한국근대문학 특유의 계몽의 전통이 붕괴되는 위기에 처한 것이다.

근래의 몇몇 연구는 이 대목에 주목하여 30년대 후반을 '환멸의 시대'로 규정하기도 한다. 30년대 후반 문학에서 그러한 경향이 강하게 나타나는 것은 틀림없다. 계몽의 전통이 붕괴의 위기에 빠진 것, 이념적 지표를 상실한 것, 진리와 비진리의 경계에 대한 판단을 정지한 것, 문학의 현실 연관성을 포기한 것 등에서 우리는 '환멸'의 분위기를 어렵지 않게 감지할 수 있다. 하지만 그렇다고 해서 30년대 후반을 환멸의 시대로 몰아부치는 것은 단순 논리라는 것이 필자의 생각이다. 왜냐하면 이런 식의 시대 규정에는 무엇보다 내부의 '미세하지만 중요한' 차이와 위계에 대한 고려가 결여되어 있기 때문이다. 문학사 연구에서는 일반적 경향의 정리 이상으로 의미 있는 흐름을 찾아 거기에 합당한 가치를 부여하고 적절히 위계를 잡아주는 일이 긴요하다. 차이에 대한 분별 없이 문학사적 위계화는 불가능하며, 위계화 없는 문학사란 한갓 사실의 집적에 불과할 따름이다.[1]

그렇다면 30년대 후반 문학의 '미세하지만 중요한' 차이를 분별하기 위해서는 어디에 주목해야 할까. 필자가 보기에는 '사실' 논쟁이 아닐까 싶다. '사실' 논쟁은 대체로 휴머니즘론과 지성론에 대한 논의가 끝나는 지점에서부터 본격화된다. 휴머니즘론이나 지성론에서 '사실'론으로 넘어가게 된 데에는 중일 전쟁이 불러일으킨 정신적 충격이 가로놓여 있다. 휴머니즘론과 지성론까지만 해도 이념적 지표라든가 역사적 전망에 대한 열정이 담겨 있었던 데 비해 중일 전쟁 이후에는 그러한 열정은 고사하고 파시즘의 진군 앞에서 자신을 지키기에도 급급할 지경이 되었다. 그래서 이 때부터는 파

1) 이 문제에 대한 자세한 비판으로는 필자의 「90년대 근대문학비평사 연구의 몇 가지 문제점」(『현대문학이론연구』 제8집, 현대문학이론학회 1997)을 참조하시오.

시즘에 맞서 자신의 마지막 순결성을 지킬 것인가 아니면 파시즘의 도도한 흐름에 편승할 것인가라는 선택과 결단이 화급한 문제가 되었다. '사실' 논쟁은 바로 그러한 선택과 결단을 둘러싸고 당대의 쟁쟁한 문학 비평가들이 벌인 일대 논전이었다고 해도 과언이 아니다. 당시의 비평가들 치고 논쟁에 한 발이라도 걸치지 않은 이가 없었을 정도로 '사실' 논쟁은 광범위한 관심 속에서 벌어졌다. 뿐만 아니라 당시의 또 하나의 주요 논쟁이었던 순수문학 논쟁보다 훨씬 강력한 시대성을 동반하고 있었다는 점에서 '사실' 논쟁은 파시즘의 거센 위협에 대한 문학인들의 입장 차이를 선명하게 보여준다. 물론 엄격히 말해 '사실' 논쟁은 '논쟁'의 형식으로 전개되지는 않았다. 상대방에 대한 별다른 논박 없이 비평가들이 자신의 견해를 밝히는 식으로 논의가 진행되었기 때문이다. 그러나 논의의 전 과정을 보면 서로가 서로를 뚜렷이 의식하면서 논지를 펴나가고 있구나 하는 것이 분명하게 드러난다는 점에서 그것은 내용적으로 '논쟁'임에 손색없다.

'사실' 논쟁이 당시의 지성계에 끼친 영향은 실로 엄청났던 것으로 보인다. 가령 채만식의 『금의 정열』에는 전형적인 부르주아인 상문에 대해 다음과 같이 평하는 대목이 나온다.

> 그들은(낡은 '전설'의 고향을 가진 순범 저와는 달리) 맹목적이요 무비판한 것이 오히려 유리하여, **세기의 '사실'을 솔직하게 호흡하는 생리의 소유자**들이었었다.
>
> 그들은 그와 같이 아무런 주저도 회의도 불안도 없이 안심하고 **그 세기의 '사실'을 호흡함으로써 그 속에 머금어 있는 새로운 생명의 원소를 섭취**해가는 동안, 생리는 장차 오려는 세대에로 지양될 것이었다.
>
> 그리하여 탐욕한 유대놈도 아니요, 세계를 요리하는 유대인이… 즉 로스 차일드가 아인슈타인이 토마스 만이 아리 포올이, 그러한 그들 가운데서 비로소 생겨날 것이었다. (강조-인용자)[2]

2) 채만식, 『금의 정열』 339쪽, 창작사 1987.

지식인인 순범은 이전에는 경멸해 마지않았던 부르주아에 대해 "세기의 '사실'을 솔직하게 호흡"해 "새로운 생명의 원소를 섭취"하는 존재라고 재평가한다. 여기서 '사실'은 자본주의를 가리키는 말일 수도 있고 군국주의 파시즘 또는 단순히 시대의 대세를 뜻하는 말일 수도 있다. 중요한 것은 그 구체적 내포가 무엇이든간에 '사실'의 수용을 '새로운 생명의 원소를 섭취' 하는 행위로 해석하고 있는 점이다. 이는 시대의 대세에 굴복해 가치 판단을 포기한 당시 지식인들의 일반적 정서를 확연히 보여주는 것이거니와, 채만식이 『태평천하』에서 식민지 부르주아에 대한 지독한 경멸감과 적대 의식을 노골적으로 드러내 보였던 장본인이었다는 점까지 고려하면, '사실'론의 위력이 어느 정도였는지 실감하기에 어렵지 않을 것이다. 이 인용문에서 또 하나 유의할 점은 '세기의 사실'이란 표현이다. 이 표현은 발레리가 말한 '사실의 세기'에서 유래한 것인데, 사실의 세기란 '질서의 세기' — 19세기까지의 근대 유럽 문명 — 에 반대되는 표현이다. 발레리는 1차세계대전 이후 유럽 문명이 붕괴의 위기에 처했다고 진단한 바 있다. 20세기는 문명의 가능성, 다시 말해 이성에 바탕한 진보의 가능성이 소진된 시대라는 것이다. 게다가 파시즘의 득세는 그러한 경향을 더욱 가속화시켜 바야흐로 야만적 사실들만 난무하면서 문명의 질서는 무참히 파괴되는 곤경을 맞이하게 되었다는 것이 발레리의 20세기관이다.[3] '사실' 논쟁이 발레리의 '사실의 세기'론에 영향을 받아 시작되었음을 감안하면, 이 논쟁의 배후에는 근대성의 근본적 위기에 대한 반성이 은밀히 숨어 있음을 발견할 수 있다.

'사실' 논쟁을 정리하는 데 있어서 가장 까다로운 문제 중의 하나가 사실의 구체적 함의이다. '사실'의 의미가 다양하다는 것, 이 점이 '사실' 논

3) 이에 대한 간략한 설명으로는 최재서의 「사실의 세기와 지식인」(『조선일보』 1938. 7.)을 참조하시오. 20세기 문명의 위기에 대한 발레리의 생각은 1919년에 발표한 「정신의 위기 — 첫 편지」(『발레리 산문선』, 박은수 옮김, 인폴리오 1997)에 잘 나타나 있다. 그는 이 에세이에서 20세기 문명의 위기란 바로 지성의 위기이며, 이 지성의 위기는 현대주의가 한계에 봉착했음을 말해주는 증거라고 지적한다.

쟁의 특징이자 복잡성이다. 이 논쟁에서 사실이란 단어는 적어도 세 가지의 의미로 사용되고 있다. 첫 번째는 앞에서 지적한 지성의 반대말로서의 사실이다. 두 번째는 파시즘의 상징으로서의 사실이다. 세 번째는 문학적 제재로서의 사실이다. 따라서 '사실'이란 단어가 나올 때 세 의미가 중첩되어 있는지 아니면 그 가운데 어느 특정한 의미로만 국한되어 있는지를 세심하게 구별하지 않으면 자칫 엉뚱한 해석으로 빠져들기 십상이다. 물론 대부분의 경우는 세 의미가 중첩되어 있지만, 그렇지 않은 경우도 적지 않기 때문이다.

'사실' 논쟁의 귀추(歸趨)와 의미를 추적하면서 필자는 세 비평가를 주목했다. 백철, 김환태, 임화가 그들이다. 논쟁에 참여한 많은 이들 가운데 필자가 굳이 이 세 사람에 주목한 까닭은 이들의 논리가 사실 문제를 바라보는 세 입장을 대표한다고 판단했기 때문이다. 그 세 입장은 사실 수리론, 사실 회피론, 사실 길항(拮抗)론으로, 이것들은 파시즘의 대공세에 대한 지성계의 세 가지 태도와 맞물려 있어 더욱 의미심장하다. 나아가 우리는 이 세 입장이 지향하는 바와 상호 차이를 통해 30년대 후반 문학의 내면 세계를 들여다볼 수 있을 뿐더러 궁극적으로는 당시 문학의 성격을 이해하는 결정적인 단서를 얻을 수 있게 될 것이다.

2. '사실' 문제에 대한 두 편향 : 사실 수리론과 사실 회피론

중일 전쟁의 충격과 파시즘의 노골화가 심화되면서 문학인들은 극심한 정신적 무력감에 사로잡혔다. 그리하여 더 이상 '이것이 진리다'라고 주장할 용기를 잃었으며, 자신들이 그동안 믿고 있던 이념이나 가치에 대한 자신감마저 상실했다. 휴머니즘론, 지성론, 본격소설론 등 당대를 풍미했던 문학론들이 일거에 꼬리를 내린 것은 그에 따른 안타까운 결과였다. 진리와 이념에 대한 믿음이 사라질 때 정신적 공황이 시작된다. 1938년이 바로 그런 시기였다. 사실 논쟁은 바로 이같은 정신적 공황 상태를 배경으로 이루어졌다.

대부분의 비평가들이 시대의 외압에 주눅들어 문학 원론만 되풀이하며 침묵하고 방황할 때 발빠르게 치고 나온 이는 예의 백철이었다. 백철은 인간 묘사론에서부터 휴머니즘론까지 항상 논쟁의 선편을 쥐며 문단의 센세이션을 불러일으켰다. 사실 논쟁에서도 마찬가지였다. 그는 「시대적 우연의 수리」에서 "사실을 다만 사실로 해석하는 데 멎고 그 이상의 의미를 찾아내지 못하면 우리들은 하나의 사실주의에 떨어지고 말 것"이라고 경고하면서 "금일의 우연적인 현실에 대해서도 지식인은 그 사실 이상의 진리(강조 — 인용자)를 발견하여 친히 그 진리를 건설해가는 주체로" 나서야 한다고 역설한다.[4] 사실을 사실로만 해석하는 '사실주의'를 넘어 사실 속에서 '사실 이상의 진리'를 발견하자는 주장은 일견 너무도 당연해 보인다. 당시의 지식인들이 너나 할 것 없이 사실의 하중(荷重)에 짓눌려 허우적거리고 있었다는 점에서 더욱 그러하다. 요컨대 사실은 인정하되 그렇다고 사실에 주눅들지 말고 사실 속에 숨어 있는 진리를 찾아 그것을 적극적으로 실천하자는 것이다.

하지만 이러한 외면적 그럴듯함에도 불구하고 그 실내용은 참담하기 그지없다. 먼저 그가 말하는 '사실 이상의 진리'가 중일 전쟁을 봉건 체제로부터의 해방으로 해석하는 것이라는 점을 지적하지 않을 수 없다. 중일 전쟁은 어떤 명분을 붙이든간에 결국 일제에 의한 제국주의 침략 전쟁일 뿐이다. 이 엄연한 사실을 애써 외면하면서 백철은 "아시아적 생산이라는 태고식을 청산하지 못하고 문명 정도는 봉건의 성을 넘지 못한 지나가 그 수준을 깨뜨리고 하나의 세계적인 수준으로 나간" 계기라며 중일 전쟁을 정당화한다. 게다가 그는 이것을 '동양사의 커다란 발전'이라고까지 칭송하기도 한다.[5] '사실 이상의 진리'가 고작 중일 전쟁의 정당화라면, 그 진리가

4) 백철, 「시대적 우연의 수리」, 『조선일보』 1938. 12.
5) 백철, 같은 글.

조선의 지식인들에게 의미하는 바는 과연 무엇일까. 여기서 우리는 백철의 친일화의 뿌리를 읽게 되거니와 그가 당당하게 신체제론으로 나아갈 수 있었던 것은 그것이 바로 그가 생각하는 '진리의 적극적 실천'이었기 때문이다.

궁금한 점은 한 때 카프의 맹장이었던 백철이 '사실 이상의 진리'를 그런 식으로 해석한 이유이다. 어째서 백철은 중일 전쟁을 해방 전쟁으로 정당화했을까. 그 까닭을 제대로 이해하기 위해서는 사실 문제에 대한 백철의 기본적인 입장이 무엇인가를 파악해야 한다. '사실'에 대한 백철의 기본적 입장은 한마디로 '사실 수리론'으로 요약된다. 백철은 파시즘의 강화, 일제의 군국주의화, 중일 전쟁 등을 '시대적 우연'이라고 명명한다. 그것이 '우연'인 것은 지식인들이 필연이라고 소망한 것과는 반대되는 상태였기 때문이다. 이 때 대부분의 지식인은 절망이나 체념에 빠진다. 그러나 백철은 이러한 절망이나 체념은 지식인이 취할 올바른 자세가 아니라고 질타한다. 대신 그는 이 '시대적 우연'을 '엄연한 사실'로 인정할 것을 제안한다. 그래야만 우연 속에서 필연을 찾아내는 것이 가능하기 때문이라는 것이다. 이로부터 그의 '사실 수리론'이 등장한다.

> 문제는 한 시대의 현실이 우연적으로 초래되었든지 혹은 주관적으로는 비위에 거슬리든지간에 그것이 일차 우리 앞에 현상되고 정착된 이상에는 우연은 하나의 엄연한 사실이요 객관이라는 것이다 그 안에서 **우연은 다른 시대의 정상적인 현실과 같이 한 시대에 존재할 권리를 가진 객관적인 사실**이란 것이다.
>
> 이 때에 있어 그 현실에 대하여 그것이 우연적인 때문에 존재성을 부정하고 그것이 비위에 맞지 않는 때문에 우연과의 우의를 거절한다고 해도 현실측에서 머리 숙이고 문학자와 타협을 청하는 일은 없다. 이 쪽에서 침묵하면 이번은 사실편에서 도전을 해온다. 무리로라도 우리에게 의사와 성의를 표시하도록 요구를 제출해둘 뿐이다. 그리하여 오늘은 현실의 명령이 우리 지식인과 문학자의 두상(頭上)을 업수르고 횡행하는 시대가 아닐까? (강조－인용자)[6]

백철은 '시대적 우연'이 "다른 시대의 정상적인 현실과 같이 한 시대에 존재할 권리를 가진 객관적인 사실"이라고 규정한다. 말하자면 우연이 지식인이 소망하는 바와 어긋날지라도 그것이 "존재할 권리를 가진 객관적 사실"인 한 받아들여야 한다는 것이다. 따지고 보면 이 말 자체는 하등 문제될 것이 없다. 왜냐하면 현상적으로는 우연으로 보이는 것이라도 그 밑에는 분명한 인과 관계와 필연적 연관이 반드시 내재해 있기 마련이기 때문이다. 파시즘 같은 것이 거기에 해당하리라. 문제는 그것을 '어떻게' 받아들일 것인가 하는 점이다. 백철은 우리가 아무리 못 본 체하고 참묵하더라도 "사실편에서 도전을 해"오리라고 예상한다. 그러므로 어쩔 수 없이 끌려가기보다는 먼저 나서서 적극적으로 현실을 받아들이는 것이 사실이 횡행하는 시대에 지식인이 택할 최선의 방도라는 것이다. 그의 표현을 그대로 빌리자면, "그것이 어떤 현실의 정치든간에 그 현실이 역사적 소산(所産)으로서 가능한 경우의 내용을 설정하여 최대한도로 유리한 요소를 택하고 그 요소를 중심하고 주체적으로 필연적인 것을 만드는 곳에 그 시대의 현실을 살려내는 '최상'의 해결책이 있는 것"이다.[7]

정리하면 이렇다. 시대적 우연이 엄연한 객관적 사실인 한 그것을 무시하거나 피하기란 불가능하다. 따라서 사실을 사실로서 인정하되 그 곳에서 우리에게 '유리한 요소'를 최대한도로 찾아내 적극 활용하는 것만이 '사실의 세기'에 지식인이 택할 수 있는 '최상의 해결책'이다. 물론 이것이 '문화 발전의 제1차의 길'은 못됨을 백철 역시 시인한다. '제1차의 길'은 '정치'와 대립하면서 "자기 영역을 고수하고 독자적 입장을 보수하는 것"이다. 하지만 작금의 현실은 정치와의 대립을 허용하지 않기 때문에 부득이하게 '문화 발전의 제2차의 길'로 나갈 수밖에 없는데, 그것은 정치와 '결탁'해 거기서 유리한 요소를 취하는 전략이다. 결국 정치 – 곧 파시즘 – 와 맞서지 말고 그것과 '결탁'함으로써 문화 발전을 도모하자는 것이 '사실 수리

---

6) 백철, 같은 글.
7) 백철, 같은 글.

론'의 골자인 셈인데, 그야말로 가장 전형적인 전향론인 셈이다. 왜냐하면 여기서는 일제 파시즘에 대한 최소한의 저항 의식이나 비판 정신을 찾아볼 수 없기 때문이다. 사실의 힘이 아무리 막강하더라도 그 사실의 비진리성을 지적하는 용기가 지성의 저항 의식이자 비판 정신이라 할 수 있다. 사실 자체가 곧 진리일 수는 없다. 특히 그 '사실'이 파시즘을 가리키는 경우에는 더 말할 나위도 없다. 따라서 '사실 이상의 진리'란 오히려 사실과 맞서는 데서부터 시작되어야 마땅할 것이다. 그런 점에서 사실-정치-파시즘과의 '결탁'을 '최상의 해결책' 혹은 '문화 발전의 제2차의 길'이라고 주장하는 백철의 '사실 수리론'에서 '사실 이상의 진리'란 슬로건은 전향의 논리를 호도하기 위한 그럴싸한 수사에 불과할 뿐이다.

돌이켜 보면, 백철의 사실 수리론은 이미 예정된 수순이었다고도 할 수 있다. 프로문학과의 결별 이후 백철은 줄곧 문화와 정치의 분리를 주장해 왔다.[8] 인간 묘사론이나 휴머니즘론에서 백철은 문화의 독자성을 강조하는데, 그 정치적 무의식을 읽기란 그리 어렵지 않다. 요컨대 문화와 정치를 분리시킴으로써 문화의 성 속에 안주하겠다는 것이다. 이는 「시대적 우연의 수리」에서 제시한 문화 발전의 '제1차의 길'에 해당한다. 하지만 중일 전쟁의 소용돌이는 이마저 허용하지 않는 광포함을 노정했고, 백철은 다시금 갈림길에 선 것이다. 그 갈림길이란 문화의 독자성을 인정하지 않는 정치에 저항해 문화를 수호할 것인가 아니면 정치와 타협해 문화의 최소한의

---

8) 가령 백철은 「현대문학의 과제인 인간탐구와 고뇌의 정신」(『조선일보』 1936. 1.)에서 다음과 같이 주장한다. "현대문학의 정치성 사회성으로부터 문학의 독자성, 인간의 성격·정열의 탐구에 나아가는 것은 현대인이 격정 상태로부터 자기 반성에서 나타나는 필연의 현상이 아닐 수 없다.여기서 문학이 인간을 탐구하는 것은 문학이 그 자체의 독자성을 추구하는 것을 의미한다. 왜 그러냐 하면, 문학은 인간적인 것을 추구하는 데서만 외부적 불순한 조건을 벗어나 문학 독자의 영역을 회복하는 까닭이다."
이처럼 문화를 정치나 사회로부터 분리시키려는 백철의 집착은 인간 묘사론 이래 그의 일관된 입장이었다. 이에 대한 좀더 자세한 설명으로는 필자의 「30년대 후반 휴머니즘논쟁과 민족문학의 구도」(『민족문학의 이념과 방법』, 태학사 1993)를 참조하시오.

생존권이나마 보장받을 것이냐 하는 것이었다. 전자가 카프와의 결별 이후 이미 포기한 길이라는 점에서 백철에게 가능한 선택은 정치와의 타협 말고는 달리 없었을 터이다. 여기서 우리는 문화 발전의 '제2차의 길', 곧 '시대적 우연'을 '엄연한 객관적 사실'로 받아들여 정치와 '결탁'함으로써 문화 발전을 도모하자는 사실 수리론의 내심이 현실 앞에서 무력하기만 한 지식인의 극심한 불안감으로 가득차 있음을 새삼 확인하게 된다.

이후 백철이 신체제론으로 나아간 것은 그런 점에서 당연한 이론적 귀결이었다. 파시즘과 결탁함으로써 문화 발전을 도모하고자 한다면, 신체제론에 적극 영합하는 것 이상의 '최상의 해결책'은 없기 때문이다. 중일 전쟁 3주년을 맞으면서 쓴 「금후엔 문화적 사명이 중요」란 에세이는 백철의 그러한 변화상을 선명하게 보여준다. 백철은 중일 전쟁이 바야흐로 제2의 새로운 질서를 세우는 '건설기'에 들어섰다고 진단하면서, 이 제2단계에서는 문화가 주도적 역할을 해야 한다고 역설한다. 그 역할이란 "지나 국민이 우리 제국의 진의를 이해해서 제국의 협력에 응"하도록 하는 일이거니와 말하자면 대동아 공영권의 건설에 각 민족들이 동참하도록 설득하는 것이 문화의 사명이라는 것이다.[9] 중일 전쟁이 '사실'의 단계에서 '질서'의 단계로 넘어갔다는 그의 정세 분석은 신체제론으로 이행하는 데 있어 사실 수리론이 징검다리가 되고 있음을 잘 보여준다. 하지만 신체제론으로 오면 노골적인 친일론 일색이어서 더 이상의 분석은 무의미해진다. 다만 그가 신체제론에 적극적으로 뛰어든 데에는 사실 수리론이 중요한 이론적 바탕이 되어주었다는 점만 지적해 두기로 한다.

백철이 사실 문제를 바라보는 전향론의 시각을 대표한다면, 김환태는 사실 문제에 대한 예술지상주의의 입장을 대변한다. 김환태가 세대 논쟁에서 '순수문학'을 옹호하고 작품의 내적 결을 섬세하게 읽는 인상주의 비평을 내세운 것은 이미 잘 알려진 사실이다. 그는 '현실의 재현'이라는 리얼리즘적 원리에 누구보다도 강력하게 반발했던 비평가이다. 가령 「문학적 현실

---

9) 백철, 「금후엔 문화적 사명이 중요」, 『인문평론』(1940. 7), 102쪽.

과 사실」에서 김환태는 문학이란 "실생활의 모사나 있는 그대로의 재현이 아니라 새로운 현실의 생산"이며, 진정한 의미에서의 문학적 감흥은 "객관적 현실에서 독립의 작품만으로의 현실감"으로부터 나온다고 설명한다. 그래서 작가가 객관적 현실을 묘사할 경우에조차도 그것은 객관적 현실을 재현하기 위해서가 아니라 "문학적 현실의 생산에 이용하기 위해서며" 객관적 현실로부터 "독립하기 위해서다."[10]

이러한 김환태의 문학관은 한마디로 문학과 현실의 이분법이라고 할 수 있다. 그는 휴머니즘론 시기의 백철보다도 훨씬 단호한 어조로 양자의 상호 연관을 부정한다. 말하자면 둘은 전혀 별개의 세계라는 것이다. 객관적 현실을 묘사하는 것조차 그로부터 독립하기 위해서라는 발언에서 그러한 생각이 확연하게 드러난다. 그러면 문학을 현실로부터 철저히 단절시킴으로써 김환태가 얻으려는 것은 무엇일까. 그것은 "근원적인 인간성"이다. '근원적인 인간성'이란 김동리가 말한 '생의 구경적 의의'와 같은 것으로, 시대와 역사를 초월해 영원히 지속되는 인간의 '존재론적 본질'을 가리킨다. 문학은 '근원적인 인간성'을 그려야 하므로 시대나 역사를 뛰어넘어 존재의 본질을 파고들어야 한다는 것이 김환태 문학관의 골자인 셈이다. 문학이 시대와 역사의 제약을 받는 객관적 현실과 단절해야 하는 것은 그런 점에서 당연하다.

김환태의 '사실 회피론'은 이 연장선상에 놓여 있다. 그는 「순수 시비」에서 유진오의 신세대 비판을 정면으로 반박하면서, 기성 작가들에게는 '문학상의 주의'만 있을 뿐 '문학 정신'은 없는 반면 신진 작가들은 '순수한 문학 정신'으로 무장하고 "제 스스로 제 마음 속에 길러낸 문학적 세계"를 창조하고 있다고 평가한다. 여기서 '문학 정신'은 "인간성의 탐구요, 그에 표현의 옷을 입히려는 창조적 노력"을 뜻하거니와 앞에서 정리한 김환태의 문학관이 바로 거기에 해당한다. 그러면서 그는 '문학 정신'을 '사실' 문제와 관련시켜 이렇게 설명한다.

---

10) 김환태, 「문학적 현실과 사실」, 『조선일보』 1939. 1.

씨(유진오-인용자)는 순수란 개념을, 이 논문의 처음에 인용한 바와 같이 비문학적인 야심과 정치와 책모로 해석하고 있는가 하면, 순수하기 위하여 작가는 모름지기 일상생활 즉 사실의 격류 속으로 몰입하라 하였고, 그런가 하면 '포오', '마라르메', '보오드레에르', '바레리이'는 심각한 인간고를 표명한 사람으로, 그들의 문학적 태도는 순수 중의 순수라 한다. 그러면 이상에서 열거한 네 작가가 과연 일상생활 속에 즉 사실의 격류 속에 몰입한 작가들이든가, 그리고 그리함에는 그들의 인간고가 그렇게도 심각하였던가? 우리는 **그들이 결코 사실 속에 몰입했던 작가들이 아니라, 도리어 사실을 피한 작가들이었다는 것을 그리고 그들의 인간고는 사실의 파편에서 온 것이 아니라, 더 깊이 전인간적인 생존에서 온 것**이었다는 것을 알아야 한다.(강조－인용자)[11]

김환태는 포, 말라르메, 보들레르, 발레리와 같은 대작가들의 예술적 성취가 "사실을 피"해 "전인간적인 생존"을 그린 결과라고 해석한다. "사실을 피"할 때 비로소 깊은 '인간고', 즉 '근원적 인간성'을 그릴 수 있다는 말인데, 이 발언이야말로 김환태의 예술지상주의의 핵심을 날카롭게 표현해주는 대목이라 하지 않을 수 없다. 인간성이 사실의 단순한 집적 이상인 것은 분명하다. 하지만 그렇다고 해서 그것이 인간성은 사실과는 별개의 어떤 것이라는 의미는 결코 아니다. 인간은 사실에 적응하면서 그와 동시에 자신에 맞게 사실을 바꿔나가는 주체이고 인간성 또한 사실들의 복잡한 상호연관의 총체이기 때문에 인간성이란 항상 사실이면서 사실 이상이다. 물론 인간의 시원(始原)적 본질, 김동리 식으로 표현하면 '생의 구경적 형식'을 거론할 수도 있으리라. 그러나 막말로 시원을 따지기로 들면 아메바까지 거슬러 올라가야 하지 않겠는가. 우스개 소리 같지만, 이 말 속에는 인간의 시원을 어디에서부터 잡아야 하는가라는 까다로운 문제가 담겨 있다. 문학, 나아가 인문사회과학에서 인간의 시원은 적어도 인간이 스스로를 인간으로

---

11) 김환태, 「순수 시비」, 『문장』(1939. 11), 149쪽.

자각한 이후부터이다. 왜냐하면 자기 의식 없는 인간이란 인문사회과학의 대상이 되는 '유적 존재'로서의 인간이라고는 할 수 없기 때문이다. 김환태가 '순수문학'의 전범으로 언급하곤 하는 김동리나 최명익의 문학에 등장하는 인간들도 자기 의식을 지닌 '유적 존재'로서의 인간 아닌가. 그런데 자기 의식을 가진 이래 인간은 언제나 사회적이고 역사적인 존재였다. 인간성이 사실 이상이면서도 사회적·역사적 사실과 동떨어져 존재할 수 없는 것은 그래서이다.[12] 김환태의 사실 회피론은 이 엄연한 진리를 외면하고 있다. 그의 문학관에 대해서도 같은 비판을 할 수 있다. 그는 문학이 현실의 재현이 아니라 '새로운 현실의 생산'이라고 정의했다. 하지만, 앞의 논법을 빌리면, 이 말은 문학은 현실의 재현이면서 새로운 현실의 생산이라고 수정되어야 마땅하다. 그래야 사실이면서 사실 이상일 수 있기 때문이다.

이처럼 김환태의 사실 회피론은 문학과 현실의 이분법이라는 예술지상주의적 논리를 사실 문제에 그대로 투사시켜 마치 반(反)사실만이 문학의 진정한 길인 것처럼 호도하는 문제점을 보여준다. 방금 살펴보았듯이, 문학과 사실의 관계는 회피하고 싶다고 해서 회피할 수 있는 관계가 아니다. 사회성과 역사성이야말로 김환태가 말하는 '근원적인 인간성'의 정수(精髓)라는 점에서 사실로부터의 회피란 애당초 불가능한 일이다. 그러나 보다 심각한 문제는 사실 회피론의 이데올로기적 효과이다. 김환태는 백철과 달리 사실이란 단어를 문학의 제재로서의 사실 정도의 단순한 의미로 사용했지만, 그럼에도 불구하고 사실 회피론이 당시의 정세 속에서 갖는 의미는 현실 순응 이상도 이하도 아니다. 문학과 현실의 분리가 저항적 의미를 갖는 경우도 없는 것은 아니다. 모더니즘의 미적 저항이 거기에 해당하리라. 하지만 그렇게 되려면 그 분리가 문학의 독자성을 바탕으로 현실을 향해야 한다. 하지만 김환태는 반대 방향으로 나아간다. 사실 회피론이 그러한 지향의 내밀한 표현이거니와 파시즘이 극에 달한 30년대 후반의 민족 현실을

---

12) '순수문학'론 전반에 대한 비판으로는 필자와 이선영이 공동 집필한 「해방 직후의 민족문학론과 근대관」(『민족문학사연구』 제8호, 창작과비평사 1995)을 참조하시오.

'회피'한다는 것은 결국 일제의 지배에 순응한다는 뜻 외에는 아무것도 아니다.

김환태도 사실 회피론의 문제점을 깨달았는지 몇 달 후에 쓴 「주제의 선택과 웅시」에서는 다소 다른 견해를 피력한다. 간략히 요약하면, 문학은 생활 사실을 다루되 "아무 의미도 없는 생활 사실이나 혹은 일시적인 의미밖에는 가지지 못하는 생활 사실"이 아니라 "가장 근원적인 인간성에 뿌리를 박은 생활 사실"을 다루어야 한다는 것이다.13) 얼핏 보면 달라진 듯한 이 발언은 그러나 예의 시대성이나 역사성을 부정하고 있다는 점에서 사실 회피론과 본질적으로 대동소이하다. 역사성과 관련되지 않은 '근원적 인간성'이란 있을 수 없기 때문이다. 게다가 그가 "가장 근원적인 인간성에 뿌리를 박은 생활 사실"을 다룬 예로 드는 김동리의 「동구앞길」을 보면 더욱 그러하다. 「동구앞길」은 처첩 갈등과 첩의 모성애를 그린 전형적인 세태소설이다. 이 작품에서 '근원적 인간성'이 어떤 것인지 필자로서는 도무지 가늠이 잡히지 않는다. 처의 질투인가 첩의 모성애인가. 어느 쪽이든 그것들 또한 시대와 역사를 초월한 '근원적 인간성'이라기보다는 봉건적 가부장주의와 결부된 문제일 따름이다. 그런 점에서 「동구앞길」은 오히려 김환태의 해석과는 반대로 애욕 역시 항상 '역사적인 것'이라는 점을 잘 보여주는 사례라 할 수 있다.

백철의 사실 수리론과 김환태의 사실 회피론은 사실 문제에 대한 인식론적 두 편향을 대표하는 논리인 동시에 군국주의 파시즘이 지배하는 민족 현실로부터 도피하려는 '정치적 무의식'의 두 가지 표현이다. 백철이 파시즘과 타협함으로써 현실 도피를 꾀했다면, 김환태는 파시즘을 외면하는 방식으로 현실에서 도피하고자 한 것이다. 전자가 기회주의라면, 후자는 순응주의라 할 수 있다. 어느것도 민족의 요구와는 동떨어진 논리임은 물론이다. 하지만 30년대 후반에 이 두 논리만 있었던 것은 아니다. 극도의 불안감과 비관주의 속에서도 문학의 본도(本道)를 지키고 새로운 길을 찾으려는

---

13) 김환태, 「주제의 선택과 웅시」, 『문장』(1940. 3), 153쪽.

진지한 모색들이 꿈틀거리고 있었으니 그 가운데 하나가 임화의 '사실 길항론'이다.

3. 임화의 사실 길항론과 '생활의 발견'

임화는 「세태소설론」에서 '그리려는 것과 말하려는 것의 분열'을 지적하면서, 그것이 "우리가 사는 시대의 이상과 현실이 너무나 큰 거리로 떨어져 있는 현실 자체의 분열상"을 반영하는 현상이라고 진단한 바 있다. 이상과 현실의 거리가 도저히 메꿀 수 없을 정도로 단절되었다는 것, 이것이 30년대 후반의 조선 사회에 대한 임화의 기본 시각이었다. 37년까지만 해도 프로문학의 리얼리즘적 가능성을 의심치 않던 임화가 1년만에 당대를 이상과 현실이 분열된 '무력(無力)의 시대'라고 비관하게 된 것은 중일 전쟁의 충격이 얼마나 컸나를 단적으로 보여준다. 그토록 패기만만하던 임화마저 마침내 '사실'의 도도한 위세를 절감하게 된 셈이다. 그리하여 그는 "창작의 무력을 이야기하면서 결과로는 어느 틈에 나 자신의 무력을 피력하고 있었다"고 고백하기에 이르거니와 이 고백은 30년대 후반 문학 비평의 곤혹스러운 처지를 가장 함축적으로 표현한 발언이 아닐 수 없다. 임화가 '사실'을 비평적 탐색의 새로운 화두로 설정한 것은 그 때문이다. 요컨대 '사실' 문제를 해결하지 않는 한 문학 비평이 '창작상의 지도적인 기여'를 하기가 불가능해졌다고 판단한 것이다.

임화는 '사실의 승리와 도약'을 어떻게 이해할 것인가에서부터 논의를 시작한다. 그는 그 까닭이 "금세기의 사실 앞에 19세기의 지성이 무력"해졌기 때문이라고 해석한다. 더 이상 19세기의 지성, 곧 자유주의라든가 합리주의 같은 시민계급의 사상으로는 20세기의 새로운 사실인 파시즘을 파악할 수 없게 된 것이다. 하지만 임화에게 더욱 심각한 문제는 20세기의 지성, 즉 맑스주의마저 '사실'에 패배했다는 점이다. 임화는 휴머니즘 논쟁 때부터 파시즘에 대항한 자유주의와 맑스주의의 연대를 '일시적인 것'으로 한

정하면서 두 이념의 차별성을 강조해 왔다. 그렇게 한 것은 임화가 파시즘에 대한 공동 대응 자체를 반대해서가 아니라 연대가 자칫 맑스주의의 독자성을 모호하게 만들까 경계했기 때문이었다. 그래서 임화에게 19세기적 지성의 패배는 시민계급의 헤게모니가 동요하고 있는 20세기 역사의 당연한 귀결이다. 문제는 20세기의 지성마저 패배했다는 사실이다. 왜 그렇게 되었을까. 임화는 그것이 "지나치게 제 논리의 자율성 속에 칩거"했기 때문이라고 설명한다.[14] 다시 말해 지성의 자율성을 구실로 현실과의 부단한 상호 조회를 포기한 결과 현실로부터 괴리되고 말았다는 것이다. 게다가 맑스주의는 아직 '의지의 수준'도 벗어나지 못한 상태 아니던가.[15] 맑스주의가 의지의 수준에서 지성의 수준으로 난숙하기도 전에 '논리의 자율성 속에 칩거'한 것이 패배의 근본 원인이라는 지적은 '구체적 상황에 대한 구체적 분석'의 과학인 맑스주의가 아직도 현실과 괴리된 관념론을 탈피하지 못했음을 인정했다는 점에서 참으로 통렬한 자기 반성이 아닐 수 없다.

이에 임화는 "새 사실의 구조를 그 사실에 즉해서 알아내는", 다시 말해 외부적인 이론으로 현실을 재단할 것이 아니라 현실의 내부로부터 현실의 구조를 이해해가는, 이른바 '구체적 상황에 대한 구체적 분석'으로 되돌아갈 것을 제안한다. 왜냐하면 "일체의 지적인 것의 원천이 사실에 있는 것 또 문화의 퇴화는 새로운 사실의 논리의 발견으로 수정되고 회복"되기 때문이다. '사실'의 공세에 갈피를 못잡고 우왕좌왕하던 당시의 상황 속에서 임화는 '일체의 지적인 것의 원천이 사실에 있다'고 선언함으로써 외면이나 우회가 아닌, 정면돌파 쪽으로 방향을 잡은 셈이다. 먼저 임화는 "기정 사실의 인정"을 주장한다. 즉 현실의 내부로부터 현실의 구조를 이해하기 위해서는 '기정 사실'을 인정하는 데서부터 출발해야 한다는 것이다. 이 말을 '사실 수리론'과 동궤(同軌)로 해석해서는 곤란하다. 실제로 백철이 그런 식으로 해석하면서 사실 수리론을 정당화하는 데 이용하기도 했지만, 임화의

14) 임화, 「사실의 재인식」, 『문학의 논리』(학예사, 1940), 129쪽.
15) 임화, 「현대문학의 정신적 기축」, 같은 책, 111쪽.

본의(本意)와는 거리가 멀어도 한참 멀다. 임화 또한 그 점을 예상했는지, '기정 사실의 인정'이 이탈리아의 이디오피아 점령에 대해 영국이 그것을 인정하고 주권을 포기하는 것과 같은 의미로 이해해서는 안된다고 분명히 못을 박는다. 그것은 사실에 대한 '굴복'일 뿐이라는 것이다. '기정 사실의 인정'의 참뜻은 "그 사태를 기초로 하여 자기 발전의 확고한 현실적 노선을 발견"하자는 데 있다. 논리의 자율성에 칩거해 현실과 괴리되고 만 맑스주의의 관념성을 자기 반성하면서 사실을 사실대로 인정하는 것이 정신적 혼돈과 이념적 방황을 헤치고 진리의 빛을 향해 문학이 새롭게 나아갈 수 있는 첫 걸음이라는 것이다. 그렇다면 다음의 행보는 무엇일까. 그것은 사실과의 '길항(拮抗)'이다.

> 문화의 정신을 사실의 승인과 바꾸자는 것이 아니라, 우리의 정신 활동의 방향을 일체로 사실 가운데로 돌려 그 사실의 탐색 가운데서 진정한 문화의 정신을 발견하자는 것을 의미한다.
>
> 그러기 위하여는 우리가 **실천적으로나 문학적으로나 사실과의 길항 가운데로 들어가지 아니할 수 없다.**
>
> 우리의 육체적 또는 정신적 강미(强味)가 얼마나 되느냐는 것을 시험하는 것도 이 속이며, 또한 새로운 사실의 논리 새로운 사실 가운데 있는 새로운 문화 정신의 발견으로 낡은 우리의 문화를 수정하고 신선하게 고쳐가는 길도 또한 이 길 뿐이기 때문이다.
>
> 그것은 새로운 사실 앞에 우리의 온갖 것을 시련의 행위로서 성질을 밝혀두는 것이다. 시련의 정신! 이것이 비로소 우리의 지성에겐 결여된 정열을 부여하고, 육체의 내성에겐 부족한 이지의 힘을 또한 회복시켜 주는 것일까 한다.[16](강조－인용자)

길항의 사전적 의미는 "서로 버티고 대항함"이다. 사실을 사실로 인정하되 사실에 굴복하는 것이 아니라 사실과 버티며 싸우는 것, 그리하여 그 "사실을 자유롭게 요리하고 요리된 사실을 제 의도에 따라 재구성하는" 새

---

16) 임화, 「사실의 재인식」, 같은 책, 131쪽.

로운 문학을 건설하는 것, 이것이 임화가 말하고 싶었던 요지이다. 그런 점에서 사실과 타협하자는 백철의 사실 수리론이나 사실을 외면하자는 김환태의 사실 회피론은 공히 문학의 본질에서 벗어난 사도(邪道)에 불과하다. 물론 중일 전쟁 이후 승승장구하는 일제의 파시즘적 억압 속에서 사실과 맞서 싸운다는 것은 고통스럽기 짝이 없는 일일 수밖에 없다. 그러나 그러한 고통을 견디는 '시련의 정신'이야말로 문학의 힘을 회복시켜 주는 원동력이며, 따라서 시련을 겁내는 한 환멸과 좌절의 정서를 결코 벗어날 수 없다는 것이 임화의 판단이었다. 이 시기에 임화가 곳곳에서 '시련의 정신'을 강조하고 있음에 주목할 필요가 있다. 임화가 보기에, 시련의 정신은 문학의 마지막 보루이다. 왜냐하면 시련의 정신에서 '버티며 대항하는' 길항력이 나오고, 그럴 때 사실의 본질적 연관에 대한 통찰도 가능해지기 때문이다. 시련과 길항의 정신이 결여된 사실의 인정이란 사실, 곧 파시즘의 수리로 귀결되기 마련이다. 반대로 시련과 길항을 마다하지 않을 때 비로소 사실의 인정이, 백철의 수사를 빌리면, '사실 이상의 진리'로 지양될 수 있는 법이다. 주객 변증법의 함의가 바로 그것 아니던가.

이처럼 임화의 사실 길항론은 사실과 정면 대결함으로써 30년대 후반 한국문학의 무기력 상태를 돌파하려 한 이론적 모색이었다. 구체적인 대안이 없지 않냐고 반박할 수도 있다. 일리 있는 비판이다. 하지만 문학 비평이 반드시 구체적 대안을 제시해야 하는 것은 아니다. 문학 비평에서 중요한 것은 대안의 유무가 아니라 성찰의 깊이이기 때문이다. 더구나 당시와 같은 전환기에는 섣부른 대안의 제시가 오히려 시행착오의 악순환을 초래하기 십상이다. 30년대 후반은 정신적 입지점이 무너진 시대였다는 점에서 어디에 문학의 정신적 입지점을 세울 것인가가 훨씬 화급한 문제였다. 임화는 바로 사실 길항론을 통해 바로 그 정신적 입지점을 분명히 밝히려 했던 것이다.

그렇다고 해서 임화가 아무런 대안도 제시하지 않은 것은 아니다. 그가 새로이 발견한 대안은 '생활'이다. 이전까지 생활은 비본질적인 일상성의 세계에 불과했다. 그래서 “생활의 잡다한 탁류 속에서 본질로서의 현실을 묘출”하는 것이 문학의, 특히 리얼리즘의 목표였다. 하지만 이제 생활은 더 이상 비본질적인 일상도, 하찮은 세태도 아니라고 임화는 생각한다. “현실 대신에 맞이한 부득이한 세계로서의 생활이 아니라 역시 소중히 할 것으로서의 생활, 혹은 그것을 긍정하고 그 속에서 무슨 새 의의를 찾아보려는 세계로서의 생활이 문학 위에 등장하게” 되었다는 것이다.[17] 생활에 대한 이러한 접근은 사실 길항론의 구체화라고 할 수 있거니와 임화는 사실과 맞서 새로운 삶의 방향을 찾을 유력한 거점으로 생활을 상정한 것이다. 그런 점에서 생활은 현실과 반대편에 놓인 속악한 세계가 아니라 “**새로이 발견된 현실로서의 생활**(강조—인용자)”일 터이다. 임화가 생활을 ‘새로이 발견된 현실’이라고 재평가한 것은 전(前)시기의 문학이 거창한 현실만을 추구한 나머지 “그것이 형태를 빌어 표현되는 생활을 무시했”다는 반성에 근거하고 있다. 현실이 임화의 말마따나 “현상으로서의 생활과 본질로서의 역사”의 통일체라고 할 때, 생활을 결여한 현실이란 ‘본질로서의 역사’만 앙상하게 남은 추상적 보편성일 뿐이다. 임화의 반성은 바로 이 점을 날카롭게 지적하고 있는 셈이다.

생활에 대한 임화의 새로운 인식은 가령 한설야의 「이녕」에 대한 고평(高評)에서도 잘 나타난다.[18] 임화는 “「이녕」의 주인공의 운명이 개변되지 않는 한, 어떠한 새로운 문학도 근본적으로 새로워질 수는 없다”면서, 「이녕」의 세계가 “현대문학의 재출발 기점”이라고 단정한다.[19] 그것은 작가가 “생활의 명석한 관찰자로서 혹은 일상성의 현명한 이해자로서 일찍이 마차말처럼 앞으로만 내닫던 정신을 달래어 하나의 지혜로운 의지”로 승화시켰기 때문이다.[20] 여기서 ‘지혜로운 의지’가 의지의 지성화를 가리킨다면, 임

17) 임화, 「생활의 발견」, 같은 책, 338쪽.

18) 가령 임화는 「현대소설의 귀추」에서 “나는 작가의 근엄하고 성실한 사색에 거듭 경의를 금할 수 없었다”고 찬탄하기까지 한다.

19) 임화, 「중견 작가 13인론」, 같은 책, 327쪽.

20) 임화, 「현대소설의 귀추」, 같은 책, 440쪽.

화는 「이녕」에서 맑스주의의 한계, 즉 「현대문학의 정신적 기축」에서 비판했듯이, 의지의 수준에서 지성의 수준으로까지 난숙되지 못한 한계를 넘어설 결정적 단초를 발견한 것이다. 왜냐하면 「이녕」의 세계는 프로문학에 부족했던 생활의 세계, 일상성의 세계, 사실들의 세계이기 때문이다. 그렇다고 한설야가 생활과 사실의 위력에 굴복한 것은 아니다. 오히려 한설야는 생활과 사실의 존재 구속성은 인정하면서도 그것에 맞서 싸우려 노력한다. 그럼으로써 생활을 통해서 생활을 넘어서려는, 사실을 통해서 사실을 넘어서려는 결연한 의지를 표명한다. 결말부의 "밤만 얼른 밝으면 돝을 사다가 기다려 쪽제비를 잡고 말리라"[21]는 다짐이 그것이다. 그런 점에서 「이녕」은 사실 길항론의 소설적 표현이라고 해도 과언이 아니다. 카프 결성 이래 줄곧 반목했던 두 사람이 파시즘이 발호하는 시련의 시대에 사실 길항론과 '생활의 발견'을 매개로 마침내 예술적 화해를 이룬 것이다.

비단 한설야의 경우만이 아니다. 임화는 '새로이 발견된 현실로서의 생활'을 지표로 이태준의 「농군」을 극찬하고 박태원의 『천변풍경』을 재평가한다. 「농군」의 탁월성은 '생활의 절박한 진실성' 때문이며, 『천변풍경』의 숨은 가치는 '스러져가는 생활의 아름다움'에 있다.[22] 요컨대 임화는 이 두 작품에서도 생활 속에서 벌어지는 사실과의 길항에 주목하고 있는 것이다. 임화가 '사실'과 맞서 싸울 장소로 생활 세계를 택했다는 것은 여러모로 음미할 만하다. 이는 분명 '현실을 버린 뒤'의 어쩔 수 없는 선택이기도 했지만, 프로문학이 결여했던 부분에 대한 자기 반성이라는 긍정적 측면도 있다. 뿐만 아니라 거기에는 새로운 출발점의 모색이라는 좀더 적극적인 의미도 있었으니, 임화가 한설야·이태준·박태원에게서 찾으려 한 것이 바로 그 적극적 의미였다. 생활을 버리고 현실로 나갔던 작가들이 현실에서 패배했을 때 다시금 스스로를 성찰하면서 새로이 의지를 다질 수 있는 유

---

21) 한설야, 「이녕」, 『문장』(1939. 5), 31쪽.
22) 임화, 같은 글, 419쪽-437쪽. 『천변풍경』을 같은 각도에서 자세히 해석한 글로는 필자의 「'천변'의 유토피아와 근대 비판」(『한국 근대문학 연구』, 태학사 1997)을 참조하시오.

력한 공간이 생활 세계라고 임화는 생각했던 것이다. 왜냐하면 생활 세계란 현실의 한 부분이면서도 현실에 완전히 포섭되지 않는, 말하자면 "하나의 독립된 세계에도 비길 수 있는 생명 있는 유기체"이기 때문이다. 물론 생활 세계도 현실의 자장에서 자유로울 수는 없는 법이다. 특히 일제는 중일 전쟁을 거치면서 생활 세계까지도 총동원 체제에 완벽히 편입시키기 위한 각종 조치들을 제도화했다. 그런 판국에 생활 세계라고 예외가 될 수는 없기 마련이다. 하지만 그럼에도 불구하고 생활 세계는 견고한 체제 속의 '틈'이라 할 수 있다. 왜냐하면 생활 세계에서 전통이나 관습 혹은 풍속의 힘이란 그것들이 일종의 집단 무의식으로까지 구조화되어 있다는 점에서 의외로 완강하기 때문이다. 뿐만 아니라 생활 세계는, 하버마스의 분석처럼, 의사소통적 합리성이 구현될 수 있는 가능성의 땅이기도 하다. 임화는 바로 그 점에 주목했던 것 아닐까. 요컨대 30년대 후반의 암울한 파시즘적 현실 속에서 생활 세계는 사실과 길항할 수 있는 마지막 거점이었던 것이다.

임화에게 '생활'이라는 공간은 막다른 골목까지 내몰린 곤경에서 택한 궁여지책(窮餘之策)이었던 것이 사실이다. 하지만 그 어쩔 수 없는 선택 속에서 긍정적이고 적극적인 의미를 찾아내 새로운 실천의 디딤돌을 놓은 데 임화의 사실 길항론이 갖는 진정한 의의가 있다. 이를 두고 계급성으로부터의 퇴각이니 결국 '기정 사실의 인정'에 불과하니 하며 비난하는 것은 당대의 역사적 맥락에 대한 깊은 천착이 부족한 경솔한 평가라 하지 않을 수 없다.

30년대 후반의 한국문학을 자세히 살펴 보면, '사실'에 대한 입장에 따라 작가들의 성향이 나누어짐을 발견할 수 있다. 사실을 '수리'한 작가들은 친일로 나아가고, 사실을 '회피'한 작가들은 예술지상주의로 빠지며, 반면에 사실과 '길항'하려 노력한 작가들은 생활에 대한 성찰을 통해 주체 재건의 가능성을 암중모색한다. 첫 번째와 두 번째가 파시즘과 타협하거나 순응한 문학이라는 점에서 30년대 후반 한국문학의 가치는 이 세 번째 부류에 집중되어 있다. 물론 그들의 '저항'이 양적으로나 질적으로나 미약하기 그지

없다는 점은 부인하기 어렵다. 그러나 역사에는 미세한 차이가 엄청나게 중요한 의미를 갖는 시대가 있는 법이다. 30년대 후반이 실로 그런 시대이며, 임화의 사실 길항론은 그들의 정신적 지향을 대변한 선언문 같은 것이었다.

4. 소결 : 1930년대 후반 문학의 성격과 사실 길항의 정신

글의 서두에서 필자는 30년대 후반을 환멸의 시대로 몰아부치는 것이 단순 논리라고 비판하면서, '미세하지만 중요한' 차이에 유의해야 한다고 강조한 바 있다. '사실' 논쟁에서 우리는 그 점을 분명하게 확인할 수 있었다. 하지만 이러한 '미세하지만 중요한' 차이가 문학 비평에만 국한된 현상은 아니다. 창작 방면에서도 시련의 정신을 바탕으로 사실과의 길항을 감행한 사례들이 적지 않다. 기성 작가로는 가령 한설야나 이태준을 들 수 있다. 한설야의 「이녕」이 생활 속에서의 자기 성찰을 통해 사실과의 길항 의지를 다지고 있는 작품임은 이미 앞에서 지적했거니와 이를 통해 한설야는 이전의 결함, 곧 주관적 의지의 과잉(過剩)에 따른 관념성을 극복하고 '사실을 사실대로 인정하면서 사실과 맞서 싸우는' 예술적 성취를 거둔다. 단순히 사실에 굴복하지 않겠다는 의지 표명의 수준을 넘어서 자신의 이전 문학보다 한 층 나아간 성취를 이루어냈다는 점이야말로 사실 길항론이 갖는 만만치 않은 미학적 힘을 입증해주는 증거라 할 수 있다. 「탁류」 삼부작이나 『청춘기』 같은 한설야 문학의 진수들이 30년대 후반에 나올 수 있었던 것도 실로 사실 길항의 정신이 낳은 결과라 해도 과언이 아니다.

「이녕」에 비견될 수 있는 이태준의 작품으로는 「토끼 이야기」(1941)가 있다. 한설야가 닭을 키우듯 이태준은 토끼를 기른다. 그 동기 또한 동일하다. 한마디로 생활을 갖기 위해서이다. 임화가 사실 수리론의 구체적 대안으로 '생활의 발견'을 내세운 것처럼 이태준도 '명랑하라, 건실하라'고 되풀이해 떠드는 '사실의 세기'에 맞서기 위한 거점으로 생활을 선택한다. 이 소설의 초점은 토끼 치기 자체가 아니라 토끼 치기에 실패한 후이다. 주인공인 현이 토끼 이야기를 소설로 써보려는 궁리나 하고 있는 반면에 아내는 몇 푼이나마 건지기 위해 손에 온통 피칠갑을 해가며 토끼 가죽을 벗긴다. 그 모습을 보면서 현은 자신이 동경했던 생활이 실상은 얼마나 관념적인 것이었나를 충격적으로 깨닫는다. 피칠갑을 마다하지 않으면서 토끼 가죽을 벗기는 아내의 '생활'이야말로 진정한 생활임을 자각하게 되는 것이다. 요컨대 「이녕」의 주인공이 족제비 사건을 계기로 속물로만 여겼던 아내에게서 새로운 가치를 발견한 것과 마찬가지로 현 또한 토끼 치기를 경험하면서 비로소 아내의 참모습을 이해하기에 이른다.[23] 아내의 새로운 가치와 참모습이란 무엇인가. 그것은 '사실을 사실대로 인정하면서 사실과 맞서 싸우는' 사실 길항의 정신일 터이다. 생활이야말로 사실이 갈피를 잡을 수 없을 정도로 범람하는 공간이라는 것, 따라서 진정한 생활을 얻기 위해서는 무엇보다 사실과의 길항을 견뎌야 한다는 것, 이것이 「토끼 이야기」가 전하는 메시지라 할 수 있다. 그런 점에서 「토끼 이야기」 역시 사실 길항론에 미학적으로 깊이 연루되어 있으니, 이 소설이 자아내는 시대와의 묘한 긴장도 이로부터 연원한다. 이태준이 「농군」을 쓴 것이 결코 우연이 아니었음을 새삼 확인하게 되는 대목이다.[24]

신진 작가들에게서도 생활 속에서 사실과의 길항을 모색하려는 노력을 찾아볼 수 있다. 흔히 김동리와 함께 '신세대'의 기수로 꼽히곤 하는 최명익의 「비오는 길」(1936)도 단순히 한 무기력한 지식인의 우울한 내면을 묘사한 '심리주의' 소설은 아니다. 이 소설의 한 켠에는 소시민적 속물성에

23) 30년대 후반 이태준 문학의 전반적 성격에 대해서는 필자의 「계몽의 내면화와 자기 확인의 서사」(『근대문학과 구인회』, 깊은샘, 1996)를 참조하시오.

24) 약간 다른 맥락에서지만, 임화 또한 「농군」이 이전 작품들과 갖고 있는 연속성을 인정한다. "「농군」은 태준이 처녀작을 쓸 때부터 가지고 나왔던 어느 세계가 이 작품에 와서 하나의 절정에 도달하였다는 감을 주는 아름다운 작품이다."(「현대소설의 귀추」, 같은 책, 428쪽)

대한 비판 의식과 "내 생활을 위하여 몰두하는 시간을 가져보"려는 진정한 생활에의 동경이 강렬하게 자리잡고 있다. 주인공인 병일이 소시민적 속물성으로부터 벗어나 '내 생활'을 가져보려는 욕망을 표출하는 방식은 '독서'이다. 그러나 '독서' 행위란 그것이 곧 생활은 아니라는 점에서 무기력한 대응 방식에 불과하다. 병일이 이칠성의 속물적이지만 끈질긴 생활력에 자신도 모르게 끌리는 것은 그래서이다. 정리하자면, 이칠성에게는 생활이 있지만 그 생활은 속물적이인 것이어서 진정한 생활이라고는 할 수 없다. 반면에 병일에게는 속물성을 넘어선 진정한 생활에 대한 동경은 있지만, 그 실천 방식인 독서가 지극히 비(非)생활적인 것이라는 점에서 정작 생활이 없다. 이칠성에 대해 병일이 경멸과 선망의 양가적(兩價的) 시선을 보내는 것은 이 때문이거니와 「비오는 길」이 사실 수리 — 이칠성의 속물적 삶 — 과 사실 회피 — 병일의 독서 행위 — 을 동시에 넘어서 서사적 긴장을 확보할 수 있었던 것도 어느편에 치우침 없이 양쪽을 냉철하게 비판적으로 성찰하고 있는 작가의 균형 감각 덕분이다. 우리는 이 균형 감각을 한설야나 이태준과는 다른 방식의 사실 길항이라 불러도 좋으리라.

하지만 신진 작가들 중에서 우리의 시선을 더욱 끄는 이는 김정한이다. 지금까지 '신세대' 하면 주로 김동리, 최명익, 허준, 유항림 등을 거론해 왔지만, 이들은 신진 작가들 중의 어느 한 경향만을 대표할 따름이다.(이들 또한 서로서로 매우 이질적이어서 하나로 묶기 어렵다) 그런 점에서 30년대 후반 문학에서 김정한은 문제적이다.[25] 김정한은 「사하촌」을 통해 이기영적 전통의 계승 가능성을 보여주지만, 그렇다고 해서 프로문학의 아류는 아니다. 오히려 「항진기」 같은 작품을 보면, 생활에 뿌리박지 못한 관념적 사회주의에 대해 날카로운 비판을 행한다. 농촌 사회의 계급 모순에 천착하되 농민의 실제 생활에 좀더 밀착하려 한 데 김정한 문학의 독자성이 있는 셈이다. 중일 전쟁 이후 김정한 역시 계급 대립의 직접적 현장에서 벗어

25) 임화 역시 김정한에 주목해 "김정한 씨가 가지고 있는 어떤 요소에 대하여 호기적(好奇的)인 기대를 가"지고 있음을 밝힌 바 있다. 임화, 「소화 13년 창작계 개관」, 같은 책, 321쪽.

나 생활 속으로 들어간다. 「낙일홍」(1940)이 그런 경우이다. 재모는 S분교의 교사이다. 그는 '교실도 없고 학생도 없던' 이 산골 학교에 부임한 이래 학생도 모집하고 교실도 지으면서 참으로 열심히 일해왔다. 그는 "몇 번인가 교원 노릇을 집어치우고 고향에 돌아가서 남의 땅이라도 파고 싶었"지만, "자기가 온 것을 누구보다도 기뻐하고 또 자기를 어디까지라도 믿어주는 아이들의 순직한 기대를" 저버릴 수 없어 고구마밥으로 끼니를 때우면서도 오직 학교 발전을 위해 혼신의 힘을 바쳐온 것이다. 그러나 학교가 번듯하게 성장하자 상황은 일변한다. 모두가 재모가 교장이 될 줄로 짐작했는데, 엉뚱하게 요다 사부로란 사람이 신임 교장으로 부임해오고 재모는 '갈고지 간이 학교'로 좌천되고 만다. 이에 재모는 학교를 그만둘 것이냐 아니면 갈고지 간이 학교로 갈 것이냐는 갈림길에 놓인다. 그는 그 가운데 후자를 택한다. 후자를 택했다는 것은 일단 사실을 인정했음을 뜻한다. 하지만 그의 사실 인정이 사실의 수리는 결코 아니다. "좌천이든 뭐든 좋다! 어서 갈고지나 가서 갯놈 애들허구 고기나 잡고 지내자!"는 다짐에서 그 점이 잘 드러난다. 어차피 재모의 교직 생활이 명예나 돈을 탐해서가 아니라 '아이들의 순직한 기대'를 저버릴 수 없어서였던 만큼 장소가 어디냐는 상관없지 않은가. 잠시 동안 교장이라는 명예에 흔들렸던 것이 사실이지만, 이제 그는 또 다시 사실과의 새로운 길항 속에 들어가기로 결심한 것이다. "낙일(落日)이 일찍 보지 못했을 만큼 붉고 아름답게 빛"났다고 느끼는 느긋한 마음가짐 또한 이러한 사실 길항의 의지로부터 온 것임은 물론이다.

이처럼 30년대 후반의 한국문학은 생활에 대한 깊은 성찰을 통해 사실 길항의 의지를 차분하게 다지는 작품들을 다수 보여준다. 현실과의 정면 대결이 어려울 때, 생활로 돌아와 호흡도 고르고 몸과 마음을 새로이 추스리는 것은 문학이 선택할 수 있는 유효한 전략 중의 하나이다. 다만 이 때 전제되어야 할 것은 생활로의 회귀가 사실과의 타협이나 순응이어서는 곤란하다는 점이다. 요컨대 사실 길항의 정신에 안받침될 때에만 생활로의 회귀가 진리의 실천으로 나아가기 위한 디딤돌이 될 수 있는 것이다. 한설야, 이태준, 최명익, 김정한의 문학은 바로 그러한 사실 길항의 정신이 낳은 예술적 성취였다고 할 수 있다. 그런 점에서 이들의 문학은 환멸감이라든가 허무주의와는 관계가 없다. 오히려 그들에게서 우리는 진정한 삶에 대한 강렬한 동경과 속악한 현실에 굴복하지 않겠다는 질긴 의지를 발견한다. 그렇다면 30년대 후반의 한국문학은 이들을 중심으로 기술되어야 옳지 않을까. 적어도 이들을 빼놓고는 30년대 후반 한국문학의 성격을 논할 수 없는 것 아닐까. 더구나 해방 이후와의 관련을 염두에 두면 이들의 문학이 갖는 중요성은 더욱 커진다. 30년대 후반이 환멸의 정서에 깊이 침윤되어 있었음은 틀림없는 사실이다. 그러나 서두에서 강조했다시피 문학사 서술이 결국 위계화라면, 이들의 의미와 가치에 대한 적절한 배려 없는 문학사 연구란 일종의 학문적 '사실 수리론'으로 귀결되기 십상이다. 반대로 이들에 초점을 맞춰 30년대 후반을 관찰하면, 당시가 카프 해체를 전후해 본격화된 자기 성찰의 연장임을 알 수 있다. 자기 성찰이 지나쳐 환멸에 빠지기도 하고 허무주의로 치닫기도 했지만, 그 중심에는 사실 길항의 정신이 의연히 자리잡고 있었던 것이다. 임화의 사실 길항론을 바탕으로 30년대 후반의 문학을 재조명해야 하는 까닭은 실로 거기에 있다. 세미

■ 일반 논문

건전한 사고로 감내한 비극적 삶과 여성의식
— 박순녀의 60년대 작품

이 명 희*

1. 머리말

작가 연구란 작가가 당대를 어떻게 인식하여 그것을 어떤 방식으로 들여다 보고 있는가를 가늠하는 일로써 한 시대의 정체성을 일별할 수 있는 작업이 된다. 이런 의미에서 박순녀는 중요한 위치에 서 있다. 왜냐하면 한국전쟁 이후 대부분 1950·60년대 여성 작가들은 전쟁으로 인한 물리적 또는 정신적 상흔을 주체할 길이 없어 그것을 직시하고 극복하기보다는 운명적 체념으로 돌려 정신적 안위감을 얻거나 여성에게 있어서 기존의 가치 체계는 여전히 억압적이고 불공평하다는 현실을 받아들이는데 지친 나머지 낭만적이고 자포자기적 사랑에서 그 심리적 공허감을 달래는 경우가 허다 하였기 때문이다.[1)] 그러다 보니 작품 속에는 상처받고 소외된 비극적 인물들이 대거 등장하며 갈등과 고뇌는 있되 행동이 결여된 인물들이 대부분이다. 이는 서정성이라는 여성적 글쓰기와 맞물리면서 현실과는 거리가 먼 감상의 세계로 치닫는 결과를 낳음으로써 비극적 현실을 운명으로 돌리거나 낭

---

* 숙명여대 강사. 저서로는 『상허 이태준 문학세계』와 『월북 작가의 대한 재인식』(공저)이 있음.

1) 한국문학연구회, 『페미니즘과 소설비평』(한길사, 1997) 참고할 것.

만과 사랑이라는 열병에 휩싸이는 결과를 가져왔다. 이는 이상과의 괴리를 좁히지 못한 상처받고 지친 인물상을 통하여 그 시대의 허점을 역으로 드러낸 것으로도 볼 수 있지만, 자칫 현실에 대한 포기 내지는 도피라는 인상을 지울 수 없는 것 또한 사실이다.

이렇듯 1960년대 여성 작가들이 심리적 공허 상태와 체념과 도피라는 정신적 상흔을 역으로 보여주는 문학적 분위기 속에서 박순녀는 현실과 정면 대결하는 수법으로 당대를 읽어 내고 있다. 그는 이 민족의 아픔과 고통을 직시하고 그 상처를 통하여 진정한 인간애의 길을 제시하고자 한다. 박순녀는 1960년대 벽두부터 조선일보 신춘문예에 「케이스 워카」가 소설부 가작으로 입선되어 문단에 데뷔하며 왕성한 작품 활동을 하는데, 결국 우리는 그를 통하여 1960년대의 초상을 제대로 읽어낼 수 있는 것이다. 그럼에도 그에 대한 평가는 문학 전집이나 소설집 발간에 맞춰 해설하는[2] 수준이어서 그의 문학의 총체적 접근이 이루어지는 데 미흡하였다. 이러한 한계를 다소 극복하고자 하는 의도에서 이 글은 출발한다.

실상 1960년대는 전쟁의 물리적 상처는 어느 정도 아물면서도 정신적 상흔은 여전히 남아 있었던 시기이다. 오히려 오늘날에 이르는 그 세월이란 전쟁과 민족 분열로 입은 물리적 또는 정신적 피폐와 상처를 치유해 온 과정이라 해도 크게 틀리지 않는다. 또한 1960년대는 경제력을 갖추기 위한 산업화로 나아가는 길목이기도 하였다. 이런 문제들, 다시 말하면 전쟁과 분단으로 인한 이 민족의 고통과 상처 그리고 산업화 과정에서 불거져 나오는 모순된 사회 구조의 양상들을 주시하면서 그 속에서 소외되고 아파하는 여성들의 삶을 껴안고 지난한 세월을 함께 하기를 작가는 원한다. 또한 군국주의든 이데올로기든 그리고 전쟁이든 혼란스러운 시대적 상황이든 그것들이 인간애라는 근원적인 삶에 장애가 되었을 때, 그 불합리를 폭로하며 곧은 인간애의 길을 제시하기도 한다. 박순녀에게 있어서 이것이야말로

---

2) 김병익, 『로렐라이의 기억』 「분노, 혹은 자유와 사랑」(삼중당, 1977)
장백일, 『한국문학전집』 「理智로 그린 인간학」(삼성출판사, 1993)

1960년대 여성 작가들이 대부분 함몰되었던 병적인 사랑과 그로 야기된 통속성에서 벗어날 수 있었던 유일한 근거가 된다. 어찌보면 박순녀는 건전한 사고로 당대의 문제들을 들여다 보고 맑은 정신으로 그들을 감당하면서 인간적인 삶의 진정성에 이를 수 있는 지향점을 끌어내고자 하였던 것으로 보인다.

이러한 결론에 이르기 위해 이 글은 후기 작품의 기반이 되는 60년대 작품을 중심으로 작가의 작품 세계를 면밀히 들여다 보면서 험난했던 시대에 자신을 굳건히 지키고 인내했던 한 작가의 엄중한 정신을 밝힐 것이다. 또한 세상의 모순을 냉철한 눈으로 바라보며 분노하지만 우리가 결국 지향해야 하는 구극점이란 인간애에 있음을 제시하는 작가와 만나는 장이 될 것이다.

2. 군국주의에 맞선 순수한 영혼과 인간애

일제 시대 한 복판인 1928년에 출생한 작가는 대부분의 성장기를 일제 식민지 시대 안에서 보내야 했다. 해방 공간 동안에 그는 서울 사범대 영문과에서 학업을 마무리하였다고는 하나, 유년기 내내와 학생 신분이었던 청년기는 암울한 시기에 걸쳐 있었다. 작가가 소설을 쓰기 시작한 60년대는 서울 중앙 방송국과 서울 동명여자고등학교 교사를 지낸 후 장년기에 들어선 시기이다. 그러나 유년기와 청년기의 체험은 작가에게 있어서 창작의 보고라 해도 과언이 아니다. 학창 시절에 식민지 시대를 살아야 했던 작가에게 있어서 이 민족의 굴곡과 고통은 분명 마음 한 곳에 깊은 골로 남아 있었을 것이다. 그러나 온통 그녀의 유년기와 학창 시절을 보낸 그 시대는 핍박의 시대이기도 하지만 여전히 학창 시절에 지닐 수 있는 꿈과 사랑이 상존하는 시기이기도 하다. 어쩌면 그 시기의 온전했던 꿈과 순수한 영혼은 암울한 시대보다도 더 가슴에 남는 얼룩이었을 것이다. 아니 오히려 시대적으로 암흑기였기 때문에 꿈과 사랑은 그 속에서 더 빛나고 찬란했을 지도 모른다.

그래서 작가는 소녀 시절과 학창 시절에 지녔던 순수한 꿈과 영혼이 일본 군국주의에 의해 얼마나 훼손당하고 상처받는가를 보여주고 있거나 군국주의에 의해 정신적으로 황폐되는 인물들을 통하여 일제의 가혹상과 모순을 파헤치고 있다. 아울러 그런 상황 속에서도 진정한 사랑의 의미는 무엇인가를 고심하며 인간애의 길을 모색한다.

「아이 러브 유」는 일제 말기 태평양 전쟁이 막바지에 이른 험악한 전시 상황 속에서 그 시대의 가해자와 피해자는 진정 누구인가를 묻고 있는 작품이다. 학원의 네로라는 별명이 말해주듯이 일본인 교장은 황국민화나 내선일체를 공공연히 강요한다. 그는 여학생들에게 되지도 않는 규율을 만듦으로써 황국 처녀로서의 태도를 강요할 뿐만 아니라 학도병 장행회(壯行會)라 하는 것을 만들어 조선 청년들이 전쟁터에 나가는 것을 장려한다. 이에 힘입어 여학생들까지도 적십자 간호원으로 자원하고자 하는 분위기를 조성해 나간다. 이런 분위기에 편승해 어떤 영웅 심리에 젖어 지원하고자 했던 명화와 봉숙이로 대변되는 조선 여학생들은 인간애에 기초한 일본인 선생의 인도로 "조선이라는 식민지의 한 소녀로 태어난 나의 환경이 운명적으로 너무나도 불순하다는 것을 비로소 느끼게"[3] 되면서 조선의 운명과 억압에 대해 눈뜨기 시작한다.

명화와 봉숙은 적십자 간호원 지원을 거부하고 그 결과 퇴학당한다. 일본인 교장이 학생들에게 가하는 폭언과 강요는 일제가 가하고 있는 이 민족의 억압을 단적으로 표상하고 있다. 그러나 작가는 이런 억압 구조 속에서 다시 이중적인 모순 구조가 있음을 드러내고 있다. 그것은 다름 아닌 일본인 교장의 선동과 책략을 지원하는 민 선생이라는 조선인 선생과 학도병과 간호원 지원이란 가치없는 희생임을 자각시키는 야마끼라는 일본인 선생의 대치가 그것이다. 작가는 이를 통해 일본인은 무조건 가해자 그리고 조선인은 모두 피해자라는 이분법적 분립을 부정하고 있다. 실상 우리는

3) 박순녀, 『어떤 파리』(정음사, 1972), p.84.

일본인의 앞잡이 노릇을 하면서 같은 동족인 조선인을 괴롭힌 많은 인물들과 자산과 땅을 지키기 위해서 일본과 손을 잡고 자신만의 안일을 도모한 많은 자본주들을 목도할 수 있었다. 어쩌면 양립적인 선악 대립은 무의미한지도 모른다.

민선생은 출세욕에 불타는 영악한 조선인으로서 일본인 교장에게 있어서 조종하기에 따라서는 대단히 쓸모가 있는 존재이다. 민선생은 일본인 교장 밑에서 학생들을 황국민화 하는데 일조한다. 그러나 이와는 반대로 야마끼는 손익 계산이 빠르지 않고 시속에 휩쓸리지 않는 우둔함으로 인해 학생들에게 놀림의 대상이 되나, 조선인 학생들의 순수한 영혼을 참다운 생활인으로서 변호해 줌으로써, 사제지간의 인간애를 돈독히 한다.

지원 거부로 퇴학을 당한 명화와 봉숙은 해방 후 일본으로 향하는 배를 타고자 하는 야마끼의 뒷모습에서 그도 역시 제국주의의 희생자임을 확인한다. 잔인하게 놀렸던 그 역시 제국주의라는 명분 아래 희생된 한 인간임을 느끼면서 그들은 인류의 진정한 길이란 사랑에 있음을 확인한다.

이와 같은 맥락에서 설명이 가능한 것이 「검비 아내의 소녀」이다. 이 작품은 남녀의 사랑이라고 말하기는 좀 설부른 청년기에 가질 수 있는 순수한 사랑의 감정을 그린 소설이다. 그러나 일본 제국주의에 의해 아름답고 애절한 그들의 영혼은 상처받고 만다. 자매애 속에서 싹튼 영필 오빠에 대한 영롱하고 순수한 애정과 젊은 청년을 태평양 전쟁에 희생시키는 군국주의의 대비를 통해 작가는 일제의 잔혹상을 암암리에 드러내고 있음과 동시에 그에 맞설 수 있는 무기로 인간애를 들고 있다.

언니 성진이가 폐병으로 죽고 영필 오빠가 학도병으로 끌려가자 동생 성희는 그녀에게 마음을 두고 있는 한 청년이 학도병으로 가게 되자 구두로 결혼 약속을 한다. 바로 그 청년은 죽은 언니 성진과 자신이 너무나도 사랑했던 영필 오빠와 다름이 없다. 여기서 성희의 약혼은 어느 특정 인물과의 약속이 아니다. 그 무엇과도 바꿀 수 없는 젊고 미래가 있는 한 청년, 더 나아가 다음 세대를 책임져야 할 이 나라 기둥과의 언약인 셈이다. 성희는 결혼 약속이 충동에 의한 것이 아님을 거듭 강조한다. 단지 학도병으로 끌려간 영필 오빠를 생각하면서 그가 반드시 살아서 돌아와야 함을 믿음으로 받아들이기 위한 행동이었음을 보여준다.

> 그 청년은 어쩐 일인지 성희라는 여자에 몹시 집착한다는 것이었다. 그 말을 들은 나는 그 청년에게 그 청년이 바라는, 살아서 돌아오면 결혼한다는 언질을 선선히 주었다. 그렇다고 그 언질을 내가 성의 없이 준 것은 절대 아니었다. 그때의 내 마음으로는 오빠가 그 싸움터로 그도 간다. 그러한 그가 진정 원한다면 무엇이든 들어 주지 않을 수 없는 심정이었다. …(중략)… 그러나 언니만 용서해 준다면 나는 제대로 바른 말을 해 보리라. 그때 현기증으로 쓰러지면서 내가 뜨겁게 절규했던 말은 (오빠, 오빠는 살아야 해요! 살아서, 살아서 내게로 돌아와야 해요!) 안 하기로 다짐했던 바로 그 말이었다.[4)]

군국주의의 폭압성에 맞선 작품치고 위의 두 작품은 독자들에게 무겁게 다가오지는 않는다. 일제의 억압과 잔학상을 그대로 표출한 것이 아니라 학창 시절에 가질 수 있는 소녀들의 낭만과 사랑 그리고 순수한 영혼들이 군국주의의 횡포에 의해 얼마나 상처받고 있는가라는 것을 드러내는 데 서정적 담론을 유용하고 있기 때문이다. 더군다나 그들의 순수하고 아름다운 마음이 그런 역경 속에서도 살아 숨쉬고 있음을 역으로 보여주면서 일제의 폭압을 상대적으로 증폭시키고 있다. 이는 작품에서 배경으로 나오는 검비아내의 설명 부문에서 확인할 수 있는 바, 검비아내란 '검바위 내(川)'라는 말이 변한 것으로 그 곳은 물이 맑은 강으로서 순수성을 상징한다. 그러나 이 강변에 해가 지고 뜨는 것을 배경삼아 이루어지고 있는 두 소녀와 한 소년의 만남은 순수한 영혼들의 조우이기도 하지만, 그곳은 소년이 후에 학도병으로 끌려감으로써 상실의 장소로 상징되기도 한다.

일제 식민지 시대라는 개인적 체험이 그대로 민족사와 결부되는 과정에서 작가의 생애에서 끊임없이 시달리게 한 삶의 불의로운 조건들을 작가는

4) 박순녀, 『칠법전서』(일지사, 1976), p.146.

폭로함으로써[5] 열병적인 사랑이나 운명적 체념에 기대어 겨우 숨을 고르고 있었던 1960년대 여성 작가들의 서사 구조 속에서 그는 불건전한 사랑과 애정 행각에 함몰되지 않는다. 바꿔 말하면 삶을 건전한 사고로 직시하고 그것을 포용하고 더 나아가 정복하기 위해서 우리가 무엇을 해야 할 것인가를 고민한다. 그래서 그가 직시한 것은 냉혹한 군국주의에 희생된 현실이었고, 그 현실을 풀어갈 수 있는 해법으로 작가는 순수한 영혼을 제시하는 것이다. 순수한 영혼과 인간애로 억압적 구조와 서사를 적나라 하게 고발하는 기법은 일제 시대의 강압성을 폭로하는 작가의 정략인 셈이다. 그의 작품에서 보이고 있는 순수한 영혼에 대한 지향과 인간애에 대한 성찰은 억압과 모순을 인간애로 감싸 안으면서 한 발 뒤로 물러서서 정곡을 찌르는 글쓰기의 한 방편인 동시에 책략인 것이다.

3. 전쟁과 분단으로 인한 상흔과 그 치유

작가의 고향은 함남 함흥이다. 고향에서 고등여학교를 마치고 1945년 월남한다. 그래서 그런지 그의 전쟁 소설이라 할 수 있는 대부분의 작품들은 월남하는 피난민들이 겪는 전쟁의 잔학상을 그리고 있다. 뿐만 아니라 그들이 고향을 떠나 타향에 정착하면서 살아가는 여러 양상의 이야기가 전개된다. 그 속에는 그들의 고통과 아픔이 있으며 따뜻한 인간애도 스며있다. 그러나 작가는 전쟁에서 파생된 여러 양상들을 통하여 그것이 죽음이든 그로 인한 남은 사람들의 고통이든 또는 뼈아픈 정신적 상흔이든 간에 그것이야말로 전적으로 그들의 의지하고는 아무런 관련이 없으며 그래서 그들이 전적으로 피해자로 남을 수밖에 없음을 줄곧 강조한다.

이것을 다른 말로 바꿔 말하자면, 그들의 죽음과 고통이 누구를 위한 희생인가를 묻고 있다는 것이다. 같은 민족끼리 총칼을 들이대는 이 비극은

---

5) 김병익, 「분노, 혹은 자유와 사랑」『로렐라이의 기억』(삼중당, 1977), p.284.

운명의 장난으로 둘러대기엔 뭔가 석연치가 않은 국가 간의 이기와 대립에서 비롯된 것이 아닌가라는 의문을 던지며 그것이 어디에서부터 시작되었고 그 끝은 어디인가를 냉철하게 파헤치고자 한다.

이 중 「싸움의 날의 동포」와 「내가 버린 어머니」는 전쟁 상황을 직접 소재로 한 전쟁 소설이다. 비참한 피난길에서 유엔군의 무차별한 민간인 공격으로 인하여 가족을 잃는 피난민들의 모습과 남매가 서로 사상을 달리하여 철원 부근에서 총뿌리를 맞대고 서로 싸우다가 남매 모두 생을 달리하는 한 어머니의 고통과 비극이 두 작품에서 형상화되고 있다.

「싸움의 날의 동포」는 피난길을 가는데 도중에 적군에 의한 죽음이 아니라 유엔군 내지 미군 제트기의 무차별적인 포격으로 인하여 민간인들이 희생되는 아이러니를 통해 전쟁의 가해자는 진정 누구인가를 묻고 있다. 사실 전쟁은 그들의 의지하고는 전혀 상관없이 일어났으며 그들에게는 왜 일어나게 되었는가라는 이유조차도 명확하지 않다. 단지 피난가는 민간인들은 중공군으로 그들이 오인되고 있다는 것만을 어렴풋이 인지할 뿐이다. 남으로 내려가는 도중 가족 모두 무사한 집은 없다. 화자인 '나'는 어머니와 여동생을 잃는다. 살아난 자는 죽고만 싶은 절망과 살아 남은 굴욕적인 안도가 뒤섞이는 오욕을 견딜 수밖에 없다.

그들 대부분은 가난한 농민들임에도 불구하고 중공군으로 오인되어 죽게 된다는 것, 배고픔과 추위와 싸우면서도 생에 대한 권리를 내동댕이칠 수도 없는 자괴감을 견뎌가야만 한다는 것 그리고 죽은 자들의 처참한 장면들을 제시하면서 작가는 전쟁의 비참상과 잔혹상을 생생하게 재현하고 있다.

그러나 작가의 의도는 다만 전쟁의 처절한 잔학상을 드러내고자 하는 데에 있지는 않다. 작가는 단지 부부의 싸움이 행인들의 싸움으로 변하여 종국에는 무엇 때문에 그들이 치고 박고 싸우는지 알 수 없는 상황을 독자에게 던지면서 전쟁의 무의미함을 말하고 있다. 화자를 통한 작가의 목소리가 "번화한 거리에서 창피한 싸움을 하는 부부에게 멀쑥한 남자와 여자들이 이상한 정열을 쏟으면서 시비를 가린다는 것은 기억해 둘 만한 일이리라."[6]고 소설 속에 개입되면서 작가가 하고픈 이야기를 명확하게 전달하고 있다. 즉 세계의 평화와 인간의 구원과는 거리가 먼 사소하고 조잡한 어떤 어처구니 없는 이유로 시작된 싸움이 마치 전염이나 되듯이 번져 종국에는 왜 싸우는지 이유도 불명확한 싸움을 위한 전쟁이 되어버린다는 것을 작가는 언성을 높여 강도높게 말하고 있는 것이다.

「내가 버린 어머니」는 북에서 내려와 피난 생활을 하는 가실 어머니의 기구한 운명을 통하여 전쟁의 잔혹상을 보여주고 있다. 큰딸 가실이가 빨갱이가 되자 어머니는 십구년 길러온 정을 버리고 가실이를 이북에 두고 남으로 내려온다. 그러나 사실 두고 온 것이라기보다는 큰딸은 남기를 선택한 것이고 어머니는 어쩔 수 없이 남으로 온 것이라고 보는 것이 타당할 것이다. 작가는 이 같은 사실을 '내가 버린 어머니'라는 제목에서 풀어 놓고 있다.

아들 원교는 이미 이남에 가서 군인이 되어 있는 상태이다. 가실 어머니가 피난 생활을 하고 있는 동안에 철원 부근 전투에서 아들 원교와 딸 가실이는 서로 총뿌리를 겨누고 있었다. 어머니는 아들과 딸 모두 잃는다. 어머니가 남쪽으로 온 것은 아들 원교를 찾아야 한다는 일념에서였다. 출신학교를 찾거나 육군 본부로 찾아가 보라는 충고를 듣고 아들이 죽었다는 소식을 듣지 못한 채, 어머니는 육군본부로 향한다. 그러나 그 길은 비록 육군본부로부터 아들의 사망 소식은 들을 수 있을지언정 딸의 죽음은 알 수가 없는 길이다. 왜냐하면 딸 가실이의 죽음을 바로 오빠 원규가 목격했으며 여동생의 죽음을 홀로 가슴 속에 간직한 채 전투에서 원규도 생을 마감했기 때문이다.

위의 두 작품이 실제 전장의 상황을 직접적으로 그렸다면 「외인촌 입구」, 「엘리제抄」, 「전시대적 이야기」는 피난민이 전쟁 후에 남한에 정착하기 위해서 겪는 어려움을 그려나가고 있다. 「엘리제抄」는 미군 부대 부근

---

6) 박순녀, 「싸움의 날의 동포」『칠법전서』(일지사, 1976), p.123.

에서 삶을 영위해 나가는 댄서들과 마담 그리고 미군 사이에서 태어난 튀기의 엉크러진 삶의 단면들이 드러나면서 전쟁을 치르고 난 그 시대 우리의 모습을 보여주고 있다. 엘리제는 네 살쯤 먹어 보이는 튀기이다. 어머니는 카바레 댄서로 일하는 혜련이며 아버지는 불분명하다. 어둠 속에서 밝지 않은 조명 아래 술과 담배로 찌들고 매춘을 하는 그들의 삶은 전쟁이 남기고 간 흔적이며 상처들이다. '전쟁만 없었다면'이라는 그들의 회한 속에는 이미 돌이킬 수 없는 운명의 수레바퀴가 지나가 버린 허탈함과 통한이 자리잡고 있다. 그들에게 남은 것은 서로의 기막힌 운명을 부둥켜 안고 눈물을 통하여 잠시 마음을 푸는 일뿐이다.

주인공 영배는 전쟁에 참전했었던 사람이다. 그가 이 곳, 즉 미군 부대 부근으로 온 이유는 삶에 대한 희망과 영혼의 안식을 얻기 위해서이다. 참전 당시 그는 영혼이 극도로 피폐해 있었으며 그로 인해 항상 죽음을 생각했고 그때는 가족과 고향 역시 어떤 위안도 되지 않았다. 다시 말하면 영혼의 피로로 인하여 삶에 대한 희망이라고는 전혀 가질 수도 없었던 것이다. 그러던 어느날 영배는 초가집 삼십호 가량 모여 앉은 어느 마을에서 콩김을 매고 있는 처녀를 우연히 보면서 삶의 아름다움을 느낀다. 그 곳에서 그는 축복된 삶을 약속하는 땅의 온기를 느낀 것이다. 영배는 그때 전율하면서 살아난다면 다시 이 땅을 밟고 살리라 생각한다. 그러나 전쟁이 끝나고 다시 찾은 그 곳은 그가 꿈꾸었던 축복된 땅이 아니었다. 그곳은 이미 미군 부대와 부대 주변에서 삶을 꾸려가는 사람들의 삶의 터전이 되어 있었던 것이다. 이 같은 정황을 아래 인용은 단적으로 보여주고 있다.

> 그 아가씨들의 달러를 노리는 장사치들과 또 그 장사치들을 상대로 하는 도매 상인들과, 그들 사이에서 마치 동물처럼 서식하는 깡패 같은 하이틴들이 그곳에 밀집해 있었다. …(중략)… 나 혼자만이라도 살아남게만 된다면, 하고 간절하던 목숨을 지금은 아무에게나 내던져주고 싶었다. 콩밭에 앉은 이슬방울이 아침 햇살에 반짝이는 광경을 반드시 다시 와서 보리라고 발버둥치던 기억이 지금엔 그저 우스웠다.

그곳은 다만 네온사인과 소음으로 가득찬 거리일 따름이었다.[7]

전쟁이 끝난 그 땅은 돈을 노리는 장사치들과 그들 사이에서 살아가는 깡패 그리고 상업화를 부추기는 현란한 네온사인만이 가득찬 곳이었다. 어찌보면 전쟁의 흔적이 남긴 전후의 참상일 수도 있지만, 또 다른 측면으로 볼 때 그것은 상업화로 치닫는 길목에 선 그 시대의 자화상일 수도 있다.

「외인촌 입구」 역시 이 같은 시대상을 극명하게 보여주고 있다. 한국인과 격리되어 한 구역을 점령하고 있는 외인촌은 외국인들이 살고 있는 집단 구역이다. 하우스 보이로 일하는 김순배와 김찬우 그리고 찬우의 소개로 하우스 걸로 들어간 작중 화자 나는 미국인들에게서 갖은 비인격적인 대우와 천대를 받는다. 주인이 한국인들을 상대로 하는 사기 행각에 눈감고 도와줄 수밖에 없는 김순배, 미국 여성에게 추파를 받고 성적으로 놀림의 대상이 되는 김찬우 그리고 도둑으로 오인받는 나는 미국인과 한국인의 상하 관계를 통하여 정치적 혹은 경제적 모순 구조의 단면들을 드러내고자 하는 작가의 분신들이다. 사실 나는 한국 전쟁 때 고아가 되었고 김순배는 1.4후퇴 때 월남한 사람이다. 탈출구조차도 찾을 수 없는 이들이 살기 위해 미국인에게 받는 부당한 대우는 그들의 자의식을 뒤틀기에 충분하며 그들은 외인촌에서 받는 인종차별에 대해 분노한다. 그들의 자의식과 분노는 작가의 시선인 것이다.

그밖에 전쟁의 비극과 전후의 혼란 속에서 남성들의 남성중심적 사고에 상처받은 한 여성이 자신의 삶을 자각해 간다는 「전시대적 이야기」, 여성의 갈 길에 대한 확고한 신념을 그린 「임금의 귀」, 물질 만능주의에 대한 경고와 삶의 진정성을 모색한 「이웃돕기」에서도 단편적이기는 하지만 월남인들이 겪어야 하는 여러 질곡의 양상이 형상화되고 있다.

아직 치유되지 않는 전쟁의 비극과 참상들, 특히 월남인들이 겪어야 했던 가난과의 싸움 그리고 정착 과정의 어려움, 전쟁 후 이 땅에 남은 혼돈

---

7) 위의 책, pp.72~78.

과 그 와중에서 홀로서기의 지난함들은 각 작품에 편편이 녹아 있다. 이는 작가가 자신의 개인사를 솔직하게 털어놓는 작업이기도 하지만 동시에 독자가 그의 삶의 흔적을 더듬으며 민족사의 물줄기를 바라볼 수 있는 기회를 제공하기도 한다. 사실 월남인이었던 박순녀는 한국 전쟁 그리고 남북 분단, 전후 혼란과 빈곤이라는 민족사를 온몸으로 감내하였던 작가이다. 아마도 그러한 경험으로 인해 치열함을 치열함 그대로 받아들이는 담대함이 있었던 것이 아닌가 한다. 그는 결코 민족적 비극에 정신적으로 희생되지 않고 있다. 또한 방향도 잃지 않고 있다. 오히려 그는 육체적이든 정신적이든 그 상처들을 민족의 현주소로 읽고 있다. 결국 그는 개인의 회상과 삶의 편린들을 신변사로 국한시키지 않고 이를 민족사의 맥락으로 확대하면서 전쟁과 사회의 구조적 모순을 들여다 보고 이를 통로 삼아 우리 민족이 서야 할 진정한 위치를 모색하였던 것이다.

4. 산업화와 여성과의 대립적 길항관계

1960년대는 근대화의 초석을 다진 시기였고 그 과정에서 추진된 산업화와 도시화는 음양으로 여성들에게 근대적 의식을 요구하고 있었다. 그러나 60년대 팽배했던 이데올로기로서 반공 이데올로기와 보수적 가부장제 이데올로기는 결코 여성들의 근대적 의식에 힘을 실어 주지 못한다. 우선 반공 이데올로기는 남북 분단에서 시작된 것으로 전후 세대들에게 반공 사상을 무장시키는 어머니로서의 여성을 요구하고 있었다. 그리고 보수적 가부장적 이데올로기는 전쟁의 혼란기에 헤이해진 여성의 성에 대한 강박관념이 작용하여 현모양처형 여인상을 만들어 내기도 하였다. 그러나 산업 현장에서도 반공 사상이 투철한 여인의 손이 절실한 시점이었기 때문에 노동자로서의 완벽한 여성을 원함과 동시에 가정에 돌아오면 다시 현명하고 착하며 정결한 여성과 어머니를 요구함으로써 당대 여성들은 다중의 짊을 져야 하는 어려운 시기를 맞고 있었다. 이는 '가정과 직장의 양립'을[8] 요구하는 이

중의 부담을 주고 있었던 것을 뜻한다.

이런 와중에서 여성들은 사회적 구조와 체계에서 생산된 다중의 채널을 통하지 않고서는 자신을 지탱해 나갈 수 없는 입장에 놓이게 된다. 이것은 여러 이데올로기와 권위 의식의 중첩으로 여성들이 받은 정신적 혼란은 의외적으로 컸던 것을 의미한다. 반공 이데올로기는 여성해방의식의 맥을 끊었다해도 과언이 아니며 시대의 흐름과는 달리 가부장제 이데올로기로의 역행은 여성들이 자신들의 정체성을 찾는 데 많은 혼란과 시행착오를 가져다 주었다. 이러한 이중고와 대립의 양상 속에서 여성들이 취할 수 있는 포오즈는 슈퍼우먼형으로 억세고 남성적인 여성이 되는 것이다. 그러나 그것이 어려운 경우, 이중적 짊을 벗어나고자 하는 강력한 심리적 동요가 일어나 절대적인 대상을 찾거나 그것으로부터 야기된 혼란을 회피하는 체념형 또는 도피형의 여성이 있기 마련이다. 그러나 어떤 선택이든 정신적 파탄 내지 혼돈은 피할 수 없는 일이다. 이렇듯 어떤 결론을 내리고 행동으로 실천되기까지 대부분 여성들은 정신적 혼돈과 정체성 상실의 과정을 걸을 수밖에 없다.

박순녀 역시 이러한 당대 여성의 문제를 드러내는데 주저하지 않았다. 월남으로 파병을 나간 남편이 보낸 돈을 불리려다 오히려 빚더미에 앉아 그를 만회해 보려고 애쓰는 과정에서 여성의 불리함을 인식해 가고 그것에 대해 고민하는 「빨간 한복의 여인」의 노영이, 돈에 노예가 되어버린 사람들과 돈에 의해서 인간성이 말살되어진 자들에 대해 경고하기 위해 그들의 돈을 횡령하여 이웃을 돕고 법의 심판대에 올라 진정한 선과 선의는 무엇인가 독자에게 물음을 던지는 「이웃돕기」의 황민숙, 직업 여성이 느낄 수밖에 없는 가정 생활의 불충실에 대한 갈등 뿐만 아니라 재혼한 여성으로서 자녀의 양육 문제로 고민하는 「장갑을 벗는 여자」의 나, 바로 이들은 1960년대 경제적 발전의 틀을 다져나가야 하는 과정에서 나타날 수 있는 인간군이다.

---

8) 여성한국사회연구회 편, 『여성과 한국사회』(사회문화연구소, 1993), p.63.

산업화의 문턱을 넘어선 1960년대는 각박한 현실과 복잡한 현실 생활의 구조를 자신의 삶의 일부분으로 체득해 나가야 하며 그로 인해 야기되는 정신의 공동화까지 소화해 나가야 하는 이중적 부담을 요구하고 있었다. 그러나 작가의 작품에 등장하는 인물들은 아직 여전히 월남과 전쟁 그리고 미정착인이라는 피해의식에서 자유롭지 못하며 그 와중에서 근대화가 가져다 주는 물질의 풍족함보다는 오히려 산업화 사회가 주는 병폐에 휩쓸리거나 그 와중에서 자기 정체성을 잃어 가는 모습을 보여주고 있다.

그래서 작가는 열 세살 난 소녀 홍미경과 같은 반 급우인 소년 이영수의 순수한 사랑과 아픔을 그린 「로렐라이의 기억」, 고향 친구이든 학교 친구이든 우정이란 영원하고 거룩한 사랑임을 전달하는 「고색찬란」, 남녀의 사랑을 어떤 제한된 사회적 틀에 가두어 두는 사회적 질서에 항변하기 위해 죽음으로써 사랑의 절대성과 순수성 그리고 영원성을 추구하는 「정조」, 남자와 여자 사이에 우정은 존재할 수 없는가라는 문제를 제기한 「남자 친구」, 격렬하고 어찌보면 유치한 부부 싸움을 통하여 얻는 행복과 고상한 독신의 홀로서기와 외로움의 대비를 통해 진정한 사랑의 의미를 찾는 「고독한 방관자」를 통해 순수하고 영원한 사랑과 거룩한 우정의 가치에 몰입하기도 한다.

그러나 진정한 사랑과 우정이라는 이상의 세계에도 안주하지 못하는, 다시 말하면 그러한 세계의 몰입이 진정한 위안이 될 수 없음을 인식한 또 다른 작가의 시선을 우리는 「임금의 귀」에서 포착할 수 있다. 이 작품에서 우리는 완전하게 현실을 떨쳐버리지 못하는 작가의 내면을 들여다 볼 수 있는 것이다. 일제 시대와 전쟁으로 인한 상흔을 안고 사는 두 여인 명화와 지숙은 작가와 독자의 관계로 만난다. 혼자 삼팔선을 넘어온 작가 명화는 결혼하나, 남편 원철에게 이해받지 못한다. 소설을 쓰는 명화의 일이 단지 괜찮은 벌이가 되지 못한다는 이유에서이다. 남편과 헤어지고 작가 생활을 하는 도중 명화는 독자인 지숙을 만나 친구가 된다.

경제적으로 부유한 지숙은 경제적 형편이 좋지 못한 명화에게 또 다른 거리감을 준다. 그러나 지숙에게도 상처는 있었다. 남편이 의용군으로 끌려갔고 그후 지숙은 그가 지리산에서 죽었다는 말을 듣는다. 명화와 지숙을 이어주는 것은 작가와 독자라는 것뿐만 아니라 역사의 소용돌이 속에서 서로 깊은 상처를 입었고 서로 그들은 자신의 모습인 양 들여다 볼 수 있다는 데에 있다. 지숙은 불란서로 떠나고 명화는 남아 작가로서의 사명감을 새롭게 한다. 그러나 종종 그 일에 회의를 가져본다. 왜냐하면 여자가 글을 쓰는 일을 직업이나 일로 인정하기까지는 요원한 시간이 필요했기 때문이다. 그럼에도 명화는 다음과 같이 말함으로써 자신의 정체성을 찾는다.

> 깊은 산골, 나무둥치에 대고, 임금의 귀는 당나귀 귀, 하고 소리친 병든 이발사……
> 『임금의 귀는 당나귀 귀, 하고 소리나 쳐 볼까……』
> 그렇다, 자기는 작가로 살아가려고 한다.[9)]

일제시대의 억압과 전쟁으로 입은 상처들, 자본 사회로 가는 통로에서 야기되고 있는 못가진자의 가진자에 대한 괴리감 그리고 글을 쓰는 일로 자신의 삶을 개척해 나가고자 하는 여성을 긍정적으로 바라보지 않는 사회와 남성에 대한 답답증과 울분을 위의 인용에서 보듯이 작가는 명화를 통해 고스란히 토해 놓고 있다. 깊은 산골에 들어가 임금의 귀는 당나귀 귀라고 부르짖는 이발사의 이야기를 담은 우화는 이발사를 자신의 모습인 양 생각함으로써 위안을 삼는 작가 자신이다. 이는 여성들의 문제가 무엇인지 들어 보려고도 하지 않는 사람과 세상에 대한 항변이다. 동시에 이는 아무리 세상이 인정하지 않는다 하더라도 나의 길만은 묵묵히 가겠다는 각오로도 보인다.

전쟁의 상흔들을 지우려 애쓰면서 살아가는 한 여성이 산업화 과정에서 다시 비자본주로서 밀려나는 삶을 스스로 바라보면서도 글쓰는 작업을 자신의 일로써 인식하고 삶을 지탱해 나가는 인물은 분명 1960년대 산업화의 길

---

9) 박순녀, 『어떤 파리』(정음사, 1972), p.64.

목에서 체험해야 했고 자신의 길을 다져가야 했던 당대 여성들의 분신이다.

종종 그들은 그 시대의 복잡다단한 사회적 요구에 부응하지 못하자 진정하고 순수한 사랑과 우정에 대해 수없는 질의를 던져본다. 어찌보면 다 채널을 필요로 하는 시대적 상황에서 그들이 유일하게 위안을 받을 수 있는 곳이 바로 순수하고 영원한 사랑과 우정이었는지도 모른다. 그럼에도 결국 그들이 다채널의 공간에서도 자신을 지킬 수 있는 길은 자신이 가치있다고 생각하는 일에 자신의 몸을 던져 자신있게 걸어나가야 하는 것 뿐임을 작가는 강조하고 있다. 자유와 독립은 사회나 남자들로부터 억지로 얻어내는 것이 아니라 자신의 내부로부터 고통스럽게 개발해나가는 것임을[10] 작가는 자신에게 그리고 주변의 많은 여성과 독자에게 제시하고 있는 것이다.

5. 맺음말

1950・60년대 여성 작가들은 보통 일제 시대와 해방 그리고 한국 전쟁이라는 역사적 소용돌이 속에서 유년기와 청년기를 보냈다. 그들은 군국주의의 폐해를 고스란히 떠 맡았고 전쟁의 고통과 아픔을 같이 한 세대들이다. 비록 그들이 작품을 쓰기 시작한 것은 전쟁 후이지만, 그들에게 있어 일제 식민지 시대와 전쟁은 잊을 수 없는 그들만의 비극이었고 온 삶이었던 것이다. 더군다나 군국주의나 전쟁으로 인하여 상처받아 깊게 파인 골들이 채 아물기도 전에 사회는 여성들에게 반공 이데올로기와 보수적 가부장적 이데올로기를 내세워 정조를 다시 문제 삼고 산업 현장에서는 완벽한 여성 그리고 가정에서는 훌륭한 어머니와 좋은 아내를 요구하면서 여성들의 입지를 옥죄이고 있었다.

그 결과 대부분 50・60년대 여성 작가들은 그들의 아픔과 고통을 운명으로 돌리거나 병적이고 비현실적인 사랑으로 그 방정식을 풀어 나갔다. 체념적 운명론으로 돌리지 않고는 그들은 삶을 지탱할 수 없었으며 병적 사

10) 콜레트 다울링, 『현대여성 컴플렉스』(삶과함께, 1987), p.290.

랑이나 집착성을 보이지 않고는 살아갈 힘을 얻을 수가 없었던 것이다. 그래서 그들은 아웃 사이더로 항상 밀려나 있었고 작품에 등장하는 인물들은 주체적인 삶을 산다기보다는 주체적 삶을 사는 사람들과 적당한 거리를 유지하면서 그들의 삶을 비판적 혹은 냉소적으로 바라보거나 그들이 외부로 밀려날 수밖에 없었던 상황에 비극적 시각을 갖는다. 그들은 십년이라는 세월을 더 보내고 나서야 비로소, 즉 70년대에 들어서면서 일제와 전쟁을 좀더 객관적으로 바라보는 시각이 열리게 된다.

일제 식민지 시대라는 개인적 체험이 그대로 민족사와 결부되면서 작가의 경험에서 끊임없이 상처를 입혔던 삶의 불의로운 조건들을 박순녀는 냉철하게 폭로하고 비판하지만, 그 상처를 치유할 수 있는 길로 인간애를 제시하기도 한다. 전쟁과 분단이라는 극한적 비극과 상흔들 역시 그는 착오 없이 그 참담함을 생생하게 재현하나 그 같은 민족적 비극에 희생되거나 자신을 잃지는 않는다. 또한 산업화의 문턱에 들어선 1960년대의 그림자들, 즉 피폐해져 가는 인간들과 다시 돈으로 상처받아야 하는 어두운 시대의 굴곡을 담담히 그려낸다. 특히 여성들에게 가중된 이중적 짊, 즉 사회에서 바라는 산업인으로서의 여성과 가정에서 바라는 현모양처형의 여성이라는 상반된 짊을 여성들에게 요구하는 모순된 사회적 논리를 파헤치면서 당대 여성의 문제를 과감히 비판의 시각으로 바라본다. 그러나 그는 여성들에게 여기에 머물지 않고 다채널을 요구하는 사회에서 유일하게 자신을 지킬 수 있는 길은 자신이 원하는 일을 꿋꿋하게 해나가야 하는 일임을 천명하고 나선다.

박순녀는 일제와 전쟁 그리고 산업화 과정에 들어선 당대의 실상과 모순들을 사랑의 열병과 도피적 낭만성의 들뜬 감성으로 그려간 것이 아니라 냉철한 지성의 눈으로 꼼꼼히 바라보고 그려 나가면서 파헤치고 보여주고, 분노하고 비판하며 진정한 인간의 길이 무엇인가 줄곧 독자에게 묻고 그 해답을 찾고자 한 작가이다. 이것이야말로 1960년대 문학사에서 다른 여성 작가들과 다른 박순녀가 위치한 자리인 것이다. 세미

4 · 19의 문학사적 맥락과 파장에 관하여
— 4 · 19세대 비평가의 비평담론을 중심으로

한 강 희*

1. 문제 제기

4 · 19는 1960년 발발 이후 오늘에 이르기까지 사회 각 부문의 현실 변혁 운동의 전범이 되고 있다. 하지만 4 · 19가 역사적 개념으로 자리잡기까지에는 순조로웠던 것만은 아니다. 개념 규정을 둘러싸고 정치 권력의 이해와 관련하여 부침이 잦았던 게 사실이다. 역대 정권의 4 · 19에 대한 평가는 5 · 16 이후, 3선 개헌, 유신헌법, 5 · 18에 이르는 동안 용어 자체도 제대로 정립되지 못했다. 그러다가 해방 50주년이 되는 1995년에 이르러서야 그 역사적 의미나 평가는 유보한 채 4 · 19혁명으로 명명되기에 이르렀다.[1)]

* 성균관대학교 강사, 주요 논문으로 「1960년대 한국문학비평 연구」가 있음.

1) 4 · 19는 5공화국 때는 헌법 전문에서조차 '정신적 계승'이라는 문구가 삭제되는 등 수난을 겪기도 했다. 즉 4혁명인가, 의거인가, 운동인가에 대한 역사적 위상과 성격에 대한 규정은 역대 권력체제의 성격과 맞물려 있다. 4 · 19 발발 당시에는 자유당의 장기독재권력이 일거에 무너지면서 '혁명'으로 불렸지만 60년대 중반을 넘어서면서 5 · 16군사정권에 의해 '의거'라는 이름으로 희석되기도 했다. 그리고 10월유신을 즈음해서는 한 차원 더 낮은 '운동'으로 격하되기도 했다. 4 · 19에 대한 일반적 · 통념적 인식은 경제사회적 개혁을 이룩하고 문화적 혁명을 직접적으로 달성하는 데는 실패했지만 그 이념과 정신은 새로운 전기를 마련한 것으로 평가되고 있다. 즉 4 · 19는 단순히 의거가 아니라 부르조아 민족민주주의혁명이라 할 수 있다. 이 글에서는 역사적 사실을 객관적으로 기술한다는 측면에서 4 · 19를, 역사적 사건 자체의 정체성을 드러내는 가치평가적 개념인 4 · 19혁명을 함께 사용

다시 말해 이 명칭은 역사적 의미를 제대로 짚어주는 복권이 아니라는 점에서 여전히 한계를 안고 있는 셈이다.

그런데 4·19에 관한 성격 및 개념 규정은 60년대 문학뿐만 아니라 해방 이후 현대문학사 연구와 직결되기 때문에 문학사에서 줄곧 쟁점이 되어오고 있는 형편이다. 즉 4·19의 맥락과 의미를 짚는 일은 60년대 당시의 문학사적 실체를 더듬는 데 머무르지 않고, 당대 문학의 원천으로서 60년대 이후 문학의 정체성을 살피는 일이기도 하다.

문학 부문의 경우, 4·19 혁명문학, 4·19를 주제로 한 문학, 4·19를 계기로 한 문학적 변화, 혁명의 완성을 향한 4·19의 자기 발전에 상응하는 문학 등 네 가지 국면에 걸쳐 연구가 진척되어 왔다.2) 앞의 세 항목이 60년대 당시의 문학적 내용을 문제 삼고 있다면, 마지막 항목은 4·19의 이념적 지향에 초점을 맞추고 있다. 당시에 존재했던 어떠한 문학적 내용도 네 가지 분류에서 벗어날 수 없다.

학계에서 4·19를 하나의 역사적인 사건으로 취급하고 연구의 열기를 보이기 시작한 것은 1970년에 들어서서부터였다. 이 때부터 대학의 학위 논문이 나오기 시작했으나 본격적인 논문이나 과학적인 연구성과라기보다는 상식적이고 경험적인 기록에 의존하는 성향이 짙은 것으로 평가되어 왔다. 즉 4·19혁명에 대한 연구는 연구자의 시각, 혹은 관점이 연구의 본질천착에 앞서 중요한 요건이 되어 온 셈이다. 문학연구의 경우도 예외는 아니다.

모든 부문의 연구자들은 4·19를 3·15부정선거로 집약되는 자유당 정권의 부패한 독재정치에 항거, 4월 26일 이승만의 하야와 자유당 정권의 붕괴를 초래케 했다는 현상적 인식을 포함해3), 이후 사회 모든 부문에서 변혁운동의 모태로 작용하고 있다는 데 의견의 일치를 보이고 있다. 즉 4

하도록 한다.

2) 성민엽, 「4·19의 문학적 의미—논의 시각정립을 위하여」, 『해방 40년:민족지성의 회고와 전망』, 문학과지성사, 1985, 230쪽.

3) 최일수, 「4·19 이후의 문학적 전망—공통된 명제의 세계로」, 『자유문학』, 1960.9, 194쪽 참조.

· 19혁명은 "우리 역사상 최초로 민중봉기에 의해 정권타도에 성공한 민족적 경험이었으며, 이를 계기로 개인적 및 집단적 수준에서 괄목할 만한 의식의 변화가 촉발되었고 진정한 의미에서의 근대적 자각과 성숙한 사회의식의 급속한 민중적 내재화가 진행"[4]된 이전에 비해 한 차원 진전된 이념 형태로 이후 여타 부문에 일정한 영향을 끼치고 있는 것으로 볼 수 있다.

한편 4 · 19로 비롯된 60년대는 해방 공간의 혼란과 50년대 전란의 소용돌이를 마무리하면서 민주화라는 이념적 목표를 실현화하는 과정이 되고 있다는 점에서 이전 시기와 뚜렷한 차별성을 보이고 있으며, 5 · 16 군사쿠데타 이후 민주주의보다는 근대화라는 현실적 당면 과제를 떠맡아 이념적 모색의 과정이 연장되고 있다는 점에서 이후시기에 대해서도 변별력을 가진다.

요컨대 4 · 19의 의미는 성공한 혁명이냐, 실패한 혁명이냐를 따지는 혁명적 공과에서 찾을 수 있는 것이 아니라 역사적 사건으로서 4 · 19가 사회 모든 분야에 파급하는 효과와 어떠한 지표로 작용하고 있는가를 구명하는 것이 보다 현명하리라 판단된다.

박태순의 다음과 같은 언급은 당시 문학인이 처했던 입장과 관련해서 4 · 19의 정체성을 확인하는 전제가 된다는 점에서 시사하는 바가 크다.

> "4 · 19의 대전제는 정치 현실적으로만 보았을 적에는 일단 좌절된 것 같지만 문학으로 대변되는 정신사의 흐름 속에서는 그 맥을 잇고 있었고 대전제가 아니라 하나의 보편적인 원리로 상승되었던 것이다. 허공을 맴돌고 있었던 문학에 있어서 4 · 19는 민족과 역사와 민중을 찾아내는 착지점이었다. 4 · 19는 문학을 선각(先覺)시킨 것은 아니라 할지라도 만각(晩覺)시켰다. 문학은 4 · 19의 착지점을 발견함으로써 이제부터 그 문학이 개간하여야 할 대지를 가지게 되었다."[5]

4) 성민엽, 위의 글, 231쪽.
5) 박태순, 위의 글, 292쪽.

여기서는 이러한 인식을 전제로 4·19를 체험한 세대의 인식의 전환과 현실변혁의 의지가 어떠한 형태로 나타나는지, 자유롭게 한글로 사유하며 글을 쓰기 시작한 첫 세대라고 자부하는 4·19세대의 글쓰기는 이전 세대에 비해 어떠한 차별성이 있는지, 글쓰기의 역할과 의미, 그리고 작가의 존재에 대한 비평인식은 어떻게 나타나는가를 4·19세대 문인. 비평가의 등장과 관련하여 살펴보고자 한다.

1960년대는 4·19로부터 개막되었다 해도 과언이 아니다. 4·19는 적어도 한국전쟁 이후 남한 사회의 모든 부문에 걸쳐 질적 도약과 양적 확산을 가져온 역사적 사건이었다. 4·19가 일어난 지 6주년을 기념하여 진보적인 잡지인 『청맥』이 각계각층—학생·교수·당시 참여한 주역—의 기고를 특집으로 꾸민 결과, 4·19에 대한 역사관이 △사회변화가 정치변화를 앞서가고 리드해 갔다 △지금까지 정치와 사회에서 객체화되었던 민중이 4·19를 분기점으로 하여 주체화되어 가고 있다 △국가의식이 국민의 심리에 내화(內化)하기 시작했다[6] 등으로 요약되는데 이는 4·19혁명의 파장이 국민의 의식에 구조적으로 영향을 끼치고 있음을 잘 말해준다. 이러한 파장은 문학을 포함한 예술 부문도 예외가 아니었다. 4·19의 문학적 기여와 성과는 현실에 대한 새로운 인식과 더불어 시와 소설로 형상화하고, 새로운 비평론을 기획, 예비하는 것으로 나타나고 있다.

4·19의 문학적 의미를 4·19를 직접 체험한 60년대 초반의 문학인들에게서 찾기란 대단히 어려운 일이다. 당시의 문학 담당층이 대부분 학생층이나 습작 단계의 문인들이 주류를 차지하고 있다는 점과 상당수의 문학작품 또한 감격 일변도에서 벗어나지 못하고 있음이 이를 반증한다. 이러한 점은 후술하겠거니와 4·19문학의 불모성－문학적 한계를 말해주는 사례라 할 수 있다.

4·19의 문학적 파장과 의미를 정당하게 파악하기 위해서는 4·19세대

6) 김성희 외, 「4·19는 역사를 단축시켰는가」, 『청맥』, 1966.4, 180쪽.

의 분화에서 초래된 두 갈래의 문학적 흐름, 즉 '현실의 정직한 문학적 인식·표출—시민적 전망 대 현실변혁의 실천적 의지의 대립—민중적 전망'[7] 등 표면적으로는 두 가지 별개항으로 인식하면서, 동시에 4·19를 전후한 시대정신이 요구하는 통합적 비평 이념, 합법칙적 질서라는 내재적 차원에서 접근해야 하리라 본다.

2. 4·19세대 문인—비평가의 등장과 세대론의 실상

1) 60년대 문학에서 65년의 위상과 의미

1965년은 60년대 문학에서 중요한 의미를 지닌다. 새 세대 문인의 등장과 그들의 변화된 의식의 일단이 작품에 내재되면서 4·19 문학의 '불모성'이 서서히 탈각되고 있기 때문이다. 이는 실제로 "65년에 들어서서야 기성세대에 속하지 않는 새로운 연대의 문인들이 있다는 사실이 밝혀졌다"[8]는 지적처럼 4·19 세대가 문학에 있어서 사실상 전면에 대두된 것은 65년을 전후해서다.

이런 의미에서 4·19세대 문인이란 '60년대 문인(구체적으로 65년대 문인)' '60년대 비평가'를 지칭하는 말이다. 이들은 몇몇을 제외하고는 대체로 60년대 초기보다는 중반에 등장하고 있기는 하지만 60년대에 새로 등장한 60년대 문인(비평가) 일반을 지칭한다. 그 협의의 개념이 김현·염무웅·김병익·김윤식 등이 암묵적으로 동의하고 있는 '65년대 비평가'다. 이는 다분히 '55년대 비평가'를 의식해서 나온 개념이다.

김현은 1965년을 고비로 등장해 이전 세대와는 다른 경향의 문학을 추구한 '65년대 비평가'로 염무웅·백낙청·조동일·김주연·김치수를, '65년대

---

7) 성민엽, 위의 글, 244쪽 참조.
8) 김현, 「한국문학의 가능성」, 『현대한국문학의 이론』, 민음사, 1972, 193~195쪽 참조.

작가'로 김승옥 · 홍성원 · 이청준을 들고 있다. 물론 김현이 내세운 '65년'이란 특정 시간 개념은 60년대 초에 등장한 김승옥 · 서정인 · 박상륭 등이 60년대 중반에 이르러서야 제대로 평가되기 시작했고, 65년을 중심으로 64~66년에 이르는 사이 수많은 작가 · 비평가가 등장하고 있다는 점을 포함하고 있는 것으로 '분수령'정도의 상징적인 의미라고 할 수 있다.

60년대를 대표하는 상징적 존재로 김승옥이 부상하기 시작한 것은 65년 '동인(東仁) 문학상' 수상이 계기가 되었고, 『세대』지를 통해 등단한 홍성원은 동아일보 장편 공모에서 「디데이의 병촌(兵村)」으로 당선하면서 빛을 발하기 시작했던 것이다. 한편 64년엔 홍성원 · 박태순 · 정현종 · 조태일 · 염무웅이, 66년에는 이문구 · 김치수 · 김주연 · 임헌영이 등단하는 등 65년은 새 세대인 60년대 문인이 본격적으로 문학활동을 전개하는 중요한 계기가 되고 있다.

이러한 점은 문단이나 동인지 · 문예지의 동향에서도 확인된다. 65년이 새 시대인 4 · 19세대 문인의 문학적 출발점으로서 물꼬를 트기 시작한 연대로 기록된다면 64년은 그러한 역량을 예비하는 한 해였다. 64년은 문학지인 『문예춘추』와 종합월간잡지인 『신동아』가 창간되었으며, 기존의 『사상계』 『세대』지 등이 문예작품의 발표량을 늘려 많은 장편이 등장했고, 논쟁적 성격의 비평담론이 급격히 증가했다. 그런데 동인지의 성격이 문학적 이념이 분명하지 못한 '동인지의 성격을 띤 종합지'정도였다는 점이다.

요컨대 4 · 19 이후 65년까지의 초기 문학계의 구도는 뚜렷한 문학적 노선이나 이념 부재 속에서도 문학에 대한 욕구는 오히려 분출된 셈이다. 이는 어떠한 파벌이나 에콜에 편입되지 않는 새로운 세대 문인의 등장을 의미하는 것이다.

60년대 문학의 가장 큰 의미는 4 · 19세대가 문단(평단)의 전면에 등장한다는 점이다. 김 현은 이들 세대의 특질을 '리버럴리즘—자유의지'로 규정하고 있다.

김 현이 설정한 리버럴리즘이란 55년대 비평가인 이어령 · 이철범 · 유종호에 대한 60년대 비평가의 비평적 인식과 그 편차를 뜻한다고 할 수 있다. 그는 "이어령의 앙가주망은 본질적으로 '인간성 옹호'에 있었는데 그 인간성이 어떤 편차를 가지고 나타나는가에 대한 탐구의 흔적을 보여주지 못하며, 이철범은 역사적 실존이라는 거창한 문제를 쥐고 있었으면서도 작품을 통해 그 문제를 검증하고 비판하고 확대시켜 나가려 하지 않았으며, 유종호는 언어미학의 구극으로 가는 것을 포기하고 '조심스러운 급진주의자'가 되었다"9)는 것이다. 이러한 55년대의 비평가들의 집념에 대해 공명하거나, 혹은 일말의 회의에 힘입어 4·19세대의 인식적 전환이 불가피하게 이루어지고 있는 것으로 파악한다 .

즉 이전 세대인 50년대(그는 65년대와 대비해서 55년을 50년대 비평가군이 등장하는 분수령으로 파악하고 있다)비평가와의 비평의식의 변별성—차별성을 찾기에 부심한다. 4·19이후 65년까지는 "4·19의 체험에서 얻은 사회의식의 이상주의적 리베랄리즘이 현실에 의해 서서히 패배되어 감을 의식면에서 느끼는 일과 열린 창으로서의 외국문학의 수련이 동시에 진행된 과정"10)이라 할 수 있다.

그리고 그는 60년대가 필요한 작가적 덕목으로 '상상력'을 내세운다. 그가 주장한 상상력이란 △한 작가의 상상력을 밝히는 일은 그 작가의 창조행위의 전모와 밀접한 관계를 형성하는 것으로 이미지·상징 같은 것은 한 작가의 상상체계를 이루는 기호들이며, 상상력은 그 기호들을 적재적소에 사용함으로써 한 체계를 형성한다. △그 기호의 상충관계·격돌관계, 혹은 대립관계를 이해하는 일은 한 작가의 상상력의 한계를 이해하는 일과 같다 △그 범위를 좀더 넓혀 한 시대의 상상체계를 만들 수 있을 때 작가는 하나의 기호가 된다는 것으로 요약할 수 있다.11) 즉 작가의 창조행위와 상상력이 불가분의 관계에 있음을 역설한다. 이와 더불어 미학적 비평의 근간을 차지하는 언어학적 분석이 작품의 상징적인 의미와 관련해 중요한 요소

9) 김현, 앞의 글, 193~195쪽.
10) 김윤식, 「비평의 변모」, 『월간문학』, 1969.12, 158~161쪽.
11) 김현, 앞의 글, 196~198쪽.

임을 덧붙인다.

상상력과 언어에 대한 정치한 분석은 이미 「산문시대」나 「사계」의 편집 취지와 맥락을 같이 하는 것으로 김현 비평의 방향을 예고하는 것이었다. 기실 김현 비평의 방향은 참여론-리얼리즘 등의 구호비평 반대, 역사의식과는 다른 미학성의 추구 등을 통해 전대 비평과의 차별적 준거를 마련하는 데서 출발하고 있다. 이러한 주장은 1970년대 초 『사상계』에서 마련한 4·19문학과 관련한 리얼리즘의 논의에서 이른 바 '상상력과 리얼리즘 논쟁'으로 확대 재생산되고 있다.

그런데 이상에서 보여준 김현의 논의는 몇 가지 문제점을 안고 있다. 우선 65년대 비평가들의 특성으로 그가 간주한 리버럴리즘의 실체가 뚜렷하지 않으며 이전 세대와의 대비를 55년, 65년 식으로 단순 도식화했다는 점이다. 이러한 도식성은 문학행위가 비평가와 작가, 작품과 작품 상호간에 영향을 미치는 현실에 대한 객관성을 획득해 가는 교호적인 행위라는 점을 무시하고 작가를 일방적으로 지도하는 방향으로 치닫고 있다는 점에서도 문제시된다. 결국 이 논의는 김 현이 50년대 문인과의 차별적 준거로 상상력을 내세우고 개인을 강조하게 되면서 리얼리즘과 일정한 거리를 두는 계기가 된다. 그런데 이러한 김현의 몇 가지 의견과 개념은 이후 대다수 비평가들에게 별다른 거부감 없이 받아들여져 60년대 문학이 본격화한 것은 65년이라는 공식이 성립되고 있다.

60년대 문학의 특징을 '개인의식' '감수성의 혁명' '리버럴리즘과 상상력''인식의 싹틈' '자유와 평등의 정신' '사회의식과 역사의식' 등으로 개념화하고 있는 60년대 비평가들이 추구하는 이념의 내용과 그들의 비평적 입지라 할 만한 소속 동인 등을 고려하면 이들의 분파를 크게 네 계열로 유형화할 수 있다.

이미 위에서 언급한 문학의 미학성 탐구·추구에 보다 관심을 보이는 △『68문학』계열의 김현·김주연·김병익·김치수, △문학의 현실적·역사적 맥락을 중요시하며 민족문학론 수립에 집요한 관심을 보이는 『창작과 비평』계열의 백낙청 · 염무웅 · 조동일 · 구중서 · 김병걸 · 임중빈 · 임헌영, 그리고 △현장과 일정한 거리를 유지하면서도 때때로 주요 논쟁에도 참가하는 등 이론적인 부문에 많은 관심을 드러내며 작품분석의 이론 틀에 천착하는 「강단비평」계열의 유종호 · 김윤식 · 김우창 [12]등이다. △이밖에 『현대문학』『월간문학』 등의 잡지를 중심으로 한 「기타」계열로 50년대에 비평활동을 시작한 김우종 · 원형갑 · 이형기 · 윤병로 · 정창범 · 정태용 · 최일수 · 김순남 · 김진만 · 이철범 등이 있다. 그리고 위의 네 계열 어느 쪽에도 속하지 않으면서 주요 이슈에 따라 입장을 밝히고 있는 저널비평가(신문사의 논객)로 이어령 · 홍사중 · 선우휘 등을 들 수 있다.

한편 이러한 계열화와 관련하여 지금까지 소홀히 여겨왔던 60년대 비평가들의 교육적 배경과 지적 토양에 관한 천착도 중요한 과제로 설정할 수 있다. 외국문학 전공자들의 이론이 우리의 문학풍토에서 정합성을 가질 수 있는지 (이 분야는 실존주의 · 신비평의 도입과 소개를 중심으로 진척이 있어왔지만) 여부와 비교문학적 관심도 이 시기 비평론을 이해하는데 중요한 관계항이 될 것이다.

2) 4 · 19세대 문인 · 비평가의 세대론적 전략

세대론의 발생은 한 세대에서 새로운 세대로의 점이적인 공간에서 이루어지며 인식의 변화를 동반하게 마련이다. 하지만 세대론은 물리적인 의미의 세대 이행기마다 이루어졌던 것은 아니고 사회 · 문화적 구조의 변화와 맞물려 진행된다.

60년대는 이전에 경험하지 못했거나, 이전의 경험과는 전혀 다른 의미에서 세대론이 발생할 만한 구조를 가지고 있었다. 특히 4 · 19 직후는 '60년대 비평가'로 하여금 세대론 발생의 기본 명제인 인정투쟁의 기획과 함께 글쓰기의 발생학적 조건, 인식구조의 역사적 변이, 집단적 자의식이 어떤 방식으로든 표명되는 것은 당연한 일이었다.[13] 다음과 같은 언급은 60년대

12) 김종길 · 김붕구 · 정명환 · 김용직 · 이상섭 등도 이 계열에 포함된다.

세대론의 발생학적 속성이 어떤지를 설득력 있게 전달해 준다.

> "세대간의 논쟁이 격렬해지고 새로운 세대의 인정투쟁이 강화되는 시기는 문학사적 전환기이며 새로운 미학의 징후가 드러나는 시기라고 할 수 있다. 이러한 세대간의 논쟁에는 자신이 속한 세대의 입지를 확보하고 문학사의 한 자리를 차지하려는 신세대의 욕망과 새로이 분출되는 낯선 미학에 자신의 감수성을 적응하지 못하고 문학적 기득권을 유지하려는 구세대의 욕망이 부딪치고 있는 것이다."[14]

1965년을 고비로 일군의 4·19세대 비평가를 중심으로 대두되는 세대의식의 차이 — 세대론은 이전 세대에 대한 변별적 우위를 모색하는데 모아지고 있다. 50년대의 세대론이 60년대 초반까지 전통론, 순수·참여론을 중심으로 표면화한 논쟁의 형태로 전개되고 있는 것과는 달리 60년대의 세대론은 적어도 60년대 말 김주연 — 서기원의 논쟁이 표면화하기까지는 당대 문학인 자체 내에 구조적으로 기반한 특징이거나 4·19 이후 분출한 의지의 총합이라고 보는 편이 옳다. 이들 4·19세대의 특성은 자기 세대간의 인식을 공유하거나 이견을 스스럼없이 노출하는 동세대 내부의 반성적 사

---

13) 필자는 이광호의 다음과 같은 세대론에 관한 발생학적 기술을 방법적 전제로 삼는다. "세대론이란 무엇인가. 그것은 글쓰기의 발생적 조건, 인식 구조의 역사적 변이와 그것에 연관된 문학적 실천의 자리를 말한다. 그것은 텍스트 발생사에 관한 실증주의적 이해에 걸려 있는 것이 아니라, 한 세대의 침전된 죄의식, 집단적 자의식에 관계한다. 인식의 전환은 시대와 상황의 요청에 대답하는 것이므로, 그것은 한 세대의 '문학적 문제 틀의 갱신'에 연관된다.(……)문학사는 위반과 전복의 역사다. 새로운 세대는 언제나 혁명적이며, 불온하고, 앞 세대와의 변별성을 성취하기 위해 투쟁한다. 문학사는 헤겔의 개념을 빌면 '인정받기 위한 투쟁'의 역사다. 새로운 세대는 앞 세대의 문학적 문제틀을 위반함으로써 자신의 고유한 영역을 확보하려고 투쟁한다. 그들은 자기 시대의 사명을 자기 세대의 존재 이유로 삼는다. 그들은 혁명의 징후가 됨으로써, 문학적 인식의 전환과 시적 위반을 수행한다. 그리하여 세대론은 전위에 선 사람들의 기록이다."(이광호,「세대론의 지평—시쓰기의 발생적 조건」,『위반의 시학』, 문학과지성사, 1991, 221~222쪽 참조.)

14) 이광호, 위의 글, 위의 책, 229쪽.

유의 산물이었다.[15)]

그러면 60년대의 새 세대 문인(비평가)[16)]의 문학적 입지나 방법적 추구가 이전 세대와 비교해 어떠한 차별성이 있는지, 그들만이 독자적으로 가지는 60년대적 특징이 무엇인지를 검토해보기로 하자.

첫째, 이들 세대는 언어성의 획득에서 성공하고 있다. 그들은 기본적으로 한국어인 모국어를 바탕으로 문학적 내용과 기법을 다양하게 선보이고 있으며, 한편으로 외국문학의 정규과정 교육을 통해 외국의 이론과 사조를 섭취하게 된다. 이들은 "자국어로 사물을 익히고 공부했으며, 모국어로 사고하고 느끼고 책을 읽었고, 조국의 언어로 역사와 현실을 인식하고 표현하여 전달한 최초의 세대"로 "일본어와 한문, 또는 일본과 중국 등 외국어와 외국 문화에 오염되지 않고 자기 것을 자기 식으로 의식하고 자기말로 수용하는, 그래서 자아와 세계, 그 매개체인 언어가 우리 것에 의해 관계를 형성하는 주체적 정체성을 비로소 획득한 세대"다.[17)]

김병익은 4·19세대, 60년대 세대로도 불리는 한글 세대의 새로운 문학적 시대가 가능하게 되었다는 김현의 소론에 공감을 표시하며 이에 덧붙여 4·19세대의 등장에 대해 "우리의 인식론적 역사가 여기서부터 거의 단층

15) 세대론은 60년대말에 이르러 사회 여러 부문이 공유하는 이슈가 된 듯하다.

16) 본 고에서 다루는 4·19세대는 특히 '1965년을 전후하여 본격적으로 글쓰기를 시작한 60년대 문인 일군'을 말한다. 그 하위개념으로 '4·19세대 작가'는 '60년대 작가'와 '65년대 작가'를, '4·19세대 비평가'는 '60년대 비평가'와 '65년대 비평가'를 포함하는 개념이다. 필자는 이같은 개념을 혼용하기로 한다. 이는 다수의 비평가가 '4·19세대'와 '65년대'라는 시기적 개념을 공유하고 있는 상태이고, 그 두가지 개념은 이전세대와 구별되는 '60년대'적 특징이 되기 때문이다. 한편 4·19세대는 모국어로 다양한 방식의 글쓰기를 통해 한국어의 질량감을 확장시켜 나가고 있다는 세대라는 점에서 한글세대로 불리기도 한다. 이 세대의 대표적인 문인은 시의 김지하·신동엽·황동규, 소설의 김승옥·이청준·박태순·황석영·김원일·이문구, 비평의 김현·백낙청·김우창·김병익·김치수·김주연·조동일·임중빈·구중서·염무웅·임헌영·김병걸 등이다.

17) 김병익,「4·19와 한글세대의 문화」,『열림과 일굼』, 문학과지성사, 1988, 94~95쪽 참조.

적인 변화가 일기 시작한다는 것을 은밀하게 암시하고 있다"고 이들 세대의 중요성을 부각시키고 있다.

둘째는 이들 세대가 자신감을 가지고 역사의 전면에 나서게 되었다는 점이다. 4·19세대들의 특징은 권력이나 지배체제는 항구적일 수 없고 언제든지 재구성·재해석할 수 있다는 역사에 대한 능동적이고 유연한 태도를 보여주고 있다. 즉 이들은 "한국의 여러 세대들 중에서 최초로 자신이 어떤 논리적 결론에 따라 어떤 것을 극복해 보겠다고 나섬으로써, 그래서 그 태도의 옳고 그름을 나타내 보여줌으로써 동물적이고 즉물적인 삶이 아닌 극복의 대상이 될 수 있는 어떤 삶을 미리, 선명하게 살아보려는 용기 있는 세대에 속한다"고 할 수 있다.[18] 이러한 자신감은 한국학의 진척 작업, 각 부문에 걸친 새로운 연구 방법, 다양한 예술 창작의 수법, 근대의 기점에 대한 새로운 검토, 조선후기 사회 속에서의 봉건체제의 해체과정과 주체적 근대화 과정에 대한 탐구, 조선 후기의 민중들과 비판적 지식인들의 예술 작품에 대한 학문적 연구를 활성화 할 수 있었다.

셋째는 4·19가 문학에 파급한 이전과의 가장 분명한 차별성으로, 개인의지의 발견을 들 수 있다. 절대권력에 휘둘리고 각박한 삶에 시달렸던 이전 연대에 비해 자기 스스로의 존재가치를 묻는 정체성에 대한 인식이 그것이다. 이를 달리 말하자면 주체성의 확인이라 할 수도 있다. 자율적 개인에 대한 신뢰와 인간의 자의식을 존중하는 이 세대는 이전 세대와 분명한 의식의 편차를 드러낸다. 특히 체제의 억압으로부터 자신의 고유한 세계를 지키려는 개인의지는 문학이 자율적이고 주체적인 창조적 산물임을 재확인해준다.

그런데 개인의지의 신념이 4·19의 기운에서 배태된 주체정신임에도 그 인식구조와 사유방식이 서구 부르조아 사회의 자유주의·개인주의에 기초한 문학 개념과 동형으로 나타난다고 보는 의견이 있다. 이 의견에 따르면 4·19에 의해 촉발된 근대적 자아의 정립—이성적 주체의 자율성, 개체의

---

18) 김현, 앞의 글, 250~254쪽.

주관성과 내면성에 대한 신뢰 등, 서구적 시민 사회의 건설에 대한 믿음과 자유와 행복을 추구하는 개인의 요구는 역사에 매몰될 수 없다는 자본주의적 윤리와 밀접한 연관을 갖기 때문이라 진단하고 있다.[19]

60년대 비평가들이 주장하는 공통분모인 '개인의 발견'은 용어를 달리하고 있을 뿐 그 개념은 유사하다고 볼 수 있다. 김치수는 '개인의지의 발견'을 김승옥·서정인·박태순의 소설에 나타나는 주인공들, 즉 흔히 주변에서 볼 수 있는 인물들로 현실 앞에서 자아의 무기력함을 나타내는 '일상적인 개인'에서 찾고 있으며, 김병익은 60년대 작가들이 탐색하는 '개인과 자아의 발견'으로 귀결짓고 있다. 김주연은 이전 세대와 60년대가 구별되는 변별적 요소를 '인식의 싹틈'으로, 김현은 김승옥의 주인공들이 가지고 있는'자기 세계'라 규정한다.

네번째는 이들은 투철한 역사의식을 가지게 되었다는 점이다. 이는 물론 4·19를 계기로 한 민족적·역사적 주체성에 대한 자각과 우리 문학을 외국이론의 잣대가 아닌 우리의 사회적·제도적 상황과 관련해서 구체적으로 이해하고자 역사전개의 필연적인 모색의 과정에서 형성된 것이다. 4·19세대는 부패한 정권을 무너뜨리는 데는 성공했지만 새로운 체제를 유지·발전시키지 못하는 등 자체내의 모순이 전혀 없는 것은 아니지만 그들은 "민주주의의 헌정 질서 속에서 성장했으며 그 형식 속에서 정치화되었고 그 이념을 교과서로 배운 세대로 자신들이 배운 민주주의가 허구가 아니라 실제이기를 희망했고 이 체제의 이념은 올바르고 좋은 것"으로 이해했으며 "4·19를 민주주의로부터의 변혁이 아니라 민주주의로의 실제화 추구라는 성격으로 규명하게끔 만들었다"는 점에서 역사변혁의 주체로 기록된다.[20] 이 세대의 의미는 5·16으로 성장한 군사독재정권에 저항하는 실체로, 진보적 이념의 발현자로, 모든 문화구조가 온전하게 자리하는 견인차로 기여하는 데서 찾을 수 있다.

19) 홍정선, 앞의 글 참조.
20) 김병익, 앞의 글, 81~83쪽.

다섯번째는 이 세대 문인들은 자기들의 문학을 논리적으로 뒷받침해주는 연대의식을 가진 비평가들을 얻고 있다. 바꿔 말하면 같은 세대 비평가들은 새로 등장한 60년대 일군의 작가들의 작품의 당위성을 논리적인 분석을 통해 협력하고 있다. 이어령 · 이철범 · 유종호 등 50년대 평론가들이 전전(戰前)세대 작가들에게 도전하고, 전통과 현실을 부정하며, 자기세대의 환멸을 강조하기 위해 동시대 작가들을 분석의 대상으로 삼은 반면, 60년대의 평론가들은 자기 세대를 긍정하고 현실파악과 문학관의 정립에 연대의식을 느낌으로서 동년배 작가들을 옹호하고 있다.[21)]

이상에서 살펴본 바처럼 새로 등장한 '4 · 19세대', '60년대 문인'들이 갖는 이전 세대와의 차별성, 혹은 그들 고유의 독자적 문학활동의 추구는 세대론으로 집약되거니와 이는 사회문화적 구조변화와 맞물려 자기세대의 정체성을 찾는 것으로 모이고 있다. 50년대 비평가들이 기성의 논리에 반발하고 자기 나름의 논리를 모색하고 있으나 과학적이고 체계적인 자기 세계를 구축하지 못한 반면 60년대 비평가들은 사회적인 여러 가지 조건들을 자기화하는 데 대체로 성공하고 있다. 이들은 50년대 비평가들이 이전 세대 비평태도를 극복하려는 방법과 마찬가지로 자신들의 문학적 입지를 전대문학 비판과 신세대문학의 옹호를 통하여 입론화하고 있다.

그런데 일련의 비평담론으로 제기된 세대론의 실체 및 당위성과 69년 서기원과 김주연—김현 사이에 오갔던 세대논쟁에 대한 반론도 제기되고 있다. 백낙청은 "등단이나 체험의 공유가 결코 동시대의 문학적 정체성을 결정적으로 조건지우지 못한다"는 데 이 논의의 허점이 있음을 지적하고 " '60년대 문학', 혹은 '65년대 문학'의 대변자들과 '50년대 문학'내지 '전후문학' 옹호자간의 최근의 논쟁은 우리 문학을 위해 별로 보탬이 된 바 없다"고 일축한다. 그러면서 '60년대 문학'을 '전후문학'의 연속으로 보자는 주장에 동조한다.[22)] 백낙청이 지적한 바와 같이 세대론의 허점은 동시대의

21) 김병익, 위의 글, 위의 책, 266~267쪽.

22) 백낙청, 「시민문학론」, 『창작과 비평』, 1969. 여름호(『민족문학과 세계문학』1, 창작과 비평사, 1978, 59~61쪽.)

특징적 국면을 지나치게 부각시켜 이전 세대와 차별성에 골몰하다보니 자연히 단절론의 함정으로 빠지게 되는 우려를 안고 있다는 점이다. 예컨대 당대에 활동한 손창섭 · 장용학 등과는 시기적으로 어느 정도 구분을 할 수 있는 하근찬 · 이호철 · 최인훈을 60년대와 단절된 전후세대로 명명할 것인가, 아니면 50년대에 등단한 만큼 50년대 작가나 60년대의 전사인 과도기적 형태로 이해해야 하느냐의 문제가 발생한다. 이러한 의문은 비평의 경우도 마찬가지로 적용된다. 50년대에 활동을 시작한 비평가인 이어령 · 유종호가 과연 50년대 비평가로만 위치지워져야 하는가의 문제다.

요컨대 60년대 세대론의 자장은 50년대와 맞물려 있으면서도 4 · 19 이후, 좀더 구체적으로 말하자면 65년을 전후하여 이전 세대와 분명히 구분된다. 백낙청의 연대기적 편견이나 김 현의 이분법적 도식은 60년대 세대론의 전략과 실상이 온전히 밝혀지는 데 만족스런 접근방법이 될 수 없다. 즉 문학적 실체를 지나치게 이념적으로 묶어 연속성으로 파악하려는 입장이나 50년대 · 60년대 작가, 혹은 55년대 · 65년대 비평가 식의 이분법적 재단은 문학사의 통시적 맥락이나 특정 공간의 문학적 실체에 대한 도식주의적 접근이라는 혐의를 지울 수 없다. 전자는 문학적 실체를 보편주의로 환원할 우려가 있으며 후자는 재단비평의 성격이 강하게 드러난다. 이러한 사정을 감안해 전후 문학에서 60년대 초반까지의 문학을 한 단위로 묶고, 65년 이후를 별항으로 하거나 70년대 문학에 편입시키는 것도 위 두 가지 문제점을 시정하는 대안이 될 것이다.

3. 4 · 19의 문학적 파장과 한계

1) 문학적 파장－다양한 비판 담론, 개인의 자유 의지, 감각적 문체

4 · 19 이후 비평담론의 두드러진 흐름은 문학의 사회적 기능에 대한 자각과 그 실천의지가 이전에 비해 훨씬 강화하고 있다는 점이다. 순수문학

론의 탈현실적이고 탈사회성을 공격하는 신진비평가들의 문제제기가 그것이다. 그들은 4·19 이후 등장한 수많은 문예지·잡지·신문 등 언론을 통하여 자유와 평등의 정신, 근대성 및 주체적인 인식에 관한 문제, 참여론의 범위 및 지향을 둘러싼 문제, 리얼리즘론과 민족문학론에 이르기까지 양적, 질적으로 많은 비평담론을 거침없이 쏟아 내고 있다. 이전 세대인 50년대 비평가들이 시도하지 못했던 비평의 경계를 허물게 된 것이다. 즉 순수문학론 위주의 담론에서 벗어나 분단문제, 권력 및 체제문제에 대해서도 비평의 장을 개방하고 있다.

문학 역시 변혁의 정당성과 새 사조·유파에 대한 공감을 확산시키기 위하여 비평의 기능이 필연적으로 요청된다는 사실을 감안한다면 4·19야말로 비평문학의 풍성한 밑거름이 될 수 있었다. 4·19 이후의 문학적 변모현상으로는 문단의 세대교체를 포함한 새로운 비평적 기류의 형성과 현실인식을 기반으로 한 민중문학적 의지의 발견을 들 수 있다. 후자의 경우, 미학적 변혁을 동반하고 있다는 점에서 프랑스혁명이나 중국의 문학혁명운동에 견줄 만한 민중문학, 민족문학, 그리고 사실주의라는 미학적 양식을 배태하고 있는 것으로 평가되고 있다.

문학 부문에서 4·19에 대해 어느 정도 객관적 거리를 확보한 논의는 4·19가 일어난 지 10주년이 되는 1970년 『사상계』지에서 주최한 「4·19와 한국문학」 좌담회에서 였다.[23] 이 좌담회에는 구중서·김 현·김윤식·임중빈 등이 참여하여 사회변혁과 문학혁명의 관계, 작가의 사회적 입장과 태도, 4·19에 관한 의견, 4·19에 따른 문학적 변화상 등 네 가지 문제를 난상토론 형식으로 이뤄지고 있다. 임중빈이 사회를 맡고 김윤식이 기조발제를 했는데 '현실의 문학적 형상화'에 관해 집중적인 관심을 보이고 있다. 본격 논쟁은 김현과 구중서의 대립으로 초점이 모이고 있다. 두 사람은 리얼리즘의 의미와 범위에 관해 커다란 견해차를 드러내고 있다.

그 인식의 차이는 60년대 문학 전반에 대한 반성의 문제이면서 한편 70

---

23) 유종호·염무웅 편, 『문학과 상황인식』, 전예원, 1977.(『사상계』, 1970.4)

년대 문학을 향한 좌표로 기록된다는 점에서 주목할 만한 것이었다. 먼저 구중서는 "문학인의 한 사람으로서 4 . 19를 인식할 때, 그것을 혁명이라고 본다"면서 "그 까닭은 4 · 19는 민족사가 수천 년 동안 내려온 속에서 비록 학생층을 중심으로 했지만, 민중의 봉기가 중앙 권부를 완전히 전복시킨 위대한 결과를 낳았기 때문"이라며 "정치적인 뒤처리가 혹 불순하게 되었다 하더라도 체제적 중앙 권부를 전복시킨 사실 하나만으로도 4 · 19를 혁명으로 인정할 수 있다"[24]고 밝히고 있다.

이러한 4 · 19의 가치지향적 의지에 대해 김현은 "소시민적 영웅주의라든가 혹은 정신의 유연성이 없는 어떤 도식주의는 배격되어야 할 것"이라며 "최근 사태를 더욱 혼란시키는 일련의 도식주의가 오히려 반대로 추앙되고 있는 것 같은데 그런 면은 지양되어야 한다"고 몰아붙이고 있다.[25] 두 사람의 의견을 접한 임헌영은 "역사상 나타난 모든 혁명이 인간성의 궁극적인 해방과 자아의 실현에 있다면, 그래서 문학의 궁극적 목적 역시 이런 인간의 이상을 실현시키려는 데 있다면 굳이 이념적 구분에 따라 도식적으로 배격하는 일은 도리어 우리 문학의 발전을 위해서 바람직스럽지 않다"며 구중서의 견해에 동조한다. 그는 이어 4 · 19로 비롯된 문예비평의 이념적 지평이 이 시기 이후 민중문학과 민족문학, 그리고 사실주의라는 미학적 양식 등 세 형태로 나타나는 것으로 파악하고 있다.[26] 구중서의 민중 · 민족문학적 관심은 위의 좌담회에서 그가 보여준 '역사의식' '민족', 그리고 김윤식이 표명한 '리얼리즘의 발아' 등의 개념과 궤를 같이하는 것이라 할 수 있다.

특히 김윤식이 리얼리즘의 발아를 4 · 19에서 찾아보려는 의견은 60년대 말~70년대 초 진보적 의미의 민족문학론과 관련돼 있다는 점에서 주목할 만하다. 김윤식은 70년대 초 리얼리즘의 가능성을 읽어내는 것과 함께 4 · 19의 실체를 객관적 거리를 두고 처음으로 문제삼은 것이다. 그는 "4 · 19

24) 유종호 · 염무웅 편, 위의 책, 177쪽.
25) 유종호 · 염무웅 편, 위의 책, 179쪽 참조.
26) 임헌영, 「도식주의 비평」, 『현대문학』, 1979.5, 337~339쪽.

를 다룬 수많은 작품의 발견보다도 이런 사실의 발견이 더욱 중요하며, 이것이 하나의 기준이 되어야 한다"[27]고 설파한다. 그는 4 · 19가 리얼리즘의 계기가 되고 있는 것으로 파악한다. 위의 좌담회에서 단적으로 보여주듯이 4 · 19를 기점으로 리얼리즘—참여론에 대한 인식이 점증하고 있다.

한편 4 · 19와 함께 태어난 4 · 19세대에 있어 가장 절박했던 과제는 한국문학의 퇴행성과 종속성을 극복하고 주체적이고 근대적인 문학을 확립하는 것이었다. 50년대 문학의 서구추수주의를 극복할 '주체성'과 '근대성'은 그들의 문학적 지향점이 되고 있다.

4 · 19의 이념적 양면은 정치적 민주화와 경제적 근대화의 기획이었다. 하지만 권력은 이 두 과제 사이의 틈에서 후자를 위해 전자를 유보하게 된다. 이듬해 5 · 16으로 인해 정치적 민주화라는 4 · 19의 진정한 의미가 훼손되고 있는 것이다. 하지만 4 · 19는 이 연대 자체가 안고 있는 역사적 함의인 자유와 평등의 정신을 담지하고 있다. 김윤식은 순수의 사상적 모체가 감수성이고, 참여의 사상적 기반은 시민의식으로 전화되고 있다고 파악한다. 그리고 이와 맞물려 자유의 정신은 근대성으로, 평등은 민주주의로 환치되고 있다는 것이다.[28]

4 · 19가 근대성—주체성, 자유—평등의 개념을 담지하고 있다면 이를 문

---

27) 김윤식은 위의 좌담회에서 "처음에 혁명을 일으킬 때는 어찌됐든 그들이 혁명을 감당할 수 없기 때문에 자연적으로 패배하고 말았다는 것, 이것을 의식상 처음으로 보여줬다는 것, 그리고 그래서 그런 이상이 패배해서 자기들이 어떻게 대처할까, 그러니까 대처하는 방법이 여러 가지 있겠지만, 60년대 문학에 있어서는 감수성의 혁명이다 뭐다 하는 '촉각의 확실성'이라든지 하는 것 이것 하나만이라도 붙잡아 보자, 하는 그것이 허무한 것이고 아무 소용도 없는 것이라 치더라도 그것이 그런 것을 우리가 어떻게든지 한번 해보자 해서 그런 작업을 최초로 보여줬다는 것, 가령 이제 리얼리즘의 계기가 될 수 있었음에도 결국 뭣 때문에 했다는 것, 이런 사실이 있다는 것(……)이런 것이 4 · 19가 문학에 남겨놓은 중요한 의의가 아닌가 합니다."라고 밝혀 4 · 19 이후 4 · 19와 리얼리즘의 연관을 처음으로 밝히고 있다.

28) 김윤식, 「1960년대 한국문학의 특질」, 『한국현대문학사』, 서울대출판부, 1992.11, 605~606쪽.

학적 형상화를 통해 이전 세대의 문학적 경향과 뚜렷한 차별성을 보이며 60년대적 특징을 드러내고 있는 대표적 작가는 시의 김수영과 신동엽, 소설의 최인훈과 김승옥을 꼽을 수 있다.

김수영은 작품태도에서 4·19를 계기로 방향을 새롭게 잡은 대표적인 사례로 꼽힌다. 50년대 중반까지 보여주던 모더니즘적 태도에서 완전히 벗어나 현실의 폐부를 직접 느끼는 듯한 시작 태도를 보이게 된 것이다. 그는 의식적으로 일상적 자아의 위치인 소시민이면서 자유의 정신을 구가하려는 혁명가적인 모습으로 변화를 시도하고 있다. 그 자신이 "나는 소설을 쓰는 마음으로 시를 쓰고 있다" "산문의 편, 즉 현실의 편에서도 하나의 작품은 자기의 전부"라고 말했듯이 그의 포에지는 자유로운 산문정신의 영역으로까지 확대되기에 이른다.[29] 다음의 구중서와 염무웅의 대담은 이를 잘 대변해 준다.

> "구중서 : 4·19가 김수영에게 준 충격은 확실히 있었죠. 가령 「푸른 하늘을」 이라는 시에서 보면 '피냄새 섞인 자유', '혁명의 고독'을 노래하고 있거든요. 그래서 4·19의 혁명열에 흥분해서 들뜬 것이 아니고, 실질상 좌절된 그 혁명이 얼마나 허탈하고 고독한 것인가, 그러나 이 고독을 이 혁명의 고독까지를 참아야 또 자유에 묻어 있는 피냄새까지를 알아야 진실한 시인이 될 수 있다고 인생이 될 수 있다는 데까지 나아갔다고 볼 수 있지 않을까 합니다. 이 때를 계기로 김수영의 현실의식의 시적 단계가 일단 전개되게 되었지요.
>
> 염무웅 : 김수영의 시적 전개에서 4·19가 분수령이 된 것은 사실이지만, 4·19 그 자체가 김수영에게 하나의 외적 충격에 그쳤던 것만이 아니고 그의 문학적 발전에 있어 필연적인 내면적 계기로 작용했던 것을 인정할 수 있습니다."[30]

4·19는 김수영의 문학적 생애에 분수령이 되었다. 김수영 문학은 이를

---

29) 홍정선, 위의글 참조 및 재인용.

30) 구중서, 「좌담－4·19와 한국문학」, 『사상계』, 1970.4(『문학과 현대사상』, 문학동네, 1996, 326쪽 재수록분 인용).

계기로 사회적인 성격을 띠게 되었고, 인간의 구체적 삶을 규정짓는 방법으로서의 정치·사회적 상황에 집중적으로 관심을 기울이게 된다. 이러한 점은 50년대 중반까지와는 달리 후반에 이르러 「폭포」 「눈」 「하…그림자가 없다」 등에서 혁명의 기운을 예감하다가, 혁명을 겪고 나서는 「기도」 「푸른 하늘을」 「만시지탄은 있지만」 등으로 나타나고, 이어 1964년에는 「거대한 뿌리」 「현대식 교량」 등으로 심화된다는 사실을 통해 짐작할 수 있다.[31] 이는 67~68년에 이르면 자신의 작품을 둘러싸고 이어령과 벌인 참여논쟁의 정점이라 할 만한 문학의 정치성－정치적 참여에 관한 심도 깊은 논쟁인 불온시 논쟁으로 비화한다.

김수영의 시가 주로 자유를 근간으로 하는 민주주의적 이념추구와 관련되어 있다면, 신동엽은 반외세 자주정신에 기초한 혁명의 민족주의적 요소가 짙게 배어 있는 것으로 분석되고 있다.[32] 신동엽의 「금강」 「껍데기는 가라」 「아사녀」 「종로5가」 「조국」 「술을 많이 마시고 잔 어젯밤은」과 같은 시들은 분단과 통일, 외세와 민족자주, 산업화의 그늘에 가려진 민중에 대한 그의 뜨거운 시적 지향을 보여주는 수작으로 평가되고 있다. 구중서는 "신동엽은 특히 김수영과는 체질이 다르면서 현실의식을 가지고 시를 쓴 시인이었는데, 특히 서사시 「금강」에서는 우리 근대정신사의 맥락을 시속에 담고 있다"며 우리 민족의 정신사적 유산을 시로 형상화한 것으로 파악하고 있다.[33] 4·19와 관련하여 김수영과 신동엽의 시적 지향은 민주·민족·민중성을 지향하면서 다음 시대의 문학의 방향을 제시하고 있다고 할 수 있다.

소설을 통해 이데올로기 문제를 처음으로 파헤치려는 시도는 최인훈의 『광장』으로 나타난다. 최인훈은 4·19 직후 비교적 자유로웠던 정치 공간을 이용, 분단 이후 처음으로 분단상황에 대한 문학적 발언을 한다. 4·19가 일어난 후라고는 하지만 남북한 이데올로기를 모두 비판한 이 작품은

31) 김윤태, 위의 글, 237~238쪽.
32) 김윤태, 위의 글, 241~242쪽.
33) 박태순, 위의 글, 291쪽.

정치권력 집단이나 문학인에게 커다란 파문을 일으켰다. 다시 말해 4 · 19가 없었던들 나올 수 없었던 작품이다.

> "운명을 만나는 자리를 광장이라 합시다. 광장에 대한 풍문도 구구합니다. 제가 여기 전하는 것은 풍문에 만족치 못하고 현장에 있으려고 한 우리 친구의 얘깁니다. 아세아적 전제의 의자를 타고 앉아서 민중에겐 서구적 자유의 풍문만 들려줄 뿐 그 자유를 '사는 것'을 허락치 않았던 구정권 하에서라면 이런 소재가 아무리 구미에 당기더라도 감히 다루지 못하리라는 걸 생각하면서 빛나는 4월이 가져온 새 공화국에 사는 작가의 보람을 느낍니다."[34]

광장의 서문에서 볼 수 있듯이 최인훈은 이 작품을 통해 당시 금기영역으로 간주되었던 이데올로기 문제를 정면으로 다루고 있다. 60년대 지식인의 전형이라 할 만한 독고 준과 이명준이 현란한 언어로 우리 앞에 펼쳐 보이는 자본주의와 공산주의, 혁명과 개인, 우상과 현실, 개인과 사회에 대한 자유 의사가 비교적 냉정하게 담겨져 있는 이 작품은 4 · 19가 가능케 한 문학적 전범이라 할 수 있다. 물론 이 작품은 정체성을 갖지 못한 지식인의 허무의식과 무력감이 관념적으로 조작되고 있다는 혐의가 있다. 즉 시대적 이념이 지나치게 개인 의식으로 환원되고 있다.

『광장』의 주인공 이명준의 삶과 의식은 광장과 밀실 사이에서 고뇌하는, 어디에도 자유롭게 소속할 수 없는 주변인적, 경계인적 상황에 있다.[35] 광장은 밀실과 대비되는 개념으로 자유와 평등을 지향하지만 밀실은 잠재적인 자아를 의미한다. 주인공 이명준은 하나는 남쪽에, 또 하나는 북쪽에 있을 것이라 생각하며 이 둘을 동시에 갈구했지만 양쪽 모두 안주할 만한 곳이 못되었다. 결국 낙동강 전선에서 포로가 된 주인공 이명준은 포로 교환 시 제3국을 선택했지만 그것조차 희망이 없음을 깨닫고 바다 속에 몸을 던져 자살을 택하고 만다. 위의 분석에 따르면 선택을 강요당하는 입장에서

---

34) 최인훈, 「廣場」, 『새벽』, 1960.

35) 김현, 「한국문학의 가능성」, 『현대한국문학의 이론』, 민음사, 1972, 75쪽.

어떠한 선택도 부질없는 것이라는 냉소적인 시각이 소설의 행간에 도사리고 있음을 쉽게 짐작할 수 있다.

작품 내용을 짚어 작가 최인훈의 정신적 편력을 두고 "최인훈 문학의 대체적인 경향은 개인과 상황의 끊임없는 대결 끝에 결국 개인적 좌절로 끝나고 있다"고 파악하는 의견도 제기됐다.[36] 즉 남북이 분단된 역사적 현실, 어느 이념도 용납할 수 없는 조건부적 현실에서 작가가 이중의 부담을 지게 돼 결국 개인 인식으로 환원되고 한편으로 지나치게 관념화하고 있다는 점이 작품의 한계로 지적되고 있다.

『광장』이 이전에는 다루기 힘들었던 이념의 문제를 심도 있게 묘파하고 있다면, 기법이나 감각에서 이전 세대와 구별되는 표현방식을 보이고 있는 작가로 김승옥을 꼽을 수 있다. 흔히 탁월한 언어적 감성과 개인의식의 성취라는 점에서 '감수성의 혁명'으로 불리는 김승옥 소설의 특징은 도시문명과 산업사회의 역기능으로 등장한 인간관계의 단절과 개인의 고립, 소시민의 좌절을 독특한 기법과 발상으로 담아내고 있다. 이는 이전 세대의 소설 문법에서는 없었던 것이다. 1962년 「생명연습」으로 등장한 김승옥은 「무진기행」 「서울, 1964년 겨울」 「환상수첩」 「건(乾)」 「다산성(多產性)」 등을 통해 4·19가 "개인이 외부로부터 형성된 가치관을 꼭 필요로 한 시대라기보다 자기 나름의 가치관의 확인을 시작한 시대"[37]라는 점을 여실히 보여주고 있다.

그의 출세작이자 대표작인 「무진기행」을 보자. 서울에서 어느 정도 출세했다고 생각 한 청년이 고향인 무진에 돌아가서 쓰라렸던 과거의 편린—변하지 않는 거리, 조그마한 출세로 만족하고 있는 친구, 유행가나 부르면서 자신의 권태를 달래는 음악 선생 — 등을 통해 왜소한 자신의 모습을 발견하고 삶의 허위성, 존재론적인 갈등에 의문을 던지고 있다. 현실과 이상 사이에서 핍진하게 드러나는 이러한 의문은 60년대 상황에서 필연적으로 추

---

36) 김치수, 「한국소설의 과제」,『현대한국문학의 이론』, 민음사, 1972, 152~153쪽.

37) 김치수, 위의 글, 위의 책, 153~157쪽 요약.

수되는 자기정체성에 대한 의문과 탐색 과정으로 보인다. 김승옥은 이외의 작품에서도 이와 유사한 자기확인의 과정을 반추하고 있다.

이상에서 보았듯이 4 · 19는 문학적으로 다양한 비평담론의 물꼬를 틔우며, 한편으로 근대성에 부합하는 자유와 평등의 정신, 주체와 개인의 의지 등을 작품 내적으로 승화시키고 있다. 이를 좀 더 구체적으로 집약해보면 민주 · 민족 · 민중의식의 시적 형상화, 개인의지와 자유 및 감수성의 소설적 발현과 함께 리얼리즘과 참여론이 본격화하는 계기를 마련하고 있다.

2) 문학적 한계 — 작품의 불모성, 경직성

4 · 19가 직 · 간접적으로 영향을 끼친 문학은 대체로 미흡한 수준으로 평가된다. 이는 4 · 19 직후 문학만을 상정할 때 내리는 평가다. 물론 60년대 중 · 후반에 이르러 새 세대 비평가를 양산하고 이에 따른 작품적 성과도 일정한 궤도에 오르게 된다. 이는 근본적 한계로 지적되는 4 · 19 주체의 미형성, 허약한 결속력[38], 이의 좌절이라 할 수 있는 5 · 16까지의 짧은 시간성에서 연유한다. 4 · 19문학의 불모성은 구체적으로 작품적 성과의 척박함으로 드러난다. 작품량이 매우 미약한 정도에 그치고 있고, 설령 성과가 있더라도 이념이나 구호성이 짙게 나타나고 있는 것이다.

4 · 19문학이 불모성으로 간주되는 가장 큰 이유는 8 · 15, 6 · 25 등이 역사적으로 밖에서 주어진 사건임에 비추어 4 · 19는 내부로부터 형성된, 역사의식의 크게 작용하고 있다는 데서 찾아진다. 김윤식은 "역사적 사건과

38) 이러한 점은 흔히 프랑스 혁명에 비견된다. 67~68년 3월까지 진행된 프랑스 5월 혁명의 경우도 다양한 힘이 분출되어 세계역사상 유례를 찾아보기 힘든 노동자파업으로 연결되었지만 우선 계층간의 연합이 이뤄지지 않아 개인을 사회적 규범에 옭아매려는 권력과 제도적 실천에 대한 저항을 목표로 했지만 그들은 충동적이고 주관적이었으며 무정부주의적인 방향으로 접어들고 있다. 그들은 뚜렷한 주체를 형성하지 못하자 최초의 열기는 금방 사그라들었다. 다이언 맥도넬 · 임상훈 옮김, 『담론이란 무엇인가』, 인간사랑, 26쪽 참조.

문학과의 관계에 초점을 두고 작가가 되려는 사람, 작가 아닌 사람에게는 4·19가 일어난 적이 없다"며 4·19의 경우도 "사건의 밑바닥에 깔린 감각이나 확실한 촉각이나 이런 것은 확실하지만 그것 자체로 머물러 맹목이 되고, 무엇인지 뚫고 나갈 힘이 없는 것이 되고 말았다"고 밝히고 있다. 구체적으로는 역사적 사건과 예술의 선험적인 불모성으로 파악, "4·19라는 역사적인 급변을 문학 쪽에서 과연 자신 있게 다룰 수 있느냐 하는 것입니다. 4·19의 이상주의인 자유의 개념이 전부 다 현실에서 유린되어 나가고, 흩어져 나갔다는 겁니다."라며 4·19는 단지 하나의 계기가 된 것이라 규정하고 있다.[39] 한편 이러한 불모성이 '고함만 남게' 한 것으로 보고 있다.

4·19문학이 문학 작품으로 직결돼지 못하고, 설령 4·19를 다룬 작품일지라도 본격성에서 거리가 있다는 지적은 이외에도 여럿 발견된다. 박태순은 "4·19의 현장문학은 없다. 더구나 혁명문학은 없다"고 못박고 있다. 김수영은 " '그 당시 위대했던 것은 한국 시인이 아니라 자유''혁명은 안되고 나는 방만 바꾸어 버렸다. 그 방의 벽에는 싸우라 싸우라는 말이 헛소리처럼 아직도 어둠을 지키고 있을 것'이라 말하고 있으며, 4·19 즉시 터져나온 기념시들을 가리켜 '방관자의 뒤늦은 박수, 일종의 뻐꾸기 소리' 등의 수사를 서슴지 않고 있다.[40] 백철은 당시 이러한 문학적 풍토를 의식하고 "직접 혁명의 뜻을 설명하고 너무 작품의 사회성이나 정치성을 앞에 내세우게 된다면 그 문학은 너무 직선적이고 표면성의 것으로 평면화되지 않을까" 라 표명, 작품의 질 저하를 우려하고 있다.[41]

작품의 불모성은 당시 작가들의 태도에서 기인하고 있음도 확인된다. 4·19를 전후한 시기에 활동했던 작가들의 문학에 대한 소극적인 태도 역시 불모성의 원인이 되고 있는 것이다. 천상병은 '왜 현실적이 되지 못했는가'

---

39) 김윤식, 「4·19혁명과 한국문학」, 163~164쪽, 175쪽 요약 및 참조.

40) 성민엽·홍정선·김윤식, 앞의 책 참조.

41) 백 철, 「革命 뒤에 오는 文學課題들—젊은 世代에게 來日을 말한다」, 『새벽』, 1960.9

란 부제를 달고 있는 「4 · 19 이전의 문학적 속죄」에서 "한국의 작가들은 4 · 19를 전후한 시기를 겪으면서 그의 작품도 없었고 군중의 행렬에도 없었다"[42]며 작가들의 현실에 대한 소극적인 태도를 문제 삼고 있다. 여기에 덧붙여 괴테가 언명한 "독일의 작가가 된다는 것은 곧 독일의 순교자가 되는 것"이라는 구절을 제시하며 우리 작가가 민족의 운명에 너무 무관심하다고 질타하고 있다. 여기서 작품이 없었다는 표현은 4 · 19를 탁월하게 형상화한 좋은 작품이 태부족하다는 말로 바꿀 수 있다.[43] 실제로 4 · 19 직후의 소설은 이념이 직정적으로 노출되는 경우가 많았으며 시도 기념시를 중심으로 발표되는 경우가 허다했다. 위에서 거론한 김수영과 신동엽의 작품이 평가를 받는 정도였다.

4. 맺음말

60년대는 4 · 19에서 시작해서 4 · 19로 끝났다 해도 과언이 아니다. 4 · 19는 민주화와 근대화, 분단과 외세, 민족과 민중의 문제를 외면할 수 없는 현안으로 만들었다. 문학 부문도 예외가 아니어서, 4 · 19세대의 인식적 전환이 문학 내부에 반영된다. 자유롭게 한글로 사유하며 글을 쓰기 시작한

---

42) 천상병, 「4 · 19 以前의 文學的 贖罪」, 『자유문학』, 1960.9.

43) 한편 4 · 19를 직접적 소재로 다룬 주요 소설 작품으로는 정병조의 「연교수와 금빼지」(『사상계』1961.100호기념증간호), 한무숙 「대열속에서」(『사상계』1961.100호 기념 증간호), 조용만 「표정」(『현대문학』1961.4), 유주현 「밀고자」(『사상계』1961.6), 오상원의 「무명」(『사상계』1961.8), 박연희의 「개미가 쌓은 성」(『현대문학』1962.5) 등을 들 수 있는데 이 소설들이 공통적으로 나타내고자 하는 서사의도는 구조적으로 이중적인 삶을 살아야 할 수밖에 없었던 당시 지식인들의 모순과 고뇌를 그려내려는데 있다. 한편 이와는 별도로 분단모순이 낳은 외세의 문제를 다룬 소설로 남정현의 「분지」(『현대문학』,1965.3)가 있다. 반미 소설의 선구적 역할을 한 이 소설은 필화사건으로 더욱 유명해지기에 이른다. 작가가 투옥되고 작품의 용공성 여부로 법정에 올라 안보이념과 문학의 표현문제를 한계 짓는 계기가 되고 있다. 결국 징역 6월 자격정지 6월의 선고유예라는 유죄판결로 일단락 되었다. (임헌영,「한국현대문학과 역사의식」, 『한국현대사와 역사의식』, 한길역사강좌, 한길사, 138~139쪽 참조.)

이들 세대는 개인의식과 자유의 의미를 천착하는데 주력하고 있다.

60년대 비평론은 이전 세대에 비해 양적 팽창과 질적 심화를 보인다. 4·19 이후 잠시 소강상태를 맞이했던 평단은 1965년을 전후해서 전례 없는 내적 성장의 계기를 마련한다. 문학에 대한 열기가 작품으로 쏟아져 나오고 새로운 비평적 인식과 기운이 새 세대에 걸맞은 비평론으로 표면화한다. 자신의 비평적 입지에서 조금치도 벗어나지 못하며 소모적인 인신공격·정실비평 등 악순환을 되풀이했던 초기 평단은 점차 비평가 상호간의 이념적 간극을 뛰어 넘어 문학적 소통이 가능한 잡지·동인(同人)을 형성하게 되면서 비평론은 더욱 활성화한다.

65년은 비평사적인 입장에서 중요한 의미를 가진 해다. 이른 바 4·19세대 문인이 문학활동을 본격적으로 시작하는 중요한 계기가 되고 있기 때문이다. 65년을 전후해 등장하는 문인·비평가를 4·19세대 비평가(작가), 65년대 비평가(작가), 60년대 비평가(작가)라고 지칭한 것도 이런 연유에서다.

60년대 비평은 비평의 내용과 그에 따른 비평가의 입지에 따라 미학성 탐구추구에 보다 관심을 보이는 「68 문학」 계열(『문학과 지성』 전신), 문학의 현실적, 역사적 맥락을 중요시하는 「창작과 비평」 계열, 이론적인 부문에 보다 많은 관심을 드러내는 「강단비평」 계열, 50년대부터 활동해 왔거나 저널리즘에 종사한 「기타」 계열로 유형화 할 수 있다.

60년대 문인·비평가가 이전 세대와 비교해 비평의 차별성을 얻게 된 것은 대체로 다음과 같은 이유에서 기인한다. 첫째, 이들 세대는 자유롭게 언어를 구사할 수 있게 되었다는 점이다. 그들은 기본적으로 한국어인 모국어를 바탕으로 문학적 내용과 기법을 다양하고 풍요롭게 선보이고 있으며, 한편으로 외국문학의 정규과정 교육을 통해 외국의 이론과 사조를 섭취하게 되었다. 둘째는 권력이나 지배체제는 언제든지 재구성·재해석할 수 있는 자신감을 가지게 되었다. 자신감은 때때로 이념의 과잉을 드러내기도 하지만 문학의 활성화의 촉매가 되고 있다. 셋째는 근·현대문학사를 통해 아직껏 볼 수 없었던 개인의지의 발견이다. 개인의지란 자기 스스로의 존재가치를 묻는 정체성에 대한 인식이었다. 넷째는 투철한 역사의식을 가지게 되었다는 점이다. 이들 세대가 가진 역사의식은 후기 비평에 이르러 참여론-리얼리즘론이 심화하는데 결정적으로 기여한다.

65년을 전후해 등장한 '4 · 19세대', '60년대 문인'이 갖는 이전 세대와의 차별성은 세대론으로 집약되거니와 자기 세대의 정체성을 찾는 쪽으로 모아지고 있다. 50년대 비평가들이 기성의 논리에 반발하면서도 체계적인 자기 세계를 구축하지 못한 반면 4 · 19이후 등장한 60년대 문인 · 비평가들은 사회적인 여러 가지 조건들을 자기화하는 데 대체로 성공하고 있다. 새미

서구적 감수성과 동양적 형식
— 김종삼론

심 재 휘*

1. 김종삼과 시쓰기의 괴로움

1950년대는 전쟁과 그것의 흔적으로부터 벗어날 수 없는 시대였다. 문학도 예외일 수는 없었다. 전쟁은, 시행착오를 겪으며 급속히 전개되던 전전(戰前) 현대문학의 흐름을 잠시 멈추게 했을 뿐만 아니라, 전후 문단의 재편이라는 놀라운 기능을 발휘했다. 전전의 시단에서 주목받던 신인들, 이를테면 30년대 후반의 서정주나 유치환,[1] 그들의 뒤를 이어 등장한 소위 청록파 시인들은 50년대에 들어서서 이미 시단의 어른이 되어 있었다. 순수시 계열의 영향력 있는 주류로 부상한 것이다. 그러나 이들에 의해서가 아니라 문단의 재편은 50년대 들어서 등장하는 새로운 시인들에 의해 이루어진다. 신인들은 기존의 주류인 순수시 계열과, 「후반기」 동인들에 의해 새롭게 주도되던 모더니즘 계열로 대별되었지만 일군의 시인들은 독자적인 영역을 확보해 나갔다. 그들에 의해 전후의 시단은 전쟁의 후유증과 전망

---

* 고려대 강사. 주요 논문으로 「1930년대 후반기 시 연구」 「한국현대시의 전통서정 연구」가 있음.

1) 물론, 이용악, 오장환, 백석 등과 같은 시인들도 여기에 속한다. 그러나 월북, 재북작가라는 점에서 남한 문학사와의 연계를 고려할 수 없으므로 논의에서 제외한다.

의 부재라는 공통망 속에서 다양한 시세계의 시도를 경험하게 된다.

1953년 잡지 『신세계』에 「遠丁」을 발표하며 시단에 나온 김종삼은 전후 한국 시단에 독자적인 영역을 구축한다.[2] 특히, 그는 기법면에서 독특한 스타일을 추구하는 작가로 평가 받는다.[3] 그의 시가 지니는 미학적 자질들은 당대뿐만 아니라 지금까지도 時宜性을 잃지 않고 있다. 그의 작품세계가 그만큼 견고한 까닭이다. 절제의 미덕을 간직한 '묘사의 시인'으로서, 혹은 '절대 순수의 세계를 지향한 시'의 표본으로서, 김종삼과 그의 시는 내용과 형식면에서 모두 인상적인 모습을 보여주었다. 무엇보다도, 기법에 대한 그의 독특한 시도는 우리에게 많은 분석의 토대를 제공해준다.

본고의 목적은 김종삼 시의 형식적 자질들을 꼼꼼히 살펴보려는데 있다. 그의 시세계를 '비극적 세계인식'[4], '순수시의 극단적 표본'[5] 등으로 바라보는 것도 형식에 대한 분석적 고려 없이는 허전할 수밖에 없기 때문이다. 형식에 대한 고찰은 물론 최종적으로 그의 시세계가 추구하는 미적인식의 향배를 살피기 위함이다. 시가 세계에 대한 해석과 미적 형상화 작업의 유

---

2) 김종삼은 1921년에 태어나 1984년까지 살았다. 그는 근 30년에 걸친 시작활동을 하였으며 남긴 시집으로는 『십이음계』(삼애사, 1969), 『시인학교』(신현실사, 1977), 『누군가 나에게 물었다』(민음사, 1982) 등의 개인시집 3권과, 김광림, 전봉건과 함께 편 『전쟁와 음악과 희망과』(자유세계사, 1967), 김광림, 문덕수와 같이 만든 『본적지』(성문각, 1967) 등의 공동시집 2권, 그리고 『북치는 소년』(민음사, 1979), 『평화롭게』(고려원,1984) 등의 시선집 2권이 있다. 사후에 나온 전집으로는 『김종삼 전집』(청하, 1988)이 있다. 본고에서는 『김종삼 전집』을 텍스트로 삼는다.

3) 김종삼 연구는 크게 기법적인 면과 주제적인 면으로 나누어 볼 수 있는데 기법적인 측면의 주요 연구로는 다음과 같은 글들이 있다.
김현, 「김종삼을 찾아서」, 『김종삼 전집』, (청하, 1988).
김주연, 「非世俗的 詩」, 『김종삼 전집』, (청하, 1988).
황동규, 「殘像의 美學」, 『김종삼 전집』, (청하, 1988).
신규호, 「무의미의 의미」, 『시문학』, 1989, 3.
하현식, 「미완성의 수사학」, 『현대시인론』, (백산출판사, 1990).
김준오, 「완전주의, 그 절제의 미학」, 『김종삼 시선』, (미래사, 1991).

4) 김현, 앞의 글.

5) 황동규, 앞의 글.

기적 결합의 산물이라고 포괄적으로 정의할 수 있다면, 세계를 해석하는 언어의 형식에 우리가 우선적으로 주목해야 하는 것은 그것이 시를 온전하게 보기 위한 가장 기초적인 작업이기 때문이다. 형식이 배제된 내용의 탐구는 자의적인 해석으로 흐를 위험성이 있고, 내용을 고려하지 않는 형식 연구는 기계적일 수 밖에 없음을 우리는 늘 염두에 두어야 한다.

이제, 우리는 김종삼의 시 읽기에 들어가야 하는데, 그의 시를 이해함에 있어서 기법의 문제보다도 선행해서 해결하여야할 것이 하나 있다. 그것은 시와 시쓰기에 대한 그의 태도를 파악함으로써 그의 시세계로 들어가는 입구를 마련하는 일이다. 이유는 다음과 같은 질문으로부터 우리가 자유로워지기 위해서이다. 전쟁 직후 50년대는 문학이 사회적 간섭으로부터 자유로울 수가 없었던 시기였음에도 불구하고, 그는 왜 극단적인 순수시에 자신의 문학적 생애를 투여하였을까? 그에게 시를 쓴다는 행위는 무엇을 의미하는가? 후자의 문제는 모든 시인들에게 해당하는 근원적인 창작동기이겠으나 김종삼의 경우는 앞의 질문에서 도출되는 고민이 독특한 미학세계를 이루고 있을 정도이다. 따라서 시쓰기 행위에 대한 나름대로의 신념은 시작의 중요한 모티프로 등장하며 그것은 그의 미학 세계를 이해하는데 중요한 단서가 된다.

김종삼의 시에는 창작동기로서 시쓰기에 대한 언급이 많이 나타난다. 현실과 문학과의 거리, 세계와 자아와의 거리를 반영하는 것이라 할 수 있다. 그래서, 시 「물 桶」의 「그동안 무엇을 하였느냐는 물음에 대해/다름아닌 人間을 찾아다니며 물 몇 桶 길어다 준 일밖에 없다고」라는 구절은 그의 시쓰기 행위의 본질을 가름하는 대표적인 구절이 되어왔다. 그에게 시는 가치면에서 천상의 소리와 빛인, 「풍금소리」나 「영롱한 날빛」(언어의 형식과 내용)과 같은 것이며, 시쓰기는 지극히 순수하고도 고귀한 「소리」와 「빛」을 「따우(지상—필자 주)」의 「물」(구체적 사물)로 빚어서 「人間을 찾아다니며」 나누어 주는 일이다. "그의 시가 보여주는 표면적인 인간부재 의식 속에는 연약하고 가난한 인간 전체에 대한 사랑과 연민이 자리잡고 있"[6]다고 한 평가는 같은 맥락으로 이해할 수 있다.

그는 시를 「人間」을 위한 가장 순수하고도 근본적인 선물로 생각한다. 그러나 그것을 나누어주는 행위인 시쓰기는 「물 몇 통 길어다 준 일밖에」 안 된다고 폄하한다. 여기에서 우리가 눈여겨 보아야할 것은 시쓰기에 대한 것이 아니라 시 자체에 대한 그의 생각이다. 자신의 시쓰기가 고통스럽고 보잘것 없다는 생각은 어찌보면 시인들이 항용 할 수 있는 반성적 사고일 수 있다. 그러나 시 자체에 대해서 절대적 가치를 부여하는 그의 인식은 다소 이채롭다. 시의 가치는 그것이 파급하는 효용성에 있는 것이 아니라 온전한 시의 존재, 그것에 있다고 믿고 있는 것이다. 그의 시가 극단적인 순수를 지향하는 이유는 그와 같은 믿음을 토대로 한다.

> 뿔과 뿔 사이의 처량한 박치기다 서로 몇 군데
> 명중되었다 명중될 때마다 산 속에서 아름드리
> 나무 밑둥에 박히는 도끼의 소리다.
>
> 도끼 소리가 날 때마다 구경꾼들이 하나씩
> 나자빠졌다.
>
> 연거푸 나무 밑둥에 박히는 도끼 소리.
>
> ―「피카소의 落書」 전문

위의 시에서 우리는 시쓰기에 대한 김종삼의 '정신'을 발견한다. 「뿔과 뿔 사이의 처량한 박치기」는 생명을 건 처절한 소싸움을 연상시킨다. 생명을 건 소들의 소모적인 싸움은 「처량」하다. 목숨을 건 시쓰기를 아무도 알아주지 않는다는 시인의 자조가 배어있다. 그러나 「박치기」는 소싸움이 아니다. 「도끼」로 「나무 밑동」을 내리치는 도끼질을, 소의 양 뿔 사이를 내리쳐 단 일격에 소를 거꾸러트리는 도살행위에 대입해, 강한 도입부를 마련

---

6) 오형엽, 「풍경의 背音과 존재의 감춤」, 『1950년대의 시인들』, 송하춘·이남호 편, (나남, 1994), 317면.

했다. 「뿔과 뿔 사이」는 생명의 正鵠이다. 그곳을 「명중」해야만 하는 「도끼」의 생애에서 우리는 김종삼의 결의를 생각한다. 절제된 언어로 寸鐵殺人의 미학을 실현하고자 하는 그는 「내가 닦고 있는 言語에 때가 묻어버리면 큰일」[7]이라고 생각할 정도로 청교도적이다. 그러나 「도끼 소리가 날 때마다 구경꾼들이 하나씩／나자빠졌다.」는 구절에서 무엇인가 어긋난다. 寸鐵殺人의 미학마저도 넘어서는 김종삼의 언어관은 우리가 따라잡기에는 몇 단계 더 앞에 있기 때문이다. 말을 길게 늘여 써야하는 산문을 병적으로 기피했던 그는 말의 낭비를 극도로 싫어했는데 몇 안 되는 산문 중 「意味의 白書」에서 릴케의 말을 빌어 「도끼」의 의미를 다음과 같이 설명한다.

> 그는 말하기를 새로운 言語란 言語의 도끼가 아직도 들어가 보지 못한 깊은 樹林 속에서 홀로 숨쉬고 있다고 말했다
> 말하자면 함부로 지껄이는 言語들은 대개가 아름다운 정신을 찍어서 불 태워 버리는 이른바 言語의 도끼와 같은 手段에 지나지 않으므로 그와 같은 言語 속에는 새로운 말이라는 것이 없다는 게 우리들의 「라이나 마리아 리르케」의 持論이다.

정곡을 내리치는 언어의 도끼마저도 「함부로 지껄이는 言語」일 뿐이며 「아름다운 精神」을 훼손하는 수단에 불과하다는 것이다. 도끼 소리가 「구경꾼('人間'인 독자－필자주)」을 하나씩 거꾸러트리는 「처량한 박치기」에 불과하다는 사실, 그리고 그 소리가 아무리 위대한 '피카소'의 것이라 할지라도 '落書'는 '落書'일 뿐이라는 사실에서 우리는 그가 얼마나 완벽한 순수주의자인가를 알게 된다.

이와같은 견지에서 보면, 그의 시가 대 사회적인 고려보다, 세상의 순수를 함유하는 사물화된 언어를 지향하고, 나아가 극단적인 순수성을 추구한다는 것이 결코 이상하지 않다. 이러한 이해는 그가 왜 비극적인 세계인식과 독특한 시형식에 결벽증적으로 매달리고 있는가에 대한 분석의 실마리

---

7) 김종삼, 「意味의 白書」(산문), 『김종삼 전집』, (청하, 1988), 229.

가 될 것이다.

2. 내용 · 형식의 이원성과 여백의 미학

김종삼의 시를 읽을 때, 우리는 일반적으로 다음의 두가지 경우에 동의하게 된다. 하나는, 사용되는 어휘나, 상상력의 구조로 보아 시의 내용이 서구적인 면모를 많이 지니고 있다는 점[8]이고 , 다른 하나는 그의 시가 대단히 정제된 형식을 보여주고 있다는 점이다. 후자는 독자들에게 다소 당황스러움을 줄 정도로 극단적인 모습을 지닌다. 이것은 그의 대표적인 개성으로 평가되는 부분이기도 하다.

김종삼이 서구적인 소재를 차용하여 그의 상상력의 일환으로 삼은 것은 50년대의 문단 분위기와도 무관하지 않다. '후반기' 동인에 의해 주도되던 모더니즘 시운동은 당시 젊은 작가들에게 일정한 정신의 구심점을 제공해 주었다. 해방과 전쟁을 통해 본격적으로 들어오기 시작한 서구식, 특히 미국식 사고와 생활방식은 우리 사회의 여러 방면에서 큰 영향력을 미쳤다. '전망부재의 현실인식이 도시와 근대적인 것의 추구라는 형태로 나타났다'는 당대 문학에 대한 평가[9]처럼, 그의 시에 등장하는 서구적인 요소들은 이러한 사회 분위기와 관련이 있다고 할 수 있다.

그러나 본고가 주목하고자 하는 것은 그의 시가 지니고 있는 서구적인 감수성이 아니라 그것을 드러내는 방식 즉, 극도로 절제된 시형식이다. 시란 언어의 경제성을 가장 큰 무기로 사용한다는 개론적인 사항을 감안할

---

8) 김종삼의 시에는 기독교적인 심상과 서구 예술가에 대한 집착이 남다르게 나타난다. 또 서양화에서 봄직한 풍경들이 주요 이미지 군을 형성한다. 황동규는 이를 "멋으로 썼다기 보다는 환상으로 현실을 견디어 내려는 의지"로 파악했다. 어쩌면 단점으로 작용할지도 모르는 서구적 감수성이 절제의 미학과 연결되어 나름의 내적 필연성을 얻고 있다는 점에서 우리는 김종삼 시의 매력을 발견한다.

9) 윤여탁, 「1950년대 한국 시단의 형성과 참여시의 잉태」, 『한국전후 문학의 형성과 전개』, (태학사, 1993), 122면-123면.

때, 표현이 절제가 되었다는 것에 대해 우리는 두가지 경우로 이해할 수가 있다. 문법적 경제성이 하나이고, 의미전달의 간접성이 또 다른 하나이다. 두가지 사항은 서로 상보적인 관계를 유지한다. 그러나 시의 장르적 특성을 고려하면, 시작에 있어서 말을 아낀다는 것은 종국에는 후자의 경우를 지향하는 것이다. 지나친 생략과 비논리적 문맥이 전략적으로 개입된 김종삼의 시에서는 더욱 그렇다. 이는 말하지 않음으로써 더 많은 것을 자유롭게 드러내려는 의도와도 무관하지 않다. 황동규가 "무엇이 그 공백으로 하여금 긴장을 일으키게 하고 비록 순간적이긴 하지만 절표한 아름다움을 느끼게 해 주는가?"[10]라고 지적하였듯이, 그와같은 절제의 미덕은 여백의 미를 추구하는 동양적인 형식이라 할 수 있다.

사실, 서양의 예술은 공백을 채워나가는 과정에서 각각의 구성 요소들이 화합하는 조화의 미에 토대를 둔다. 서양화를 보더라도, 원하는 색깔을 얻기 위해 여러가지 색을 배합하는 방식을 취하거나, 하나의 그림을 완성하기 위해 겹겹으로 덧칠하여 빈 공간을 메워나가는 방식은 서양 예술의 방식을 단적으로 증명한다. 이러한 방식은 서양음악에서도 다르지 않다. 서양음악은 각 성부나 악기가 동시에 다른 음을 내는 수직적 관계의 화음, 즉 화성을 갖는다. 하나의 음을 내기 위해 세 음, 또는 다섯음이 조화를 이루는 복선율, 높고 낮은 여러 성부가 하나의 노래를 이루는 합창과 합주의 하모니는, 서양화와 마찬가지로, 꽉찬 예술 형식을 지향하는 서구적 형식이라 할 수 있다.

반면, 우리의 음악과 미술의 기본은 여백을 중시하는 데에서 출발한다. 우리 음악에는 화성이 없어서 합주나 합창을 막론하고 모두 한가지 음만을 내도록 한다. 단선율인 것이다. 미술에서도 주지하다시피 빈 공간은 굳이 채우지 않고 여백으로 남겨놓는다. 그 공간은 그러나 쓸데없는 공간이 아니라 형식의 완성에 기여한다[11] 이처럼 서양과 동양의 표현방식은 서로 대

---

10) 황동규, 앞의 글, 251면.

11) 신대철, 『우리음악 그 맛과 소리깔』, (교보문고, 1996), 172면-176면.

척되어 있다.

김종삼의 시가 비록 서구적인 감수성를 담고 있기는 하지만 그것을 담아내는 형식은 지극히 동양적이다. 이와같은 이원적인 사고는 산문 「意味의 白書」에도 잘 나타난다.

> 어쨌든 勞動의 뒤에 오는 休息을 찾아 나는 人跡 없는 오솔길을 더듬어 걸어가며 유럽에서 건너온 꼬직式 建物들이 보이는 수풀 그 속을 재재거리며 넘나드는 이름모를 山새들의 지저귀는 時間을 거닐면서 나의 마음의 幸福과 「이마쥐」의 紡績을 짜보는 것을 나의 精神의 整理라고 생각하고 그러한 나의 所爲를 몹시 사랑하고 있다.
>
> 바레리는 個我와 他我가 제 각기 지니는 精神面의 諸現象을 調節하는 精神의 機能을 精神의 政治學이라는 分野에서 解決지으려고 하지만 나는 그와 같이 위대한 시인이 아니어서 그런지 個我와 他我가 벗어지고 서로 얽히어서 混雜을 이루는 詩의 雜踏속에서 언제나 한 발자욱 물러서서 나의 詩의 境內에서 나의 이미쥐의 觀照에 時間을 보내기를 더 所重히 여기고 있는 것이 事實이다.

위에서 보듯이 김종삼은 대단한 서구 취향의 소유자였다. 그가 생각하는 「마음의 幸福」과 「이미쥐」의 내용은 유럽에서 건너온 것이며 그가 위대하게 여기는 시인도 「바레리」나 「라이너 마리아 리르케」와 같은 서구인이었다. 또 그의 시 곳곳에 배어있는 기독교 정신의 흔적들에서 알 수 있듯이, 그는 자신을 일종의 「퓨리탄에 속하는」 청교도로 생각했다. 이 정도가 되면 그의 시에 녹아있는 서구적 감수성은 당연한 것이 아니겠는가. 그러나 대상(내용)과 관계하는 그의 태도는 서구적인 것과 거리가 있다. 그는 합리적으로 분석하고 종합하는 諸現象의 調節기능 대신 대상으로부터 한발자욱 물러서서 대상을 觀照하는 자세를 더 소중히 여긴다. 이는 스스로(自) 그러한(然) 것, 즉 있는 그대로를 소중히 여기고 人爲가 개입되지 않는 無爲自然 상태를 중요하게 생각하는 자세이다. 「觀照」한다는 것은 설명이나 해석을 하는 행위가 아니라 대상을 자유롭게 놓아둔다는 것이다. 의미를 개방함으로써 유도되는 의식의 자율성이 강조된다. 여백의 미학인 셈이다.

김종삼의 시는 이처럼 서구적인 감수성을 동양적 형식으로 담아내고 있다. 그의 시를 읽는 독자의 독서 묘미는 어쩌면 이질적인 두 요소의 결합에서 출발할지도 모른다. 그러나 시는 산문과 달리 형식적 요건에 의해 내용이 좌우되는 장르이다. 특히, 논리보다는 비논리, 의미보다는 이미지를 중시하는 그의 시세계에 있어서는 더욱 그렇다. 다소 이국적인 정서가 강한 환기력을 통해 은은한 수묵화처럼 전달될 수 있는 소이는 바로 여백의 의미를 중시하는 우리문학의 전통과도 관련이 있겠다.[12] 결국, 우리가 그의 시를 읽을 때 발생하는 당황스러움은 서구 풍경에서 오는 이질감이나 내용의 비극성에서 파급된 것이기도 하지만 그보다는 상식적인 범주에서 벗어나 있는 형식의 문제에 그 원인이 있는 것으로 논리가 귀결된다. 구체적으로 언급하자면, 대상만 늘어놓고 그것에 대한 일체의 주관적인 개입을 삼가하는 태도, 지나친 생략에서 오는 의미의 비약, 그리고 문법적으로 일탈된 문장들이 여기에 속한다.

흔히, 김종삼을 두고 묘사의 시인이라고 한다. 그의 시가 말하기 보다는 드러내기에 치중하고 있다는 뜻이다. 이는 언어의 '내적 인과관계'가 발휘하는 기능이 많이 약화되어 있다는 의미이며 또한 그의 시에 담긴 언어들이 시간적 질서보다는 공간적인 질서에 의해 조율되고 있다는 의미이기도 하다.[13] 일반적으로, 시가 대상과 관념, 그리고 언어의 요소로 이루어진 구성체라고 할 때, 물론 요소들이란 따로 분리하여 계량화할 수 없는 성질의 것들이기는 하지만, 김종삼의 시는 관념적 측면이나, 언어의 수사적 측면을 강조하기 보다는 대상을 객관적으로 제시하는 데 충실한 편이다. 그것은 대상으로부터 의미를 도출하여 관념화하는 능력이나 일정한 주제를 수사적

---

12) 이는 우리 시의 일단의 전통과 무관하지 않다. 김소월과 서정주, 그리고 박재삼의 시로 이어지는 순수시 계열의 시들이 보유하고 있는 전통적 맥락은 바로 슬픔의 내용보다는 슬픔의 표현 방식에 놓여있고, 그 방식이란 여백의 기능을 최대한 살리는 것이다. 졸고, 「한국 현대시의 전통서정 연구」, 『어문논집』(37집), 안암어문학회, (한국문화사, 1989), 참조.

13) 츠베탕 토도로프, 『구조시학』, 곽광수 역, (문학과 지성사, 1981), 84면.

으로 꾸미는 능력보다는 대상을 섬세하게 관찰하고 그것의 특징을 분별할 줄 하는, 배제와 선택의 능력과 관련이 있다. 대표적인 그의 시, 「북치는 소년」을 보면 그의 능력을 확인할 수 있다.

> 내용 없는 아름다움처럼
>
> 가난한 아히에게 온
> 서양 나라에서 온
> 아름다운 크리스마스 카드처럼
>
> 어린 羊들의 등성이에 반짝이는
> 진눈깨비처럼
>
> ―「북치는 소년」 전문

원관념 없이 보조관념만 나열하고 있는 이 시는 「내용」을 고려하지 않는, 한 순간의 이미지일 뿐이다. 「내용 없는 아름다움」의 절대순수라는 일반적인 평가도 그러한 맥락에서 이해할 수 있다. 이 시에서 돋보이는 것은 선택된 대상들이 불러일으키는 환기력이다. 의미의 발전과 완성, 발견과 반전의 효과는 찾아볼 수 없다. 주관적인 감정이나 해석적인 언급의 개입을 철저하게 차단한다. 단지, 비유만으로 특정한 정서를 환기할 뿐이다.

「북치는 소년」은 그의 시가 지니는 형식적 특징을 아주 잘 보여주고 있다고 하겠다. 의미의 연계성이 논리적이어야 하는 서구적 합리성과 과학성보다는 불합리와 비논리의 논리가 창출해내는 정서의 형식, 말하지 않음으로써 느낌을 환기하거나, 드러나지 않는 곳의 의미가 시의 완성을 위해 중요한 기능을 하는 미적 형식을 여백의 미학이라고 한다면 그의 시의 특징은 한마디로 그것이라고 할 수 있다.

우리는 「북치는 소년」을 통해서 김종삼 시의 형식적 특징을 파악할 수 있는 두가지 단서를 발견한다. 話法과 語法의 문제이다. 화법이란 화자와 관련이 있다. "화법의 차이가 얼마나 미묘한 효과의 차이를 빚어내는가에

유의하지 않으면 우리는 어떤 시도 제대로 분석할 수 없을 것이"[14]라는 김인환의 언급처럼 시에 있어서 화법은 말하는 방식뿐만 아니라 세상을 대하는 작가의 태도와 관련이 있다. 어법이란 문장의 문법적인 측면을 고려한 말이다. 화법과 어법은 시의 내용을 완성하는 형식의 기본이다. 김종삼 시의 특징은 바로 기본적인 형식의 문제에서 발생한다고 할 수 있다.

1) 話法의 문제

「북치는 소년」을 읽을 때, 독자는 화자의 존재를 감지할 수가 없다. 화자가 표면에 드러나 있지 않은 것은 물론, 존재감마저도 완벽하게 제거되어 있다. 화자의 존재를 감춘다는 것은 목소리를 드러내지 않는 것, 대상에 대한 감정이나 주관적인 가치판단을 직접적으로 전달하지 않고 묘사의 기능으로만 대상을 보여주려는 의도로 볼 수 있다. 김주연은 이를 두고 '사물을 객관화하는 놀라운 힘'[15]이라고 하였다. 사물을 객관화하는 힘은 언어가 가지고 있는 사물성을 극대화할 때 발휘된다. 싸르트르는 언어를 「있음be」과 「뜻함signify」, 즉 「事物thing」과 「記號 sign」로 분류하였으며 '산문의 언어가 현실의 실존적 상황을 지시하는 기호인데 반해, 시의 언어는 사물이다'라고 정의하였다.[16] 시의 언어가 지니는 비유의 「원초적 통일성」[17]을 강조한 말이다. 사실, 시의 언어는 어찌보면 언어의 비실제적인 효용성, 즉

---

14) 김인환, 『상상력과 원근법』, (문학과 지성사, 1993), 89면.
15) 김주연, 「非世俗的 詩」, 『김종삼 전집』, (청하, 1988), 297면.
16) 김준오, 『시론』, (문장, 1986). 70면, 재인용.
17) 원시시대, 혹은 신화시대의 언어는 대상과 바로 연결될 수 있는 마술적 기능에 의해 사람들로 하여금 대상과의 연속감과 일체감을 갖는 '유기체의 완전한 전체의 느낌', 즉 '원초적 통일성'을 경험하도록 했다. 김준오, 앞의 책, 62면.
본고에서 다루는 '언어의 사물성'은 시의 언어가 사전적 기능에 한정되는 것이 아니라 구체적인 경험의 상관물로서 정의되기 이전, 의미의 무한한 가능체로서의 시어 기능을 뜻한다. 이러한 기능은, 거슬러 올라가면 대상과 언어가 일체감을 갖는 원시언어의 신화적 마술성과도 연결이 된다고 하겠다.

심미성을 추구한다. 이는 다름아닌, 시가 언어 자체를 수단으로서가 아니라 목적으로 삼는다는 뜻이다.

김종삼은 언어의 사물성을 대단히 잘 활용한 시인이다. 그는 대상 자체를 소중히 여기고 그것에 대한 자아의 개입을 철저히 봉쇄한다. 김주연의 평가처럼 그는 "근본적으로 시는 자생적으로 이루어질 수 있다는 믿음의 시인"[18]인 것이다. 의미의 자생성이란 의미의 여백에 의존할 수밖에 없으므로 여백의 미학과 연결된다고 하겠다. 김종삼은 여백의 공간을 마련하기 위해 적절한 화법을 선택한다. 그의 대표적인 시들이 '자기서술'이나 '심리서술'보다는 '객관서술'이나 '자유간접화법'으로 이루어진 것이 그 예이다.[19]

> 1947년 봄
> 深夜
> 黃海道 海州의 바다
> 以南과 以北의 境界線 용당浦
>
> 사공은 조심 조심 노를 저어가고 있었다.
> 울음을 터뜨린 한 영아를 삼킨 곳.
> 스무 몇 해나 지나서도 누구나 그 水深을 모른다.
>
> —「民間人」 전문

> 四八세 男 交通 事故
> 연고자 있음.

18) 김주연, 앞의 글, 296면.

19) 김인환은 문학작품을 전형과 화법으로 파악한다. 그는, 세상의 契機는 무한하고 인간의 인식체계는 유한하므로 언어적 인식체계인 문학작품은 전형으로 정리될 수밖에 없다고 정의한다. 그는 또, 다양한 전형을 구체화하는 기능으로 話法을 들었다. 그는 화법의 유형을 '자유간접화법', '객관서술', ' 자기서술', '타자서술', '심리서술', '내심독백' 등 여섯가지로 구분하였다. (김인환, 앞의책) 본고에서 차용하는 용어는 그의 텍스트에 의존하고 있음을 밝힌다.

三日째 安置되어 있음. 車主側과
妥協이 되어 있지 않음.

三一세 女 飮毒
연고자 없음.
이틀 전에 한 사람이 다녀갔다 함.

八세 病死
今日 入室되었다 함
入棺된 順別임.

―「屍體室」 부분

廣漠한地帶이다기울기
시작했다잠시꺼밋했다
十字架의칼이바로꼽혔
다堅固하고자그마했다
흰옷포기가포겨놓았다
돌담이무너졌다다시쌓
았다쌓았다쌓았다돌각
담이쌓이고바람이자고
틈을타凍昏이잦아들었
다포겨놓이던세번째가
비었다

―「돌각담」 전문

위의 시들은 모두 객관서술로 이루어졌다. 전쟁의 비극성을 극도로 압축해서 보여주는 「民間人」은 주관의 개입을 일체 허용하지 않는다. 앞부분에서는 다만, 사건이 일어난 시간과 장소에 대해서만 서술하고 있을 뿐이다. 정상적인 문장을 이룰 수 없으므로 화자의 개입은 불가능하다. 두번째 연에서는 사건의 내용을 서술한다. 그것도 직접적이지 않다. 「울음을 터뜨린 한 영아를 삼킨 곳」이라는 어마어마한 사건의 내용에는 어디에도 그 사건에 대한 가치평가는 없다. 단지 「조심 조심」이라는 부사어가 사건의 역사적, 인간적 비극을 암시할 뿐이다. 그는 당대의 시대적 비극을 「스무 몇 해나 지나서도 누구나 그 水深을 모른다」는 말로 처리한다. 화자를 내세워 슬픔을 직접 말하지 않아도 깊이를 알 수 없는 슬픔의 정도를 효과적으로 드러내고 있다. 화자의 존재감을 제거함으로써 발생하는 여백의 공간을 그가 절묘하게 사용하고 있기 때문이다.

일반적으로 화자가 존재하는 경우, 작가→화자→메시지→청자→독자의 형태로 의미전달 경로가 성립한다. 그러나 화자가 완전히 제거되면 작가의 배후 존재감은 물론이려니와 메시지의 표면장력도 약화될 수밖에 없다. 청자의 존재감이 사라지는 것도 당연하다. 메시지는 객관적 실체(대상) 속에 감추어지게 되고 결국, 대상→독자의 축소된 형태만 남는다. 의미전달과정의 많은 부분, 특히 메시지의 부분이 공백으로 남게 되는 것이다. 독자가 공백으로 남아 있는 부분을 어떻게 받아들이느냐가 '객관서술'의 묘미인데 그것의 성패여부는 의미의 공백을 얼마나 밀도 있고 긴장감 있게 활용하느냐에 달려있다. 「민간인」은, 여백의 미학이 미학적 특질로 보유하고 있는 성질, 드러내지 않는 의미의 긴장감을 최대한 효과적으로 보여주는 시이다.

다양한 죽음의 경우를 객관적으로 드러내고 있는 「屍體室」은 보고서 형식, 신문기사 형식을 취함으로써 화자의 개입을 극단적으로 막는 경우라 하겠다. 시체 영안실로부터 우리가 받는 느낌, 존재의 부재와 죽음의 삭막함을, 보고서나 기사와 같이 주관성이 가능한 배제된 형식으로 표현하고 있다. 화자가 드러나지 않는 '객관서술'이다. 그러나 죽음을 객관적으로 나열한 것처럼 보이는 이 시에는 세 종류의 죽음을 선택하고 해석하는, 시인의 세계관이 은밀하게 나타난다. 은밀함은 여백의 공간이 담당한다. 그의 시 「詩人學校」, 「掌篇·3」에서도 같은 방식의 서술이 보인다.

김종삼은 「돌각담」에서처럼 서술의 객관성을 도형으로 구현하기도 한다. 이 시는 다소 난해하다. 이미지의 연결이 자연스럽지 않기 때문이다. 「廣漠한地帶」, 「十字架의칼」, 「흰옷」, 「돌각담」의 이미지 연쇄가 논리적이지 않을 뿐만 아니라, 「기울기시작했다」, 「꺼밋했다」, 「꼽혔다」, 「포겨놓였다」,

「쌓았다」, 「비었다」 등의 서술어들도 긴밀한 관계가 아니다. 이는 아마 「돌담」(서로 무관한 여러 개의 돌들이 쌓여서 이루어진 담)의 성질을 반영한 것인지도 모른다. 더욱이, 「돌담」의 모양이 되도록 시형을 의도한 것은 내용을 담는 시의 형식이 대상을 구현하도록 한 결과이다. 이 시가 '객관서술'로 일관하고 있는 것은 대상 자체에 충실하고자 하는 시인의 의도 하에서는 당연한 일일 것이다.

이외에도 김종삼의 많은 시가 '객관서술'에 의존한다. '객관서술'은 감정의 개입을 가능한 억제하고 대상을 있는 그대로 묘사하기에 가장 적당한 화법이다. 작가가 대상에 대해 간섭을 하지 않으므로 그만큼 작품에 간여해야할 독자의 몫이 커진다. 독자는 자신의 직관과 구체적인 경험을 총동원해야 한다. 그의 대표작 중의 하나인 다음의 시를 보자.

조선총독부가 있을 때
청계川邊 一O錢 均一床 밥집 문턱엔
거지소녀가 거지장님 어버이를
이끌고 와 서 있었다
주인 영감이 소리를 질렀으나
태연하였다

어린 소녀는 어버이의 생일이라고
一O錢짜리 두 개를 보였다.

— 「掌篇·2」 전문

「조선총독부가 있을 때」로 시작하는 이 시에서 독자는 첫 구절을 통해 누군가의 개인적인 경험을 듣게 될 것으로 기대한다. 그러나 화자의 존재는 기대와는 달리 나타나지 않는다. 이야기가 점차 진행될수록 화자의 존재감보다는 「어린 소녀」의 존재감과 그의 행위가 이해의 중심이 된다. 누군가가 본 이야기를 전달하는 형식이 아니라 과거의 어떤 사건 자체가 지금 현재 일어나고 있는 사건처럼 처리되고 있다. 한 개인의 경험담에서 출발했음직한 작은 에피소드를 주관적이고 개별적인 차원에서 서술하는 것이 아니라 객관적이고 보편적인 차원의 순수하고도 감동적인 이야기로 서술하고 있는 것이다. 김현은 이와같은 현상을, 과거체로 정경을 묘사할 때, 시는 단단한 구체성, 설화성을 띠게 된다고 설명하였으며, 김종삼의 시가 설화적 성질을 띨 수 있는 요건으로 '표현의 절제'를 들었다.[20] '절제'는 물론 감정의 절제, 주관화된 느낌의 절제이다. 독자가 느끼는 감동의 부분은 시의 표면에 드러나 있지는 않다. 여백에 숨어있는 긴장감에서 촉발된다. 그러면 온전히 '객관서술'로 이루어진 이 시의 감동은 드러나지 않는 부분의 어떤 메카니즘에 의해 발생하는가를 꼼꼼히 따져보기로 하자.

밥집 앞에 거지 부녀가 서 있는 4행까지의 독서에서 독자들은 상식적인 예견을 하게 된다. 그러나 곧 그 예견이 틀렸음을 확인한다. 밥집 앞에 거지 부녀가 「서 있었다」와 그럼에도 「태연하였다」의 서술 사이에는 논리적으로 여백이 생기고 그 여백에는 거지소녀의 태연함에서 유발된 일단의 호기심과 의문이 자리잡는다. 호기심은 연을 바꾸는 휴지부에서 좀더 증폭된다. 의문은 두번째 연에서 곧 풀린다. 그러나 호기심을 푸는 방법은 논리적인 설명을 통해서가 아니라 유추된 깨달음을 통해서이다. 감동은 드러난 정보에서 직접적으로 발생하는 것이 아니라 「태연하였다」와 「어버이의 생일이라고／一O錢짜리 두 개를 펴 보였다」는 서술이 서로 대립, 삼투하는 사이에 미묘한 정서를 동원하며 발생한다. 독자들은, 「거지 소녀」가 「거지장님 어버이」의 생일을 거지답지 않게 챙겨주려는 것을 인간의 자존심이나 부모에 대한 책임감으로 파악하지 않는다. 혈육에 대한 따뜻한 인간애일 뿐이다. 이것은 '객관서술'이 독자들의 이해보다는 그들의 직관에 호소하기 때문에 가능하다.

그런데 「掌篇·3」에서 우리는 미묘한 화법을 발견한다. 「어린 소녀는 어버이 생일이라고」까지 읽으면 독자는 잠시 「어린 소녀」의 목소리를 듣는 듯

---

20) 김현, 「김종삼을 찾아서」, 『김종삼 전집』, (청하, 1988), 237면.
김인환도 이 시를 설화시의 논리로 설명하였다.

하다. 그러나 뒷부분과 연결을 하면 그 부분이 「소녀」의 목소리가 아니라 십전짜리 두 개를 내 보이게 된 이유에 관한 것임을 알게 된다. 이부분은 '객관서술'에 해당하는 화법이지만 어찌보면 화자와 작중 인물의 목소리가 혼재되어 있는 '자유간접화법'으로 보이기도 한다.

김종삼 시에 사용되는 '자유간접화법'은 '객관서술'과 마찬가지로 대상을 객관적으로 묘사하는데 기여하는 화법이다. 다음의 대표작들은 '객관서술'과 '자유간접화법'이 절묘하게 혼합되어 있는 시들이다.

물먹은 소 목덜미에
할머니의 손이 얹혀졌다.
이 하루도
함께 지났다고,
서로 발등이 부었다고,
서로 적막하다고,

—「墨畵」 전문

그해엔 눈이 많이 나리었다. 나이 어린
소년은 초가집에서 살고 있었다.
스와니江이랑 요단江이란 어디메 있다는
이야길 들은 적이 있었다.
눈이 많이 나려 쌓이었다.
바람이 일면 심심하여지면 먼 고장만을
생각하게 되었던 눈더미 눈더미 앞으로
한 사람이 그림처럼 앞질러 갔다.

—「스와니江이랑 요단江이랑」 전문

"모두가 제나밖에 모르고 제 집밖에 모르는 시대에 가장 쓸쓸하게 사는 사람"[21]의 이야기로 바라본 김인환의 풀이처럼 「墨畵」의 주제는 삶의 「적막」이다. 요즘같이, 쓸쓸함이나 그리움조차도 요란하게 치장하는 것에 비한

21) 김인환, 앞의 책, 95면.

다면, 「墨畵」의 「적막」은 제목 그대로 여백이 많은 동양화 한 폭에 가깝다. 첫문장은 '객관서술'의 화법이다. 두번째의 미완성 문장은 '자유간접화법'을 사용하고 있다. 「이 하루도／함께 지났다고,／서로 발잔등이 부었다고,／서로 적막하다고,」의 발화자는 할머니이기도 하고 표면에 드러나 있지 않은 화자이기도 하다. 할머니와 화자의 목소리가 서로 삼투하는 가운데 그 부분의 서술은 객관성을 얻는다. 더구나, 연달아 있는 쉼표는 점차로 목소리라는 느낌마저 사라지게 한다. 쉼표의 기능으로 인하여 '자유간접화법'이 '객관서술'에 더욱 근접하고 있다고 본 김인환의 지적도 이와같은 맥락이다. 「적막하다고」가 함유하는 울림이 동양화처럼 담백함 맛을 지니면서도 깊이를 갖는 것도 그러한 화법에서 연유한다.

「스와니江이랑 요단江이랑」은 다섯 개의 문장으로 되어 있으며 '객관서술'이 주를 이룬다. 「그해엔 눈이 많이 나리었다」는 첫구절은 과거의 사실을 서술하는 '객관서술'이지만 화자의 존재감을 느끼게 한다. 두번째 문장은 화자의 존재감마저 제거된 완벽한 '객관서술'이다. 그러나 세번째 문장은 '객관서술'에 근접한 '자유간접화법'이다. 「이야길 들은 적이 있다」의 주체는 화자이지만 「소년」의 목소리로 변용되어 있는 것이다. 네번째 문장은 다시 '객관서술'이다. 그리고 다섯번째에서는 완전한 자유간접화법이 나타난다. 「바람이 일면 심심하여지면 먼 고장만을／생각하」까지가 「소년」의 목소리에 가깝고 「게 되었던 눈더미 눈더미 앞으로／한 사람이 그림처럼 앞질러 갔다」는 화자의 목소리이다. 소년의 쓸쓸하고도 서러운 마음이, 드러나지 않은 화자의 목소리로 전환되면서 금방 객관적 정황으로 돌아온다. 이 시에서 우리는 모든 것을 객관화하려는 김종삼이 의도와 능력을 엿볼 수 있다.

'자유간접화법'이란 '자기서술'이 불가능할 때 타자의 속사정을 묘사하기 위한 화법으로 이 화법에서는 화자의 목소리와 등장인물의 목소리가 함께 나타난다.[22] 어쨌든 '자유간접화법'에는 화자의 목소리가 크든 작든 포함되

22) 김인환, 앞의 책, 85면 참조.

어 있으므로 독자는 그 화법에서 구체적이고 개별적인 목소리를 대할 수 있다. 그러나 김종삼에게 있어서 '자유간접화법'은 주관적인 정황을 가능한 객관적 상태로 유지하기 위한 방편에 불과하다. 그의 시에 사용되는 '자유간접화법'이 거의 '객관서술'에 근접하고 있는 것은 바로 그러한 연유에서이다.[23)]

김종삼의 많은 시들이 객관적인 묘사로 일관하고 있는 것은 그가 자신의 산문에서 밝힌 바와 같이, 세상을 '관조'하기 위해서이다. 관조할 대상을 선택하고 배열하는 것이 바로 시인의 주관적 심미안이기는 하지만 그는 자신의 심미안을 강요하지는 않는다. 철저히 대상을 객관화함으로써 독자와 함께 세상을 관조하려고 한다. 그는 관조의 태도를 극단적으로 밀고나가, 「빠알개 가는/자근 무덤만이/돋아나고 나는/울고만 있었습니다」(「개똥이」), 「어제의 나를 만나지 않는 날이 계속되었다」(「背音」), 「來日의 나를 만날 수 없는/未來를 갔다」(「生日」)는 구절들에서 보듯이, 자기 자신조차도 객관적 대상으로 바라본다.

김종삼이 '객관서술'이나 '자유간접화법'을 애용하는 것은 개인적인 가치

---

23) '객관서술'이나 '자유간접화법'이 불가능할 경우, 또는 의도적으로 주석을 달고 싶은 경우, 김종삼은 아주 짧게 자신의 해설을 덧붙이기도 한다. 전집의 제일 앞에 나와 있는 시를 보면

> 뜰악과 苔瓦마루에 긴 풀이 자랐다.
> 한 모퉁이에 자근 발자욱이 나 있었다.
>
> 풀밭이 내다 보였다. 풀밭이 가끔 눕히어지는 쪽이 많았다.
> 옮아 간다는 눈치였다.
>
> 아직
> 해가 머물러 있었다.
>
> —「해가 머물러 있었다」 전문

와 같이, 단 한 문장, 「옮아 간다는 눈치였다」만을 제외한 모든 문장이 '객관서술'이다. 예외의 문장은 주관적 평가이다. 김종삼의 주석은 한, 두 문장에 불과하며 많은 시들이 이와같은 형태를 보인다.

판단을 유보하기 위함이다. 언어의 사물성을 극대화하여 판단중지의 효과를 거두려는 것이다. 언어의 지시기능은 약화될 수밖에 없고 드러나지 않는 맥락 속에서 언어가 환기하는 이미지만 살아남게 된다. 순수한 묘사의 시가 탄생하는 것이다.

2) 어법의 문제

「북치는 소년」을 살펴보면서 언급하였듯이 김종삼의 시는 화법의 문제뿐만이 아니라 어법의 문제에서도 여백의 미학을 추구한다. 「북치는 소년」을 읽는 독자는 일탈된 어법에 의해 당혹한 순간을 맞이하게 되는데, 보조관념만으로는 그 시가 무엇을 말하려는지 상식적으로 알아낼 수가 없기 때문이다. 하지만 이 시가 노리는 것은 바로 그 일탈성이다. 원관념을 비운 비정상적인 문장은 오히려 비어있는 공백을 통해 상상력을 개방할 수 있다. 황동규는, 원관념이 '북치는 소년이 그려진 그림'일 것이라고 단정하기도 한다.[24] 하지만 그것이 그림이어야 할 이유는 없다. 그림을 본 느낌을 비유한 것인지, 노래에 관한 것인지, 아니면 눈에 보이지 않는 어떤 공상에 관한 것인지 알 수가 없다. 그의 지적대로라면 「처럼」 다음에 「북치는 소년」이 와야 하는데 그것은 어색한 연결이다. 「아름다움처럼」, 「카드처럼」, 「진눈깨비처럼」이 「북치는」을 수식한다고 보기는 어렵기 때문이다. 이 시가 생략의 기법을 통하여 강조하려는 것은 「처럼」 다음에 올 수 있는 '기쁘게', '멋있게', '경쾌하게' 등의 수식어인 것이다. 그의 지적처럼 '북치는 소년'이 원관념이 되어 뒤에 놓인다 하더라도 문장이 「처럼」에서 끝났기 때문에 강조되는 것은 보조관념과 본관념 사이에 놓일 수식어, '신기하다', '황홀하다', '슬프다', 반갑다' 등등의 느낌이다. 김종삼은 비유관념의 수식을 받을 특정 형용사를 그러나 생략한다. 굳이, 자신이 받은 느낌을 고정시켜서 독자들에게 강요할 필요가 없다고 여겼기 때문이다. 불완전한 문장으로 의미의 공백을 만들어 오히려 자유로운 상상을 펼 수 있게 하였다. 역설

---

24) 황동규, 앞의 글, 250면.

적이게도 「내용없는 아름다움」을 완성하는 셈이다. 「내용없는 아름다움」의 순수 이미지를 생산하기 위하여 그는 통사적 구문을 파괴하거나, 문장 간의 논리적 연계를 단절시키기도 한다.

토도로프는 텍스트에서 발견되는 수많은 관계의 얽힘을 두가지로 나누었다. 現前관계와 非現前관계가 그것이다. 현전관계가 텍스트 안에 나타나 있는 요소들 사이의 관계로 외형적인 관계, 구성의 관계라면 비현전관계는 나타나 있는 요소과 나타나 있지 않은 요소들간의 관계라고 할 수 있다. 현전관계가 인과관계의 힘을 중시한다면, 비현전관계는, 상징의 속성과 같이, 앞 뒤 문맥의 인과관계에 얽매이지 않는다. 이것을 언어학의 측면에서 보면, 현전관계는 문장 요소들의 관계가 중시되는 통합적 관계rapports syntagmatiques에 해당하고 비현전관계는 동일한 문장성분의 계열체들의 관계인 계열적 관계rapports paradigmmatiques에 해당한다. 계열적 관계는 의미를 결정하는 기능을 지니고 있다. 계열적 관계란 일련의 연상되는 말들의 관계이고 연상되는 말들은 서로 대립, 제한하므로 계열적 관계에 있는 단어들은 각각의 의미의 한계를 명확하게 결정짓고 있기 때문이다.[25]

김종삼은 자신의 시에 통사적으로 불완전한 문장을 많이 사용한다. 명확한 의미의 결정을 유보하려는 의도이다. 불완전한 문장은 대체로 서술어가 생략된 형태를 띤다. 그 자리에 무엇이 올 지 독자들은 문맥을 따져보아 대충 눈치채기도 하지만 거의 가늠하기 어려운 경우도 많다. 의미를 서로 제한해주는 계열체의 특성이 무화될 때, 공백으로 남은 그 자리에 수많은 계열체의 진입이 가능해진다. 상상력의 폭은 그만큼 넓어진다. 특히, 서술어 부위를 생략하면 정보의 측면도 물론이지만 시의 장르 특성상 정서의 측면을 제거한 효과가 나타난다. 결과적으로 독자는 느낌을 강요받지 않으며 언어의 사물성에 의존한 객관적 실체로서 시를 대할 수 있게 된다.

> 한 놈은 여름 속에 잡아 먹히고 있었다.

---

25) 츠베탕 토도로프, 앞의 책, 33면-35면.

사람의 손발과 같이 모가지와 같이 너펄거리는 나무가 있는 바닷가에서

—「休暇」 부분

바닷가에 매어 둔
작은 고깃배
날마다 출렁거린다
풍랑에 뒤집힐 때도 있다
화사한 날을 기다리고 있다
머얼리 노를 저어 나가서
헤밍웨이이 바다와 노인이 되어서
중얼거리려고

살아온 기적이 살아갈 기적이 된다고
사노라면
많은 기쁨이 있다고

—「漁夫」 전문

희미한
風琴 소리가
툭 툭 끊어지고
있었다

그동안 무엇을 하였느냐는 물음에 대해

다름아닌 人間을 찾아다니며 물 몇 桶 길어다 준 일밖에 없다고

머나먼 廣野의 한복판 얕은
하늘 밑으로
영롱한 날빛으로
하여금 따우에선

—「물 桶」 전문

세 편의 시를 예로 들었지만 김종삼의 많은 시들이 쓰다만 형태의 문장들을 지니고 있다. 표면에 드러나 있는 불구의 문장들 때문에 독자들은 더욱 당혹스럽다. 그러나 「休暇」의 구절처럼 의미의 조립이 가능한 경우가 많다. 「休暇」는 미완성의 문장으로 끝나고 있기는 하지만, 두번째 행은 「잡아 먹히고 있었다」의 공간적 배경으로서, 독자들은 앞 뒤 문장을 견주어 제대로 된 의미를 파악할 수 있다.

한편, 「漁夫」를 보면 다소 난감한 부분이 있다. 첫 단락과 둘째 단락 모두 불완전한 구문으로 끝난다. 첫단락에서는, 「중얼거리려고」 뒤에 올 부분이 「화사한 날을 기다리고 있다」인 것은 쉽게 알 수 있다. 그러나 「많은 기쁨이 있다고」의 끝부분에 이르면 생략된 부분이 무엇인지 쉽게 알아채기는 어렵다. 언뜻 보면 「출렁거린다」나, 「기다리고 있다」와 모두 연결이 될 듯도 싶다. 그러나 漁夫가 세파에 힘겹게 살아가고 있다는 뜻의 「작은 고깃배／날마다 출렁거린다」가 「사노라면／많은 기쁨이 있다고」의 뒤에 놓이기에는 다소 어색하다. 「많은 기쁨이 있다고」 「화사란 날을 기다리고 있다」는 연결도 불완전하다. 독자가 두번째 단락이 「중얼거리」는 내용에 해당한다는 사실을 알기까지는 많은 시간이 걸린다. 독자가 난감해 하는 동안 마지막의 일탈된 문장은 하나의 이미지나 느낌의 덩어리로 존재한다. 불완전한 구문으로 인해 잠시, 또는 오랫동안 판단정지의 공백이 발생하게 되는 것이다. 어쩌면 판단의 정지가 아니라 판단 폭의 한계를 없애는, 상상력을 개방하는 효과를 의도하고 있다고 보아야 할 것이다. 이러한 형태는 「다리 밑」, 「原色」, 「문짝」, 「地帶」, 「墨畵」, 이외의 많은 시들에서 발견할 수 있다.

「물 桶」과 같은 시는 구문 파괴로 인한 혼란이 더욱 심한 경우이다. 완전한 문장을 이루고 있는 것은 1연뿐이다. 2연과 3연은 의미가 연결되는 부분인데도 의도적으로 나누어 놓았다. 그것도 3연은 마무리가 안된 불완전한 문장이다. 생략한 것을 대충 추측할 수 있다. 아마 '대답하였다' 정도의 동사일 것이다. 그러나 4연에 이르면, 회복이 불가능할 정도로 심히 파괴된 문장을 만난다. 의미를 조립해 볼 엄두가 나지 않는다. 다만, 「따우에선」 무엇인가가 일어나고 있고 그 행위가 「영롱한 날빛」에 의해 촉발된, 또는 그것과 같은 성질의 일이라는 것을 낱말의 파편들을 통해 대충 알 수 있을 뿐이다. 물론, 그 일이 「인간을 찾아다니며 물 몇 통 길어다 준 일」이겠으나 꼭 그것이어야 할 이유는 없다. 오히려 이 부분을 완전한 문장으로 파악하려는 시도는 무의미할 정도이다. 중요한 것은 부사 「하여금」에 연계되는 하늘과 땅의 대비이다. 하늘의 느낌은 「영롱하다」로 한정이 되는데 그와 상관하는 지상의 무엇은 공백이다. 「인간을 찾아다니며 물 몇 통 길어다 준 일」과 같이 인간적이면서도 신성한 일들이 모두 거기에 해당한다. 「소리」, 「비옷을 빌어입고」, 「북치는 소년」 등의 시들을 비롯하여, 종결어미 없이 명사로 끝나는 많은 시들에서 「물 桶」의 경우를 볼 수 있다. 이렇듯, 김종삼이 어법을 일탈하면서까지 부단히 추구하는 것은 주관의 개입을 가능한 봉쇄하자는 것이며, 그럼으로써 발생하는 여백의 기능을 최대한 살리자는 것이다.

어법 일탈은 이외에도 문장 간의 논리적 연계를 약화시켜 비문효과를 냄으로써 발생하기도 한다. 구절과 구절, 문장과 문장이 논리적으로 연결되지 않을 때에는 그 사이에 의미의 단절이 생기며, 휴지기능이 발생하는데 그렇게 의도된 여백은 당연히 독자의 몫으로 돌아간다.

> 뜸북이가
> 뜸북이던
>
> 동뚝
> 길
> 나무들은
> 먼 사이를 두고
> 이어갑니다
>
> 하나

있는 곳과

연달아 있고

높은 나무 가지들 사이에
물 한 방울 떠러 트립니다.
—「개똥이」 부분

김종삼은 한가한 정경을 묘사하기를 좋아한다. 그가 즐기는 '관조'의 대상은 다분히 靜的인 무엇이다. 대상이 움직이지를 않거나 아예 움직이는 대상이 시야에 없기 때문이다. 황동규의 언급을 빌리자면 그것은 '부재의식'의 발로이다. 따라서 「집과 마당이 띠엄띠엄, 다듬이 소리가 나던 洞口」(「어둠 속에서 온 소리」), 「띠엄띠엄/기척이 없는 아지 못할 나직한 집이/보이곤 했다」(「遁走曲」), 「헬리콥터 여운이 띄엄하다」(「文章修業」), 「꿈에서 본 몇 집 밖에 안 되는 화사한 小邑을 지나면서」(「生日」), 「나의 本籍은/몇 사람밖에 안 되는 고장」(「나의 本籍」) 등의 표현들이 주요 심상을 이루고 있는 것은 이상한 일이 아니다. 빽빽하고 혼잡한 풍경은 그의 기질과는 거리가 있다.

'띄엄한 풍경'의 논리는 시의 어법에서도 발견할 수 있다. 「개똥이」에서 띠엄띠엄 있는 나무들의 풍경을 묘사하기 위해 그는 다소 어색한 어법을 구사한다. 「하나 있는 곳과//연달아 있고//높은 나무들 가지 사이에/물 한 방울 떠러 트립니다」는 부분은 비록 세 연으로 나누어져 있지만 독자들은 그것을 한 문장으로 받아들이는 것이 더 자연스럽다. 「곳과」, 「있고」의 조사와 어미 때문이다. 상식적으로는 구문을 연결하여 읽어야할 것 같으나 의미는 연결이 되지 않는다. 비문인 셈이다.

사실, 각 연은 뒷부분이 생략된 불완전한 문장들이다. 「나무들은/먼 사이를 두고/이어갑니다」에 기초해 읽어 보면 그부분은 「(가까이에서 보면) 하나/있는 곳과 (또 하나 있는 나무들의 사이는 멀다)//(그러나 멀리서 바라보면) 나무들은 연달아 있고 (그래서 이어가는것 처럼 보인다)」의 의미로 유추가 가능하다. 그러나 논리적 연계의 가능성이 희박한 구절들을 한 문장인 것처럼 연결해 놓은 것은 띄엄띄엄 있으나 이어져 있는 나무들의 거리를 시형으로 구현해보자는 의도와, 구절과 구절 사이에 발생하는 여백의 기능을 효과적으로 살리고자 함일 것이다. 화법에서 뿐만 아니라 어법에 있어서도 형식주의자의 한 극치를 보여주고 있다고 하겠다

3. 아름다운 형식의 의의

생각해 보면, 김종삼은 생략과 그로부터 발생하는 여백의 효과를 누구보다도 잘 활용한 시인이다. 시가 의미의 지시적 기능보다 경험적 환기력에 의존하고 있음을 신앙적으로 믿는 자이기도 하다. 최고의 '美的 換氣'는 대상이 언어에 의해 제한당할 때가 아니라 사물 자체로 존재할 때 가능하다. 언어가 사물이 되어야한다는 말이다. 그것이 불가능한 현대 사회에서, 언어의 사물성에 가장 근접하려는 노력은 일체의 주석을 배제하는 것과 다르지 않다. 말을 하면 할 수록 현실의 무한한 계기는 담기 어려워진다. 우리의 인식이 지니는 유한한 체계성 때문이다. 따라서 최소한의 언어와 최대한의 직관을 만나게 하는 것은 얼마나 어려운 일인가. 영원히 풀지 못할 이 문제는 시인의 원죄이다. 시인 김종삼의 방황과 고뇌, 그리고 본고에서 살펴본 형식의 일탈은 시인의 원죄에서 벗어나려는 일종의 기도에 가깝다.

전후 문단의 재편기에 '아름다운 정신'과 그것의 형식에 대한 그의 기도는 결과적으로 우리 문단의 양,질 양 면에 좋은 밑거름이 되었다. 특히, 서구적 감수성과 동양적 형식을 접목시킨 그는 이원적 대립항의 한 편인 기법의 문제에 있어서 독자적인 영역을 구축했다. 본고가 주목하여 분석한 것도 내용을 담는 그릇으로서, 형식적 자질에 관한 것이었다.

그는 형식에 있어서 결벽증에 가까울 정도로 완벽주의자였다. 따라서 대단한 서구취향의 그도 언어의 한계를 간파하여, 여백의 미학을 중시하는 동양적 형식을 맞아들인다. 화법에 있어서 화자의 존재를 가능한 그림의

뒷 편에 숨기는 '객관서술'과 '자유간접화법'을 애용한다. 어법의 측면도 마찬가지이다. 지나친 생략으로 문장들은 불구가 되지만 생략된 부분을 열어 놓음으로써, 극단적인 순수의 행방을 탐색한다. 일탈된 문장과 그로인한 휴지부의 기능도 같은 맥락이다. 그의 시는 서구적 감수성을 동양적 형식으로 담아내고 있다.

관습과 안주를 거부하고 언어의 도끼날이 박히지 않은 새로운 언어를 찾아 늘 방황하는 시인으로서 김종삼은 문학사에 독보적인 존재로 자리잡아 가고 있다. 얼마 안되는 우리 문학사의 밑천을 생각할 때, 김종삼 같은 시인의 존재는 가히 고무적이다. 최근에 그에 대한 연구가 활발히 진행되고 있다. 그러나 그의 문학적 역량에 비추어보면, 아직도 그의 시사적 위치에 대한 고찰은 미흡하다고 하겠다. 주변의 어떤 관계망 속에 그가 놓여 있는지, 그의 영향력은 어떤 성질의 것이고 그 파급효과는 무엇이었는지에 대한 더 많은 연구가 요구된다. 세미

최남선의 자유시 창작과 그 성격

정 우 택*

1. 머리말

한말 조선의 3대 천재로 불린 홍명희, 최남선, 이광수는 일본 유학 중 서로 교류를 갖게 되었다. 이들은 일본 유학 중 근대적 의미의 자아 탐색에 몰두해 있었다고 말할 수 있다. 그러나 근대의 이해와 근대적 의미의 주체 형성의 방법 및 그 실현 태도에 있어서 차이가 있었으며, 이것은 이후 그들이 삶의 행로를 달리 하는 출발점이 되었던 것이다. 당시 이광수가 홍명희에 대해서 말한 것이 있다.

> 홍군은 나와 문학적 성미가 다른 것을 그때에도 나는 의식하였습니다……(나는) 톨스토이 작품같은 이상주의적인 것이 마음에 맞았습니다. 홍군은 당시 성히 발매금지를 당하던 자연주의 작품을 책사를 두루 찾아서 비싼 값으로 사 가지고 와서는 나를 보고 자랑하였습니다. 그때에 동경에서는 일로전쟁 직후로 자연주의가 성행하고 악마주의적 사조가 만연하던 때인데 이것은 문학에서뿐만 아니라 청년들의 실천에서까지 침윤되었습니다.[1)]

---

* 대원공과대학 교수. 논문으로 「한국근대 자유시 형성과정과 그 성격」 등이 있음.

1) 이광수, 「다난한 반생의 도정」, 『이광수전집』 제14권, 삼중당, 1964, 392쪽

홍명희는 일본에서 학업은 소홀히 한 채 바이런에 경도되어 악마주의적 자기 파괴성에 시달리며 실존적 고뇌를 겪고 있었다. 바이런의 시에 등장하는 인물들은 대개 사회적 인습이나 도덕적 요구와 충돌하며 전망을 상실한 방랑자나 사회에서 고립된 운명을 적극화하는 인물로 형상화되어 있다. 이러한 인물형에 홍명희가 심취하게 된 것은 전통적인 유교적 가치관에 대해 심각한 회의를 느끼고 젊음의 열정 또는 개인의 자유나 개성에 대한 갈망을 드러낸 것으로 이해할 수 있다. 그는 성찰적 이성을 철저하게 자기 내부에 관철하는 것으로부터 출발하는 진정성을 바이런을 통해 보았으며 이에 열광하였던 것이다. 근대문학의 힘과 매력에 눈뜨게 되었던 것이다.

최남선은 일본에서 인쇄기를 사가지고 와서 '신문관(新文館)'을 설립하고 잡지 『소년』을 출간하였다. 그는 근대적 의미의 자기 실현을 신문화운동에 헌신하는 것으로 추구하였다. 그는 소위 '신체시' 「해에게서 소년에게」 같은 작품을 창작하기도 하였다. 여기에는 바다와 소년으로 상징되는 문명, 개화에 대한 선망과 동경, 한편으로는 바다가 지닌 무한한 힘의 가능성을 소년의 가능성과 동일시하여 새로운 시대의 전환점에 놓인 계몽주의 지식인의 정열과 낙관이 형상화되어 있다. 여기에서는 시인 자신의 실존적 진정성이 문제로 제기되지 않는다. 희망과 낙관으로 이 위기의 시대를 대체하려는 주관적 열망이 팽배하다.

지금까지 최남선에 대한 연구는 주로 그가 전략적으로 창작한 '신체시'에 주목하며 이루어져 왔다. 그리고 그 시가들의 형식적 파탄을 해명하는 데 한 진전을 보였다. 또한 최남선이 문물개화와 문명의 현란함에 대한 일방적 찬양을 하면서 민족의 문제에 대해서는 소홀했고 결국 그는 친일의 길을 갈 수밖에 없었다는 사실을 해명하는 데 연구의 상당 부분이 모아졌다.

그러나 한국의 근대는 이렇게 단순하지만은 않은 듯싶다. 최남선을 폄하하는 것으로 한국 근대의 모순이 해결되는 것은 아니다. 역설적이게도 최남선을 결과론적으로 단순하게 다루다가 연구자가 주관주의적 함정에 빠지고 마는 결과를 초래할 수도 있다는 것이 본고의 입장이다. 최남선은 거부할 수 없는 한국적 근대의 한 모습이다. 이 모순 덩어리인 한국의 식민지적 근대 혹은 한국 근대시문학사의 파행과 분열을 있는 그대로 보고 그 성격을 규명하여야 한다.

본고는 근대 자유시의 형성과정 속에서 최남선 시문학의 의미를 밝히고자 한다. 최남선의 시가(詩歌)의식은 이중적이었다. 거기에는 노래지향과 자유시 지향이 착종되어 있었다. 본고에서는 그 지향의 의미를 살펴보고 특히 자유시 형태에 주목하고자 한다. 이것은 근대적 주체 형성의 문제와 관련하여 살펴볼 것이다. 연구대상은 3·1운동까지로 한다.

2. 신문화운동과 『소년』

애국계몽기에 최남선은 광의의 '신문화운동'을 통해 계몽운동에 참여하였다. 당시의 애국계몽운동은 '교육' '식산' '정론적 언론운동' '조직운동' 등의 부문운동을 포함하고 있었다. 최남선은 애국계몽운동 시기에 『소년』지[2]를 발간하였고, 인쇄소 '신문관'을 통해 다양한 종류의 계몽적 교양서를 발간하였다. 『소년』은 당시의 정론적 신문들과는 성격과 방식을 달리하며 공동 목표인 애국계몽운동을 펼쳐 나갔다. 애국계몽운동에 대한 최남선의 헌신은 『소년』의 발간 취지에서도 드러난다. 그는 『소년』의 매호 책표지마다 "本誌는 此責任("我國 歷史에 大光彩를 添하고 世界文化에 大貢獻을 爲코뎌 하나니 그 任은 重하고 그 責은 大한디라")을 克當할 만한 活動的 進取的 發明的 大國民을 養成하기 爲하야 出來한 明星이라"[3]고 하여, 자신의

2) 『少年』은 1908년 11월 창간되어 1911년 5월호(통권 23호)로 종간됨으로써 애국계몽운동과 그 운명을 함께 했다. 『少年』은 철저하게 최남선 개인의 헌신적 노력에 의해 발간되었는데 취재, 집필, 편집, 출판의 전 과정을 그가 감당했다. 최남선은 『少年』이 종간된 뒤에도 계속해서 『붉은저고리』, 『아이들보이』, 『새별』, 『청춘』 등의 잡지를 연이어 발간함으로써 출판을 통한 계몽운동을 계속해 나갔다.

활동이 조선에서 근대적 주체를 형성시키고자 하는 계몽적 의도에 있음을 밝히고 있다. 또한 『소년』 창간호에서 본 잡지의 사업이 애국계몽운동의 일환이며, 어릴 때부터 국권회복과 민족의 영광을 위하여 헌신하여 '立志' 할 것을 호소하고 있다.[4]

『소년』은 『대한매일신보』 등 당시의 신문들이 정론적 성격을 띠고 있었던 것에 비해, 문화 계몽적 성격을 지향함으로써 상호보완적인 관계에서 애국계몽의 임무를 수행했던 점이 주목된다. 애국계몽시기에 신문과 잡지가 지닌 이러한 상호보완적인 관계에 대해 임화는 "을사조약에 의하여 조선의 정치적 운명이 거의 결정되다시피 하고 따라서 조선인의 정치적 언론이란 것의 의의가 그전보다 훨씬 적어져서 일반의 관심이 정치에서 차차 계몽방면으로 방향이 전환되면서 잡지가 본격적으로 발전한 것이다. …… 문화와 계몽을 기도하던 조선인의 정신상태를 표현하는 데는 신문보다 잡지가 더 적절했던 때문이다."[5]라고 지적한 바 있다.

『대한매일신보』는 『소년』의 창간에 즈음하여 그 역할을 높이 평가하고 격려해마지 않았으며 그 주재자인 최남선을 칭송하였다.[6] 또한 『황성신문』

---

3) 『소년』 창간호, 1908. 11, 책 표지. 최남선은 『少年』 창간호 권두언에서도 "우리 大韓으로 하여금 少年의 나라로 하라. 그리하랴 하면 능히 이 責任을 勘當하도록 그를 敎導하여라"고 하여 애국계몽의 책임을 강조하고 있다.

4) 「여러분은 뜻을 엇더케 세우시려오」, 『少年』 창간호, 7~9쪽.

5) 임화, 「개설 신문학사」, 조선일보, 1939. 11. 2 ; 임규찬·한진일 편, 『신문학사』, 한길사, 1993, 82쪽.
또한 임화는 "『대한매일신보』가 수난을 거듭하며 정치에 대한 희망이 점점 엷어져 정치신문은 존폐가 위태로워지며, 잡지들도 저절로 계몽의 방향으로 부득이 걸음을 옮길 때, 조선인의 방향을 명시한 것이 『少年』"이라고 하여 『少年』의 역할을 적극 평가하고 있다(위의 글, 105쪽).

6) 「少年雜誌를 祝홈」, 『大韓每日申報』, 1909. 4. 18.
"嗚呼라 今日 韓國에 鐵血思想으로 少年의 耳膜을 鼓動ᄒᆞ며 國粹主義로 少年의 腦髓에 注入하기에 汲汲ᄒᆞᄂᆞᆫ 者-誰오 卽 少年雜誌社主人 崔南善시로다. …… 此雜誌가 出ᄒᆞᆫ 後로 韓國少年의 精神이 益奮ᄒᆞᆯ지며 韓國少年의 知識이 益發ᄒᆞᆯ지며 韓國少年의 志氣가 益壯ᄒᆞᆯ지로다"(『대한매일신보』 같은 날짜 '한글판' 신문에는 소년잡지사 주인을 '최창션씨'라고 쓰고 있

도 '國性을 培養하고 國粹를 扶植하고' 있는 崔南善과 『少年』誌의 업적을 찬양·격려하고 있다.[7] 실제로 『소년』에는 애국계몽운동의 중심세력이었던 박은식, 신채호 등의 역작들이 게재되었으며, 홍명희와 이광수가 필진으로 참여하였다. 또한 『소년』과 『대한매일신보』는 신민회(新民會), 청년학우회(青年學友會) 등의 조직을 매개로 연대하였다. 『소년』지와 신문관, 청년학우회는 계몽운동 3세대라고 할 수 있는 유학생 그룹을 포괄하여 연결하는 의미도 갖고 있었다. 『소년』의 이러한 역할은 이광수, 홍명희, 김여제, 김성수, 송진우, 최린, 신백우, 나경석, 동경의 대한흥학회 등이 다양한 방식으로 『소년』에 이름이 거론되었던 사정을 보아도 알 수 있다.

최남선의 지향은 당시의 일반적인 애국계몽운동에서 특징적인 바가 있었다. 최남선은 민족의 융성은 문명 개화를 통해 성취되는 것이라는 믿음을 가지고 있었는데, 그가 주장한 문명 개화란 바로 이 近代化를 의미하는 것이었다. 여기서 근대화(modernization)는 자본 형성, 자원 동원, 생산력의 발전, 노동 생산성의 증대, 중앙 권력의 관철, 국가적 정체성의 형성, 도시적 삶의 형식, 가치와 규범의 세속화 등을 목표로 내세우는 자본의 발전 이데올로기를 의미한다. 그러나 최남선을 단순하게 근대화론자로 규정할 수 없는 까닭은, 그의 근대화 주장이 민족주의를 실현하기 위한 도구적 방법의 차원이었지, 문명 개화가 유일한 목표는 아니었다는 데 있다. 그의 문명 개화, 지식 개발의 목표는 강대한 근대적 민족 국가를 건설하는 데 있었다. 지방분할적인 전근대사회는 다양한 세계 경험의 가능성을 제약하고 진취적인 자기 실현의 확장을 억압하였다. 전근대사회가 지닌 이러한 폐쇄적인

다.)

7) 최남선이 『소년』에 쓴 「大韓의 外圍形體」에 대하여 『황성신문』에서 찬사의 기사를 실었다. 이에 『소년』(1908. 12, 15쪽)은 『황성신문』의 기사를 그대로 옮겨 싣고 있다. "東洋世界에 佳麗ᄒᆞ고 淸秀ᄒᆞᆫ 我大韓의 錦繡江山이 眞面目을 發現치못ᄒᆞ고 正當ᄒᆞᆫ 價格을 占得지 못ᄒᆞᆫ것은 엇지 腐儒와 俗輩의 罪가 아니리오. 乃於檀君開國 4241年에 至하야 我韓少年界에 先導者되ᄂᆞᆫ 崔君南善의 發行하ᄂᆞᆫ 少年雜誌上에 大韓地圖가 猛虎의 形體를 呈露ᄒᆞ니 豈不壯哉며 豈不雄哉아. …… 我少年大韓으로 ᄒᆞ야곰 虎視天下ᄒᆞᄂᆞᆫ 威風을 振動케ᄒᆞᆯ지어다."

체제는 근대적인 민족국가를 형성하고자 하는 노력을 억압하고 무산시키는 것이었기 때문에, 민족의 융성을 위해 근대화를 성취해야 할 필요성이 대두되었던 것이다.

당대의 역사적 상황에 대해 『대한매일신보』는 현시국을 '보호'에서 '합방'으로 전개되고 있는 일대 위기의 시대로 보고, 이에 저항하면서 민족적 정체성을 확립·보전하는 방법으로서 배타적 통합의 원리에 입각하여 정론적 투쟁을 벌여나갔다. 그러나 최남선은 부르주아적 개혁의 가능성을 타진하고 있었으며, 낙관적이고 진취적 기상을 시대의 힘으로 신뢰하고 있었다. 그가 관습적으로 사용하였던 '進取的 膨脹的 新大韓'이라는 용어는 이러한 낙관적 전망을 잘 보여준다. 최남선은 부르주아적 개혁에 대한 낙관적 전망에 근거하여 민족의 독립과 정체성을 확립하고 확대하고자 하는 의욕을 지니고 있었던 것이다. 진보적 부르주아를 선두로 하여 일반 대중과 봉건귀족 사이에 벌어진 역사적 투쟁의 합법적 산물로서 의의를 갖는 '민족'은, 사회의 문명·개화·진보를 촉진하는 중요한 역사적 힘이었다. 따라서 진보적 부르주아는 일반 백성을 봉건적 세계관으로부터 해방시켜, 민족의 단위 아래 새로운 역사적 문화적 전망으로 결합시키는 것을 그 역사적 사명으로 삼았던 것이다.

『소년』에 「해에게서 소년에게」의 창작 배경이 되었을 것으로 추정되는 그림이 한 폭 실려 있어 주목된다. 최남선은 그 그림에 대해 "激浪駭波가 電馳雷動하고 …… 萬洿가 俱沈하난 此間에 嶄巉한 一巖이 잇서 홀노 그 打來勢와 衝獐力을 排擊하며 抗敵하야 丈夫의 堂堂 獨立心을 表現하니 이 웃지 詩人의 絶好한 題目이 아니리오 …… 이러한 곳으로 나의 形魂이 歸安하기를 心願하난 者 ㅣ로다"8)라고 설명하고 있다. 이 글에서 최남선은 '電馳雷動'하는 '激浪駭波'의 위엄보다는 이에 대항하여 꿋꿋하게 서 있는 '嶄巉한 一巖'의 당당한 '獨立心'을 찬미하고 있다. 이것은 외세의 침탈과 같은 외압에 당당하게 맞서는 내적 주체의 강건한 독립심을 '나의 形魂'으

8) 『소년』 2-1, 1909. 1, 12쪽.

로 삼고자 하는 태도를 표현한 것이다. 여기서 '독립심'이란 주체의 자주적 정체성의 확립을 의미한다. 중세적 질서로부터, 중화주의 및 제국주의 열강들로부터, 그리고 민족 내부의 '軟弱·懶惰依恃·虛僞의 마음'으로부터 자립한 근대적 주체의 형성, 그것이 '독립심'의 핵심인 것이다.

최남선이 창작한 많은 시가들은 자신의 이러한 이념들을 반영하고 있다. 그의 시가에 등장하는 '바다'와 '소년'은 폐쇄적이고 고루한 봉건 체제를 개혁하여 개방적이고 청신하고 진취적인 근대적 관계로의 변화를 상징하는 것이었다. 또한 그것은 근대적 개혁의 주체에 대한 표상이었다. '소년'은 개혁운동에 참여하는 자신의 표상이자 근대적 민족국가를 건설하는 주체이며, 새로운 사회 이념의 대변자였던 것이다.

최남선은 시가를 창작하거나 평가할 때 '光明·純潔·剛健한 分子' 및 '廣闊·雄大·淵深'한 기상[9]을 중요한 정서로 강조하였다. 또한 그는 '新大韓國民의 十德'으로 '純潔, 光明, 剛健, 和樂, 眞實, 誠忠, 勤勉, 正義, 美麗, 整齊[10]를 꼽았는데, 이것을 근대적 주체의 덕목으로 삼았다. 그는 이러한 가치와 덕목을 시가를 통해 보급하고자 하였다. 최남선은 특히 창가의 음악성이 지닌 선전 선동적 감응력에 주목하였는데 '口歌'의 '淸新한 調와 剛健한 辭로써' '恒少한 府民의 志氣를 激勵하고 現勢를 알니고' '事實을 敎示'하고자 하였다.[11] '新體詩'의 分節的 定型性은 이러한 창가 양식의 변형으로서, 노래지향적 속성을 가지고 있었던 것이다.

3. 계몽주체의 분열과 자유시 창작

근대적 민족국가 건설에 대한 최남선의 이념은 계몽 주체로서 주관성에 기초하여 세계에 대한 지배력을 절대화하는 주관철학에 바탕을 두고 있었다. 최남선은 '正義'와 '至善'의 '大精神', '向上誠'과 '前進心'을 갖고 '堅忍'

---

9) 「新體詩募集要綱」, 『소년』, 1909. 1.

10) 『소년』, 1910. 5, 1쪽.

11) 「漢陽歌」와 「京釜鐵道歌」 광고, 『소년』, 1908. 11.

하고 '務實力行'하고 '準備'해야 한다[12]는 관점에서 민족적 정체성을 확립하고자 하였다. 그러나 이러한 일반론적이고 주관적인 방책으로 근대사회의 이념과 가치기준을 세우고 민족과 국민의 역량을 결집하여 근대적인 독립국가를 건설하겠다는 기획은 실제 현실 속에서 무력할 수밖에 없었다. 더욱이 일제의 침략이 강화될수록 이같은 근대의 기획 내지 계몽의 기획은 더욱 관념화하는 방향으로 나가게 된다.

최남선을 비롯하여 당대 애국계몽 주체들의 이러한 관념성은 그들이 창작·보급한 시가 형식에서 정형률과 노래 지향을 강화하는 방식으로 나타났다. 주관적 절대 정신의 표상인 시적 주체가 복잡다단한 경험적 현실의 역동성을 그 자체의 발전논리로서 파악하지 못하고 자신의 관념 아래 형식화한 것이 정형률로 나타난 것이다. 또한 이들은 노래 형식이 지닌 음악적 감응력에 의존하여 독자 대중에 대한 영향력을 극대화하고자 기도하였다. 애국계몽기 시가에 나타난 정형률과 노래 형식의 결합은 이러한 상황과 기획의 반영이었다.

그러나 절대적 주관성에 의해 구조화된 주체가 경험적 현실의 힘에 압도되어 정체성의 혼란에 직면할 때가 있다. 현실을 직접 체험함으로써, 관념적으로 자신을 지탱해 왔던 이념이 지배력을 잃고 갈등하게 되거나 세계와 자아를 성찰의 대상으로 삼게 되면서 동요하게 되는 것이다. 최남선은 종종 여행[13]을 통해 민족이 처한 현실과 백성들의 살림살이를 목도할 수 있었으며, 이것이 계기가 되어 자신의 의식에 변화가 생기기도 하였다. 이는 자아 내면의 성찰로 이어지기도 하였다. 이러한 현실 체험과 자아 성찰은 최남선이 자유시를 창작할 수 있는 계기가 되었다. 낙관적 전망에 기초한 주관적 절대정신으로 시적 대상과 현실을 구성하고 대중을 계몽하기 위해

12) 「少年時言 – 國民思行의 標準」, 『소년』, 1910. 5, 14~15쪽.

13) 최남선은 청년학우회의 전국 지회를 순회하며 지도하는 일을 맡았다. 또한 지리에 대한 개인적인 관심으로 많은 여행을 하였는데, 이러한 여행은 학술 답사적 성격이 강했던 것 같다. 그는 여행과정에 관찰하고 느낀 것을 기록으로 남겨두고 있다.

노래체 형식의 창가나 그의 변형태인 신체시를 창작[14]하였던 것에 반해, 노래형식이나 정형률로 담아낼 수 없는 현실의 복잡다기한 부면과 정서를 표현한 것이 자유시 '형태'[15]였다.

최남선은 남대문에서 대구까지 기차를 타고 여행하면서 쓴 글 「嶠南鴻爪」[16]에서 식민지로 전락하고 있는 조국의 비극적 현실을 접하면서 느낀 착잡한 심사와 자기 성찰적 시선을 진실하게 표현하고 있다. 그는 "이 鐵道의 ㅗㄴ(노은) 쌍은 뉘 ㅏㅣ(쌍이)며 이 ㅇ(쌍)에 ㅗㄴ(노은) 鐵道는 ㅣㅅㄴ(뉘ㅅ 건)고 ㅣ(이) 나라○ㅣ(?) 鐵道완대 타고 다니난 사람은 누가 만흔고"[17]라고 하여 汽車와 鐵道의 主權을 빼앗긴 현실에 대한 참담한 심정을 토로하기도 하였다. 또한 기차에 타고 있는 많은 일본인을 가리켜 "韓土移植民의 한 分子가 되야 日本帝國의 發展을 爲하야 몸을 바치고 나선 모양"이라고 비꼬고 있다. 이러한 서술은 민족적 입장과 문명 개화에 대한 희구가 그의 사상 내부에서 갈등하고 있었던 것을 말해주는 대목이다.

철도와 도로의 확충은 지방분할적 사회를 해체시키고 그 지방분할적 체제 안에서 지배권을 행사하던 봉건세력을 무력화시키는 사회적 의미를 갖고 있었다. 또한 철도, 도로, 통신망의 확충은 전국을 민족적 통합 시장으로 만들어 부르주아적 개혁과 자기 확장을 도모하는 기반이 되었다. 그런데 한국의 경우, 이런 자본주의적 근대화가 식민지 침탈의 기간 산업으로 기능하게 되었다는 데 최남선의 딜레마가 있었다. 최남선은 이런 딜레마를 분명하게 자각하고 있었다. 최남선의 『京釜鐵道歌』(新文館, 1908. 3)는 문명

---

14) 창가나 신체시는 서술적 주체가 지닌 확신의 산물이며, 그것은 당대의 애국계몽 주체들이 보여준 낙관적 전망에 대한 확신을 반영한 것이었다.

15) 이 당시에는 자유시가 시대적 '양식'의 수준으로 확립되지 못했으며, 그 정서와 형식의 면에서 단초를 보이고 있는 것이기 때문에 자유시 '형태'라는 용어를 사용하였다.

16) 『소년』 1909. 9, 52~66쪽.

17) 일본에 대한 비판적 언술이어서 그러한지 이 부분만 破字로 인쇄되어 있다. 이것이 일제의 검열에 의한 것인지 아니면 육당이 스스로 자기 검열의 차원에서 그렇게 한 것인지는 확실치 않다. ( )안은 인용자가 재구해 본 것이다.

개화에 대한 일방적 찬양이라 하여 민족의식이 결여되어 있다고 비판받기도 한다. “우렁차게 토하난 기적소리에”로 시작하는 서두는 철도를 통해 상징되는 근대문명에 대한 가슴벅찬 상찬으로 시작하고 있으나, 기차를 통해 침략해 오는 일제에 대한 위기의식과 우리 처지의 비통함도 함께 표현하고 있다. 예를 들면 청일전쟁 통에 수난을 당한 인민의 한과 설움을 표현하고 있는데, 그 전쟁터였던 성환역을 지나면서 “日本 男子 大和魂 자랑하는데/그中에도 一老婆 눈물 씻으며/그때통(淸日戰爭 ; 인용자)에 외아들 잃어버리고/……/말말마다 한이오 설움이어니”라고 하는 대목이 그러하다. 또 “우리들도 어늬때 새긔운나서/곳곳마다 일흔것 차자드리여/우리장사 우리가 主張해보고/내나라땅 내것과 갓히보일가/……/食前부터 밤까지 타고온 汽車/내것갓히 안저도 實狀남의것/어늬때나 우리힘 굿세게되야/내팔뚝을 가지고 구을려보나”에서 보듯이 근대적인 것과 민족적인 것을 결합시키려 노력하고 있다.

근대적 개혁에 대한 이상과 민족적 입장이 상충 갈등하는 지점에서 현실인식의 지평과 정서의 폭은 더욱 넓고 깊어지게 된다. 주관적인 절대 정신에 기초한 낙관적 전망이 동요하면서, 주체의 정체성이 혼란을 체험하게 되는 것이다. 이러한 혼란과 동요를 겪는 과정에서 자유시 형태가 출현하게 되었다.

최남선은 당대의 계몽운동가가 그 정당성을 얻기 위해서는 민중들의 삶에 대한 이해가 있어야 한다는 점을 강조하였다.

> 눈물나난 일은 沿路에 눈 띄우난 人民의 살님사리라, 그 집을 보아라 도야지 우리요, 그 먹난 것을 보아라 개밥이로다. 外國 사람의 記錄에는 …… 韓人은 衣服은 매우 擇 한다고 하나 그러나 이는 낫잠이나 자고 담배나 피우면서 農軍의 피와 땀을 빠라먹고 사난 京鄕間 遊食하난 寄生蟲들의 말이오 이따위를 奉養하난 一般 農軍의 옷으로 말하면 참 말 못할 情狀이라. …… 새삼스럽게 一般 人民이 얼만콤 이러한 地位에 自安하는 어리석음과, 所謂 志士니 愛國者니 하난 者가 이러한 實際問題는 等閒히 하고 空然히 떠드난 거짓(虛僞)

을 웃지하면 깨칠소[18]

최남선은 놀고 먹는 기생충들의 농락에 '自安하는' '人民'의 '어리석음'과 '實際問題는 等閒히 하고 空然히 떠드난' '志士'나 '愛國者'의 '虛僞'를 비판함과 동시에 자기의 정체성을 다시 되돌아 보고 있다. 이 글에서 최남선은 동요하는 자아의 내면을 들여다 보고 있다. 이러한 동요의 계기는 '인민'의 비참한 삶을 목도한 데 있으며, 이로 인해 문명개화에 대한 낙관적 확신과 민족적 처지의 비참함이 서로 갈등하는 관계를 인식하고 있다.

최남선은 「평양행」이란 글에서 경의선을 타고 여행하다가 개성역을 지나는 중에 느낀 감회를 자유시 형태로 표현하고 있다.

허술한 門樓위에
허술한 支揭ㅅ 軍이 안젓네
두손을 무릅압헤 맛잡고
곰방대에담배를 피우면서

松岳山連峰위엔 마음업난 구름이 오락가락하고
滿月臺地臺아래엔 개똥감춘 풀포기가 푸릇누릇하도다
그가 얼업시 보난것이 무엇인고?

半千年 王業이 길기도하거니와
三國을 統一하야 처음으로 高麗한 半島에 帝國을 세우니
쏘한 盛하도다
그러나 지금은 거림자도 업구나
그가 얼업시 생각하난것이 무엇이뇨?

한世上을 고요하게 지낼새
너에게 자랑할것 自負할것 한아 업섯도다
그러나 大皇祖의 宏遠한 規模를 現實할양으로
—— 사랑과 올흠의 大帝國을 이 人間에 세울양으로

18) 최남선, 「嶠南鴻爪」, 『소년』 2-8, 1909. 9, 65~66쪽.

── 그리하야 主의 뜻을 이루고 아울너 우리나라의 흙이 왼 地球中 가장 큰것을 만들양으로

그목숨을 내여논 崔瑩은
高麗史의 저녁노을 이러니라 죽이긴 죽이고 죽기는 죽엇서도
오호! 이 淚腺이 넉넉치못한 사람은 피로 代身하야 우난곳이로구나.
그가 얼업시 도라다보난것이 무엇이뇨?

南蠻(安南·섬羅等)이 方物을 드리고
東夷(蝦夷·琉球等)가 臣되기를 願하니
한때 榮華가 너도 쏘한 '로오마'로구나
그러나 槿花의 하루아참이 되고 말미 웃지함이뇨
우리가 禮成江의 일흠을 생각하매
불상타함을 쯔리지아니하겟네
그의 얼업시 슯흔뜻을 가진듯함이 무엇이뇨

담배烟氣는 무럭무럭 그의 얼골을 덥도다
한대가 다 타면 다시 닫아부쳐 썰고 담기를 쉬지아니하난도다
그는 支揭ㅅ 軍이어늘
벌이할 생각은 털씃만치도 업난듯 담배만 업시하난도다

쌀업서 애쓰난 그의 안해
옷헐어 살 드러난 그의 자식
그를 보니 보지안어도 생각하겟네

살님의 괴로운 싸홈에 疲困하얏나냐
쌔쳐 올나가난 烟氣ㅅ 속에 쉽(休息)을求하나냐
그럴것도 갓지 아니하다
'배곱하!' 소리가 그의 귀를 싸릴터인데
그래도 담배만 썩 썩

城밋헤 웃둑웃둑선 石碑는

뉘집 烈女인고
知覺업난 새들은 함부로 똥을 쌀녓도다
씨룩씨룩 소리하난 저 기럭이
—— 때 —— 알어차렷나냐! 하난것 갓다
그러나 또 한대 담난고나

낫겨운 해는
눅은 빗흐로 계어르게 門樓와 밋 그를 비취ㄴ다
허술한 집을 쏘일때에는 해도 허술한듯
얼업난 사람을 쏘일때에는 해도 얼업난듯

너의 支撏가 썩을때까지라도 그리만하고 잇거라
내가 타고 안진 汽車는 暫時도 그치지 안네
아마 다시는 못보겟다 잘잇거라
나는 올때가 잇서도 네가 웃덜지?![19]

이 시는 정형률과 노래형식에서 완전히 벗어나 자유시 형태를 취하고 있으며 시인의 시의식 또한 자유시 형태를 지향하고 있다. 이것은 「해에게서 소년에게」(1908. 11)라는 노래체 '신체시'가 창작된 지 꼭 일년만의 일이다. 이 작품은 시적 형식에 있어서 매우 자유로우며 특히 행과 연의 배열이 안정되어 있고, 시상이 서로 얽히며 시적 정조를 확대·심화하는 효과 등이 뛰어난 성취라 하겠다. 또한 시적 주체의 목소리도 당시의 애국계몽기 시가들에서처럼 계몽적 자아가 외부의 청자를 향해 일방적으로 교술적인 의도를 강제하는 폐쇄되고 이념화된 것이 아니라, 내성화되고 서정화된 목소리를 지향하고 있다. 오히려 여행객으로서의 감상성이 과도하게 드러나 약간의 불안정한 일면을 노출시키고 있을 정도이다.

---

19) 이 詩는 시인이 1909년 9월 19일 日曜日 新義州行 第1列車를 타고 가던 중, 기차가 막 松京(開城)을 출발할 때 西門을 보고 지은 시이다. 시의 제목은 따로 적어 놓지 않고 「平壤行」이란 기행문 속에 들어 있다. 작자가 'N.S'라고 표기되어 있는 것으로 보아 최남선이 분명하다(『소년』 2-10, 1909. 11월호, 139~141쪽).

이제 시 작품을 살펴보기로 한다. 이 시는 몇 가지의 시상을 중첩시키는 다층적 구조를 보여준다. 2연에서 6연은 찬란한 역사를 가진 고려의 고도 개성을 지나가면서 영화로웠던 과거와 위기의 현재 시간을 대비시키고 있다. 달리는 기차의 속도감에 실려 과거와 현재의 공간이 중첩되면서 하나의 서사적 파노라마를 연출하고 있다. 그것은 마치 공간을 달리는 기차를 타고 시간 속을 여행하는 듯한 효과를 자아낸다. 한편 시인이 고도를 근대적 제도의 대표적인 상징이라 할 수 있는 기차를 타고 지나가면서 느낀 감회를 서술하는 것은 매우 의미심장하다. 실제로 시인은 그 철로를 개통시키고 득의에 차 있는 일본인들과 함께 기차에 앉아 복잡한 감회에 젖는다.

그러나 이 시의 핵심 제재는 과거의 영화로웠던 역사와 풍경에 대한 시인의 감회가 아니라, 현재의 시간 속에서 존재하고 있는 지게꾼의 곤궁한 삶이다. '굉원한 규모'의 '대제국'을 꿈꾸며 중국 대륙으로 세력을 뻗치던 고려의 '영화'가 아직도 흔적을 남기고 있는 고도 개성의 서문, 그 '허술한' 문루에 '허술한' 지게꾼이 앉아 담배를 피우고 있다. 시인은 이러한 지게꾼의 모습을 보고 "쌀업서 애쓰난 그의 안해／옷헐어 살 드러난 그의 자식 …… 살님의 괴로운 싸홈에 疲困"한 살림살이를 미루어 짐작한다. 이 시는 궁핍함을 벗어나지 못하는 지게꾼의 의지 박약과 게으름, 담배만 피우고 있는 무능함을 질타하는 계몽적 주제가 중심이 되는 것이 아니라, 궁핍한 현실 속에서 고통받고 있는 지게꾼의 삶에 대한 시인의 안타까운 심정을 표현하는 데 중심이 놓여 있다. 시인의 이러한 태도는 민중을 단순한 계몽의 대상으로 취급하는 것이 아니라, "그가 얼업시 보난것", "그가 얼업시 생각하난것", "그가 얼업시 도라다보난것", "그의 얼업시 싊흔뜯"을 이해하고자 하는 것에서도 드러난다. 이 시는 근대적 제도가 확립되는 한편에서 궁핍화되어 가는 민중들의 현실에 대한 깨달음을 보여주고 있어 주목된다.

그렇다면 최남선에게서 이러한 시적 성취를 가능하게 했던 기반은 무엇이었을까?

첫째는 한시적 전통의 계승이다. 여행을 하면서 시를 쓰는 것은 한시에서는 일반적인 현상이었다. 물론 국문시가(특히 가사의 경우)에도 그러한 전통이 있었지만, 최남선이 이 작품에서 정서를 집약하는 방법은 분명히 한시적 전통을 계승하고 있다. 시의 배경과 시적 대상을 형상화하는 방법, 시적 대상을 바라보는 서정적 주체의 태도, 그리고 시의 근저를 형성하고 있는 정서를 표현하는 방법 등에 있어서 한시적 특징을 보여준다.

실제로 최남선은 이 시를 짓기 바로 전부터 한시에 관심을 보이기 시작했다. “近來에 이르러 무엇이 動機인지 漢詩짓고 십은 생각이 매우 懇切하야 機會만잇스면 한首式 지여 보량으로 空然히 애를 쓰난데 左에 記錄한바는 이번 南遊中에 바다를 구경하고 感想을 얼근것이라.… 우리의 보고 생각한 바다는 웃더한고를 삷혀주시면 얼마콤 맛이잇슬줄 밋소.” 라고 한 뒤 다음의 한시를 덧붙이고 있다. “天地渾淪無定界／茫茫海國兩間開／金烏玉兎倂呑吐／巨鼇長鯤任去來／華物賴滋功至矣／衆汚咸納德洪哉／不私其有無偏碍／萬古千秋一汪懷”[20]

「해에게서 소년에게」에서도 나타났듯이, 최남선의 시가에서 ‘바다’는 문명세계를 표상하는 일종의 관념화된 상징체계로서 존재한다. ‘바다’는 시인의 선험적 이념을 반영하는 도구로 사용되었으며 그 자체로서 감각적인 구체성이나 현실적인 서정성을 지니지 못했다. 그러나 위의 한시에서는, 직접 답사하고 여행하면서 현실과 삶에 대해 느낀 감회를 관념의 형태가 아니라 감각적 구체성을 통해 형상화하고 싶은 욕구가 생겨나게 되었다. 이것은 세계에 대한 새로운 형태의 인식을 획득함으로써 그것을 표현할 새로운 형식에 관심을 갖게 되었음을 보여준다.

다음으로 이 작품이 창가나 노래 형식이 지닌 정형성을 벗어나 자유시 형식을 취하게 된 두 번째 이유는, 시인의 현실 인식의 진정성에서 기인한 것이다.

최남선은 당시 애국계몽운동가들처럼 계몽적 주체에게 專橫的·절대적 권위를 양도하여 세계를 주관화하였으나, 종종 이런 현실 파악방법에 대해

20) 『소년』, 1909. 9, 44쪽.

비판적 입장을 드러내기도 하였다. 특히 민중을 단순히 계몽의 대상으로만 파악하는 관념적인 민중관과 그것이 지닌 허위의식을 비판하고 민중의 자발성과 능동성에 적극적인 가치를 부여하려는 진전된 현실인식을 보여주고 있다. "只今의 自稱 愛國者·新聞記者·演說家·先驅者 等이 昏焦舌弊하도록 나라의 어려운 일을備陳하되 比較的 그影響이 적음은 또한 그中의 誠心이 不足(或은 全無)한 까닭이라. 그네들이 자기에 缺陷이 잇난것을 掩蔽하려하야 갈오대 人民의 智識이 너모 淺劣하고 靈覺이 너모 遲鈍하다하나 아난사람은 이로써 容恕치 아니하나니라."[21] 최남선은 계몽 주체들(자칭 애국자, 신문기자, 연설가, 선구자 등)이 당대 민중들의 비참한 실상을 제대로 인식하지 못하고 있다고 비판하였다. 당대 현실에 대한 객관적 인식은 이전에 그가 절대적 주관성에 근거하여 형성했던 관념적 이상과 자아 정체성을 동요하게 만드는 계기가 되었다. 그리고 이러한 자아 정체성의 동요를 경험하게 되면서 최남선은 새로운 세계 인식과 그것을 표현할 새로운 시 형식의 필요성을 절감하게 되었던 것이다.

최남선이 자유시 형태를 집중적으로 창작하던 시기는 '망국'의 조짐이 구체화되어 가던 1910년 2월부터 1910년 7월까지의 기간이었다. 「太白山의 四時」·「太白山賦」(『소년』 1910년 2월), 「쓰거운 피」(『소년』 1910년 3월) 「太白의 님을 離別함」(『소년』 1910년 4월), 「나라를 떠나난 슯흠」(『소년』 1910년 4월), 「花神을 贊頌하노라고」(『소년』 1910년 5월), 「꺽긴 솔나무」(『소년』 1910년 6월), 「녀름 구름」(『소년』 1910년 7월) 등이 그것이다.

> 운수는 나로 하여곰 나라를 떠나게 하도다
> 버틔려하면 손도 잇고 뻣듸듸혀하면 발도 잇스나 우리는 구태여 運數의 식힘을 抗拒하랴 아니하노니 그 所用업슴을 아난故라
> — 「나라를 떠나난 슯흠」 부분

> 그러나 너의 생을 보존하고 씨를 繁殖하기에는, 일즉 絶望한 일도

21) 『소년』 2-8, 1909년 9월호, 9쪽.

업고 마음을 계을니한 일도 업도다.

堅忍하난도다, 力排하난도다. 그리하야 子房에 알이 익기까지는 激戰을 사양치도 아니하고 奮鬪를 질겨하도다

…… (중략) ……

사람이란 왜이리 弱하여질 素因이 있는가?

이를 생각할 때마다 더욱 너희를 부러워하며 기림은 우리의 참情이로다

—「花神을 贊頌하노라고」 부분

최남선이 신체시와 창가를 창작할 때 근대적 주체 형성을 위한 필수 덕목으로 내걸었던 '光明·純潔·剛健한 分子' 및 '廣闊·雄大·淵深'한 기상이, 자유시 형태에 오면 '挫折'·'苦痛'·'波瀾'·'曲折' 등으로 변화하고 있다. 이러한 시적 정조의 변화는 절대적 주관성에 의해 형성되었던 계몽 주체로서의 자아 정체성이 '망국'이라는 절박한 현실 앞에서 혼란과 분열을 경험하게 되는 사정을 반영하고 있다. 이것은 전통적인 사회체제의 '固陋偏狹'과 '虛僞'에서 벗어나 '光明正大'한 근대적인 문명 국가를 건설함으로써 주체의 근거를 세우려던 최남선의 기도가 국가의 멸망이라는 상황에 처하여 심각한 정체성의 동요를 체험하게 되었음을 보여준다. "나는 주리도다 목말으도다 헛헛症이 나서 참 견딜수업도다. 우러러 하늘을 보아도 떨어지난것이 업고 굽으려 짜을 보아도 쒸여올으난것 업스며 …… 歷史에 물어도 잠잠하고 詩文에 求하야도 잠잠하며 남에게 依託하야도 눌너주지 못하고나 스스로 試驗하야도 참아지지 아니하니 이 사람 나야말노 웃지하면 조흔가."[22]

이같은 혼란과 분열의 자각은 자수율에 의해 통제받던 형식적 정형성을 파괴하고, 새로운 형태의 자유시를 창작하는 계기로 작용하였다.

波瀾이 만코 曲折이 만흔 사람의 살님사리는 우리에게 갈으침과 깨닷게함이 多大할쑨더러 大詩人 …… 의 藝術的 意義와 價値가 잇

22) 위의 글, 8~9쪽.

스니 그가 곳 살은 人生理學임이로다. 苦로움아! 앏흠아! 인제 알건댄 네가 나를 못살게 구난것이 아니라 참말 나를 살게하난 者가 도리혀 너로구나. 旣往에 내가 너를 怨謗하얏슴을 허믈하지 말라(12쪽). …… 曲折하고 崎嶇한 길 …… 單純치 아니하기에 遠大하고 奧妙하고 深刻함이라. 單調와 純音에 厭症나지 아니할 者, 그 몟치나 될쏘(11쪽)[23]

위의 글에서 최남선은 인생살이의 파란과 곡절, 괴로움과 아픔을 있는 그대로 받아들이고 형상화할 때 예술적 의의와 가치가 획득된다는 깨달음을 보여주고 있다. 인간과 현실에 대한 진실한 이해야말로 진정한('遠大하고 奧妙하고 深刻한') 예술 창작의 밑바탕이며, 이를 근대적 삶의 형식에 적용했을 때 자유시가 창작되었다. 최남선이 창가와 신체시의 형식적 정형성('單調와 純音')을 탈피하고 자유시 형태를 창작하게 되었던 것도 이같은 현실 인식의 진정성에 기인한 것이었다.

국권 상실의 위기감이 현실로 진행될 즈음, 최남선은 확신에 찬 목소리로 낙관적 전망을 구가할 수만은 없었다. 이에 그는 "疑惑하라 疑惑하라 쏘 疑惑하라, 쉬지 안코 疑惑함이 곳 다시 업난 解決이니라. 疑惑은 깁흐고 큰지라. …… 그中에 한가지를 제게 조흔대로 擇하야 가지고 … 定義를 만들어 가지고 그속에 억지로 拘束하야 지냄은, 이 痴가 아니면 狂이라 할지니라."[24]고 주장한다. 이처럼 '모든 것을 쉬지 않고 의혹하는 태도'는 바로 근대적 주체에 내재된 성찰적 이성의 발현을 의미한다. 근대적인 문명 사회의 건설이라는 관념적 이념과 선구자적 사명감에 의탁하여("그中에 한가지를 제게 조흔대로 擇하야 가지고 … 定義를 만들어 가지고 그속에 억지로 拘束하야") 계몽 주체로서 자신의 정체성을 형성해 온 최남선이 亡國의 현실에 처하여 비로소 '의혹하는 자'로서의 근대적인 주체를 발견하게 되었

23) 「少年時言」, 『소년』 3-8, 1910년 8월호, 7~14쪽. 『소년』지는 이 1910년 8월호로 인하여 신문지법 제21조에 의거 '치안을 방해'한 혐의로 발행 정지를 당하게 된다(『소년』, 1910년 12월, 목차란 참조).
24) 「少年時言」, 『소년』 3-8, 1910년 8월호, 13~14쪽.

다. 근대적 주체로서의 정체성은 선험적 주관성과 관념에 의탁하는 것이 아니라 오직 주체의 자율성에 의해서만 확립되는 것이다. 이러한 근대적인 주체 인식은 국가 또는 민족과 개인의 '갈등 · 긴장 · 모순 · 공모'의 관계에 대한 새로운 인식을 요구한다.[25)]

4. 강제 '합방'의 정착과 정형률 회귀

1910년 국권 상실 이후, 근대적인 문명국가 건설에 대한 낙관적 신념과 계몽적 열망에 의해 형성되고 지탱되었던 근대적 주체의 정체성은 심각한 동요를 겪게 된다. 산문시 「녀름ㅅ 구름」에 최남선이 경험한 계몽적 자아의 분열과 정체성의 동요가 잘 나타나 있다.

> 남이 나를 自由自在케 함이 아니라, 내가 나를 自由自在케 함이라. 억지로 自由自在함이 아니라, 自由自在할 素質과 機能이 잇슴이라.
>
> 그는 집이 업난 게야, 떠나던 곳으로 도로 돌아오난 일이 업도다. 그는 안해도 업는게야, 자식도업는게야, 활활활 다니면서 뒤도 돌아다보는 일 업도다. 그는 名譽도 몰으난 게야, 貨利도 모르난 것이야, 이로하야 거름을 멈추거나 길을 고침을 보지 못하겟도다. 그는 義務도 업고 權利도 업난게야, 그의 다니난 동안에는 무엇에 붓들니난 것도 업고 무엇을 잡난 것도 업도다. 그런게야, 그는 自由自在밧게는 아무것도 업난게야.
>
> — 「녀름ㅅ 구름」[26)] 부분

---

25) 리우는 주장하기를 동아시아에서는 근대적 개인 혹은 자아의 개념이 민족 문제와 떨어질 수 없는 관계를 맺고 있기에 서구 근대성에서 상정하듯 고립된 개인적 아이덴터티의 장소로서 '셀프(self)'를 상정할 수 없다고 한다. 즉 민족 아이덴터티와 개인 아이덴터티 문제는 서로 중첩되어 있으며, 그 사이에는 갈등 · 긴장 · 모순 · 공모의 관계가 뒤얽혀 있다고 보는 것이다(장성만, 「한국 근대성 이해를 위한 몇가지 검토」, 『현대사상 2』, 1997년 여름, 126쪽 참조).

시적 주체는 상실감과 더불어 '안해' '자식' '명예' '화리' '의무' '권리'도 없이 '太虛蒼冥한 碧空을 自由自在'하는 '구름'을 동경하게 되었다. 이것은 시인이 계몽의 주체로서 가져야 했던 도덕적 부담이나 의무로부터 자유롭고 싶은 내면적 욕망을 '自由自在하게 돌아 다니는 구름'이라는 상징을 통해 표현한 것이다. 이처럼 구름에 비유하여 시적 주체의 정서적 해방을 시도하고 있는 형상화 방법은 다분히 낭만주의적 상상력[27]의 산물이다.

『소년』이 '治安을 妨害하였다고 新聞紙法 제21조에 의거하여 발매 유포를 금하고 압수를 당하고 발행을 정지'[28] 당하기를 거듭하다가 1911년 5월 종간을 당하자, 최남선은 종간호에 자신의 복잡한 심회와 내적 갈등을 제목도 없는 다음의 시를 통해 표현하고 있다.

> 산에 갓단 구름의, 물엔 고기의
> 비우슴만 보앗소 침만 밧앗소
> 어느때는 풀숩헷 멧독이에게
> '멀것코 속업다'난 辱도 당햇소
>
> '힘주시오 힘주오' 소리질으고
> 나날이 예저긔로 밋친개짓 하오

---

26) 『소년』 1910년 7월, 2~10쪽.

27) 최남선에게 낭만주의적 상상력은 그리 낯선 것이 아니었다. 최남선과 이광수는 이미 일본 유학 기간에, 악마주의적 반항성과 퇴폐성의 시인이라는 바이런에 심취해 있던 홍명희와 더불어 바이런, 톨스토이, 자연주의, 낭만주의, 이상주의 또는 러시아 문학 등 다양한 근대 문학을 탐독하고 서로 토론하며 사상적 문학적 모색을 했던 이력이 있다. 최남선은 이후 바이런의 낭만주의적 열정을 이상주의적 숭고함으로 변형시켜 소개하고 있다.

28) 「愛讀列位에게 謹告함」(『소년』, 1910년 12월 목차란), 「讀者僉尊의」(『소년』, 1911년 5월, 1쪽) 참조. 최남선은 종간호에서 統監府 警務課長 命의 처분 기록을 게재하고 덧붙여 말하기를 "이것이 곳 우리가 여러분으로 더브러 여러달 캄캄한 턴널을 지나게 한 動機요 兼 事實이외다. 甚히 簡單하오나 注意하야 보아주시오"라 하여 그 부당함에 항의하고 있다.

아즉도 사람이란 눈물動物로
업난이겐 주고야 마난줄 아오

……(중략)……

나는 참안바라오 원수엣 自由
求함은 한갓 몹슬 結縛이로세
내몸은 풀어젓네 손은 지쳣네
그 원수를 쫏기에 엇은바로세

그러나 이러케는 참못 견대여
치고 조여 사게는 맛쳐야겟네
불쓰거움 찬어름 왼통 몰으난
느러진 神經으론 하로 못살아
(중략)
精神차려 남의틈 버서나야함
槍갓갓히 때때로 마음 쎌으오
어제ㅅ 밤 잠들때엔 더욱 괴로와
굿이 決斷햇건만 쏘나선 길요[29)]

위 시는 7·5조를 내적 형식으로 하고 있지만, 기존의 7·5조 형식과 차이를 보인다. 이전의 7·5조 시가들은 음수율적·의미론적 정형성만큼이나 시적 주체의 목소리가 희망과 확신에 차 있고 그 도덕적 규율에 흔들림이 없었다. 그리고 7·5조 음수율의 평면적 반복은 시작과 발전과 종결이란 차원에서 리듬 내적 층위에 대한 감각을 가질 수 없어서 리듬의 강약과 긴장 효과를 낼 수 없는 것이 대부분이다.

그러나 위의 시는 7·5조 음수율의 기계적 배열과는 거리가 있다. 7·5조를 근간으로 하면서 8·5나 7·6으로 음수율적 일탈을 보여주고 있다. 또한 7에 해당하는 부분도 3·4로 고정되지 않고 4·3이나 5·3, 2·5로의

29) 『소년』 終刊號, 1911년 5월, 3~4쪽.

변화를 추구하며 내적 리듬의 자유를 누리기도 한다. "주정으로 지내난 이 世上에를/깬마음으로 가자고 허덕이난 그"(4·3·5/5·3·4·1) "'힘주시오 힘주오' 소리질으고/나날이 예·저긔로 밋친개짓 하오"(4·3·5/3·4·4·2) "나는 참안바라오 원수엣 自由/求함은 한끗 몹슬 結縛이로세"(2·5·5/3·4·5) 이러한 율격적 일탈과 리듬의 변화는 시의 의미 내용과 拮抗(갈등과 일탈)하면서 정서의 폭을 확대하고 서정을 증폭시키는 역할을 한다. 또한 시적 주체의 자기 분열을 표현함과 동시에 자기 정체성에 대한 성찰의 효과를 지닌다.

일반적으로 7·5조가 3음보를 이루고 있는 것에 비해, 이 시는 간혹 4음보를 지향하려는 힘을 보이기도 한다. 예를 들어 "나는 참안바라오 원수엣 자유"에서 '엣'의 'ㅅ'은 강세와 더불어 호흡을 멈추게 하며, 그 뒤의 '자유'에 주의를 집중시키는 효과를 나타낸다.[30] 이와 같이 이 시는 기본적으로 7·5조라는 정형률의 테두리에 갇혀 있지만, 그 내적 리듬에 있어서는 자유율적 일탈의 움직임이 강하다. 바로 이것이 이 시에 내장된 에너지인 것이다. 이를 통해 한국 근대시 형성과정에서 산견되는 7·5조에의 견인과 그것으로부터의 내적 일탈이라는 리듬의식의 일단을 확인할 수 있다.[31]

---

30) 최남선이 『소년』 창간부터 줄곧 그 정신과 목표로 추구해 온 것이 '自由'였다. '自由'는 최남선이 최고의 이상으로 추구해 온 것이었으며, 그의 자아 정체성을 형성하는 근간이었다. "밥과마실것 돈과벼슬은/엇디못해도/낙과영화와 몸과목숨은/이러바려도/나의쟈유는 보뎐홀디며/탸댜올디니/쟈유한아만 쟈유한아만/갓디못하면/그의세상은 아모것업고/캄캄하라리라"(「모르네 나는」, 『大韓學會月報』, 1908. 2). 그러던 그가 "나는 참안바라오 원수엣 自由/求함은 한끗 몹슬 結縛이로세"라고 노래한 것은 외세의 침탈로 인한 망국의 현실 속에서 그가 겪은 자기분열과 모순의 체험이 얼마나 격렬했는가를 잘 보여준다.

31) 이후에 7·5조의 틀 안에서 섬세한 변화를 추구함으로써 시적 경지를 이룬 대표적인 근대 시인이 金素月이었다. 소월은 평생 7·5조 리듬에 묶여 있었다. 그의 시는 7·5조의 틀 안에서 섬세한 리듬의 변화를 추구하고 변형을 주려는 노력에서부터 시작되었고 또한 그의 시적 성취도 거기에 머물렀다. 소월이 7·5조를 벗어난 경우도 거의 없지만, 벗어난 경우 성공한 예도 거의 없기 때문이다. 김소월은 7·5조 안에서 자유를 한껏 누리며 시의 리듬을 구성해 갔던 시인이다. 리듬에 민감했던 김영랑의 시 「함

최남선으로 하여금 자유율적 지향을 보이게 한 것은 전환기적 시대 상황에 대한 인식과 자아 정체성의 분열에 기인하는 바 컸다. 근대적인 문명 국가 건설이라는 낙관적 전망에 근거하여 경험적 현실 속에 존재하는 다양한 지향과 근대적 욕망들을 단순화시켰던 기존의 정형적 정신과 양식은, 국권 상실에 이어 최남선의 개인적인 자기 정체성을 지탱해 온 『소년』지의 폐간에 즈음하여 더욱 극심한 분열을 초래하였다.

1910년 국권 상실이 기정사실화 하자 최남선을 비롯한 당대의 계몽 주체들은 새로운 근대적 길찾기에 나서게 된다. 國體가 망한 지금 그들은 오직 '민족'이라는 추상적 형식에 근거하여 자기 존재를 정립해야 했던 것이다. 그러나 이러한 위기의 시대에도 계몽 주체로서의 운명에 기꺼이 투신하였으며, 새로운 근대 세계를 확립하기 위한 계몽의 기획을 포기하지 않았다. 그 길은 새로운 것과 낡은 것, 경험과 기대, 이성과 감성, 역사와 가치, 전통과 반전통, 낙관과 비관, 주관적 자아와 객관적 현실 사이에서 혼란과 분열을 체험하면서 개척해야 할 길이었다. 이같은 혼란과 분열은 시가양식에서 정형률과 자유율, 노래와 시의 양식적 갈등·착종으로 표출되었다.

여기서 최남선은 자유시 형태의 가능성을 더 이상 발전시키지 못하고, 견고한 정형률과 노래 형식으로 되돌아가고 말았다.

> 어듸로 가랴난지 저도 몰으오
> 이마가 맛닷토록 나갈 뿐이오
> …………
> 精神차려 남의틈 버서나야함
> 槍끚갓히 때때로 마음 찔으오
> 어제ㅅ 밤 잠들때엔 더욱 괴로와
> 굿이 決斷햇건만 또나선 길요

박눈」에서도 7·5조와 그 변형에 의해 리듬을 창조하려 했던 의도를 엿볼 수 있다. 예를 들면 "바람이 부는대로 찾어가오리/홀린듯 기약하신 님이시기로/행여나! 행여나! 귀를종금이/어리석다 하심은 너무료구료 …" (서우석, 『詩와 리듬』, 문학과지성사, 1981, 참조)

국권 상실 이후 '어듸로 가랴난지 몰으'고 밤새 '괴로와'하다가 '精神차려 남의틈 버서나'기 위해 '決斷'하고 '또 나선 길'이었지만, 조급함만 있고 현실과의 접합점을 찾지 못한 계몽 주체들은 다시 관념과 낙관의 진화론적 실력양성론으로 돌아가게 된다. 이들은 전보다 더 안이한 계몽의 관습화에 빠져버리게 되었다. 이러한 계몽의 관습화는 정형률과 노래 형식의 부활을 예고하는 것이었다. 최남선도 소위 '國風'이라는 時調와 唱歌의 세계로 회귀하고 말았다.

근대적 문명 국가를 건설하려던 이상이 국권 상실과 함께 좌절되고, 근대 기획의 물질적 토대를 박탈당한 상태에서 민족과 정신의 영역은 주체가 자신을 유지할 수 있는 마지막 교두보였다. 일제에 의한 지배가 본격화됨으로써 주체의 분열과 혼동, 다양하게 끓어넘치는 근대적 욕망들에 대해 동일성을 부여하는 '의식의 통합 장치'의 필요성을 절감하게 되었다. 최남선은 상상적인 어떤 공동체 또는 공동체적 이상으로 국민들의 정신과 역량을 통합시키는 계몽적 주체의 강건함을 추구하였다.[32] 민족과 국가의 추상적 절대화를 추구하는 과정에서, 민족과 개인의 관계 속에 존재하는 현실적인 이해 갈등이나 대립은 고려되지 않았다. 개인의 자유(분열과 혼돈, 개성의 자유로운 추구)보다는 절대정신의 주관성이라는 추상화된 관념으로서 더욱 견고한 국가와 이념의 일체화를 촉구하였다. 이것은 한국의 식민지적 근대성이 처한 운명이었다.

최남선이 1910년대에 '단군' 연구에 매진하고 조선광문회를 조직하여 조선어 연구와 고전 간행 사업에 열정을 쏟았던 것은 국권 상실로 위기에 처한 민족 정체성을 지탱하기 위한 그 나름의 모색이었다. 근대적 주체로서

32) 근대 성립의 조건으로 민족주의의 확립이 요구되는 바, 민족주의 성립의 물질적 조건이 마련되어 있지 않은 후진국의 경우 소설이 이러한 역할을 담당하여 '상상의 공동체'를 형성하게 된다고 B.앤더슨은 설명하고 있다 (김윤식, 『현대문학사 탐구』, 문학사상사, 1997, 30~31쪽 참조). 이것은 곧 부르주아지가 자기 존재의 물질적 제도적 취약함을 정신과 관념의 영역에 기대어 그 불안과 공포를 극복하고 보충하려는 기획의 일환이기도 하다.

의 그의 정체성은 더 이상 동요하거나 분열하지 않았고, 그 결과로서 도덕적 규율과 율격적 통제에 충실하였으며 자유시는 더 이상 창작하지 않았다. "…族粹가 日로 衰頹하여, 五千年 往聖先哲의 赫赫한 功烈은 그 光이 晦하고 皇皇한 述作은 그 響이 消하며, 億萬代 後孫來裔의 久遠한 靈能은 그 源이 渴하고, 深切한 覺思는 그 機가 絶하려 하"[33]는 때에 시조를 '국풍'이라 하여 새롭게 주목한 것은 바로 '국수'를 지키는 한 방책으로 생각했던 것이다. 또한 최남선은 민족을 통합하여 계몽하는 양식으로 노래체 창가에 몰두하였던 것이다.

5. 맺음말

최남선은 스스로 '堅志論'이란 글을 써서 자기 규율을 만들고, 주체의 정체성을 강고한 정신력으로 지탱하려 했다. "堅忍으로서 最後의 勝捷을 得할 따름이오 堅忍으로써 永遠한 勝捷을 得할 따름이니라 …… 最後까지 堅忍함으로써 成功의 秘訣을 作하니"[34]라 하여 堅忍不拔의 精神을 강조하였다. 중도에 포기하지 않고 끝까지 참아냄으로써 最後의 勝利와 最後의 成

33) 「朝鮮光文會 趣旨文」, 『소년』 3-9, 1910. 12, 56쪽.
1910년대 유학생 그룹 내에서도 國粹에 대한 관심이 높았다. 이것은 유학생들의 사상을 민족주의적인 것으로 유지하는 하나의 근거가 되기도 하였으며, 자아 정체성을 규정하는 틀이기도 했다. 宋鎭禹는 儒敎 대신에 가져야 될 사상으로 國粹 사상을 들었다. 그가 말하는 國粹 사상이란 檀君 숭배 사상이었다(宋鎭禹, 「思想改革論」, 『學之光』 5호, 1915, 4쪽).

34) 최남선, 「堅志論」, 『時文讀本』, 新文館, 1918, 133쪽. 이는 애국계몽운동의 이념을 이어받은 것이기도 하다.("반드시 堅忍耐久의 심력으로 自强의 실력을 양성하고 沈機觀變하여 때를 기다려야 한다" 『대한매일신보』, 1906. 5. 30) 또한 국권 상실 전야의 비장한 심정을 산문시 형식으로 표현한 「花神을 贊頌하노라고」에도 견지론의 맹아가 나타나 있다. "그러나 너의 生을 保存하고 씨를 繁殖하기에는 일즉 絶望한 일도 업고 마음을 계을니 한 일도 업도다./堅忍하난도다 力排하난도다 그리하야 子房에 알이 넉기까지는 激戰을 사양치도 아니하고 奮鬪를 질겨하도다."(「花神을 贊頌하노라고」, 『소년』, 1910. 5월호, 2쪽)

功을 거두고야 말겠다는 결의를 표현하고 있는 것이다. 그리고 최남선은 '堅忍不拔'함으로써, 3·1운동의 배후에 서서 己未獨立宣言文을 작성하는 데까지 나아갔다. 그러나 3·1운동을 통해 독립을 성취하지 못하자, 더 이상 '堅志'하지 못하고 일제에 타협·굴복하는 길을 걸어가고 말았다.

역설적이게도 3·1운동은 자율적 존재로서의 근대 주체가 성찰적 이성을 자기 내부에까지 철저하게 관철시키지 못하고 주관성과 절대정신에 의탁해서 자신의 정체성을 확립해야 했던 한국의 민족 부르조아지의 태생적 취약성을 폭로하는 역사적 계기가 되었던 것이다.[35]

이와 함께 한국신문학 초기 특히 1910년대에 도저하게 자유시 형식을 추구했던 김억, 주요한 등도 20년대 들어서 더 이상의 자유시 창작을 포기하고 정형률 지향의 시가를 창작하였던 것은 한국 근대자유시 형성의 지난함을 말해주는 것이다. 새미

35) 이광수와 최남선이 해방 이후 '반민특위'에서 자기의 친일행위를 '민족을 위한' 희생적 행위였다고 확신에 찬 논리를 펼칠 수 있었던 데서 이러한 근대적 주체의 허약성을 볼 수 있다.

원고를 기다립니다

『작가연구』는 한국의 현대문학에 대한 개방적이고 진취적인 문학 연구를 지향하는 반년간 학술지로서, 학술진흥재단에 정식 등록된 국문학 전문 학술지입니다.

인간 정신의 참 의미를 구현해 나갈 인문학이 전반적으로 침체된 시대 상황의 제한 속에서도 『작가연구』는 한국문학의 정수를 끈질지고 깊이있게 성찰함으로써, 인문학의 진정한 위엄을 되찾고 한국문학이 새롭게 도약할 수 있도록 노력하고 있습니다.

『작가연구』는 이론적 깊이와 비평적 섬세함을 두루 갖춘 문학 연구를 통해 우리 시대의 문학과 작가를 새롭게 조명하고자 합니다. 『작가연구』는 참신하고 진지한 문제 의식이 담긴 연구자 및 독자 여러분들의 글을 기다리고 있습니다.

『작가연구』는 항상 문을 열어놓고 있습니다. 국문학 연구와 관련된 어떠한 글이라도 환영합니다. 여러분들의 애정어린 관심과 적극적인 투고를 당부드립니다.

- 원고 마감 : 1999년 2월 28일
- 접수된 원고의 게재 여부는 본지 편집위원회에서 결정하며, 채택된 원고에 대해서는 소정의 고료를 지급합니다. 접수된 원고의 반납에 대해서는 책임지지 않습니다.
- 원고는 디스켓과 함께 보내거나 PC통신을 이용해 주시기 바랍니다.
  하이텔 kuk7949, 천리안 KH058

- 보내실 곳 : 133-070 서울시 성동구 행당동 28-7 정우BD 402호
  도서출판 **새미** 『작가연구』 편집위원회 앞
  전화 293-7949, 291-7948 ; FAX 291-1628

■ 자료 발굴

꿀

김 남 천

「내가 다시 소생해서 이렇게 오늘 저녁으로 전선에 나가게 된 것은 말하자면 팔순이 가까운 그 할머니 덕분이지요」

하고, 一九五〇년 八월 하순의 어떤 날, 락동강 전선에서, 얼마 아니 격하여 있는 합천 관기리 야전 병원에서 한나절을 나와 가치 지내인 부상병 동무는 다음과 같이 이야기를 계속하였다.

× × ×

── 아까도 말씀 드렸습니다만 안의 전투를 결속지을 무렵에 나는 다른 두 동무와 함께 거창을 돌아 저의 후방 종심 깊이 침투하여 적정을 정찰하고 돌아오라는 임무를 띠고 본대를 떠났던 것입니다.

당시 안의에서 괴멸의 운명에 봉착하였던 적들은 거창읍에서 합천 땅으로 들어서며 봉산 묘산을 거쳐 합천읍으로 나가 황강을 따라 락동강 본류를 넘을 것이 예상되면서, 도중 몇 군데의 방어 진지에서 패주하는 병력을 수습할 방도로 완강한 저항을 시도하리라고 취측되였지오. 우리들의 정찰 임무는 거창군 양곡리에서 합천 권빈리에 이르는 지역에 집결중인 적 병력의 수량, 화력 및 그 배치 등이였습니다.

부대를 떠나자 이내 교전지대를 돌아 적중 깊숙이 드는 것임으로 세 사람은 임무를 분담하고 세심한 위장을 가출 것이 필요하였습니다. 그래서 동행 셋 중 두 동무는 권총을 휴대하고 농민처럼 변장하였고 나는 인민군 전사 복 위에 국방군의 웃저고리를 껴입고 전사모 위에 철갑모를 눌러쓰고 미국식 자동총으로 무장하였었지오.

셋이 모두 사민의 복색을 하는 것이 적중에 들기는 편하지만 일행이 전부 권총만으로 무장하는 것은 다소 허전하였고 큰 무기를 메자면 역시 사복보다는 군복이 자연스러운데 안팎으로 융통성 있게 써 먹자고 나는 철갑모를 쓰고 국방군 웃옷 밑에 우리 전사복을 바처 입게 되였던 것입니다. 물론 모두 부대장 동무의 지시로 한 것이지만.

복색 자체가 말하듯 두 동무에 대해서 나는 마치 호위와 같은 부차적 임무를 띠게 되였습니다. 거창 조금 못미처 하고리에서 셋은 길을 갈랐지오. 한 동무는 거창을 북으로 우회하여 남하면으로 들어갔고, 다른 한 동무는 거창 남쪽으로 무림을 꾀뚫고 남상면에 들어가는 대신 나는 동무들이 돌아오는 동안 국군복을 입고 민정을 살피면서 거창 부근에 묻혀 있었지오.

이리하여 두 동무는 양곡리에서 권빈리에 이르는 지역에 집결 중인 적군 주력의 적정을 각각 정찰한 뒤 미리 작정하였던 시간에 하고리에서 거창읍에 이르는 작정한 지점에서 나와 다시금 맞날 수 있었습니다. 먼동이 트자 한 사람 국방군에게서 호송되는 두 사람 사민을 가장하여 피란민들에 섞여서 우리들은 무사히 산 등에 올라설 수 있었습니다.

무명六 고지를 넘어선 곳에 마침 안윽한 샘물터가 있어서 세 사람은 여기서 수집한 정보를 종합할 겸 휴대 식량으로 아침 요기를 치르기로 했습니다. 나는 총을 풀숲에 눕히고 두 개의 웃저고리를 모두 벗어제치고 샤쓰 바람으로 땀을 드릴 수 있었지요.

그것은 참말로 상쾌한 아침이였습니다. 안개가 벗어지면서 멀리 흰 바위 틈을 돌아 흘러내리는 푸른 냇물을 쫓아 구비 구비 휘감긴 하이얀 신작로가 군데군데 소나무 가지에 가리어서 숨었다 나타났다 하는 것을 아득히 높은 곳에서 굽어보는 것입니다. 바위틈에서 흘러나오는 샘물맛은 말도 말고 아침맛도 별미였고 담배맛도 각별했지오.

자아 인제 단숨에 본대로 달려가자고 막 우리들은 자리를 뜹니다. 두 번째 옷을 꿰면서 내가 먼저 자리에서 일어났습니다. 일어서서 사위로 눈을 돌리자 아뿔사 하고 멈춧 단추 꿰든 손을 멈추었습니다. 우리 있는 쪽을 향하여 몰려오는 한 소대 가량의 적의 부대를 발견한 때문입니다.

「五백 메–타 전방에 적병 일소대 가량 출현」

셋이 모두 그쪽을 바라보고 일시에 다시 몸을 숨겼지오. 필시 안의 전투에서 패하고 허둥지둥 산줄기를 타고 후퇴 지점으로 몰려가는 것이 틀림없이 전의는 상실한 패잔병일 것이나 우세한 적을 상대로 싸우는 것이 우리들의 임무가 아님으로 우리는 흩어저서 각각 안전하게 본대로 돌아갈 것을 결정했지오. 두 동무가 우선 골짝이를 따라 풀숲으로 빠져 나갑니다. 나는 두 동무가 착탄거리에서 벗어날 때까지 이들을 엄호할 임무가 있음으로 바위를 안고 전방을 주시하면서 차츰 비스듬히 하향선을 긋고 적이 오는 방향에서 떨어저 나갑니다.

그런데 겁을 집어먹고 허둥대는 패주병일쑤록 귀는 초롱처럼 밝은가보지오. 앞서서 오던 몇 놈이 웃뚝 서며 두리번거립니다. 나는 밧짝 땅 위에 배를 부쳤지오. 놈들 중의 한 놈이 손짓을 합니다. 다행히 내가 발견된 것은 아닙니다. 그러나 손가락의 방향을 더듬으면 잔솔포기와 가당나무숲을 흔들며 산 밑으로 빠져 내려가는 무명중의에 농닙을 쓴 두 동무의 그림자가 보입니다.

「남로당패다!」

하고 한 녀석은 카–빙을, 또 한 녀석은 엠원을 들어서 연발로 쏘아댑니다. 그러나 이곳저곳서 공연한 총소리를 낸다고 꾸짖어대는 소리가 연방 들려옵니다. 「빨리, 빨리!」 서로 서로 짖어기며 우르르 몰려서 선두에 섰던 놈들은 벌써 산고지를 타고 넘어갑니다. 총도 없이 맨손으로 뛰는 놈으로, 철갑모도 웃저고리도 없이 샤쓰바람으로 두리번거리는 놈으로, 어떤 놈은 숫재 군복 윗옷을 벗어버리고 배적삼을 걸친 놈도 있어서, 그 행색이 가지

각색이지오.

그런데 질색할 일이 생겼습니다. 五십 메-타 가량 간격을 두고 뒤따라 오던 십여 명의 적병은 저이들 총소리에 놀래여 우르르 내가 엎데여 있는 쪽으로 산개하여 굴어떨어지듯 몸을 숨기며 총뿌리를 겨눕니다. 놈들은 총소리의 유래도 몰으고 제불에 놀랬을 뿐 아니라 빨리 가자고 서두르는 앞서간 놈들의 떠드는 소리에조차 착각을 가집니다. 잔뜩 긴장한 놈의 눈에 나의 철갑모가 보이고 이어서 내가 겨눈 총구에 놈의 총신이 후둘후둘 떨립니다. 그 순간 눈먼 총탄이 무수히 내가 엎드린 바위에 부디칩니다. 드디어 나도 방아쇠를 닥쳤지요. 침착한 묘준에 우선 두 놈이 침묵합니다. 그러나 유리한 위치에 산개한 적병들이 집중사격으로 쏘아대는 총탄 속에서 잠시는 눈을 뜰 새도 없습니다. 다릿게가 후끈합니다. 연니어 어깨쭉지가 망치로 후려맞는듯 쩽하고 울립니다.

한 놈, 또 한 놈, 두 놈의 시체가 굴어떨어지는 것을 보자 왼팔에 더운 것이 쭈르르 흘러내리는 것을 뿌리치듯 하며 나는 벌떡 일어섭니다. 밸이 꼴려서 고성으로 구령을 던지며 자동총을 한바탕 휘둘러댑니다.

「이 분대는 좌측으로 돌고 삼 분대는 적의 측면으로 돌 것이며 일 분대는 정면에서 추적할 것!」

우수수 갈팡질팡 흩어지며 다라나는 적병의 그림자가 차츰 흐미해지면서 나는 마침내 몣 발자국을 못걷고 소나무 긁에 엎드러졌지오. 엎드린 자세를 그대로 유지할 수 없어서 노근해진 육체는 두고 패를 때굴때굴 굴어납니다. 사위가 갑작이 조용해집니다.

(나는 이대로 죽는 것일까?)

막연히 그런 생각이 나서 흐려지는 눈자위에 힘을 주며, 로동당 만세, 공화국 만세, 김장군 만세를 입속으로 불렀지오. 마즈막 만세가 입안에서 느리게 읊조려지는 것을 남의 의식처럼 느끼면서,

(죽어선 안된다. 죽지는 않는다)

그렇게 나 자신에게 타일러 볼려고 무진 애를 쓰는 것이나 그럴싸록 의

식은 자꾸만 희미해져 갑니다. 드디어 나는 모든 감각을 잃어버리고 말었지오.

얼마나 그런 상태가 계속되였는지오. 내가 왼편 어깨와 오른 다리에 참을 수 없는 동통을 느끼며 다시 정신을 도리켰을 때, 소나무의 그림자가 길다랗게 나의 옆을 두세 줄 건너간 것이 보이였습니다.

참말로 이러다가는 아무도 모르는 개죽엄을 할밖에 별도리가 없겠다고 나는 기를 쓰고 이를 악물며 총을 짚고 일어서 봅니다. 그러나 도저히 일어나서 걸어갈 기력이 나지 않습니다. 피가 홍건히 흘렀다가 말라돌기 시작하는 땅 위에 다시 쓸어졌지오. 갑작이 목이 타 올랐습니다. 해가 넘어가기 전, 바람 한 점 없는 무더운 순간입니다.

어디에 아까의 샘물터가 있는 것일가? 그것을 찾아 헤매느니 차라리 골작을 따라 신작로가에 나서려고 생각합니다. 물과 인가를 찾는 외에 부대와 맞나야 살 수 있다는 강한 욕망이 앞을 섭니다. 기어도 보고 미끄럼 타듯 지처도 보고 하면서 죽을 힘을 다하여 움직입니다. 멀리서 포 소리가 나지만 포의 종류도 분간할 수 없고 소리나는 방향이 어디인지조차 알 수 없습니다.

(두 동무는 돌아가서 임무를 훌륭히 완수했을 것이다.)

(살아야 한다! 찬물로 목을 축이고 길쪽으로 나가서 우리 군대가 거창을 향하여 진군하는 것과 맞나야 한다!)

땅거미가 기기 시작한 때, 소로에 나섰고 그곳서 한 마정 가량을 다시 기어서 나는 어느 쓸어저가는 초갓집 앞마당에서 기진했습니다. 인가가 있으니 마실 물이 있을 것이나 우물이나 냇물을 찾아볼 기력이 없습니다. 누가 있으면 들어서 알라고 힘껏 소리를 친다는 것이 아이구 하는 느린 신음소립니다. 인기척이 있는 듯싶으나 아무도 나타나지 않습니다. 부엌 토방을 미처 넘지 못하고 한 손에 총을 잡은 채 번뜻이 누어 버릴 수밖에 없습니다.

전신의 피로가 찬물에 씻은듯이 시언히 풀려나갑니다. 붉으레한 노을이

한옆으로 비낀 넓디넓은 하늘이 차츰차츰 나의 눈 위에 가까워지다가 그대로 그것이 명주 이불처럼 나의 전신을 가볍게 덮어주는 것 같습니다.

펄떡 정신이 듭니다. 확실히 인기척이 난 것에 귀가 번쩍 티인 겁니다. 총신을 짚고 몸을 뒤책이려 합니다. 어깨와 다리에 무서운 동통!

「거 누군기요?」 하는 가느다란 목소리.

군댑니다, 물 한 목음만 주십시오. 부상한 군댑니다 하며 각깟으로 쳐다보는 눈에 방 아렛목에 동그라니, 그러나 터럭보다도 가볍게 앉아 있는 표주박만한 늙은 할머니. 얼굴이 왼통 주름살로 욱여들고 까맣게 탄 이마 위에 가르마를 한 뼘이나 밀어던지고 은실 같은 머리가락이 얼깃살처럼 갈라붙어 있지오.

『군대몬 와 거창쪽으로 안 가고. 아침내로 신작로가 메게 거창읍으로 딜려갔는대』

필시 나를 국방군으로 아는 모양이지오. 나는 다시 방 있는 편 댓돌 봉당까지 기어갑니다.

『할머니 국방군이 아닙니다, 인민군댑니다.』

조용히 할머니는 나를 굽어봅니다. 팟알만큼 반짝이는 두 눈에서조차 도시 표정을 찾아 볼 수가 없습니다.

「내사 구신 다 된 늙은거라 아무 것도 몰으니더」

다시 얼굴을 돌려 산자 같은 수수깡이 앙상하게 들어난 웃목 바람벽께를 바라봅니다. 찬 서릿발이 이마와 두 눈가에 비수처럼 스칩니다.

「할머니 리승만네 군대가 아닙니다. 국방군이 아니라 인민군댑니다」

힘을 다해 외치듯 하고는 기운이 지쳐 댓돌 밑에 머리를 부딧고 엎드려 버렸지오.

할머니는 일어서는 것 같았습니다. 나는 그 때에야 나의 웃옷이 국방군의 것임을 깨달았으나 그것을 활짝 벗어 버릴 기력이 없습니다.

「빨갱인게오?」

문지방에 서서 묻는 것이 확실합니다. 그러나 선뜻 대답할 수 없었습니다. 할머니 입에서 나오는 냉냉한 그 말이 어쩐지 섬찍하게 느껴졌던 때문이지요.

「남로당팬기오?」

또 다시 나직히 가느다랗게 묻는 것이나 눈을 감은 채 역시 이내 대답이 나지 않습니다. 나는 거이 애원하듯 머리를 들고 눈을 뜨며,

「할머니……」 그렇게만 불러보았지요. 할머니는 나를 물끄럼히 내려다 보다가 소리나지 않게 방에서 나왔습니다. 그는 나의 옆으로 가까이 옵니다. 이윽고 그는,

「에구 이 피, 어데 다쳤노」

그렇게 옴으라든 입속으로 읊조리듯 하며 나의 군복께를 만집니다. 옷을 두 겹으로 입은 것을 그때야 비로소 똑똑히 압니다.

할머니는 내 몸을 곁들어서 부축하여 이르킵니다. 방이 누추하지만 안으로 들어가잡니다. 그리고는 혼잣말로 멧일째 우물이란 우물은 국방군 것들이 죄 바닥을 냈으니 어디 시원한 냉수가 있어야지라고 나직히 한숨집니다.

나를 안아서 방 가운데 눕히고는 자기도 따라 내 옆에 앉으며 노랑개란 것들이 개몰리듯 쫓긴다고 아침 한나절 갈팡질팡했는데 어디서 이렇게 상처를 입었느냐고 묻습니다.

부대보다 앞서 거창까지 들어갔다 나오는 길이라니까, 할머니는,

「거창요?」 하고 놀란듯이 갑작이 눈을 크게 뜹니다. 눈가장자리로 몰여들었던 잔주름이 일시에 치켜 올라갑니다.

「아 거창!」

그는 무엇을 생각하는지 내 옷소매를 잡은 채 멍하니 앉아 있습니다. 아 거창요, 하고 뇌이면서 할머니는 내 옆에서 소리도 없이 일어납니다. 그는 아무 말 없이 방안에서 나가 버리는 것입니다.

나는 다시 답답한 얼마 동안을 아무 것도 없는 봉당내 풍기는 빈 방안에 혼자 누어서 보낼 수밖에 없었지오. 그때에는 목이 타는 것보다도 왼몸에 아픔이 젖어들어 거이 의식을 잃을 상십습니다. 쿡쿡 쑤시는 아픔이 가뿐

숨결처럼 가슴께를 뚜드립니다.

(어디로 갔을까? 거창읍이 어떻다는 것일까?)

불길한 생각조차 머리를 스쳤으나 인제 모든 것이 될때로 되라고 한편으론 거이 자포자기에 가까운 체념이 가슴을 지긋이 누르고 지나가기도 합니다. 골짝이 넘어로 물매암이소리가 자지러지게 들려왔으나 그것조차 어쩐지 구성지기 그지 없두군요.

펀뜻 고향 생각이 납니다. 할머니, 어머니, 누이 동생 ── 그들은 지금 내가 이렇게 하염없이 죽을 경지에 헤매이고 있는 것을 알고 있는 것일까? 살그머니 꿈결처럼 들려오는 할머니의 발자취 소리. ── 나는 일시 그것이 내가 고향에 두고 온 할머니의 발자취 소리로 혼돈합니다.

번쩍 눈을 뜹니다. 내가 누어 있는 옆에 할머니가 서 있습니다. 그것은 틀림없는 표주박처럼 작다란 아까의 그 할머니였지오. 두 손에 무엇을 들었던 것을 방바닥에 놓고 그는 부엌으로 나가 한 양푼 냉수를 떠갖고 들어옵니다.

「자아 은자 정신 좀 채려 보소」

목소리는 가느다랗게 야위었으나 아까와는 딴판인 인정이 풍기는 음성인 것을 나는 이내 느낄 수 있었지요.

파초잎을 아무렇게나 그린 팔각이 난 푸리딩딩한 단지기와 그 옆에 중의 동냥자루 같은 자루주머니와 그리고 외올 무명 한 끝이 베치마 앞자락 밑에 가지런히 놓여 있습니다. 찬 곳에서 갑작이 끄내온 것이 분명한 것이 단지기에는 서릿발이 잽힙니다.

단지기 뚜껑을 열어 놓고 소복이 담겨 있는 산청 가운데로 놋숟가락을 푹 박습니다. 그리고는 잽사게 꿀을 떠서 냉수 그릇에 옮깁니다. 물에 알맞게 꿀을 떠 놓고는 그 숟갈로 다시 자루에서 미수가루를 퍼냅니다. 한 손으로 양푼을 누르고 익숙한 솜씨로 숟갈을 저읍니다.

「자아 이거로 좀 드이소. 먼저 기운을 돌리야 되니이더」

아푸지 않은 팔로 가슴을 고이며 두 손으로 바쳐주는 손양푼에 입을 댑니다. 입술에 닿는 놋그릇이 선뜩 찹니다. 단숨에 반 양푼을 마시고는 잠시 숨을 돌렸으나 그러나 이내 다시 입을 대어 벌떡벌떡 소리를 내여 드리켜 버립니다. 이마에 땀을 주욱 뿜으며 나는 다시 덥석 누어 버렸지오.

(살았다!)

속으로 우선 그런 생각이 들었습니다. 생기가 금시 샘솟듯 솟아납니다.

(인저 나는 살았다!)

그때 우르르 밖에서 발자국 소리가 소란스럽게 달려듭니다. 가슴이 섬찍 했으나,

「어서 다 들오소」 하는 할머니 목소리에 안심이 되였지오.

「이 동뭅니까?」

씨근거리는 높은 숨결들이 서너 너덧 맞부드칩니다.

「아아」

감격한 외마디 소리를 저저끔 지르며 숨결 높은 장정들이 누어 있는 나를 가운데로 하고 쭉 둘러섭니다. 나는 눈을 크게 떳습니다. 모든 것을 한 눈에 또 대번에 보아버릴듯이.

「동무!」

다릿개를 타고 넘으며 그 중의 하나가 불쑥 손을 내밉니다. 그들은 이 동네 로동당원들이라고 하면서 며칠 전에 모두 동네로 돌아왔다고 하였습니다.

나는 그애게 내 오른손을 맡기며 어쩐지 울컥 속구처 올라오는 눈물을 참을 길이 없었습니다.

「기다리고 기다리던 우리 군대의 동무는 첫분이십니다」

또 하나의 얼굴이 그렇게 외치듯 하며 내 눈 앞에 크게 확대되여 보이었으나 넘쳐흐르는 눈물에 어리여 나는 드디어 그의 얼굴도 아무의 얼굴도 얼굴의 표정들도 분간할 수 없었지요. 성한 몸으로 늠늠히 나타났서야 할 군대 대신에 출혈에 새파랗게 질린 양초가락 같은 부상병이 한 팔 한 다리로 간신이 엎으러지고 기고 하면서, 하로를 천추처럼 몇해째 눈이 빠지게

기다리던 그들 앞에 나타났다는 것은 이 어이 기구한 일이 아니겠습니까?

「여보게들 그만 두소 어서 상처를 이거로 처매고 떠날 채비를 해야지」

그들이 손목을 놓는 대로, 그들이 외올 무명을 끊어서 상처를 동이는 대로 아픔도 괴로움도 모두 잊어버리고 나는 그저 흘러내리는 눈물에 얼굴을 적실 뿐이였지요.

출혈엔 꿀물 이상이 없다느니, 이제 여기서 이십 리만 가면 우리 군대의 선발대와 맞나게 되리라느니, 곧 달이 뜰 것이라느니, 군대와 맞나는 대로 급히 손쓰면 요맛 상처는 이내 아문다느니 서로 두런거리는 것을 마치 엉석바지 아이처럼 누어서 몸을 맡기고 귓결로 들으며, 그러나 나는 할머니와의 나직한 대화를 흘려버릴 수는 없었습니다.

아아니 이 꿀과 미수가룬 다 웬겁니까? 하는 어느 동무의 물음에 할머니는 나직히!

「그 일 있인 뒤로 가아가 혹시 들르더라도…… 그 때 꿀을 찾기로」라고만 대답하는 것이었으나, 그 일 있은 뒤라니 무슨 일인지? 혹시 그 애가 들르더래두라니 그 애가 누군지? 모두 그 당시의 나로서는 풀 수 없는 수수꺼끼들이 아니겠습니까?

—— 물론 뒤에 부락 동무들한테 들어서 안 일이지만 할머니는 금년에 이른여덟에 나시는데 면에는 아들네 양주와 손자까지 도합 네 식구가 살아왔답니다.

아들은 一九四六년 十월 항쟁 때 농민 폭동의 선두에 섰다가 놈들의 흉탄에 쓸어졌고 손자는 一九四八년 二. 七 구국 투쟁 때 산으로 올라가서 빨찌산이 되었답니다.

동무들이 말하는 대로 하면 그 때 열아홉의 이 청년 빨찌산은 군당 빨찌산에 소속되여 금룡산 덕유산을 근거지로 소백산맥의 등을 타고 五. 十 단선 분리와 八. 二五 총선거 투쟁 등을 거쳐 줄기차게 싸워 나아갔고, 려수 순천 항쟁을 계기로 그 이듬해 이른봄부터는 지리산 유격대의 휘하에 들게 되었다 합니다. 겨울과 봄에 걸쳐 놈들의 가혹한 소위 토벌작전의 어려운 시련에서 단련된 유객대들은 대렬을 정비하여 작년 一九四九년 이맘때 드디어 저 유명한 도읍작전인 거창읍 진격을 신호로 소백산맥과 로령산맥을 근간으로 또한 한편으론 호남평야 일대에 퍼져나간 야산대의 활발한 투쟁에까지 그렇듯 광대한 유격지구를 이루었던 것이 아니겠습니까?

그것은 여하튼 거창진격이 있은 뒤 경찰놈들은 유격대원의 어머니를 데려다가 아들의 거처를 대라고 가즌 고문을 다하였으나 끝내 자기 아들이 거창진격 얼마 전에 집을 댕겨간 사실조차 깊이 가슴속에 품은 채 놈들의 혹독한 심문에는 일찍이 남편이 그러했던 것처럼 목숨을 조국 앞에 바치는 것으로 유일의 대답을 삼었답니다.

그러니 남은 가족은 할머니 한 사람뿐으로 되었지오. 할머니의 「그 애」란 빨찌산동무를 가르침일 것이오 「그 일」이란 거창진격 사건과 아마도 며누리의 사건을 함께 몰아서 말함일 것이오 거창이라는 말 자체에서 할머니가 받는 충격이 큰 것 역시 그 탓인가 합니다. 빨찌산 동무는 정보 수집차 고향에 들렸다가 밤을 타서 잠시 집에 들렸던 모양이고 할머니의 대답에서 미루어보면 그 때에 지나는 말로 꿀이나 미수가루가 없는가고 물었던 것 같다 합니다. 이래 일 년 동안 꿀과 미수가루를 독 속에 넣어 깊이 묻어 놓고 기다리는 빨찌산 손자는 나타나지 않고 그 동무 대신에 인민군대의 첫 번째 군인으로 내가 그 곳에 나타난 셈이 되었지요. ——

「동무! 인민군대 동무!」

하고 어깨와 다리의 상처를 처매고 난 부락 동무들은 이미 그때에는 어둡기 시작하는 방 가운데 우중충하게들 늘어선 채 나를 정색해서 부릅니다.

감사합니다. 동무들! 하고 나는 오른손을 허공에 들어 사의를 표하려 하나 그들이 나를 찾는 것은 그런 것에 있었던 것은 아니었던 모양이지오.

「우리는 동무를 모시고 우리 군대의 선발대가 진격해 나오는 방향으로 맞받아 출발할랍니다. 야전병원이나 후방병원으로 한시바삐 모시고 가는 것이 무엇보다 시급한 일일께요」

나는 오직 동무들의 분초를 다투는 조처에 눈시울이 뜨거워질 뿐이였습니다.

할머니는 벌써 마당에 나가 들것에 멜방을 매고 백이지 않게 깔개를 깔고 하며 부산하게 움직입니다. 동무들은 나를 맞들어 뜰 가운데로 나릅니다. 달이 솟을려고 사위가 우렷하니 밝아옵니다.

「할머니!」

내미는 나의 손길에 할머니의 말려올라간 베옷자락이 스쳤고 이내 작다란 그의 손이 나의 손 속에 들었습니다.

「할머니!」

나는 다시 또 아무 말도 건너지 못하고 덤덤히 이미 팔순이 가까웠을 그의 얼굴만 쳐다봅니다. 달빛이 팔십 년 동안의 고난의 자죽인 잔주름들을 파란 망사로 감추어 줍니다.

「어서 속이 나사서 싸움터에 나서야지」

할머니는 내 곁에 서서 그렇게 대답합니다.

「꼭 났습니다. 나어서 곧 전선에 나서겠습니다.」

이윽고 나를 눕힌 들것은 동무들의 어깨에 들려서 소로를 거쳐 신작로로 나섭니다. 들것 옆에 밭게 섰던 할머니의 상반신조차 네 동무가 앞으로 전진함에 따라 나의 시야에선 벗어져 나가고 나는 오직 뭍별이 비오듯 하는 가이없는 파란 하늘을 바라볼 수 있을 뿐입니다. 걸음에 맞추어 북두칠성과 은하수가 우쭐우쭐 춤을 추며 저편 가으로 느리게 느리게 이동합니다.

——

이렇게 하여 우리들은 그날 밤 자정 안으로 진격하여 오는 우리 군대의 척후대와 맞났고 나는 곧 접수과로 넘어가서 응급처치를 받고 그 뒤 군의소로 야전병원으로 전전하여 오늘날에 이른 것입니다. 한번도 후방병원에 후송되지 않는 것은 전선과 떠나기 싫은 나의 고집에서였지오.

그러니 내가 이렇게 몸을 고쳐가지고 오늘 저녁으로 다시 본대를 따라

락동강 전선에 나서게 된 것은 말하자면 그 팔순이 가까운 할머니 덕분이지 않습니까? ——

나는 부상병동무의 이야기를 귀 기우려 듣고 나서 이 짧다란 이야기가 남기고 가는 여운을 따라가노라고 잠시 아무 대꾸도 건느지 못하였다. 이야기를 끝마치면서 그는 무연히 읊조리듯 하는 것이었다.

—— 빨찌산의 청년 동무는 그 뒤 한번쯤 자기 집에 들러볼 수 있었는지? 혹여 아직도 팔순의 할머니는 표주박처럼 빈 방을 지키고 앉아서 영웅적인 자기 손자가 나타나는 날을 조용히 기다리고 있지나 않는지?

(一九五〇년 十二월 「종군수첩」에서) 새미

■ 자료 해설

월북 이후 김남천의 문학활동과 '「꿀」 논쟁'

김 재 용*

1. 월북 경로

한국근대문학사의 정립을 위해서 우리 학계가 탐구해야 할 영역이 많이 있지만 '남로당계 작가'의 월북 후 행적과 문학활동은 매우 중요한 의미를 갖는다. 임화, 이태준 등을 비롯한 이 계열의 작가들은 그 문학사적 비중에도 불구하고 월북 이후의 행적과 활동은 북한에서 숙청당한 이후 북한에서 연구되지 않고 있을 뿐만 아니라 남한에서도 아직 접근을 못하고 있는 형편이다. 그렇기 때문에 한국근대문학의 역사상이 연속선상에서 해석되지 못하고 항상 단절적으로 그리고 부분적으로 이해되고 있는 냉전적 폐해로부터 벗어나지 못하고 있는 형편이다. 이는 진정 한국근대문학사의 온전한 정립을 위해서는 시급히 극복되어야 할 대목이다. 필자는 이러한 문제의식에서 이 계열에 속하는 작가 중의 한 사람인 김남천의 월북 후 활동과 작품에 대해서 이야기 하고자 한다.1)

---

* 원광대 교수. 주요 저서로 『민족문학운동의 역사와 이론』 외 다수의 저서가 있음.

1) 필자는 동일한 문제의식 하에서 임화와 이태준에 대한 연구를 행한 바 있다. 이태준 대해서는 「월북 이후 이태준의 활동과 '먼지'의 문제성」(『민족문학사연구』10호, 1997)을 통해서, 임화에 대해서는 「월북 이후 임화의 행

김남천이 1947년 말경에 월북한 것은 당시의 서울에서 미군정의 탄압과 깊은 관련이 있다. 1947년 8월 무렵부터 미군정은 조선문학가동맹을 비롯한 조선문화단체총연합에 대하여 대대적 검속을 실시하였다. 처음에는 8.15 기념을 앞두고 의례적인 것이라 생각하였다가 지속적으로 이루어지는 것을 보고 항례적인 것이 아닌 비상적인 조치임을 눈치 차렸고 이 상태에서는 서울에서 활동할 수 없다고 판단한 이들은 월북을 감행하였다. 당시 이 무렵의 상황을 자세하고 묘사하고 있는 오장환의 책 『남조선의 문학예술』(1948년, 조선인민출판사)을 보면 당시 이들이 미군정의 탄압 때문에 어쩔 수 없이 월북을 하였던 것임을 알 수 있다. 실제 이들은 남한에서 활동하기를 희망하였고 그렇기 때문에 월북하려고 한 생각은 처음에는 없었지만 검속이 대대적으로 이루어지자 자신들의 신상을 보호하기 위해서 궁여지책으로 월북을 한 것임을 알 수 있다. 특히 조선문화단체총연맹의 사무실이 폐쇄되고 그 기관지였던 문화일보가 폐간되는 일은 이들로 하여금 더 이상 삼팔선 이남에서 활동하는 것이 가능하지 않음을 알게 해주는 신호탄이었다.

2. 월북 후 평양에서의 활동

김남천은 월북 후 평양에서 활동하였다. 당시 월북한 남로당계 작가들 중 지도부는 두 패로 나누어졌다. 하나는 평양이 아닌 해주에서 활동하였는데 이원조와 임화가 대표적이다. 이원조는 1946년 9월 월북하여 해주에서 머물렀다. 당시 해주는 박헌영을 비롯한 남로당계 월북 인물들이 삼팔선 이남과 이북을 이어주는 통로 구실을 하였던 것으로 이원조는 여기서 머물면서 활동하였다. 임화 역시 1947년 11월에 월북하여 평양으로 향하지

적과 문학」(『WIN』 1997년 12월호, 발표 당시 글의 제목이 바뀌었어서 원제목으로 밝힌다)을 각각 발표하였다. 이후 계속하여 이 계열의 작가 중에서 비중이 있다고 판단되는 이원조와 오장환에 대해 쓰고자 한다.

않고 해주에 이원조와 같이 머물면서 인쇄물 등을 삼팔선 이남으로 보내는 일을 하고 있었다.

그런데 김남천은 해주에서 이들과 합류하지 않고 평양에 머물면서 남조선문화단체총연맹의 이름으로 글을 발표하는 등 여러 활동을 하였다. 1949년 4월 30일 노동신문에 발표한 글에서 그는 자신을 남조선문화단체총연합의 구성원임을 분명하게 밝히고 있다. 이런 점을 미루어 볼 때 당시 월북한 남로당계 작가들 중 일부는 해주에서 다른 일부는 평양에서 활동하였음을 알 수 있다. 이를 잘못 인식하여 마치 월북한 남로당계 작가들이 해주를 중심으로 하여 모여 지내면서 평양과는 다른 지향으로 활동을 한 것으로 보는 견해는 당시의 이러한 사실을 모르는 데서 나온 것이다. 당시 평양에는 김남천과 비슷한 시점에 월북한 오장환이 있었고 1946년 7월에 월북한 이태준도 머물고 있었다. 그런 점에서 당시 평양에는 월북한 작가들이 조직이 아직 합동되기 전이라 다른 조직원으로서이기는 하지만 실제적으로 평양의 문인들과 마찬가지로 활동하였음을 알 수 있다. 이는 1949년 7월 15일에 열렸던 '평화적 조국통일지지 평양시 문화인 궐기대회'에 김남천이 월북한 남로당계 문인인 오장환, 이태준, 김오성, 신남철 등과 같이 참여했다는 사실을 통해 알 수 있다. 그러나 이 무렵에 그는 작품을 발표하지는 않았다.

그런데 1950년 12월 조선노동당 중앙위원회 제3차 전원회의에서 '남북근로단체들을 통합할 데 대하여'라는 결정이 내려졌다. 이미 남로당과 북로당은 1949년 말에 비밀리에 합동한 상태였기 때문에 다른 사회 단체들도 나누어 있어야 할 필요성이 없었던 것이다. 이에 따라 1951년 3월 11일과 12일 이틀간에 걸쳐 북조선문학예술총동맹과 남조선문화단체총연맹의 합동이 이루어졌고 여기에서 대대적인 조직개편이 이루어졌다. 전쟁 이전까지 해주에서 머물렀던 작가들까지 합류한 이 시점에서의 조직은 월북한 작가와 재북 작가를 구분하지 않고 일제시대 이후 그들의 문학적 활동의 역사에 비추어 직책들을 맡았다. 여기서 김남천은 문학동맹 서기장을 맡게 된다. 당시 문학동맹의 위원장은 이태준이 맡았고 부위원장은 박팔양이 맡았으며 서기장은 김남천이 맡았다. 물론 조선문학예술총동맹의 중앙 상무위원직도 함께 맡았다. 이때부터 김남천은 적극적으로 글을 발표하였는데 「꿀」 역시 이 무렵에 나온 것이다.

그는 소설을 발표하는데 그치지 않고 일련의 평문을 발표하였다. 1951년 7월 『문학예술』에 발표한 「장군의 말씀은 창조사업의 지침이다」를 비롯하여 「김일성장군의 '현단계에 있어서 지방정권 기관들의 임무와 역할'에 대한 교시의 말씀을 작가 예술가들은 어떻게 실천에 옮길 것인가」(『문학예술』, 1952년 3월)라는 긴 제목의 글, 「김일성 장군의 령도하에 장성발전하는 조선민족문학예술」(『문학예술』, 1952년 7월)을 발표하였다. 이 글들을 볼 때 당시 김남천은 김일성 주도의 노동당 하에서 일치단결하여 자신의 견해를 폈음을 알 수 있다. 이것은 1952년 4월에 임화가 김일성의 40회 생일을 축하하는 시 「40년」을 쓴 것과 별로 다르지 않은 것이다. 그렇기 때문에 이 시기에 이들이 조선문학예술총동맹 내부에서 다른 분파를 만들려고 하였다거나 혹은 다른 노선을 의식적으로나 무의식적으로나 수립하려고 했던 것이 아님을 알 수 있다.

3. 「꿀」을 둘러싼 논의

북조선문학예술총연맹과 남조선문화단체총연맹이 합동될 때 문학동맹 서기장으로 피선된 김남천은 오랜 침묵을 깨고 「꿀」을 『문학예술』 1951년 4월호에 발표하였다. 이 작품은 그 자체의 의미보다는 당시 북한 문학계 내부의 논쟁으로 더 큰 의미를 갖고 있다. 이 논의는 아마도 한국전쟁 시기의 북한 문학계 내에서 가장 큰 쟁점 중의 하나이었기에 여러 논자들이 개입한 흔적을 남기고 있다.

이 작품이 발표된 직후에 한효는 「우리 문학의 전투적 모습과 제기되는 몇가지 문제」에서 다음과 같이 말한다.

할머니가 자기의 손자를 주려고 1년동안 독 속에 넣어 깊이 묻어 두었던 꿀과 미수가루를 내다가 풀어서 부상병에게 먹이는 것이라든가 마을의 젊은 동무들을 달려오고 들것에 손수 멜방을 매고 배기지 않게 깔개를 깔고 하며 부산하게 움직이는 것이라든가 이러한 할머니의 동작은 모두 깊은 애정의 표현인 것이다. 이 애정이야 말로 인민군대와 인민과를 그 혈연적 관계에서 굳게 단합시키는 튼튼한 연계의 근원이다. 여기에 주의를 돌리고 또 그것을 묘사하는데 많은 노력을 기울인 것은 확실히 이 작품의 성공이다. 그러나 그럼에도 불구하고 우리들이 이 작품을 읽고 어덴지 모르게 서먹서먹한 것을 느끼게 되는 건 무슨 까닭일까? 할머니의 그 너그럽고 따뜻하고 눈물겨운 애정이 우리들의 가슴 속으로 깊이 파고 들어 심장이며 혈맥이며 귀뿌리며 눈자위며를 왼통 불덩이로 만들어 주지 못하는 건 무슨 까닭일까? 어째서 작가는 좀더 직접적으로 알몸뚱이로 그 깊은 애정의 세계로 뛰어들어가지 못하는 것일까? 주제가 어느 부상병에게서 얻어 들은 이야기건 종군수첩에서 뽑아온 이야기건 이 작품의 진실한 목적이 인간의 깊은 애정에 호소하며 그 애정을 통하여 인민군대와 인민들과의 연계를 더욱 굳히는데 있다면 작가 자신이 직접으로 그 애정의 세계로 뛰어들어 한층 더 심각하게 할머니의 성격이며 그 애정의 기미를 묘사할 필요가 있지 않았을까? 즉 부상병의 입을 통해서가 아니라 작가 자신이 할머니의 애정과 낯을 맞대고 직접으로 그것을 그려 가는 것이 더 효과적이 아니었을까?2)

한효는 김남천의 「꿀」이 일단 성공작임을 인정한 후에 이 작품에서 느끼는 아쉬움을 표현하였다. 부상병을 작중 화자로 내세워 이야기를 이끌어나가는 구성에서 야기될 수밖에 없는 제한성을 염두에 둔 것이다.

한효의 평가가 나온 직후에 엄호석은 다른 평가를 담은 글을 발표한다. 1951년 7월에 발표된 「작가들의 사업과 정열」에서 엄호석은 임화의 「너 어느 곳에 있느냐」의 시집에 수록된 시 등을 성공적인 작품으로 평가하는 반면 김남천의 「꿀」을 현덕의 「복수」와 함께 형식주의적 작품으로 폄하하였

2) 『문학예술』 1951년 6월

다. 엄호석의 평가를 직접 보자. 현덕의 「복수」에 대한 비판에 이어 다음과 같이 「꿀」에 대해 비판한다.

> 「꿀」은 다만 한 전사에 의한 회상의 형식을 형식을 빌어 과거의 원경 속에서 굳이 사건을 묘사하는데 만족하였다. 이와같은 회상의 형식은 지난날 서구의 낭만파들이 흔히 개인의 심정 고백을 이야기로 하고 이른바 로마네스크한 것의 추구를 위하여 채용하던 수법으로서 우리의 생활과 사실주의에는 부합되지 않는 낡은 형식적 잔재로 된다. 왜 그런가 하면 우리의 생활과 사실주의는 인간들의 행동과 그것의 복잡한 흐름의 무대인 까닭이다. 「복수」에 있어서의 박문기 소년의 회상이나 「끌」에 있어서의 한 전사의 회상으로 이러한 인간들의 행동세계를 사실주의적으로 묘사할 수 있겠는가. 회상의 형식은 작가들의 생활에 대한 사실주의적 묘사를 장해하는 것뿐 아니라 또 그 묘사된 생활을 그만치 축소하고 희박하게 함으로서 독자들에게 현실적 감동과 박진감을 주지 못한다. 바로 그렇기 때문에 이상 두 작품은 서먹하고 냉랭한 인상을 남기지 않을 수 없다. 물론 「꿀」에 있어서와 같이 그러한 회상적 형식은 일시적이나마 감동적인 인상을 주는 수가 있다. 그러나 그것은 인공적 예술성이 주는 환각 또는 감상성에 지나지 않으며 독자들의 머리 속에 먹어드는 현실적 인상과는 아무런 공통성도 없다. 이러한 형식주의적 경향의 수법은 만일 두 작가가 자기들의 묘사할 생활을 사랑하며 자기 몸에 가까이 하여 거기에서 작가적 정열을 느끼면서 이 작품들을 썼다고 하면 겨로 채용하지 않았을 것이다.3)

「꿀」이 채용한 회상의 형식을 형식주의적이라고 비판한 엄호석의 평가는 앞서 한효의 것과는 다른 것으로 엄호석이 이전부터 갖고 있는 혁명적 낭만주의적 미학관에서 도출된 것으로 리얼리즘적 평가와는 거리가 먼 것이다. 김남천의 「꿀」이 갖고 있는 문제는 이것이 아니고 오히려 당시의 냉전적 이데올로기란 지형 속에서 민족적 현실을 전체적으로 보지 못하고 오

3) 『조선문학』 1951년 7월호, 82-83면

로지 군대와 전쟁의 민중적 기반이란 계급문제에만 국한하였다는 것에 있다.

그렇지만 엄호석의 이러한 평가는 어디까지나 자신의 미학관에서 나온 자율적 판단에 기초한 것이지 '남로당계 작가에 대한 의식적 비판'과는 거리가 먼 것이다. 이는 이 글에서 임화의 시들을 높이 평가하는 것에서 쉽게 알 수 있다. 그런데 이 작품을 둘러싼 본격적인 논의가 시작되는 것은 이 작품이 자연주의적이라고 엄호석이 비판하면서부터이다. 엄호석은 「우리 문학에 있어서의 자연주의와 형식주의 잔재와의 투쟁」(<노동신문>, 1952. 1.17)에서 당시 북한문학계 내부의 자연주의적 현상을 지적하면서 김남천의 이 작품을 빠뜨리지 않고 언급하였다. 이 글에서 주된 대상으로 되는 것은 김남천의 것이라기보다는 신인 시인들에 관한 것이고 김남천은 곁들여서 언급되었지만 이후 논쟁의 원인을 제공하게 된다. 엄호석의 이러한 지속적인 논의에 반기를 들고 나선 것은 기석복이다. 기석복은 <노동신문> 1952년 2월 28일과 3.1일자에서 「우리 문학평론에 있어서의 몇가지 문제에 대하여」를 발표하였다. 이 글에서는 엄호석의 자연주의관을 비판하면서 그가 지적한 몇몇 신진 시인들의 작품이 결코 자연주의적인 것은 아니라고 말하였다. 기석복은 김남천의 「꿀」에 대해서는 엄호석의 글 자체가 그렇게 큰 비중을 두고 말한 것이 아니기 때문에 구체적으로 언급하지 않았지만 엄호석에 대한 김남천의 평가가 잘못된 것임을 간접적으로 비판하였다.

그런데 정작 이 논쟁이 확대되어 '「꿀」논쟁'이 된 것은 작가동맹 내 평론 합평회가 열리면서부터이다. 1952년 3월 26일 기석복의 예의 논문에 대한 평론 합평회가 열렸다.4) 문학동맹 위원장이었던 이태준을 비롯하여 김남천 문학동맹 서기장, 엄호석 평론분과 위원장, 최명익 소설분과 위원장, 이용악 시분과위원장, 당 선전선동부 부부장으로 있던 이원조 그리고 이미 김남천의 「꿀」에 대하여 평가를 한 바 있던 한효 등이 참가하였다. 그런 점

4) 「꿀」을 둘러싼 북한 문학계 내부의 논의는 이 합평회에서 가장 극적으로 드러나고 있다. 이 합평회의 구체적 내용과 분위기는『문학예술』 1952년 4월호에 비교적 소상하게 기록되어 있다.

에서 그동안 글을 통해서 부분적으로 논의되었던 문제에 대해 공개석상에 논의가 이루어지는 것이다. 이태준의 사회로 열린 이 회의에서 소설가 박찬모가 보고하였다. 박찬모는 기석복의 입장을 지지하면서 엄호석을 비판하였다. 특히 이 자리에서는 그동안 간접적으로 언급되었던 김남천의 「꿀」이 논의의 중심으로 들어 왔는데 박찬모는 이 작품을 자연주의적이라고 비판한 엄호석의 견해는 잘못된 자연주의관에서 나온 것으로 타당하지 않다고 비판하였다. 이 보고에 대하여 한효 최명익 등이 지지하자 엄호석은 자기비판을 행하는 것으로 마무리되었다. 결국 기석복의 입장이 올바른 것으로 인정되고 엄호석의 견해는 틀린 것으로 결론되었다. 얼핏보면 마치 구 남로당계 월북 작가들이 한편을 이루어 엄호석을 비판한 것처럼 보일지 모르지만 한효나 최명익이 기석복과 박찬모의 입장을 지지한 것을 보면 그렇게 보는 것은 매우 잘못된 태도이다. 이것은 단지 자연주의와 리얼리즘에 대한 엄호석의 잘못된 견해가 비판받고 있는 것에 지나지 않는 것이지 그 이상의 어떤 의미도 없는 것이다.[5] 당시 북한의 조선문학예술총동맹 내부에서 리얼리즘관을 둘러싸고 벌어진 이견이 충돌하고 정리되는 과정일 뿐인 것이다.

4. 남로당계 숙청과 '종파분자'

임화가 1952년 4월에 김일성의 40회 생일을 맞이하여 「40년」이란 시를 발표하였을 무렵 김남천은 「김일성 장군의 령도하에 장성발전하는 조선민족문학예술」을 발표하였다. 이는 결코 우연이 아닌 것이다. 이들은 당시 통합된 문학예술단체에서 적극적으로 참여하면서 이전의 균열을 넘어서서 하나가 되고 있는 과정이었다.

---

5) 이 논의의 전반적 상황에 대해서는 김재용의 「북한의 남로당계 작가 숙청에 대한 비판적 고찰」(『민족문학운동의 역사와 이론 2』, 한길사, 1996)을 참고

그런데 1952년 말 남로당계 작가에 대한 숙청이 시작되어 임화가 간첩으로 잡혀들어가자 이들과 오랜 인연을 맺고 살았던 김남천도 이 소용돌이에서 자유로울 수 없었다. 물론 김남천은 간첩의 혐의로 잡혀가지는 않았다. 월북후에 해주에서 활동하던 임화와 이원조만 간첩으로 잡혀갔고 월북후 평양에서 지내던 김남천과 이태준은 간첩의 혐의를 받지 않았다. 당시 북한에서는 전쟁책임을 맡을 희생양이 필요하였는데 해방직후 해주에서 따로 근거지를 마련하여 삼팔선 이남을 지휘하였던 일군의 남로당계 사람들이 호재였다. 바로 거기에 임화와 이원조가 있었던 것이다. 그렇기 때문에 이들은 간첩의 혐의로 잡혀 들어가 재판까지 받았다. 이에 반해 평양에서 있었던 김남천은 이들과의 관계 때문에 결국 '종파분자'란 낙인을 받게 되었고 이후 북한 문학계에서 제외되었다. 이후 김남천에 대한 비판이 줄을 이었는데 이때 가장 중심 목표물은 「꿀」이었다.[6] 「꿀」이 자연주의라는 엄호석의 논지가 파행적인 정치권력을 업고 다시 살아난 것이다. 엄호석이 이 논의에 앞장을 섰던 것은 말할 필요도 없다. 심지어 이 작품을 옹호하였던 한효 마저도 주변의 시선 때문에 이 작품을 자연주의적인 작품으로 비판하고 나서는 판이었기에 더 말할 필요도 없다.

우리 학계에서 이러한 정치적 판단에서 빚어진 지형을 그 이전의 시기에 연결하여 문학사적 해석을 하려고 하는 것은 매우 위험한 일이다. 필자가 카프 해소 비해소파의 대립이 1947년 말을 넘어서면서 냉전 체제가 남북한을 뒤덮음으로써 다른 구도로 바뀌어버렸다고 했던 것의 진정한 의미도 바로 여기에 있는 것이다. 위에서 보았던 것처럼 1948년 이후에는 이들 사이

---

6) 김남천에 대한 비판은 두 번에 걸쳐 이루어진다. 한번은 임화 등의 재판이 진행되면서 이들과 더불어 비판되었던 것이고 , 다른 한번은 1955년 4월 이후 소련파에 대한 비판의 일환으로 기석복 등이 거론되면서 다시 이들과의 연계로 하여 지면상에서 비판을 받게 된다. 전자의 것으로는 단행본 『문학의 계급성』(조선작가동맹출판사, 1954)이고 후자로는 윤시철의 「인민을 비방한 반동적 문학의 독소」(『조선문학』, 1955년 5월호)이다. 이들의 논지는 현재의 정치적 판단에 과거의 모든 것을 꿰맞추는 방식이었음은 말할 나위도 없다.

에 대립은 거의 무화되어 버렸고 오히려 한반도에서의 냉전을 어떤 식으로 이해하는가에 따라서 문학계 내부의 구도가 달라지고 있음을 주목해야 할 것이다. 그런 점에서 카프 해소 비해소파의 대립은 1937년 중일전쟁 이후부터 1947년 냉전질서의 제도화가 이루어지기 전까지의 시기의 문학적 지형을 설명하는 한에서 그 의미를 가지는 것이다. 새미

현실과 서정

유성호 시론집, 『한국 현대시의 형상과 논리』(국학자료원, 1998)

허 윤 회*

1

『한국 현대시의 형상과 논리』는 유성호의 첫 번째 시론집(詩論集)이다. 이 저작에 담겨진 글들은 크게 두 부분으로 나누어 살펴볼 수 있다. 하나는 근대시사에서 주목할 만한 시인들에 대한 연구논문이며, 다른 하나는 현재 활동중인 시인들에 대한 평론(리뷰)이 그것이다. 따라서 이 책은 유성호의 시에 대한 글들을 모아 엮은 책이라고 할 수 있다. 저자는 1920년대부터 1990년대까지 관통하는 시적 맥락을 '형상과 논리'라는 개념을 통해 접근하고 있다. 이 점에서 나름대로의 일관성을 유지하려 했고, 이를 통해 자신의

* 호서대 강사.

시에 대한 견해를 논리화하려고 했다는 점에서 작품을 통한 '시론'의 일 양상을 보여주고 있다.

저자 자신이 책머리에서 밝힌 바에 의하면, 이 책은 1990년 무렵부터 7년여의 글쓰기에 대한 결과이다. 우선 지적하지 않을 수 없는 것은 그의 시에 대한 성실한 자세이다. 이 책에 수록된 24편의 글들이 갖고 있는 적지 않은 분량에서 이를 알 수 있고, 서술에서도 유려함이 돋보인다. 그의 글이 갖고 있는 가장 큰 미덕 가운데 하나라고 생각한다.

이 책은 크게 4부로 구성되어 있다. 1부에서는 일제시대의 시인들에 대한 검토를 하였다. 상징주의, 신경향파, 모더니즘과 해방 전후의 시인들까지를 대상으로 하였는데, 관심은 주로 현실성과 서정성 혹은 시의 형상과의 관계에 대한 고찰을 시도하였다. 여기에서는 황석우, 김석송, 박팔양, 박세영, 여상현, 유진오, 그리고 김광균과 윤동주가 다루어지고 있다. 2부에서도 저자의 현실과 서정이 관계를 맺는 방식은 유사한데, 주로 전후 분단이후의 시인들을 다루고 있다. 여기에는 신동문, 신경림, 김남주와 박노해, 그리고 정현종, 이태수, 천양희 등의 제 시인들이 포함되어 있다. 특히 3부에서는 2부에서 행한 개별 시인론과 병행하여, 50년대부터 90년대까지의 시대별 특징을 검토하고 있다. 이를 통해 참여시 혹은 리얼리즘시의 내포적 의미를 밝히려 하였다. 4부는 이상에서 밝힌 저자의 서정시에 대한 개념을 다룬 글과 서평 등이 포함되어 있다. 여기까지가 이 책에 대한 개관이라고 할 수 있겠다.

2

저자가 갖고 있는 관심의 출발점은 비교적 소박하다. "우리 문학사에서 문학사가들이 가지고 있는 세계관의 상이성과는 관계 없이 비교적 문학사의 기술에서 소외되고 배제되어온 문학인들이나 문학현상이 있다면 그 까닭은 무엇인가"(177면) 하는 점이다. 여기서 주목해야할 점은 이러한 문제

제기가 분단으로 인한 문학사의 일 편향과 긴밀하게 연관되어 있다는 점이다. 이는 시사에서도 동일하게 나타나고 이러한 문제가 주목을 받기 시작한 것은 1988년 납・월북 문인들에 대한 해금 조치가 이루어지는 무렵이라고 할 수 있다. 그리하여 "묻혀져 있는 자료를 가능한 한 폭 넓게 탐색하고 찾아내어 재구성"해야 하고 "그들의 문학적 가치를 면밀하게 검증하고 판단하여 그 우열을 객관적인 문학사 기술에 편입"(177면)해야 한다.

이를 통해 박팔양, 박세영, 여상현, 유진오 등의 시인들이 저자의 시야에 들어오게 되었음을 미루어 짐작할 수 있다. 한 발 더 나아가서 문학운동 혹은 작가론의 측면에서 이들이 다루어졌지만 세부적이고 구체적인 논의가 이루어지지는 않았다는 것이 저자의 판단이다. 따라서 전체적인 시사의 재조명을 위해서는 '개별 시인들의 작품 세계에 대한 온전한 의미 규정'(53면)은 당연히 이루어져야 한다. 이를 통해 박팔양의 「데모」는 "민중에게 잠재된 투쟁의 역량과 역사의 원동력을 활기찬 시적 어조로 표현한 목적의식기 프로시의 한 가편(佳篇)"(88면)으로, 박세영의 「산제비」는 "자유와 초극의지로 투시된 시인의 의식이 밀도 있게 형상화되어 1930년대 후반 우리시의 현실지향적 시의식의 가능성을 내비친 주요한 작품"(125면)으로 가치 평가를 부여받게 된다.

위에서 제시한 시인과 평가가 그러하다면 한동안 뜨거운 논쟁을 불러일으킨 시와 리얼리즘과의 관계에 대한 고찰이 반드시 요청된다. 저자는 이를 문학운동이나 논쟁보다는 실제의 작품을 통해서, 한 발 나아가 시사의 기대지평에서 살펴보고자 한다. 이때 핵심을 이루는 요체는 현실에 대응하는 서정의 고유한 형상이다. 이를 구체적으로 말하면 '상징적 형상'이라고 할 수 있겠다. 서정시는 '형상적 질료를 시적 상징 속에 온축시켜 형상화되는데, 상징적 형상은 예술 형성물 속에 생활의 요소를 인위적으로 결합시켜 그것을 넘어서는 이념적, 정서적 의미를 창출'(111면) 한다. 이 말은 썩 명쾌하지 않다. '온축한다'라는 말이 그러하고 '인위적으로 결합'한다라는 표현도 그 대상성이 분명하지 않다. 이는 시의 리얼리즘이 작품과 분리되어서는 이루어질 수 없는 것이다라는 저자의 확고한 믿음에 연유하는 듯하다. "시적 상징으로 형상화시키되 그 속에서 변혁에의 열망을 암시하는 구체적인 목소리를 드러내는 것이 시적 진실을 문제삼는 서정시에 있어서의 리얼리즘 성격"(111면)이다. 그렇다면 시적 상징의 형상화란 리얼리즘의 성취를 이루기 위한 조건으로 전락할 위험성을 항상 품에 안고 있다. 이것은 아마도 저자 자신뿐만이 아니라 시에 있어서의 리얼리즘의 성취를 논리적으로 해명하려 했던 논자들이 부딪혀야만 했던 장벽이었다. '형상과 논리'가 갖고 있는 야누스의 두 얼굴. 시는 때로는 열정과 희망에 들뜨게도 하지만 이를 논리적으로 접근하려 하면 이를 단호하게 거부하는 양면성을 갖고 있는 것은 아닐까? 이것이 바로 우리가 '시란 무엇인가'라는 물음에 마주칠 때마다 겪게 되는 당혹과 매력이라고 할 수 있다.

3

그런 의미에서 '신앙적 체험과 심미적 가치의 통합'이라는 부제를 달고 있는 「윤동주론」은 문제적이다. 앞에서 다루어진 이른바 신경향파나 카프 계열의 시인들뿐만이 아니라 윤동주 또한 문학사에서 올바르게 가치 부여되지 않은 시인의 한 사람으로 볼 수 있기 때문이다. 저자가 「윤동주론」의 첫머리에서 이야기하고 있는 것은 '종교 문학으로서의 윤동주 시'이다. 윤동주의 전기적 고찰에서 드러나는 바와 같이 간도와 기독교의 관련성은 그의 연구에서 중요한 배경을 이룬다. 하지만 윤동주의 시에서는 "종교성이 의식적으로 나타나 있다기보다는 내면화되어 은폐되어 있고, 적극적으로 추구되고 있다기보다는 배면에서 무의식적인 전제가 되고"(159면) 있다. 이는 윤동주의 시를 바라보는 하나의 시각을 전제하고 있는데, 그것은 역설적 언어의 사용을 통해 자신의 종교적 상상력이 한 쪽의 절대성을 옹호하는 것을 우회적으로 피하고 선과 악, 혹은 선과 속의 이원론의 허구를 들춰내는 것이다. 그리하여 「별헤는 밤」의 "내 이름자 묻힌 언덕 위에도／자랑처럼 풀이 무성할 게외다"라는 표현의 의미는 '부끄러움 그 자체를 순결한 자신에 대한 긍지로 삼고 있는 시인의식'의 표현임과 동시에 '기독교적 부활의식과 동양적 윤회사상'(170면)과 결합된 양태를 보여주고 있다. 이 점은 윤동주의 시가 갖고 있는 본래적인 실체에 대하여 유보시켜 왔던 관행에 대한 하나의 진전이라고 보여진다.

다만 필립 휠라이트가 말하고 있는 바대로 "하나의 이미지가 반복되고 집요하게 착근되어 지속성과 안정성을 얻을 때 그 독특한 의미는 '상징'의 영역"으로 전이된다 하더라도 그 차이는 반드시 구분할 필요가 있다. 종교적인 의미에서 '십자가'는 기독교의 상징으로 볼 수 있지만, 윤동주의 시에 나타나는 '십자가'의 표상을 곧바로 상징으로 보는 것에는 문제가 있다. 종교의 영역과 문학, 즉 언어의 영역이 통합되는 과정에 대한 면밀한 고찰이 이후의 과제라고 할 수 있다. 이는 현실과 서정이 관계 맺는 방식에도 분명하게 이미지 혹은 상징이 매개의 역할을 하지만, 종교와 문학이 통합을 시도할 때에도 이미지와 상징은 자신만의 독특한 역할을 한다. 이 점에 대한 천착이 아쉽게 느껴진다.

사실 이러한 아쉬움은 정현종, 이태수, 천양희에 대한 글들을 읽으면서 더욱 증폭이 된다. 특히 천양희의 시를 두고 "성스런 것을 찾는 구도의 길이자 이제까지 속절없이 쌓아온 삶의 흔적들을 지워버리는 해탈의 길"(355면)이라 평가하면서 "이 새로울 것 없는 지속성이 그 자체로 하나의 문학적 긴장"이라면 그 문학적 긴장의 원동력은 어디에서 찾을 수 있는 것일까? 그런 자각은 작품에서 어떻게 발견해낼 수 있는 것일까?

필자는 이를 저자의 글들 속에 나타난 하나의 변화 내지는 징후라고 읽었다. 김남주에 대해서 "그는 근본적으로 계몽주의자다"라고 평가한다. 이어서" 그는 '역사'라는 그늘 안에서만 실천적 삶을 구성할 줄 알았고, 계몽적 이성의 소통 과정으로 시를 이해했던 리얼리스트이기도 했다."(348면)라고 부연하고 있다. 이러한 투박한 진술이 우연적이라고 보여지지는 않는다. 시간을 뛰어넘어 전위적 혁명시를 제작한 유진오에게서도 이러한 면모는 나타난다고 저자는 보고 있기 때문이다.(227면) 이른바 역사에 대한 거리두기를 통해서 시사의 기대지평은 자율성을 획득하는 것이다. 필자는 결코 이러한 저자의 태도를 폄하하거나 비판할 의도는 전혀 없다. 그보다는 그러한 시에 대한 저자의 열정과 공부가 하나의 시금석이 될 수 있다는 생각을 곰곰이 해본다.

4

그 결과 저자가 착목하게 된 주제는 바로 '참여시'의 문제이다. 우리가 "문학사의 '참여'를 거론할 때 그것은 분명 미학적, 보편적 개념이라기보다는 당대에 붙여지고 또 그렇게 불러온 관행에 의한 시대적, 역사적 개념"(390면)이었다는 전제는 일면 단순하면서도 다양한 함의를 불러일으킨다. 대표적인 예가 이육사나 윤동주를 '참여시'의 범주에 넣을 수 없다는 견해와 일치한다. 아울러 50년대 후반기부터 70년대까지의 참여시의 시사적 맥락을 찾으려는 노력은 이 책의 3부에서 집중적으로 논의되고 있다. 여기에서는 박봉우, 신동문, 신동엽, 이성부, 조태일, 김지하, 신경림, 고은, 김명수, 문병란 등의 시인들이 조명되고 있다.

그 가운데에서 신동문에 대한 연구와 평가는 저자가 가장 공을 들인 대목이라고 할 수 있다. 이른바 참여시하면 김수영, 신동엽을 떠올리기 마련이지만 그러한 시사적 맥락을 50년대 후반기까지 소급하고, 특히 신동문을 주목하고 있다. 이는 저자가 문학사에서 소루하게 다루어졌던 시인과 작품에 대한 근본적인 천착이 필요하다는 애초의 의도와도 깊은 관련을 맺고 있는 부분이다. 그래서 저자는 신동문에게서 '전후 참여시인의 시적 파토스'를 읽어내려 한다. 그것은 한국 시문학의 전통이 특정 시기에 활동하였던 소수 시인들의 예외적 정열들로 이룩되어진 것이 아니라, 부분적 단절에도 불구하고 하나의 연속적 흐름으로 이어지고 있다는 판단에 기인한다.

신동문의 시를 통하여 시사의 복원을 꾀할지라도 여전히 문제는 남는다.

그것은 시적 구체성을 결여한 전후 참여시의 한 양상을 피할 수 없다는 점이다. 하지만 "문학은 가장 개인적인 장르인 서정시에서도 주관적 내면성이란 대상에서 사회사적 체험을 형상화한다."(토마스 메취, 「반영이론으로서의 미학」, 『리얼리즘 미학의 기초이론』, 한길사, 1988. 106면, 본서의 261면) 이 명제에 보조를 맞출 때, 신동문이 1950년대 후반에 창작한 일련의 비관주의 시들은 역사적 전망을 차단 당한 시인의 절규가 역설적을 형상화될 수 있는 시적 공간을 획득하게 된다. 그리하여 신동문의 대표시로 잘 알려진 「아 — 신화같이 다비데군들」에서는 비현실성 또는 현실 일탈성이 보이기도 하지만 4. 19를 다룬 기념시들 가운데에서 가장 역동적이고 인상 깊은 파토스를 갖게되는 이유를 재구성할 수 있게 된다.

이 책에는 서정시의 개념에 대해 다룬 글이 하나 실려 있다. 글의 결론 부분에 "원래 개념이란 끊임없는 재해석과 의미 확장 또는 의미 축소의 선상에서 유동하는 관념적 실체일 뿐 단 하나의 확정적 좌표를 요구하는 고정물은 아니다."(495면)라고 기술되어 있다. 필자는 사실 이 말은 시작품에 적용시켜 보아도 그 차이가 없는 것은 아닐까 생각해 보았다. 개념은 속성상 명확하고 판명한 사실을 지시한다. 이것을 유동적인 실체로 놓는다면 우리의 현실적인 좌표는 표류할 수밖에 없다. 저자가 말하고 있는 것처럼 '정서 안에서 인지적이고 이성적인 사유작용을 탈각시키는 오류'는 피해야겠지만 이성의 포충망에 잡힌 시의 운명은 단지 고정물 이상의 것이다. 사실 90년대 문학에 대한 몇 편의 글에서 보인 고답적인 태도는 이 때문이라고 판단된다. 아울러 신동엽의 시와 그의 평론 「시인정신론」에서 보여진 귀수성(歸數性)의 세계를 농본회귀의 보수성 혹은 복고주의로 보는 태도(408면)는 개념의 고정이 곧 시의 고정으로 이어진 예이다. 현실의 터전 위에서 크고 싱싱하고 우람한 나무의 글쓰기를 바라면 글을 맺는다. 새미

■ 서평

시론사의 새로운 지평과 그 닫힌 전망

한계전 외, 『한국 현대시론사 연구』(문학과 지성사, 1998)를 읽고

김 경 숙*

1990년대에 들어서 국문학계의 연구 동향은 한국 근대 시사 연구로부터 한국 근대 시론사 연구로 옮겨 가고 있다. 이것은 각 시인별 시대별 연구 성과를 바탕으로 근대 시사의 총체적인 구도가 어느 정도 형성되었음을 의미한다는 점에서 매우 긍정적인 변화로 받아들일 수 있다.

지금까지 한국의 근대 또는 현대 시론사라는 제목으로 간행된 단행본은 세 권이 있다.

먼저 김용직 선생님의 회갑을 기념하기 위하여 후학과 제자들이 저술한 『한국현대시론사』(1992, 모음사)는 근대 시론을 총체적으로 조망한 최초의

* 이화여대 강사

책이다. 이 책은 총론과 제1부에서 제5부까지로 나뉘어 있는데, 각 부의 내용은 1910년대부터 1950년대까지의 각 연대에 할당되어 있다. 그리고 각 부의 첫머리에는 시기별로 그 시대 시론의 형성과 전개 과정을 개괄하는 글을 싣고 있다. 그러나 이 책은 사실상 개별 시인 또는 비평가들의 시론 검토에 치우쳐 있다. 따라서 이 책은 편집 후기에서도 밝히고 있듯이, 많은 집필자들 간에 논지의 일관성을 확보하기 위해 기획된 편집을 했음에도 불구하고, 시론과 시론 간의 영향관계에 기초한 유기적인 연관성을 충분히 살피지 못하고 있다. 다시 말해서 시론사로서의 의미는 다소 떨어진다는 것이다.

다음으로는 이승훈이 단독으로 저술한 『한국현대시론사』(1993, 고려원)가 있다. 필자는 발문에서 이 책을 쓰게 된 동기를 두 가지로 밝히고 있다. 하나는 그동안 직접 시를 써오면서 느낀 우리 시에 대한 궁금증을 풀기 위해, 선배 시인 혹은 동료 시인들이 시에 대해 밝힌 생각들을 검토해 보아야겠다는 개인적 차원의 동기이다. 또 다른 하나는 그를 포함해서 대부분의 연구자들이 일반적으로 대학에서 하는 시론 강의의 내용이 대체로 우리 시인들의 시론이 아니라 서양 시론으로 채워지고 있다는 데 대한 회의와, 우리 현대시론의 체계적인 정립의 필요성이라는 국문학계 전체 차원의 동기이다. 이에 따라 이 책은 1910년대부터 1970년대까지 시대별 구분과 시론가별 분류를 절충하여 시론사를 엮고 있다. 그러나 이 책 또한 본격적인 시론사 연구서로서는 미흡한 점이 많다. 먼저 이 책은 저자의 특별한 동기 때문에 문학 이론가들의 시론이 아니라 시인들의 시론만을 자료로 삼고 있으며, 각 시대별 시론의 특성을 밝혀주는 내용이 부재하고, 따라서 시론과 시론 간의 그리고 시대와 시대 간의 유기적인 관계를 조망하지 못하고 있다.

마지막으로 들 수 있는 것이 바로 이 글이 비평 대상으로 삼고 있는 『한국 현대시론사 연구』(1998, 문학과지성사)이다. 이 책은 목차에서부터 한국 근대 시론의 역사를 일관된 흐름과 체계 속에서 정리해 보려는 야심찬 의도를 강하게 드러내고 있다. 이 책의 목차를 구체적으로 살펴보면 개화기에서부터 1970년대까지의 다양한 시론들을 '근대시 이론의 맹아→근대시 이론의 발전과 모색→본격적인 근대 시론의 대두→그리고 해방에 따른 새로운 근대 시론 구도의 정립과→새로운 전망→그 발전 가능성'이라는 맥락에 따라 서술하고 있다. 즉, 한국 근대시론의 역사를 지속적인 발전 과정으로 파악하고 있는 것이다.

이 『한국 현대시론사 연구』는 서울대에 재직중인 한계전 선생님의 회갑을 기념하여 그 제자들이 기획하고 참여한 연구서이다. 따라서 이 책은 최고의 필진들을 확보하고 있으며 그 내용은 곧 우리 국문학 연구계의 현 수준을 보여주는 것이라고 추정할 수 있다. 그런데 필자는 이 책을 검토하면서 몇 가지 문제점을 발견하게 되었다. 그리고 지금부터 그 문제점들을 제시해 보려고 한다. 그것은 결코 이 책이 지닌 가치를 폄하하기 위한 것이 아니라 그동안 필자 자신이 우리 문학에 대해 가져 왔던 문제의식을 표현해 보려는 것이며, 이를 통하여 우리 국문학 연구계의 동향과 수준을 한번 점검해 보자는 뜻이다.

이 책에서 우리가 주목해 볼 첫번째 문제는 한국 근대 시사를 이해하는 기본 시각에 관한 것이다. 시사의 서술 관점은 객관적 자료에 근거한 사실지향성과 당위적인 요구에 부응하는 가치지향성의 상호관계와 상호견제 속에서 결정되며, 이것은 일반적으로 전통 계승론적 시각과 전통 단절론적 시각이라는 용어로 지칭되고 있다. 근대문학의 기점 논의와도 밀접한 관련성을 맺고 있는 이 문제에 관하여 지금까지 나온 문학사 연구서들을 일별해 보면, 대체적으로는 전통 단절론의 시각으로부터 점차 전통 계승론의 시각으로 옮겨 가는 추세를 보이고 있다. 우리가 검토하고 있는 이 책도 전체적인 흐름으로 볼 때 전통 단절론의 시각보다는 전통 계승론의 시각이 우세하다.

그러나 우리는 홍정선의 글 속에서 서구지향적 가치와 전통지향적 가치 사이에서 동요하고 있는 서술자의 모습을 발견할 수 있다. 그에게 있어서 우리 근대시의 발전 방향은 '노래하는 시'에서 '읽는 시'로의 전환으로 파악된다. 따라서 일본이나 서구의 시들은 우리 근대시가 나아갈 방향을 제시해 주는 것인 반면에 전통시가들은 근대시를 역행하는 것으로 이해된다. 그런데 다른 한편으로 그에게는 우리 문학사를 전통 단절론의 시각이 아니라 전통 계승론의 시각으로 바라보아야 한다는 강박관념이 있다. 이 강박관념은 그로 하여금 『전통시→낭송의 전통 양식을 빌린 개화기시→근대시』라는 시사의 선조적 발전 구도를 세우도록 한다. 전통시와 근대시 사이에 연속성을 부여하기 위해서는 과도기적 시형이 필요하므로, 전통시형과 자유시형 사이에 낭송의 전통 양식을 빌린 개화기 시가들을 끼워 넣고, 그것에 주목하는 것이다.[1] 이와 같이 홍정선에게서 전통시는 극복해야 할 부정적 요소로 인식되기도 하고 계승해야 할 긍정적 요소로 인식되기도 하는 것이다.

한편 이 책에서는, 전통 양식의 수용 양상에 주목하여 전통시와 근대시 간에 연속성의 부여하고자 하는 논자들과 달리, 한국 근대시에 있어서 서

1) 전통시와 근대시 간에 연속성을 부여하기 위해서 홍정선이 개화기의 시형식에서 주목했던 낭송의 전통 양식은 사실상 자유시형과 동일 범주에서 비교될 수 있는 것이 아니다.
송현호는 전통시의 이 낭송적 성격 대신에 개화기의 시가 시조나 가사와 같은 전통 장르의 형태를 그대로 답습하고 있었음에 주목한다. 그리고 그 이유로 전통 장르의 형식이 우리 민족의 호흡에 맞고, 우리 민족의 혼을 담고 있으며, 민족적 정체성과 대중성을 지닌 장르라는 점을 들고 있다. 그러나 역사적으로 전통 장르의 형식은 향유 계층에 따라 두 가지 유형으로 나뉜다. 평시조와 양반가사에 담긴 양반들의 의식이나 호흡은 사설시조와 평민가사에 담긴 평민들의 의식이나 호흡과는 분명히 다른 것이다. 송현호의 '민족적 정체성'이라는 용어는 이 계층의식을 무화시키고 있다.
한편, 송현호가 개화기의 시에서 주목했던 '전통장르의 형태'를 박노균은 '정형시의 형태'로 구체화시킨다. 그리고 정형성의 요건으로 율격의 규칙성을 들고 있다. 그가 조동일의 견해를 인용하여 근거로 삼고 있듯이, 율격이 정형시와 자유시를 가르는 잣대로써 지금까지 일반적으로 받아들여져 온 것이 사실이다. 그러나 과연 율격의 규칙성 여부만으로 정형시와 자유시를 구분할 수 있는 것인지는 아무래도 의문스럽다. 오히려 그가 정형성의 요건으로 처음에 제시했던 율격의 규칙성과 완결된 형태의 두 가지를 함께 잣대로 삼는 것이 더 유용하지 않을까 싶다.

구 자유시가 차지하고 있는 영향력을 전적으로 인정하는 논자들도 보이는데, 이들의 중요한 논리적 근거는 정형시에 대한 탐구가 자유시형의 수용보다 시기적으로 뒤져 있다는 사실에 있다.[2] 한계전은 개화기에 일련의 정형시형이 융성한 것은 과도기적 현상에 불과할 뿐이며, 당시의 시단은 이미 서구로부터 자유시 형식을 수용하고 있었고, 이것이 우리 근대시의 진로일 수밖에 없었다는 황석우의 관점에 주목한다. 즉, 『전통시→개화기시→근대시』라는 선조적 발전 논리를 부정하고, 전통시와 근대시 사이에는 급격한 단절이 있었다고 보는 것이다. 또한 임재서는 전통의 계승을 표방했던 민요시론을 서구지향적인 자유시 운동에 대한 반성과 우리 민족의 정서에 맞는 새로운 정형률을 모색한 정형시론으로 이해하면서, 이러한 민요시론이 한국 근대시의 전개 방향에 비추어 보았을 때 매우 반동적인 것이라고 평가한다.

한편, 이 책에서는 동일한 대상에 대하여 논자들 간에 상이한 견해를 피력하거나 상반된 가치 평가를 내리는 경우가 적지 않다. 이것은 이 책이 다수의 필자에 의하여 쓰여진 시론사이기 때문에 현실적으로 피하기가 쉽지 않은 문제였을 것이다.

그 첫 번째 예로 들 수 있는 것은 신경향파의 대표적 이론가인 팔봉 김기진의 시론에 대하여 다룬 부분이다. 김기진은 당시의 시단에서 주류를 형성하고 있었던 전통적인 시 양식이나 부르주아적인 시와 구별되는, 사회현실에 대한 관심이라는 새로운 사상을 담아낼 새로운 시의 모형을 찾고 있었다. 그러나 이와 같은 그의 노력에 대하여 유문선과 문혜원은 둘 다 결과적으로 실패했다고 본다. 그런데 실패의 원인에 대해서 두 필자는 이견

---

2) 전통 계승론 또는 전통 단절론의 관점을 표명할 때 근거 자료로서 언급되는 것 가운데 하나가 최남선의 신(체)시이다. 그러나 최남선의 신(체)시가 갖는 성격에 대해서는 연구자들 간에 전혀 통일된 의견을 찾아볼 수 없다. 대체로는 그것을 자유시로 이해하는 경우와 새로운 정형시의 모색으로 보는 경우로 나뉜다.

을 보이고 있다. 유문선은 김기진이 새로운 시의 창작 방법을 모색하기 위해서 문예작품의 양식이나 형식적 요소에 관심을 기울였고 특히 리듬의 탐구에 몰두했는데, 그의 이와 같은 노력이 당대의 연구 수준의 한계로 인해 음절 수, 유포니, 악센트, 음성상징 등에 관한 주관적인 가설만을 제시하는 수준에서 그치고 말았다는 것이다. 이와 달리 문혜원은 김기진의 시론이 실패한 원인을 그의 이론 자체에서 찾고 있다. 아니 좀더 정확하게 말하자면, 그의 이론이 내포하고 있는 세계관적 한계에서 찾고 있다. 그의 시론은 신경향파의 시론을 모색했던 것이었음에도 불구하고, 실제로는 기존의 부르주아적인 시론의 요소를 고수함으로써 이율배반적인 모순에 빠지게 되었고, 사회주의자인 김기진으로서는 결국 자신의 시론을 포기하기에 이르렀다는 것이다.[3)]

두 번째로, 논자 간에 상반된 가치평가를 내리는 경우의 예로서 들 수 있는 것은 순수시론 또는 전통주의 시론에 대하여 다룬 부분이다. 식민지 시대에 언어 자체를 추구하던 순수시론과 자연을 추구하던 전통주의시론의 공통점은 탈정치적 성향을 보인다는 것이다. 이명찬은 문학은 기본적으로 인간을 위해 복무해야 하며, 문학이 스스로를 위해 복무할 때 그것은 더 이

---

3) 문혜원은 김기진의 단편서시시론에서 두 가지 문제점을 지적하고 있다. 김기진은 단편서사시론에서 사건적이고 소설적인 소재를 취하여 이를 시의 형태에 맞게 압축시키고, 직접적인 방법이 아니라 암시적이고 간접적인 분위기에 의해 전달해야 한다고 강조했다. 여기에서 문혜원은 그가 시에서 서사성을 추구했음에도 불구하고 그가 제안하고 있는 시적 전달 방법 때문에 사실상은 단편서사시로 쓰여질 수 있는 내용이 에피소드적인 것으로 극히 제한되고 만다는 점을 지적한다. 그러나 시가 서사성을 지향한다고 해서 이야기의 전달 방식까지도 서사 장르의 특성을 따를 수는 없다. 시는 주관적 장르이고 정서적 동일화를 통해 의미를 전달한다는 점에서 소설과 변별되기 때문이다. 따라서 이야기를 함축적이고 암시적으로 전달해야 하기 때문에 소재가 에피소드적인 이야기로 한정될 수밖에 없다는 문혜원의 논리는 설득력이 없다. 또한, 문혜원은 시에서 김기진이 관심을 가진 리듬과 압축의 방법, 비유나 상징과 같은 장치들이 부르주아적인 시의 요소라는 점을 지적하고 있다. 그러나 그는 이와 같은 것들이 왜 부르주아적인 요소가 되며, 경향시의 형상화 방법과는 어떻게 다른지를 논리적으로 설명하지 않고 있다.

상 문학으로서의 가치를 유지할 수 없다는 생각을 피력함으로써 순수시론의 시론사적 의미에 대해 회의적인 평가를 내린다. 또한 김윤태는 순수시론이 근대 이전의 농촌 공동체적 세계 질서에 기반한 토착 부르주아지의 보수적 세계관을 반영하고 있는 현실도피론이라고 규정한다. 이와 반대로 박호영은 전통주의시론을 다루면서, 전통주의가 자연을 탐구한 것은 그것이 검열을 피하면서 일제에 대하여 우회적으로 저항할 수 있는 가장 유효한 방법이었기 때문이라며, 적극적으로 의미를 부여한다. 이와 같은 박호영의 논리는 식민지 시대의 문인들이 순수문학을 추구했던 것은 일제의 탄압으로부터 예술을 지키기 위한 목적에서였다고, 순수문학을 옹호하는 논리와 동일선상에 있는 것이라 할 수 있다. 그러나 다시 송기한은 식민지 시대에 순수문학에 경사했던 사실을 일제의 억압으로부터 예술을 지키는 마지막 보루였다고 옹호하는 (박호영 식의) 논리는 사실 해방기 문인들에게서 비롯된 것이며, 그들의 논리는 역설적이게도 해방공간이라는 새로운 현실 속에서 주체가 되고자 하는 정치적 동기에서 비롯된 것이라고 분석한다.

이와 같이 여러 논자들이 동일 대상에 대하여 상이한 견해나 상반된 가치평가를 내리게 되는 이유는 대상 시론 또는 시론가를 이해하는 데 있어서 각 필자들이 서로 다른 문학관을 보이고 있기 때문이다.

다음으로, 이 책에서 우리는 일반적으로 광범위하게 통용되고 있는 문학 용어들을 다시 접하게 된다. 우리 현대시사의 흐름을 대변해 주고 있는 전통서정시, 모더니즘시, 리얼리즘시 등도 이러한 용어들 중의 하나이다. 이 용어들에 대하여 어떤 호감과 반감을 가지고 있는지는 논자들마다 다를 수 있는데, 그것은 가치관의 문제이고 부차적인 문제이다. 우리가 여기에서 일차적으로 문제삼아야 할 것은, 논자들이 이 용어에 대하여 얼마나 객관화된 개념을 공유하고 있는가이다. 이 책에 실린 몇몇 글들을 통해서 우리는 그 실상을 엿볼 수 있다.

윤정룡에게 있어서 리얼리즘과 모더니즘은 현실을 부정하고 비판하는 태도를 지닌다는 점에서 본질적으로 동일하다. 그리고 리얼리즘과 동일시된 모더니즘은 다시 전통시와 대립관계를 형성하는 것으로 이해된다. 그가 보기에 전통시와 모더니즘 시는 시적 방법과 인식의 측면에서 차이가 있는데, 전통시가 개인의 정서와 시적 정서를 일치시킴으로써 개별적 차원의 인식에 머물고 있다면, 모더니즘 시는 개인이 아니라 현대인의 정서를 시적 정서로 삼음으로써 사상성을 획득하고 있다.

윤정룡이 현실에 대한 부정정신이라는 측면에서 모더니즘과 리얼리즘을 동일시했다면, 최두석은 세계와의 치열한 대결의식이라는 차원에서 (참다운) 모더니즘과 (진정한) 리얼리즘을 동일시하고 있다. 극과 극은 서로 통하듯이, 참다운 모더니즘 시는 자연스럽게 진정한 리얼리즘 시로 전이될 수 있다는 것이다.[4] 또한 그는 모더니즘시가 세계와의 대결의식을 견지하는 데 반해서, 전통 서정시는 세계와의 조화와 화해를 추구하는 것으로 인식한다.

이와 같이 전통시와 모더니즘시, 리얼리즘시의 의미를 구분하는 데 있어서 윤정룡과 최두석이 현실에 대한 부정정신이나 세계와의 대결의식이라는 다소 추상적인 잣대를 제시하고 있는 데 반해서, 김윤태는 시에 대한 관점과 세계관이라는 보다 명확한 변별 기준을 제시한다. 그는 순수시론, 모더니즘시론, 리얼리즘시론의 세 가지 시론이 서로 시에 대한 관점을 달리하고 있으며, 세계관과 계급적 정체성 또한 달리하고 있다고 말한다. 즉 리얼리즘시론은 시인의 사회적 임무와 역할을 강조하는 반영론적 관점에 기초하며, 시인의 출신 성분과 관계없이 프롤레타리아의 계급적 이해를 반영한다. 윤여탁은 1970년대 리얼리즘 시론을 다루면서, 거기에 민중시론이라는

---

4) 최두석은 1960년대에 새로이 등장한 리얼리즘시의 뿌리를 김수영에게서 찾고 있다. 김수영은 모더니즘 시인으로 출발했지만 부단한 자기 극복을 통해서 리얼리즘 시인으로 변신해 갔다는 것이다. 이 '부단한 자기 극복'이라는 말 속에는 필자가 모더니즘과 리얼리즘을 서로 다른 가치 개념으로 이해하고 있으며, 모더니즘보다는 리얼리즘을 더 바람직한 것으로 인식하고 있다는 내용이 내포되어 있다. 그리고 이것은 그가 위에서 한 진술 내용과 모순되는 것이다.

이름을 붙이고 있다. 이 민중시론이라는 용어는 계급적 관점을 다시 특화시킨 것이다. 이와 반대로 순수시론은 창작과정의 비밀을 해명하려는 표현론적 관점에 기초하며, 근대 이전의 농촌공동체적 세계질서에 기반한 토착부르주아지의 보수적 세계관을 반영한다. 그리고 모더니즘시론은 창작방법 자체를 문제삼는데, 동요하는 도시 소시민 계급의 자유주의적 세계관을 반영한다.

용어에 대한 적절한 개념 규정은 글의 논지를 전개해 나가는 데 있어서 요구되는 기본 사항이다. 그럼에도 불구하고 여기에서 우리는 우리가 당연하게 알고 있는 것으로 생각하고 무의식적으로 사용하고 있는 용어들이, 사실은 얼마나 서로 다르게 이해되고 있으며 합의되지 못한 것들인가를 알 수 있다.

이 책에서 우리가 마지막으로 관심을 기울일 문제는 시를 이해하고 분석하는 틀, 즉 문학 비평론들에 관한 것이다. 그런데 우리가 지금까지 사용해 온 문학이론 또는 문학 비평론들은 사실상 자생적이거나 독자적인 것이 아니라, 거의가 다서구에서 수입된 것들이다. 따라서 구체적으로 우리의 과제는 서구에서 들여온 시비평론들의 한국적 수용 양상을 점검해 보는 일이라고 할 수 있다. 특히, 그것은 한국의 현대문학 비평에서 큰 축을 이루어 온 신비평적 방법론과 사회학적 비평론으로 집중된다.

하희정은 1950년대에 도입된 신비평적 방법론이 갖는 의의와 한계에 관하여 다음과 같이 말하고 있다. 신비평의 관점은 시 텍스트를 유기체적 통일체로서 이해한다. 이와 같은 신비평의 관점을 수용함으로써 비로소 우리의 비평은, 시 텍스트를 이루는 각 구성 요소들 간의 유기적인 연관성에 대하여 보다 과학적으로 설명할 수 있게 되었다. 그러나 이 신비평의 관점은 본질적으로 텍스트의 구조를 넘어서 보다 큰 세계, 곧 텍스트 바깥의 객관적 현실 세계로 열려 있지 못한 폐쇄적인 것이었다. 그런데 그럼에도 불구하고 이 신비평적 관점이 우리에게는 아직도 힘겹게 뛰어넘어야 할 벽으로 남아 있다.

1970년대에 와서 신비평적 방법론은 보다 섬세하게 적용되었으며, 김윤식에 의해 사회학적 비평론이 도입되어 새로운 경향으로 자리잡기 시작했다. 신범순은 이 신비평과 사회학적 비평이 서로 확연히 대비되는 관점을 가지고 있으며, 한국문학 속에서 두 대비적인 시각은 논쟁과 토론을 통하여 경쟁하기보다는 서로 간에 벽을 높이 쌓아갔다고 말한다. 그리고 사회학적 비평론의 의의와 한계를 그는 다음과 같이 지적한다. 김윤식의 사회학적인 관점에 의해서 우리의 현대시 작품들은 전혀 다른 각도에서 의미가 조명되고 새로운 시사적 흐름 가운데 놓이게 되었다. 그러나 김윤식이 시의 구체적인 텍스트 층위에 관하여 논할 때면, 그는 사회학적 관점을 그대로 견지하지 못하고 신비평적 단위들로 돌아가고 만다.

여기에서 우리는 위의 두 필자가 신비평과 사회학적 비평 방법의 상관관계에 대하여 다소 다른 의견을 지니고 있다는 것을 알게 된다. 하희정은 신비평이 텍스트 자체의 구체적인 분석에는 매우 유용하지만, 그 분석 틀을 텍스트 바깥으로까지 확대 적용할 수 없는 폐쇄적인 것이며, 후자를 가능하게 하는 것이 사회학적 문학비평이라고 생각할 때, 우리는 신비평적 방법에 사회학적 비평 방법을 보완해서 텍스트 내의 미세구조와 텍스트 밖의 현실구조를 함께 보아야 한다는 것이다. 이와 비교해서 신범순은 신비평과 사회학적 문학 비평은 본질적으로 다른 세계관을 가진 것이며, 시 작품을 구체적으로 분석하거나 시문학사의 흐름을 잡아나갈 때 하나의 일관된 관점을 유지할 수 있어야 한다는 것이다. 물론 그가 염두에 두고 있는 것 또한 신비평이 아니라 사회학적 비평론이다. 어쨌거나 두 필자에게서 공통적으로 제기되는 문제는 우리가 사회학적 비평론을 선택할 경우에도 우리는 왜 신비평의 방법론에서 자유로울 수 없는가 하는 것이다. 그것은 아마도 사회학적 비평론이 현재 포괄적인 문학론의 수준에 머물고 있을 뿐, 체계화된 시론으로서 또는 정치한 작품 분석론으로서 정립되지 못했기 때문일 것이다. 따라서 지금 우리에게 필요한 것은 이러한 요구를 충족시켜 줄 수 있는 독자적인 시론과 시비평론의 출현이다. 이 새로운 이론이 정립될 때, 우리는 두 가지의 오래된 질곡에서 벗어날 수 있다. 서구 문학이론의 직수입의 역사에서, 그리고 제대로된 방법론의 부재에서 말이다.

좀 더 나은 시론사가 쓰여지기를 바라면서, 지금까지 필자는 가장 최근에 나온 시론사 연구서인 『한국 현대시론사 연구』를 읽고 몇 가지 문제들을 제기해 보았다. 여기에서 지적된 문제들은 사실 시론사 기술상의 문제에 국한되는 것은 아니다. 그것은 개별 시작품론과 시인론, 그리고 시대별 시문학 연구와 전체 시사 연구에 두루 적용되는 문제들인 것이다. 이러한 기초 작업들이 탄탄하게 다져진 위에서만 올바른 시론사가 쓰여질 수 있기 때문이다. 이 『한국 현대시론사 연구』는 시론사를 기술하는 데 있어서 일관성을 확보하고자 노력했으나 결과적으로는 역설적이게도 일관성의 부재와 그것의 불가능함을 확인시켜 주고 말았다. 그 원인에는 여러 가지 요인이 있겠지만 근본적으로는 현 문학 연구계에 시론이 부재하기 때문이다. 자기의 시론도 없이 남의 시론을 제대로 이해하고 평가한다는 것은 있을 수 없는 일이다. 우리의 근대문학 또는 현대문학의 역사도 어느새 80여년에 이르렀다. 그리고 문학 연구의 역사도 이와 궤를 같이 해 왔다. 그동안 많은 변화와 성과를 거두어 온 것이 사실이기도 하지만, 생각해 보면 지금까지의 문학 연구 과정이 과연 올바른 방향으로 진행되어 온 것인지 의심스럽기도 하다. 끊임없이 새로운 연구과제를 찾아내고 진척시켜 나가는 것도 물론 중요하지만, 지금까지 축적되어 온 우리 문학연구의 실상과 헛점을 검토하고 반성하는 태도야말로 더욱 소중한 것이라고 생각된다. 새미

■ 서평

우주 · 생명 · 죽음에 대한 존재론적 탐구

임금복, 『박상륭 소설 연구』(국학자료원, 1998)

김 명 신*

1

어떻게 그의 소설을 읽어낼 것인가? 아니 어떻게 박상륭의 사유체계를 따라갈 것인가. 그의 소설을 읽는 것은 고통이다. 소설의 난해함과 독해의 어려움을 떠나서 그의 우주적 사유의 장(場)은 독자에게 어떤 성찰과 반성적 사유를 요구하고 있기 때문이다. 박상륭의 소설은 소설과 종교 경전과의 경계, 시와 철학, 민담과 신화의 경계를 허물어뜨리면서 온갖 동서양의 사변의 세계를 종횡무진으로 뚫고 나가고 있다. 그리하여 그의 소설은 '소

* 연세대 강사.

설이란 무엇인가?' '문학이란 무엇인가?' '문학은 무엇을 할 수 있는가?'라는 오늘날에 있어서 다소 진부하지만 결코 피할 수 없는 문제에 맞닥뜨리게 하여 독자로 하여금 진지하게 자문하도록 '만들고야'만다. 그것은 독자가 그의 소설 안에서 화자와 더불어 내적 모험 및 작가의 사유의 변모과정과 혼돈을 함께 경험하면서 '인내했을 때' 최후로 얻게 되는 값진 열매이기도 하다.

작가가 한 우주를 드러내기 위해서 고투(苦鬪)하는 것 이상으로 독자는, 작가와 결전에 임하기라도 하듯 작가가 내세운 작품 속의 인물들이 뿜어내는 작가의 그 거대한 '잡설'들과 사투를 벌여 나가야만 한다. 그 싸움은 독자를 사로잡는 마력 같은 힘으로 작용하며 새로이 영적 충일감으로 내면을 가득 채워 나가고, 생명력 같은 것을 충격적으로 혹은 느릿느릿 진저리쳐질 만큼 서서히 안겨다 주면서 희열을 경험하게 한다. 박상륭의 소설은 그러한 영혼의 정화 같은 것을 경험하게 하는 것이다. 그의 소설의 구석구석은 자신의 소설적 모티프로 차용하고 있는 선정(禪定)의 한 단계인 듯, 동일한 양의 인내와 동일한 양의 수련으로, 고단한 삶을 살며 힘겨워하는 독자를 흡인해 간다.

그리하여 이 오만한 소설은, 일반적인 서사장르가 갖고 있는 소설규범을 충격적으로 파기하고, 출가(出家)를 단행해버린 듯한 소설적 양식을 전면에 내세움으로써 독자들을 향해 포문을 열고 있다. 박상륭의 소설들은 굳이 고급독자만을 겨냥해서가 아니라도 흔히 말하는 '소설의 재미'와는 거리가 먼 작품들이 대부분이다. 아니 오히려 작가가 '소설의 재미'라는 것은 완전히 배제해 버리고 있는 듯이 보이는데 『칠조어론』과 같은 작품은 그 정점에 있다. 물론 최근의 산문들도 역시나 읽어내기 어렵기는 마찬가지다. '잡설'이란 명명에서도 알 수 있듯이 독자에게 너무도 할 말이 많은 작가가 모든 서사적 골격과 구조를 제하여 버리고, 몇 화자를 통한 끊임없는 '지껄임'으로 모든 소설적 구성을 대신하게 함으로써, 그 이야기의 안으로 들어갈 것을 재촉한다. 만약 작가가 '소설의 재미'를 망각(?)하고 있다면 이로 인한 대중독자와의 의사소통의 어려움은 어떻게 해결될 수 있는 것인지? 그의 소설 내용이 갖는 지나친 사변의 세계와 작가의 강한 종교적 철학적 언설을 통한 다분히 계몽적 측면은 어떻게 평가할 수 있는가? 그의 소설들은 독자들을 여러 근본적인 질문들로 끊임없이 압박해 오는 충격적인 문제적 소설이 아닐 수 없다. 스스로가 던지는 질문들의 깊이와 무게의 경중을 떠나서 그의 소설들은 너무도 위력적으로 견고한 성처럼, 도전적으로 독자를 끌어당긴다.

2

이처럼 박상륭의 소설은 다양한 사유체계들이 중층적으로 구조화된 형이상학적 사변의 장이다. 소설 내용의 완전한 이해는 차치하더라도 박상륭 소설을 읽어냈다는 사실만으로도 일단은 흡족해 할 수 있는 현실에서, 난해한 박상륭 소설의 미적 특질을 분석하고 평가해내는 일은 장시간의 고구(考究)를 필요로 한다. 아니, 오랫동안 붙들고 늘어진다고 해서 해결되는 것만은 아니다. 어쨌든, 1차적으로 박상륭 소설을 '읽어내는' 일이 선결 과제이며, 그런 연후에야 박상륭 소설에·대한 연구와 평가를 '일부'의 소수집단층과 한정된 주제 영역에서, 좀더 광범위한 독자층과 연구 영역으로 확산시켜 논의를 가능케 할 수 있을 것이다.

박상륭 소설의 특질을 가장 극명하게 보여주고 있는 작품은 역시 『칠조어론』이라 할 수 있다. 이미 『죽음의 한 연구』를 충격적으로 경험한 독자에게조차 『칠조어론』은 경악 그 자체이다. 작가의 강렬한 창작 욕구와 기존의 소설문법을 파괴한 새로운 글쓰기의 방식, 작가를 사로잡고 있는 창작에의 열망과, 그리고 그것을 현실화시키고 있는 그 숱한 단어들로 조합된 잡설(雜說)의 행진! 그가 보여주고 있는 세계는 단순히 '소설적' 세계라고 한정시키기 어려운 사변의 세계, 그 광대함과 깊이에로 우리를 이끈다. 끊임없이 작가를 대신한 화자를 밀어내며 거부하고, 그리고 증오하면서 절망하기도 하고 또다시 연민과 깊은 동질감을 우리는 느끼게 된다.

박상륭이 다른 작가와 결정적인 차별성을 보여주고 있는 점은 바로 그의 특유한 소설화 과정에서 나타난다. 그는 우주의 원리가 '상극적 질서 체계'로 이루어져 있듯이 인간의 육체도 '저주'이면서 동시에 '은총'임을, '살입음'의 고통이 아무리 클지라도 윤회의 고리 안에서 '살입음'은 하나의 은총임을 역설적으로 그려내면서, 우리로 하여금 하나의 인식론적 전환과, 그 전환에서 결과된 종교적이리 만치 강렬한 삶에의 결단을 은근히 요구하고 있다는 사실에 있다. 이런 점들은, 그의 언어가 일상적 담론 체계와는 질적 차별성을 내포하고 있음을 논증하고 있다.

'축생도의 상극적 질서 체계' 와 관련지어 주목을 요하는 부분이 또한 작가의 '역사'에 대한 관점이다. 『죽음의 한 연구』에서 '음기의 유전'으로, 『칠조어론』에서 '가학'과 '피학'의 개념으로 작품 안에서 구조화되는 박상륭의 역사에 대한 이해는 종교적 혹은 신화적 상상력과 중층적으로 얽혀 있다. 그는 '음기의 유전'에 의해서 '피학'은 어떤 지점에서 '가학'으로 '변전(變轉)'을 이룬다고 보는데, 여기에서 출원한 '역사'에 대한 명제의 규명 작업은 깊은 성찰과 연구를 수반하는 일이다.

이른바 '상극적 질서' 안에서 '역사'가 갖는 의미, 그리고 그것과 상관관계에 있는 '운명'이 갖는 의미는 어떻게 해석될 수 있을 것인가. 순환론이나 역사적 허무주의에 빠지지는 않을 것인가. 이 점은 앞으로 작품의 면밀한 분석과 검토를 통해 밝혀져야 할 연구과제이다.

3

어쨌든 박상륭의 소설을 객관적으로 연구하고자 하는 이들에게는 이 모든 것들이 하나의 짐이 될지도 모른다. 대체, 기괴한 삽화들이 파노라마처럼 펼쳐지고 있는 60년대 단편들, 그리고 더더우기나, 『죽음의 한 연구』와 『칠조어론』 같은, 이 '괴물'과 같은 작품들을 어떻게, 과연 어떻게, '분석'하고 '평가'하며 '해석'해 보겠노라고 '덤빌' 수가 있을 것인가.

이런 점에서, 박상륭 소설에 대해 지대한 관심과 애정을 갖고 있던, 저자의 연구성과를 결집시킨 『박상륭 소설 연구』는 주목을 요한다. 박상륭의 소설 연구가 여전히 척박한 연구 단계에서, 첫 단행본 연구서인 『박상륭 소설 연구』의 출간은 아주 고무적인 일이라 할 수 있다. 그럼에도 불구하고 『박상륭 소설 연구』는 많은 문제점을 내포하고 있다.

먼저, 저자의 입론에 대한 명확한 논리적 검증 과정과 분석이 뒷받침되어야 한다는 것이다. 저자는 박상륭 소설의 주테마를 '우주 · 생명 · 죽음'이라고 요약하고, 장황하리 만치 반복적으로 기술하고 있지만 그 화두에 대해 아주 추상적인 접근으로만 끝나고 있다. 작품 안에서 어떻게 구조화되고 있는지, 각 시기별로 작품들간에 어떤 차별성을 띠고 있고, 어떻게 확장 · 분기되어 가는지 등이 작품의 면밀한 내적 분석을 바탕으로 하고 있지 못하고, 연역적인 선언적 언술에만 의지하고 있다.

두번째로, 위와 같은 결과가 초래된 것은 주요한 핵심어들에 대해 명확한 개념정의가 없다는 사실에서 연유되기도 한다. 핵심어들 뿐만 아니라 저자의 글에 수없이 나오는 추상적이고 관념적인 어휘들의 명확한 개념 규정이 이뤄지지 않고 아주 혼란스럽게 쓰이고 있다. 상이한 층위의 개념어들이 무원칙적으로 나열되면서 저자가 힘주어 말하고자 하는 내용들에 대한 이해를 방해하고 있다.

세번째로, 선결해야할 규명작업들이 이루어지지 않음으로써 사회성격에 대한 그릇된 인식을 보이고 있다거나, 전체적인 저서의 체계와 그 체계의 각 장에서 기술하고 있는 주요 논의점들이 긴밀한 유기적인 관계를 갖지 못하고 논지가 비약되며 일관성을 결여하고 있어 혼란스럽다.

네번째로, 이런 점들이 작품의 자의적 인용과 자의적 해석에 이르게 함으로써 작품과 작가의 사유체계를 아주 협의-의 의미로 축소시키고 있거나 오독(誤讀)하고 있다는 사실이다. 저자만이 이해할 수 있는 명사들의 조어(造語)로 이루어진 생소한 어휘 선택과 사용방식이 저서의 이해를 방해하고 있다. 그리고 비문이 너무 많다는 사실이다. 이로 인해 저자가 박상륭 소설에 쏟는 열정에도 불구하고 전달이 되지 않고 있어 안타깝다.

다섯번째, 박상륭 소설의 방대한 연구 영역과 그 깊이에도 불구하고 아주 짧은 글들 안에서 소설을 논의함으로써 인상비평적인 글이란 생각을 지울 수가 없다.

4

거칠게 요약한 필자의 견해를 구체적으로 글 안에서 찾아보면 다음과 같다.

예를 들면, 저자는 '생명'이 박상륭 소설의 핵심적 화두라고 전제했음에도 그 의미의 내포와 외연을 아주 단순화시키고 있다. 즉, 저자는 '생명'의 부재나 황폐화의 원인을, 경제중심주의로 인한 '인간성 상실'과 '인간소외', 그리고 "제국주의 성향의 남성주의 욕망의 결과"(24쪽)라는 측면에서 설명해내고 있다. 남성의 '욕망' 때문이라는 것인지 '사회구조적 모순' 때문이라는 것인지 그 규명도 불확실하며 서로 상충되고 있지만, 분명한 것은 박상륭 문학의 종교적 신화적 의미와 그 비의(秘儀)적 세계를 사상시켜버리고 있다는 점이다. 저자는 60년대 소설에 나오는 아이와 태아의 죽음을 엉뚱하게도 낙태와 기아의 문제(52쪽)로 귀결짓고 인신공희를 생명파괴현상이라고 기술하여 아주 단순한 의미에서의 '목숨'을 말하고 있을 뿐이다. 저자는 인물의 병듦과 죽음 등을 상징과 은유로 읽어내지 않고 극히 단순화시켜서 어휘의 표면적 이해에 머물고 있다.

또한 저자는 60년대 사회를 '영적 죽음의 절망 사회'로 규정짓고 90년대는 '영적 절망의 회복시기'(126쪽)라고 말하고 있는데 이는 어떤 근거에 의해서 말하고 있는 것인지 규명하고 있지 않다. 저자가 말하는 60년대의 사회성격이라고 기술하고 있는 부분(83쪽)은 오히려 70년대적 성격에 더 가깝다. 특히 「2월 30일」 같은 작품을 '60년대 성인 사회의 미숙성'이라고 보는 거나, 「7일과 꿰미」역시 "60년대의 사회 속성이며 영적 기형 상태"(97쪽)라고 설명하면서 "박상륭은 한 남자의 올바른 성인 시각이 아닌 왕자와 영웅의 동화적 유년기적 상상력으로 (중략) 진정으로 성숙한 어른 사회의 설정에서 너무나 소외되어 있는 유치병적 영웅의 구호주의로만" 동화주의 상상력 등을 이용했다고 보는 것은 저자가 박상륭 소설을 제대로 짚어내지 못하고 있음을 반증하고 있는 것이다. 대체 저자는 그렇다면 『칠조어론』등에서 중요한 모티프로 차용하고 있는 '세 왕자 이야기'와 같은 동화적 상상력, 그리고 바리데기 신화나 처용 모티프 등의 차용과 소설적 변용을 어떻게 해석할 것인가. 또한 동화적 상상력에 기대고 있는 90년대의 산문들을 어떻게 읽어낼 것인가. 단순히 동화를 차용하고 있다고 해서 퇴행적인 유년기적 상상력인가. 오히려 동화적 상상력과 신화나 민담의 모티프에서 나온 상상력들은 우리 서사 문학의 전통과 접맥시킬 수 있는 박상륭 문학의 강점이 아니겠는가.

이 점은 중편 「유리장」을 '아웃사이더이자 일반 정상 사회의 한 낙오자'로 보고 '한 남성 인간의 전기'로 설명하면서 '한 남성'의 '사회화' 과정으로 보고 있는 데서도 극명하게 나타난다.(130쪽) 여기서 주인공 사복을 '관념 사람' '관념적 인간'이라고 말하고 있는데 무슨 뜻인지, 두 어휘가 각기 다른 의미를 내포하고 있는 것인지 알 수 없다. 각설이 일기 연작으로서 '사복'이란 인물의 변형 확대인 6조나 7조의 인물구현도 마찬가지로 '관념 사람' 혹은 '관념적 인간'에 머물고 있는 것인가. 다르면 어떻게 다른 것인가. 그리고 『죽음의 한 연구』에 대한 해석의 준거 틀로서 대니얼 레빈슨의 『남자가 겪는 인생의 사계절』을 빌려 설명하는 것도, 『죽음의 한 연구』에서 보이고 있는 소설세계의 본령과는 너무 거리가 있다. 저자는 박상륭의 소설을 '인간소외'니 '절망'이니 '사회화'니 하는 단어들로 해석하고자 하고 있다.

『칠조어론』에 대해 쓴 글들 중 「우주 십우도와 선인생」은 「아겔다마」에서 『칠조어론』까지를 통틀어서 선불교의 십우도 사상에 준거해 설명해 내고 있는데, 십우도의 각 단계에 대한 해당 작품의 조응이 작위적이고 억지스럽다. 또한 이를 설명해내는 방식이 저자의 해석보다는 주로 작품의 불필요한 긴 인용에 의지함으로써 설득력이 떨어지고 있다. 특히, 11절의 '대중우주'라고 명명하고 있는 부분은 납득할 수 없다. 문예계간지와의 대담이나 『죽음의 한 연구』를 영화로 만든 영화 「유리」와 관련된 담론 그리고 TV에서 말하고 있는 담론들이 '대중우주'의 길이 열리기 시작한 것을 의미하는 것인가? 그것이 '대우주로 총합되는 과정'이란 말인가. 저자는 신문의 영화 광고까지도 가져다 기술하고 있다. 과연 '대중우주'가 무슨 말인가. '대중'이란 단어와 '우주'라는 단어의 조합은 가능한 것인가. '대중'이란 단어는 작가 박상륭이 가장 혐오하는 단어가 아닌가. 저자는 너무 '우주'라는 단어를 남발하고 있다. 또한 그는 작가의 소설창작 인생과 작품을 동일시하고 있는데 이는 작품의 정당한 해석 내지 평가와는 거리가 있다.

그리고 어떤 점에서 박상륭의 소설이 한국소설사의 새로운 지평을 열고 한국소설을 세계소설사에 편입시켰다는 것인지 구체적인 논증 과정이 없다. 단지 저자가 말하는 대로 '우주장 사상'을 정립하여 '우주 십우도'니 '선(禪)인생'이니 하는 것들을 소설적으로 형상화했기 때문이라고 말한다면 납득하기가 힘들다. 더구나 박상륭 소설에 대한 평가의 태도가 극단적인 양상을 보이는 시점에서 저자는 좀 더 차분하게 규명해야 하지 않았나 하는 생각이 든다.

그럼에도 불구하고 저자는 박상륭 소설에 대한 연구가 아직 초기 단계인 현실에서, 박상륭 소설 전체를 연구대상으로 하여 박상륭 소설을 꿰뚫는 화두가 '우주' '생명' '죽음'으로 보고, 박상륭의 소설 세계에 대한 탐색을 시도함으로써 박상륭 소설을 바라보는 한 틀을 제공하고 있다. 여전히 박상륭 소설에 대한 평가가 인색하고 박상륭의 작품에 대한 연구를 유기하고 있는 현실에서 그의 연구와 그 결과물로서의 연구서는 주목할 만한 것임에 틀림없다. 앞으로 좋은 글들을 기대해 본다. 세미

작가연구

반년간(통권 제 6호)

발 행 인 김태범
편 집 인 강진호
편집주간 서종택
편집위원 채호석 김윤태 박헌호 이기성
이상갑 하정일 한수영
발 행 소 도서출판 **새 미**
서울시 성동구 행당동 28-7번지
정우B/D 402호
전화 2917-948, 2937-949
팩시밀리 2911-628
등록번호 공보사 1883
등 록 일 1997년 2월 17일
인 쇄 인 박유복(삼문인쇄소)
발 행 일 1998년 10월 10일

* 본지는 한국간행물윤리위원회의 도서잡지 윤리강령
및 잡지윤리 실천요강을 준수한다.

값 9,000원

☆ 도서출판 **새 미**는 국학자료원의 자매회사입니다.
천리안 • KH058, 하이텔 • kuk7949
http://www.kookhak.co.kr